Bibliographische Information der Deutschen National Bibliothek:
Die Deutsche National Bibliothek verzeichnet diese Publikation in
der Deutschen Nationalbibliographie; detaillierte bibliographische Daten sind im Internet über
http://dnb.ddb.de abrufbar.

Cover: Greenfeed
Innenillustrationen: Greenfeed
Lektorat: Marianne Thiele

Verlag
Pia Bächtold
Buchweg 18
88239 Wangen
Tel.: 07522 7075550
Mail: verlagsleitung@verlagpb.de
Homepage: www.verlagpb.de

1.Auflage 2010

ISBN: 978-3-940951-58-8

Vorwort

Wie wenige andere Tiere, übt der Wolf seit jeher eine starke Wirkung auf die Phantasie der Menschen aus.
Bei vielen Völkern ist er zum Symbol für die Gefährlichkeit der Natur geworden, für bedrohliche, böse und dunkle Kräfte bis hin zu den Werwolf- Sagen.
Dieses Buch hat Märchen, Mythen, Sagen, Fabeln und Legenden über den Wolf zusammengetragen, aber auch besondere Erlebnisse mit Wölfen, kommen hier zum Ausdruck.
So entsteht ein lebendiges Panorama, aus 10 Kurzromanen von unterschiedlichen Autoren.
Vorstellungen und Gedanken, die die Menschen seit jeher mit diesem Tier verbunden haben.
Zahlreiche stimmungsvolle Wolfsbilder von dem Illustrator Greenfeed, lassen dabei den Text immer wieder lebendig werden.

Die Autoren wünschen gute Unterhaltung, in der mystischen Welt der Wölfe.

Inhalt

SILVERMOON
WOLF DER TAIGA

Der einsame Wolf

Michael Baumann

„Willst du es wirklich wagen?"
Der Mann hinter dem Tresen blickte verlegen auf die zerkratzte Holzplatte vor sich, denn ihm war klar, dass er keine Antwort erhalten würde.
Rob Benson hielt kurz inne und fixierte die schmutzige Schürze des Verkäufers mit zusammengekniffenen Augen. In seinem Mundwinkel zuckte es verräterisch, doch er ersparte sich einen Kommentar und packte stattdessen die Dinge ein, die er soeben erworben hatte. Bohnen in matten Blechdosen, einige Flaschen Spiritus, ein Fässchen Schmalz, Kaffee, Knäckebrot, Mehl, Ahornsirup und noch einiges mehr.
Was hätte er auch entgegnen sollen?
Dass John Murry, der den Laden in dieser Siedlung seit 20 Jahren führte, sich gefälligst um seine eigenen Angelegenheiten scheren sollte? Ja, das sollte er auch, aber Rob und er kannten sich seit einer Ewigkeit und er wusste, dass es ungerecht gewesen wäre, hätte er so scharf reagiert.
Trotzdem war es seine Sache. Und nichts in der Welt würde ihn von seinem Vorhaben abbringen.

„Oben auf dem Kamara-Pass soll noch jede Menge Schnee liegen", appellierte Murry an die Vernunft seines Freundes.
„Dieses Frühjahr ist noch keiner von der anderen Seite rüber gekommen. Das ist ungewöhnlich".
Rob verstaute schweigend das Werkzeug, das er geordert hatte. Mit dem Finger fuhr er prüfend über die neue Feile, auf die er so dringend gewartet hatte. Seine alte war ihm in diesem Winter abgebrochen, als er sie benutzt hatte, um ein Loch in

das Eis zu schlagen. Und alles nur, weil er seine Hacke nicht bei sich trug, als er sie so dringend gebraucht hätte. Ein Fehler, der in einer anderen Situation hätte tödlich enden können. *>Dummkopf! So viele Jahre Erfahrung und trotzdem passieren einem immer wieder solche Fehler<*, dachte er.

„Weißt du, wenn du wenigstens das Angebot von Hover angenommen hättest. Er wäre mit dem Schneemobil ...“.
Der eiskalte Blick von Rob ließ John Murry verstummen.
Trotzdem hatte er damit zumindest erreicht, dass er endlich eine Antwort erhielt.
Rob Benson spuckte sie förmlich aus.
„Das Angebot von Hover? Pah! Du weißt, dass Hover ein Schwätzer ist. Er hat nicht die geringste Ahnung, worum es hier geht. Sonst wäre er mit einem so dämlichen Angebot gar nicht erst zu mir gekommen. Der will doch nur angeben mit diesem neumodischen Ding. Schneemobil, dass ich nicht lache! Das reicht ihm vielleicht gerade mal, um für ein paar Stunden raus zu fahren. Und länger würde der Kerl da draußen auch nicht überleben.“
Rob wollte weiterreden, doch das kurze Lächeln, das sich auf John Murrys Gesicht gestohlen hatte, verriet ihm, dass er ihm nur einen Gefallen tat, wenn er sich auf eine Diskussion einließ.
Also trat er stattdessen an das schmutzige Fenster und starrte über die wenigen Dächer der Siedlung hinweg in die dunklen Wälder. Dahinter waren die schneebedeckten Spitzen des Denali-Gebirges zu sehen.
„Was ich mache, hat nichts mit einem Ausflug für Anfänger zu tun“, murmelte Rob.
John Murry startete keinen neuen Versuch, Rob von seinem Vorhaben abzubringen. Er wusste, dass es wenig Sinn machte auf den alten Dickschädel einzureden. Und schon gar nicht in dieser Sache.

Er würde losziehen, soviel war sicher. Aber würde er dieses Mal Erfolg haben?
Murry musterte Rob unauffällig, während er ihm half, die Vorräte nach draußen zu bringen und auf der Pritsche seines alten, verrosteten Lastwagens zu verstauen. Der Händler sah es als besonderen Service an, dass er seinen langjährigen Kunden diese Transportmöglichkeit zur Verfügung stellte. Was machte es schon, wenn danach wieder eine Beule mehr in der rostigen, alten Kiste war.
Rob Benson besaß kein eigenes Fahrzeug. Wahrscheinlich hatte er noch nicht einmal einen Führerschein für ein solches Gefährt, doch danach fragte hier draußen keiner. In dieser Gegend war man davon überzeugt, dass es nur halb so schwer sein konnte, mit einem Automobil zu fahren wie ein Hundeschlittengespann mit acht sibirischen Huskys zu lenken. Und Rob war mit Sicherheit einer der Musher, der für seine Fähigkeiten große Achtung genoss. Auch wenn er die letzten Jahre kürzer getreten war, hatte er doch bewiesen, was er konnte, als er im Jahr 1925 eine der Etappen gefahren hatte, über die das rettende Diphtherie-Serum nach Nome gebracht worden war. Trotz schlechtester Wetterbedingungen hatten die Fahrer es geschafft und damit etlichen Menschen das Leben gerettet.
Das war vor 25 Jahren, doch immer noch war Rob Benson eine eindrucksvolle Gestalt. Er war größer gebaut als die meisten seiner Landsleute. Sein schlanker, sehniger Körper, das wusste John Murry, war zäher als ein alter Lederstiefel.
Rob musste mittlerweile weit über sechzig Jahre alt sein. Genau wusste das keiner, wahrscheinlich nicht einmal er selbst. Seine schulterlangen, einst blonden Haare waren im Lauf der Jahre dünn und grau geworden und sein Gesicht von mehr Falten zerfurcht als die ungebügelten Röcke von Miss Gardener. Die lange Narbe, die sich von seinem Nasenrücken quer über die linke Wange zog, glühte rot in der kalten Luft und unterstrich seine eindrückliche Persönlichkeit auf eine

eigentümliche Art und Weise. Nur seine Augen hatten nichts von ihrem jugendlichen Glanz verloren.
John kannte niemanden, der sich da draußen in der Wildnis besser zurecht fand, als Rob Benson. Mit Ausnahme vielleicht von Chief Maluk und seinem Clan. Den Indianern, die weiter unten am Fluss lebten, konnte in dieser Hinsicht kein Weißer das Wasser reichen. Doch gleich danach kam Rob. Er hatte lange Jahre bei verschiedenen Stämmen gelebt und fühlte sich draußen wohler als im bequemsten Blockhaus. Fast sein gesamtes Leben hatte er als Trapper, Jäger, Spurensucher und Führer in der Wildnis Kanadas und Alaskas zugebracht. Nur hin und wieder, und in den letzten Jahren mit zunehmender Häufigkeit, hatte es ihn an diesen verlassenen Ort am Fuße der Denali-Berge gezogen.
>*Die Zeiten ändern sich und die Menschen werden alt*<, dachte John Murry, während er Rob verstohlen betrachtete. Unwillkürlich kam ihm sein eigenes Alter in den Sinn und die vielen Wehwehchen, die ihn immer öfter plagten.
Nein, das, was Rob vorhatte, war nichts mehr für so alte Kerle, wie sie es waren. Rheuma und Gicht behandelte man eben am besten, indem man sich einen gemütlichen Platz vor dem warmen Kaminfeuer suchte und über die guten alten Zeiten nachdachte. Jeder vernünftige Mann in diesem Alter musste das einsehen.
Nicht jedoch ein Rob Benson.
Er würde nie aufgeben. Eher noch würde er sterben. Wahrscheinlich war ihm das sogar lieber, als irgendwann mit alten, dürren Knochen im Schaukelstuhl zu sitzen und auf den Tod zu warten. Er war ein Besessener.
Das war es, was John solche Sorgen machte.
Was nützte es, wenn ein Mann stark und erfahren war, aber so sehr von seinem Ziel besessen, dass er nicht mehr klar denken konnte. Und wofür?
Rache?

Gerechtigkeit?
Murry hatte sich schon oft Gedanken darüber gemacht, aber er kam einfach nicht dahinter. Und mit Rob darüber zu reden kam nicht in Frage. Der alte Kerl war eben ein sturer, unbelehrbarer Dickschädel. Ein alter, einsamer Wolf. Und trotzdem mochte er ihn.

Nachdem alles verladen war, warf Rob John einen langen Blick zu. Stumm musterten sich die Männer und Rob wusste, dass John ihn am liebsten gefesselt und eingesperrt hätte, um sein Vorhaben zu vereiteln.

Der gutmütige Kerl wusste es eben nicht besser. Wie sollte er es auch verstehen können? Sie kannten sich nun schon so lange und trotzdem hatte er es nie fertig gebracht, über seine Beweggründe in dieser Sache zu reden. Wie auch? In einem Land wie diesem war für so etwas kein Platz. Außerdem war es eine Sache, die man nicht in Worte kleiden konnte. Schon gar nicht der mit Worten so geizige Rob Benson.
Deshalb war es auch nicht weiter erstaunlich, dass John Murry nicht wirklich Bescheid wusste. Natürlich war ihm klar, dass Rob aufbrach, um „IHN“ zu jagen. Und Murry wusste auch, dass er „IHM“ bereits mehrmals gegenüber gestanden hatte, ohne dass einer den anderen je bezwungen hätte.
Doch das war auch schon alles.
Und mehr war auch nicht notwendig.
John hätte es genauso wenig verstanden, wie jeder andere. Er unterstellte Rob vielleicht Rache, weil „ER“ bei ihrer ersten Begegnung Elko getötet hatte. Elko war damals Robs Leithund. Ein rassereiner sibirischer Husky der edelsten Sorte und der treueste Freund, den er bis dahin gehabt hatte. Gut, das mochte einer der Punkte auf dem Konto sein, aber das allein reichte bei weitem nicht. Außerdem war dieser Punkt längst ausgeglichen.

Nein, es ging um etwas anderes.
„ER“ war zu seinem persönlichen Gegner geworden.
„ER“ wartete dort draußen auf ihn und „ER“ wusste, dass Rob kommen würde.

Es war fast schon eine Sache der Ehre. So wie es eben zwischen zwei Kriegern stand, die wussten, dass sie füreinander bestimmt waren.
Ein Pakt!
Ja, so stellte Rob es sich vor und so musste es sein.
Es war eine Sache zwischen dem alten Jäger und „Feuerauge“. Diesen Beinamen trug „ER“, seit Rob ihn bei einer ihrer Begegnungen beinahe erwischt hätte und das Auge des Wolfes derart verletzt hatte, dass es diesen zwar nicht hatte erblinden lassen, es aber aufgrund eines seltsamen Umstandes seither blutrot hervorstach und sich auf eine unheimliche und furchteinflößende Weise von seinem gelblich schimmernden Pendant unterschied.

Wie sollte Rob das, was ihn und „Feuerauge“ verband, einem anderen Menschen erklären, ohne dass man ihn für verrückt gehalten hätte?

Das alles schoss dem Trapper durch den Kopf, während sich seine und die Blicke Johns ein letztes Mal trafen. Dann kletterte er hinter das Steuer und fuhr davon, ohne sich noch einmal umzusehen.

Rob schloss die Tür der windschiefen Hütte, die seit ungefähr einem Jahr sein Zuhause war, und prüfte sorgfältig den Holzriegel. Ein Schloss gab es nicht. Es hätte hier draußen keinen Sinn gemacht. Wer hinein wollte, würde einen Weg finden und zu holen gab es in seiner armseligen Behausung nichts von Wert. Rob hatte sich nie viel gemacht aus einem festen Wohnsitz. Für ihn waren Hütten immer nur Zwischenstationen während seiner Fahrten.

Noch bevor er die Schule beendet hatte, war er von zuhause abgehauen, um sein Glück zu suchen. Damals hatte es ihn noch in die Städte gezogen. Doch schnell waren ihm das Gewimmel, der Dreck und Gestank der Menschen zuwider. Danach war er für vier Jahre mit einem Walfänger zur See gefahren, aber auch dort war es nicht besser. Als er dann in der rauen See des hohen Nordens die Walfangmethoden der Inuits gesehen hatte, wurde ihm bewusst, wonach er suchte. Er heuerte ab und lebte zusammen mit den Nordmännern an den eisigen Ufern der Beaufort Sea.
Die stoische Ruhe und Ausgeglichenheit, mit der die Eingeborenen der harten Natur trotzten, faszinierte ihn und langsam war ihm bewusst geworden, dass es dieses Leben in der rauen Wildnis war, das ihn im Gleich-gewicht hielt. Seither war er nur noch selten in den großen Städten gewesen. Er pendelte seit dieser Zeit, es mochten nun an die vierzig Jahre sein, als Fährtenleser, Trapper, Jäger oder Führer durch die eisigen Berge Alaskas und Kanadas. Nur wenigen Stationen war er auf seiner ruhelosen Wanderschaft treu geblieben. Eine davon war die kleine, namenlose Siedlung, in der John Murry seinen Handelswarenladen hatte. Die Menschen, die hier lebten, stellten nicht viele Fragen und ließen ihn in Ruhe. Jeder hier hatte sein eigenes Schicksal und das Leben hatte die wenigen Bewohner aus den unterschiedlichsten Gründen wie gebrauchtes Strandgut hierher gespült. Die vierzehn Monate, die Rob nun schon wieder hier war, waren der längste Aufenthalt an ein und demselben Ort, an den er sich überhaupt zu erinnern vermochte.

Wie sollte ein Leben enden, das so gelebt wird?

Sollte Rob Benson sich wirklich ein warmes Feuer suchen und den Rest seiner Tage über schmerzende Glieder jammern?

Er lächelte. Noch war es nicht soweit.

Rob atmete tief durch und trat in den harschigen, knirschenden Schnee. Sofort sprangen die Hunde auf. Sie waren kein Vergleich zu jenen, die er früher selbst gezüchtet hatte. Aber er hatte seit Jahren kein eigenes Gespann mehr besessen und die Tiere waren wenigstens bezahlt. Sie waren gehorsam und würden ihre Arbeit tun. Der Weg, der vor ihnen lag, war nicht allzu schwierig.

Ihr Instinkt sagte den Hunden, dass es nun soweit war.

Hechelnd stellten sie ihre Ohren, die buschigen Schwänze wedelten in gespannter Erwartung. Genauso wie Rob waren sie begierig darauf, loszuziehen.

>Sie sind wie ich<, dachte er, während er jedem einzelnen zusprach, dessen gewiss, dass sie seine Anweisungen genau verstanden. Noch einmal prüfte Rob den Halt der Ausrüstung und vergewisserte sich, dass die Gurte ordentlich über dem schweren Segeltuch festgezurrt waren. Dann setzte er sich die getönte Schneebrille auf und schob den dicken Schal vor sein Kinn. Er löste den Bremsanker und mit einem schrillen Schrei trieb er die Tiere hinaus in die Wildnis, den weißen Bergspitzen entgegen.

Es war ein windstiller, außergewöhnlich klarer Tag mit blauem, wolkenlosem Himmel und besten Sichtverhältnissen. Das Thermometer zeigte genau minus 20 Grad. Es hatte seit drei Tagen nicht geschneit, so dass die Schneedecke fest und tragfähig war. Die Hunde kamen gut voran und Rob fühlte sich besser als an jedem verdammten Tag des zurückliegenden Jahres, den er in der Siedlung verbracht hatte.

Wenn das Wetter halten würde, hätten sie in zwei Tagen den Zugang zum Kamara-Pass erreicht. Von dort waren es dann noch einmal zwei beschwerlichere Tage bis zur Baumgrenze.

Dort oben, wo die letzen knorrigen Fichten dem Winter trotzten, würden die Karibuherden nach ihrem anstrengenden Marsch über den Pass ihre erste Rast einlegen. Und mit den Karibus würde auch „Feuerauge“ kommen. Dort würde er ihn finden. Nein, dort würde „ER“ schon auf ihn warten. Dessen war Rob sich sicher.
Ohne auch nur ein Fünkchen seiner Konzentration zu verlieren, erinnerte Rob sich an ihre erste Begegnung. Es war vor etwa dreißig Jahren, als er sich als Jäger für einen Bergbaukonzern verdingte. Er war völlig mittellos aus dem eisigen Norden zurückgekehrt. Zwar war es ihm zuwider mit anzusehen, wie die Zivilisation immer mehr Menschen in den Norden spuckte, doch blieb ihm damals keine Wahl. Also verdiente er sein Brot damit, für das Volk der Minenarbeiter Frischfleisch zu besorgen. Nachdem der große Goldrausch abgeklungen war und die Goldgräberstädte ebenso schnell zerfielen, wie man sie aus dem Boden gestampft hatte, hatten sich die großen Konzerne im Land ausgebreitet und suchten neben Gold nach anderen gewinnträchtigen Bodenschätzen.

Rob hielt sich in der Minenstadt, die mitten in der Wildnis wie ein giftiger Pilz aus dem Boden wuchs, nur immer solange auf, wie es dauerte, das Fleisch abzuliefern und seinen Lohn dafür in Empfang zu nehmen. Der Job war recht einträglich, denn zu den Dollars, die man ihm bezahlte, konnte er über die Felle frei verfügen und sich somit ein zusätzliches Nebeneinkommen sichern.
Nicht im Traum dachte Rob daran, das Geld in der konzern-eigenen Kneipe zu versaufen, so wie es die meisten taten. Für die Firma war das ein lukratives Geschäft. Die Leute schufteten in den kalten, feuchten Stollen und abends gaben sie das sauer verdiente Geld wieder für den überteuerten und mit Wasser und weiß sonst noch was gestreckten Whisky der Firma aus. Rob war es zuwider, das mit anzusehen, und er hasste es, für

den Konzern zu arbeiten. Aber er brauchte das Geld, denn er hatte ein Ziel. Er wollte die besten Schlitten-hunde züchten, die man in ganz Alaska finden konnte. Und das Fundament dieser Zucht würde Elko bilden. Er hatte das Tier mit dem edel glänzenden Fell und den stahlblauen Augen von einem Inuit erworben und in den letzten vier Jahren war der Hund ihm so sehr ans Herz gewachsen wie noch nie ein Lebewesen zuvor.
Doch in den letzten Tagen eines außergewöhnlich harten Winters änderte sich die Situation schlagartig. Das kleine Minenstädtchen war seit drei Monaten eingeschneit und von jeglicher Versorgungsmöglichkeit abgeschnitten. Einzig die Jäger mit ihren Flinten konnten noch Proviant heranschaffen, und so verspeiste man das, was sich in der Umgebung der Siedlung schießen ließ. Doch für die vielen hungrigen Mäuler war auch das nicht genug. Die Kälte schien außer dem Menschen jegliche Lebewesen aus den Bergen vertrieben zu haben. Der Hunger ließ nicht lange auf sich warten. Doch auch andere Wesen suchten nach Nahrung und mit dem Hunger kamen die Wölfe. Das machte die Menschen vom Jäger zum Gejagten.
Nachdem einer der Jäger von einem Wolf getötet worden war und Nacht für Nacht die Wolfsrudel auf der Suche nach Fressbarem durch die Siedlung streunten, hatten die Männer nur noch die Aufgabe, die hungrigen Tiere von der Siedlung und ihren Bewohnern fernzuhalten. Doch das war leichter gesagt als getan.
Auch Rob gab damals sein Bestes, die Biester aus der Nähe der Siedlung zu vertreiben, denn schließlich hatten auch die Jäger um ihr Leben zu fürchten. Es war schwer, einen Wolf zu erwischen, denn immer wieder zerstreuten sie sich blitzartig, wenn die Jäger mit ihren Gewehren auftauchten. So blieb ihnen nichts anderes übrig, als den Wolfsrudeln nachzusetzen, um sie außerhalb der Siedlung zu erlegen. Dieses Vorgehen entwickelte sich zur gewohnten Taktik, doch schon nach kurzer Zeit schienen sich die Viecher darauf einzustellen. Hätte Rob

es nicht mit eigenen Augen gesehen, hätte er nicht geglaubt, dass die Wölfe zu solch einem intelligenten Handeln fähig waren. Nur deshalb war ihm für einen kurzen Moment der Gedanke durch den Kopf geschossen, dass die Tiere ihn bewusst in eine Falle gelockt hatten, als er einer kleinen Gruppe von ihnen nachgesetzt hatte und dann in einer Senke plötzlich von sechs oder sieben der reißenden Bestien umstellt war. Rob hatte sich diesen Umstand sofort als zufällige Begebenheit erklärt, doch heute wusste er es besser.

Dann hatte er ihn das erste Mal gesehen.

Damals war er noch nicht „Feuerauge", aber sein Fell war heller als das der anderen Wölfe. Es war nicht einfach nur weiß, nein, es besaß einen seltsamen, silbernen Glanz und ließ den kraftvollen, jungen Wolf auf eine eigentümliche Weise unwirklich scheinen.

Zum Glück war Elko an Robs Seite. Sein treuer Vierbeiner stürzte sich auf den Silberwolf, während Rob zwei andere Wölfe mit schnellen Schüssen niederstreckte und sich dann, den Gewehrkolben schwingend, einen Weg bis zwischen zwei kleine Felsen freikämpfen konnte. Von dort musste er hilflos mit ansehen, wie die Wölfe Elko zerfetzten, denn Robs Waffe hatte Ladehemmung und er hatte weiß Gott genug damit zu tun, sich den Rest der Meute vom Leib zu halten.

Bevor ihm seine Jagdkameraden zu Hilfe kommen konnten, machte sich das Rudel auf und davon. Nicht, ohne dass der Silberwolf und Rob noch einen langen Blick getauscht hatten.

Es sollte der Beginn einer lebenslangen Verbindung sein.

In vier Tagen schon konnte er sein Ziel erreichen. Wenn das Wetter mitspielte. In vier Tagen würde Rob sich auf der weiten Hochebene unterhalb des Passes bereit machen, um „Feuerauge" endgültig zu stellen.

Rob Benson war mit den Hunden bestens klar gekommen und hatte am ersten Tag wie geplant die Trapperhütte am Biberfluss erreicht. Sie war zu dieser Jahreszeit verlassen, aber Rob wusste, dass alles da war, was er brauchte. Das Holz für den kleinen Eisenofen hatte er selbst im letzten Spätsommer geschlagen und fein säuberlich in der Hütte aufgeschichtet. Nachdem er die Hunde abgeschirrt und mit Futter versorgt hatte, musste er nur noch den Eingang freischaufeln und konnte sich dann auf eine gemütliche und warme Nacht vorbereiten. Wenn sie erst einmal an ihrem Ziel angekommen waren, würden die Nächte nicht einmal annähernd so behaglich werden. Dort oben würde Rob mit einem einfachen Unterschlupf Vorlieb nehmen müssen, den er mit Schnee und den gewachsten Segeltuchplanen abdeckte, die er eigens dafür mit sich führte.

Als es dämmerte, saß Rob Benson auf einem kleinen Schemel vor dem rostigen Eisenofen und wärmte sich die Finger. Verwundert stellte er fest, wie gut ihm das tat.
„Wirst wohl doch langsam alt“, sagte er zu sich selbst.
Er wusste aber aus Erfahrung, dass es mit jedem Tag, den er hier draußen unterwegs war, besser gehen würde. Man gewöhnte sich schnell wieder an die Kälte.
Um sich abzulenken, ging er im Geiste noch einmal das gesamte Sortiment durch, das er bei sich führte. Natürlich hatte er die Liste längst erstellt und sich ausführlich über jedes Teil, das er brauchen würde, Gedanken gemacht. Alles war unzählige Male kontrolliert.
Trotzdem war es jetzt, wo er endlich unterwegs war, ein völlig anderes Gefühl. Es war wie immer, wenn er fortzog. Rob genoss es, sich endlich wieder frei und ungebunden zu fühlen. Er hatte die wenigen Banden hinter sich gelöst und sein Geld in die Ausrüstung und die Hunde investiert. Alles, was er besaß, führte er mit sich.
Zuletzt war er in Gedanken bei jenen Dingen angekommen, die er brauchen würde, um „Feuerauge“ ein für alle Mal zur Strecke zu bringen. Dabei kam ihm dieser Gedanke merkwür-

digerweise falsch vor. Etwas an dieser Formulierung gefiel ihm nicht. Es ging nicht darum, „Feuerauge“ *zur Strecke* zu bringen, es ging darum, sich mit ihm zu messen. Und endlich eine Entscheidung herbeizuführen.
Ja, ihre Verbindung hatte nichts mit Hass zu tun. Ganz am Anfang sicherlich. Als „Feuerauge“ Elko getötet und sich dann auf und davon gemacht hatte, *da* hatte Rob ihn noch von ganzem Herzen gehasst. Er wurde damals den Gedanken an Rache nicht mehr los und war wie versessen darauf, den silbernen Wolf zu finden.
Keine zwei Wochen nach jenem Vorfall setzte die Schneeschmelze ein und schon eine weitere Woche später konnte das Lager der Minenarbeiter wieder versorgt werden. In dieser kurzen Zeit hatte Rob alles daran gesetzt, den Silbernen noch einmal vor die Flinte zu bekommen. Vergebens.
Nachdem er den Job bei der Minengesellschaft gekündigt hatte, hatte Rob sich von dem Geld eine gute Ausrüstung zugelegt und sich Schlittenhunde gekauft. Den Gedanken an eine eigene Zucht hatte er verworfen und war nur noch von dem Gedanken beseelt, den Spuren der Wölfe zu folgen, um „Feuerauge“ zu stellen. Damals, ja damals war er rasend vor Wut, und sein Hass trieb ihn an.
Es dauerte drei Jahre, bis er das Wolfsrudel fand.

Als er sie von einem Hügel aus beobachtete, konnte er sein Glück zuerst gar nicht fassen. Die Tiere ruhten in einer Senke und hatten noch keine Witterung von ihm aufgenommen. Ganz deutlich konnte er den Silbernen erkennen, dicht an einen anderen Wolf geschmiegt. Vor ihnen tollte sich ein junger Welpe, dem deutlich anzusehen war, dass er einmal ein ebenso silbernes Fell tragen würde wie sein Vater. „Feuerauge“ war noch größer und noch stärker geworden und wie Rob erkennen konnte, war er zum Führer des Rudels geworden.
Zum Alphawolf.

Ohne weiter zu überlegen, hatte Rob sofort seine Flinte bereit gemacht, um den günstigen Moment zu nutzen. Jeden Augenblick konnte der Wind umschlagen und sein Geruch die Meute warnen. Er hatte gerade angelegt, als „Feuerauge“ seine Ohren aufstellte und direkt in Robs Richtung sah. Der Jäger wusste, dass er sich beeilen musste. Vielleicht zog er den Hahn ein bisschen zu schnell, aber der erste Schuss hallte genau in dem Moment, in dem die Wölfe aufsprangen und das Weite suchten. Rob repetierte und feuerte ein zweites und ein drittes Mal. Sein Ziel war jedes Mal „Feuerauge“, doch die Wolfsmeute flüchtete eng beieinander und verschwand schließlich im nahen Wald. Zwei Tiere lagen auf dieser Fährte in ihrem Blut, doch „Feuerauge“ war nicht darunter. Als Rob heran war, erkannte er die Wölfin und den Welpen mit dem silbernen Fell. Rob Benson hatte die Familie des Silbernen ausgelöscht.
Damals empfand er nichts bei diesem Anblick. Er dachte an Elko, seinen treuen Freund, und ob der blutige Kadaver zu seinen Füßen ein kleiner Welpe war oder nicht, war ihm reichlich egal. Wildes Tier ist wildes Tier.
Während er auf die beiden Körper starrte, tauchte „Feuerauge“ noch einmal am Waldrand auf. Rob hatte ihn nicht sofort wahrgenommen, erst als er den stattlichen Wolf dort stehen sah, hob er ganz langsam seine Flinte. So standen sie sich für einen langen Moment gegenüber. Der Silberne starrte zu ihm hinüber und Rob fixierte ihn direkt über die Kimme seines Gewehres. Doch er feuerte nicht sofort.
Als der Silberne Sekunden später verschwunden war, wusste Rob selbst nicht, warum er so lange gezögert hatte. Er verfluchte sich dafür. Da war das Viech dumm genug, wieder aus der sicheren Deckung zu kommen und er nutzte diese Chance nicht.
Ja, so hatte er damals gedacht.
Wegen schlechten Wetters hatte er die weitere Verfolgung nach drei Tagen abbrechen müssen und es dauerte wieder

geraume Zeit, bis ihre Wege sich kreuzten. Zeit, während der Rob viel über den Silbernen nachdenken konnte. Er hatte noch nie ein Tier gesehen, das eine solche Ausstrahlung besaß. Es verhielt sich so, dass Rob glauben musste, es verstünde, dass dieser Jäger alleine seinetwegen hier draußen war. Nach und nach gelangte Rob Benson zu der Überzeugung, dass der Silberne deshalb noch einmal aus seinem Versteck getreten war, um sich das Gesicht des Mannes einzuprägen, der seine Familie erschossen hatte.

Noch jetzt musste er den Kopf schütteln, weil er nicht fassen konnte, was er da dachte. Trotzdem hatte Rob es längst aufgegeben, sich gegen diese Gedanken zu wehren. Sie kreisten in seinem Kopf wie lästige Raben, die sich nicht verscheuchen ließen. Er konnte sich nicht davon losmachen.

Der alte Jäger beschloss, sich früh schlafen zu legen. Am nächsten Morgen wollte er zeitig los, um das beständige Wetter zu nutzen. Außerdem taten ihm seine Knochen weh. Er musste sich erst wieder daran gewöhnen, den ganzen Tag auf dem Schlitten zu stehen. Früher hatte er davon nichts gespürt, doch seit einigen Jahren fiel es ihm immer schwerer, in der Zeit nach den langen Wintern wieder in seine gewohnte Gangart zu kommen.

Der Kamara-Pass lag hinter der nächsten mächtigen Bergkette. Rob Benson hatte ihn bereits einige Male überquert. Er kannte diese Gegend hier. So gut man im Winter eine Gegend eben kennen konnte, die nur ein weißer Fleck auf der Karte war und in der sich nach jedem größeren Schneesturm die Landschaft veränderte, als hätte Gott selbst mit dem Besen darüber gewischt.

Vier Tage hatte er mit den Hunden gebraucht, um hierher zu gelangen. Nach der Nacht in der Holzfällerhütte hatten sie am frühen Morgen den zugefrorenen Fluss überquert und waren dem langgezogenen Tal, das in die Berge hineinführte, gefolgt. Dann hatten sie zwei Tage lang stetig an Höhe gewonnen, die

dichten Nadelwälder hinter sich gelassen und immer öfter einen Weg um die schroffen Felsspitzen suchen müssen. Der Weg zum Pass war zwar nicht schwer zu finden, aber Rob wusste, dass unterwegs etliche gefährliche Spalten und Felsabbrüche lauerten und diese Fahrt jetzt zu wagen, während die Felsbrücken noch vom dünner werdenden Schnee bedeckt waren, barg einige Risiken. Er verließ sich auf sein Gedächtnis und den Instinkt der Schlittenhunde.
Am letzten Tag waren sie über die lange Gletscherebene gefahren, bevor der Weg noch einmal anstieg und in schwungvollen Kehren zum Pass hinauf führte. Er bot eine direkte Verbindung von Nord nach Süd. Da diese einen Großteil des Jahres unpassierbar war, hatte sich hier im Gegensatz zum Iditarod-Trail oder den unzähligen Goldrauschtrails nie ein gefragter Übergang gebildet. Diesem Umstand war es aber zu verdanken, dass diese Gegend fast menschenleer geblieben war und dass außer Bergziegen und Elchen auch Karibus hier oben zu finden waren.
Vor dem Anstieg zum Pass schlug Rob Benson einen anderen Weg ein. Anstatt weiter zu der baumlosen Bergkette aufzusteigen, lenkte er die Hunde bis zum äußersten Rand der Gletscherebene. Dort, hinter labyrinthartigen, schwarzen Felszacken, die bedrohlich aus der weißen Fläche hervorstachen, lag, ohne dass man es vermuten mochte, eine langgestreckte Hochebene, die von einigen eng beieinander stehenden Baumgruppen besiedelt war und in deren Senken im Sommer Heidekraut und Wildsträucher wuchsen. Noch freilich lag alles unter einer dichten Schneedecke. Rob wusste, dass es dort kein Weiterkommen für den Schlitten gab, aber das war auch nicht notwendig.
Dort oben lag sein Ziel.
Dort würde er auf „Feuerauge“ treffen.
Rob Benson blickte auf. Als er tags zuvor den Schlitten hierher gelenkt hatte, war es ihm nur durch den Schutz seiner Glet-

scherbrille möglich gewesen, die Augen unablässig auf der blendend weißen Landschaft zu belassen. Das war auch notwendig, denn die Spalten waren tückisch. Ein Schlitten, der darin verschwand, war mitsamt Hunden und Fahrer für immer verloren.

Jetzt hatte sich das Wetter geändert. Der Himmel sah aus wie graues Pergament, das die Sonne als fahler Fleck verzweifelt zu durchbrechen suchte. Rob störte das wenig. Im Gegenteil, er fand, dass dies genau das richtige Wetter für dieses Land war. Grau, Angst einflößend und unberechenbar.

Die versteckte Hochebene am äußersten Rand des Gletschertales war von etlichen Felsen zersetzt und nur schwer zugänglich. Und doch gab es hier im Sommer mehr Bergwild, als man es sonst wo antreffen konnte. Rob hatte in den letzten beiden Jahren wiederholt hier oben gejagt und dabei herausgefunden, dass diese Hochebene wegen dieser Bedingungen die erste Station der Wolfsrudel war, wenn sie über den Berg zogen. Und sie würden auch dieses Mal kommen, dessen war er sich sicher.

Schon bei seinem ersten Jagdausflug hierher hatte er die kleine Felshöhle entdeckt. Gut getarnt zwischen einigen verwachsenen Bäumen ragten die Felsen hier so eng zusammen, dass sich darunter eine kleine Höhle gebildet hatte. Etwas zu niedrig, um darin aufrecht zu stehen, war sie zwar kein vollwertiger Wohnersatz, aber doch tief genug, um auch bei rauem Wetter Schutz zu bieten. Ausgerechnet an jener Stelle, wo eine geschlossene Decke diesen Schutz gewähren sollte, klaffte ein großer Spalt, durch den die Feuchtigkeit von oben eindrang und der den Schnee nur unzulänglich abhielt. Doch Rob hatte vorgesorgt und eines der schweren Segeltücher so davor gespannt, dass es Wasser und Schnee vorübergehend abhalten würde.

Die Höhle lag nur einen Steinwurf von der Kante zur Gletscherebene entfernt und so hatte Rob einen wunderbaren Blick

auf die weite, weiße Fläche, ohne selbst sofort entdeckt zu werden.
Zwar war es unwahrscheinlich, dass es außer dem Wild überhaupt jemanden gab, der ihn hier oben entdecken konnte. Die übliche Route auf den Pass lag weiter westlich und hierher, an den Rand des in einem langen Bogen verlaufenden Gletschers, verirrte sich kaum jemand. Wer nur wenig Lust verspürte, einem seiner Artgenossen zu begegnen, fand in diesem Land genug Gelegenheiten, sich auf und davon zu machen. Wenn man wie Rob seit dreißig Jahren in dieser Wildnis unterwegs war, wurde man der ständig fortschreiten-den Besiedlung des Landes durchaus gewahr, aber noch gab es genug Gebiete, in die bisher kaum ein Mensch seinen Fuß gesetzt hatte.
Noch waren die Tage kurz, und mit der Dunkelheit schloss sich auch der knöcherne Griff der Kälte wieder enger um das Land. Die Nacht kam schnell und Rob wusste, dass ihm bitter kalte Stunden bevorstanden. Nachdem er den Schlitten entladen, die Hunde versorgt und sich in der Höhle leidlich eingerichtet hatte, entfachte er ein rauchloses Feuer. Er hatte vorgesorgt. Den kleinen Hobo-Ofen und eine Notausrüstung hatte er bereits vor einem Jahr in die Höhle transportiert.
Man konnte nie wissen.
Es war eine von Robs Eigenarten, solche Unterschlüpfe, hatte er sie erst einmal entdeckt, systematisch in seinem Gedächtnis abzuspeichern und als mögliche Notunterkünfte abzurufen.
Ein Verhalten, das er sich damals bei den Inuit im Nor-den angeeignet hatte, wenn sie tagelang auf den weiten, eisigen Ebenen unterwegs waren, um Seelöwen zu jagen. Und tatsächlich hatte ihn diese Angewohnheit vor einigen Jahren vor dem sicheren Tod bewahrt, als er hoch oben in den Bergen in einen schweren Sturm geraten war und sich in eine kleine Höhle flüchten konnte, die er sich für eben solche Zwecke in seiner geistigen Landkarte markiert hatte. Vier Tage hatte er mit sechs Hunden eng zusammengepfercht in der Höhle ausge-

harrt, ehe der Sturm soviel an Kraft verloren hatte, dass er die Talfahrt über den Gletscher hatte wagen können. Ein schrecklicher Blizzard war über das Land gefegt und hatte jede Hoffnung von John Murry und den anderen Bewohnern der Siedlung erstickt, Rob Benson lebend wieder zu sehen.
Die Leute hatten seine Rückkehr für eine Sensation gehalten und ein Fotograf hatte sogar ein Foto von Rob und den Hunden geschossen, als sich das „Wunder vom Sturmbezwinger" den Fluss hinunter bis nach Dawson herumgesprochen hatte. Jack Murry hatte ihm einige Monate später erzählt, dass der Fotograf Reporter einer kleinen Zeitung aus Anchorage war und das Foto sogar in dem Magazin erschienen war. Wie um das beweisen zu müssen, hatte Murry stolz eine Ausgabe der Zeitung hinter der Theke hervorgeholt und sie Rob mit einem lauten Knall auf den polierten Holztresen präsentiert. Rob hatte das Foto lange und kommentarlos betrachtet. Schließlich hatte er gelesen, dass man ihn als wundersamen Bezwinger der Wildnis beschrieb und einige seiner Abenteuer in Eis und Schnee zum Besten gegeben. Über keines der geschilderten Erlebnisse hatte er dem Reporter etwas erzählt, ja, die wenigsten davon entsprachen auch nur annähernd der Wahrheit. Wahrscheinlich hatte der Kerl alle möglichen Leute aus der Siedlung befragt und sich dann das meiste einfach zusammengereimt. Rob hatte nur unwillig geknurrt und wortlos den Laden verlassen. Murrys enttäuschte Blicke hatte er dabei geflissentlich ignoriert.
Rob Benson rückte näher an den kleinen Ofen, der längst keine Verschlusstüre mehr besaß, dafür aber wegen der offenen Flammen eine wohlige Wärme abstrahlte. Wenn Rob dicht davor saß und seinen Mantel wie eine schützende Decke davor ausbreitete, bildete er mit dem knisternden Eisenkübel fast eine Einheit.
Er dachte an seine Zeit bei den verschiedenen Stämmen zurück, die ohne Ausnahme über winzigen Feuerchen zu hocken

pflegten, wenn sie in der Wildnis unterwegs waren. Es gab ein Sprichwort bei den Ureinwohnern: Der rote Mann wärmt sich an einem kleinen Feuer, der weiße Mann wärmt sich, indem er ein großes Feuer entfacht und andauernd nach Holz rennen muss. In diesem Fall zählte Rob sich zu den roten Männern und wenn er es richtig bedachte, tat er das in mehr Dingen, als einem weißen Jäger lieb sein konnte.
In dieser Nacht fiel Schnee. Es waren nur einzelne Flocken, doch sie fielen so beständig, dass am nächsten Tag nichts mehr von seinen Spuren zu sehen war. Rob Benson war wieder einmal untergetaucht und mit der Wildnis verschmolzen. Es waren die idealen Voraussetzungen, um auf „Feuerauge" zu warten. Alles verlief nach Plan und Rob wusste, dass sie sich bald gegenüberstehen würden.
Am darauf folgenden Morgen hüllte sich der Himmel in schmutziges Grau. Rob beobachtete die dichten Wolkenschwaden, die bedrohlich von den Bergen herunterzogen, und kam zu dem Schluss, dass sich das Wetter in den nächsten Tagen nicht verbessern würde. Damit konnte er leben. Solange „Feuerauge" noch nicht aufgetaucht war, war es Rob nur recht, wenn es in Maßen schneite und so die Spuren seiner Anwesenheit verwischt würden. Hatte er den Silbernen erst einmal entdeckt, wäre er bei klaren Sichtverhältnissen im Vorteil. Rob fragte sich, ob „Feuerauge" alleine kommen würde oder ob er sich einem Rudel angeschlossen hatte und er es so mit einer ganzen Gruppe von Wölfen zu tun bekommen würde. Aber all das blieb abzuwarten. Wenn es soweit war, würde sich zeigen, was geschah.
Eines jedenfalls wusste er genau. Auch wenn hier oben noch nichts vom Ende des Winters zu spüren war, war Rob sich sicher, dass er keine Zeit zu verlieren hatte. Er wollte vorbereitet sein und für das, war er vorhatte, würde er gut und gerne vier Tage harte Arbeit investieren müssen. Danach blieb ihm nichts weiter, als auf „Feuerauge" zu warten.

Rob schnallte sich seine Schneeschuhe an. Auch wenn der Neuschnee auf einer festen, harschigen Unterlage ruhte, erleichterte dies sein Vorankommen ungemein. Er kannte die Gegend um die Höhle und machte sich nun ohne Hunde auf, jene Stellen zu finden, die er sich bereits im letzten Sommer für sein Vorhaben ausgesucht hatte. Es gab mehrere natürliche Zugänge zu der Felsformation, zwischen der er lagerte. Und an den meisten dieser Zugänge fand sich eine für sein Vorhaben passende Engstelle. Dort, wo gerade noch ein Schlitten hindurch passte, waren die Plätze, um die Fallen aufzustellen.
Rob spannte die gutgeölten Eisenfallen und befestigte die langen Ketten an hervorstehenden Wurzeln oder schlug sie mit tiefen Erdankern in den gefrorenen Boden. Danach bedeckte er alles sorgfältig mit Schnee. Kein noch so schlaues Tier, das einmal in die Falle getappt war, würde sich daraus befreien können. Er prüfte achtsam, ob die Fallen ordentlich getarnt waren und korrigierte seine Arbeit mehrfach, bis er endlich zufrieden war.

An einigen der Zugänge aber ließen die dunklen Felswände selbst an den engsten Stellen genug Raum, um auch in eine noch so geschickt platzierte Falle lediglich durch Zufall hineinzutappen. Hier musste Rob zu anderen Mitteln greifen. Das Ausheben von Gruben war dort, wo es keine natürliche Senke gab, aussichtslos. Der Boden war noch immer gefroren und Rob hätte für eine solche Falle sicherlich eine Woche schuften müssen.
Statt dessen zog er die kleine, gut geschärfte Axt aus seinem Gürtel und suchte sich kräftige Äste, die er eng beieinander in den Boden rammte, gut zuspitzte und auf diese Weise ein gefährliches Hindernis schaffte, das die Durchgänge auf gut einen Meter verengte. Nachdem er die Pflöcke mit Buschwerk und Schnee abgedeckt hatte, stellte er auch hier Fallen auf. Als er mit seinem Tagewerk fertig war, nickte er zufrieden.

Der erste Teil der Arbeit war getan. Doch das war erst der Anfang.
Inmitten der Hochebene befand sich ein von Wurzelwerk und Fels freier Geländeabschnitt, auf dem Rob die Reste einer alten Indianersiedlung entdeckt hatte.
Die steinernen Feuerplätze und die auch jetzt noch hoch aufragenden Totems ließen darauf schließen, dass es sich um einen alten Zeremonienplatz handelte. Noch vor fünfzig oder sechzig Jahren vielleicht wäre es für einen Weißen gefährlich gewesen, diese Stätte zu betreten, doch mittlerweile waren die Spuren des Verfalls deutlich sichtbar. Rob hatte diesen Ort erst bei seiner letzten Jagd hier oben entdeckt, obwohl er die Hochebene jedesmal bis an ihr hinteres Ende durchwandert hatte. Dort, wo die Felsen so schroff und steil wurden, dass man ein wahrer Kletterkünstler sein musste, um sie zu erklimmen, klafften tiefe Schluchten und ein reißender Wasserlauf setzte dem Weiterkommen ein abruptes Ende. In terrassenartigen Sturzbächen folgte das eisige Wasser dort dem Geländeverlauf, um schließlich weiter unten mit tosender Gischt viele hundert Fuß weit in die Tiefe zu stürzen. Selbst jetzt, wo der Winter das Land immer noch fest umklammert hielt, war der Wasserlauf nicht gänzlich zugefroren. Oberhalb des Wasserfalls, wo das Wasser schnell dahinschoss, trugen lediglich die Uferbereiche eine feste Eisdecke, die nur an wenigen Stellen bis in die Mitte des Flusses reichte und so eine Handvoll dünner und gefährlicher Brücken über das Wasser bauten. Erst zwei Meilen flussaufwärts bedeckte eine gleichmäßige, aber tückische Eisdecke den Fluss, und nur an den Terrassen sprudelte das Wasser zwischen geheimnisvollen Eisskulpturen hervor.
Noch einige Wochen, dann würde auch diese Eisschicht brechen und der Fluss würde gespickt sein mit unzähligen dahintreibenden Schollen und Eisbergen, die auf ihrem Weg ins Tal in tausend kleine Splitter zerbarsten.

Rob hielt gebührenden Abstand zu den tosenden Wassermassen. Die Uferzone war heimtückisch und er wollte nicht auf einer überhängenden Wächte abrutschen und sich nasse Füße holen.
In den darauf folgenden Tagen baute Rob unablässig weitere Fallen. Er hatte alles bis ins Detail geplant und wollte sich kein Versäumnis vorwerfen müssen. Nachdem er die natürlichen Zugänge zur Höhle mit den Eisenfallen präpariert hatte, erkundete er jene Gebiete, die er noch nicht betreten hatte oder an die er sich nicht mehr genau erinnern konnte.
Dabei verließ er sich völlig auf seinen ausgeprägten Instinkt und versuchte, das Gelände mit den Augen eines Vierbeiners zu betrachten. Er suchte nach geeigneten Lager- und Fressplätzen und prägte sich ein, wo er auf Sackgassen stieß oder an welchen Stellen steile Abstürze oder Felsspalten lauerten. Dann baute er Fallen und Unterstände an strategisch günstigen Stellen auf.
Zwei kleinere Senken, die ihm dafür geeignet erschienen, hob er, soweit es ihm möglich war, tiefer aus und spickte deren Grund mit zugespitzten Pfählen. Danach deckte er die Gruben sorgfältig mit Zweigen und dünnen Ästen ab und schaufelte auch hier eine dünne Schneeschicht darüber.
Insgesamt hatte er schließlich über die Hochebene verteilt sechs geschützte Unterstände gebaut, aus denen heraus er den Wölfen auflauern konnte. Für alle Fälle hatte Rob die Unterstände zusätzlich mit etwas Munition und Verpflegung ausgerüstet. Dazu kamen die beiden Gruben, zwei Dutzend Eisenfallen und auch noch einige Schlingen. Letztere hatte er aber nur der Vollständigkeit halber an besonders engen Durchgängen gelegt und ohne große Hoffnung, dass sich ausgerechnet hier eines der Tiere verfangen würde.

Rob wollte bei seinem ganzen Vorhaben nichts dem Zufall überlassen. Er war nicht so dumm, „Feuerauge“ zu unter-

schätzen. Deshalb betrachtete er auch jede Falle mit den Augen und dem Verstand eines Menschen und gestand dem Silbernen dieselbe Intelligenz zu. Wenn Rob die Fallen erkennen konnte, konnte es auch „Feuerauge“.
Jeder vernünftige Jäger hätte ihn dafür ausgelacht in der Annahme, dass es sich hier um die Jagd auf einen gewöhnlichen Wolf handelte. Doch Rob wusste es besser.
Er kannte seinen Gegner.

Wieder entsann er sich dessen, was geschehen war, nachdem er die Wölfin und den Welpen erschossen hatte. Der Blick des Silbernen war ihm nicht mehr aus dem Kopf gegangen. Doch kurz darauf hatte man Rob Benson eine gute Stelle als Fährtensucher angeboten und so war er zwei Jahre lang an der Westküste Alaskas unterwegs gewesen.
Dort gab es eine Menge Arbeit, weil man das Bestreben hatte, eine Eisenbahnlinie die Küste entlang in den Norden zu ziehen. Während all dieser Zeit hatte Rob das Bild des Silberwolfes vor Augen. Gut, er hatte sich dafür gerächt, dass die Wölfe seinen treuen Freund Elko zerfetzt hatten, doch wirkliche Befriedigung verspürte er dadurch keine. Etwas drängte ihn, weiter nach dem Silbernen zu suchen. Es war nicht das Gefühl der Rache, sondern vielmehr eine magische Anziehungskraft, die der geheimnisvolle Wolf auf Rob ausübte. Damals begann er zu spüren, dass mehr dahinter steckte. Der Silberwolf hatte ihn in seinen Bann gezogen und auch wenn er sich in große Gefahr begab, musste er ihn finden. Dieser Gedanke nistete sich in seinem Kopf ein und hielt ihn in seinen Klauen wie ein Adler seine Beute. Ja, der Drang, dem Silbernen wieder zu begegnen, wurde zu einem festen Bestandteil in Robs Leben.
Trotzdem traf der nächste Zusammenstoß Rob Benson überraschend und unvorbereitet.
Nachdem die Bahnlinie so gut wie fertig war, war auch Robs Arbeit als Wegfinder beendet und er war mit einem der Züge,

die in die Staaten zurückkehrten, zuerst nach Süden und dann bis nach Matanuska, unweit der Stadt Anchorage, gefahren. Dort hatte er sich ein Pferd gekauft, sich mit frischem Proviant und Ausrüstung versorgt und sich wieder einmal aufgemacht, um den Menschen zu entfliehen. Die nächsten Wochen oder vielleicht auch Monate wollte er in der Wildnis verbringen, allein, frei und weitab jeder menschlichen Behausung. Der Sommer stand bevor und erst zum nahenden Winter würde er wieder zurückkehren, um vom Rest seines Lohnes ein passendes Winterquartier zu beziehen. Ein bestimmtes Ziel hatte er nicht. So versuchte Rob sich damals selbst zu überzeugen und so erzählte er es jedem, der ihn danach fragte.

Aber er wusste es besser.

Insgeheim hoffte er, irgendwo dort draußen auf eine Spur zu stoßen, einen Hinweis vielleicht, einen Zufall oder eine Fügung des Schicksals, die Rob Benson und den Silberwolf wieder zusammenführen würde. Das war es wirklich, was den weißen Jäger in die Denali-Berge ziehen ließ.

Mehrere Wochen zog er jagend und ohne besondere Vorkommnisse durch die Wälder Doch dann änderte sich plötzlich etwas. Zuerst konnte Rob es nicht erklären, es war mehr ein Gefühl, eine Änderung des Grundtones der Natur, eine andere Schwingung. Eine nicht greifbare Bedrohung, ohne konkreten Hinweis. Robs Sinne waren geschärft für die Gefahren hier draußen und nur deshalb sagte ihm sein Instinkt, dass er nicht mehr allein war. Er spürte es ganz deutlich.

Während er sein Pferd langsam durch die dichten Wälder dirigierte, beobachtete er jeden Strauch und jeden Fels aus zusammengekniffenen Augenwinkeln. Jedes Geräusch ließ ihn aufhorchen. Er war sich noch nicht im Klaren über die Art der Bedrohung, als plötzlich wie aus dem Nichts ein silbernes Etwas durch die Luft schoss.

Alles geschah blitzschnell und es war nur Robs Reaktion und dem Umstand, dass das Pferd sich im letzten Moment auf-

bäumte, zu verdanken, dass der gewaltige Wolf nicht genau auf den Reiter prallte und ihn vom Pferd schleuderte. Die messerscharfen Zähne des Silbernen verfehlten Robs Kehle und verpassten ihm stattdessen die hässliche Narbe, welche sich seither quer über sein Gesicht zog. Ein glücklicher Zufall war es auch gewesen, der das Pferd straucheln ließ und es so neben dem Jäger zu Boden stürzte, dass der Sattel mit der daran befestigten Schrottflinte direkt in Robs Reichweite gelangte.
Mehr instinktiv als bewusst hatte er die Waffe gepackt, die er stets für die Jagd auf kleinere Tiere bei sich führte. Die Kugeln hatten keine hohe Durchschlagskraft, besaßen aber den Vorteil der breiten Streuwirkung. Rob selbst konnte in diesem Moment kaum etwas erkennen, sein Blick war getrübt und rot gefärbt vom Blut, welches ihm in Strömen übers Gesicht lief. Doch er schaffte es, in der nächsten Sekunde die doppelläufige Waffe abzu-feuern. Dabei hielt er einfach in die Richtung aus der er den mächtigen Schatten erneut herannahen sah. Ein kurzes Aufheulen gab ihm Hoffnung, getroffen zu haben. So schnell er konnte, tastete seine Hand zum Gürtel, wo er weitere Munition für die Flinte in einem kleinen Lederbeutel aufbewahrte. Mit zittrigen Fingern lud er nach, doch es kam zu keinem weiteren Schuss. Das letzte, woran Rob sicher erinnern konnte, bevor er das Bewusstsein verlor, war eine tiefe Erleichterung darüber, den Silbernen erlegt zu haben.
Als er wieder zu sich kam, brannte die Wunde höllisch und Rob war sich sicher, dass er in diesem Zustand eine leichte Beute für den Silbernen geworden wäre, hätte er ihn nicht gerade noch erschossen. Mit wackeligen Knien suchte er die Umgebung ab, doch einen Kadaver fand er nicht. Der Wolf war verschwunden.
Das Pferd hatte sich durch den unglücklichen Sturz ein Gelenk gebrochen, so dass Rob es töten musste. Er verfluchte, dass er sich nicht wie geplant ein Packpferd oder wenigstens einen Maulesel gekauft hatte. Doch all das Zetern nutzte nichts, also

lud er sich auf, was er tragen konnte, und machte sich auf den Weg. Sechs Tage schleppte er sich durch die Wildnis, bis ihn mehr tot als lebendig eine Gruppe Indianer fand. Es war das erste Mal, dass Rob Chief Maluk begegnete. Der brachte ihn in die kleine Siedlung, die seit jener Zeit immer wieder als vorübergehender Aufenthaltsort für Rob Benson gedient hatte. Während der ganzen sechs Tage hatte er kaum gewagt, die Augen zu schließen, in der Sorge, der Silberne könne ihm des Nachts auflauern. Doch er sah ihn nicht wieder. Und doch hatte er ihn immer vor Augen. Es war ihm völlig rätselhaft, wie ein Wolf sich so verhalten konnte. Warum war der Silberne plötzlich wie aus dem Nichts aufgetaucht? Hatte Rob ihn tatsächlich getroffen? Er fragte sich, ob der Silberne nun hinter ihm her war. War aus dem Jäger Rob Benson ein Gejagter geworden? Er konnte es sich nicht erklären, aber von diesem Zeitpunkt an glaubte er genau das, auch wenn dieser Gedanke völlig absurd schien.

Erst viel später sollte Rob erfahren, dass eine der Schrotkugeln das Auge des Wolfes gestreift und für einen dauerhaften Blutstau darin gesorgt hatte. Keiner konnte sagen, ob der Silberne auf diesem Auge blind war oder nicht. Aber seitdem ging er mit einem gelben und einem roten Auge durchs Leben und man gab ihm den Namen „FEUERAUGE“.
Als Rob mit seiner Arbeit fertig war, waren sechs Tage vergangen. In dieser Zeit hatte es immer wieder leicht geschneit, so dass mittlerweile nichts mehr von den Fallen zu sehen war. Die letzten Tage hatten Rob Benson mehr angestrengt, als er sich eingestehen wollte. Sein Rücken tat weh und die Fingerknöchel waren aufgeschürft.
Aber er war zufrieden.
Auch wenn er länger gebraucht hatte, als geplant, spielte das keine große Rolle. Der einzige Zeitplan, der zählte, war der der Wölfe, und die Jagd würde dann beginnen, wenn sie über die

Berge kamen. Noch war es nicht soweit, doch lange konnte es nicht mehr dauern.
Sorgen machte Rob sich über das Wetter. Ein Blick zum Himmel verriet ihm, dass es sich nicht bessern würde. In den kommenden Tagen musste er sicherlich mit stärkeren Schneefällen rechnen. Damit konnte er grundsätzlich zurechtkommen, doch für die bevorstehende Jagd war es von großer Bedeutung. Wenn „Feuerauge" erst einmal hier war und ihr Duell begann, dann würde das Wetter vielleicht das Zünglein an der Waage sein. Beständiges Wetter und klare Sicht waren gut für Rob, Nebel und Schnee würden einen Vorteil für „Feuerauge" bedeuten.
Rob zog sein messingbeschlagenes Fernrohr auf und reinigte sorgfältig die Linse. Er trug das gute Stück mit sich, seit er zur See gefahren war und war stolz darauf, dass es ihm auch in der Wildnis Alaskas stets gute Dien-ste geleistet hatte. Ein großer, umgestürzter Baumstamm am Rande der Hochebene bot dem Jäger einen idealen Platz, um nur einen Steinwurf von der Höhle entfernt geduldig die Hänge über dem Gletschertal beobachten zu können. Von dort musste jeder kommen, der den Weg über den Pass nahm.
Das galt für Mensch und für Tier.
Rob hatte lange gebraucht, um zu verstehen, wann die Wölfe wohin zogen und welche Wege sie benutzten. „Feuerauge" hatte er dabei nie verfolgen können. Der silberne Wolf war stets wie ein Geist aufgetaucht und plötzlich wieder wie vom Erdboden verschluckt. Rob war weiß Gott kein schlechter Jäger. Vielleicht war er sogar der beste, der hier oben unterwegs war. Trotzdem war es ihm nie möglich gewesen, „Feuerauge" lange genug auf den Fersen zu bleiben. Oft genug war ihm in den Sinn gekommen, dass der Silberne ihn an der Nase herum-führte und sich einen Spaß daraus machte, den Jäger zu irritieren, doch immer wieder hatte Rob sich für diesen Gedanken selbst einen Narren gescholten.

Er sah sie ganz deutlich.
Winzig schwarze Punkte auf einer schier unendlichen weißen Fläche. Wie eine Karawane zogen sie dicht hintereinander vom Pass herunter. Eine halbe Stunde später war sich Rob sicher, dass es ein anderes Wolfsrudel war. Kein einziger war unter ihnen, der auch nur annähernd so ein Fell hatte wie „Feuerauge".
Verärgert und nachdenklich kaute Rob auf einem Stück Kautabak. Damit hatte er zwar rechnen müssen, aber willkommen war ihm diese Situation nicht. Ein fremdes Wolfsrudel!
Er zählte acht Tiere. Rob konnte nicht zulassen, dass sie sich in der Hochebene auf Nahrungssuche begaben und seine Fallen gefährdeten oder ihm in die Quere kamen. Wenn er sie vertrieb, konnte das eine Warnung für andere sein, die ihnen folgten. Er wog seine Möglichkeiten ab.

Rob war ein guter Jäger, der eine ruhige Hand hatte. Wenn er die Tiere nahe genug herankommen ließ, hatte er gute Chancen, sie alle zu töten, dessen war er sich sicher. Natürlich würden die Schüsse in dem Hochtal weit zu hören sein und er musste danach die toten Tiere begraben und die Spuren verwischen. Dass „Feuerauge" gerade jetzt auftauchte, wäre reiner Zufall gewesen, doch wenn es so wäre, würde er gewarnt sein. Aber wenn Rob die Wölfe einfach in Ruhe ließ, würden sie womöglich einer nach dem anderen in die Fallen geraten. Einen Moment überlegte Rob, ob er die Fallen sichern sollte und die Gruben abdecken konnte, doch er verwarf diesen Gedanken sofort wieder. Die Wölfe würden sich wahrscheinlich in den nächsten Wochen hier aufhalten. Wenn er in dieser Zeit „Feuerauge" jagen wollte, nützte es ihm gar nichts, wenn er die Fallen jetzt funktions-unfähig machte.
Er entschloss sich, die Tiere zu schießen.
Rob fühlte sich mit der Wildnis und seinen Geschöpfen durchaus verbunden und es behagte ihm ganz und gar nicht,

acht Wölfe ohne ersichtlichen Grund niederzuschießen. Doch für ihn ging es hier um etwas ganz Großes. Ihm blieb nicht mehr viel Zeit. Er brauchte nur in seinen Körper zu horchen und seine faltigen Hände zu betrachten, um zu wissen, dass dies wahrscheinlich seine letzte Jagd war. Die letzte Gelegenheit, „Feuerauge“ mit genügend Kraft gegenüberzutreten.
Nur sie beide.
Nichts und niemand würde sich zwischen sie stellen oder dieses letzte Treffen verhindern!
Ohne Hast ging Rob zurück zur Höhle und machte sich bereit. Er hängte sich sein Repetiergewehr um, mit dem er eine schnelle Schussfolge abgeben konnte, und nahm den langen Elchtöter mit dem Zielfernrohr, der zwar nur einzeln geladen werden konnte, aber eine enorme Reichweite besaß. Rob war immer noch schnell genug, um die Waffe ruhig und gezielt viermal in der Minute abfeuern zu können. Selbst wenn die Wölfe das Weite suchten, würden sie ihm auf der weiten Schneefläche, auf der es kaum Deckung gab, unmöglich entkommen. Nachdem er die passende Munition eingesteckt hatte, nahm er ein zusammengefaltetes Stück Segeltuch und machte sich vorsichtig wieder auf zum Rand der Hochebene. Jetzt waren die Tiere bereits mit bloßem Auge zu erkennen. Ein langsamer Zug aus acht dunklen Flecken, der dort vom Pass herunterkam. Acht ausgemergelte Tiere, die hofften, in der Hochebene leichte Beute zu machen.
Rob breitete die Plane an einer passenden Stelle unter zwei Bäumen aus. Hier lag er auf trockenem Grund und konnte die Landschaft vor sich überblicken, ohne von den Tieren entdeckt zu werden. In aller Seelenruhe machte Rob sich bereit.
Nachdem er die Patronen griffbereit wie Zinnsoldaten nebeneinander gestellt hatte, schob er das erste Geschoss in den Lauf und legte das schwere Gewehr neben sich. Dann nahm er das Repetiergewehr und wartete. Zuerst sollten die Wölfe nahe genug herankommen, dann würde er in schneller Folge vier

oder fünf von ihnen erwischen. Diejenigen, die versuchen würden, dem Jäger in einem weiten Bogen zu entgehen, konnte er dann mit dem Elchtöter erlegen.

Rob wartete geduldig und beobachtete die heran-nahenden Tiere. Die Wölfe, die dort auf ihn zukamen, hatten in seinen Augen nichts gemeinsam mit „Feuerauge“. Sie waren unbeteiligte Dritte, die zur falschen Zeit am falschen Ort waren. Er konnte nicht zulassen, dass sie ihm seinen letzten Kampf verdarben. Ihm war klar, dass er mit diesen Gedanken eine Ausrede suchte, für das, was er nun vorhatte. Er wusste selbst nicht, warum, aber er hatte schon immer eine Art Gerechtigkeitssinn beim Jagen empfunden. Er schätzte eine richtige Jagd, bei der er seiner Beute nachstellte und in die Fallen trieb oder sie mit Geschicklichkeit aufstöberte und mit Schnelligkeit erlegte. Ganz anders als es die Karibujäger unten im Süden pflegten, die jährlich aus ihren Fahrzeugen heraus das vorbeiziehende Wild erlegten, auch wenn die meisten von ihnen gewöhnliche Bürger waren, die sich auf diese Weise teure Einkäufe ersparten.

Für Rob kam so etwas nicht in Frage. Schon gar nicht, wenn es um die Jagd nach „Feuerauge“ ging. Deshalb hatte er diese Möglichkeit gar nicht erst in Erwägung gezogen. Jetzt und hier wäre es einfach, dem Silbernen aufzulauern und ihn mit einem Schuss zu erledigen. Doch es wäre nicht richtig. Es gehörte sich einfach nicht.

Für jemanden, der kein Jäger war, war diese Logik nur schwer nachzuvollziehen, aber für Rob stellten die Fallen und Gruben keinen Widerspruch in diesen Überlegungen dar. Er war Trapper und Jäger und diese Dinge gehörten zu seinem Handwerkszeug. Sie waren Bestandteil der Jagd und es bedurfte besonderer Kenntnisse, sie geschickt einzusetzen. Sie galten in seinen Augen als faire Mittel. Alles würde sich hier in der Hochebene abspielen, wo es Felsen und Büsche gab, die ihnen

beiden Deckung boten. „Feuerauge“ würde kommen und sie mussten sich hier oben gegenübertreten. Den Silbernen aus der sicheren Deckung heraus zu erschießen, während der sich dem eigentlichen Ort ihrer Begegnung näherte, wäre Rob wie Verrat vorgekommen.
Rob Benson wusste selbst nicht, weshalb er so dachte, aber es fühlte sich für ihn richtig an.
Die Wölfe hatten nun den Abstieg geschafft und trotteten auf der eisigen Ebene langsam ihrem sicheren Tod entgegen. Rob legte vorsichtig das Gewehr aus der Hand und massierte seine Finger. Er kannte den Zustand, wenn man zu lange warten musste, bevor man zum Schuss kam. Die Finger verkrampften sich und man konnte sich nicht mehr richtig lösen. Schlimmstenfalls ging ein Schuss zu früh los und man verscheuchte seine Beute. Ein typischer Anfängerfehler. Rob würde warten, bis die Tiere auf 200 Fuß heran waren. Leise nahm er seine Waffe wieder auf, legte an und zielte. Langsam kamen die Tiere näher und Rob konnte deutlich den Leitwolf erkennen.
Abrupt blieben die Wölfe stehen und stellten ihre Ohren. Was auch immer sie gehört hatten, das Geräusch war nicht von Rob gekommen.
„Kommt schon!“, dachte Rob und legte den Finger an den Abzug. Gleich war es soweit.
Nur noch einige Schritte, dann gab es kein Entrinnen mehr. Rob hielt die Luft an.
Plötzlich zuckte der Leitwolf zusammen, als hätte ihn etwas aufgeschreckt. Zum Teufel, was war das? Ohne Vorwarnung drehten die Tiere ab, und stoben in wilder Jagd seitlich aus dem Blickfeld des Jägers. Rob ließ das Gewehr sinken und beobachtete verdutzt, wie die Tiere nach rechts verschwanden. Von dort würden sie das Hochtal nicht erreichen können, sondern über die steilen Hänge weiter ins Tal laufen.
Was war passiert? Hatten sie ihn etwa gewittert?
Unmöglich!

Vielleicht hatten sie die Fährte eines verirrten Elches oder Bergwidders aufgenommen, was für Rob einen wirklich glücklichen Zufall bedeutet hätte. Er war froh, dass ihm das Schicksal einen anderen Weg geboten hatte, als die Tiere erschießen zu müssen.
Noch während er die Gletscherebene absuchte, geriet die wirkliche Ursache für diesen Umstand in sein Blickfeld. Über den Gletschergrund näherten sich zwei Hundeschlitten. Schnell erkannte Rob, dass sie nicht den Weg zum Pass hinauf suchten, sondern direkt auf seinen Standort zuhielten.
Das hatte ihm gerade noch gefehlt!
„Verdammt, was zum ...!“
Schnell legte Rob das Gewehr beiseite und zog sein Fernrohr aus dem Lederetui. Durch den aufwirbelnden Schnee hindurch entdeckte er die Konturen der Hunde und ihrer Herren, die sich auf zwei Schlitten näherten. Er brauchte einen Moment, um sicher zu sein, doch dann konnte er unter den Fellmützen die gegerbten Gesichter der Männer erkennen. Sie waren zu dritt. Auf dem vorderen Schlitten saß Chief Maluk. Der Mann hinter ihm, der mit kräftigen Bewegungen den Schlitten kontrollierte, war dessen Sohn Joseph. Den Mann auf dem zweiten Schlitten konnte Rob nicht erkennen.
Er fragte sich, was die Männer hier oben wollten. Es war noch zu früh für eine wirklich gute Jagd und die Tatsache, dass Chief Maluk auf dem Schlitten saß, ließ vermuten, dass sie etwas anderes hierher führte.
Rob ahnte, dass er den Grund bald erfahren würde, denn die Männer hielten genau auf die Hochebene zu. Es hatte keinen Zweck sich zu verstecken. Rob konnte ohnehin nicht zulassen, dass die Männer die Hochebene betraten, ohne dass er sie über die Fallen informierte. Er seufzte, packte seine Gewehre und verließ seine Deckung. Als die Männer ihn bemerkt hatten, steuerten sie ihre Schlitten genau in seine Richtung, nahmen die letzte Anhöhe und stoppten die Schlitten direkt vor Rob.

Rob Benson war grundsätzlich ein misstrauischer Mann. Obwohl er von diesen Männern nichts zu befürchten hatte, fühlte er sich jedesmal seltsam unbehaglich, wenn er Chief Maluk begegnete. Der alte Indianer nahm für sich in Anspruch, Rob damals das Leben gerettet zu haben, als er ihn halbtot am Fluss fand. Rob dachte nicht gerne an diesen Umstand, denn er hatte bisher keine Gelegenheit gehabt, sich bei Maluk zu revanchieren. Er war dem Indianer etwas schuldig und das behagte ihm ganz und gar nicht, denn er wusste, dass Chief Maluk jederzeit seinen Tribut dafür fordern konnte.
„Rob Benson! Du bist hier oben?“, waren die ersten Worte, die Maluk ausstieß, nachdem er sich aus dem dicken Fell geschält hatte.
Auch Rob verlor keine Worte der Begrüßung. Und er glaubte nicht an Zufall.
„Chief Maluk! Was verschlägt dich und deine Männer hierher? Es ist noch zu früh zum Jagen.“ Lauernd beobachtete Rob den alten Indianer.

Maluk lächelte Rob listig an. „Nur die frühen Jäger erwischen die beste Beute, das weißt du doch, Rob Benson.“
Rob knirschte mit den Zähnen und überlegte. „Du willst mir doch nicht sagen, dass ihr hier hoch gefahren seid, um auf der Hochebene zu jagen? Dann kann ich euch sagen, dass ihr zu spät kommt. Ich war vor euch hier und beanspruche dieses Gebiet für mich.“
Maluk nickte. „So, du beanspruchst dieses Gebiet für dich?“ Maluks Sohn und der dritte Mann, den Rob nun als dessen Cousin Jason erkannte, traten neben den Alten.
Rob spürte, dass keine wirkliche Drohung hinter dieser Frage lag, dennoch musterte er Maluk aufmerksam.
„Du weißt doch, dass dieses Hochtal Indianerland ist. Früher war hier mal eine heilige Stätte für mein Volk“, entgegnete Maluk und sah Rob dabei forschend an.

Rob wusste nicht, was er davon halten sollte. „Das hier ist schon seit über fünfzig Jahren kein Indianerland mehr, Maluk, das weißt du so gut wie ich. Ich kann hier jagen, dagegen gibt es kein Gesetz, auch keines eures Stammes."
„Du weißt einiges über uns, aber noch lange nicht alles", antwortete Maluk ungerührt.
Rob beschloss, nicht darauf einzugehen.
„Was willst du eigentlich hier oben zu dieser Jahreszeit?
Du kannst mir doch nicht erzählen, dass du so früh im Jahr auf die Jagd gehst."
„Auch wir wissen, wo man zu welcher Jahreszeit welche Tiere finden kann", antwortete Maluk lächelnd. „Aber du hast Recht. Das ist nicht der einzige Grund. Ich bin wegen etwas anderem hier."
„Und das wäre?"
„Auch wenn das nicht mehr unser Land ist, ist es für uns immer noch eine heilige Stätte. Und wir wissen, wenn besondere Dinge geschehen. Ich bin hier, um zu warten."
„Was? Soll das heißen, du willst hier bleiben?"
„Ja Rob Benson, ich bleibe hier und warte."
„Verd... Was zum Teufel soll das? Du kannst nicht hier bleiben!"
„Oh doch, ich kann. Ich habe das gleiche Recht, hier zu sein, wie du. Davon kannst du mich nicht abhalten."
Rob dachte nach. Die Gesichter der beiden Begleiter Maluks erweckten nicht den Eindruck, als ob sie sich auf eine Diskussion einlassen wollten. Der Chief hatte natürlich Recht. Rob konnte ihn kaum daran hindern, hier in der Hochebene zu bleiben, doch die Sache gefiel ihm ganz und gar nicht. Es war eine besondere Jagd, die Rob bevorstand, und er wollte gefälligst mit „Feuerauge" alleine seine Sache austragen. Zuschauer konnte er nicht gebrauchen und er wollte auch keine. Zudem glaubte er Chief Maluk kein Wort. Der Kerl führte irgendetwas im Schilde.

„Na gut, kannst du mir dann bitteschön sagen, worauf du wartest?“, versuchte es Rob.
Maluk sah ihn listig an. „Unser Volk hat viele Riten und Gebräuche, von denen du nichts weißt, weißer Mann. Ich werde dir heute Abend am Lagerfeuer davon erzählen.“
Damit wandte er sich ab und gab seinen Begleitern Zeichen, sein Gepäck vom Schlitten zu laden.
Rob fluchte leise vor sich hin. Wenn Maluk ihn „weißer Mann“ nannte, ließ er nicht mehr mit sich reden, das wusste Rob. Während Maluk seine Sachen ungefragt in Rob Bensons Höhle verstaute, machte der sich trotzig daran, mit dem Fernrohr die Gegend abzusuchen. Nach einer Weile besann er sich aber eines Besseren und half den Indianern. Je schneller sie fertig waren, desto schneller würden sie auch wieder verschwinden, hoffte er.
Er war froh, dass es noch früh am Tag war und nur Maluk die Absicht hegte, hier zu bleiben. Die beiden anderen Männer wollten „weiter“, wohin das auch immer war. Rob wollte sich nicht wundern, wenn sie einzig und alleine hier herauf gefahren waren, um den alten Mann abzuliefern. Aber er würde nicht weiter fragen wollen, wenn sie nur schnell wieder verschwanden. Rob war hier, um zu jagen und ein großes Feuer, an dem viele Männer saßen – und für Rob waren vier Leute schon viele – konnte er hier oben nicht gebrauchen. Nicht jetzt, wo er auf „Feuerauge“ wartete.

Stumm sahen Rob und Maluk den beiden Schlitten nach, die den Weg in Richtung des Passes einschlugen.
Eine Weile standen sie still da und die einzigen Geräusche waren das Hundegebell, das leiser werdende Rufen der Musher und das Pfeifen des Windes, der in der letzten Stunde stärker geworden war.
Kleine verirrte Schneeflocken tanzten den beiden Männern um die Nasen.

„Warum bist du wirklich hier?“, fragte Rob, ohne Maluk anzusehen. Doch der Indianer hatte auch jetzt nicht vor, mit der Wahrheit herauszurücken.
„Ich hab´s dir doch schon gesagt“, lachte er. „Ich warte. Ich kann das sehr gut. Warten, meine ich. Um warten zu können, muss man Geduld haben. Hast du denn keine Geduld, Rob Benson?“
Rob wollte etwas sagen, doch er schluckte seine scharfe Antwort hinunter. Dieses Mal würde Maluk es nicht schaffen, ihn zur Verzweiflung zu bringen, wie schon so oft zuvor. Zumindest würde Rob es ihm dieses Mal nicht so leicht machen.
Da er aber kein probateres Mittel zur Hand hatte, winkte er nur ab und stapfte schnaubend davon, um ein paar der Fallen zu überprüfen. Dazu bestand zwar keine Notwendigkeit, doch es half Rob sich abzulenken, um nicht noch wütender zu werden. Maluk brachte seine ganzen Absichten durcheinander.
Rob Benson hatte felsenfest damit gerechnet, um diese Jahreszeit alleine hier oben zu sein. Nur er und „Feuerauge“.
Er wollte sich nicht alles verderben lassen. Nicht, nachdem er alles, was er besaß, in den Schlitten und das Hundegespann gesteckt hatte. Er war über sechzig Jahre alt und wenn er „Feuerauge“ in diesem Frühjahr nicht fand, war es unwahrscheinlich, dass ihm das überhaupt noch einmal gelingen würde.
Rob erinnerte sich daran, was geschehen war, nachdem er sich von seiner schweren Verletzung erholt hatte. Immer wieder hatte Chief Maluk Kontakt zu ihm gesucht und ihn eingeladen, bei verschiedenen Treffen seiner Stammesbrüder dabei zu sein oder einfach nur mit ihm am warmen Ofen zu sitzen und sich über die Wildnis und das Leben hier draußen zu unterhalten. Rob hatte manche Stunden an Maluks Feuer verbracht und den alten Geschichten der Indianer gelauscht, die fast ausschließlich von ihren heiligen Tieren handelten. Maluk, der so etwas

wie der Medizinmann seines Volkes war, erzählte seinen Brüdern und Schwestern mit bildhaften Gesten von weißen Vögeln und weißen Büffeln. Und sosehr Rob sich dagegen wehrte, er brachte diese Geschichten ständig mit „Feuerauge" in Verbindung, auch wenn der Indianer nie etwas über einen silbernen Wolf erzählte. Mit den geheimnisvollen Andeutungen und bedeutungsvollen Blicken, die Maluk nur allzu gern verwendete, wenn er seine Tiermetaphern erzählte, konnte Rob nicht viel anfangen und so hatte er stets geflissentlich so getan, als interessiere ihn das Gerede nicht.
Insgeheim aber dachte er oft darüber nach, ob doch etwas dran war an den alten Erzählungen der Indianer. Sie waren mit der Natur verbunden wie kein anderes Volk und für sie war alles um sie herum, ob Pflanze oder Stein, mit Leben erfüllt. Für sie war es selbstverständlich, dass Tiere eine Seele hatten und mit den Menschen in einer Beziehung standen. Rob war überzeugt, dass die Bindung, die zwischen ihm und „Feuerauge" bestand, vergleichbar mit dieser Beziehung war. Aber er hätte Maluk gegenüber nie ein Wort darüber verloren.

Auch an diesem Tag war kein Lebewesen über den Pass gekommen. Dafür hatte der Wind sich zu einem ausgewachsenen Sturm erhoben. Rob und Maluk saßen in der kleinen Höhle und lauschten dem Knistern der Flammen und dem Heulen des Windes. Abgesehen von den Schneewehen, die der Sturm in regelmäßigen Abständen über das Segeltuchdach zu ihnen hinunter rieseln ließ, waren sie hier drinnen vor dem rauen Wetter geschützt. Maluk hatte frisches Elchfleisch mitgebracht, das nun in dünne Streifen geschnitten und zusammen mit einer Dose Bohnen in Robs gusseisernem Topf über dem Feuer brutzelte. In einer schweren Kanne dampfte starker Kaffee. Rob liebte das schwarze Getränk.
Von den Hunden war kein Laut zu hören. Sie lagen eingerollt draußen vor dem Unterschlupf und ließen sich stoisch vom

Schnee bedecken. Trotzdem wusste Rob, dass ihnen nichts entgehen würde. Sollte ein Tier bei diesem Wetter unbemerkt herankommen und sich der Höhle nähern, würden die Hunde sofort anschlagen.
Rob konnte nur hoffen, dass das Wetter am nächsten Morgen wieder umschlagen würde. Im Augenblick sah es nicht danach aus. Sie konnten also nichts weiter tun, als hier zu sitzen und abzuwarten. Insgeheim hoffte Rob, dass er diese Gelegenheit nutzen konnte, um von Maluk den wirklichen Grund seiner Anwesenheit zu erfahren. Trotzdem hätte der Jäger sich eher die Zunge abgebissen, als noch einmal nachzuhaken. Er wusste, dass Maluk nur von sich aus bereit sein würde, zu reden. Der aber zeigte nicht die geringste Bereitschaft dazu. In aller Seelenruhe wartete er ab, bis das Essen zubereitet war und ließ sich dann von Rob einen ordentlichen Schlag der deftigen Mahlzeit reichen. Zu Robs Überdruss aß der Alte so langsam, dass man glaubte, er wolle diesen Vorgang die ganze Nacht hindurch ausdehnen.

Als Maluk endlich fertig war, zog er eine Pfeife aus seinem Lederbeutel. Es war keine Pfeife, wie sie die Indianer früher bei ihren Palavern benutzt hatten, sondern eine ganz gewöhnliche Tabakspfeife, doch das tat nichts zur Sache. Suchend tastete Maluk nach seinem Tabakbeutel, konnte ihn aber offensichtlich nicht sofort finden.
Rob wusste diese Geste richtig zu deuten.
Er zog ein kleines Holzkistchen aus seinem Vorrats-beutel, klappte es auf und hielt es Maluk entgegen. Der Indianer zog mit gespielter Überraschung seine Augen-brauen in die Höhe, besah sich die dünnen Zigarren, die einen herben Duft verströmten, und ließ daraufhin schnell seine Pfeife wieder in der Tasche verschwinden. Mit einem Lächeln griff er sich eine der Zigarren und zog sie sich unter der Nase entlang. Dann nickte er anerkennend.

Rob hatte seinerseits eine Zigarre zwischen die Lippen gesteckt, griff sich einen brennenden Ast aus dem Feuer und streckte diesen wortlos dem alten Indianer entgegen. Nachdem dieser die Zigarre mit paffenden Zügen entfacht hatte, tat Rob es ihm nach und steckte den Ast ins Feuer zurück. Dann nahmen sie beide mehrere tiefe Züge.
Rob wusste, dass Maluk nicht nur verrückt nach seinen Zigarren war, sondern dass der eben vollzogene Ablauf auch noch einen anderen, für den Indianer tief greifenden Sinn hatte. Es war so etwas wie ein Ritual, dass sich an die alten Gewohnheiten des gemeinsamen Rauchens und Palaverns anlehnte. Es war das, was man im allgemeinen Volkmund mit dem Rauchen der Friedenspfeife gleichsetzte. Für Maluk und die Seinen war es das ehrlich gemeinte Zeichen von Frieden und Freundschaft. Eine Ansage, dass man offen und ehrlich miteinander reden wollte und sich gegenseitig Achtung entgegen brachte. Eine Überzeugung, die das Volk der Ureinwohner in den letzten zweihundert Jahren auf so manchen Betrug des weißen Mannes hatte hereinfallen lassen.
Rob wusste, dass dieser Vorgang auch an diesem Abend die Einleitung zum Gespräch war und dass er nun endlich erfahren würde, was Maluk hier wollte.
„Deine Zigarren werden von Jahr zu Jahr besser, Rob Benson."
„Ja, das werden sie wohl", nickte Rob.
Er trug die kleine Kiste stets wie einen Schatz mit sich herum, denn die Zigarren, die im Süden der USA hergestellt wurden, waren hier oben eine echte Rarität. John Murry musste sie extra für Rob Benson bestellen und Rob kannte keinen anderen Händler, der in der Lage war, ihm diese Exemplare zu besorgen.
Maluk nahm einen tiefen Zug und stieß genüsslich den Rauch aus, bevor er anfing zu erzählen.
„Weißt du, vor 40 Jahren noch brannten bei unseren Versammlungen unten im Tal unzählige Lagerfeuer und mein Vater trug

an den Festtagen unseres Stammes seinen Federschmuck. Man glaubte an den Großen Geist der Erde und trug noch voller Stolz den Tomahawk am Gürtel. Ich kann mich selbst noch daran erinnern, wie unsere Krieger auf Kriegszug gegen die Thlingits auszogen. Damals brauchte man noch zwei Wochen, um von hier mit den Hunden an die Südküste zu gelangen. Hier oben haben wir damals unsere Toten begraben. Jetzt werden sie offiziell in unseren Gebieten unten am Kupferfluss beigesetzt."

„Und inoffiziell?"

„Sei's drum. Auf jeden Fall ist das hier für den Stamm noch immer geheiligte Erde." Der alte Indianer zögerte einen Moment, bevor er fortfuhr.

„Rob Benson, ich weiß, dass du so tust, als würde es dich nicht interessieren. Aber du hast nicht umsonst so viel Zeit bei den verschiedenen Stämmen meines Volkes zugebracht. Du hast in dieser Zeit viele der alten Geschichte gehört und dir sicherlich deine Gedanken darüber gemacht."

„Ich habe bei den Stämmen gelebt, um etwas über das Leben in der Wildnis zu erfahren, nicht um die Geschichten eurer Geister zu hören", entgegnete Rob.

Maluk beachtete seinen Einwand nicht.

„Auch wenn vieles Legenden sind und einige glauben, die Geschichten dienen nur dazu, die Natur in unserem Verständnis zu erklären, so hat doch jede Legende auch ihre wahre Bedeutung. Wenn auch jeder Stamm seine eigenen Geschichten erzählt, so ist uns doch allen gemeinsam, dass wir an den großen Raben glauben. Genauso wie wir an den Wolf als Wächter des Friedens glauben. Für meinen Stamm hat der Wolf eine ganz besondere Bedeutung. Du solltest wissen, dass bei vielen unserer Zeremonien der Wolf eine große Rolle spielt, auch wenn dir das bisher nicht bewusst war. Und hier oben, wo die Ruhestätte unserer Ahnen liegt, befindet sich ein heiliger Platz, an den es unser Volk immer dann zieht, wenn die Zeit dazu gekommen ist."

Rob kniff die Augen zusammen.
„Willst du mir damit sagen, dass ich hier oben nicht jagen soll?“
Maluk lächelte.
„Rob Benson, du denkst immer noch wie ein weißer Jäger. Lass mich dir eine alte Geschichte erzählen, die du noch nicht kennst. Als dieses Land noch jung war und unsere Vorfahren hier gerade sesshaft wurden, lebten sie nur von den Früchten und Beeren die sie sammelten. Sie lebten von den Fischen im Fluss und den kleinen Tieren, die sie in ihren einfachen Fallen fangen konnten. Die Winter waren stets erfüllt von Hunger und Kälte und oft brachte die Kälte auch den Tod mit sich. Malink, der Sohn des Häuptlings, aber hatte sich vorgenommen, das zu ändern. Er konnte sich nicht damit abfinden, dass jeden Winter so viele von uns sterben sollten und so beschloss er, entgegen dem Rat der Alten, nicht aufzugeben, um noch weiter in den Süden zu ziehen. Er wollte dafür sorgen, dass die Bäuche seiner Brüder und Schwestern den ganzen Winter über gut genährt waren. Also gewährte man ihm einen Mond, um dies zu vollbringen. Malink hatte keine Ahnung, wie er das bewerkstelligen sollte, aber dennoch nahm er seinen kleinen Speer und machte sich auf, um zu jagen. Doch als die Zeit schon fast vorüber war, hatte er noch immer nichts gefunden. Da gelangte er an einen Bach, in dem sich in einer Astgabel eine große weiße Wölfin verfangen hatte. Das Tier hatte alle Hände voll zu tun, damit es nicht im Wasser versank und wäre eine leichte Beute für Malink geworden. Malink wusste, dass er sich mit dieser Beute zwar voller Stolz im Lager zeigen konnte, dass es aber keine große Ehre war, die Wölfin in dieser hilflosen Situation zu töten. Er war hin und her gerissen und wusste nicht, was er tun sollte. Die Wölfin hingegen schien darauf zu warten, wie sich Malink entschied. Als der schließlich darauf verzichtete die Wölfin zu töten, sprach das Tier plötzlich mit ihm. Es dankte ihm dafür, dass er es am Leben

gelassen hatte. Die Wölfin wusste, dass sie sich nicht alleine würde befreien können und bot Malink einen Handel an. Sie würde dafür sorgen, dass die Wölfe ein ganzes Menschenleben lang mit ihnen jagen und den Stamm im Winter zu reicher Beute führen würden, wenn er sie aus ihrer misslichen Lage befreien würde. Dieser Handel sollte so lange gelten, wie die Abmachung aufrecht erhalten wurde. Die Wölfin aber war niemand anderer als eine Tochter des großen Geistes, so wie auch der Rabe ein Kind des großen Geistes ist. Die beiden lagen im Streit und so zeigte der Rabe dem großen Geist an, was seine Schwester den Menschen versprochen hatte. Der große Geist war erzürnt, denn Wölfe und Menschen waren ursprünglich nicht dazu geschaffen, Frieden zu schließen. Jeder sollte als freie, wilde Natur auf eigene Faust jagen und kämpfen. Das Versprechen der Wölfin aber konnte der große Geist nicht rückgängig machen und so verdammte er die Wölfe dazu, den Handel mit den Menschen nach jeder Zeitspanne mit Blut zu besiegeln. Wenn dies nicht geschehen würde, wäre das Versprechen aufgehoben und Wölfe und Menschen wären wieder Feinde, dazu verdammt, übereinander herzufallen. Nur zwei ebenbürtige Gegner, die sich in einem ehrlichen und gleichen Kampf gegenübertreten, können diesen alten Pakt zwischen Wölfen und Menschen besiegeln."

Maluk sah Rob Benson lange an, bevor er weitersprach.
„Hier oben befindet sich ein alter Zeremonienplatz und hier haben wir über viele Generationen lang unsere Riten abgehalten."
„Maluk, versteh mich nicht falsch, aber eure Riten sind eure Sache. Ich bin hier um zu jagen.", wollte Rob Benson das Thema beenden.
„Und überhaupt, warum haltet ihr noch immer an solchen Dingen fest? Nimm zum Beispiel die Geschichte mit dem Wolf. Wen kümmert es, ob ihr euch mit den Wölfen versteht

oder nicht. Kein Mensch ist darauf angewiesen, die Wölfe zum Freund zu haben."

„Darum geht es nicht. Du hast den Sinn dieser Erzählung nicht verstanden. Alle unsere Geschichten haben eines gemeinsam. Sie erzählen von unserer Verbundenheit mit der Natur", klärte Maluk den weißen Jäger auf. „Sie sind gleichzeitig abstrakt und haben doch einen wahren Kern. Wenn wir unsere Geschichte aufgeben und unsere Riten nicht mehr feiern, verlieren wir diese Verbindung. Mit jedem Ritual, das in Vergessenheit gerät, lösen wir uns ein Stück mehr von unseren Ursprüngen. Wir vergessen, wer wir sind und wo wir herkommen. Und das darf nicht geschehen. Deinem Volk ist diese Verbundenheit längst verloren gegangen und uns droht dasselbe Schicksal."

Rob wusste, wohin das führte. Bevor er in eine Diskussion verfiel, wie wenig der weiße Mann die Natur achtete, beschloss er lieber, sich schlafen zu legen. Maluk schaffte es immer wieder, den Jäger mit solchen Themen zu provozieren.

Die Nacht war stürmisch gewesen.

Als Rob Benson am nächsten Morgen die Höhle verließ, musste er sich durch eine frische Schneewehe kämpfen, die den Eingang halb bedeckte. Von den Hundeschlittenspuren des gestrigen Besuches war nichts mehr zu sehen. Rob ging schwerfällig einige Schritte im tiefen Neuschnee und blickte prüfend nach oben.

Der Himmel hing tief und dichte Nebelschleier verbargen die Bergspitzen. Nur undeutlich war die milchige Scheibe der Sonne im Nebel zu erkennen. Die nächsten Stunden würde es nicht schneien. Rob konnte also in aller Ruhe das Frühstück zubereiten und sich danach die Schneeschuhe anschnallen, um nach den Fallen und Unterständen zu sehen. Wahrscheinlich musste er eine große Menge Schnee beiseiteschaffen, damit die

Fallen nicht unbrauchbar waren. Das Schwierige daran war, danach keine Spuren zu hinterlassen. Er musste schnell handeln. Wenn der Wind wieder einsetzte und die Schneedecke verharschte, bedurfte es schon das Gewicht eines ausgewachsenen Elches, um die Fallen auszulösen. Einen Wolf würde die Schneedecke allemal tragen.
Rob kroch zurück in die Höhle und stellte fest, dass Maluk bereits das Feuer aufschürte. Wortlos nahm der Jäger die Kanne und füllte sie mit frischem Schnee.
Während des Frühstücks wollte Rob an das Gespräch des vergangenen Abends anknüpfen, doch Maluk wollte nicht weiter darauf eingehen. Rob ärgerte sich, dass er darauf zurück gekommen war und beschloss, das ganze Gefasel ein für allemal als Unsinn abzutun. Wütend ermahnte er Maluk zum wiederholten Male, ihm bei der bevorstehenden Jagd nicht in die Quere zu kommen.
„Wenn du mir richtig zugehört hättest, dann hättest du auch verstanden, dass es genau das ist, was ich auf keinen Fall tue. Ich habe dir ja gesagt, dass ich nur hier bin, um das Geschehen zu beobachten und meinem Volk zu berichten."
„Dann beobachte das Ganze gefälligst so, dass du mir nichts verdirbst und mir nicht im Wege rumstehst."

Rob wusste, dass Maluk ihm die Jagd nur dann verderben konnte, wenn er das auch wirklich vorhatte. Unbeabsichtigt würde es dem Indianer nicht passieren, dass er ein Tier aufschreckte oder verdächtige Geräusche verursachte. Rob hatte mehrfach mit Maluk gejagt und wusste, wie lautlos der Indianer sich in der Wildnis bewegen konnte. Der Mann war in der Lage, sich in nur spärlich bewachsenem Gelände an einen Karibu anzuschleichen und ihm auf den Hinterlauf zu klatschen. Rob hatte es mit eigenen Augen gesehen, nachdem er Maluk fast der Lüge bezichtigt hatte, als dieser ihm davon erzählt hatte.

Bevor Rob sich aufmachte, um die Fallen zu kontrollieren, suchte er mit seinem Fernrohr wie gewohnt die Hänge entlang des Passes ab, ohne Lebewesen oder deren Spuren zu entdecken. Rob wusste, dass dies nur wenig zu sagen hatte. Dafür war der Schneefall der letzten Nacht einfach zu stark gewesen.
Der scharfe Wind, der mit dem Morgengrauen gekommen war und nun immer stärker wurde, zeigte Rob, dass er mit seiner Befürchtung richtig lag. Er musste sich um die Fallen kümmern. Sobald er fertig war, schnallte er sich seine Schneeschuhe an, hängte sich das Gewehr um und machte sich auf den Weg. Er befreite die ersten beiden Eisenfallen soweit vom Schnee, dass diese wieder funktionierten. Danach prüfte er einen der Unterstände und legte den Zugang wieder frei. Die Orientierung war nach dem starken Schneefall schwierig und hätte Rob sich nicht so sorgfältig mit der Umgebung vertraut gemacht, hätte er an diesem Tag nicht mehr sicher sein können, alle Fallen unter der dicken Schneeschicht wieder zu finden.
Hinter Robs Rücken erklang ein Geräusch und Rob wusste sofort, dass es nicht hierher gehörte. Er hielt inne und lauschte. Dann nahm er in langsamer aber fließender Bewegung sein Gewehr von der Schulter und fuhr blitzartig herum.
Nichts war zu sehen.

Er überlegte nur kurz, dann kam er zu dem Schluss, dass es besser war, der Sache auf den Grund zu gehen, bevor er seine Inspektion fortsetzte. Er wollte nichts dem Zufall oder einer Nachlässigkeit überlassen. Mit vorsichtigen Schritten schlängelte Rob sich zwischen den Felsen hindurch auf die dicht stehenden Büsche zu, hinter denen er das Geräusch zu hören geglaubt hatte, das Gewehr immer im Anschlag.
Der scharfe Wind erschwerte es ihm, ein Geräusch auszumachen. Nichts war zu sehen. Vielleicht hatte er sich doch geirrt. Ob ihm nun auch seine Ohren bereits Streiche zu spielen begannen? Rob hasste den Gedanken, alt und unsicher zu

werden. Wieder wurde ihm bewusst, wie wenig Zeit ihm blieb. Von Jahr zu Jahr schwanden seine Kräfte und schon bald würde er für diese Strapazen zu alt sein.
Mit diesen Gedanken machte er sich auf den Weg zur nächsten Falle. Zum Glück hatte er die Markierungen angebracht. Kleine schwarze Stoffstreifen, die er an Äste gebunden und zwei Meter neben den Fallen an unauffälligen Stellen in den Schnee gesteckt hatte. Nach wenigen Minuten war ein weiteres Eisen wieder funktionstüchtig.
Plötzlich hielt Rob inne.
Ein seltsames Gefühl hatte plötzlich Besitz von ihm ergriffen. Noch ehe Rob hätte aussprechen können, was es war, traf ihn die Erkenntnis.
Er war nicht mehr allein!
Ohne etwas gehört oder gesehen zu haben, war er sich dessen sicher. Er spürte die Augen seines Gegenübers förmlich auf der Haut brennen. Langsam hob Rob Benson den Kopf. Keine Zehn Meter von der Stelle entfernt, an der Rob im Schnee kniete, sah er ihn.
Reglos wie eine Statue stand der silberne Wolf in etwa fünf Meter Höhe auf einem Felsblock und starrte Rob Benson aus einem gelben und einem roten Auge an. Kein Knurren, keine Bewegung.
„Feuerauge“ und Rob standen einfach nur da und sahen sich an, als ob es nichts Selbstverständlicheres gäbe, als diesen einen Moment. Ein ewig scheinender Augenblick.
Die einzige Bewegung verursachte der Wind, der Rob seine silbernen Haarsträhnen ins Gesicht blies und „Feuerauge“ durch sein silbergraues Fell fuhr.
Es war fast unmöglich, sich dem hypnotischen Blick zu entziehen.
Endlich ging ein Ruck durch Robs Körper.
Er blinzelte zweimal, wie um aus einer Ohnmacht zu erwachen, dann konzentrierte er sich und fixierte den Wolf mit

den Augen des Jägers. Wie in Zeitlupe hob Rob das Gewehr. „Feuerauge“ bewegte sich nicht.
„Bleib stehen!“, dachte Rob. *„Bleib stehen!“*
Während er ein Auge zukniff und zielte, fragte er sich, ob heute sein Glückstag sein würde, doch noch bevor er sich für diesen Gedanken selbst auslachte, verschwand das Tier so blitzartig, dass Rob nicht einmal einen Schuss abgeben konnte.
„Verdammt, du bist also hier.“
Rob biss sich auf die Lippen.
„Feuerauge“ war mit dem Sturm der letzten Nacht in die Hochebene gekommen. Verhext, aber nicht weiter wunderlich. Jetzt wo er darüber nachdachte, fand er es sogar ganz passend. Dass der Silberne nach einem sol-chen Sturm plötzlich hier war wie eine Erscheinung, entsprach der Magie, die auf diesem Geschöpf lag.
Rob zögerte keine Sekunde.
Bevor er die restlichen Fallen kontrollieren würde, wollte er zurück zur Höhle gehen, um sich besser zu bewaffnen. Außerdem brauchte er Munition.

Es war soweit.
Die Jagd war eröffnet.

Den Rückweg legte Rob mit äußerster Vorsicht zurück.
Er würde nicht den Fehler machen, „Feuerauge“ zu unterschätzen oder ihm das Verhalten eines gewöhnlichen Wolfes zu unterstellen. „Feuerauge“ war gekommen, weil Rob hier auf ihn wartete, dessen war er sich sicher. Sie beide waren aus dem gleichen Grund hier.
Um sich einander zu stellen, um sich zu jagen, um sich zu töten.
Keine Bösartigkeit lag in diesen Gedanken.
Sie waren einfach dafür bestimmt, Rob wusste es, so wie ein Kind instinktiv zu seiner Mutter fand. Eine tiefe Zufriedenheit

erfüllte den alten Jäger. Endlich war es soweit, die Zeit der Ungewissheit war vorbei. Nach all den Jahren würde es sich hier und jetzt entscheiden.
Als Rob sich der Höhle näherte, tänzelten die Hunde nervös an ihren Leinen. Rob versuchte die Tiere zu beruhigen, während er sich prüfend umblickte. Er bückte sich zu Chito, dem dominanten Leittier, und kraulte sein Fell.
„Du spürst ihn auch, nicht wahr?“, flüsterte Rob während er dem Tier über den Kopf fuhr.
„Ja, er ist hier, aber ihr braucht euch nicht zu fürchten. Er ist meinetwegen gekommen. Und er scheint allein zu sein. Ein einsamer, alter Wolf, der seinen letzten Kampf führen wird.“
Und in diesem Moment wusste Rob nicht, ob diese Worte „Feuerauge“ oder ihm selbst galten.
Schnell verscheuchte er alle düsteren Gedanken und kroch in die Höhle.
Überrascht stellte er fest, dass Maluk dabei war, seine Sachen zu packen.
„Was soll das? Wo willst du hin?“, wollte Rob wissen.
Maluk hielt inne und sah Rob in die Augen.
„Er ist da. Und ich mache genau das, was ich dir gesagt habe. Ich bin hier, um zu sehen. Ich werde dir nicht im Wege stehen.“, antwortete der Indianer.
„Aber wo willst du hin? Bleib hier! Bleib hier und kümmere dich um die Hunde!“, forderte Rob.
Hier in der Höhle war Platz für sie beide und hier war der Alte sicher. Rob hatte Maluk zwar aufgefordert, ihm bei seiner Jagd nicht in die Quere zu kommen, aber dass er nun aus der Höhle verschwand, das hatte er nicht gewollt.
Unbeirrt packte Maluk das, was er tragen konnte.
Seine Tasche, die Trommel und zwei imposante Bärenfelle. Dann trat er vor Rob und legte ihm die Hand auf die Schulter.
„Jetzt wird sich zeigen, ob sich das Bündnis erneuert. Sei ein würdiger Gegner.

Ich werde ab jetzt nur noch als Schatten hier sein. Denk daran, dass ich mich nicht einmischen kann." Rob antwortete nicht. Er verstand gar nicht, was Maluk damit meinte.
Schon wieder fing der Alte mit diesem Indianer-hokuspokus an. Und überhaupt, was sollte das heißen, dass er sich nicht einmischen konnte? Rob hatte ihm das ausdrücklich untersagt, und jetzt tat Maluk so, als ob Rob ihn um Hilfe gebeten hätte. Soweit kam es noch.
Er sagte auch nichts, als Maluk die Höhle verließ. Was der Alte vorhatte, wohin er wollte und ob er sich der Gefahr wirklich bewusst war, in die er sich begab, wusste Rob nicht. Aber Maluk war nicht dumm. Sein Alter hatte ihm noch kein bisschen seines scharfen Verstandes geraubt und Rob hatte nicht das Recht, die Entscheidung des alten Medizinmannes anzuzweifeln.
Wahrscheinlich würde er den heiligen Platz seines Stammes aufsuchen und dort verweilen. Hatte er nicht gesagt, dass er eine Zeremonie abhalten wollte? Er wusste ja, wo die Höhle lag und konnte jederzeit wieder-kommen.
Rob hatte nicht länger Zeit, sich darüber Gedanken zu machen. Er hatte zu lange auf diesen Tag gewartet. Jetzt musste er sich darauf konzentrieren, was vor ihm lag.
„Feuerauge!"
Bei diesem Gedanken spürte Rob, wie das Blut heiß durch seine Adern schoss. Vergessen waren plötzlich die Jahre, die auf seinem Körper lagen. Er fühlte eine Erregung, ein Kribbeln und eine Spannung, wie schon lange nicht mehr.
Ein Gefühl, das ihm vor langer Zeit einmal vertraut gewesen war, als er noch jung war. Der ungebändigte Tatendrang, der ihn immer wieder hinausgetrieben hatte in die Wildnis, der ihn nicht hatte ruhen lassen.
Er genoss diesen Ansporn freudig aufgeregt und doch mit einer Ruhe, wie man sie nur im Alter und durch jahrelange Erfahrung gewinnen konnte. Sorgfältig prüfte er seine Waffen. Die

Elchflinte konnte er getrost in der Höhle lassen. Sie war für hohe Distanzen geschaffen, ließ sich aber nur langsam nachladen. Hier in der Hochebene würde er die Schrotflinte benutzen und für die Lauer in den Unterständen wäre das Repetiergewehr die ideale Waffe. Er vergewisserte sich, dass er genug Munition für den Tag dabei hatte.
Bevor er sich auf den Weg machte, trank er noch einen Becher Kaffee und löschte das kleine Feuer. Er fütterte die Hunde ein zweites Mal an diesem Tag und vergewisserte sich, dass sie gut angeleint waren, ließ ihre Leinen aber dabei so lang, dass sie genug Auslauf hatten, um im Falle eines Angriffes nicht behindert zu werden.
Dann machte Rob sich auf den Weg.
Er wollte seine Arbeit vom Morgen wieder aufnehmen. In Gedanken zählte er nach, wie viele Fallen er bereits freigeräumt hatte. Eine Fallgrube und drei Eisen hatte er von der starken Schneeschicht befreit. Verdammt, das bedeutete, dass noch drei Gruben und neun Eisen wahrscheinlich nutzlos da draußen lagen. Einen Moment dachte Rob an Maluk. Er hatte dem Indianer erklärt, dass er die Gegend mit Fallen präpariert hatte und ihn darauf hingewiesen, dass er die Stellen mit den Ästen und den Stoffstreifen meiden sollte. Rob biss sich auf die Lippen. Nein, er musste sich keine Sorgen um Maluk machen. Der Alte wusste Dinge, die Rob nicht wusste. Ihm würde nichts geschehen.

Rob bewegte sich zügig und dennoch vorsichtig. Aufmerksam beobachtete er seine Umgebung, die Waffe dabei immer im Anschlag. Noch immer pfiff der Wind mit eisiger Kälte die Hänge hinunter. Als der Jäger die nächste Falle erreicht hatte, sah er sich zuerst prüfend um, ehe er die Waffe griffbereit neben sich ablegte. Er zog den kleinen Spaten aus dem Gürtel und schabte damit über die harschige Oberfläche. Unter der obersten Kruste war der Schnee etwas lockerer, doch Rob musste zwanzig Zentimeter Schnee zur Seite schaben, ehe er die metallenen Zacken fand, die wie das Maul eines Raubtieres auf ihre Beute lauerten.

Während er vorsichtig arbeitete, sah er sich immer wieder um. Er wollte nicht hier im Schnee kniend von „Feuerauge“ überrascht werden.
Nachdem er fertig war, versuchte er seine Spuren so gut wie möglich zu verwischen, doch er war mit dem Ergebnis nur leidlich zufrieden. Nun würde er nach der zweiten Fallgrube sehen. Sie lag am nächsten und war nur einen Steinwurf von der Falle entfernt. Rob wollte sich systematisch vorarbeiten. Wenn er Einauge hier in den Fallen nicht fangen konnte, gelang es ihm vielleicht, den Wolf bis an das Ende der Hochebene zu treiben. Dort, wo die Wasserfälle ins Tal stürzten, gab es kein Weiterkommen, und selbst wenn sich der Silberne über das Eis wagen würde, ragten dahinter steile Felswände in die Höhe, die ein unüberwindbares Hindernis darstellten.
Kurze Zeit später erreichte Rob die kleine Engstelle zwischen den Felsen, wo er mit viel Mühe eine Grube in den Schnee gegraben hatte. Sie war tief genug, dass ein Mann aufrecht darin stehen konnte. Den Grund hatte er mit angespitzten Pflöcken gespickt. Hier galt es lediglich die oberste Schneeschicht aufzubrechen. Die darunter liegenden Zweige würden bei einem größeren Gewicht nachgeben, doch mit der zwanzig Zentimeter starken Harschschicht war das nicht gewährleistet. Hier machte Rob sich nicht soviel Mühe. Mit dem Spaten hieb er so lange auf den Schnee, bis dieser aufgebrochen und gelockert vor ihm lag. Gerade als er zum letzten Schlag ausholte, hörte er das Knurren in seinem Rücken.
Wie vom Blitz getroffen, blieb Rob stehen.
Verdammt, die wenigen Schläge mit dem Spaten hatten nur ein paar Sekunden seiner Aufmerksamkeit bedurft. Rob schalt sich einen Narren. Es hätte ihm klar sein müssen, dass „Feuerauge“

keine Chance auslassen würde. Jetzt stand er da mit erhobenem Spaten und die Waffe lag neben seinen Füßen auf dem Boden. Wie ein Einbrecher, der sich mit erhobenen Händen ergab, kam er sich vor.
Er wusste, dass ihm „Feuerauge" jeden Moment in den Rücken fallen konnte. Es gab nur eine Chance. Blitzartig fuhr Rob herum und schleuderte den Spaten. Er verfehlte „Feuerauge", der wenige Meter hinter dem Jäger sprungbereit kauerte, ließ ihn aber für einen Moment zusammenzucken. Rob hatte gehofft, dass ihm dieser Moment genug Zeit verschaffen würde, die Waffe zu greifen und „Feuerauge" eine Ladung Schrot zu verpassen, doch er merkte sofort, dass er sich verschätzt hatte. Bevor er den Lauf würde heben können, wäre der Wolf heran. Sofort verwarf Rob sein Vorhaben und tat stattdessen das einzig Richtige. Er wirbelte herum und stieß sich mit aller Kraft ab, um die andere Seite der noch bedeckten Grube zu erreichen.
Wenn „Feuerauge" nun heranstürmte, um sich auf ihn zu stürzen, musste er unweigerlich in die tödliche Falle geraten. Trotz der Schneeschuhe gelang Rob ein weiter Sprung, mit dem er die Grube überwand, doch er stolperte und stürzte der Länge nach in den Schnee. Sofort fuhr er herum und riss sich gleichzeitig das Gewehr von der Schulter. Doch schon war „Feuerauge" heran. Wie der Blitz stürzte er auf Rob zu, erreichte die Grube und stieß sich ab. Rob warf sich zur Seite und gab einen verzweifelten Schuss ab.
Anstatt einzubrechen, hatte der Silberne sich abgestoßen und war über Rob hinweggeflogen. Der Boden gab nach und die Schneedecke brach zusammen mit den Zweigen in die Grube hinunter. Die Schrotflinte, die noch dort lag, wo Rob sie abgelegt hatte, schaukelte noch eine Sekunde am Rand der Grube und rutschte dann hinterher. Rob nahm dies nur aus den Augenwinkeln wahr, während er am Boden liegend herumfuhr, bereit, erneut auf „Feuerauge" zu feuern. Doch der Silberne

machte keinen zweiten Angriffsversuch. Er war spurlos verschwunden.
Ein Fluch entfuhr Rob. Keuchend blieb er noch einige Sekunden liegen und lauschte. Dann robbte er zum Rand der Grube und suchte mit schnellen Blicken den Boden ab. Zwischen den Pfählen lag seine Waffe. Im Augenblick konnte er unmöglich dort hinunter steigen, um sie sich zu holen.
Fluchend sah Rob sich um.
Er hatte noch immer seinen Revolver und das Gewehr. Und das Messer. Das musste im Moment reichen. Die Falle war nun unbrauchbar geworden, aber vielleicht hatte „Feuerauge“ bei den anderen Fallen nicht so viel Glück. Nachdem sich der Schreck gelegt und Rob wieder ausreichend Atem geschöpft hatte, beschloss er, seine Taktik zu ändern.
Er würde „Feuerauge“ keine zweite Gelegenheit bieten, sich anzu-schleichen. Das Tier war in der Nähe, dessen war sich der Jäger sicher. Vorsichtig zog er sich zurück und schlich sich zu einem der Unterstände, die er an taktisch guten Stellen eingerichtet hatte. Hier würde er erst einmal die Gegend beobachten und hoffen, dass ihm der Wolf vor den Lauf geraten würde. Lautlos legte Rob sich auf das Segeltuch und schob den Lauf des Gewehres durch eine der Beobachtungsscharten.
Er hatte noch einmal Glück gehabt.
Schon diese eine Unachtsamkeit hatte gereicht, um ihn in Gefahr zu bringen. Er wusste, dass er „Feuerauge“ nicht unterschätzen durfte. Der Silberne war ein würdigerer Gegner, als jeder Mensch es hätte sein können.
Während Rob wartete, dachte er an seine letzte Begegnung mit dem silbernen Wolf und daran, wie er auf die Idee gekommen war, ihm hier in der Hochebene aufzulauern.
Nachdem ihn der Silberne so unvorbereitet erwischt hatte, hatte Rob nie mehr einen Schritt in die Wildnis getan, ohne nicht ständig auf der Hut zu sein. Ständig rechnete er damit, dass „Feuerauge“ irgendwo auf ihn lauerte. Komischerweise tat Rob

das auch dann, wenn er in ganz anderen Gebieten unterwegs war. Irgendwie traute er dem Silbernen zu, immer und überall auftauchen zu können.
Diese Befürchtung bestätigte sich, als Rob über 200 Meilen nordwestlich von hier mit einigen anderen Jägern auf Karibujagd in der Tundra unterwegs war. Immer wieder waren ihnen Wolfsrudel begegnet und einmal hatten sie die Tiere auch mit Schüssen verjagt. Nicht, weil sie ihnen gefährlich wurden, sondern weil sie ihnen ihre Beute streitig machten. Danach waren plötzlich weitere Rudel aufgetaucht, obwohl sie gehofft hatten, die Tiere zu verscheuchen. Unter ihnen war der Silberne. Rob konnte es kaum glauben, als er ihn sah, und plötzlich war er wie besessen. Wie im Fieberwahn machte er sich daran, den Silbernen zu verfolgen, obwohl die anderen Jäger ihn daran erinnerten, dass sie wegen der Karibus hier waren.

Doch Rob war das völlig egal, er setzte alles daran, „Feuerauge“ zu erreichen. Die anderen konnten nicht wissen, dass Rob sich als Gejagter fühlte und diese Begegnung wie ein Befreiungsschlag für ihn war. Immer wieder tauchte das Tier in seiner Sichtweite auf, doch für einen gezielten Schuss war er stets zu weit entfernt. Erst lange Zeit danach war ihm der Gedanke, ja, die Erkenntnis gekommen, dass „Feuerauge“ ihn erneut gelockt hatte. Zwischenzeitlich kam ihm dieser Gedanke ganz natürlich vor. Jeder andere Jäger hätte laut losgelacht, hätte Rob diese Vermutung geäußert. Ein Jäger, der sich von seiner Beute anlocken lässt.
Wie dem auch war, Rob folgte dem Silbernen wie in Trance und die anderen Jäger hatten schnell den Anschluss verloren. Es kam, wie es kommen musste und Rob wurde schlagartig an ihre erste Begegnung erinnert. Er war ein weiteres Mal auf diese Taktik hereingefallen und stand plötzlich in einer kleinen Senke, umringt von acht Tieren mit fletschenden Zähnen.
Rob schätzte seine Chancen ab.

Die Wölfe hatten ihn umringt und es gab weder ein Entrinnen, noch hätte er alle Tiere töten können, bevor sie ihn erreichten. Und doch hielten sie inne, jeden Moment bereit, sich auf ihn zu stürzen.
Nach der ersten Erkenntnis dieser Situation und dem blanken Entsetzen, das ihn für einen kurzen Moment packte, wurde Rob Benson auf einmal ganz ruhig. Er sah den Silbernen und sah ihm in seine unheimlichen Augen. Sie musterten sich und für einen kurzen Moment war es Rob, als wolle der Silberne ihm etwas mitteilen. So wie Rob innehielt, hatten auch die Wölfe innegehalten.
In diesen Sekunden hatte der Jäger gespürt, dass da mehr war, als er begreifen konnte. Er versuchte zu verstehen, doch noch ehe er den Gedanken richtig erfassen konnte, fiel ein Schuss und eines der Tiere sank getroffen zu Boden. Die anderen Jäger hatten Rob eingeholt und kamen herangestürmt. Der Bann war gebrochen und mit wütendem Geknurre suchten die Wölfe das Weite.
In diesem Moment hatte es Rob fast ein bisschen leid getan, dass er nicht mit dem Rudel alleine gewesen war. Später hatte er diesen Gedanken als absurden Unsinn wieder verworfen.
Trotzdem wusste er, dass er damals kurz davor war, etwas Wesentliches zu begreifen. Aber die Zeit war damals noch nicht reif genug, *er* war noch nicht reif genug.

Seither versuchte Rob, diese Gefühle zu ergründen, auch wenn er nicht darüber sprach. Ab und zu hatte er geglaubt, in Maluks Erzählungen den Schlüssel zu finden, mit dem er seine Gedanken ordnen konnte, doch bisher war ihm das nicht gelungen. Maluk war es auch, der Rob wie zufällig von den Wanderungen der Wolfsrudel erzählte und dabei immer wieder von geheimnisvollen Tälern zwischen den Gletschern berich-tete. Diese Äußerungen hatten Rob erst dazu gebracht, sich hier oben genauer umzusehen.

Plötzlich kam Rob der Gedanke, dass Maluk ihm diese Geschichten nicht ohne Hintergedanken erzählt hatte. Konnte es sein, dass der alte Indianer gewollt hatte, dass der Jäger den Weg hierher fand? Bisher war Rob davon ausgegangen, dass der Medizinmann es ganz und gar nicht mochte, dass Rob hier war, doch plötzlich war er sich dessen nicht mehr so sicher. Jetzt, wo er genauer darüber nachdachte, schien ihm, als ob das alles einen Sinn ergab. Rob hatte niemandem von seinem Vorhaben erzählt und doch wusste Maluk, welche Gedanken ihn bewegten und als Rob loszog, konnte der Indianer sicher eins und eins zusammenzählen. Warum sonst sollte er so unverhofft auftauchen, nur kurz, nachdem Rob sich hier oben eingerichtet hatte. Ob die Geschichte mit der Zeremonie nur ein Vorwand war? Aber welche Absicht sollte Maluk damit verfolgen?

Der Nachmittag verstrich.

Rob wusste, dass er Geduld haben musste. Geduld war eine der Grundtugenden eines guten Jägers. Aber er lag hier seit Stunden in dem Unterstand aus Ästen und Schnee, und auch wenn er eine Segeltuchdecke und ein Fell als Unterlage hatte, war ihm kalt und seine Beine waren längst eingeschlafen, seine Ellbogen und das Genick taten ihm weh.
„Verdammt, wieder eine dieser Alterserscheinungen."
Lange würde er hier nicht mehr warten können. Wenn er zu sehr fror, wären seine Hände nicht mehr für einen guten Schuss zu gebrauchen. Außerdem wurde es in drei Stunden dunkel. Rob musste eine Entscheidung treffen.
Zwanzig Minuten später packte er seine Sachen zusammen und schlich sich schwerfällig aus dem Unterstand.
Mit schmerzenden Gliedern, aber äußerster Vorsicht bewegte Rob sich durch das Gelände. Als er an die Grube kam, in der noch immer seine Flinte lag, spielte er einen Augenblick mit

dem Gedanken, hinunter zu klettern, und sich das wertvolle Stück zu holen. Doch er wusste, dass ihm das zum Verhängnis werden konnte. Ihm kam die Idee, sich einen langen Ast zu suchen und die Waffe damit nach oben zu holen, doch sein Plan misslang. Zu ungelenk waren seine Finger und zu ungeduldig war Rob.
Verzweifelt ließ er von den erfolglosen Versuchen ab und entschied sich nach einem prüfenden Blick in den Himmel, auf dem schnellsten Weg zur Höhle zurückzukehren und sich am Feuer aufzuwärmen.
„Feuerauge" würde ihm nicht davonlaufen.

Einen Augenblick lang hatte Rob gehofft, Maluk in der Höhle vorzufinden. Mit klammen Fingern und durch-nässten Knien entfachte er das Feuer und setzte eine Kanne Kaffe auf. Bevor er sorgfältig die Segeltuchplane vor den Eingang schlug, stellte er mit verkniffener Miene fest, dass der Wind ein wenig nachgelassen und dafür wieder leichter Schneefall eingesetzt hatte. Rob hoffte inständig, dass es in dieser Nacht nicht wieder so stark schneite. Ein zweites Mal würde ihm keine Zeit bleiben, die Fallen herzurichten und seiner Waffe, die noch immer dort draußen in der Grube lag, tat die Feuchtigkeit auch nicht gut.
Nachdenklich hockte Rob sich ans Feuer und wartete, bis der Kaffee soweit war. Schon jetzt hatte er das Gefühl, dass ihm die Situation völlig entglitten war. Er hatte so lange geplant und glaubte, auf alles vorbereitet zu sein und doch war ihm, als hätte „Feuerauge" alles unter Kontrolle. Er konnte nur hoffen, dass die Fallen, die er rund um die Höhle aufgebaut hatte, ihre Arbeit taten. Wenn „Feuerauge" heranschlich, würde er früher oder später auch in eine der Fallen tappen. Noch war nichts verloren.

Plötzlich trug der Wind seltsame Geräusche an Robs Ohren. Ein monotones, rhythmisches Geräusch. Es war das dumpfe Schlagen einer Trommel.
Maluk!
„Verdammt, was hatte der alte Indianer jetzt wieder im Sinn?“
Sicherlich hockte er dort draußen auf dem Zeremonien-platz und pflegte die alten Riten, von denen er Rob erzählt hatte. Und das bei dieser Kälte. Der alte Narr durfte sich nicht wundern, wenn ihm die Zehen abfroren.
Rob lauschte auf den Rhythmus der Trommel, während er in die Flammen starrte. Draußen gewann der Wind wieder an Stärke. Noch nie hatte Rob sich in der Wildnis einsam gefühlt oder geängstigt aber erst seit das monotone Trommeln an seine Ohren drang wie der regelmäßige Herzschlag der Wildnis, kam es ihm vor, als ob er nicht mehr allein war. Als ob ihm seine so oft geliebte Einsamkeit abhanden gekommen wäre. Er hatte das Gefühl, in einem lebenden Organismus zu sitzen, wie ein Kind im Leib seiner Mutter. Und genau so hilflos fühlte Rob Benson sich in diesem Augenblick. Eine tiefe Leere und Traurigkeit überkam ihn und der Gedanke drängte sich ihm auf, er wäre Bestandteil einer Geschichte, die längst geschrieben war. Er war der Akteur in einem Spiel, dessen Regeln er nicht kannte. Er fühlte sich klein, hilflos und unwissend.
Und das machte ihm Angst.
Rob wunderte sich fast ein bisschen. Noch nie hatte er hier draußen Angst verspürt. Und auch jetzt war es nicht die Angst vor der Wildnis, vor wilden Tieren oder vor der Kälte. Nein, Rob hatte plötzlich Angst, dass all das, wonach er strebte, falsch war. Dass es gar nicht darauf ankam, hier draußen zu sein, um den silbernen Wolf zu jagen. Dass es um etwas ganz anderes ging.
Dass dieser Kampf zwischen ihm und „Feuerauge“ einen völlig anderen Sinn hatte.
Ganz nah vor sich sah Rob das rote und das gelbe Auge.

Das Kaffeewasser zischte und Rob fuhr hoch.
Verdammt, der alte Maluk hatte ihm mit seinen Geister-geschichten schon völlig den Kopf verdreht. Rob fluchte laut, als er sich an der Kanne die Finger verbrannte, aber insgeheim war er froh, dass er aus seinen düsteren Halbschlafgedanken gerissen worden war und sich nun wieder mit etwas Sinnvollem beschäftigte. Der heiße Becher wärmte sein kaltes Herz und weckte seine Lebensgeister.
„Reiß dich zusammen!“, ermahnte Rob sich selbst.
„Du bist hier, um den Silbernen zu jagen und endlich zur Strecke zu bringen. Und auch wenn es der schlauste Wolf der Welt ist, ist er eben doch nur ein Wolf.“
Noch während Rob trank, hielt er inne und lauschte. Hatte er nicht eben ein fremdes Geräusch gehört? Die Hunde hatten nicht angeschlagen, was also konnte es sein? Irgendetwas hatte sich verändert. Was war es, das ihn stutzig machte?
Rob schloss die Augen und lauschte.

Er brauchte einige Zeit, bis er dahinter kam, dass es der Rhythmus der Trommel war, der sich verändert hatte. Sie schlug nun schneller, fordernder, als sie es die letzte Stunde getan hatte. Ob Maluk mit seiner Zeremonie dem Höhepunkt entgegensteuerte? Der Alte musste wirklich verrückt sein. Erneut beschloss Rob, sich keine Sorgen um den Indianer zu machen. Schließlich gab es dazu keinen Grund, solange er die Trommel schlagen hörte. Immer stärker schwoll die Melodie an und Robs Beklemmung wuchs. Was hatte das zu bedeuten?
Fast hätte er nicht bemerkt, dass da noch etwas anderes war.
Leise stellte Rob den Kaffeebecher ab und griff zum Gewehr. Die Höhle ließ ihm kaum Bewegungsfreiheit, doch Rob legte die Waffe so in seinen Schoß, dass der Lauf genau auf das Segeltuch zeigte, das vor den Eingang gespannt war.
War jemand vor der Höhle?
Rob hielt den Atem an.

Seine Instinkte rieten ihn zur höchsten Vorsicht, seine Muskeln waren zum Bersten gespannt und sein Blick gebannt auf den Eingang gerichtet. Schnee rieselte in kleinen Wehen von der Decke. Zum Glück hatte Rob das Segeltuch aufgehängt. Es musste schon wieder schneien. Langsam beugte sich der Jäger vor. Er schob den Lauf in Richtung des Eingangs, als ihn die Erkenntnis traf, wie ein Blitz.
Das Rieseln!
Es war tatsächlich etwas da. Aber es war nicht vor der Höhle, es war über ihm!
Dort, wo der schmale Spalt über ihm den Himmel freigab, dort, wo er das Segeltuch als Schutz vor dem herabrieselnden Schnee aufgehängt hatte!
Robs Augen weiteten sich, doch er konnte nicht mehr reagieren, als auch schon die Hölle über ihn hereinbrach.
Mit einem lauten Fauchen stürzte das Segeltuch herab, darüber eine schwere Gestalt. Die Plane begrub das Feuer unter sich und Rob wurde nach vorne geschleudert. Dass er sich schon direkt am Ausgang der Höhle befunden hatte, rettete ihm wahrscheinlich das Leben, denn die scharfen Zähne von „Feuerauge“ verfehlten sein Genick nur knapp. Dafür rissen sie ihm tief die Schulter bis auf den Knochen auf.

Instinktiv hechtete Rob nach vorne, hinaus ins Freie. Um sich zu drehen und zu schießen blieb keine Zeit, also tat Rob, der nun bäuchlings im Schnee lag, das Einzige, was er tun konnte. Er schlug mit dem Gewehrkolben blind nach hinten aus. Ein dumpfer Schlag und ein lautes Jaulen zeigten ihm, dass er einen Treffer gelandet hatte. Das verschaffte ihm für eine Sekunde Luft. Er rollte herum und zog gleichzeitig den Revolver aus dem Halfter. Speichel tropfte ihm ins Gesicht und er spürte den warmen Atem des Wolfes, als er feuerte.
Anstatt Rob die scharfen Zähne in den Hals zu schlagen, jaulte „Feuerauge“ erneut auf. Dann sprang er über Rob hinweg und

verschwand in der Dunkelheit. Rob jagte dem Silbernen mehrere Schüsse hinterher, doch er traf nicht.
Keuchend raffte Rob sich auf und sah sich um. Das schwere Segeltuch, das mit „Feuerauge“ heruntergestürzt war, hatte den Ofen umgerissen und war nun in Brand geraten. Im Nu stand die gewachste Plane lichterloh in Flammen und damit der gesamte Höhlenraum. Fauchende Flammen schlugen Rob aus dem schmalen Eingang entgegen.
Schnell zog er sein Gewehr zu sich, das noch im Höhleneingang lag. Dann schaufelte er verzweifelt mit den Händen Schnee in die Höhle, doch es war zwecklos. Das Segeltuch setzte schnell die restlichen Gegenstände in dem engen Raum in Brand und Rob

dachte voller Sorge an die Munition, die er in einer Kiste im hinteren Teil der Höhle gelagert hatte. Trotzdem gab Rob nicht auf. Mit aller Kraft schaufelte er immer mehr Schnee in die Höhle. Ohne Munition war er gezwungen, die Jagd abzubrechen. Er musste dieses Risiko eingehen.
Endlich schaffte es Rob, das Feuer unter Kontrolle zu bekommen. Als nur noch dicke graue Rauchwolken aus dem Höhleninneren drangen, ließ Rob sich erschöpft in den Schnee sinken.
Erst jetzt bemerkte er die Wunde an seiner Schulter.
Sie war tief und blutete stark. Um ein Haar wäre es „Feuerauge“ gelungen, Rob zu töten. Zwar hatte er noch einmal Glück gehabt, doch seine Situation hatte sich rapide verschlechtert. Er kniete hier draußen im Schnee und wusste nicht, wie viel von seiner Ausrüstung unbrauchbar war. Als der Qualm ein wenig nachgelassen hatte, versuchte Rob in den Höhlenraum vorzu-dringen. Mit brennender Lunge und unter starken Husten-anfällen zog er alles, was er ertasten konnte, nach draußen.
Einige der Vorräte waren zerstört und auch die meisten Planen und Felle waren unbrauchbar. Hier konnte er unmöglich

bleiben. Die Höhle würde noch die ganze Nacht hindurch so stark mit Rauch gefüllt sein, dass er es nicht länger als eine Minute darin aushalten konnte.
Zum Glück hatte Rob in den Unterständen weitere Felle und auch Vorräte gelagert. Dieser Umstand würde ihn jetzt davor bewahren, dass er erfrieren musste. Trotzdem hatte er einen herben Verlust erlitten. Die Schneeschuhe waren durch das Feuer stark in Mitleidenschaft gezogen worden und er konnte erst am nächsten Morgen nach geeignetem Holz suchen, um sie wenigstens notdürftig zu reparieren. Doch zuerst musste er seine Wunde versorgen.
Er würde einige Zeit brauchen, um sich zum nächsten Unterstand durchzuschlagen. Den Schlitten konnte er in dem unwegsamen Gelände nicht benutzen und die Hunde wollte er nicht hilflos zurücklassen. Kurzerhand entschloss sich Rob, sie freizulassen. Er beruhigte sie und löste dann ihre Leinen. Sie machten keine Anstalten wegzulaufen. Auch gut, dachte Rob, aber zumindest habt ihr dazu die Gelegenheit, wenn es notwendig wird.
Dann packte er die wenigen Habseligkeiten zusammen, die noch heil waren. Die Petroleumlampe war in den Flammen zu Bruch gegangen. Rob fielen die modernen Taschenlampen ein, von denen Murry fünf in seinem Geschäft hatte und die er ihm am liebsten für einen ordentlichen Betrag verkauft hätte. Er hatte es abgelehnt, denn er war schon durch die Wildnis gezogen, als man von dieser Erfindung noch nichts gehört hatte. Er zumindest nicht, also wusste er sich zu behelfen, indem er aus einem Holzstock, den er mit einem Streifen des Segeltuchs umwickelte, eine ordentliche Fackel bastelte. Dann machte er sich auf zum nächsten Unterstand.
Vorsichtig und mit schussbereitem Revolver stapfte Rob durch den Schnee. Jetzt kam es ihm zugute, dass der Boden hartgefroren war, denn er sank nur selten bis zu den Knien ein. Trotzdem war das Vorankommen mühsam und kostete ihn viel

Kraft. Seine verletzte Schulter schmerzte jetzt immer stärker und er musste an sich halten, damit er gleichzeitig auf den Weg achten konnte und dennoch vorsichtig genug war, um nicht von „Feuerauge“ erneut überrascht zu werden. Diese verdammte Bestie. Warum tappte der Wolf nicht einfach in eine der Fallen?
Ohne Zwischenfall erreichte Rob den nächsten Unterstand. Eigentlich war es nur eine kleine Kuhle zwischen zwei Felsen, die er vorne und oben mit Ästen und Zweigen soweit abgedeckt hatte, dass er sie dürftig mit Schnee hatte bedecken können. Es reichte gerade, um darin notdürftig zu liegen. An Schlaf würde hier nicht zu denken sein. Wenn „Feuerauge“ es geschafft hatte, ihn in der Höhle zu überraschen, wäre es hier ungleich leichter, über Rob herzufallen. Er musste also aufmerksam bleiben und höllisch aufpassen. Wenn nur seine Schulter nicht so schrecklich schmerzen würde. Ob er den Silbernen wenigstens ordentlich mit der Kugel erwischt hatte? Vielleicht war „Feuerauge“ bereits verblutet. Rob hatte Bluttropfen gesehen in der Richtung, in die der Wolf verschwunden war.

Sobald es hell war, würde er die Fährte des Silbernen aufnehmen.
Rob lauschte in die Stille.
Jetzt erst fiel ihm auf, dass es tatsächlich still war. Einen Moment hatte er überlegen müssen, was daran nicht stimmte, bis ihm klar wurde, dass die Trommel nicht mehr schlug. Er erinnerte sich daran, wie die Trommelschläge angeschwollen waren, immer stärker, immer intensiver, bis zu dem Moment, als „Feuerauge“ angegriffen hatte.
Zufall? Natürlich, was sonst.
Maluk war mit seiner Zeremonie beschäftigt. Und Rob hoffte, dass er nun damit fertig war, denn eine andere Bedeutung mochte er dem Schweigen der Trommel nicht zugestehen.

Vorsichtig untersuchte Rob seine Wunde und stellte fest, dass die Blutung etwas nachgelassen hatte. Trotzdem kostete ihn die Verletzung Kraft. Zum Glück lagen zwei weitere Felle in dem Unterstand, so dass er sich warm halten konnte. Für ein Feuer fehlte ihm das Brennholz und auch wenn er bei den Indianern gelernt hatte, mit dem Reibeholz Feuer zu entfachen, so fehlte es ihm schlicht und einfach am notwendigen Material. Es war undenkbar, jetzt in der Dunkelheit draußen herumzumarschieren und nach etwas Geeignetem zu suchen. Schon bei Tageslicht war es hier oben eine Kunst, das richtige Material zu finden.
Frierend und mit Schmerzen hockte Rob in dem Unterstand und wartete auf die Morgendämmerung.
Sobald es hell geworden war, versorgte er erneut seine Wunde und machte sich daran, die beschädigten Schneeschuhe zu flicken. Danach kehrte er zur Höhle zurück. Die Hunde waren noch immer da. Er versorgte die Tiere mit dem letzten Fleisch, das er in einem festen Beutel an einem Ast aufgehängt hatte. Sie würden erst wieder etwas bekommen, wenn ihr Herr von der Jagd zurückkam.
Aus der Höhle stach ihm noch immer beißender Rauchgeruch entgegen, aber jetzt konnte Rob sich zumindest ein Bild von der Zerstörung machen. Als er die Kaffeekanne fand, säuberte er sie von der Rußschicht. Dann entfachte er vor der Höhle ein ordentliches Feuer und setzte sich einen Kaffee auf. Außer dem Kaffee waren noch die Dosen und etwas Räucherspeck unversehrt geblieben. Nachdem Rob sich gestärkt und aufgewärmt hatte, packte er seine Waffen, steckte sich genug Munition ein und folgte den Blutspuren, die noch immer im Schnee zu erkennen waren. Ja, er hatte „Feuerauge“ zweifellos getroffen. Aber die Spuren der ungewöhnlich großen Pfoten zeigten weite Abstände, woraus Rob schließen konnte, dass der Silberne nicht allzu geschwächt war.
Was war das nur für ein Wesen?

Dann verloren sich die Spuren.

Der Wolf war über einige Felsstufen geklettert. Rob suchte vergeblich nach Blutspuren. Seltsam! Ob die Verletzung doch nicht so stark war, wie er sich erhofft hatte? Gut, hier auf dem dunklen schroffen Fels konnte man allzu leicht getrocknetes Blut übersehen. Aber Rob wusste, dass er ein ausgezeichneter Fährtenleser war und er war sich ziemlich sicher, dass er entdecken würde, was es zu entdecken gab. Es musste eine Spur geben. Schließlich konnte die Wunde des Silbernen nicht einfach so verheilen.
Rob legte seine Schneeschuhe ab und hängte sie sich um. Dann kletterte er die Felsstufen empor. Seine Schulter pochte und behinderte ihn bei der anstrengenden Prozedur. Aber auch als er oben angekommen war, war nichts von „Feuerauge“ zu sehen. Wenigstens hatte Rob von hier einen guten Überblick über das Gelände. Er wusste, wo er war. Nur etwa eine Meile vor ihm musste der alte Zeremonienplatz und somit die Mitte der Hochebene liegen. Wenn er auf der anderen Seite der Felsen hinunter kletterte und sich rechts hielt, würde er zu zwei der Fallen gelangen, die er aufgestellt hatte, und weiter hinten befand sich die zweite Fallgrube. Wer weiß, vielleicht hatte er Glück.

Mühsam arbeitete Rob sich die Felsen auf der anderen Seite hinunter. Eine Spur fand er auch hier nicht, doch er ließ sich nicht entmutigen, legte die Schneeschuhe erneut an und machte sich auf den Weg zu den Fallen. Keine halbe Stunde später erreichte er sein Ziel. Es war ein idealer Platz, eine kleine Schlucht, die immer enger wurde und sich erst nach mehreren hundert Fuß wieder öffnete. Genau an der engsten Stelle hatte Rob die Falle positioniert. Wenn „Feuerauge“ hier entlang gekommen war, musste er einfach in dem Eisen hängen geblieben sein.

Dann entdeckte er die Spur.
„Feuerauge“ war hier entlang gekommen. Ja, eine deutliche Spur führte in die Schlucht. Voller Hoffnung folgte ihr Rob, doch schon von weitem sah er, dass sich an der engsten Stelle, dort wo sich die Falle befand, nichts verändert hatte. Kein gefangenes Tier, kein „Feuerauge“.
Rob lief bis zu der Stelle und untersuchte den Schnee. Die Spur führte geradewegs darüber hinweg. Diese Falle hatte er nicht freiräumen können und die Schneeschicht war einfach zu dick und zu fest, als dass die Falle ausgelöst worden wäre.
Verdammt!
Aber zumindest war Rob dem Silbernen auf der Spur und zum Trost fand er abermals Blutspuren. „Feuerauge“ war verletzt. Rob überlegte einen Moment. Ein gewöhnliches Tier würde sich zurückziehen, würde fliehen und seine Wunden lecken. „Feuerauge“ jedoch nicht. Rob war sich sicher, dass er nicht auf der Flucht war. Etwas anderes trieb den Wolf zum hinteren Ende der Hochebene. Er lockte seinen Jäger. Ja, „Feuerauge“ war nicht der Gejagte, er war selbst ein Jäger.
Zwei Jäger, die sich ebenbürtig waren und sich belauerten.
Doch dieses Mal war Rob darauf gefasst, dass „Feuerauge“ ihm irgendwo auflauerte. Also folgte er den Spuren mit äußerster Vorsicht. Zweimal musste er pausieren, da die Schulterwunde zu stark schmerzte. Er musste sich beeilen. Je länger die Jagd dauerte, umso schwächer würde Rob Benson werden. Doch noch konnte er sich keine Ruhe gönnen.
Rob hatte sich nicht verschätzt. Er hatte die Fallen und Gruben an den besten Stellen errichtet. Es war einfach nur Pech gewesen, dass die Fallen zugeschneit waren. Und in der ersten Grube war anstelle des Wolfes seine Schrotflinte gelandet. Aber noch hatte er Hoffnung. Den Spuren zufolge steuerte Einauge genau auf die zweite Grube zu. Sie lag geschützt hinter einigen kleinen Fichten. Vielleicht hatten diese den Schnee etwas abgehalten und vielleicht war „Feuerauge“

darüber gelaufen. Und wer weiß, vielleicht war die Schneeschicht dünn genug um nachzugeben. Vielleicht ...

Plötzlich setzte das Trommeln wieder ein. Maluk war also wohlauf. Dieses Mal klang die Trommel viel näher und Rob erinnerte sich, dass der Zeremonienplatz höchstens eine Meile zu seiner Linken lag. Er verwarf den Gedanken, dorthin zu gehen, sofort wieder. Er wollte nicht, dass Maluk ihm in die Quere kam und dasselbe sollte für ihn gelten. Wenn der Indianer die Zeremonie mit seinen alten Geistern abhalten musste, hatte Rob dort nichts zu suchen.

Außerdem musste er sich jetzt voll und ganz auf „Feuerauge“ konzentrieren.

Während er weiterging, suchte er aufmerksam nach weiteren Spuren. In regelmäßigen Abständen stieß er auf Hinweise. Es war wie bei einer Schnitzeljagd, bei der der Jäger gerade so viele Hinweise an den richtigen Stellen fand, um die Spur nicht aus den Augen zu verlieren.

Natürlich war der Gedanke Unsinn.

Kein Laut war zu hören, außer dem monotonen Schlagen der Trommel. Unweigerlich war Rob mit seinem Schritt in den Rhythmus der Trommel eingefallen. Er bemerkte es verwundert, änderte aber seine Schritte nicht. Wie zufällig entsprach der Trommelschlag genau seinem Tempo. Wieder spürte Rob, wie er mit der Natur um ihn herum in Einklang geriet, ja, das eigenartige Gefühl tat sich ihm auf, als würde er mit seiner Umgebung verschmelzen.

Doch dann schwoll das Trommeln wieder an und Rob stolperte fast, als er mit dem Rhythmus nicht mehr Schritt halten konnte. Er blieb stehen und wurde völlig unruhig. Was hatte das zu bedeuten? Jetzt schwoll das Trommeln zu einem wilden Stakkato und Rob glaubte, dass jeden Moment etwas passieren müsse. Es war wie die Hintergrundmusik in einem dramatischen Film.

Rob atmete schnell und drehte sich immer wieder blitzartig um. Er rechnete damit, dass jeden Moment „Feuerauge" hinter einem Fels hervorgesprungen kam und über ihn herfiel. Schussbereit fuchtelte Rob Benson mit dem Gewehr herum. Sein Atem ging immer schneller, er drehte sich hektisch im Kreis, so dass ihm beinahe schwindelig wurde. Panik erfasste ihn und obwohl ihm sein Verstand sagte, dass es unmöglich sein konnte, dass mit dem Trommelwirbel der Wolf auftauchte, schaffte er es doch kaum, einen klaren Kopf zu bewahren.
Auf einmal verstummte die Trommel wieder mit einem kräftigen Paukenschlag. Danach setzte eine solche Stille ein, dass sie fast unerträglich schien. Rob sank völlig erschöpft in den Schnee. Sein Atem ging schwer und wäre „Feuerauge" in diesem Moment aufgetaucht, Rob wäre völlig willenlos gewesen.
Es kam ihm wie eine Ewigkeit vor, die er da im Schnee hockte und schwer keuchte. Seine silbernen Haarsträhnen hingen ihm schweißnass übers Gesicht.
Dann setzte erneut die Trommel ein und als wäre nichts gewesen, nahm sie wieder ihren ruhigen, gleichmäßigen Rhythmus auf. Rob schalt sich einen Narren.
Die Angst und Aufregung, die ihn so unvermittelt erfasst hatte, war wieder von ihm gefallen. Dieser Trommel-schlag war einfach Bestandteil von Maluks Zeremonie. Was hatte das schon mit Robs Jagd zu tun? Was war er doch für ein Esel!

Endlich fasste Rob sich wieder und ging weiter. Die Schmerzen in seiner Schulter beachtete er nicht. Die Anspannung und Erwartung wuchs, denn es war nicht mehr weit bis zur Grube, und wenn „Feuerauge" nicht noch im letzten Moment eine andere Richtung eingeschlagen hatte, steuerte er direkt darauf zu. Ohne in seiner Vorsicht nachzulassen, beschleunigte Rob seinen Schritt und dieses Mal achtete er sorgsam darauf, dass er nicht im Rhythmus der Trommel ging. Dort vorne standen

die Fichten, zwischen deren Stämme er die Grube ausgehoben hatte. Schon beim Näherkommen erkannte Rob, dass die Abdeckung der Grube verschwunden war. Wie er vermutet hatte, reichte der Schnee hier nicht so hoch, und weil diese Stelle vom Wind geschützt lag, hatte sich die Schneeschicht auch nicht zu einer festen Harschdecke verdichtet. Jemand oder etwas war über die Grube gelaufen und hinein-gestürzt.
Da die Arbeit in dem gefrorenen Boden sehr mühselig war, hatte Rob die Grube nur so tief gegraben, dass er noch gerade über den Rand hatte schauen können. Aber er erinnerte sich auch an die angespitzten Holzpfähle, die er am Boden der Grube angebracht hatte. Selbst bei dieser geringen Tiefe konnte die Grube so zur tödlichen Falle werden. Rob hielt sein Gewehr schussbereit und näherte sich dem dunklen Fleck im Schnee.

Mit angehaltenem Atem lief Rob bis zum Rand der Grube, bereit, einen tödlichen Schuss abzugeben. Doch die Grube war leer. Deutlich war Blut auf den angespitzten Pfählen zu erkennen. Wer auch immer hier hinein gestützt war, er musste sich erheblich verletzt haben.
Rob wusste sehr wohl, dass es sich auch um ein anderes Tier handeln konnte, das in die Grube gestürzt war, aber insgeheim war er davon überzeugt, dass es „Feuerauge“ war, dem die Pfähle ihre Spitzen ins Fell gerammt hatten. Wie lange konnte das her sein? Rob suchte die Umgebung ab und er fand, wonach er Ausschau hielt. Frische Spuren von Blut. Er zerrieb es prüfend zwischen seinen Fingern und stellte fest, dass es noch nicht völlig geronnen war. Der Sturz in die Grube konnte also höchstens eine halbe Stunde her sein.
Ungefähr zu dem Zeitpunkt … ja, ungefähr zu dem Zeitpunkt, als die Trommel in wildem Stakkato Rob aus der Fassung gebracht hatte. Wieder stutzte Rob, doch er verwarf die auf-

keimenden Gedanken an einen Zusammenhang sofort wieder. Diese Vorstellung gehörte nicht in seine Welt.

Noch einmal prüfte er seine Waffen und schlich dann mit dem Gewehr im Anschlag weiter. Er wusste nicht, wie stark die Verletzungen waren und rechnete damit, dass er jeden Moment auf was oder wen auch immer stoßen konnte. Jetzt gab es wieder eine deutliche Spur, der er folgen konnte. Abdrücke von Pfoten, begleitet von Blut.
„Feuerauge"!
Rob erkannte an den Abdrücken, dass der Wolf hinkte. Die Spur führte nun bergauf zu einer flachen Felsformation die mit dichten Sträuchern bewachsen war. Dort oben war Rob noch nie gewesen und das bereitete ihm Unbehagen. Trotzdem, „Feuerauge" war eindeutig verletzt und wenn er ihn erlegen wollte, dann musste er ihm folgen. Dies war die beste Chance, die er je hatte.
Und es war seine letzte.
Wieder wurde diese Erkenntnis durch einen stechenden Schmerz in der Schulter bestätigt, als er sich das Gewehr umhängte. In dem felsigen, mit dichtem Buschwerk bewachsenen Gelände war das Gewehr wenig hilfreich und Rob zog den Revolver, was ihm gleichzeitig den Vorteil bot, dass er eine Hand freihatte, um sich voranzuarbeiten. Während er sich bergauf kämpfte, gewann der Schlag der Trommel wieder an Geschwindigkeit und Rob fragte sich, ob Maluk versuchte, mit Robs rasseln-dem Atem mitzuhalten. Vorsichtig folgte er der deutlichen Spur, ständig damit rechnend, dass „Feuerauge" aus dem dicht stehenden Unterholz hervorbrach.
Gebannt starrte Rob auf die deutliche Fährte, die jetzt, wo die Steigung wieder etwas nachließ, so schnurgerade weiterführte, dass er völlig überrascht war, als der Boden vor ihm plötzlich steil abfiel. Er stand vor einer Schlucht, die etwa acht Meter tief war und deren Wände hier oben gut und gerne fünf Meter

auseinander lagen. Die andere Seite war etwas höher, so dass Rob unmöglich erkennen konnte, ob die Fährte dort weiterlief. Konnte „Feuerauge“ mit seiner Verletzung eine solche Distanz überwunden haben?
Das war doch unmöglich, dazu musste er geradezu fliegen können!
Robs Blick fiel auf den Grund der Schlucht und jetzt erkannte er auch, wo er sich befand. Dort, direkt unter ihm, wo die Schlucht keine zwei Meter breit war, lag unter einer dicken Schneeschicht, eine der Eisenfallen. Deutlich konnte er den Ast mit dem schwarzen Stoffstreifen erkennen. Er hatte sie nicht mehr freischaufeln können. Sie war unnütz. Kein Tier, das darüber lief, war schwer genug, um die Falle auszulösen. Dazu musste man schon darauf springen, oder ... aus dieser Höhe darauf fallen!
„Unmöglich!“, dachte Rob.
So etwas konnte sich kein vierbeiniges Wesen ausdenken.
Noch während sich dieser Gedanke wie ein Blitz in seinem Gehirn verbreitete, wirbelte er herum. Aus den Augenwinkeln sah er „Feuerauge“ auf sich zuschießen und noch während er den Revolver hob, prallte der Silberne mit voller Wucht gegen ihn.
Rob wurde förmlich über den Abgrund katapultiert und ohne einen Schuss abzugeben, stürzte er schreckensstarr und mit ungläubig geweiteten Augen in die Tiefe.
„Wie komisch!“, dachte Rob, während des unendlich scheinenden Sturzes.
„Da stürze ich nun den Abhang hinunter, übertölpelt von einem Wolf, und das Einzige, was ich höre, ist diese verdammte Trommel von Maluk“. Wie durch einen Schleier vernahm er den unglaublich schnellen Trommel-wirbel. Oder war es nur eine Sinntäuschung?
Der Aufprall war weicher, als Rob erwartet hatte. Jetzt hatte es seine Vorteile, dass eine dicke, harschige Schicht den Boden

überdeckte. Sie reichte, um den Sturz aus acht Meter Höhe nicht tödlich enden zu lassen. Doch unter dem Schnee lauerte das gespannte Eisen gierig auf seine Beute.
Im ersten Sekundenbruchteil registrierte Rob, dass er einigermaßen weich gefallen war. Dann, als er den stechenden Schmerz am Bein fühlte, glaubte er, auf einen Stein oder ähnliches gefallen zu sein und sich das Bein gebrochen zu haben. Es dauerte eine weitere Sekunde, bis er erkannte, was passiert war.
Der Sturz war tatsächlich glimpflich ausgegangen, doch um seinen Unterschenkel hatten sich die Zähne der Wolfsfalle wie das Gebiss eines Hais festgebissen. Die rostigen Eisenzähne hatten sich tief ins Fleisch gebohrt. Mit jeder Sekunde wurde die Pein größer. Jetzt, da der erste Schreck nachließ und der Schmerz jäh durch seinen Körper fuhr, entfuhr Robs Kehle ein immer lauter werdender Schrei.
Hilflos und wimmernd vor Schmerzen lag Rob rücklings im Schnee, als „Feuerauge" langsam näher kam. Aus tränenden Augen sah der Mann dem Silbernen entgegen. Rob erkannte, dass „Feuerauge" stark hinkte. Die Pfähle hatten ihm eine tiefe Wunde über dem Hinterlauf gerissen.
Schwer keuchend sah Rob sich um.
Der Revolver lag zwei Meter von ihm entfernt im Schnee. Da die Eisenfalle an einer kurz gehaltenen Kette verankert war, war es sinnlos, danach greifen zu wollen. Rob hatte auch gar nicht das Gefühl, zu einer Bewegung fähig zu sein. Das Gewehr trug er zwar griffbereit über der Schulter, aber selbst zu dessen Gebrauch war er zu schwach. Hilflos musste er mit ansehen, wie „Feuerauge" immer näher kam.
Wieder hörte Rob wie durch einen Nebel die Trommel.
Langsam und beruhigend war ihr Schlag.
„Verdammt, jetzt, wo es mit mir zu Ende geht, wäre ein Trommelwirbel angebracht gewesen!", dachte er. *Wie unpassend.*

Mit einem tiefen Knurren und gebleckten Zähnen stand „Feuerauge“ über Rob Benson. Sie blickten sich direkt in die Augen, das heißt Rob sah das kalte Gelb in „Feuerauges“ rechtem Auge und ein blutiges Rot in seinem linken, welches er ihm einst zerschossen hatte. Der Atem des Silbernen schlug Rob warm und stinkend ins Gesicht.
Jetzt, dachte Rob.
Jetzt ist es also zu Ende.
Doch auf einmal wandte „Feuerauge“ sich ab und hinkte davon.
Rob brauchte einen Moment, um zu verstehen, dass er nicht sterben würde. Nicht hier und nicht jetzt.
Ruhig schlug der Rhythmus der Trommel.
Es dauerte einige Zeit, bis Rob in der Lage war, sich aufzusetzen. Die Wunde an seiner Schulter war wieder aufgeplatzt und blutete stark. Unter normalen Umständen hätten ihm diese Schmerzen zu schaffen gemacht, doch sie waren nichts im Vergleich zu seinem Bein. Die kleinste Bewegung verursachte höllische Schmerzen und es hatte Rob alle Mühe gekostet, sich bis zur Felswand zu arbeiten, wo er sich mit dem Rücken anlehnen konnte. Er musste es schaffen, den Eisenbügel zu öffnen. Als er es mit den bloßen Händen versuchte, fuhr ein jäher Schmerz durch sein Bein, der ihm sofort alle Kraft raubte und ihn laut aufschreien ließ. Nach dem zweiten Versuch ließ er davon ab.
Alles in ihm schrie danach, einfach aufzugeben und einzuschlafen, doch Rob wusste, dass es dann kein Erwachen mehr geben würde. Er musste sich zwingen, bei Bewusstsein zu bleiben. Nachdem er wenigsten wieder einigermaßen zu Kräften gekommen war, versuchte er, die Falle mit Hilfe des Gewehres zu öffnen. Wenn er den Kolben und den Abzugsring zwischen die Falle klemmte, hatte er einen Hebel. Er wusste, dass ihm der Schmerz erneut versuchen würde, die Sinne zu rauben, doch Rob musste stärker sein.

Er musste es einfach schaffen.
Sein Schmerzensschrei, als sich die Zähne der Falle aus seinem Fleisch befreiten, hallte über die ganze Hochebene. Zum Glück war der Knochen nicht gebrochen, aber trotzdem hatte er starke Prellungen erlitten und viel Blut verloren. Mit Stoffstreifen aus seinem Hemd band er das Bein notdürftig ab. Dann stützte er sich auf sein Gewehr und versuchte zu stehen. Bei den ersten Schritten musste Rob seine ganze Willenskraft einsetzen, doch wenn er sich abstützte, ging es. Jetzt erst merkte er, was ihm alles wehtat.
Er litt unter mehreren Prellungen an Rücken und Schultern. Seine Wunde blutete und schmerzte, ohne dass Rob etwas dagegen tun konnte. Sein Bein war kaum noch zu gebrauchen und mit den Schneeschuhen an den Füßen wurde das Gehen noch schwieriger.
Dennoch brauchte er nicht zu überlegen.
Er machte sich nicht auf den Rückweg zu den Hunden und zu dem Schlitten, der ihm ermöglicht hätte, es vielleicht bis zur nächsten Siedlung zu schaffen. Nein, Rob Benson wollte jetzt zu Ende bringen, weshalb er gekommen war. Er folgte der Blutspur in die Richtung, in die „Feuerauge“ sich davon gemacht hatte. Auch der Silberne war schwer verletzt und Rob wusste, dass der Wolf ihm nicht entkommen wollte.
Sie beide wussten, dass sie ihren Kampf hier und heute zu Ende bringen würden.
Mit größter Mühe schleppte sich Rob vorwärts. Tränen trübten immer wieder seinen Blick und mehrfach glaubte er, ohnmächtig vor Erschöpfung umzufallen. Nur das monotone Schlagen der Trommel bestimmten seine Schritte, einen um den anderen. Fast glaubte er zu schweben und nur vom dumpfen Schlag des Instruments vorwärts getragen zu werden. Bald musste er das Ende der Hochebene erreicht haben, denn schon drängte sich das Rauschen des Wassers immer mehr in den Vordergrund.

Es kam Rob vor, als ob er Stunden unterwegs gewesen wäre, als er endlich den breiten Wasserlauf vor sich sah. Hier musste „Feuerauge" auf ihn warten, es gab keine andere Möglichkeit. Wie im Delirium sah Rob den Fluss, sah die vereiste Uferregion und die sich lösenden Eisschollen, hörte das Rauschen des Wassers und das tiefe Grollen des Wasserfalls weiter unten.
Und dann sah er ihn.
„Feuerauge" hockte mitten auf dem Fluss. Es war eine der wenigen Stellen, an denen das Eis wie eine Brücke noch einen Weg über das Wasser ermöglichte. Doch er hatte den Fluchtweg nicht genutzt. Er hockte dort und wartete, schwer keuchend und mit blutverkrustetem Fell, so als hätten er und Rob eine Verabredung.
Ja, dachte sich Rob, wir haben eine Verabredung!
Langsam humpelte er näher, ohne „Feuerauge" aus den Augen zu lassen. Der Wolf rührte sich nicht. Der Anblick des Silbernen gab Rob Benson neue Kraft. Keine zwanzig Meter von dem Tier entfernt lehnte Rob sich schwerfällig gegen einen Baum und betrachtete seinen Gegner. Dann hob er langsam das Gewehr.
Seine Hände zitterten nicht in diesem Augenblick, als er „Feuerauge" vor seinem Visier hatte. Es würde kein Entrinnen geben. Nur die Trommel schlug und Rob vernahm, dass der Rhythmus schneller wurde und das Trommeln anschwoll, so dass es das Rauschen des Wassers mit Leichtigkeit übertönte. Er und „Feuerauge" blickten sich an und wieder schien die Zeit stillzustehen. Rob wusste, dass er nur noch abdrücken musste. Doch irgendetwas hinderte ihn daran.
Maluks Worte zogen durch seine Gedanken.
„...zwei ebenbürtige Jäger..."
„...ein ehrlicher und gleicher Kampf..."
„...die Besiegelung des alten Paktes zwischen Mensch und Wolf..."

Immer drängender wurde der Schlag der Trommel. Er schien jetzt direkt aus Robs Kopf zu kommen. Die Landschaft um ihn herum verschwamm und es gab nur noch ihn und „Feuerauge".
Zwei einsame Jäger, mit silbernem Haar.
Und auf einmal verstand Rob Benson, weshalb er hier war und was seine Aufgabe war.
Für was er schon immer bestimmt gewesen war. Es war plötzlich das Selbst-verständlichste der Welt und doch hatte er so lange gebraucht, um das Wesentliche zu verstehen. All die vorangegangenen Begegnungen waren nicht mehr, als die Vorbereitung auf diesen einen Moment. Sie dienten dazu, Rob auf diesen einen Augenblick vorzubereiten, ihm klar zu machen, welcher Bestimmung er zu folgen hatte.
Rob Benson ließ das Gewehr sinken. Die Waffe glitt ihm aus den Händen. Er würde sie nicht mehr brauchen. Mit schmerzverzerrtem Gesicht löste er die Schneeschuhe von seinen Füßen und schleppte sich schwerfällig humpelnd vorwärts. Unterwegs schnallte er den Gürtel mit dem Revolver ab und ließ ihn achtlos fallen. Dann entledigte er sich seiner blutverschmierten und mit Brandlöchern übersäten Jacke. Er zog seinen Dolch aus dem Gürtel und ging mit wackligen Schritten auf „Feuerauge" zu.
Der Wolf erhob sich und senkte den Kopf.
Auch er stand wacklig auf den Beinen. Rob spürte, wie das Eis unter ihm schwankte. Bei jedem Schritt drang ein beunruhigendes Knirschen an seine Ohren. Rob ignorierte es. Einzig und allein der Kampf zwischen den beiden Jägern war nun noch wichtig.
Ein ehrlicher und gleicher Kampf.
Einige Sekunden standen sich die beiden Gegner lauernd gegenüber. Der Trommelwirbel erfüllte nun alles und keine anderen Geräusche waren mehr zu hören. Wie auf Kommando stürzten sich die beiden Kämpfer aufeinander. Rob und „Feuerauge" verkeilten sich ineinander, drehten sich um die

eigene Achse und kämpften beide mit den letzten Kräften, die ihnen geblieben waren.
Der Kampf war zu viel für die dünne Eisschicht und mit einem lauten Knirschen brach die Eisbrücke in mehrere große Schollen auseinander. Keinen Augenblick ließen die beiden Kämpfer voneinander ab, als die Scholle schwankend mit ihrer ringenden Last Fahrt aufnahm und den Fluss hinunterglitt. Unvermindert stachen und bissen Rob Benson und „Feuerauge" aufeinander ein und es war nur eine Frage der Zeit, bis einer von ihnen oder beide blutend zusammenbrachen und ihren Geist aushauchten.
Doch dazu kam es nicht.
Maluk stand auf einem Fels oberhalb des Flusses und schlug die Trommel in wildem Stakkato, so wie es die Zeremonie der großen Vereinigung verlangte und wie er es seit dem Eintreffen des großen weißen Jägers gemacht hatte. Der Trommelwirbel endete erst in dem Moment, als Rob Benson und „Feuerauge", immer noch im Kampf vereint, in der Gischtwolke des großen Wasserfalls verschwanden und von ihm in die Tiefe getragen wurden.
Die Zeremonie war vollendet.
Der Pakt zwischen den Menschen und den Wölfen war auch dieses Mal wieder besiegelt worden. Maluk war überzeugt, dass somit das friedliche Miteinander beider Rassen gewahrt blieb und dass der große Geist besänftigt sein würde. Es war ihm unbegreiflich, dass die Ahnen dafür einen Weißen gewählt hatten. Er selbst kannte genug junge, starke Männer seines Stammes, die sich ihr Leben lang nichts sehnlicher gewünscht hatten, als hierfür auserwählt zu werden. Doch vielleicht hatte es ja eine ganz besondere Bewandtnis, dass ausgerechnet Rob Benson dieser Sturkopf, hierfür auserwählt worden war. Und schließlich, wer wäre passender gewesen als Gegner für den großen weißen Wolf als ein weißer, einsamer Jäger mit silbernem Haar?

Maluk würde darüber nachdenken müssen. Und er musste sich seine Worte zurechtlegen. Er war der Weise seines Stammes und er hatte dafür zu sorgen, dass die alten Mythen überliefert wurden. Von seiner Erzählkunst hing es ab, wie lebendig die Geschichte seines Stammes den Nachfahren in Erinnerung blieb.

Mit einem zufriedenen Lächeln machte Maluk sich auf den Weg zurück zur Höhle.

Wolfes Bruder

Anett Steiner

Die Wölfin hatte langes, helles Fell.
Sie war noch jung und strich allein durch die Wälder. In ihrer Nähe gab es kein Rudel, was sehr ungewöhnlich war.
Askan folgte ihr seit dem Morgen.
Die Luft war kalt, bleifarbenes Licht kündigte den Abend an. Die Spur im Schnee war deutlich. Die Wölfin musste in unmittelbarer Nähe sein.
Askans Herz schlug schnell. Seine Augen wanderten durch die Kronen der schneebedeckten Bäume und suchten nach Raben. Seit Jahrhunderten waren Raben als Partner der Wölfe bekannt. Fand man die Raben, fand man auch den Wolf.
Das Herz der Wölfin hämmerte ebenso. Je nachdem, wie der Wind stand, witterte sie den Menschen, der sich unter dicken Kleidern und einem Wolfspelz vor der Kälte zu schützen suchte. Er folgte ihr. Dabei musste sie endlich zu der Höhle zurück, wo ihre Jungen warteten. Blieb sie länger weg, würden sie verhungern. Doch wenn sie die Höhle jetzt aufsuchte, würde sie den Menschen direkt zu ihrem Nachwuchs führen.
Also blieb die Wölfin stehen und heulte leise.
Der Mensch kam näher.
Er hinkte.
Sie sah ihm mit eisblauen Augen entgegen.
Das Heulen eines Wolfes ist wie das Bellen eines Hundes, dachte Askan. Nur unendlich viel trauriger. Beinahe wie ein Klage.
Denn seit der Mensch den Hund hatte, brauchte er den Wolf nicht mehr. Das alte Bündnis war längst in Vergessenheit geraten.

Askan hatte die Raben entdeckt. Leise bewegte er sich durchs Unterholz und ließ einen Nebel aus federleichten Kristallen regnen, wenn er einen schneebedeckten Ast berührte.
Wenn die Wölfin ihn bemerkte, würde sie fliehen.
Die Raben flogen auf. Ihre Schreie hallten durch die eisige Luft und ihre Flügel peitschten die Dunkelheit und trugen die Vögel rauschend davon.
Der Moment, in dem Askan der Wölfin gegenüber stand, hing regungslos in der eisigen Luft. Die Raben kehrten zurück.
Die Wölfin knurrte. Ihre Lefzen entblößten schneeweiße Zähne. Sie duckte sich in den Schnee. Ihre Ohren zeigten, dass sie zum Angriff bereit war.
Dennoch wich sie zurück, als Askan sich näherte.
Sie dachte an ihre Jungen, die auf Futter warteten. Der Mensch durfte sie nicht finden. Die Zeiten, in denen der Mensch ein Freund des Wolfes gewesen war, gehörten der Vergangenheit an. Das hatte auch die junge Wölfin längst gelernt.
Sie hatte die Falle nicht gesehen.
Das eisbedeckte, gefährliche Metall mit den spitzen Ecken lag nicht weit von ihr unter dem Schnee.
Askan stockte der Atem. Dann preschte er nach vorn.
Er hob einen hölzernen Knüppel und schlug zu.
Krachend schloss sich die Falle um das Holz.
Die Wölfin floh mit weiten, entsetzten Sprüngen.
Askan hatte sie gerettet.
Doch ihre Jungen würden verhungern, wenn er sie nicht auch bald fand.
Der Abend war kalt und noch immer fiel Schnee. Ein eisiger Wind trieb die Flocken durch die Straßen des Dorfes und häufte sie vor Fenster und Türen.
Mit jedem Gast drang der Winter in den Raum. In einer Ecke des Lokals brannte das Kaminfeuer und die Männer legten ihre Mäntel ab. Alle, nur der Schäfer nicht. Er blieb stehen, während die anderen sich setzten und entspannten. Krampfhaft

umklammerte er seinen Schäferstab, bis die Fingerknöchel weiß hervor traten.
„Wie viele Wölfe hast du gefangen?“ zischte er und bedachte den Fallensteller mit einem ruhelosen Blick.
„Zwei“, antwortete der Mann mit dem braunen Bart, der gerade ein Bier an seine Lippen hob.
„Zu wenig. Wofür bezahle ich dich?“
„Jemand löst die Fallen aus“, gab der Fallensteller zurück.
„Unsinn. Wer sollte das tun? Niemand mag die Wölfe“, entgegnete der Schäfer.
„Dann komm mit mir in den Wald. Ich zeig dir die Fallen. Äste und Zweige und Steine stecken darin, keine Wölfe.“
Der Schäfer setzte sich nun doch und bestellte ebenfalls ein Bier. Fast alle Männer des Dorfes waren versammelt.
„Vielleicht war es der Einsiedler“, wurde eine Stimme laut, die sich sofort wieder verlor, als habe sie sich vor sich selbst erschrocken.

Die Wölfin lief, so schnell sie konnte. Für eine Weile waren das fast fünfundsechzig Stundenkilometer. Die Raben folgten ihr im Gleitflug. Den Menschen hatten sie zurückgelassen. Mit seinem hinkenden Bein konnte er nicht so schnell folgen.
Noch immer hörte die Wölfin das Krachen des Holzes in ihrer Erinnerung, mit dem die Falle zugeschnappt war. Statt des Holzes hätte es ihr Hals sein können, der darin zerschmettert wurde. Das hatte sie begriffen.
Sie hinterließ eine Spur aus aufgewirbeltem Schnee, den ein arktischer Wind in alle Richtungen zerstreute. Nur ein geübter Fährtenleser konnte ihr jetzt noch folgen.
Ihre Jungen brauchten endlich Nahrung.
Die Wölfin erbeutete einen Wildhasen und witterte in der Ferne den verlockenden Duft von Schafen.
Sie hielt den Nacken des Hasen fest zwischen ihren Zähnen. Sein Fell schmeckte nach Fett und Wärme. Er verlor kein Blut.

Mit ausgreifenden Sprüngen pflügte ihr magerer Körper durch den lockeren Pulverschnee und bald hatte sie die Höhle erreicht, in der sie ihre Jungen zurückgelassen hatte.
Schon wieder eine Falle. Die Wölfin sah sie im letzten Moment und wich mit einem weiten Satz aus. Ihre Läufe zitterten. Einen Moment wärmte sie ihr langes Fell nicht mehr, so sehr steckte ihr der Schreck in den Knochen.
Dann vernahm sie plötzlich Klagelaute.
Jemand weinte.
Ein Menschenkind.
Die Wölfin duckte sich in die Wurzel eines umgestürzten Baumes.

Die Sonne war längst untergegangen. Der Himmel hing voller silberner Wolken, und doch traf orangefarbenes Licht mit blauen Schatten auf den Schnee. Die Luft war eisig, die Temperatur fiel merklich. Die Nacht stand bevor.
Dann sah die Wölfin eine weitere Falle. Eine Falle, die für sie und ihresgleichen bestimmt gewesen war.
Gefangen hatte sie ein Kind.
Die Wölfin schaute ungläubig zu dem kleinen Jungen hinüber. Er weinte. Ein hilfloses Menschenkind in einer Falle, die Menschen aufgestellt hatten.
Die Wölfin wusste nicht, was sie tun sollte. Ihre Welpen warteten auf sie und das erbeutete Kaninchen hing zwischen ihren Zähnen.
Aber das Menschenkind würde sterben, wenn es niemand fand. Sterben wie ihre Jungen, wenn sie nicht bald Futter bekamen.
Das Kind verstummte vor Angst und vergaß seinen Schmerz, als es den Wolf sah. Die Wölfe hatten keinen guten Ruf im Dorf. Eltern mahnten ihre Kinder zur Vorsicht, bevor sie sie zum Sammeln von Feuerholz schickten.
Es hat Angst vor mir, dachte die Wölfin und näherte sich nicht weiter. Sie dachte an den hinkenden Mann im Wolfspelz.

Askan keuchte.
Sein lahmes Bein machte ihm Mühe und bereitete ihm Schmerzen beim Gehen. Nur langsam kam er voran und folgte der Spur der Wölfin, die ein eisiger Westwind zu verwischen suchte. Immer wieder fand er Fallen, die er auslöste, damit sie keinem Wolf mehr Schaden zufügen konnten.
Sicher kam es das eine oder andere Mal in schlimmen Wintern vor, dass die Wölfe Schafe rissen. Kranke und schwache Tiere. Aber in dieser Saison hatten sich die Wölfe der Herde noch nicht ein einziges Mal genähert. Die Schafe, die fehlten, waren gestohlen worden. Von Räubern, die zwei statt vier Beine hatten.
Aber darum würde Askan sich später kümmern müssen. Im Augenblick war nur wichtig, dass er die Spur der jungen Wölfin nicht verlor, damit er ihre Jungen retten konnte. Wenn die Wölfe verschwanden, würde auch er verschwinden.
Es war eine alte Verbindung, ein altes Versprechen, was sie einte.

Askan eilte voran, wollte sich seinem lahmen Bein nicht geschlagen geben. Stellenweise war der Schnee so hoch, das er bis zu den Hüften darin versank. Seine Kleider wurden nass und kalt, nur das Fell hielt ihn noch warm. Er ließ die Fährte nicht aus den Augen.
Dann sah er die Wölfin.
Sie hatte einen Hasen erbeutet, der einige Meter entfernt von ihr am Boden lag und längst starr gefroren war. Der Schnee war voller Spuren, so als wäre die Wölfin viele Male hin und her gelaufen.
Askan verstand es nicht sofort.
Wieso hatte die Wölfin den Hasen nicht zur ihren Jungen gebracht? Sie hätte Zeit genug gehabt. Wieso lief sie an diesem Ort im Kreis?
Fast so, als hätte sie auf ihn gewartet.

Plötzlich packte sie den Hasen und lief mit ihm davon. Aber sie eilte nicht, sondern blieb immer wieder stehen und sah sich nach Askan um. Sie schien alle Scheu vor ihm verloren zu haben und wollte, dass er ihr folgte. Wieso? Hatte sie begriffen, dass er ihr und den Jungen nur helfen wollte?
Auch wenn die Wölfin jetzt langsamer war, konnte Askan nur schwer folgen. Sein Bein machte mehr Probleme als je zuvor. Askan wurde alt. Das war es.
Aber jetzt war er hellwach. Sein Herz schlug laut und klopfte gegen seinen Zungengrund. Etwas würde geschehen. Etwas, was nicht alltäglich war.
Irgendwann blieb die Wölfin stehen und legte den Hasen ab.
Ihr Blick war auf die Falle gerichtet und Askan traute seinen Augen kaum.
Ein Junge war darin gefangen, der aus lauter Angst vor dem Wolf nicht zu schreien wagte. Erst, als er Askan sah, ließ er seinen Tränen freien Lauf und rief um Hilfe.
Die Wölfin verschwand mit dem Hasen zwischen ihren Zähnen und ließ Askan und das Kind allein.
Jetzt wurde sie von ihren Jungen mehr gebraucht als von dem Menschenkind. Schließlich hatte sie den hinkenden Mann dorthin geführt, damit er dem Kind helfen konnte.
Askan sah ihr nach, wie ihr geschmeidiger Körper zwischen verschneiten Baumwurzeln verschwand und ihre weiße Rute ein letztes Mal Schnee aufwirbelte, bevor sie sich seinen Blicken entzog.
Askan musste das Kind retten, so wie er einst selbst gerettet worden war. Auch er war als Kind in eine dieser verdammten Wolfsfallen geraten, nur unwesentlich älter als dieser Junge hier. Und seit jenem Tag hatte er das lahme Bein.
Keuchend warf sich Askan in den Schnee und umklammerte die beiden Schenkel der Falle, um sie auseinander zu drücken und den Jungen daraus zu befreien.

Er erkannte das Kind. Es war der Sohn des Schäfers.
Askan nahm den Jungen auf den Arm und trug ihn ins Dorf.
Sein Korb mit Sammelholz hatte der Falle die tödliche Wucht genommen, so dass der Junge nur leicht verletzt worden war. Müde und schwer lag er in Askans Armen und weinte leise. Er fürchtete sich vor dem Einsiedler fast genauso sehr wie vor den Wölfen.
Über beide sprachen die Menschen im Dorf nicht gut.
„Wie heißt du, Junge?“, fragte Askan und seine Zunge fühlte sich ungelenk an. Die Worte kamen nur schwer über seine Lippen und ihm wurde bewusst, wie lange er kein Wort mehr gesprochen hatte. Inzwischen heulte er besser, als er sprach. Das Wolfsfell auf seinem Rücken war von hellgrauer Farbe. An den Flanken färbte es sich dunkelbraun und in der Mitte war es tiefschwarz. Es wärmte besser als jedes andere Kleidungsstück, in das er sich gehüllt hatte. Aber es war auch verantwortlich für sein verwegenes Aussehen. Der Junge jedenfalls behielt seinen Namen für sich.
Askan war nicht sicher, welches das Haus des Schäfers war. Er hatte das Dorf schon sehr lange nicht mehr betreten. Obwohl es bereits dunkel war, brannte in den Fenstern der meisten Häuser kein Licht. Allein der Gasthof war hell erleuchtet. Dort konnte Askan die Männer des Dorfes versammelt sehen. Ihre Schatten bewegten sich hinter gelb gefärbten Glasscheiben, auf denen der Schein des Kaminfeuers tanzte.
„Da ist dein Vater“, murmelte Askan und nickte dem Jungen zu. Er trat nahe an das Fenster neben der Tür heran. Schnee türmte sich auf dem Fensterbrett und verdeckte den Einblick halbhoch. Auch wenn Askan schlecht gehen konnte und kein junger Mann mehr war, hörte er doch sehr gut. Einen Moment lang blieb er stehen und lauschte den Worten, die durch die Ritzen der hölzernen Wände drangen. Er musste sich um jeden Ton bemühen, bevor der eisige Wind ihn vor seinen Ohren fort riss.

Gerade beklagte der Schäfer, dass der Fallensteller zu wenig Wölfe fing.
„Zu wenig. Wofür bezahle ich dich?“
„Jemand löst die Fallen aus. Äste und Zweige und Steine stecken darin, keine Wölfe.“
„Vielleicht war es der Einsiedler“,, erhob sich eine Stimme genau in dem Moment, als Askan mit seinem gesunden Bein die Tür aufstieß.
Die Männer fuhren zu ihm herum und ihre Mienen erstarrten in der eisigen Luft, die mit Askan durch die Tür gedrungen war. Reglos und mit offenen Mündern gafften sie den Einsiedler an, der den leise weinenden Jungen im Arm hielt.
„Wie es scheint, habe ich noch zu wenige Fallen unschädlich gemacht, wenn sich eure Kinder darin verfangen, sagte er und trat in ihre Mitte.

Mit seiner groben, rauen Hand fegte er Teller und Gläser von einem der hölzernen Tische, um für den Jungen Platz zu schaffen. Behutsam legte er das Kind ab. Der Schäfer sprang auf, wagte aber nicht, sich Askan zu nähern.
„Hast du wirklich die Spuren von Wölfen gesehen, dort, wo deine Schafe verschwunden sind?“, fragte Askan und sah dem Schäfer in die Augen.
„Nein? Das dachte ich mir. Es ist leicht, den Wölfen die Schuld zu geben, weil sie sich nicht verteidigen können. Aber ich spreche für die Wölfe. Und ich sage euch, sie waren es nicht, die die Schafe geholt haben.“
Askan wandte sich zur Tür. Er wollte nicht länger bleiben, als nötig war.
„Ich habe deinen Sohn zurückgebracht, Schäfer. Doch du solltest deinen Fallensteller zur Vorsicht mahnen. Wer weiß, wer sonst noch in seine Fallen gerät. Und nicht immer wird es so glimpflich ausgehen wie dieses Mal.“
Askan hatte lange nicht mehr so viel gesprochen.

Beinahe hatte er das Gefühl, schon zu viel gesagt zu haben. Seine blauen Augen musterten die Anwesenden. Der Raum erstickte beinahe in der Stille, die nach Askans Worten zu Boden gefallen war. Niemand rührte sich, keiner sprach ein Wort.
Der Mann mit dem Wolfspelz auf seinem Rücken löste sich aus ihrerMitte. Niemand kam ihm näher, als irgend nötig.
„Ein Wolf hat mich zu deinem Sohn geführt. Ihm verdankst du das Leben deines Kindes. Vergiss das nicht."
Askan wandte sich um und das Wolfsfell auf seinem Rücken glänzte im Schein des Feuers.
Der Fallensteller gab sich nicht zu erkennen.
Er blieb still und drehte das Glas in seinen Händen. Nichts sonst gab ihm Sicherheit.
Askan verließ den Gasthof, ohne die Tür zu schließen. Es schneite noch immer und der Wind trieb die Flocken durch die Straßen. Askan sah sich nicht um, doch er spürte regelrecht, wie die Männer sich an den Fenstern drängten, um ihm nachzuschauen. Fast so, als wollten sie sicher gehen, das er auch wirklich wieder aus ihren Ort verschwand. Und mehr als einer von ihnen hätte schwören können, das Askan sich nach wenigen Metern in einen Wolf verwandelte, dessen Fell hellgrau war, sich an den Flanken dunkelbraun färbte und auf dem Rücken tiefschwarz wurde. Der Wolf hinkte. Aber vielleicht war auch das dichte Schneetreiben schuld daran, das sich ihre Augen täuschten.
Noch in der gleichen Nacht kehrte Askan dorthin zurück, wo er die junge Wölfin zum letzten Mal gesehen hatte. Die Falle, aus der er den Sohn des Schäfers befreit hatte, lag nutzlos und zusammengekrümmt unter dem frisch gefallenem Schnee. Hier war er ganz in der Nähe der Höhle, in der die Wölfin ihre Jungen versteckte.
Askan entdeckte die Wölfin hinter einem Baum. Reglos blickte sie zu ihm herüber. Ihr langes, helles Fell war voller Schnee.

Wie lange hatte sie dort schon gestanden? Hatte sie ein weiteres Mal auf ihn gewartet?
Für eine Alphawölfin war sie noch sehr jung, fand der Einsiedler.
Endlich führt sie ihn zu ihrer Höhle.
Ihr Wurf umfasste vier Welpen. Bei der Geburt, das wusste er, wogen die Kleinen kaum fünfhundert Gramm. Sie waren blind und öffneten erst nach zwei Wochen die Augen. Älter konnten sie noch nicht sein, dachte Askan. Wären sie schon drei Wochen alt, hätten sie die Höhle längst verlassen.
Der Einsiedler barg die Welpen unter seinem Mantel. Eines nach dem anderen. Dort waren sie von Kälte und Schnee geschützt. Askans Hütte lag eingebettet in einem milden Tal, wo Wind und Eis nicht mit voller Kraft wüten konnten. Er hatte sie aus Holz errichtet und das Dach mit Gräsern gedeckt und mit Steinen beschwert.
Eine kleine Feuerstelle gab der Luft im Inneren ein wenig Wärme, ohne dass die Flammen zu hoch schlugen.
Es gab Felle und Decken, Milch und Fleisch. Ein guter Ort für die Welpen.
Die Wölfin folgte ohne Argwohn. Etwas in ihrer Bewegung verriet Erleichterung. Askan hatte ihr längst einen Namen gegeben. Canisia. Das leitete sich von Canis inpus elbus ab, was so viel bedeutete wie Taiga-Wolf. Diese Art war von Finnland bis Kamtschatka verbreitet. Große Tiere mit hellem Fell. Canisia war ein besonders schönes Exemplar ihrer Art.
Doch was war mit dem Alphawolf und dem Rest ihres Rudels geschehen?
Solange der Fallensteller hier sein Unwesen trieb, würde es keinem Wolf gelingen, in Ruhe zu leben.
Doch wie sollte Askan dem ein Ende bereiten? Seit Jahren kämpfte er gegen die Fallen. Um genau zu sein, schon seit seiner Kindheit. Seit dem Tag, da er wegen einer solchen Falle durchs Leben hinken musste.

Nie hatte er die Wölfe dafür gehasst, denn ihre Schuld war es nicht gewesen. Sie taten nichts anderes als das, was jedem Wesen unter dem Himmel zustand. Sie lebten. Sie zogen ihre Jungen auf, jagten und in den Nächten heulten sie den Mond an. Ihre soziale Kompetenz war der des Menschen ähnlich, wenn nicht sogar überlegen.
Canisias Welpen entwickelten sich gut.
Askan war zufrieden und strich ihnen über das samtartige Fell. Canisia drückte ihre schwarze Nase gegen sein Knie. Sie hatte sich an Askan gewöhnt, sich aber nicht unterworfen. In den Nächten ging sie ihre eigenen Wege und jagte für ihre Jungen. Askan war für sie nichts anderes als der Alphawolf, der sich nun mit ihr um den Nachwuchs kümmerte. Sie sah keinen Menschen in ihm, vielmehr einen hinkenden Wolf, dessen Fell hellgrau war, sich an den Flanken dunkelbraun färbte und in der Mitte tiefschwarz wurde.

In manchen Nächten vernachlässigte der Schäfer seine Herde, die den Winter unter überdachten Futterkrippen verbrachten, die er mit Heu und Stroh füllte.
Dann saß er stundenlang am Bett seines Sohnes und ließ die Gedanken in seine Kissen fallen. Zum Glück erholte der Junge sich gut und die Verletzungen durch die Wolfsfalle an seinem Bein heilten schnell. Der Arzt hatte gesagt, dass die Wunde komplett verschwinden würde, ohne ein lahmes Bein zurückzulassen.
Der Junge war tapfer. Ganz allein rang er mit den Erinnerungen, und manchmal kam es vor, dass er des Nachts weinte.
„Ist es wahr, was der Einsiedler behauptet hat?“, fragte der Schäfer seinen Sohn und seine Stimme war dünn wie das Fell eines Sommerlammes. Der Junge richtete sich zwischen den flachen Kissen auf und bewegte gedankenverloren seinen Fuß, der kaum noch geschwollen war.
„Was hat er denn behauptet?“, fragte der Junge und bedachte

seinen Vater mit einem verwunderten Blick aus großen, feuchten Kinderaugen.
„Ist es wahr, dass ein Wolf dich gerettet hat?“
Der Junge nickte.
„Der Wolf hat mich entdeckt. Er war dürr und hatte langes, helles Fell. Zwischen seinen Zähnen trug er ein totes Kaninchen.“ Mehr sagte er nicht, er begann stattdessen, auf seinen Nägeln zu kauen.
„Und dann?“, fragte der Schäfer, „Erzähl weiter.“
„Der große Mann mit dem Wolfsfell kam von irgendwoher aus dem Schnee. Er hinkte. Zuerst jagte er mir noch mehr Angst ein. Eigentlich sah er selbst wie ein Wolf aus. Er hatte die gleichen blauen Augen.“ Der Junge kaute weiter an seinen Fingern, bis der Vater ihn ermahnte, es zu unterlassen.
„Der Mann sah aus wie sein Bruder.“
„Wie wessen Bruder?“
„Wie der Bruder des Wolfes.“
„Du redest Unsinn, Kind. Das Fieber hat dich wohl um den Verstand gebracht.“
„Ich erzähle nur, was ich gesehen habe. Der Wolf hat mir nichts getan, sondern ist so lange bei mir geblieben, bis
der Einsiedler auf uns aufmerksam geworden war.“
„Unmöglich!“
Der Schäfer wusste nicht, was er denken sollte. Ein Wolf hatte seinen Sohn gerettet. Das passte so gar nicht in sein Weltbild. Er war Schäfer. Er musste die Wölfe hassen. Das war immer so gewesen und würde sich niemals ändern. Nicht einmal seine Hunde waren vor den Wölfen sicher, und das, obwohl sie doch dieselben Vorfahren hatten.
Der Junge rieb über das rote Mal an seinem Bein, wo ihn die Metalldornen der Falle verletzt hatten.
„Dann schlaf jetzt, mein Sohn. Ruhe dich aus.“
Der Junge rutschte zurück unter die Decke und verbarg sein Gesicht in den Kissen. Es stimmte ihn traurig, wie sehr sein

Vater die Wölfe hasste, obwohl er einem von ihnen sein Leben verdankte.
Sobald sein Vater das Zimmer verlassen hatte, kroch der Junge aus dem Bett. Seine nackten Füße tappten über den kalten Holzboden bis zum Fenster. Sein Blick verfing sich im Schnee, der hellblau und silbrig im Mondlicht da lag wie ein Teppich aus gefrorenem Wasser. Manchmal verharrte der Junge dort sehr lange und blickte in die Nacht hinaus.
Erst, wenn er ein lang gezogenes Heulen gehört hatte, schlüpfte er wieder in sein Bett. Erst dann schlief er ein und verbrachte die Nacht in unruhigem Schlaf. Er träumte nichts, weil er sich Sorgen machte. Er wusste, dass nicht nur die Wölfe, sondern auch der Fallensteller dort draußen unterwegs waren.
Canisia, die Wölfin, entfernte sich von Askans Hütte. Die Jungen waren alt genug, um sie des Nachts zu begleiten. Ihre kleinen Körper waren sehnig und zäh. Dagegen war das kurze Fell so weich wie das Licht des Mondes, das darauf spielte. Wie sie mit ihren dünnen Stimmen den Mond an heulten, erfüllte Canisia mit Mutterliebe. Sie wollte den Kleinen so viel wie möglich beibringen, bevor sie allein ihren Weg gehen mussten. Sie sollten lernen, wie man die Fallen erkannte, diese tödlichen, eiskalten Feinde, mit denen man sich keinen fairen Kampf liefern konnte. Heimtückisch lauerten sie unter dem frisch gefallenen Schnee und fingen sogar Menschenkinder. Canisia erinnerte sich noch gut daran.
Am besten konnte sie ihrem Nachwuchs die Fallen bei den Schafsherden zeigen. Dort hatte der Fallensteller besonders viele davon aufgestellt. Außerdem konnten die Jungen in der Nähe der Schafe noch eine ganz anderer Erfahrung machen, die Canisia für wichtig hielt.
Seit zwei Tagen hatte es nicht geschneit und darin fanden sich eine Menge Vorteile. Der Schnee war nicht mehr weich und pulverig, sondern an der Oberfläche verharscht. Weder die Wölfin noch ihre Jungen sanken darin ein, also würden sie gut

und vor allem schnell vorankommen. Bei einer Flucht konnte das von Vorteil sein.
Zudem ließen sich bei eingefallenem Schnee die Fallen besser erkennen.

Der Nachteil war, dass auch die Hütehunde der Schafherde auf dem Schnee gut vorankamen. Doch genau diese Erfahrung wollte sie ihren Jungen zuteilwerden lassen. Sie sollten spürten, dass es zwischen Mensch und Wolf eine viel ältere Verbindung gab, als sie ahnten. Der beste Beweis dafür war der Hund.
Askan sah den Wölfen nach. Er hoffte, dass sie gesund zurückkommen würden. Zur Sicherheit streifte er sein Wolfsfell über.
Canisia und ihre Jungen wanderten über den Schnee. Der Mond stand klar und hoch am Himmel. Es gab nur wenige Wolken, die einsam vom Wind zerfetzt wurden. So war es nicht völlig dunkel, aber auch nicht wirklich hell. Ein bläulicher Schein lag über der Landschaft, die sich hügelig hob und senkte wie das Meer. Sie bestand aus einer ausgewogenen Mischung von Ebenen und Waldstücken. Verspielt neckten sich die jungen Wölfe, packten sich beim Fell, sprangen einander an, kugelten über den verharschten Schnee. Gelegentlich blieb Canisia stehen und warf ihren Jungen einen Blick über die Schulter zu, wobei sich das Fell in ihrem Nacken gegeneinander aufstellte. Der warnende Blick störte die übermütigen Jungen kaum in ihrem Spiel. Sie genossen ihr Leben und die Freiheit und das Vergnügen des nächtlichen Ausflugs. Es erlaubte ihnen einen Vorgeschmack auf die spätere Jagd. Große, nächtliche Greifvögel schwebten geräuschlos und schwer durch die Zweige der Bäume, so tief, dass die jungen Wölfe die Köpfe einzogen, aus Furcht, geschnappt zu werden. Sie hatten schon Raubvögel gesehen, die zwischen ihren Krallen kleine Nagetiere davontrugen.
Von Zeit zu Zeit ging Canisia geduckt und war besonders aufmerksam. Dann verlangsamte sie ihr Tempo und ihre Augen

schweiften aufmerksam umher. An anderer Stelle lief sie in leichtem Trapp dahin und genoss die kalte Luft, die um ihre Nase strich. Sie dachte an den Menschen im Wolfskleid, den sie gelegentlich witterte, je nachdem, wie der Wind stand.
Irgendwann mischte sich seine Witterung dann mit der von Schafen. Canisia sah sie vor ihrem inneren Auge, wie sie dicht beieinander unter dem Winterverschlag drängten und stehend schliefen. Wenn eines von ihnen sich bewegte, wogte die Bewegung durch die ganze Herde. Canisia unterschied den Geruch der jungen Schafe von den älteren, sie witterte das getrocknete Gras in den Futterkrippen. Der Schäfer war nicht in der Nähe, denn sie vermisste den Rausch des Feuers, an dem er sich nachts wärmte. Dafür witterte sie die Hunde und es würde nicht lange dauern, bis dies auf Gegenseitigkeit beruhte. Doch da sich die Hunde nicht allzu weit von der Herde entfernten, drohte keine Gefahr, wenn Canisia und die Jungen sich nicht zu sehr näherten.
Die Falle war trotz des silbrigen Dunkles deutlich zu sehen. Ihr Rahmen war schwarz und hob sich vom Schnee ab und die glänzenden Zähne schimmerten im Mondlicht. Canisia versammelte ihre Jungen nicht im Kreis, so wie es ein Mensch tun würde, aber sie warnte sie mit einem bedeutsamen Laut, der ihnen ein für alle Mal klar machen sollte, das sie sich von solcherlei Hinterhalt fernhalten mussten, wenn ihnen das Leben lieb war. Die Jungen widmeten dieser Warnung die gebührende Aufmerksamkeit, doch auch ihre Nasen hatten inzwischen jenen herbwarmen Geruch wahrgenommen, den sie nur von sich selbst und ihrer Mutter kannten. Die Hunde.
Eines der Welpen fiepte aufgeregt und tänzelte auf der Stelle umher, bereit, sofort los zu laufen, um den vertrauten Geruch in unbekannter Umgebung zu erkunden. Canisia brachte das Junge mit einem kurzen, bellenden Laut zum Schweigen. Sie sammelte die Jungen um sich und verbarg sich mit ihnen im Gehölz. Weiter durften sie sich der Schafherde in keinem Fall

nähern. Die Hunde waren längst aufmerksam geworden, nur die Schafe bemerkten nichts in ihrem Schlaf.
Canisia nahm den Hunger wahr, der sich in ihr bemerkbar machte, aber seit Generationen von Wölfen war die Jagd auf das Zuchtvieh der Menschen immer ein Zeichen von äußerster Not gewesen. Erst wenn eine ungewöhnlich lang andauernde Kälte dafür gesorgt hatte, das weder die Wälder noch die Ebenen mehr Nahrung für die Wölfe boten, trieb sie der Hunger ins Revier der Menschen. Solange das nicht nötig war, achteten die Wölfe diese letzte Erinnerung an ein altes und fast vergessenes Miteinander.
Einer der Hunde trat vor die Herde und hob aufmerksam den Kopf. Seine lange, schwarze Rute peitschte die Nachtluft. Unruhig trat er von einem Vorderbein auf das andere.
Canisia fixierte ihn fest mit ihrem Blick und gab den Jungen gleichzeitig ein Zeichen zum Rückzug. Sie hatten gesehen, was sie sehen sollten. Die Herde eines Menschen, seine Hunde, die Fallen. Das war genug für eine Nacht.
Die Augen des Hundes waren dunkelbraun. Nicht so hell wie die der Wölfe. Aber jede seiner Bewegungen verriet die nahe Verwandtschaft. Und so war es wohl auch nicht die Ahnung einer Gefahr, sondern vielleicht nur die Neugier dieses jungen Hundes, der ihn dazu trieb, genauer nach Canisia und ihren Jungen zu sehen.
Mit einem weiten Sprung trat die Wölfin den Rückzug an, schnappte nach dem Schwächsten ihrer Jungen, um es im Maul voran zu tragen. Die anderen folgten sofort. Doch auch der Hund kam ihnen nach.
Das hatte Canisia nicht erwartet.
Sie beschleunigte ihren Schritt und galoppierte über den Schnee, dicht gefolgt von ihren Jungen, nach denen sie sich beständig um sah. Sie hielten gut Schritt mit ihr, der Hund jedoch auch. Er bellte nicht und kläffte nicht, sondern folgte ihnen einfach, verfiel vom Trab in den Galopp. Vom noch

immer wolkenlosen Himmel schien der silberne Mond und beleuchtete die Szene zwischen den Bäumen als stiller Beobachter. Im Zickzack floh Canisia mit ihren Jungen und mit einigem Abstand folgte der schwarze Hund.
Sollte er tatsächlich zur Gefahr werden? Canisia wusste es nicht, aber da sie die Jungen bei sich hatte, musste sie jede Auseinandersetzung vermeiden.
Sie eilte durch das Unterholz, sprang über Äste und Zweige, die am Boden lagen und kroch durch Gestrüpp. Der Hund blieb ihnen auf den Fersen.
Die Flucht nahm Canisias Aufmerksamkeit so stark in Anspruch, dass alle Sinne damit beschäftigt waren, die Jungen hinter ihr nicht aus den Augen zu verlieren. Das Gewicht des Kleinen, den sie zwischen ihren Zähnen trug, machte sie langsamer. Fast hätte sie die Falle übersehen, vor der sie noch kurz zuvor ihre Jungen gewarnt hatte. Sie machte einen weiten Sprung zur Seite und zum Glück erinnerten sich auch die Welpen an die Gefahr und taten es ihr gleich.
Nur der Hund kannte die Falle nicht.
Krachend schloss sie sich um seine Hinterbeine und die Nähe seines Aufheulens machte Canisia klar, wie dicht er ihnen auf den Fersen gewesen war. Sogleich wurde sie von zwei verschiedenen Instinkten angetrieben. Der eine beschäftigte sich mit Flucht und Entkommen, der andere hatte mit jenen Genen zu tun, die sie mit dem Hund verbanden. Die Jahrhunderte alte Verwandtschaft sorgte dafür, dass sie ihre Flucht unterbrach. Sie hatte den Schäfer nicht gewittert. Wenn also in dieser Nacht kein Mensch hier draußen war, würde niemand dem Hund helfen.
Sie blieb stehen und schaute sich um. In der Nähe fand sie einen umgestürzten Baum, dessen Wurzeln sich weit in den Himmel erhoben und mit Erdreich und eingewehtem Schnee eine Höhle bildeten. Dort versteckte sie ihre Jungen. Dann kehrte sie zu dem Hund in der Wolfsfalle zurück.

Was sie fand, war erschreckend. Der Hund war schwer verletzt und winselte leise. Ab und zu stieß er ein verzweifeltes Heulen aus, das nach wenigen Augen-blicken wieder erstarb. Als er die Wölfin erblickte, begegneten sich ihre Augen. Eisblau und dunkelbraun. Canisia wusste nun, was sie zu tun hatte. Es gab zwei Möglichkeiten, den Hund von seinem Leiden zu erlösen. Entweder biss sie ihn tot oder sie suchte nach dem hinkenden Menschen im Wolfsfell. Sie entschied sich für das Letztere. Er hatte ihr schon einmal in der gleichen Situation geholfen. Mit einem Knurren bedeutete sie den Jungen, das sie sich nicht bewegen sollten.
Askan war nicht weit entfernt. Aus der Ferne wollte er das nächtliche Abenteuer seiner Wölfe beobachteten und sicher gehen, das ihnen nichts zustieß. Die Jungen waren wild und verspielt und er sorgte sich um sie, weil die Wölfe hier in der Gegend eine Menge Feinde hatten. Wegen seines Beines konnte er nur mit Abstand folgen und der feste Schnee bot wenig Spuren. Allerdings hatten die Jungen bei ihren Raufereien genug Hinweise darauf hinterlassen, welche Wege sie eingeschlagen hatten.
Aksan hörte, dass etwas passiert sein musste. Etwas Schreckliches war geschehen. Er hatte ein Jaulen gehört, ein verletztes Heulen.
„Canisia!“, flüsterte er voller Sorge. Aber es war nicht Canisia. Wenigstens hoffte er das. Wieder eilte er durch den Schnee, schleppte sein lahmes Bein wie Ballast hinter sich her. Die kalte Winterluft biss ihm ihn die Kehle, weil er so unachtsam gewesen war, nicht durch die Nase einzuatmen. Der Schnee knirschte unter jedem seiner Schritte. Im Gegensatz zu den Wölfen brach Askan an vielen Stellen ein. Die verharschte Oberfläche hielt seinem Gewicht nicht stand. Er keuchte. Die Angst saß ihm ihn Nacken. Was hatte Canisia so weit zu den Schafherden getrieben? Dort gab es die meisten Fallen. Dummes, unvorsichtiges Mädchen, dachte er und hetzte weiter.

Dann endlich sah er sie.
Hoch aufgerichtet stand sie auf dem Stamm eines umgestürzten Baumes wie von einem Bildhauer erschaffen. Ihre Augen glänzten im Mondlicht. Ihr helles Fell hüllte ihren mageren Körper glatt und makellos ein. Sie wartete, bis Askan sich genähert hatte, und lief dann voraus. Immer wieder blieb sie stehen und sah sich um, ob er ihr folgte. So wie damals. Sie führte ihn zur Wolfsfalle mit dem gefangenen Hund.
Askan hatte keine Zeit, zu erschrecken. Der Hund sah schlimm aus. Nicht auszudenken, wenn es Canisia oder einen anderen Wolf erwischt hätte. Aber auch dem Hund musste geholfen werden, bevor es zu spät war. Askan war nicht sicher, ob er noch zu retten war. Der Hund war schon zu schwach, um nach Askans Hand zu beißen, als er ihn aus der Falle befreite. Er hob den Hund auf seinen Arm, er war leichter als erwartet. Zum Glück, denn der Weg ins Dorf war weit.
Canisia rief mit einem kurzen, hohen Laut ihre Jungen aus dem Versteck unter der Baumwurzel. Balgend und sich gegenseitig neckend rollten sie durch den Schnee und hatten die Erfahrung mit der Falle augenscheinlich längst vergessen. Aber für diese Nacht hatten sie genug gesehen.
Die Wölfin brachte ihren Nachwuchs zurück in Askans Hütte. Dort gab es eine Klappe in der Tür, durch die sie schlüpfen konnten. Im Inneren der Hütte gab es einen Durchgang in ein höhlenartiges Kellergewölbe, in dem Askan normalerweise seine Vorräte aufbewahrte. Die natürliche Höhle hatte schon bestanden, bevor er seine Hütte darauf errichtete. Er hatte sie sich zunutze gemacht und nun beherbergte sie die Wolfsfamilie. Dorthin brachte Canisia die Welpen in Sicherheit, bevor sie ein zweites Mal in dieser Nacht auf Streifzug ging. Diesmal nicht zur Lehrstunde, sondern auf die Jagd.
Von den Hügeln aus konnte Askan das Dorf im Tal erkennen. Die meisten Fenster waren dunkel. Inzwischen war es fast Mitternacht.

Askans Arme waren schwer geworden unter der Last des Hundes. Er hatte das Tier in eines seiner Hemden gewickelt, die er unter dem Wolfsfell trug. Trotzdem fühlte sich der Körper des Hundes kühl an, wenn er ihn an sich drückte. Seine Finger klebten.
„Hey“„ flüsterte Askan und senkte sein Ohr an die Schnauze des Hundes. Er hörte nichts. Er stolperte den unwegsamen Hang hinunter. Er konnte seine Arme nicht gebrauchen, um sich auszubalancieren. Er musste lang-samer gehen, wenn er nicht stürzen wollte.
Es war Ewigkeiten her, dass er im Dorf gelebt hatte.

Den Jungen hatte er in den Gasthof gebracht, der an jenem Abend gut besucht gewesen war, aber wohin sollte er mitten in der Nacht den Hund bringen? Einen Tierarzt gab es nicht. Jedenfalls nicht hier, sondern in der Stadt. Aber es gab einen Arzt, der auch den Jungen behandelt hatte. Damals, als Askan in die Falle geraten war, hatte es noch keinen Arzt gegeben.
Das Haus des Arztes war leicht zu finden. Es war das Haus, in dem Askan geboren worden war. Bevor der Arzt einzog, hatte es lange leer gestanden.
Askan klopfte an die Tür. Als sich nichts regte, schlug er mit der flachen Hand gegen die Fensterscheiben. Noch immer deutete nichts darauf hin, dass er gehört wurde. Also ging er zurück zur Tür und hieb mit der Faust darauf ein.
Endlich wurde ihm aufgemacht.
Der Arzt stand vor ihm, ein junger Mann mit zerzaustem Haar und müden Augen.
„Helfen Sie“„ flüsterte Askan und schob sich an dem dürren Mann vorbei in das vertraute Haus. Trotz all der Veränderungen, die darin vorgenommen worden waren, war es ihm nicht fremd.
„Mein Gott“„ murmelte der Arzt bei all dem Blut, das im Kerzenlicht schwarz schimmerte. „Was ist passiert?“

„Falle“, antwortete Askan und fegte mit dem Unterarm Teller und Tassen von einem Tisch, so wie damals im Gasthof für den Jungen. Er legte den Hund auf das blanke Holz und hatte nicht das Gefühl, das noch Leben in ihm war.
„Bezahlen kann ich nicht“„ fügte Askan hinzu.
„Es ist auch nicht Ihr Hund“, antwortete der Arzt.
Er beugte sich über den Hund und sein Gesicht war ohne Regung. „Verlassen Sie den Raum“, verlangte er.
Askan ging hinaus in den Flur und zog die Tür hinter sich zu. Das vertraute Haus umfing ihn warm und mit der Stille einer kalten Nacht. Die gewachsten Bodendielen knarrten unter seinen schweren Stiefeln. Er fühlte sich in seine Kindheit zurückgesetzt, als er hinter den Türen dieses Hauses gelauscht und gewartet hatte, bis sein Vater nach Hause kam. Die Großmutter brachte ihm Zucker ans Bett, wenn die Mutter es nicht bemerkte. Der Vater war bei den Schafen. Die Zeit erstrahlte in mildem Licht. Es war eine glückliche Zeit gewesen.
Askan straffte sich. Seine groben Finger umfassten den Handlauf des Treppengeländers. Es verlockte ihn, hinauf in die erste Etage zu steigen. Er erinnerte sich an jedes Zimmer, an niedrige Decken, staubige Fensterbänke, lichtdurchflutet und warm durch die Menschen, die darin lebten.

Die kalte Hand der Wehmut griff unvermittelt nach ihm und umklammerte sein Herz. Für einen Moment war er versucht, den Wolfspelz abzulegen. Gab es noch einen Weg zurück für ihn in die Gesellschaft? Vielleicht einen Weg in die Fußstapfen seines Vaters? Manchmal tauchte dieser Gedanke wie ein Strahl Frühlingssonne in ihm auf und wärmte seine Vorstellungskraft, färbte den bleifarbenen Himmel blau. Doch dann verdunkelte sich der Horizont und wusch alles fort, woran Askan sich hätte halten können. Was dann blieb, war das Fell des Wolfes auf seinem Rücken, hellgrau, an den Flanken dunkel-braun, tiefschwarz in der Mitte.

Die Tür quietschte, riss Askan aus seinen Gedanken. Es war dunkel im Flur, der Arzt hielt eine Petroleumlampe. Askan sah an seinem Blick, was er schon geahnt hatte, aber nicht hatte wahr haben wollen.
Der Arzt schüttelte den Kopf.
„Ich bin Arzt, kein Tierarzt, aber Gott hat nicht viel Unterschied gemacht zwischen Mensch und Tier. Ich konnte nichts tun."

Askan sank auf die Treppe. Für einen Moment war er erschöpft. Müde, wie lange nicht mehr. Was, wenn es Canisia erwischt hätte? Um wie vieles schlimmer wäre das gewesen, wo er doch um alles trauerte, was in den Fallen zugrunde ging. Und sei es der Hund des Schäfers. Verzweifelt schlug er mit der Faust gegen die Wand.
Der Arzt trat zu ihm und Askan war erstaunt, dass der fremde Mann ihm nicht die gleiche Reserviertheit oder gar Abneigung entgegen brachte, wie der Rest der Dorfbevölkerung.
„Sie wissen, wer ich bin?"
Der Arzt nickte.
„Ich weiß, dass es Ihr Haus war, in dem wir jetzt stehen."
„Wir sollten den Hund zum Schäfer bringen", meinte Askan.
Der Arzt zog einen Mantel über und schlug den Kadaver des Hundes in ein sauberes Tuch ein.
„Gehen wir."
Askan konnte sich nicht erinnern, wann er das letzte Mal so viele Worte mit jemandem gesprochen hatte. Vielleicht damals im Gasthof. Der Arzt war ihm angenehm. Auch wenn Askan es nicht zulassen wollte, mochte er ihn.
Gemeinsam traten sie auf die nächtliche Dorfstraße. Die klare Nacht hatte sich mit Wolken verhüllt und die Luft ein wenig erwärmt. Dennoch schneite es leicht. Der Arzt kannte den Weg zum Haus den Schäfers und für einen Moment war Askan, als hätte er die Augen des Schäferjungen oben hinter einem der

Fenster gesehen. Sollte das Kind nicht schlafen, mitten in der Nacht?
Aber auch Askan hatte nicht schlafen können, als er als Junge mit seinem kaputten Bein im Bett gelegen hatte und draußen die Wölfe heulen hörte. Damals schon war es die Sorge gewesen, die ihn bis heute nicht zur Ruhe kommen ließ.
Diesmal klopfte der Arzt an eine verschlossene Tür. Wieder und wieder.
Als der Schäfer endlich öffnete, waren seine Augen misstrauisch zu Schlitzen verengt. Er hatte seine Lippen zu einer schmalen, farblosen Linie zusammen gekniffen. Seine Körperhaltung hatte etwas Lauerndes, bis er Askan erkannte. Dann richtete er sich auf und wechselte in eine drohende Geste. Der Arzt reichte ihm das erkaltete Bündel, das einmal ein Schäferhund gewesen war. Der Schäfer nahm es zögernd, wusste nicht recht, um was es sich handelte. Als er es erkannte, schlug seine Stimmung in Wut um.
„Was hast du getan?“, zischte er Askan an, der unbeteiligt in der Dunkelheit stand.
Stille, die dick und greifbar war, baute sich zwischen Askan und dem Schäfer auf wie eine Mauer, die sie voreinander schützte. Doch wie lange?
„Er hat nichts getan. Gar nichts. Eine Wolfsfalle war es. Es ist deutlich zu sehen.“
Dass der Arzt sich auf Askans Seite schlug, schien der Schäfer nicht begreifen zu können. Ungläubig sah er ihn an, sein Blick forderte eine Beschuldigung Askans, die der Arzt nicht aussprach.
Als Askan in seine Hütte zurückkehrte, war der Morgen nicht mehr weit. Einige Zentimeter Neuschnee bedeckten den Boden vor seiner Tür und er konnte Canisias Pfoten-abdrücke darin sehen, als habe sie nach ihm Ausschau gehalten.
Als er die Hütte betrat, lag die Wölfin vor dem Eingang des Kellergewölbes wie ein Hund. Ihre Schnauze lag lang auf ihren

ausgestreckten Vorderbeinen. Kaum merklich hob sie ihr linkes Augenlid, um damit einen Blick auf Askan zu erhaschen. Sie stellte sich schlafend.

Askan war erschöpft. Jede Faser seines Körpers schmerzte. Seine Kleider waren voller Hundeblut. Im Kamin brannte kein Feuer, weil Askan zu lange weg gewesen war. Kälte hatte sich in der Hütte festgesetzt wie ein ungeliebter Gast. Er sank auf sein Bett, ein einfaches Lager aus Holzbalken, Decken und Fellen. Er zog die Beine bis dicht an die Brust und rollte sich ein, um die Wärme zu halten, die er in sich trug. Er deckte sich mit dem Wolfsfell zu. Schnell schlief er ein. Die Stunden der Ruhe hatte er sich verdient. Canisia und die Jungen waren in Sicherheit und für all die anderen Wölfe da draußen konnte er nicht immer da sein.
Die Wölfin wartete, bis sein Atem gleichmäßig ging und es einige Zeit her war, dass er sich das letzte Mal bewegt hatte. Verstohlen öffnete sie dabei mal das rechte, mal das linke Auge und erhob sich schließlich. Zögernd näherte sie sich Askans Schlafplatz. Sie legte eine Pfote auf den Rand des Bettes und wartete. Als nichts passierte, zog sie die zweite Pfote nach. Dann sprang sie hoch und legte sich neben Askan. Ihre kühle Nase ruhte auf seinem Arm.
Der Sohn des Schäfers weinte nicht um den Hund. Sein Gesicht war starr und unbewegt und etwas in ihm war über Nacht wach geworden. Sein Bein war wieder verheilt, aber der Hund war tot.
„Es muss andere Möglichkeiten geben als die Fallen“, flüsterte er und schob den Teller mit seinem Frühstück von sich.
„Vielleicht, Sohn“, räumte der Schäfer ein. „Vielleicht müssen sich manche Dinge mit der Zeit wirklich ändern“. Er sah müde aus. Unter seinen Augen zeigten sich tiefe Ringe. Manchmal verschwanden bis zu zehn seiner Schafe in einer einzigen Woche.

Der Schäfer hieb mit der Faust auf den Tisch. Er wusste nicht, was er sonst tun sollte. Dann schaute der Arzt nach dem Jungen.
„Ich denke, das war mein letzter Besuch“, sagte er zufrieden. „Das Bein ist wieder völlig in Ordnung. Hoffen wir, dass niemand in nächster Zeit dein Schicksal teilt.“
Dann wandte er sich an den Schäfer.
„Brauchen Sie die Fallen wirklich?“
„Alle unterstützen mich. Alle haben Angst vor den Wölfen. Alle kennen die alten Geschichten und erzählen sie des Abends an den Feuern. Sie machen den Frauen und Kindern Angst vor den Bestien. Mag sein, dass es Momente gibt, in denen wir sie schön finden, die Wölfe. Wenn wir in ihre Augen sehen und sie geschmeidig über verschneite Ebenen laufen, verzaubern sie uns mit ihrer Magie. Das gebe ich zu. Aber in den Nächten verbreiten sie Angst und Schrecken, wenn ihr Geheul in den Wäldern widerhallt. Uns vor ihnen zu fürchten, wird uns in die Wiege gelegt.“
„Der Einsiedler fürchtet sie scheinbar nicht“, gab der Arzt zu bedenken.
„Ich auch nicht“, behauptete der Sohn des Schäfers.
„Wenigstens habe ich noch nicht gesehen, dass ein Wolf einen unserer Hunde getötet hat. Ist die Falle dann nicht gefährlicher als ein Wolf?“
Der Arzt erhob sich und klopfte grüßend auf die hölzerne Tischplatte.
„Ich werde für ein Treffen heute Abend im Gasthof sorgen. Dann werden wir weiter sehen.“ Er senkte den Kopf und stieß die Luft hart zwischen seinen zusammengekniffenen Lippen hervor. Mit dem, was er fordern wollte, würde er sich wenig Freunde machen.
Als die Männer am Abend im Gasthof zusammenkamen, war es so früh, dass es das Feuer noch nicht geschafft hatte, den Raum angenehm zu erwärmen.

Der Arzt, da waren sich alle einig, war wichtig hier draußen und mit Sicherheit ein kluger Mann, aber von wilden Tieren verstand er nichts.
„Wie effektiv sind die Fallen wirklich? Mir scheint, sie fangen nur Hunde und kleine Kinder ein“, erklärte der Arzt seinen Standpunkt.
Im Raum wurde es still. Der Fallensteller war noch nicht da. Niemand könnte diese Frage besser beantworten als er. Die Männer flüsterten und einer verließ den Gasthof. Es war ein Helfer des Fallenstellers, dem daran gelegen war, diesen von dem, was bisher gesprochen wurde, zu unterrichten.
Mit bleifarbenem Licht verabschiedete sich die Sonne früh am Abend, sanft tanzten vereinzelte Schneeflocken zu Boden. Es war windstill und ruhig.
Auch der Fallensteller war ruhig und still, als er den Raum betrat. Die Kälte, die er mit sich brachte, verflüchtigte sich schnell in den hitzigen Gesprächen der Männer. Aus den Augenwinkeln beobachtete er den Schäfer, den Arzt, die übrigen Männer. Er schien wenig Lust zu haben, sich zu beteiligen. Er bestellte ein Bier und setzte sich mit seinem Helfer etwas abseits an ein Fenster.
Er zeigte wenig Interesse, den anderen zuzuhören und schien das Ergebnis der Gespräche einfach hinnehmen zu wollen. Immer wieder drangen inhaltsschwere Satzfetzen an sein Ohr.
Als er sein zweites Bier getrunken hatte, stand er langsam auf. Mit einem Nicken schickte er seinen Helfer hinaus in die Nacht. Dann erhob er seine Stimme, die nicht laut, dafür aber durchdringend war und alle sofort zum Schweigen brachte.
„Ihr meint also, es sei nicht länger nötig, die Wölfe hier draußen zu bekämpfen? Wer hat euch den Unsinn von einem friedlichen Miteinander von Mensch und Wolf in den Kopf gesetzt? Ah ja, der Herr Doktor. Hat der Einsiedler also einen neuen Freund. Habt ihr euch alle einlullen lassen vom gebildeten Gerede? Dann schaut euch das hier an!“

Theatralisch riss er die Tür des Gasthofes auf. Die Männer blickten in die Dunkelheit und sahen zuerst nichts als ein paar Flocken, die der Luftzug in den Raum sog. Dann krachte plötzlich wie aus dem Nichts ein blutiger Kadaver auf den Boden.

Die Männer sprangen auf und stoben beiseite. Stühle fielen polternd um, Gläser rollten über die Dielen. Mit weit aufgerissenen Augen standen alle im Kreis und starrten das an, was möglicherweise einmal ein Schaf gewesen war. Die Wolle war schmutzig, verschmiert mit Schlamm und Blut, das zu einer dunklen Masse getrocknet war. Rippenknochen stießen aus dem Fleisch und ragten in die Luft wie verdorrte Bäume in der Wüste. Sie waren schneeweiß. An der Kehle des Schafes klaffte ein Loch aus zerrissenem Gewebe. Der Anblick war nicht leicht zu ertragen. Der Arzt wendete sich ab. Andere wagten nicht zu atmen.

„Wollt ihr noch mehr?“, fragte der Fallensteller und winkte seinem Helfer, einen weiteren Tierkadaver herbeizuschaffen.

„Genug!“, rief der Schäfer. „Es ist genug.“ Seine Stimme war dünn und gepresst. Doch der Fallensteller ließ sich nicht davon abbringen, einen toten Wolf neben dem Schaf auf die Erde zu werfen.

„Das Biest habe ich unweit der toten Schafe aus einer Falle geholt“, zischte er.

„Und jetzt sagt mir noch einmal, dass ihr keine Fallen mehr braucht. Wölfe sind blutrünstige Bestien. Ihr solltet alles dafür tun, dass sie aus eurer Gegend verschwinden. Wenn ihr meint, ihr braucht mich nicht dazu, dann habt wenigstens den Mut, es mir direkt zu sagen!“

Seine blutige Vorstellung zeigte Wirkung. Die Stimmung der Männer heizte sich in wenigen Augenblicken mehr denn je gegen die Wölfe auf. Sofort zeigten sie sich bereit, noch in der Nacht mit weiteren Fallen in die Wälder zu ziehen.

Nur der Arzt blieb zurück.

Er stieg über am Boden liegende Biergläser und trat auf die Reste glimmender Zigarettenkippen. Dann beugte er sich über den Kadaver des Schafes. Sofort kamen ihm Zweifel darüber, ob die Geschichte des Fallenstellers der Wahrheit entsprach, oder ob er seinen Auftritt nur inszeniert hatte.
„Es war kein Wolf, der diese Schafe getötet hat", flüsterte er vor sich hin. „Jedenfalls keiner, der vier Beine hat." Doch die Männer waren zu aufgebracht gewesen, um genauer hinzusehen.

Als der Arzt auf die Straße trat, entdeckte er den Sohn des Schäfers, der die ganze Zeit hinter der Tür gelauert und alles belauscht und mit angesehen hatte.
„Heute Nacht werden sie wahllos jeden Wolf erschlagen, der ihnen in die Finger fällt, nicht wahr?", fragte der Junge mit dünner Stimme den Arzt.
„Das fürchte ich auch", antwortete er.
„Dann müssen wir den Einsiedler warnen! Ihn und den Wolf mit dem langen, hellen Fell, der mich gerettet hat!"
„Hoffen wir, dass es dafür nicht schon zu spät ist."
Askan war ihn einen tiefen Schlaf gefallen. Die Kälte in der Hütte machte seinen Schlaf noch fester. Die Anstrengung steckte ihm tief in den Knochen. Dennoch waren seine Träume unruhig.
Die Sorge um Canisia und die Jungen begleitete ihn, seit sie bei ihm waren. Noch immer hatte er nicht herausgefunden, was mit dem Alphawolf und dem Rest von Canisias Rudel geschehen war. Eine innere Stimme sagte ihm, dass das Rudel eingefangen worden war. Doch wer würde so etwas tun? Nur jemand, der die Tiere dazu brauchte, falsche Fährten zu legen und falsche Eindrücke zu vermitteln.
Askan wusste, dass die Wölfe in der Gegend seit ewigen Zeiten keine Schafe mehr gerissen hatten. Dafür gab es in den Wäldern mehr als genug anderes Wild. Dennoch beklagte der

Schäfer fehlende Tiere. Fehlende Schafe und Canisias verschwundenes Rudel. Wie passte das alles zusammen? Diese Gedanken beschäftigten Askan sogar im Traum.
Dann lächelte er im Schlaf.
Der dachte an die Zeit, als er noch mit seinen Eltern im Haus im Dorf gelebt hatte und sein Vater der Schäfer am Ort gewesen war. Auch damals hatte es Fallensteller gegeben, sonst hätte Askan heute schließlich kein lahmes Bein. Aber Askans Verletzung hatte seinen Vater zum Nachdenken gebracht. Ja, es hatte eine Zeit gegeben, wo Menschen und Wölfe hier in der Gegend ohne Fallen lebten. Wunderbare Jahre einer Zeit, die so lange her schien, dass die Erinnerungen farblos zu werden drohten. Doch dann kam jener schwarze Tag, der alles veränderte. Es war der Winter vor fast zehn Jahren gewesen, so hart und karg wie niemals zuvor. Die Wölfe waren ausgehungert und am Ende ihrer Kräfte. Verzweifelt kämpften sie ums Überleben, der Hunger streckte seine knochigen Klauen aus nach Mensch und Tier. Und eines Nachts geschah dann das Unfassbare: Ein Rudel hungriger Wölfe griff die Schafherde von Askans Vater an. Sein lahmes Bein hinderte Askan am Fliehen und in dieser Nacht tötete er einen Wolf. Er musste es tun, um nicht selbst zu sterben. Doch er verstand die Not hinter dem Angriff des Tieres. Jagten sie nicht immer die Schwachen und Kranken? In einem fairen Kampf wäre Askan dem Wolf unterlegen, doch gegen Schusswaffen kannten die Tiere keine Gegenwehr. Noch heute trug Askan den Pelz jenes Wolfes, hellgrau, an den Flanken dunkelbraun, tiefschwarz in der Mitte. Es war seine Art, das Andenken des Wolfes zu bewahren und ihn weiter leben zu lassen.
Doch jene Nacht hatte ihm klar gemacht, dass er niemals im Leben zum Schäfer taugte.
Also verließ er das Dorf und das Haus seines Vaters.
Und als sein Vater starb, gab es für seinen Nachlass keinen Erben. Also ging die Herde an einen fremden Schäfer und das

Haus stand leer, bis der Arzt einzog. Askan selbst lebte zurück gezogen in den Bergen.
Doch seit dem vergangenen Winter gab es wieder Wolfsfallen. Plötzlich waren wieder Schafe verschwunden nach all den Jahren der Ruhe und des Friedens zwischen Mensch und Wolf in diesen Wäldern. Und dann verschwand das Rudel der jungen Wölfin. Irgendwie musste es zwischen all diesen Vorfällen eine Verbindung geben, doch Askan kam nicht darauf. Was daran liegen mochte, das er schon zu lange nicht mehr unter Menschen lebte. Er hatte verlernt, voller Argwohn zu denken.
Er hustete ihm Schlaf.
Canisia, die ihre weiche Schnauze auf seinen Arm gelegt hatte wie ein Hund, zuckte bei seiner Bewegung. Auch sie schlief unruhig. Auch sie träumte. Etwas Unheilvolles lag in der kalten Luft. Dieser Winter würde nicht ohne einen weiteren Sturm vorüber gehen.
Sie dachte an den Abend, als ihr Rudel verschwand. Von einem Moment auf den anderen war sie allein gewesen. In den Nächten hörte sie noch manchmal das Heulen des Alphawolfes, das der Wind von einem weit entfernten, verschlossenen Ort zu ihr durch die Lüfte trug. Und doch wusste sie, dass er nicht zu ihr und den Jungen zurück-kehren würde. Dass er nicht zurückkehren konnte. Weil man ihn gefangen hielt. Doch darum konnte sie sich nicht kümmern. Sie musste für ihre Jungen da sein und hatte in dem Wolfsmenschen einen wertvollen Helfer gefunden. Einen Freund. Einen Menschen, der an die alten Zeiten erinnerte, als das Bündnis zwischen Wolf und Mensch noch überlebenswichtig gewesen war.
Lärm drang in ihren Traum.
Lärm drang auch in Askans Traum.
Irgendetwas war ganz und gar nicht in Ordnung.
Canisia sprang auf und lief zum Fenster. Ihre klugen Augen schauten in die Dunkelheit, und auch, wenn sie nichts erkennen

konnte, ahnte sie, dass das, was auf sie zu kam, nichts Gutes war.
Auch Askan erwachte. Er schreckte hoch und etwas griff nach ihm mit eiserner Hand. Angst.
Verwirrt schaute er sich um und brauchte einen Moment, bis er sich orientierte. Etwas war geschehen. Etwas, was alles andere als gut war. Askan fand sich in seiner Hütte. Es war so kalt, das sich Eiskristalle an den Innenseiten der Fensterscheiben gebildet hatten. Er sah Canisia, die hinaus schaute in eine undurchdringliche Dunkelheit. Ihr Atem kondensierte zu feinem Nebel und legte sich als Beschlag auf die kalten Scheiben.
Askan streckte sich, sein Bein tat mindestens genau so weh wie sein Rücken. Seine Hände rochen nach dem toten Hund des Schäfers. Askan hing noch zwischen Traum und Wirklichkeit fest. Sein Erwachen fühlte sich taub und klebrig an.
Der Lärm vor seinen Fenstern entrückte ihn jeder Wirklichkeit. Noch niemals war jemand zu ihn und seiner Hütte heraus gekommen. Schon gar nicht mitten in der Nacht.
Askan schaute nach dem Bodenklappe, die die Verbin-dung zum Kellergewölbe darstellte. Mit einem schnellen Fußtritt schlug er sie zu und schob die schwere Truhe darauf, in der er seine Kleider aufbewahrte. Niemand sollte den Zugang zur Wolfshöhle finden und die Jungen in Gefahr bringen.
Canisia jaulte. Sie heulte. Unruhig lief sie hin und her und verschwand dann durch die Klappe in der Tür in die Dunkelheit. Sie lief vor dem Lärm davon, der sich unaufhaltsam näherte. Auch Askan trat vor die Tür.
Er sah sich einer lärmenden, jolenden Menge gegenüber, die mit Lampen und Fackeln zu seiner Hütte herauf-schwappte. Die Stimmung, die sie mit sich trug, war leicht zu durchschauen. Hass auf die Wölfe hatten sie auf sich auf die Fahnen geschrieben, warum auch immer. Askan hatte keine Ahnung, was passiert war.

Dass er im Focus des Unmutes stand, weil er ein Freund der Wölfe war, war unübersehbar. Wussten die Leute, dass er Canisia und ihre Jungen beherbergte?
Askan hatte Angst. Angst um Canisia.
Er entzündete eine Petroleumlampe und leuchtete in die Nacht.
„Tötet die Wölfe!“, schrie jemand.
Askan hatte es befürchtet. Es ging nicht um ihn, sondern um seine Schützlinge. Sein Blick durchsuchte die dunkle Umgebung. Canisia war nirgends zu sehen. Versteck dich, dachte Askan. Komm erst wieder, wenn sie weg sind!
Was hatte die Menge so aufgewühlt? Askan hatte keine Idee. Er hatte den verletzten Jungen und den toten Hund ins Dorf gebracht, aber beide Vorfälle hatten mit den Fallen und nicht mit den Wölfen selbst zu tun. Was also war passiert, dass die Männer so voller Hass waren?
„Wo hast du sie versteckt, Einsiedler? Wo sind die Bestien?“
Askan antwortete nicht. Wie eine Statue, regungslos und versteinert, stand er in der Kälte und wusste nicht, was er sagen sollte. Was er tun sollte. Seine Gedanken kreisten nur um zwei Dinge: dass sie die Jungen nicht fanden und dass Canisia ihnen nicht in die Hände fiel.
„Seid ihr von Sinnen?“, schleuderte er den wütenden Männern entgegen. Der Blick in ihren Augen war hart wie die Herzen in ihrer Brust. Sie rissen Askan zu Boden und drangen in seine Hütte ein. Sie zerschlugen Geschirr und Fensterscheiben. Aber die Wolfswelpen fanden sie nicht.

Unter einem harten Faustschlag ging Askan erneut zu Boden. Für einen Moment tanzten Sterne vor seinen Augen und erst, als er den kalten Schnee im Nacken spürte, der unter das Wolfsfell gerutscht war, kam er wieder zu sich.
„Was ist los mit euch? Was ist passiert?“, fragte er benommen, um den Grund für die aufgewallte Aggression zu erfahren. Er erhielt keine Antwort. Ein Stiefeltritt hielt ihn am

Boden. Dann setzten die Männer ihren Zug durch die Wälder fort. Überall hinterließen sie neue Fallen für die Wölfe.
Askan hoffte und betete, das Canisia so schlau gewesen war, sich unter den Wurzeln eines Baumes zu verbergen und nicht zu rühren.
Er lag im Schnee, die Kälte kühlte sein heißes Gesicht. Er blieb liegen, bis die lärmenden Männer aus seiner Sichtweite verschwunden waren. Dann lauschte er in die Nacht. Lauschte. Wartete. Wartete auf ein Lebenszeichen von Canisia.
Was er stattdessen vernahm, war ein unglaubliches Siegesgeheul. Wie die eiskalte Klinge eines gezackten Messers drang es in Askans Herz. Sie hatten Canisia erwischt. Das war sein erster und letzter Gedanke. Sie hatten sie erwischt.
Betäubt stand er auf, vergaß, den Schnee von seinen Kleidern und dem Fell auf seinem Rücken zu klopfen. Er musste sich nicht die Mühe machen, den Männern im Blutrausch entgegen zu laufen. Sie waren bereits auf dem Rückweg und warfen Canisia vor seine Füße.
„Hier hast du das Biest!"
Sie lachten und feierten und Askan sank zu Canisia auf die Knie. Ihre klaren, eisblauen Augen blickten weit offen zu einem Ort hinter dem Nachthimmel. Ihre Schnauze war leicht geöffnet, schlaff ruhte ihre Zunge zwischen den makellosen Zahnreihen. Ihr Fell war weich und weiß und lang wie immer, doch die Haut darunter kühlte langsam aus.
„Nein!" Askan schrie aus voller Kraft, aus tiefstem Herzen und ganzer Seele. Seine geliebte, wunderschöne Wölfin war tot. Zwar konnte der Tod den Glanz ihrer Schönheit, ihren Stolz, ihre Erhabenheit nicht zum Verlöschen bringen, niemals, doch Askan riss der Schmerz fast das Herz aus der Brust.
Verflucht sollt ihr sein, verdammt und verflucht, dachte er und hätte es gern ausgesprochen, die Worte von seinen rissigen, blutenden Lippen gestoßen, aber er konnte es nicht. Stattdessen nahm er Canisia auf den Arm und drückte sie fest an seine

Brust. Ihr Rückgrat war schlaff, ihr Körper verdrehte sich unnatürlich. Die Falle hatte ihre Wirbelsäule zerschmettert und sie hoffentlich schnell getötet, hoffte Askan.
Das erste Mal seit vielen Jahren rannen Tränen über seine Wangen, so ungewohnt und unbekannt, dass sie ihn fast erschreckten. Wann hatte er das letzte Mal geweint? Als kleiner Junge, der begreifen musste, dass sein Bein für immer kaputt war. Und damals, als er in Notwehr den Wolf mit dem hellen Fell und den dunklen Flanken getötet hatte. Hilflos strich er über Canisias weichen Kopf, die Ohren zuckten nicht dabei, so wie sonst immer.
„Askan!“ Es war die Stimme des Arztes.
„Askan!“ Der Sohn des Schäfers war bei ihm.
„Askan, wo sind Sie?“ Atemlos erschien der Arzt hinter den Bäumen und hielt sich die Seite. Er war zu schnell gelaufen. Viel schneller, als er eigentlich konnte. Der Junge war besser in Form, aber die Anstrengung war an seinem eben erst verheilten Bein nicht ohne Folgen vorüber gegangen.
„Mein Gott“, flüsterte der Arzt und sank neben Askan in den Schnee. Askan hatte Canisia zur Hütte tragen wollen, war aber wenige Meter vor der Tür ohne Kraft und Hoffnung wieder auf die Knie gesunken. Er weinte.
„Mein Gott“, wiederholte der Arzt und konnte es nicht fassen. „Was für ein Wahnsinn, was für ein Wahnsinn!“
Er erkannte an Canisias Augen, die sich langsam trübten, dass er nichts mehr für Askan und das Tier tun konnte.
Der Sohn des Schäfers hatte nicht für den Hund seinen Vaters geweint. Aber er weinte für die Wölfin, die ihn in der Falle gefunden und gerettet hatte.
„Lasst mich allein!“, verlangte Askan. „Lasst mich allein.“
Der Arzt schüttelte den Kopf. „Nicht jetzt, nicht in dieser Nacht!“
Er stützte Askan, aber es sah so aus, als hinge der kleine, zierliche Mann am Arm eines Riesen. Die Hütte empfing sie

mit bitterer Kälte und der Sohn des Schäfers machte sich daran, ein Feuer im Kamin zu schüren.
Askan hatte Canisia auf sein Bett gelegt. Vorsichtig hielt er ihren Kopf, als hätte er Angst, ihr beim Ablegen weh zu tun. Seine große, grobe Hand strich wieder und wieder liebevoll über das lange, helle Fell. Wie sie so da lag, sah sie noch magerer aus, als sie ohnehin gewesen war. Vorsichtig drückte Askan die sanften, eisblauen Augen zu und begann, hemmungslos zu schluchzen. Er sah Canisia vor sich, stolz und erhobenen Hauptes, wie sie auf dem umgestürzten Baum auf ihn gewartet hatte. Er sah sie, wie sie durch den Schnee gesprungen war wie ein junger Hund und eine weiße Fahne eisiger Kristalle hinter sich her gezogen hatte. Wie sie ungestüm hin und her gejagt war und sich immer wieder nach Askan umgesehen hatte, der ihr kaum folgen konnte. Und er sah sie, wie sie müde gewesen war, den Kopf senkte, und ihre Zunge bis zum Boden hängen ließ.
Askan weinte. Leise und endlos.
Der Arzt und der Junge saßen beim ihm und fanden keine Worte, ihn zu trösten. Als Gegner von Fallen waren die beiden in den letzten Tagen und Wochen zu seinen Verbündeten geworden, obwohl er vorher so lange ohne Freunde gewesen war.
Sie teilten seinen Schmerz.
Sie würden nicht aufhören, die Fallen zu bekämpfen, bis auch die letzte davon aus den Wäldern verschwunden war. Doch für Canisia kam dieses Bestreben zu spät.
Das Kaminfeuer brannte nieder und das Petroleum in den Lampen war bald verbraucht. Niemand wagte aufzustehen, den Moment zu stören, die Feuer am Leben zu halten. Eine allumfassende Dunkelheit deckte den Raum zu mit allem, was sich darin befand.
Für eine Weile hörte der Sohn des Schäfers dem Atem des Arztes zu und den stillen Tränen Askans. Dann übermannte ihn

eine traurige Erschöpfung und er fiel in einen traumlosen Schlaf.
Auch der Arzt konnte seine Augen nicht allzu lange mit nichts als Dunkelheit beschäftigen und gab seiner Müdigkeit nach.
Askan jedoch schlief nicht.
Still nahm er Abschied von Canisia. Er war sicher, dass der Arzt und der Junge dafür sorgen würden, das sie würdevoll zur Ruhe gebettet wurde. Weit ab von denen und unsichtbar für die, die sie gehasst hatten, nur weil sie ein Wolf war.
So geräuschlos wie möglich schob er die alte Kleidertruhe beiseite und lockte die Welpen aus dem Höhlengewölbe unter seiner Hütte. Vollkommen lautlos tappten ihre weichen Pfoten über den Holzboden, tölpelhaft und verspielt jagten sie nach ihren eigenen Schwänzen. Noch waren sie sich des schweren Erbes nicht bewusst, als Wolf geboren worden zu sein. Askan würde dafür sorgen, dass das auch noch eine Weile so blieb.
Gedankenverloren sah er ihnen eine Weile lang beim Balgen zu, in das sie so vertieft waren, dass sie ihre Mutter scheinbar nicht vermissten. Besonders lang hielten Askans Augen sich an der kleinen Wölfin fest, die zweifellos im Begriff war, ein optisches Ebenbild ihrer Mutter zu werden.
Mit einem Knurrlaut mahnte er die Welpen zur Aufmerksamkeit. Sie richteten ihre lebhaften Augen auf ihn, wedelten mit ihren Schwänzen, schnüffelten mit ihren kleinen feuchten Nasen in den neuen Morgen.
„Kommt“, flüsterte er.
Als der Arzt erwachte, stand die Sonne schon hoch am Himmel und wärmte die Luft. Der Sohn des Schäfers hatte die Tür weit geöffnet und ließ sich vom Wind die Wangen kühlen.
„Wo ist er hin?“, fragte der Arzt.
„Gegangen“, antwortete der Junge und deutete auf die Spuren im frisch gefallenen Schnee, die von der Hütte fort führten.
Es waren die Spuren eines großen, hinkenden Wolfes und von vier halbwüchsigen Welpen.

Und wenn man der Legende glaubt, durchstreift bis heute ein hellgrauer Wolf die Wälder, dessen Fell an den Flanken dunkelbraun ist und in der Mitte des Rückens tiefschwarz. Es heißt, dass er ein lahmes Hinterbein hat und in den Nächten den Mond anheult, um an Canisia zu erinnern.

Das Freilandrudel

Melanie Waldenburger

Prolog:

Nur was man liebt, kann man schützen. Nur was man kennt, kann man lieben.

Was ist Freiheit? Wann darf das Individuum, zum Wohle der Art leiden? Ab wann leidet das Individuum? Was ist schlimmer? Gefangenschaft oder Einsamkeit?

Zahlreiche Tiere in Zoos werden nicht immer unter annehmbaren Bedingungen gehalten. Doch was ist „annehmbar“? Wer definiert das? Wir Menschen oder die Tiere? Ist es „annehmbar“, zwar genug zu essen und keine Feinde, dafür aber kaum Bewegungsfreiheit zu haben?

Und können wir Menschen wirklich nur Tiere schützen, die wir zuvor im Zoo gesehen haben?

Ein neues Leben

Träge erhob er sich von dem Felsen und streckte seine Glieder, die vom langen Liegen steif geworden waren. Unwillig schüttelte der große, silbergraue Wolf den Kopf. Die Hitze machte ihm zu schaffen. Sein Fell war dazu gedacht, sich strenger Fröste zu erwehren, für das kalifornische Klima war es also gänzlich ungeeignet. Gelangweilt trottete Silvermoons am Betongraben entlang und überlegte, ob er zur Abkühlung in die grünliche Algenbrühe springen sollte, entschied sich aber dagegen. Der faulige Geruch des Wassers schreckte ihn ab. Außerdem machte ihn der Geräuschpegel nervös. Kindergeschrei vor dem Gehege, Verkehrslärm von jenseits der Zoomauern. In den empfindlichen Ohren des Mackenziewolfes war das ein unerträgliches Stakkato, das permanent auf ihn einprasselte. Silvermoon (diesen rührseligen Namen hatte ihm das kleine, kranke Mädchen gegeben, das ihn taufen durfte) suchte unter einem künstlichen Felsvorsprung Schutz vor der sengenden Sonne. Früher hatte er eine Höhle in seinem Gehege gehabt, aber da er sich den ganzen Tag in sie zurückgezogen hatte und nur nachts raus kam, hatte man sie wieder entfernt. Der Unterhalt des Raubtieres kostete schließlich Geld und dafür sollten die Besucher des Zoos es auch zu sehen bekommen. Silvermoon seufzte tief und legte seinen großen Kopf resigniert auf die Vorderläufe. Hitze, Lärm und Langeweile bestimmten sein Leben nun schon seit Jahren. Aber das allerschlimmste für ihn war die Einsamkeit. Wölfe sind Rudeltiere und er hatte keinen Wolf mehr zu Gesicht bekommen, seit man ihn von seiner Mutter und seinen Wurfgeschwistern getrennt hatte. Es gab niemanden, der wölfische Gedanken teilte, der mit ihm toben und schmusen konnte oder sein sehnsüchtiges Heulen in der Nacht beantwortete. Da kann man ja nur depressiv werden, dachte Silvermoon, und versuchte einzuschlafen. Wenn er schlief, verging der Tag etwas schneller.

Doch heute kam er nicht dazu, denn vor seinem Gehege hatte sich ein Menschenauflauf gebildet. Die Men-schen verhielten sich aus Silvermoons Sicht sehr merkwürdig. Sie riefen laut und rhythmisch, wedelten mit Plakaten herum und waren noch lauter und hektischer als sonst. Die Bedeutung der Sprechchöre konnte Silvermoon nicht verstehen. Sie wiederholten immer dieselben Sätze: "Freiheit für den Wolf" und "Wölfe gehören in die Taiga nicht nach Kalifornien". Das Ordnerpersonal des Zoos ging gegen die Demonstranten vor und nach einer knappen Stunde nahm alles wieder seinen gewohnten Gang. Silvermoon trottete, wie jeden Tag, immer wieder dieselben Pfade entlang, um sich ein wenig Bewegung zu verschaffen. Als es endlich Abend wurde und die lärmenden Besucher aus dem Zoo verschwanden, atmete der Wolfsrüde erleichtert auf und rollte sich zum Schlafen zusammen. Es war alles wie immer. Oder doch nicht ganz wie immer, denn die Öffentlichkeit war aufmerksam geworden auf den einsamen Mackenziewolf und die Stimmen, die seine Freilassung forderten, wurden immer lauter. Der Zoo befürchtete einen nicht mehr gut zu machenden Imageschaden. Man wollte schließlich als "Arche Noah" dastehen, und nicht als "Wildtierknast", wie es die jungen Umweltaktivisten ausgedrückt hatten. Also musste Silvermoon weg und das so schnell wie möglich. Man plante, ihn an irgendeinen anderen Zoo zu verkaufen. Die Pressereferentin des Tiergartens schlug dann aber vor, dass man ihn besser so medienwirksam wie möglich an ein Auswilderungsprogramm übergeben sollte. Also nahm man Kontakt auf mit einer Organisation, die in Kanada versuchte, Mackenziewölfe in einem großen Freigehege auf die Wildnis vorzubereiten. Und so kam der Tag, an dem Silvermoon umziehen sollte. Irgendetwas war anders als an einem normalen Morgen. Silvermoon konnte sich auf seine feinen Sinne verlassen. Es standen zwar Menschen vor seinem Gehege, wie sonst auch, aber sie verhielten sich ungewöhnlich. Sie waren leise und machten auffällig viele Fotos mit ihren komischen schwarzen Kästen von ihm. Außerdem hatte er heute Morgen kein Futter bekommen. Nicht, dass er wild auf das minderwertige, zähe Fleisch gewesen wäre, aber es stillte wenigstens den Hunger. Nervös lief Silvermoon auf und ab, das untrügliche Gefühl, irgendwas stimme hier nicht, im Kopf.Pplötzlich spürte er einen stechenden Schmerz in der Nähe seiner linken Hüfte. Der Wolf fuhr blitzartig herum und schnappte mit den Zähnen nach der Ursache des Schmerzes, einem Pfeil mit roten Federn am Schaft. Wütend schleuderte Silvermoon ihn von sich. Der Betäubungsschuss hatte gesessen. Silvermoon spürte, wie er immer benommener wurde. Er konnte sich nicht erklären, was geschah und es machte ihm Angst. Er beschloss mit schwindenden Sinnen sich erst mal auszuruhen, bis es ihm besser ging und dann weiter zu sehen. Das waren seine letzten Gedanken, ehe er in einen tiefen, traumlosen Schlaf fiel.

Als er erwachte, nahm er als Erstes wahr, dass er Boden unter seinen Füßen schwankte. Um den Rest der Betäubung los zu werden, schüttelte er energisch seinen Kopf und stieß dabei unsanft gegen eine Holzwand. Silvermoon unterdrückte ein Knurren. Wesentlich vorsichtiger sah er sich um. Überall Holzwände um ihn herum. Durch die Ritzen schien fahles Licht und er hatte so wenig Platz, dass er sich kaum umdrehen konnte. Außerdem war es ekelhaft warm und stickig. Durch das Geschaukel war Silvermoon so übel geworden, dass er sich in einer Ecke der Kiste erbrach. Na toll, dachte er bei sich. Stundenlang musste Silvermoon ausharren. Es schaukelte und stank, aber was sollte er anderes tun, als sich in sein Schicksal fügen. Ab und zu presste er seine Nase gegen die Ritzen der Kiste, um die Gerüche der Außenwelt aufzufangen. Er roch Viehherden, Palmenhaine, den Ozean und den typischen Gestank großer Städte, aber alle Eindrücke waren flüchtig und er konnte sie nie ganz erfassen und ihnen im Geiste nachgehen.

Nach vielen Stunden endete die schaukelnde Fahrt und seine Kiste wurde aus dem LKW gehoben, Er konnte den Schweiß der Männer riechen und die Flüche hören, als die Kiste ins Schwanken geriet. Silvermoon machte sich einen Spaß daraus, wild herumzuspringen. Manchmal überkommt auch Mackenziewölfe der Spieltrieb Dann wurde es dunkel, kalt und sehr laut. Silvermoon wurde an die hintere Wand seiner Kiste gepresst. Panik überkam ihn. Was auch immer das hier ist, mein Hobby wird das sicher nicht. dachte der Wolf. Das Leben unter so widrigen Umständen hatte Silvermoon mit einer gehörigen Portion Sarkasmus gesegnet. Als er merkte, dass ihm erst mal nichts passierte, rollte er sich zusammen und ging schlafen. Er wachte erst auf, als sich die Maschine im Landeanflug befand. Wieder kämpfte Silvermoon mit der Übelkeit. Ob es sich noch um eine Nachwirkung des Betäubungsmittels handelte, oder ob es an der ungewohnten Bewegung seines Untergrundes lag, konnte Silvermoon nicht sicher sagen. Er wusste nur, dass ihm hunde-, äh- wolfselend war.

Wieder wurde seine Kiste auf einen LKW verladen und wieder begann eine schaukelnde Fahrt ins Ungewisse. Aber diesmal war die Luft kühl und frisch und duftete würzig nach Wald und Moos. Außerdem war da noch eine Spur von etwas in der Luft, was Silvermoon zwar nicht deuten konnte, was aber unglaublich verlockend roch und etwas tief in seinem Inneren zu wecken schien. Der große Wolf wurde richtig aufgeregt und begann wieder, sich unruhig in der Kiste hin und her zu drehen. Ein paar Stunden später endete auch diese Fahrt. Für Silvermoon sollte es die letzte seines Lebens gewesen sein. Das wusste er selbstverständlich noch nicht. Er wusste nur, dass er sich hungrig und erschöpft fühlte. Als seine Transportbox abgeladen wurde, schlug ihm wieder dieser verführerische Duft in die Nase, diesmal viel stärker als während der Fahrt. Mit einem scharrenden Geräusch wurde die Schiebetür der Box geöffnet und Silvermoon konnte zum ersten Mal ungehindert sein neues Zuhause sehen. Vorsichtig steckte er den grauen Kopf in die kühle Nachtluft hinaus. vorsichtig sah er ein quadratisches, hoch abgezäuntes Stück Wiese mit einem Erdhügel in der Mitte, der aussah, als ließe sich unter ihm wunderbar eine Höhle anlegen. Silvermoon setzte eine seiner großen Pfoten auf den neuen Untergrund das Gras fühlte sich hier ganz anders an als in Kalifornien. Frisch und saftig und nicht staubig und heruntergetreten. Federnd trabte Silvermoon an dem gesamten Zaun entlang. Viel größer als sein altes Gefängnis war sein neues Gehege leider nicht, stellte er ein wenig enttäuscht fest. Aber zu seiner Freude befand sich bereits eine Höhle in dem Hügel. Er wollte sie gerade erkunden, als ihn ein Laut herumschnellen ließ. Ganz in der Nähe heulte ein Wolf, genau wie er es in einsamen Nächten immer getan hatte. Nur klang die Stimme anders als seine eigene. Höher und insgesamt weiblicher. Und er konnte den herrlichen Duft wieder ganz deutlich wittern. Eine Wölfin, und sie war ganz hier in der Nähe. Wenn ich über den Zaun springe, vielleicht komme ich dann zu ihr, dachte er. Er wünschte sich die Nähe des Weibchens so sehr, dass er verzweifelt versuchte, den fast 3 Meter hohen Zaun zu überwinden. Er nahm Anlauf, so viel in dem engen Gehege möglich war, stieß sich kräftig vom Boden ab und landete mitten im Zaun. Verzweifelt versuchte er, sich festzukrallen, aber er konnte nicht verhindern, dass er an dem glatten Draht nach unten rutschte. Nach drei weiteren erfolglosen Versuchen gab er auf. Frustriert setzte er sich auf die Hinterläufe und schickte ein sehnsüchtiges Heulen in den sternenklaren Himmel. Zum ersten Mal in seinem Leben wurde sein Heulen beantwortet, genau so sehnsuchtsvoll, wie sein eigenes. Die Gewissheit, Antwort zu bekommen, machte Silvermoon so glücklich, dass er bis tief in die Nacht heulte. Und immer mehr Stimmen fielen ein. Manche wirkten noch sehr jung, andere alt und erfahren. manche weiblich, manche männlich. Als seine Kehle schmerzte und er einfach nicht mehr konnte, trottete Silvermoon erschöpft in die Höhle und rollte sich zusammen. Egal, was hier noch passieren mochte, besser als der Zoo in Kalifornien war es allemal.

Nicht länger alleine

Der Morgen brach an. Kühl und dunstig, wie Silvermoon es nicht gewöhnt war. Er fröstelte ein wenig, als er aus der geschützten Höhle trat und ärgerte sich im selben Moment „Verweichlichtes Haustier", schalt er sich. Nachdem er sich ausgiebig gestreckt und Beinchen gehoben hatte, erkundigte er sein Gehege noch mal genauer. Viel zu sehen gab es leider immer noch nicht. Silvermoons Magenknurren erinnerte ihn daran, dass er seit fast zwei Tagen nichts mehr gegessen hatte. Als er gerade darüber sinnierte, ob man ihm hier wohl was zu essen geben würde, erregte eine Bewegung außerhalb des Zauns seine Aufmerksamkeit. Ein schlankes Tier, welches entfernt aussah wie ein Wolf, kam hinter einem niedrigen Gebüsch zum Vorschein und sah ihn mit unverhohlener Neugier an. „Hhast du noch nie einen hungrigen Wolf gesehen?", grummelte Silvermoon schlecht gelaunt. Er hasste es angestarrt zu werden, und dann auch noch von so einer schmächtigen Kreatur. „Schon massenhaft, aber die waren alle nicht so schlecht gelaunt wie du", entgegnete das dürre Viech. Silvermoon wurde nun endgültig sauer „Was bist du überhaupt für einer? Ein Wolf jedenfalls nicht." „Gut erkannt, Lupus, ich bin ein Husky." Silvermoon hatte keine Ahnung, was ein Husky war, aber wenn man nach dem Stolz in der Stimme des seltsamen Tieres ging, war das etwas ganz Besonderes. „Außerdem heiße ich nicht Lupus", beschwerte sich der Wolf, schon alleine deshalb, um nicht zugeben zu müssen, dass er etwas nicht wusste. „Ich habe auch nicht gemeint, dass du Lupus heißt, sondern dass du einer bist. Also, noch mal von vorne, ich heiße Laskan und bin ein Husky. Und wie heißt du?" „Die Menschen nennen mich Silvermoon", antwortete Silvermoon mit einem kleinen Seufzen in der Stimme „Wow, wie vornehm", spöttelte Laskan. „Und woher kommst du?" „Aus einem Zoo, wo es schrecklich heiß ist." „Ja, wie die meisten hier also." „Hier sind noch mehr Wölfe, ich habe sie heute Nacht gehört. Wo sind sie? Warum bin ich nicht bei ihnen?" „Du wirst sie schon noch schnell genug kennen lernen. Die Neuen bleiben immer eine Zeit lang alleine. Vielleicht hast du ja Flöhe" “Ich habe ganz bestimmt keine, du halbe Portion!!" So hatte Silvermoon sich sein neues Leben nicht vorgestellt, mit dem ersten Wesen, das er kennen lernte, gleich Streit zu bekommen. Aber die arrogante Art des "Huskys" reizte ihn zu sehr. Der Husky schien sowieso keine Lust mehr zu haben, sich mit Silvermoon abzugeben Er trottete davon und außer Sicht. Der Wolf hatte aber keine Zeit mehr, über das seltsame Verhalten Laskans nachzudenken, denn durch eine Klappe im Zaun wurde ihm von einem kräftigen Mann ein Stück frisches Fleisch zugeworfen. Hungrig fiel Silvermoon darüber her. Dieses saftige Stück konnte man mit dem halb verdorbenen Abfall im Zoo nicht vergleichen, Silvermoon meinte, noch nie etwas so Gutes gegessen zu haben. Am Nachmittag witterte er wieder die Wölfin. Er war beruhigt, denn den ganzen Tag über hatte er sie weder gehört noch gerochen und schon befürchtet, sie sei nicht mehr in der Nähe. Ungeduldig hob Silvermoon seine Nase in den Wind und versuchte, so viel wie möglich von der interessanten Witterung aufzunehmen. Aufmerksam lauschte er. Hinter seinem Gehege, dort,, wo eine Talsenke beginnt, hörte er die anderen Wölfe. Nicht nur das Heulen, sondern auch das Tappen großer Pfoten auf weichem Boten. Wie viele waren es? Wie alt, wie groß, wie sahen sie aus??? Silvermoon wollte so gerne zu ihnen. Jahrelang war er einsam, und nun waren zum ersten Mal andere Wölfe in der Nähe und er konnte nicht zu ihnen. Diese Tatsache erschien dem Mackenziewolf besonders grausam. Ihm blieb nichts anderes übrig, als sich wieder mit sehnsuchtsvollem Heulen zufrieden zu geben. Ein paar Tage passierte nichts weiter, als dass er jeden Tag ein wunderbares Stück Fleisch bekam und sich abends heulend mit den anderen verständigte. Sein Frust wurde immer größer und fast sehnte er sich Laskans Besuche herbei, auch wenn er den Huskyrüden von Tag zu Tag weniger leiden konnte. Mit seinen blauen Augen und der schwarzgrauen Zeichnung war er zwar durchaus ein schönes Tier, wenn auch zu mager für Silvermoons Geschmack, aber er ließ ihn ständig fühlen, dass er sich für überlegen hielt. „Na, Gefangener, wie gefällt dir das Leben hinter Gittern, ach, ich vergaß, du kennst es ja nicht anders." Der arrogante Ausdruck auf dem Hundegesicht brachte Silvermoon fast zur Weißglut. Blitzschnell drehte er sich um und schleuderte Laskan einen Schwall Erde ins Gesicht, den er mit den Hinterläufen aufwirbelte.

Nach einigen Wochen passierte etwas, dass den Wolf seinen kindischen Streit mit Laskan vergessen ließ: In das Gehege nebenan zogen zwei Wölfe ein. Eine stämmige schneeweiße Wölfin und eine zierliche schockoladenbraune. Als die beiden Tiere durch eine Schiebetür in das Nachbargehege gelassen wurden, angelockt durch ein großes Stück Fleisch, war Silvermoon sprachlos. Die beiden Weibchen machten sich über das Fleisch her und beachteten ihn nicht. Das gab ihm die Gelegenheit, die beiden in Ruhe zu betrachten. Er konnte wetten, dass zu der Weißen die alte Stimme gehörte, die er nachts immer hörte. Sie hatte ein kluges, mütterliches Gesicht und wirkte stämmig und zäh. Die Braune hingegen hatte ein spitzes, junges Gesicht, wirkte feingliedrig und auf unwiderstehlich anziehende Art zerbrechlich. Silvermoon konnte seine Augen kaum von dem jungen Weibchen lassen. Bei jeder Bewegung verströmte sie diesen wunderbaren Duft. Sie schien zu spüren, dass er sie anstarrte, denn sie wandte sich ab von dem Fleisch und sah ihn mit ihren bernsteinfarbenen Augen an. "Ähem, hallo ...." "Äähem, ich bin Silberwolf, äh, nein, ein Mackkenzymoon,äh ...." „Hallo, ich bin Anjuna, und das ist Noel, wie lange bist du schon hier?" „Ich öhm ...äh ...weiß nicht ..." Silvermoon fühlte sich wie der letzte Trottel. Diese Wölfin, Anjuna, machte ihn so nervös. Nun trat auch die Weiße an den Zaun „Hallo, Noel", brachte Silvermoon schüchtern hervor. „Hallo Fremder, du hast uns immer noch nicht verraten, wie du heißt" „Silvermoon", brachte er nun endlich hervor. „Hallo Silvermoon, willkommen in Wolfesheaven." „Wolfesheaven?" Diesen Namen hatte Silvermoon noch nicht gehört, auch nicht von Laskan. Noel war sehr hilfsbereit, denn sie erklärte sofort: Wolfesheaven ist der Name dieser Station. Hier kommen Wölfe her, die unter schlimmen Bedingungen in Zoos leben mussten. Sie lernen im Rudel zu leben, zu jagen und sich zu schützen. Haben sie genug gelernt, dürfen sie in die Freiheit. Silvermoon sah sie aufmerksam an. sollte sein Traum von der Freiheit tatsächlich irgendwann wahr werden. Was, wenn er nie jagen lernte? „Warum wurdest du nicht frei gelassen?", fragte er die weiße Wölfin. „Ich bin schon zu alt, meine Knochen taugen nichts mehr, seit ich im Zirkus Tricks aufführen musste. Ich könnte mich nicht ernähren, aber ich bin in der Freiheit geboren worden und erinnere mich noch an das wilde Leben. Alles, was ich von damals noch weiß, bringe ich den jüngeren Wölfen bei und helfe ihnen, so zu überleben." „Was muss man denn alles können, um zu überleben?" Silvermoon war so aufgeregt, dass er am liebsten sofort angefangen hätte, das Überleben zu lernen. „Immer mit der Ruhe, junger Freund. Erst einmal musst du zu uns ins Freiland", erklärte Noel. „Das Freiland ist unser großes

Gehege. Es hat Wiesen, Wald, Höhlen, Bäche, alles, was ein Wolf sich wünscht", fügte Anjuna hinzu. „Und warum seid ihr jetzt hier in diesem kleinen Gehege?", wollte Silvermoon wissen. „Damit du dich an uns gewöhnst." Anjunas Ton war jetzt so spöttisch, dass sie Silvermoon an Laskan erinnerte."Du klingst wie dieser merkwürdige Husky", beschwerte er sich.“Ach, unseren Hausclown hast du auch schon kennen gelernt? Nimm ihn bloß nicht ernst. Anjuna wollte dich nicht verspotten, sondern die Menschen, die denken, dass wir über jeden anderen Wolf herfallen", beschwichtigte Noel. Seit Silvermoon Gesellschaft hatte, wenn auch nur durch einen 3 Meter hohen Maschendrahtzaun, war er zum ersten Mal in seinem Leben so etwas ähnliches wie glücklich. Die Nächte verbrachte er nun nicht mehr in seiner Höhle, sondern an den Zaun geschmiegt, neben Anjuna, die sich an ihre Seite des Zauns drängte. Silvermoon genoss den Duft und die Wärme, die von ihrem Fell ausging und Anjuna fühlte sich neben dem großen, kraftstrotzenden Wolfsrüden wunderbar geschützt und geborgen. Endlich kam der ersehnte Tag, an dem die Schiebetür zwischen den beiden Gehegen geöffnet wurde. Schweifwedend begrüßte Silvermoon Anjuna zum ersten Mal ohne den Zaun zwischen ihnen. Begeistert leckte sie sein Maul, was unter Wölfen ein Zeichen für Sympathie und Unterwerfung ist. Noels Begrüßung fiel etwas würdevoller aus „Ich freue mich, dass du nun einer von uns bist-"Nach einer letzten Nacht in den zweiverbundenen kleinen Gehegen wurde der Schieber zum Freiland geöffnet. Noel und Anjuna schossen wie die Wilden davon und Silvermoon folgte den beiden Wolfsdamen in weiten Sätzen. Rennen, wirklich Rennen zu können, war eine völlig neue Erfahrung für ihn. Sein Kopf war wie leer gefegt, seine Beine wussten von alleine, was sie zu tun hatten. Glückselig jagte er durch das hohe Gras. Die beiden Wölfinnen hatte er längst weit hinter sich gelassen. Die Sonne wärmte sein Fell und der Wind pfiff ihm um die Nase. Wie wunderschön kann doch das Leben sein! „Nicht schlecht", keuchte Anjuna, als sie ihn eingeholt hatte.“Du wirst sicher ein großartiger Jäger, mein Lieber", meinte auch Noel, die sich gar nicht erst die Mühe gemacht hatte, mit den beiden jungen Wölfen mitzuhalten, sondern gewartet hatte, bis die beiden wieder zu ihr kamen.

Anjuna, Silvermoon und Noel genossen ihr Leben in vollen Zügen. Durch das gute Fleisch und das riesige Gelände zum Laufen baute Silvermoon beachtliche Muskeln auf. Wer ihn noch vor ein paar Wochen im Zoo gesehen hatte, würde nicht glauben, dass es sich bei dem stattlichen Wolf mit dem seidigen Fell um das gleicht Tier handelte. Auch das "Jagen lernen" machte sehr gute Fortschritte. Noel erklärte den beiden, wie man sich anschleicht und wie man sich die Jagdbeute gegenseitig zutreibt. Leider gab es außer Kaninchen keine jagdbaren Tiere in ihrem Gehege. “Im Prinzip ist egal, was man jagt, man macht es immer auf die gleich Art." Noel war unermüdlich, was den Unterricht anging. Nachts schliefen die Wölfe in einer geräumigen Höhle. Silvermoon und Anjuna genossen es, sich eng aneinander zu kuscheln. So ging der Sommer langsam seinem Ende entgegen. Die Birken verfärbten sich leuchtend gelb und der Ahorn erglühte blutrot . Anjunas schokoladenbraunes Sommerfell verwandelte sich in einen fast schwarzen Winterpelz und Noel sah aus wie ein zottiger Eisbär. Zum Glück bekam auch Silvermoon ein dunkelgraues, langes warmes Winterfell, denn die Nächte waren empfindlich kalt. Die Temperaturen näherten sich nachts jetzt schon dem Gefrierpunkt. und tagsüber erstrahlte der Himmel in wolkenlosem Blau. Silvermoon wälzte sich gerade mit sichtlichem Genuss auf dem nach frischen Pilzen duftenden Waldboden, als Noel plötzlich verharrte und aufmerksam lauschte. „Welpen!" "Wie bitte?" „Da sind Welpen, wahrscheinlich in den Neulingsgehegen", fügte Noel erklärend hinzu. Nun nahm auch Silvermoon das hohe Winseln wahr, das aus westlicher Richtung zu ihm drang. „Bedeutet das, wir bekommen Zuwachs?", fragte Silvermoon „Ich hoffe es doch sehr, wie gerne würde ich kleine Wölfchen aufziehen." Die Sehnsucht in Noels Stimme war nicht zu überhören. Die alte Wölfin hatte in ihrem Leben nie Gelegenheit gehabt, selber Junge zu bekommen. Dass Noel das ideale Muttertier war, schienen auch die Menschen der Station zu denken, denn einige Tage später lockten sie Noel in eines der Einzelgehege und von dort zu den Wolfswelpen. Silvermoon und Anjuna vermissten zwar ihre Lehrerin und mütterliche Freundin, freuten sich allerdings auch auf die Wolfsjungen. Beide hatten noch nie einen Welpen aus der Nähe gesehen, seit sie selber welche waren. Die letzten schönen Tage diese Sommers verbrachten Anjuna und Silvermoon mit Baden im eiskalten, klaren Wasser des Baches, mit Wettrennen über den mit Lärchennadeln übersäten Waldboden und mit Toben im bunten Laub. Als der Frost die erste zarte Eisschicht auf dem kleinen Teich im "Freiland" wachsen ließ und erste winzige Schneeflocken durch die Luft wirbelten, kehrte Noel zurück. Hinter ihren Beinen, eng an sie gedrückt, lugten zwei junge Wölfchen hervor. Eines kohlrabenschwarz, das andere rötlich. “Oh wie süß!" Anjuna konnte sich kaum halten vor Begeisterung über die kleinen Wesen. Silvermoon mühte sich, würdig zu bleiben, aber auch er war begeistert. „Macht den beiden bitte keine Angst, sie haben genug hinter sich", warnte Noel. „Sagt mal hallo zu Anjuna und Silvermoon", forderte Noel die beiden Kinder liebevoll auf. Schüchtern kamen sie hervor. „Hallo", der kleine Schwarze war etwas mutiger als seine rote Schwester. "“Ich heiße Severin." „Und ich bin Sevala", fügte das rote Wolfsmädchen hinzu. „Willkommen beim Wolfsrudel vom Freiland", begrüßte Silvermoon die beiden feierlich. Gemeinsam zeigten sie den Kleinen das große Gehege, die Schlafhöhle und den Fressplatz. Als die Kinder eingeschlafen waren, erzählte Noel den beiden anderen ihre Geschichte. „Sie wurden in einem Zoo in Philadelphia geboren, der regelmäßig Welpen züchtet, weil die Besucher sie so süß finden. Wenn sie dann größer werden und nicht mehr so süß sind, werden sie getötet, weil die Menschen ihrer überdrüssig sind. Diesmal hat es aber wohl Proteste gegen dieses sinnlose Morden gegeben, und der Zoo hat die Welpen hierher bringen lassen. Mich wundert, dass es nur zwei sind. Normalerweise bekommen Wölfe wesentlich mehr Welpen. Severin und Sevala können sich nicht erinnern, dass mehr Babies da waren, also vermute ich, dass sie die anderen Wölfchen schon gleich nach der Geburt weggenommen und ermordet haben." Die Bitterkeit in Noels Stimme erschreckte Silvermoon, die Grausamkeit der Menschen nicht mehr. Er erwartete von Menschen nichts anderes mehr. Wie um die Stimmung zu retten, wechselte Noel das Thema „Laskan hat mich wieder genervt, er hat wirklich Glück, dass der Zaun mich daran hindert, ihn in der Luft zu zerreißen. Er meint doch tatsächlich, die Kinder hätten sicher Würmer." Anjuna lachte herzhaft. „Wer sagt uns immer, wir sollen uns von ihm nicht provozieren lassen?"

Die nächsten Tage verbrachte das kleine Wolfsrudel damit, den Wölflein zu zeigen wie man jagt. Das sah sehr süß und tapsig aus und blieb völlig erfolglos. Sie lernten auch, wo man über den Bach springen konnte, ohne nass zu werden, und wie man sein Revier markierte. Die Temperaturen fielen immer weiter und bald wurden auch tagsüber keine Plusgrade mehr erreicht. Die Luft wurde staubtrocken. Eigentlich hätte den Wölfen ein sorgenfreier Winter in der Geborgenheit des Freilandes bevorgestanden . Eigentlich ...

Das Feuer

Das Unglück begann an einem kühlen Herbstmorgen. Die Luft knisterte vor Frost und Trockenheit und ab und zu knackten die Äste der Bäume laut wie Pistolenschüsse. Noel lief unruhig auf und ab. Durch ihre Geburt in Freiheit reagierte sie sensibler auf Umwelteinflüsse, als die in Gefangenschaft geborenen Mitglieder des Rudels. „Stimmt etwas nicht?", erkundigte sich Anjuna, die sich auf Noels Nervosität keinen Reim machen konnte.

„Ich weiß es selber nicht ... Irgendetwas wird passieren ..." Silvermoon wollte sich seine Verunsicherung nicht anmerken lassen, aber auch ihn ängstigte etwas, das er weder richtig greifen, geschweige denn in Worte fassen konnte. Nur Severin und Sevala spielten ausgelassen und sorglos auf dem moosigen Boden. Wie gut sie es haben, dachte Silvermoon. Sie fühlen sich völlig sicher und geborgen im Schutz des Rudels. Gedankenverloren scheuerte sich Silvermoon seine Schulter an einer mächtigen Balsamtanne. Einige Kilometer weiter bahnte sich unterdessen das Ereignis an, das die Wölfin voraus ahnte. Arbeiter versuchten ein Leck in einer maroden Erdölpipeline zu flicken. Niemand konnte später noch sagen, was sich genau zugetragen hatte, denn der Unfallort wurde vollständig zerstört. Es gab eine gewaltige Explosion, die brennendes Öl mehrere Hundert Meter in die Höhe schleuderte und den Wald im Umkreis mehrerer Kilometer in Brand setzte. Die vom Frost ausgetrockneten Pflanzen fingen augenblicklich Feuer, und der Herbstwind, der zuvor noch lau und angenehm gewirkt hatte, trieb nun eine gigantische Feuerwalze vor sich her. Genau auf die Freilandstation und das Wolfsrudel zu.Dieses Mal spürte nicht nur Noel die herannahende Gefahr. Dem ohrenbetäubend lauten Knall der Explosion folgte das Brausen und Krachen des alles verzehrenden Feuers. Anjuna heulte schrill auf und floh zusammen mit Severin und Sevala in die Höhle. Auch Silvermoon spürte den Impuls, Schutz in der vertrauten Dunkelheit des Erdbaues zu suchen, doch sein Instinkt sagte ihm, dass das der sichere Tod war. Noel schien genau so zu denken. Panisch sah sie sich um. "Wir müssen nach Norden, weg vom Feuer. Kommt aus der Höhle raus!" Die Stimme der Wölfin klang schrill und überschlug sich fast. Anjuna wollte in ihrer Angst nicht gehorchen und so kroch Silvermoon, so schnell er konnte, hinter ihr in die Höhle. Er packte die zierliche Wölfin am Nackenfell und wollte sie ins Freie, hinaus aus der tödlichen Falle, zerren. Wahnsinnig vor Angst wehrte sich Anjuna mit aller Kraft. Silvermoon musste fester zubeißen, als ihm lieb war, um sie zu halten. Er schmeckte warmes Blut. Mühsam unterdrückte er ein Knurren und hoffte, dass die beiden Wolfskinder automatisch folgen würden, wenn er mit Anjuna erst einmal aus dieser verfluchten Höhle raus war. Als er sich endlich an die Luft gekämpft hatte, schwelten die Rentierflechten am Boden bereits vor Glut. Severin und Sevala wollten in der Tat nicht alleine in der Höhle bleiben und rasten nun verängstigt auf Noel zu. „Dort lang!" Noel übernahm trotz ihres hohen Alters die Führung des fliehenden Wolfsrudels. Anjuna preschte dich an ihrer Seite dahin, Silvermoon trieb die beiden Welpen vor sich her. Er wollte nicht zulassen, dass sie hinter ihn gerieten, aus Angst, sie in dieser Hölle aus brennenden und herabstürzenden Ästen nicht mehr wiederzufinden. „Wohin nun?" Der fast drei Meter hohe Maschendrahtzaun war vor ihnen in Sicht gekommen. „Dort entlang, zu den Neulingsgehegen!"

Das Wolfsrudel wand sich nach rechts und jagte am Zaun entlang. Silvermoons Lunge brannte wie Feuer und seine Muskeln schmerzten wie noch nie, aber sie mussten schneller sein als das Feuer, wenn sie das hier überleben wollten. Den

Welpen schwand sichtlich die Kraft, sie wurden immer langsamer. „Anjuna!", brüllte Silvermoon. „Wir müssen die Babies tragen, sie schaffen es sonst nicht!" Die Wölfin blieb nicht stehen, sondern drehte sich im Laufen um und packte Severin am Nackenfell. Der kleine Wolfsrüde jaulte erschreckt auf, fiel dann aber in Tragestarre. Silvermoon schnappte sich die rote Sevala. Das Fell in seinem Maul behinderte ihn zwar beim Atmen, aber das war die einzige Möglichkeit, die Wölfchen zu retten. Kurz nach Noel erreichten sie die Neulingsgehege. Auch hier stand schon alles in Flammen. „Dort vorne ist der Zaun zerstört, da kommen wir vielleicht raus!" Noel musste schreien, um das Brausen des Feuers zu übertönen. „Dann los!" Gerade als die Wölfe sich dem Loch im Zaun näherten, stürzte eine mächtige, lichterloh brennende Weißfichte um. „Der Weg ist versperrt, was nun?" Anjunas Tonfall verriet die nackte Panik. „Springen, zurück können wir nicht mehr" Niemand widersprach Noel, denn allen war klar, dass der einzige Weg hier hinaus die schadhafte Stelle im Zaun war. Und der einzige Weg dorthin war der Sprung über die brennende Fichte. Silvermoon wich so weit wie möglich zurück, um den längsten Anlauf zu habe. Kräftig stieß er sich ab und raste, Sevala in der Schnauze tragend, los. Kurz vor dem Baumstamm war der Boden so heiß, dass er meinte, seine Pfoten müssen verbrennen. Dann schnellte er in die Luft. Während des Sprungs konnte er fühlen, wie die Flammen an seinem Bauchfell leckten. Sevala wand sich und entglitt seinem Maul. Das Wolfsmädchen landete unsanft auf dem Boden und überschlug sich ein paar Mal, war aber auf der richtigen Seite des brennenden Baumes angekommen. Neben sich sah Silvermoon Anjuna mit Severin im Maul landen. Der schwarze Wolfswelpe wurde weggeschleudert, aber auch er kam, genau wie seine Schwester, unbeschadet wieder auf die Pfoten. „Noel?!" Von der weißen Wölfin war nichts zu sehen. Nein, es durfte nicht sein, dass sie es nicht geschafft hatte! Diesmal übermannte auch Silvermoon die Panik. Als er gerade überlegte, ob er zurückspringen und nachsehen sollte, erschien Noel in den Flammen. Sie musste auf dem brennenden Baumstamm zwischenlanden und sich erneut abstoßen, aber das ging in solch atemberaubendem Tempo, dass sie sich nicht verletzte. Erschöpft um Luft ringend, stieß sie zu den anderen Wölfen. „Wir müssen weg, hier sind wir nicht sicher", trieb sie die das Rudel sofort wieder zur Eile an. Einer nach dem anderen kletterte über den umgestürzten Zaun. Die beiden Babies hingen wieder in den Mäulern der Alten. Von den Menschen der Station war weit und breit nichts zu sehen. Auch der rote Pick-Up stand nicht vor dem brennenden Blockhaus. Etwas hatten die Menschen aber doch zurückgelassen: Laskan, den jungen Husky. Völlig aufgelöst kam er dem Wolfsrudel entgegen. „Sie sind weg! Sie haben nach mir gerufen, aber ich habe mich nicht getraut, aus meinem Versteck zu kommen, alles war schon voller Flammen. Da sind sie einfach ins Auto gestiegen und weggefahren!", berichtete der Husky verzweifelt. „Menschen!", meinte Anjuna verächtlich. „Na, was hätten sie denn manchen sollen, verbrennen, weil dieser Idiot nicht aus seinem Rattenloch gekrochen kommt?" Noel hatte scheinbar kein Verständnis für Laskans Verhalten. „Und was machen wir nun?"„ brachte Silvermoon das Gespräch wieder auf dringendere Dinge. „Wir müssen immer noch weg von hier, in Richtung Norden, weg vom Feuer." Noel behielt auch jetzt die Nerven. „Und was wird aus mir?" Laskans Stimme klang eindeutig wehleidig. „Entweder du kommst mit, oder du bleibst hier." Noels Tonfall war völlig gleichgültig. Dass sie den Husky nicht leiden konnte, war nicht zu überhören. „Na, dann los", gab Silvermoon das Kommando zum Aufbruch. Auch jetzt mussten sich die Wölfe noch beeilen, wenn sie dem Feuer entkommen wollten, allerdings reichte nun ein zügiger Trab über den federnden Waldboden. Nicht denken, einfach laufen, sagte sich Silvermoon, denn er hatte das Gefühl, eigentlich keinen Schritt mehr tun zu können. Gegen Mittag machte das Rudel kurz Pause an einem Bach, um das kühle Wasser zu trinken und ein wenig neue Kraft zu sammeln. Severin und Sevala rollten sich unter einem Rhododendronbusch zusammen und waren augenblicklich eingeschlafen. Die Jungtiere waren bis an die Grenzen ihrer Möglichkeiten gegangen. Silvermoon trottete ein Stück in den Bach hinein und genoss, dass seine wunden Pfoten von dem eisigen Wasser umspült wurden. Als die Wölfe ihre Flucht fortsetzten wollten, kam es zum Streit zwischen Laskan und Noel. Die Wolfskinder waren zu Tode erschöpft und mussten für den Rest des Tages getragen werden. Immer im Wechsel von Silvermoon und Anjuna oder von Noel und Laskan. Letzterer weigerte sich allerdings energisch, „die kleinen Flohbeutel" in die Schnauze zu nehmen. Noel wurde so wütend, dass Silvermoon dazwischen gehen musste. „Wenn Du zu faul bist, dann verzichte ich auf Ablösung, blöder Köter!" Auch Silvermoon rang sichtlich um seine Fassung. Schlecht gelaunt, müde und hungrig setzten die Wölfe ihren Weg nach Norden fort. Silvermoon verzichtete tatsächlich auf Ablösung beim Tragen der Wolfskinder. Nach einigen Stunden im flotten Trab waren die Kräfte des Rudels endgültig aufgebracht. „Lasst uns ein Versteck suchen“, entschied Noel. „Um Futter können wir uns morgen kümmern.“ Also sahen sich die Wölfe nach einem geschützten Schlafplatz um. Der beste, den sie finden konnten, bestand aus einer Ansammlung moosiger Felsen, die annähernd halbkreisförmig angeordnet waren. So gut es ging, kuschelten sich die Wölfe und Laskan in die Mulde. Die Erschöpfung sorgte dafür, dass das Rudel sofort einschlief. Nicht einmal Laskan bekam noch Gelegenheit, sich über die primitive Ruhestätte zu beschweren.

Erste Schritte in der Freiheit

Ein paar Mal schreckte Silvermoon in dieser Nacht hoch, geweckt von den unbekannten Geräuschen der Wildnis und von Alpträumen, in denen das Feuer die Hauptrolle spielte. Als ihm der kalifornische Zoo im Traum erschien, beschloss er, lieber aufzustehen. Ich werde alt, dachte er, als ser eine steifen Knochen streckte. Der Morgen begrüßte ihn kalt und grau, alles, was sich nicht in unmittelbarer Nähe befand, verschwand hinter einem Schleier aus Nebel. Scheinbar war Silvermoon nicht der Einzige, der keinen Schlaf fand, denn hinter dem gewaltigen, grauen Rüden tauchte ein schwarzes Fellbündel auf. Severin lehnte sich an Silvermoons Vorderlauf und sah zu ihm auf „ Du, Moon, was sollen wir denn heute essen? Hier füttert uns doch keiner?“ Silvermoon seufzte innerlich. Musste es ausgerechnet ihn treffen mit diesem schwierigen Thema? Also begann er zu erklären: „ Weißt du, Severin, normalerweise leben Wölfe so, wie wir jetzt. Frei und ohne Menschen. Also hat die Natur dafür gesorgt, dass wir nicht verhungern müssen, sondern in der Lage sind, uns unser Fleisch selber zu jagen.“ „Aber wie sollen wir das machen? Wir haben doch alle noch nie gejagt?“ Sevala war auch aufgetaucht und war der Unterhaltung gespannt gefolgt. „Noel ist doch in Freiheit geboren, sie weiß, wie man jagt. Sie wird es uns beibringen.“ „Und wenn wir es nicht schaffen?“, bohrte Severin weiter. „Wir werden es schaffen, da bin ich mir absolut sicher. Heute Abend schlagen wir uns die Bäuche voll mit dem ersten selbst gejagten Fleisch.“ Die Jungtiere gaben sich damit zufrieden. Silvermoon wünschte, er wäre nur halb so zuversichtlich, wie er den Kindern gegenüber getan hatte. Nach und nach wachten auch die anderen Rudelmitglieder auf, Laskan als Letzter. Die Wölfe versammelten sich, um zu beraten.

„Wir brauchen Nahrung, das ist Fakt. Also müssen wir heute jagen“, fasste Silvermoon zusammen. „Dann lasst uns anfangen.“ Anjuna war voller Tatendrang und voller Hunger Nachdem der Entschluss gefasst war, sahen sich die Wölfe ratlos an. „Und nun?“ Der ersten Begeisterung folgte Ernüchterung, denn niemand wusste, wie man jagt. Noel unterdrückte ein Kichern angesichts der Verwirrung und begann zu erklären: „Als Erstes müssen wir ein Beutetier aufspüren. Das ist nicht allzu schwer, hier ist alles voller Fährten, wir müssen nur einer folgen. Das Gganze bitte möglichst leise. Wenn wir ein Beutetier aufgespürt haben, schleichen wir es an und versuchen uns ihm soweit zu nähern, dass wir es sicher anspringen können. Dabei passen wir uns dem Verhalten des Opfers an, wenn dieses beunruhigt die Umgebung mustert, und schleichen uns, notfalls kriechend, mit Geduld und Ausdauer immer näher heran. Sind wir nahe genug dran, springen wir mit aller Kraft ab und versuchen, die Kehle des Beutetieres zu durchbeißen. Für den Anfang sollten wir es mit kleineren Tieren versuchen. Elche und große Hirsche können sich sehr gut mit Geweih und Hufen wehren. Solange wir nicht auf einander eingespielt sind, sollten wir uns da nicht heran wagen.“ Das Rudel hatte aufmerksam zugehört. Nun erhoben sich alle und schnüffelten aufmerksam auf dem weichen Waldboden herum. Anjuna schien etwas Interessantes entdeckt zu haben. „Noel, was ist mit dieser Fährte hier? Ich finde, die riecht lecker!“ „Dickhornschaf, nicht schlecht. Damit sollten wir fertig werden.“ Also machten sich die Raubtiere an die Verfolgung. Silvermoon lief im wolfstypischen, weitgreifenden und federnden Trab, der sich von dem des Hundes durch sein ruhiges Tempo und kräftigere Bewegungen unterscheidet Demzufolge war Laskan schnell außer Atem. Aber der Hunger sorgte dafür, dass sich der Husky nicht schon wieder beschwerte. Die Wölfe erreichten den Waldrand und sahen nun auf eine weitläufige Tundralandschaft. Nicht weit von ihnen, in einer, grasten ein paar Dickhornschafe. Geduckt und lautlos bewegte sich Noel auf die Wiederkäuer zu. „Der Wind steht günstig“, wisperte sie den anderen zu. „Folgt mir, aber seid leise.“ So vorsichtig wie möglich folgten Silvermoon, Anjuna und Laskan. Severin und Sevala verkrochen sich instinktiv unter einem Busch. Wolfsjunge haben auf der Jagd noch nichts zu suchen. Als Noel meinte, nahe genug an die Schafe herangekommen zu sein, schlug sie los. Der Angriff erfolgte mit einem kräftigen, kurzen Sprung, dann sollte eigentlich der Biss in die Kehle erfolgen. Aber das ausersehene Schaf warf sich in letzter Sekunde zur Seite. Die Herde setzte sich in nackter Panik in Bewegung und raste über die Steppe, dass der trockene Boden dröhnte. Noel, Silvermoon und Anjuna verfolgten sie noch ein paar hundert Meter, gaben dann aber die Verfolgung auf. Laskan bemerkte scheinbar nicht, wie aussichtslos die Jagd geworden war, sondern flitze immer noch hinter den Schafen her. Erst als er sich einen schmerzhaften Fußtritt einhandelte, gab auch er auf und kehrte zu den anderen zurück. „Na super, das war ja wohl nichts und ihr habt gleich aufgegeben, verwöhnte Zootiere!“ Der Husky machte seiner Enttäuschung Luft. „Du hättest dir doch ein Schaf fangen können“, meinte Noel mit Unschuldsmiene. „ Alleine schaffe ich das aber nicht!“ Laskan verspürte gute Lust, sich mit der alten Wölfin zu prügeln. „Dann hör auf, große Töne zu spucken und deine Kraft mit sinnlosem Rumrennen zu vergeuden“ Diesmal musste Silvermoon wirklich dazwischen gehen und Laskan von Noel wegzerren. „Aufhören! Das bringt uns nicht weiter. Die Schafe sind erst einmal weg und wir müssen uns jetzt was anderes überlegen“ Die beiden Wolfsbabys waren indes unter ihrem Busch hervorgekommen und buddelten hingebungsvoll in kleinen Haufen weicher Erde. „Seht mal, hier riecht es so gut“, rief der schwarze Severin den Alttieren zu. Seine grünen Augen funkelten vor Begeisterung und das Schnäuzchen war voll hellbrauner Erde. Die Erwachsenen sahen sich an, was die beiden Jungen entdeckt hatten. „Das sind Kaninchenbaue“, erklärte Noel. „Kaninchen schmecken lecker.“ Silvermoon kannte Kaninchen. Sie waren die einzigen Tiere gewesen, die mit ihnen im Freilandgehege gewohnt hatten. Er hatte sie schon oft gejagt, aber niemals eins der flinken Tiere erwischt. Die nächsten Stunden verbrachte das Wolfsrudel damit, vor den verschiedenen Ausgängen des Kaninchenbaues zu sitzen und zu warten, ob sich eins der Nagetiere blicken ließ. Leider war das Jagdglück den Wölfen heute gar nicht hold. Gegen Nachmittag gaben sie es auf. Mit knurrenden Mägen machten sie sich auf zu einem Bach, um wenigstens ihren Durst zu stillen. Während Silvermoon gedankenverloren das eisige Wasser schleckte, fielen ihm dunkle Schatten im Bach auf, die zielstrebig flussaufwärts schwammen. „Noel, was ist das?“, wollte er von der weißen Wölfin wissen. „Das könnten Lachse sein! Die kann man auch essen. Lasst uns den Bach hoch gehen, da vorne bei den Stromschnellen könnten wir welche erwischen“ Das Rudel fasste neuen Mut und machte sich gleich auf den Weg. Und tatsächlich, dort, wo das Wasser in weißen, schäumenden Kaskaden über gewaltige Felsen brauste, konnte man die Lachse erkennen, die kraftvoll hervor schnellten und springend die Felsen überwanden. Ihre grauen Leiber glänzten in der fahlen Nachmittagssonne. Der Hauptstrom der Lachse hatte das Hindernis schon passiert, aber die Tiere, die noch verblieben waren, waren auch mehr als ausreichend. Wenn man die Kleinigkeit außer Acht ließ, dass sie nur noch gefangen werden mussten ... Silvermoon schüttelte seinen großen, grauen Schädel und fragte sich, wie er an die glitschigen Fische herankommen sollte. Die sonst eher schüchterne Anjuna ergriff diesmal die Initiative. Vorsichtig setzte sie ihre Pfoten auf einen mit grünen Algen überwachsenen, Felsen und pirschte sich ganz langsam so nah wie möglich an das brodelnde Wasser. Als der nächste Lachs an ihr vorbeisegelte, schnappte sie beherzt zu. Leider zerfetzte sie ihm nur die Heckflosse mit ihren scharfen Fangzähnen und der Fisch plumpste oberhalb des Wasserfalls zurück in den Bach. Eilends suchte er das Weite. „Schade, aber den nächsten bekommst du sicher!“, ermutigte sie Noel. Die nächsten Fische waren allerdings zu weit entfernt, als dass Anjuna nach ihnen hätte schnappen können. Auch die anderen Wölfe suchten sich Plätze auf den umliegenden Felsen, aber keiner hatte Erfolg. Sevala unterdessen stöberte ein wenig am flachen Ufer unterhalb der Stromschnellen herum. Als sie einen toten Lachs entdeckte, geriet sie fast aus dem Häuschen: „Kommt schnell her! Hier liegt ein Fisch!“ Das Rudel verließ seine Jagdplätze und sah sich den Fund des roten Wolfskindes an. „Können wir den essen?“, erkundigte sich Sevala. „Wir Wölfe sind auch Aasfresser, also können wir ihn wohl essen“, entschied Noel. Nun ist ein toter Lachs nicht wirklich viel für fünf Wölfe und einen Hund. Also machten sie sich auf die Suche nach weiteren gestrandeten Fischen. Diese Bemühung blieb zwar, wie so vieles an diesem Tag, erfolglos, aber die hartnäckige Anjuna schaffte es endlich, einen lebenden Lachs zu erbeuten. Sie schüttelte ihren schokoladenbraunen Kopf mit dem zappelndem Wassertier und klatschte es dann heftig gegen einen Stein. Gemeinsam machten sie sich darüber her. Obwohl sie noch nicht annähernd gesättigt waren, beschlossen Noel und die anderen, wieder den Schlafplatz von letzter Nacht aufzusuchen. Als sie sich gerade vom Bach entfernen wollten, bemerkten sie Geräusche im Gebüsch. Aufmerksam lauschend, verharrte Silvermoon. Im nächsten Moment trat ein riesiges Tier zwischen den Bäumen hervor. Es war braun und verfügte über ein gewaltiges Geweih. Der Elch ging ein paar Schritte ins seichte Wasser, und begann zu trinken. „Hey, den schnappen wir uns“, rief Laskan begeistert. „Bist du wahnsinnig, der bringt uns um, wenn er uns hört!“ Zu spät. Der Elchbulle wendete seinen riesigen Kopf dem Rudel zu, senkte ohne weitere Vorwarnung seine Schaufeln und raste wie ein wütender Stier auf die Wölfe zu. Silvermoon packte Sevala am Nackenfell und brachte sich mit einem kraftvollen Sprung in Sicherheit. Die behände Anjuna hatte mit Severin Schutz hinter einer gewaltigen Douglasie gesucht, Noel war mitten in den Bach gesprungen, nur Laskan hatte Pech. Der Elch nahm ihn mit seinem Geweih hoch und schleuderte ihn mit aller Kraft durch die Luft. Mit einem schrecklichen, trockenen Knacken krachte Laskan gegen einen Baumstumpf. Das schrille Jaulen hörte man meilenweit in der klaren Abendluft. Der Bulle stürmte nun wie von Sinnen auf den wehrlos auf dem Boden liegenden, Huskyrüden zu. Da prallte ein nasses, weißes Geschoss gegen seine Schulter und verbiss sich in seinem Nackenkamm. Außer sich vor Schmerz warf sich der Elch herum, um Noel abzuschütteln. Silvermoon zögerte keine Sekunde und schnappte geschickt nach den Hinterläufen des Großhirsches. Anjuna sorgte für die nächste Überraschung des Tages, denn mit dem unfehlbaren Instinkt der geborenen Jägerin biss sie die Kehle des Elchbullen durch. Das große Tier versuchte sich noch zu wehren, aber es war zu spät. Dennoch kümmerten sich die Wölfe vorerst nicht um ihre riesige Beute, sondern stürmten zu dem immer noch reglos vor dem toten Baum liegenden Laskan. „Hey, Laskan, bitte sag was“, forderte Noel ihn sanft auf. Mühsam hob der Husky den Kopf: „Mir ist so schlecht, ich glaub, ich muss ....“ Laskan übergab sich herzhaft auf dem sandigen Untergrund. „Wo ist der Elch?“ „Der liegt da hinten, Anjuna hat ihn gekillt“, berichtete Sevala begeistert. „Echt?“, brachte Laskan matt hervor „Nicht schlecht! Dann habt ihr ja erst mal genug zu essen“ „Du bist herzlich eingeladen, auch davon zu essen.“ Noels freundlicher Ton überraschte nicht nur Silvermoon. „Danke, aber mit mir geht es zu Ende, das spüre ich ganz genau.“ Die gewohnte Wehleidigkeit hatte sich in Laskans Stimme eingeschlichen und schien Noel augenblicklich wieder zu reizen. „Rede keinen Unsinn! Du hast dir ein oder zwei Rippen angeknackst und eine Gehirnerschütterung, auch wenn ich mich ernsthaft frage, was da bei dir eigentlich erschüttern soll. Gib ein paar Tage Ruhe und du bist wieder wie neu. Und tu uns allen einen Gefallen: erspare uns deine Jammerei.“ Silvermoon grinste in sich hinein, auch er war sich angesichts Noels sanften Tonfalls nicht sicher gewesen, ob der Husky nicht ernsthaft verletzt war. Aber wäre er es wirklich gewesen, hatte Noel ihn niemals so angeschnauzt. Da Laskan immer noch speiübel war und er heute noch nichts essen mochte, brachte ihn das Rudel gemeinsam zurück zur Schlafstätte, wo dann immer ein Wolf bei ihm blieb und ihm Gesellschaft leistete, während sich die anderen über den Elch hermachten. Anfangs war es für die ungeübten Rudelmitglieder nicht einfach, durch das zähe Fell des Bullen an dessen Fleisch zu kommen. Im Zoo und im Freilandgehege hatten sie ihr Futter ja stets in mundgerechten Happen zerlegt bekommen. Aber auch hier siegte der Urinstinkt des Raubtieres. Als erst einmal ein Anfang gemacht war, schlugen sich die Wölfe die Bäuche voll, bis sie nicht mehr konnten, genau wie Silvermoon es heute Morgen den Wolfswelpen prophezeit hatte. Hungrige Wölfe können bis zu zehn Kilo Fleisch auf einmal fressen. Silvermoon fühlte sich, als hätte er mindestens das Doppelte verspeist, als sie sich auf den Weg zurück zum Lager machten. Satt und zufrieden rollte er sich zwischen den Felsen zusammen. Nach einem tiefen, wohligen Seufzer schlief er augenblicklich ein. Er bemerkte nicht einmal mehr, wie sich Anjuna an ihn schmiegte.

Und wieder die Menschen

Das Wolfsrudel erlebte nun ein paar ruhige, harmonische Tage. Durch den riesigen Elch mussten sie sich um Nahrungsbeschaffung keine Sorgen machen und durch Laskans Verletzung konnten sie auch ihre Wanderung nicht fortsetzen. Was sie angesichts des Elches sowie so nicht getan hätten. Also blieben sie an ihrer schon gewohnten Schlafstätte und in der näheren Umgebung. Anjuna übte weiter fleißig, Lachse im Flug zu fangen, und wurde immer geschickter darin. Da Laskans Magen für den Anfang leichtere Kost benötigte als das fette Elchfleisch, bekam er die Fische. Severin und Sevala übten sich ebenfalls im Jagen. Severin platze fast vor Stolz, als er zum ersten Mal eine selbst gefangene Wühlmaus präsentieren konnte.

Das Wetter wurde hingegen immer unwirtlicher. Des Nachts herrschten strenge Fröste und jeden Morgen war das Ufer des Baches weiter vereist als am Vortag. Noch taute die Sonne tagsüber das Eis, aber den Wölfen war klar, dass es damit bald vorbei war. Also hielten sie Krisenrat. „Wir brauchen unbedingt eine richtige Höhle, wenn wir den Winter überleben wollen“, brachte Noel die Situation auf den Punkt. „Also werden wir uns aufmachen und die Umgebung systematisch nach Höhlen absuchen. Laskan, du kommst mit. Du musst dringend deine Muskeln wieder aufbauen.“ Der Husky protestierte nicht, sondern nickte nur. Seit seiner Verletzung war er überraschend kleinlaut. Also machten sich die Wölfe auf, eine neue Höhle zu finden. Nach einiger Zeit, die sie durch den Wald getrabt waren, erreichten sie wieder die tundraartige Wiesenfläche, auf der sie, Tage zuvor, die Dickhornschafe gejagt hatten. „Hier werden wir sicher keine Höhle finden“, meinte Anjuna, „nur plattes Land, ohne eine Spur von Felsen.“ Also wandten sich die Wölfe in die entgegengesetzte Richtung.

Laskan, der immer noch angeschlagen war, blieb bald hinter den anderen zurück. Da sie aber beschlossen hatten, zusammen zu bleiben, warteten die Wölfe auf den Husky. Silvermoon war zwar genervt von den Unterbrechungen, aber er sah ihre Notwendigkeit ein. Also nutzte er die Zeit, um sich umzusehen. Sie hatten nun einen Teil des Waldes erreicht, in den sie bislang noch nicht vorgedrungen waren. Die Bäume standen hier nicht so dicht und von irgendwoher drangen Geräusche, die Silvermoon einerseits vertraut, andererseits auch völlig falsch vor kamen. Er versuchte sich zu konzentrieren, wo er diese Geräusche schon gehört hatte. Dann fiel es ihm ein. Es handelt sich um Verkehrslärm! „Menschen! Hier sind Menschen in der Nähe. Wir müssen sofort umkehren!“ „Was? Ich habe mich gerade hierher geschleppt, und du willst umkehren? Ohne mich!“ „Sei still, Laskan! Hier sind Menschen in der Nähe! Hört ihr die Autos nicht?“ Silvermoon konnte seine Panik kaum unterdrücken. „Du hast Recht! Den Menschen sollten wir wirklich nicht begegnen. Also kehren wir um.“ Noel behielt wie immer die Nerven. Silvermoon konnte sich nur schwer zusammenreißen, um nicht wie von Sinnen davonzustürmen, sondern den gemäßigten, Kräfte sparenden Wolfstrab einzuhalten. Voller Ungeduld hatte Silvermoon sich an die Spitze des Rudels gesetzt und sah nicht, was hinter seinem Rücken vorging. Erst, als er Sevalas schrilles Aufheulen hörte, drehte er sich um.“Was zum Teufel ...?“ Anjuna und Noel waren schon bei dem Wolfskind. Sevala schrie erbärmlich und blutete an der rechten Pfote. „Sie steckt in einem Tellereisen fest. So etwas legen die Menschen aus, wenn sie Tiere jagen wollen, um ihnen das Fell abzuziehen. Meine Schwester in der Wildnis ist damals in so eine Falle geraten.“ Noel wandte ihr vor Grauen erstarrtes Gesicht ab. „Und wie habt ihr sie da raus bekommen?“ Severins Stimme war so voller Panik aus Angst um seine Schwester, dass sie sich überschlug. Noels Augen wurden richtig dunkel vor Kummer und ihre Stimme war leise, ohne die gewohnte Kraft, als sie antwortete: „Gar nicht. Die Menschen waren schneller und haben sie erschossen.“ „NEIN! Das darf unserer Sevala nicht passieren! Das lasse ich nicht zu!“ Anjuna legte beruhigend ihre Pfote um den völlig aufgelösten Severin. „Immer mit der Ruhe, Kleiner, noch haben die Menschen sie nicht. “ Silvermoon hatte sich in der Zwischenzeit Sevalas missliche Lage genau angesehen. Ihre Pfote wurde von zwei Seiten von eisernen Zähnen festgehalten. Einfach herausziehen, fiel damit als Lösung aus. „Die Menschen müssen diese Dinger doch irgendwie aufbekommen, wenn sie ihre Beute frei bekommen wollen.“ Silvermoon hatte lange genug unter Menschen gelebt, um zu wissen, dass es für fast alles, was sie benutzen, irgendeinen Mechanismus gab. Wenn man hier drauf tritt, vielleicht geht es dann auf? Fieberhaft versuchte Silvermoon, die Technik des Treteisens zu durchschauen. „Psst! Ich höre etwas!“ Anjuna verharrte in höchster Alarmbereitschaft. „Menschen! Sie kommen direkt auf uns zu!“ „Ich lenke sie ab!“ Noch bevor einer der anderen widersprechen konnte, war Laskan losgeflitzt. Silvermoon verstärkte seine Anstrengungen noch mehr. Er konnte jetzt schon deutlich die Schritte der Menschen und ihre Stimmen hören. „Sie haben Hunde dabei, das ist schlecht, denn Hunde können unserer Fährte folgen.“, berichtete die angestrengt lauschende Noel. „Kommt, helft mir mal!“ Gemeinsam versuchten sie, den Hebel des Treteisens herunterzudrücken. Zwischen den Bäumen tauchte der erste Jäger auf. In dem Moment, als der Mann sein Gewehr zückte und auf die Wölfe anlegen wollte, gab das Tellereisen endlich nach und Sevala kam frei. Silvermoon packte sie am Nackenfell und raste ohne weitere Verzögerung los. Anjuna mit Severin in der Schnauze hatte schon einen beträchtlichen Vorsprung, dicht gefolgt von Noel. Von Laskan war nichts zu sehen, aber Silvermoon konnte sich im Moment nicht um den Aufenthaltsort des Huskys kümmern. Erst einmal musste er mit dem

Wolfsmädchen in der Schnauze weg von hier. Er spürte einen Strahl glühend heißer Luft, noch ehe er den Schuss hörte. „Verdammter Mist, das war knapp“, fluchte Silvermoon, als er einen Haken schlug, um einer weiteren Kugel auszuweichen. Langsam vergrößerten die Wölfe ihren Vorsprung und Silvermoon schaffte es, die anderen einzuholen. Sehr zu seiner Erleichterung hatte sich auch Laskan wieder eingefunden. „Wir müssen zum Bach! Nur im Wasser verlieren die Hunde unsere Spur“ ,brüllte Noel im Laufen. Also wandte sich das Rudel in Richtung Bach. Ein brauner Jagdhund hatte es geschafft, fast bis zu ihnen aufzuschließen. Allerdings hatte er nicht mit Anjunas Kaltblütigkeit gerechnet. Die flinke Wölfin drehte sich um und biss den Hund kurz und schmerzhaft in den Vorderlauf. Er winselte und blieb zurück. Wenig später hörte man einen Schuss und ein schrilles Aufjaulen. Menschen kennen keine Dankbarkeit gegenüber den von ihnen missbrauchten Kreaturen. Ein kollektives Aufatmen ging durch das Wolfsrudel, als sie den Bach erreichten. Leider hatte die Sonne das Eis noch nicht vollständig aufgetaut und als die Wölfe auf die Schollen traten, brach das restliche Eis unter ihren Pfoten. Besser sichtbare Spuren konnten sie gar nicht hinterlassen. Silvermoon unterdrückte einen saftigen Fluch. „Wir müssen in die Mitte vom Fluss und ein gutes Stück schwimmen, sonst verlieren sie unserer Fährte nicht.“ Noel musste schreien, um das Tosen der Wassermassen zu übertönen. Todesmutig sprang Silvermoon in das reißende Wasser. Im ersten Moment glaubte er, nicht atmen zu können. Ihm war, als ob ihm die Kälte einen unbarmherzigen Ring aus Eisen um die Brust gelegt hätte. Er fühlte sich, als würde er durch flüssiges Eis schwimmen. Fast wünschte er sich die sengende Sonne Kaliforniens herbei. Anjuna mit Severin im Maul paddelte dicht neben Silvermoon. Auch sie schien nach Luft zu ringen. Noel und Laskan hatten scheinbar nicht solche Probleme mit dem eisigen Wasser, aber sie lebten auch schon viel länger in diesem Klima. Eine Zeit lang ließen sich die Wölfe mit der Strömung treiben. Silvermoon konnte spüren, wie Sevala in seiner Schnauze zitterte. Um das kleine Wolfsmädchen stand es nicht sehr gut. Es hatte viel Blut verloren, und drohte jetzt auch noch zu unterkühlen. „Wir müssen an Land, Sevala erfriert sonst“, sagte Silvermoon. Sie suchten sich eine flache Uferstelle, um den eisigen Bach zu verlassen. Silvermoon schüttelte sich kräftig, um so viel Wasser wie möglich loszuwerden. Noel kümmerte sich sofort um Sevala. Liebevoll leckte sie das Junge mit ihrer großen Zunge. Auf diese Art versuchte sie, es zu wärmen und den Kreislauf anzuregen. Sevala gab nur ein schwaches Stöhnen von sich. Wir brauchen schleunigst einen geschützten Platz und etwas Nahrhaftes zu essen für die Kleine!“ „Ich versuche, einen Lachs zu fangen“ sagte Anjuna sofort, und bezog Posten auf einem Uferfelsen. Die anderen bemühten sich, einen trockenen, warmen Platz für Sevala zu finden. Leider gab es in dieser Region des Waldes keine Felsen, sondern nur Bäume und Sträucher. Das Beste, was die Wölfe finden konnten, war eine große Tanne, deren Äste bis auf den Boden reichten. Kroch man unter die Äste, hatte man so was Ähnliches wie eine Höhle. Severin machte sich daran, trockenes Gras und Gestrüpp heranzuschaffen, um die notdürftige Unterkunft so warm und weich wie möglich zu machen. Außerdem war er dankbar, etwas zu tun zu haben. Nichts tun und zuzusehen, wie es der Schwester immer schlechter ging, das konnte der Wolfswelpe nicht ertragen. Und so schleppte er unermüdlich Polstermaterial heran, solange, bis Noel ihn unterbracht „Kleiner, du brauchst auch Ruhe. Iss etwas von dem Fisch, den Anjuna gefangen hat.“ „Der ist doch für Sevala.“ Noel fühlte sich sichtlich unwohl in ihrer Haut. „Sie mag nichts essen.“ Darauf wirkte Severin so entsetzt, dass sie sich beeilte hinzuzufügen: „Denk an Laskan, der mochte am ersten Tag nach seiner Verletzung auch nichts essen. Du wirst sehen, morgen sieht die Welt ganz anderes aus. Also schlaf jetzt!“ Wirklich beruhigt war Severin zwar immer noch nicht, aber da auch er zu Tode erschöpft war, rollte er sich neben Anjuna zusammen und schlief schnell ein. Nachts wurde er ein paar Mal von Sevalas gequältem Stöhnen geweckt, kam aber nicht weit genug zu sich, um zu reagieren. Als er wirklich wach wurde, war der Morgen schon längst angebrochen, und nur Sevala und Noel waren noch im Lager. „Wie geht es ihr?“, war seine erste Frage. „Ich will ehrlich zu dir sein: es geht ihr sehr schlecht. Sie hat über Nacht hohes Fieber bekommen. Ich wünschte, ich könnte dir was anderes sagen, aber mach dir nicht zu viele Hoffnungen!“ Severin war wie versteinert vor Schreck. Sein gesamtes Leben hatte er mit Sevala verbracht. Er konnte es sich einfach nicht vorstellen, ohne seine rote Schwester sein zu müssen. „Sie darf nicht sterben! Bitte, Noel, hilf ihr!“ „Kleiner, ich tue, was ich kann.“

Völlig verzweifelt flüchtete Severin aus der Nothöhle. Er wollte nur weg. Weg von der sterbenden Sevala und weg von der hilflosen Noel. Ziellos rannte das Wolfsjunge drauflos. Doch dann besann es sich. Er wollte nicht, dass sich das Rudel auch noch um ihn sorgen musste. Ausgeprägter Gemeinschaftssinn ist Wölfe angeboren. Also trottete er zurück, bis er wieder in das Terrain kam, an das er sich vom gestrigen Tag erinnern konnte. Was sollte er bloß tun? Er wollte seiner Schwester so gerne helfen. Das schwarze Wolfskind ließ sich auf einem Felsen nieder und dachte angestrengt nach. Wenn im Zoo eins der Tiere krank war, kam der Tierarzt und half ihm. Diese Möglichkeit bestand hier nicht, denn man sah den Menschen nicht an, ob sie Freund oder Feind waren. Die Menschen waren ja überhaupt erst schuld, an Sevalas kritischem Zustand. Severin erhob sich und trabte in Richtung Fluss. Auch diesmal hatte er kein richtiges Ziel, aber er hatte das Gefühl, dass ihm Bewegung beim Denken half. Am Ufer traf er auf Silvermoon und Anjuna. Letztere hatte schon drei prachtvolle

Lachse erbeutet. „Hallo Kleiner! Wenn du magst, kannst du dir einen Fisch nehmen!“, begrüßte die braune Wölfin ihn. Als er gerade darüber nachdachte, das Angebot anzunehmen, setzte Anjuna hinzu: „Wie geht es deiner Schwester?“ Severin verging augenblicklich der Appetit. „Leider immer noch schlecht. Noel glaubt …“ Weiter konnte er nicht sprechen. Silvermoon kam zu ihm und legte die Pfote um seine Schultern. „Es wird schon alles wieder gut, mein Kleiner.“ Dabei war sich Silvermoon ziemlich sicher, dass es die kleine Sevala nicht schaffen würde. Severin durchschaute ihn auch sofort „Das glaubst du selber auch nicht, oder?“ „Nein, leider nicht!“, gab Silvermoon resigniert zu „Ich denke, wir müssen damit rechnen, dass sie die nächste Nacht nicht übersteht.“ Severin legte den Kopf schief, wie er es immer tat, wenn er angestrengt nachdachte. „Was haben die Tierärzte im Zoo immer gemacht, wenn einer krank war?“, fragte er. Silvermoon hatte so lange im Zoo gelebt, er musste das einfach wissen, fand Severin. „Naja, bei offenen Wunden haben sie es entweder genäht, oder nur desinfiziert. Und dann Heilsalbe aufgetragen“ „Nähen können wir nicht, aber können wir nicht auch desinfizieren und Heilsalbe drau machen.?“ Severin schöpfte neue Hoffnung und wurde ganz aufgeregt. „Aber wo willst du hier Desinfektionsmittel und Salbe herbekommen? Das sind Dinge der Menschen.“ Severin überlegte: „Es muss doch irgendetwas in der Natur geben, was genau so wirkt? Ich frage mal Noel.“ Und schon war der kleine schwarze Wolf davon geflitzt. Silvermoon war überzeugt davon, dass auch Noel in diesem Fall keinen Rat wusste. Aber es schien Severin gut zu tun, eine Beschäftigung zu haben. Nach einem kraftvollen Sprint gelangte Severin zu Sevalas Krankenlage zurück. „Du, Noel, was nimmt man in der Natur zum Desinfizieren und als Heilsalbe?“ „Desinfizieren? Keine schlechte Idee. Am besten heißes, mineralhaltiges Wasser. Auch Schlamm aus einer heißen Quelle wirkt gut.“

„Also müssen wir eine heiße Quelle finden und Sevala wird wieder gesund?“ Severin strahlte vor Freude. „ Naja, ganz so einfach ist es nicht. Wunder wirkt auch Heilwasser nicht. Und außerdem weiß ich nicht, ob es hier überhaupt so etwas wie heiße Quellen gibt.“ Noel tat es in der Seele weh, die Enttäuschung des Wolfsjungen zu sehen, aber sie hielt es ebenso für falsch, ihm unberechtigte Hoffnungen zu machen. „Silvermoon findet welche. Er kann das, da bin ich mir sicher.“ Ehe Noel darauf antworten konnte, war Severin schon wieder losgerannt. Noel wandte sich Sevala zu. Matt lag das Wolfsmädchen auf dem trockenen Gras. Hin und wieder lief ein Fieberschauer über den kleinen, schwachen Körper. Ihre Nase glühte und war ganz rissig vor Trockenheit. Wenn nicht bald etwas passierte, würde sie in ein paar Stunden tot sein, dessen war sich die alte Wölfin sicher. Mit einem erschöpften Seufzen legte sie sich neben Sevala und deckte sie mit ihrem buschigen Schwanz zu, um sie zu wärmen. Sevala stöhnte leise im Schlaf. Sicher wurde sie von Fieberträumen gequält. Severin war in der Zwischenzeit wieder am Fluss angekommen. „Wir müssen eine heiße Quelle finden!“, rief er den anderen schon von weitem zu. Als er heran war, berichtete er, noch völlig außer Atem von schnellen Rennen, was Noel ihm gesagt hatte. „Okay, wie es aussieht, haben wir keine Zeit zu verlieren. Severin und ich machen uns auf die Suche nach einer heißen Quelle, Anjuna besorgt Nahrung für Noel und Sevala und Laskan passt auf die Weibchen auf.“ Eigentlich hatte der Husky protestieren wollen, dass man ihn nicht mit auf die Suche nach den Quellen nahm, aber als er hörte, dass er als Beschützer der Damen gebraucht wurde, fühlte er sich ausgesprochen stolz. Silvermoon bemerkte sehr wohl, was im Inneren des Huskys vor sich ging und unterdrückte ein Schmunzeln. So war er die Nervensäge ganz ohne Streit losgeworden. Anjuna sah nicht so aus, als wolle sie von Laskan beschützt werden und warf Silvermoon einen bitterbösen Blick zu, als sie mit dem Husky am Fluss zurückblieb. Silvermoon und Severin hingegen verschwendeten keine Zeit mehr, sondern machten sich zügig in Richtung Norden auf. Sie konnten es nicht in Worte fassen, aber es war, als würde eine unwiderstehliche Macht sie in diese Richtung ziehen. Ihr Weg führte sie über schotterige Geröllhalden und durch lichte Lärchenwäldchen. Ab und zu hörten sie Wasser rauschen, aber es handelte sich immer nur um gewöhnliche Gebirgsbäche. Die beiden Wölfe stillten ihren Durst, und trabten dann ohne Unterbrechung weiter. Der kleine Severin hat in den letzten Tagen unglaublich viel Ausdauer aufgebaut, dachte Silvermoon. Er wird sicher mal genau so drahtig und stark wie Anjuna. Erst jetzt, wo er von ihr getrennt war, bemerkte Silvermoon, wie sehr er die braune Wölfin vermisste. Sie machte nie viele Worte, war dafür aber härter und zäher als alle anderen.Mit Ausnahme von Noel vielleicht. Das Terrain wurde jetzt schwieriger, denn das Stück Wald, das die beiden nun durchquerten, schien ein Herbststurm verwüstet zu haben. Überall lagen umgestürzte Bäume und sie mussten entweder mühsam darunter hindurch kriechen, oder hinüber springen. Außerdem ging es beständig bergauf. Gerade als Silvermoon eine kurze Rast vorschlagen wollte, hörten sie in der Ferne ein gewaltiges Fauchen und Brodeln. „Sind das heiße-Quellen?“ fragte Severin, angestrengt lauschend. „Schon möglich. Lass uns nachsehen.“ Die Aussicht, dass sich ihr Ziel in greifbarer Nähe befand, verlieh Silvermoon und Severin neue Kräfte und so trabten sie immer schneller den Hang hinauf. Als sich die Bäume lichteten, bot sich den beiden Wölfen ein atemberaubender Anblick. Auf einer weitläufigen Lichtung reihte sich ein Teich an den anderen. Die Ränder der runden Wasserbecken waren schwefelig gelb oder ockerbraun und je mehr man in die Mitte sah, umso blauer wurde das Wasser. Anfangs war es noch strahlend türkis, dann immer dunkler, bis die Mitte der Teiche in tiefem Dunkelblau leuchteten. Ein merkwürdiger Geruch lag in der Luft. Eine Mischung aus Schwefel, Algen und Erde. In manchen der Teiche stiegen Luftblasen auf, die an der Wasseroberfläche hörbar zerplatzten. Ohne Vorwarnung spürten die Wölfe, wie der Boden unter ihren Läufen zu beben anfing. Severin verkroch sich ängstlich unter Silvermoons Bauch. Plötzlich schoss unter ohrenbetäubendem Donnern ein Strahl kochend heißes Wasser aus einem der mittleren Teiche. Nach einigen Sekunden war der Spuk schon wieder vorbei. „In dem Teich sollten wir Sevala auf keinen Fall desinfizieren", sagte Severin. . „Du bleibst hier, Severin, und rührst dich nicht von der Stelle. Geh auf keinen Fall ans Wasser. Wir wissen nicht, welche Teiche sicher sind, und welche nicht. Lauf auch nicht so viel herum. Dein Duft könnte Raubtiere anlocken, gegen die du dich alleine nicht wehren kannst. Mir ist nicht wohl dabei, dich hier so alleine zu lassen, aber ich bin schneller, wenn ich ohne dich zurück laufe und die anderen hole." Mit diesen Worten drehte sich der gewaltige graue Wolf um und jagte davon. So schnell er konnte, durchquerte er den verwüsteten Wald. Diesmal nahm Silvermoon sich nicht die Zeit, unter den Bäumen hindurch zu kriechen, sondern setzte mit gewaltigen Sprüngen darüber hinweg. Der abschüssige Boden ließ ihn immer schneller werden und die Sorge um die kranke Sevala und den einsam zurückgelassenen Severin verlieh im Flügel. So brauchte er für den Rückweg nur knapp die Hälfte der Zeit wie für den Hinweg. Seine Lungen fühlten sich an, als müssten sie zerreißen und seine Muskeln brannten wie flüssiges Feuer. Er hoffte nur, dass es für Sevala noch nicht zu spät war. Heftig keuchend erreichte er die Nothöhle. „Wie geht es ihr?" „Noch lebt sie, aber sie hat hohes Fieber und ist nicht ansprechbar." „Übersteht sie einen Transport zu einer heißen Quelle?" „ Ihr habt also tatsächlich eine gefunden?" Noel wunderte sich über den doch recht schnellen Erfolg. „Ja, aber recht weit von hier und in schwierigem Gelände. Sollen wir es riskieren?" „Wir haben nichts mehr zu verlieren", entschied Noel mit einem Blick auf das zitternde Häufchen

Elend, das vor zwei Tagen noch die lebhafte Sevala gewesen war. „Also dann, nichts wie los!“ Um den Rest des Rudels zusammenzutrommeln, setzte Silvermoon ein lautes Heulen an. Wenig später erschienen Anjuna und Laskan vor der Nothöhle. Silvermoons Herz tat einen kleinen Sprung, als er Anjuna sah. Schnell teilten sie den anderen mit, was sie beschlossen hatten, und machten sich dann gemeinsam auf den Weg. Silvermoon trug behutsam das verletzte Wolfsbaby. Für diese Strecke, die Silvermoon an diesem Tag bereits zum dritten Mal zurücklegte, brauchten sie mehr Zeit, als ihnen lieb war, denn Sevala musste zwischendurch immer wieder ein wenig ruhig liegen, um sich zu erholen. Als sie endlich den letzten Teil des Weges zurückgelegt hatten, kam ihnen Severin entgegengestürmt. „In den großen ovalen Teich da vorne können wir Anjuna rein tun. Das Wasser ist nicht sehr heiß und dieser Teich bricht auch nicht aus. Das machen nur die beiden großen da in der Mitte, der rechts viel öfter als der links. Und da hinten bei den Felsen, da ist eine Höhle. Ich habe schon trockenes Gras rein gemacht. Sie ist etwas klein, aber Noel und Sevala passen schon rein.“ „Habe ich dir nicht gesagt, du sollst ruhig sitzen bleiben?“, unterbrach Silvermoon den Redefluss des Wolfsjungen. Wirklich böse war er aber nicht, denn Severins Informationen halfen, wertvolle Zeit zu sparen. Wenn er allerdings daran dachte, in welche Gefahr sich das Wolfsbaby gebracht hatte, dann wurde ihm noch nachträglich schlecht. Aber nun galt es erst mal, Sevala zu versorgen. Noel prüfte mit der Pfote die Temperatur des von Severin als gut befundenen Teiches. Das Wasser war genau richtig. Sanft legten sie Sevala komplett in den Uferschlamm. Anjuna war dafür zuständig, dass der kleine Kopf nicht versehentlich unter Wasser geraten konnte. Sevala schien die Behandlung zu genießen, denn sie hörte auf zu zittern und stöhnte auch nicht mehr. Nach einer halben Stunde zog Silvermoon sie am Nackenfell aus dem Teich. Anjuna und Noel begannen sofort, das nasse Bündel trocken zu lecken und trugen es dann in die Höhle. Als sich die Dunkelheit über die Lichtung zu senken begann, wiederholten die Wölfe das Bad. Die ganzen Nacht wechselten sie sich ab mit, baden, trocken lecken und ausruhen lassen. Severin war fest entschlossen, wach zu bleiben und zu helfen, aber irgendwann, als der fahle Mond hoch am Himmel stand, übermannte die Müdigkeit den Wolfswelpen und er fiel in einen tiefen, traumlosen Schlaf. Das Erste, was Severin früh am nächsten Morgen hörte, war Sevalas Stimme: „Ich habe so Hunger. Kann ich was zu essen haben?“ „Ich will schlafen, such dir doch selber was“, grummelte Severin im Halbschlaf und drehte sich auf die andere Seite. Dann wurde er schlagartig wach. „Sevala! Du lebst!“ Überglücklich leckte und knuddelte er seine Schwester, die sich nur matt zu wehren versuchte. Angelockt durch den Lärm kamen die anderen Rudelmitglieder herbei. Anjuna hatte heute Morgen ein Kaninchen gefangen und würgte nun halb verdaute Fleischstücke hervor, die Sevala mit sichtlichem Appetit verschlang. Noel war hingegen ganz still vor Glück und Rührung, und auch vor Trauer, denn ihrer Schwester hatte vor vielen Jahren niemand helfen können.

Zuwachs

Sevala war natürlich noch sehr schwach und musste die Zeit, die sie nicht in der Quelle verbrachte, in der Höhle bleiben und sich gesund schlafen. Das Wichtigste war, dass ihr Körper die Entzündung in ihrer Pfote besiegt hatte, nun galt es, neue Kraft zu sammeln. Neben Anjuna hatten jetzt auch Laskan und Silvermoon immer öfter Erfolg bei der Jagd auf kleinere Tiere und so musste die Kranke nicht hungern. Silvermoon nutzte die Quellen ebenfalls gerne zum Baden. Seine Muskeln hatten ihm den Tag, an dem sie Sevala hergebracht hatten, übel genommen und schmerzten heftig, also hatte er es auch einmal mit Baden probiert. Als er bemerkte, wie wohltuend die Wärme wirkte, machte er es sich zu Gewohnheit, mindestens einmal täglich ins Wasser zu gehen. Die Wölfe verbrachten ein paar schöne, sorgenfreie Wochen bei den heißen Quellen. Bis sie eines Tages bemerkten, dass sie nicht alleine waren. Es fing damit an, dass die Reste der Beutetiere verschwanden. Obwohl es sich nur noch um Fell und Knochen, also eigentlich nichts Essbares handelte, verschwand der Abfall einfach. Da dafür aber auch kleinere Tiere wie Füchse oder Marder in Frage kamen, versetzte diese Tatsache das Rudel noch nicht in Alarmbereitschaft. Erst als Anjuna auf eine Fährte stieß, die eindeutig nach Raubtier roch, machte sich Nervosität breit. „Wir müssen herausfinden, um was für ein Tier es sich handelt. Und ob es wirklich nur eines ist. Haltet beim Jagen immer die Augen auf, achtet auf Spuren. Severin und Sevala sollten sich auf keinen Fall weiter als auf Rufweite von der Höhle entfernen.“ Noel hatte, wie immer in kritischen Situationen, die Initiative ergriffen. Aber auch die vermehrte Aufmerksamkeit des Rudels brachte keine Aufklärung. Silvermoon bekam zwar ab und zu eine fremde Witterung in die Nase, aber nie genug, um bestimmen zu können, zu wem oder was sie gehörte. Er trabte gerade gemeinsam mit Laskan durch einen Birkenhain, als er zum ersten Mal einen eindeutigen Beweis für die Anwesenheit eines fremden Raubtieres entdeckte. Auf dem tagsüber aufgetauten, dann aber wieder gefrorenen Waldboden fanden sich Pfotenabdrücke. „Sieh mal, dort“, sagte Silvermoon zu dem Husky. „Was meinst du, von welchem Tier die stammen?“ Laskan schnüffelte aufgeregt an den Ab-drücken. Sie waren kleiner als die der Rudelmitglieder. Fast so klein wie seine eigenen. Sollte hier tatsächlich noch ein wilder Hund leben? Mittlerweile mochte Laskan die Wölfe zwar sehr gerne, aber er fühlte sich doch manchmal einsam und unverstanden. Außerdem litt er darunter, dass er körperlich weniger leistungsfähig war als die gewaltigen Raubtiere. Selbst die zierliche Anjuna war um einiges stärker als er. Wie schön wäre es, wenn diese Fährte zu einer Hündin gehören würde, die sich über Laskan als Beschützer und Gefährten freuen würde. Hör auf zu träumen!, rief er sich in Gedanken zur Ordnung. Der Abdruck ist zu groß für einen Hund. Es wird sich um einen jungen Wolf handeln. Den letzten Gedanken teilte er Silvermoon mit. „Ja, da könntest du Recht haben. Ich hoffe, er ist alleine unterwegs. Ich möchte mich nicht gerne mit einem ganzen Rudel anlegen“ Die beiden kehrten von ihrem Streifzug zurück und berichteten den anderen Wölfen von ihrer Entdeckung. Es wurde beschlossen, dass in Zukunft immer einer von ihnen nachts vor der Höhle Wache halten sollte. Zusätzlich stellten sie eine Falle in Form eines halben Kaninchens, in der Hoffnung, wenigstens einen Blick auf den seltsamen Wolf werfen zu können, der sich scheinbar von ihren Abfällen ernährte, statt selber zu jagen. Und so legten sich Silvermoon und Laskan gemeinsam auf die Lauer. Die Nächte waren jetzt bitterkalt, mit Minusgraden im zweistelligen Bereich unter Null. Nur ergiebige Schneefälle waren bislang ausgeblieben. Am Himmel leuchteten unzählige Sterne wie kleine Eissplitter und der große Vollmond tauchte den Wald in gespenstisches, fahles Licht. Silvermoon und Laskan lagen im tiefschwarzen Schlagschatten einer mächtigen Weißfichte und beobachteten das tote Kaninchen. Laskan wollte gerade die Schnauze auf die Vorderpfoten legen und dösen, als sich ein grauer Schemen aus dem Gebüsch löste und auf das Fleisch zuschlich. „Jetzt!“, befahl Silvermoon, und sie schnellten hoch und schossen auf das Tier zu. Pfeilschnell warf es sich herum und suchte sein Heil in der Flucht. Wie von Sinnen raste das graue Geschöpf in den Wald. Der ausdauernde Silvermoon schaffte es jedoch, seinen Vorsprung zum Schmelzen zu bringen. Beharrlich holte er auf und als er nahe genug heran war, stieß er sich kraftvoll ab, sprang und riss das graue Etwas zu Boden. Als Laskan heran war, rappelte sich Silvermoon gerade wieder auf und stemmte die Vorderpfoten auf einen zierlichen Wolf, der auf dem Boden lag und wütend zappelte. „Hey, lass mich gefälligst los, du grober Klotz!“, fluchte der Graue, oder besser: Die Graue, denn die Stimme war eindeutig weiblich. „Okay, ich lass dich aufstehen, wenn du versprichst, nicht sofort wegzulaufen, sondern erst mal ein paar Fragen zu beantworten“ „Ist ja schon gut, alles, was du willst, aber geh von mir runter!“ Silvermoon trat zur Seite und ließ die Wölfin aufstehen. Laskan hielt unwillkürlich die Luft an: Diese Wölfin war das Schönste, was er je gesehen hatte. Sie war hochbeinig und grazil. Laskan fand nichts, womit er sie hätte vergleichen können. Anjuna war auch zierlich, aber dabei hart und drahtig, ein gefährliches Raubtier. Diese Wölfin wirkte auf anmutige Art zerbrechlich und feingliedrig. Silvermoon schien weniger beeindruckt: „Wer bist du, und warum frisst du unsere Abfälle?“ Wie konnte er nur so grob sein, dachte Laskan. „Ich heiße Talissa. Tut mir leid, wenn ich euch beunruhigt habe, aber ich hatte solchen Hunger und da dachte ich, es macht euch nichts aus, wenn ich das fresse, was ihr übrig lasst. Bitte tötet mich nicht, ich verspreche, sofort von hier zu verschwinden!“ Silvermoon war verwirrt: „Wieso, um alles in der Welt, sollten wir dich töten? Bist du denn alleine? Wo ist denn dein Rudel?

Ach so, ich heiße Silvermoon, und das ist Laskan“, holte Silvermoon eine höfliche Vorstellung nach. „Hallo, ihr beiden. Ich habe kein Rudel, jedenfalls nicht mehr. Ich hatte eines, aber ich habe es nicht ausgehalten. Ich war der Omegawolf. Das heißt, während die anderen jagen waren, habe ich auf die Jungen aufgepasst Wenn die anderen Wölfe zurückkamen, haben die Jungen und sie selber gefressen und ich habe bekommen, was übrig blieb. Glaubt mir, dagegen waren eure Reste ein wahres Festessen.“ Talissa stockte. „Außerdem waren die anderen so gemein zu mir. Sie sagten immer, ich sei nur ein kleines, nutzloses Stück Dreck und könnte froh sein, dass sie mich durchfüttern würden. Aik und Anna hassten mich.“ „Aik und Anna?“, fragte Silvermoon nach.

„Ja, der Alphawolf und sein Weibchen“ „Aha, verstehe, und da bist du einfach davongelaufen?“ Talissa ließ den Kopf hängen. „Ja!“ „Ich würde sagen, du kommst mit zu unserer Höhle und lernst die anderen kennen, dann sehen wir weiter“, entschied Silvermoon. Und so machten sich die drei auf. Laskan richtete es so ein, dass er neben Talissa trabte. Gerne hätte er irgendetwas zu der Wölfin gesagt, etwas Aufmunterndes oder etwas Lustiges, irgendwas. Aber ihm fiel nichts ein, so sehr er sich auch das Gehirn zermarterte. Nachdem Talissa den anderen Rudelmitgliedern vorgestellt worden war, legten sich alle wieder schlafen. Laskan rollte sich neben Talissa zusammen. Er konnte ihren Duft in der Nase und ihr seidiges Fell an seinen Pfoten spüren. Er lag noch lange wach. Am frühen Morgen trat wieder der Wolfskriesenrat zusammen. „Ich bin der Meinung, dass uns ein erwachsener, freiheitserfahrener Wolf nur nützlich sein kann“, teilte Noel ihre Gedanken mit. „Ich denke auch, dass Talissa bei uns bleiben sollte. Bislang hat sie zwar nie gejagt, aber dass man das lernen kann, haben wir ja alle selber erlebt“, stimmte auch Silvermoon für das neue Rudelmitglied. „Wir finden Talissa cool“, sprach Sevala für die beiden Wolfsjungen. „Ich finde auch, dass sie bei uns bleiben soll.“ Seit Talissa da war, war Laskan ungewöhnlich schweigsam und wirkte irgendwie abwesend. Nun sahen alle Anjuna erwartungsvoll an. Laskan hielt die Aufnahme Talissas nur noch für eine Formsache, umso erstaunter war er, als die Wölfin nach längerem Schweigen meinte: „Und was, wenn sie nicht jagen lernt? Dann haben wir noch ein hungriges Maul mehr zu stopfen. Wer weiß, warum sie in ihrem alten Rudel gehasst wurde? Vielleicht hat sie ja irgendetwas getan, was den andern Grund dazu gab und was sie uns verschweigt, Wir wissen überhaupt nichts von ihr und ihr wollt ihr jetzt schon völlig vertrauen? Ich bin dagegen, dass sie sich uns anschließt!“ Es entstand eine peinliche Pause, in der Talissa niedergeschlagen zu Boden starrte und alle anderen sich ratlos ansahen.

„Hättet ihr damals abgestimmt, ob ich mit euch kommen darf, dann hättet ihr mich garantiert auch nicht haben wollen. Schlimmer als ein menschenliebender Haushund kann Talissa doch eigentlich nicht sein, oder?“ Silvermoon sah den Husky erstaunt an. Noch nie hatte er erlebt, dass er sich so energisch für einen anderen einsetzte oder gar sich selber schlecht machte. Es geschehen wirklich noch Wunder dachte er bei sich. „Ich finde, Laskan hat Recht. Damals hätte ich ihn am liebsten zerfleischt und nun bin ich doch ganz froh, dass wir ihn haben“, sagte Noel, „Außerdem bist du sowieso schon überstimmt, Anjuna. Also: willkommen beim Freilandrudel, Talissa“ Es war das erste Mal, dass der Begriff „Freilandrudel“ gefallen war, doch er gefiel den Wölfen und so beschlossen sie, ihn zu behalten. Talissa wirkte verlegen. „Vielen Dank, dass ich bei euch bleiben darf. Ich verspreche, mich so nützlich wie möglich zu machen. Ich werde sicher schnell lernen, wie man jagt.“ Was für wunderschöne, tiefblaue Augen sie hat, dachte Laskan. Tänzerisch erhob sich Talissa und fragte : „Wo soll ich anfangen, mich nützlich zu machen?“ „Im Bach, bei dich ertränken“, knurrte Anjuna, aber das hörte nur Laskan. Alle anderen waren schon damit beschäftigt, Talissa in die Regeln des Rudels einzuweihen. So bemerkte auch niemand, wie sich Anjuna wegdrehte und alleine in den Wald trottete. Die braune Wölfin konnte selber nicht mit Bestimmtheit sagen, was mit ihr los war. Sie wusste nur, dass sie eine heftige Abneigung gegen Talissa verspürte. Die feingliedrige, blauäugige Wölfin hatte so etwas Zartes, Einnehmendes an sich. Ganz anders als sie selber. Anjuna war nie sehr redegewandt gewesen, auch war sie zwar zart gebaut, aber durch und durch bemuskelt und sehnig. Ihr fiel kein Grund ein, warum Silvermoon sich lieber mit ihr abgeben sollte, als mit Talissa. Und Silvermoon war, außer Noel natürlich, der einzige Wolf, der sie jemals gemocht hatte. In solch trübe Gedanken verloren, drehte Anjuna eine Runde durch den Wald, ohne überhaupt zu bemerken, wohin sie lief. Dicke Schneeflocken begannen zu fallen und es wurde merklich wärmer, wie immer, wenn es zu schneien beginnt. Bald waren alle Bäume und Sträucher von einer flaumigen, weißen Schicht überzogen. Da Anjuna befürchtete, sich im verschneiten Wald zu verlaufen, kehrte sie zur Höhle zurück. Was sie dort sah, verursachte ihr heftige Übelkeit. Silvermoon brachte Talissa gerade ein frisch gefangenes Kaninchen. Glücklich strahlte die graue Wölfin ihn darauf hin mit ihren blauen Augen an. Anjuna fühlte sich, als würde ihr Herz in zwei Stücke brechen. Niemals hatte Silvermoon ihr etwas zu fressen gebracht. Die Tatsache, dass sie selber eine viel bessere Jägerin war als der riesige, graue Wolfsrüde, ließ sie dabei leider außer Acht.

Silvermoon war froh, dass Laskan heute so viel Jagderfolg hatte. Schon das zweite Kaninchen hatte er zum Wolfslager gebracht und war sofort wieder losgeflitzt. Das erste Kaninchen hatte Silvermoon Severin und Sevala gebracht, das zweite der neuen Wölfin Talissa. Innerlich fragte sich Silvermoon, ob

Anjuna nicht vielleicht Recht hatte, damit, dass es einfach zu früh war, das völlig unbekannte Wolfsmädchen fest in das Rudel aufzunehmen. Aber was hätten sie tun sollen? Alleine war Talissa dem sicheren Tod geweiht. Es wurde Winter, und die junge Wölfin konnte nicht jagen. Außerdem wurde er das Gefühl nicht los, dass Laskan Talissa besonders gut leiden konnte. Und eine Gefährtin war dem Husky wirklich zu wünschen. Silvermoon hätte auch nicht ohne Anjuna sein mögen. Anjuna. Wo steckte sie eigentlich? Seit der Abstimmung am Morgen hatte er sie nicht mehr gesehen. Und nun schneite es auch noch ziemlich heftig. Anjuna ist das perfekte Raubtier, ihre Instinkte sind besser als die von allen anderen Rudelmitgliedern zusammen, beruhigte er sich, sie wird sich sicher nicht verlaufen. Dennoch begann Silvermoon nach der schokoladenbraunen Wölfin Ausschau zu halten. Umso dankbarer war er , als er sie bei Severin und Sevala fand. Sie brachte den kleinen Wölfen gerade Fährtenlesen bei, also wollte Silvermoon sie nicht weiter stören.

Der Kampf

In den nächsten Tagen schneite es ununterbrochen weiter. Das Jagen in dem hohen Neuschnee war mühseliger, als es die Wölfe gewohnt waren, und so verlief Talissas Jagdunterricht recht schleppend. Anjuna war so gereizt und schweigsam, wie Silvermoon sie noch nie erlebt hatte. Dann ereignete sich etwas, was ihn die schlechte Stimmung im Rudel vorerst vergessen ließ. Es tauchten wieder Spuren auf. Riesige Spuren von vielen Wölfen. Nachdem Talissa ausgiebig daran geschnüffelt hatte, bestätigte sie den Verdacht, den alle schon insgeheim hegten. „Aiks Rudel. Ich kenne den Geruch ganz genau. Es wundert mich auch nicht, dass er hier auftaucht. Im Sommer sind wir immer an der östlichen Reviergrenze gewesen, im Winter immer hier in der Gegend. Ich fürchte, eure Höhle liegt noch auf Aiks Land. Und jagen tun wir auch in seinem Revier. Das wird Ärger geben. Unsere Spuren hat er sicher schon gewittert.“ Anjuna gab selbstverständlich Talissa die Schuld an der Situation „Na toll, nun hat die Kleine ihre ganze Familie angelockt. Hätten wir sie bloß nicht hierbleiben lassen“ Silvermoon war langsam genervt von Anjunas Verhalten. Sie hatten jetzt wirklich wichtigere Probleme, als sich gegenseitig fertigzumachen „Anjuna, hast du nicht zugehört? Das Rudel von Aik scheint jeden Winter hier in der Gegend zu sein. Sie wären also ganz sicher auch ohne Talissa auf uns aufmerksam geworden.“ Anjuna sah sich bestätigt. Es ging schon los, dass Talissa Silvermoon gegen sie aufbrachte. Noel schien Silvermoons Meinung zu sein

„Wir müssen jetzt zusammenhalten. Das gilt auch für dich, Anjuna. Talissa, wie stehen die Chancen, dass Aik uns hier wohnen lässt, wenn wir nur noch weiter nördlich, außerhalb seines Reviers, jagen?“, wand sie sich an die Graue. „Unter Null, fürchte ich. Aik kennt keine Gnade. Er ist riesig groß und schwarz und ich habe ihn schon andere Wölfe, die in sein Revier eindrangen, töten sehen.“ Die Wölfe sahen sich betreten an. Auf einen Kampf mit einem anderen Rudel wollten sie es auf keinen Fall ankommen lassen. Die ehemaligen Zoobewohner wären chancenlos gewesen. „Ich fürchte, wir müssen von hier verschwinden. Das größte Problem, das ich dabei sehe, ist, dass wir im Westen das Meer, im Osten Aiks Rudel und im Süden die Menschen haben. Der einzige Weg, der uns bleibt, führt weiter nach Norden. Über das Bergmassiv.“ Noels Worte machten dem Rudel seine missliche Lage deutlich bewusst. Bislang hatte Silvermoon die Berge nur als großen, blaugrauen Schemen am Horizont wahrgenommen. Jetzt sah er sie zum ersten Mal bewusst an. Die ansteigenden Hügel waren noch mit dichtem Nadelwald bewachsen. Oberhalb der Baumgrenze folgte steppenartiges Grasland, das jetzt unter einer Schneeschicht verschwand und nach und nach in schroffe, nackte Felsen überging, die teilweise so steil waren, dass kein Schnee darauf lag. Silvermoon erschien es als Ding der Unmöglichkeit, jetzt im Winter diese mörderischen Höhen zu überqueren. Aber als Alternativen gab es wohl nur: Erschossen zu werden, von feindlichen Wölfen zerrissen zu werden oder im Ozean zu ertrinken. „Wir sollten morgen in aller Frühe aufbrechen“, sagte Silvermoon in die Stille hinein. Als sie sich gerade wieder zur Höhle wenden wollten, ertönte ein tiefes Grollen aus dem Wald. Silvermoon fuhr herum, um dann, wie vom Donner gerührt, stehen zu bleiben. Vor ihm stand der größte und wahrscheinlich auch hässlichste Wolf, den er sich vorstellen konnte. Ein riesiges, schwarzes Vieh mit zottigem Fell und mit Narben übersät. „So so, da haben wir also die Eindringlinge. Und diese Versagerin von Talissa auch gleich. Ein guter Fang!“ „Wir sind nicht deine Feinde“, versuchte Noel zu beschwichtigen. „Wir wissen erst seit heute, dass wir uns in einem Teil deines Reviers befinden. Gerade eben haben wir beschlossen, es morgen früh zu verlassen“ Der schwarze Aik ließ ein grausames Kichern hören „Morgen wollt ihr es verlassen, wie rührend! Ihr werdet es heute schon verlassen, und zwar nicht nur mein Revier, sondern die ganze Welt werdet ihr verlassen. Schnappt sie euch, Brüder!" Silvermoon hatte so etwas kommen sehen und vorsorglich Sevala am Nackenfell gepackt. Anjuna trug Severin in der Schnauze. Als Aik den Angriffsbefehl gab, konnten die Zoowölfe deshalb unverzüglich die Flucht antreten. Silvermoon hörte hinter sich die Pfoten eines verfilzten, schmutzig-gelben Wolfs, der es scheinbar auf ihn abgesehen hatte. Anjuna wurde gleich von zwei Verfolgern bedrängt, aber es handelte sich um Jungwölfe, die sie loswurde, indem sie Severin kurz in den weichen Schnee fallen ließ und dem einen Verfolger herzhaft in die Vorderläufe biss. Auf diese Art hatte sie sich auch damals des Jagdhundes entledigt. Mit schrillem Quietschen blieb der Jungwolf liegen. Sein Gefährte stand ratlos daneben und traute sich nicht, die Verfolgung wieder aufzunehmen. Noel, Talissa und Laskan rasten dicht vor Silvermoon und Anjuna über den gefrorenen Waldboden. Silvermoon hätte Talissa gerne gefragt, wo sich Aiks Reviergrenze befand, aber weil er Sevala in der Schnauze hatte und dadurch, dass er alle verfügbare Luft zum Rennen brauchte, ließ er es. Zudem befürchtete er, dass Aiks Rudel sie auch über die Reviergrenze hinaus jagen würde. Also konzentrierte er sich darauf, so schnell wie möglich zu laufen. Sie befanden sich jetzt in Gelände, das sie bislang noch nicht erkundet hatten, der Wald wurde lichter und es ging leicht bergab. Gute Bedingungen, um schnell voranzukommen. Leider auch für die Angreifer. Silvermoon konnte immer noch den keuchenden Atem der fremden Wölfe hinter sich hören. Auf einmal spürte er einen stechenden Schmerz im linken Hinterlauf. Als er sich umdrehte, sah er Aik, der sich in ihn verbissen hatte. Sevala wurde davo geschleudert. Aus den Augenwinkeln sah Silvermoon, wie das kleine Wolfsmädchen sich augenblicklich aufrappelte und alleine weiterraste. Er hoffte nur, dass sie es schaffte, denn er konnte sich nicht um sie kümmern. Wütend setzte er zum Gegenangriff an. Er riss seinen Fuß los und versuchte, Aik in die Kehle zu beißen. Die beiden Raubtiere umkreisten sich mit gesträubtem Nackenfell. Silvermoon ließ ein kehliges Knurren ertönen. Aik starrte ihn aus kalt taxierenden Augen an. Dann sprang er ab. Durch die Wucht des Aufpralls wurden die beiden mächtigen Wölfe zu Boden gerissen. Ineinander verbissen rollten sie durch den Schnee. Aik war viel kräftiger als Silvermoon, das wurde schnell klar. Wenn er überleben wollte, musste sich Silvermoon etwas einfallen lassen. Blitzschnell zog er den Kopf ein und schnappte nach Aiks Bauch. Er bekam ein Stück weiches Fleisch zu fassen und zerrte ruckartig daran. Aik jaulte schrill auf vor Schmerz und ließ von seinem Kontrahenten ab. Silvermoon kam sofort auf die Beine und raste davon. Hinter ein paar Büschen traf er auf das restliche Rudel. „Wir wollten dir helfen, wussten aber nicht, wie!“, rief ihm Anjuna schon von weitem entgegen „Das ist jetzt egal, wir müssen weg hier!“ Gemeinsam stürmten sie weiter. Sie konnten bereits wieder die Schritte der Verfolger hören, als sie einen gewaltigen Fluss erreichten. Die oberste Schicht war schon gefroren, aber darunter brodelte das Wasser noch. Das Eis war rissig und an mehreren Stellen konnte man das schnell fließende Flußwasser sehen. „Da rüber?“, fragte Talissa zweifelnd. „Es ist der einzige Weg. Silvermoon und Anjuna, ihr nehmt die Babys.“, entschied Noel. Wie üblich, schnappte sich Silvermoon die rote Sevala. Vorsichtig setzte er eine Pfote auf das Eis. Es hielt. Als er gerade etwas mutiger wurde, tauchte Aik mit seinem Rudel am Waldrand auf. „Schneller!“, trieb Silvermoon die anderen zu Eile an. So schnell es ging, schlidderten und liefen die Wölfe über das Eis. Aik schien sich nicht sicher, ob es die Verfolgung wert war, sein Leben und das des Rudels zu riskieren. Diese Entscheidung wurde ihm schnell abgenommen, als sich hinter Silvermoon ein sich schnell verbreiternder Riss im Eis auftat. Silvermoon war zwar einerseits erleichtert, dass ihnen das feindliche Rudel nicht mehr folgen konnte, hatte aber nun keine Zeit mehr zu verlieren, wenn er nicht mitsamt Sevala ertrinken wollte. So schnell es auf dem glatten Untergrund möglich war, jagte Silvermoon dem anderen Ufer entgegen. Hinter sich hörte er das gewaltige Bersten und Reißen des brechenden Eises. Als er gerade wieder festen Boden unter den Pfoten spürte, wurde die gesamte Eisfläche unter gewaltigem Getöse auseinander gerissen und als Eisschollen in einander getrieben. Teilweise wurden die Schollen vom Wasser überspült, teilweise meterweit das Ufer hinaufgeschoben. Silvermoon wurde sich bewusst, dass er immer noch in Gefahr war. Er wandte sich von dem beeindruckenden Schauspiel ab, das ihm der Fluss gerade bot, und beeilte sich, die Uferböschung zu erklimmen. Oben angekommen, entließ er Sevala aus seinem Maul und rang einen Moment nach Atem. „Die sind wir los“, meinte er mit spöttischem Blick auf Aiks Wölfe, die böse zu ihnen herüber starrten. „Für den Moment schon, aber heute Nacht kann der Fluss bereits wieder gefrieren, wir sollten also schleunigst weiterlaufen“, dämpfte Noel seine Euphorie.

Über den Pass

Nach einer kurzen Rast setzte das Rudel seinen Weg fort. Der Schnee wurde immer höher und die Wölfe versanken bis zur Brust darin. Um Kraft zu sparen, lief immer einer der erwachsenen Wölfe voraus und die anderen folgten ihm in der entstandenen Spur. Ab und zu wechselten sie die Position, denn der vorderste Wolf war recht schnell erschöpft. Die Nacht verbrachte das Rudel unter den tief hängenden Ästen einer Tanne. Durch den hohen Schnee war so eine recht gemütliche Höhle entstanden. Morgens brachen sie früh auf, um ihren Vorsprung so weit wie möglich auszubauen. Der Weg stieg nun beständig an und die Bäume standen immer weiter auseinander. Es schneite unaufhörlich. Silvermoon bemühte sich, solange er nicht vorne lief, seinen Kopf einfach auszuschalten. Einfach immer weiterzulaufen und nicht auf Müdigkeit und Hunger zu achten. Diesen Abend wurde es schon schwieriger, einen Unterschlupf zu finden und so rollten sie sich im Windschatten niedriger Felsen zusammen. Da alle schlecht geschlafen hatten, brachen sie schon in der Morgendämmerung wieder auf. Der frühe Aufbruch half ihnen, die eisige Kälte loszuwerden, die sich nachts in ihren Gliedern eingenistet hatte. Am Abend des vierten Tages erreichten sie die Baumgrenze. Vor ihnen erstreckte sich eine steil ansteigende Tundralandschaft. Ab und zu war sie mit niedrigen Büschen und windflüchtenden Kiefern bewachsen. Weiter oben ging das Grasland in verschneite Geröllhalden über. „Wir sollten einen Tag hier rasten und versuchen, etwas zu jagen. Ich glaube nicht, dass wir den Aufstieg schaffen, so hungrig und erschöpft, wie wir sind.“ Einerseits trieb es Silvermoon mit aller Macht vorwärts, andererseits war er dankbar über Noels Worte. Verhießen sie doch wenigstens für einen Nacht Ruhe, Schlaf und vielleicht sogar Nahrung. Laskan machte sich zusammen mit Talissa auf die Suche nach einer Höhle, während die anderen gemeinsam jagen gingen. Noel hatte schnell die Fährte eines Steinbocks aufgenommen. Als Silvermoon diese merkwürdige Bergziege erblickte, fühlte er sich an ihre vergebliche Dickhornschafjagd, erinnert. Diesmal stellten sich die Wölfe geschickter an und hatten bald einen fetten Steinbock zur Strecke gebracht. Zusammen schleppten sie ihn zu der Höhle, die Laskan gefunden hatte. „Höhle" war zwar übertrieben für den überhängenden Felsen, aber wenigstens bot er Schutz vor dem eisigen Wind, der hier oben unbarmherzig über die Ebene pfiff. Sie verspeisten den Steinbock, bis nur noch Knochen übrig waren und rollten sich dann, eng an einander gekuschelt zum Schlafen zusammen. Der nächste Morgen begrüßte sie mit blauem Himmel, strahlendem Sonnenschein und Temperaturen weit unter minus zwanzig Grad. „Einen besseren Tag für die Bergüberquerung hätten wir uns nicht wünschen können.", meinte Noel. „Ich habe mich gestern ein wenig umgesehen. Etwas weiter westlich von hier scheint es einen Pass zu geben. Wollen wir über das Bergmassiv hinüberkommen, ist er, wie es aussieht, der einzige Weg. Wir werden sicher nicht an einem Tag die gesamte Strecke schaffen, aber wenn wir zügig laufen, kommen wir heute bis kurz unter den Pass. Morgen überqueren wir ihn. Vorausgesetzt, das Wetter bleibt so." Da sie keine Zeit zu verlieren hatten, machten sie sich sofort auf den Weg. Immer steiler stieg er an und bald hatten sie das Geröllfeld erreicht. Unter dem Schnee sah man die einzelnen Felsbrocken nicht und so kam es, dass immer wieder ein Wolf mit einem Lauf tief zwischen die Steine rutschte. Anjuna fand das Laufen über das Geröllfeld schrecklich. Dabei hatte sie es mit ihrem geringen Körpergewicht und den sehnigen Beinen noch leichter als der schwere Silvermoon oder die langbeinige, aber insgesamt schwächliche Talissa. Gegen Mittag hatte Anjuna das Gefühl, auch beim besten Willen keinen Fuß mehr vor der anderen setzten zu können. Severin, in ihrem Maul, schien

Tonnen zu wiegen und ihre Kehle brannte. Sie ließ das schwarze Wolfskind zu Boden gleiten „Kannst du ein Stück alleine laufen? Ich schaffe es einfach nicht mehr.“ „Klar, mach dir um mich keine Sorgen!“ Severin war in den letzten Wochen gehörig gewachsen und immer vernünftiger geworden. Bald brauchte er gar nicht mehr getragen zu werden. Anjuna fraß ein bisschen Schnee gegen ihren brennenden Durst. Auch die anderen Wölfe hatten angehalten und sich in den Schnee gelegt. Anjuna ließ ihren Blick über das Tal schweifen, weit unten, in dunstiger Ferne, konnte sie den Fluss erkennen, an dem sie Aiks Rudel abgehängt hatten. Als sie sich umdrehte und zum Pass hinauf sah, fühlte sie sich ein wenig mutlos. Wie sollten sie die nackten Felsen bloß überwinden? Wenigstens schien das Wetter zu halten. Hoch oben im unendlichen Blau zog ein Steinadler seine Kreise auf der Suche nach Beute. Nachdem die Wölfe wieder ein wenig zu Kraft gekommen waren, setzten sie ihren Aufstieg fort. Am Nachmittag hatten sie das Geröllfeld überwunden. Jetzt, wo die Sonne hinter den Felsen verschwand, wurde die Kälte gnadenlos. „Heute hat es keinen Sinn mehr, mit der Kletterei zu beginnen. Wir werden schlafen und morgen weiter gehen!“ Niemand widersprach Noel. Eine Höhle brauchten die Wölfe hier nicht zu erwarten, als rollten sie sich wieder im Windschatten eines Felsens zusammen. Anjuna kuschelte ihre Nase tief in Silvermoons weiches Fell. Die Anwesenheit des großen Rüden gab ihr stets ein tröstliches Gefühl von Geborgenheit. Sie schlief nicht gut diese Nacht. Immer wieder träumte sie von Aiks Rudel und davon, dass Silvermoon Talissa im Maul über den Pass trug und sie hier alleine zurückließ. Als die Morgendämmerung einsetzte, war sie heilfroh, dass die Nacht vorbei war. Egal, was ihnen bevorstand, schlimmer als ihre Alpträume konnte es nicht sein, dachte Anjuna. Das Rudel machte sich unverzüglich ans Klettern. Silvermoon ging voraus, auf der Suche nach halbwegs passierbaren Pfaden. Diesmal trug Laskan

Sevala im Maul. Eine Tatsache, die noch vor ein paar Wochen undenkbar gewesen war. Mühsam kämpften sich die Wölfe immer höher, mehrmals rutschte Anjuna ab und konnte nur mit letzter Kraft verhindern, abzustürzen. Verzweifelt klammerte sie sich an der Felswand fest, und kämpfte sich Meter für Meter immer höher. Sie versuchte, mit den Pfoten Halt in Felsspalten zu finden. Immer ein Schritt nach dem anderen. Bloß nicht nachdenken. Das Feuer in den Lungen ignorieren und einfach immer weiter klettern. Ein paar Mal meinte Anjuna vor Erschöpfung erbrechen zu müssen. Auf einem Felsvorsprung, auf den sie nur ganz knapp alle passten, machten sie eine Verschnaufpause. „Ich kann nicht mehr", jammerte Talissa. „Dann kehr doch um!" Anjuna konnte die Gelegenheit, gehässig zu sein, trotz ihrer Erschöpfung nicht ungenutzt vergehen lassen. „Bitte reißt euch zusammen. Hört auf zu jammern, das bringt nämlich gar nichts und hört auf zu stänkern. Das Letzte, was wir jetzt brauchen können, ist ein zerstrittenes Rudel." Noel war sichtlich gereizt. „Seht ihr das da am Himmel? Das sind Sturmwolken. Und sie ziehen direkt auf uns zu. In ein paar Stunden bricht hier die Hölle los. Bis dahin sollten wir den Pass erreicht und einen sicheren Unterschlupf gefunden haben." Die Wolkenfront, die sich auf das Gebirge zubewegte, sah wirklich bedrohlich aus, fand Anjuna. Blaugraue Wolkenberge, an deren Rand es schwefelgelb leuchtete.

Die herannahende Sturmfront machte die Wölfe nervös. So schnell wie möglich setzten sie ihren Weg fort. Anjuna kämpfte mit der immer dünner werdenden Luft. Immer öfter musste sie Severin absetzen und nach Atem ringen. Die Felsen wurden immer steiler und oft hatten die Wölfe keine andere Wahl, als von Felsvorsprung zu Felsvorsprung zu springen, was bei dem eisigen Untergrund und dem immer schärfer gewordenen Wind ein gefährliches Unterfangen war. Einmal rutschte Anjuna ab und hing nur noch mit den Vorderläufen aum Felsen. Unter ihr klaffte ein mehrere hundert Meter tiefer Abgrund. Zum Glück kam ihr Silvermoon sofort zu Hilfe und zerrte die braune Wölfin am Nackenfell hoch. Am Nachmittag brach der Sturm dann mit aller Gewalt los. Das Schneetreiben wurde so dicht, dass es unmöglich wurde, noch weitere Sprünge zu wagen. Jeder Schritt in dieser weißen Hölle konnte der letzte sein. Anjuna fror trotz ihres dicken Winterfells erbärmlich. Sie fühlte sich, als würde ein unsichtbares Tier mit unzähligen spitzen Zähnen in ihren Körper beißen Mit klappernden Zähnen fragte sie Noel: „Wollen wir wirklich weitergehen?“ „Nein“, entschied die weiße Wölfin. „Wir werden einen Platz für die Nacht suchen und darauf hoffen, dass sich der Sturm bis morgen gelegt hat.“ Nur wo sollte das Rudel an der steilen Felswand einen halbwegs sicheren Platz finden? Die Zeit drängte, denn Severin und Sevala waren so erschöpft und ausgekühlt, dass sie fast nicht mehr ansprechbar waren. „Wie wäre es hiermit?“, ertönte Laskans Stimme irgendwo in der weißen Unendlichkeit. Vorsichtig näherte sich das Rudel dem Husky. Er hatte eine Felsspalte gefunden, die scheinbar über einen soliden Boden verfügte. Mühsam zwängten sich alle hinein. Bequem war ihr Unterschlupf auf keinen Fall. An Hinlegen war nicht zu denken. Aber wenigstens waren sie hier vor dem schneidenden Wind sicher und drohten nicht mehr vom Sturm weggerissen und ins Tal geweht zu werden. Anjuna legte ihren Kopf auf Silvermoons Hinterteil, da er direkt vor ihr stand. Severin hatte sich unter ihrem Bauch zusammengerollt. Sie beneidete die Welpen, die klein genug waren, sich auf dem wenigen Platz hinzulegen. Diese Nacht war wohl die Unangenehmste, die das Rudel bislang in der Wildnis verbracht hatte. Trotz des Windschutzes war es eiskalt und durch die unnatürliche Schlafhaltung bekamen die Wölfe kaum Erholung. Am nächsten Morgen hatte der Schneefall glücklicherweise nachgelassen. Auf steifen Beinen quälten sich die Wölfe ins Freie. „Als dann, auf ein Neues. Heute müssen wir über den Pass!“, ermunterte Noel die anderen. Stunde um Stunde arbeiteten sich die Wölfe weiter bergauf. Gegen Mittag, als sie meinten, sie würden vor Erschöpfung einfach sterben, hatten sie den Pass erreicht. „Seht, das dort unten wird unsere neue Heimat!“ Zum ersten Mal konnten sie einen Blick auf die andere Seite des Gebirges werfen. Der Wald im Tal erstreckte sich in weichen Hügeln bis zum Horizont. Keine Straßen, keine Städte, keine Spur von Menschen war zu entdecken. Anjuna seufzte. Wenn sie es doch bloß schon bis ins Tal geschafft hätten. Der Abstieg über die vereisten Felsen würde mindestens genauso gefährlich werden wie der Aufstieg. Vorsichtig tasteten sich die Wölfe voran. Anjuna hatte mehrfach das Gefühl, den Halt zu verlieren. Gegen Mittag hatten sie noch nicht einmal die Hälfte der Felswand überwunden. Anjunas Muskeln schmerzten und ihre Pfoten fühlten sich taub an. „Wir machen eine kleine Pause“, entschied Noel. Alle waren ihr dankbar dafür. In den letzten paar Tagen hatten die Wölfe die Grenzen ihrer Kraft erreicht. Nachdem sie ein wenig gedöst hatten, kämpften sie sich weiter bergab. Anjuna taumelte mehr, als sie lief, als sie endlich das Geröllfeld erreicht hatten, das der Felswand vorgelagert war.

Sie ließ sich einfach in den weichen Schnee fallen und schloss die Augen. Keinen Meter bewege ich mich mehr, und wenn ich hier festfriere, ging ihr durch den müden Kopf. Da die anderen Wölfe auch nicht frischer waren, suchten sie sich wieder eine Schlafstelle hinter ein paar Felsen. „Das Schlimmste haben wir hoffentlich geschafft“, dachte Noel beim Einschlafen.

Die Lawine und Anjunas Zweifel

Der Morgen empfing die Wölfe mit dichtem Nebel und erstaunlicher Wärme. „Oh schön, endlich ist es nicht mehr so kalt!“, freute sich Sevala. „Das ist leider gar nicht schön. Die Lawinengefahr steigt durch die Wärme.“, dämpfte Noel die Freude des Wolfskindes. Und als hätten es ihre Worte heraufbeschworen löste sich etwas weiter westlich ein gewaltiges Schneebrett und donnerte zu Tal, wobei es immer mehr Schneemassen mit sich riss. Erstaunt sah Sevala der Lawine hinterher. „Und was passiert, wenn uns so eine Lawine erwischt?“, fragte sie mit großen Augen. „Darüber möchte ich lieber nicht nachdenken. So was ist jedenfalls sehr gefährlich. Lauft so vorsichtig, wie es geht, macht keine lauten Geräusche und bleibt immer in der Spur des ersten Wolfs.“ Langsam machten sich die Wölfe an den weiteren Abstieg. Wenigstens konnten die kleinen Wölfchen wieder selber laufen, denn auf diesem Geröllfeld waren die Steine nicht so groß, als dass sie hätten dazwischen rutschen können. Als sie endlich das Ende des Geröllfeldes erreicht hatten, ging ein erleichtertes Aufatmen durch das Rudel. Noel ließ sich auf die Hinterläufe nieder und wollte sich gerade ein wenig erholten, als der Untergrund unter ihr in Bewegung geriet. Die weiße Wölfin versuchte noch, sich zur Seite zu werfen, aber sie wurde mitsamt der Schneescholle, auf der sie saß, fortgerissen. Immer mehr Schnee donnerte zu Tal. Verzweifelt ruderte Noel mit den Beinen und mühte sich, an der Oberfläche der eisigen Masse zu bleiben. Solange die Lawine über das Grasland, welches an die Geröllfläche anschloss, hinweg tobte, gelang ihr das auch ganz gut. Erst als sie die ersten Bäume erreichte, geschah das Unglück. Noel wurde mit der Flanke gegen einen mächtigen Baumstamm geschleudert und verlor das Bewusstsein. Wenig später kam die Lawine zum Stillstand. Von der weißen Wölfin war nichts zu sehen. Das Rudel hatte sofort die Verfolgung aufgenommen. Mehr rutschend als wirklich laufend folgten sie der Lawine abwärts. Silvermoon sorgte sich um die alte Wölfin. Wenn sie erst einmal unter die Schneemassen geriet, würde ihr Sauerstoff noch höchstens ein paar Minuten reichen. Es war also höchste Eile geboten. Silvermoon rannte bis zur Erschöpfung, aber er gestattete sich nicht, langsamer zu werden. Immer wieder verlor er den Halt im weichen Schnee und überschlug sich ein paarmal. Ohne inne zu halten, kam er sofort wieder auf die Läufe und jagte weiter. Als das Rudel den Bereich erreichte, wo die Lawine zum Stoppen gekommen war, machte sich Ratlosigkeit breit. Von Noel war keine Spur zu sehen. „Sucht sie! Ihr müsst nach ihr schnüffeln!“ Fieberhaft begannen alle mit der Suche. Laskan ließ seine Nase dicht über dem Boden dahingleiten, Anjuna hatte die Augen geschlossen, so sehr konzentrierte sie sich auf ihren Geruchssinn. Talissa meinte, etwas gerochen zu haben „Hier! Hier irgendwo muss sie sein!“, rief sie den anderen aufgeregt zu. Silvermoon war ihr am nächsten und kam sofort zu ihr gelaufen. Aufmerksam schnüffelte der große Wolfsrüde. „Du hast Recht, der Geruch kommt von da. Los, lasst uns alle hier graben.“ Gehetzt begann das Wolfsrudel, den Schnee mit den Pfoten beiseite zu scharren. Alle hatten denselben Gedanken: „Hoffentlich ist es noch nicht zu spät!“ Talissa buddelte, so schnell sie konnte. Auf einmal fühlte sich der Schnee merkwürdig weich und zottelig an und als sie genauer hinsah, entdeckte sie, dass es sich nicht mehr um Schnee, sondern um weißes Fell handelte, was sie da unter ihren Pfoten hatte. „Ich habe sie, kommt her!“ Ihre Stimme überschlug sich fast vor Aufregung. Nun halfen alle mit, die Wölfin zu befreien. Nachdem sie sie aus ihrer kalten Falle gezogen hatten, legten sie Noel vorsichtig auf die Schneedecke. Die alte Wölfin gab keinen Laut von sich und lag völlig regungslos. „Ist sie tot?“, fragte Severin. Silvermoon beugte sich über Noel und lauschte an ihrer Brust. „Nein, ich höre ihren Herzschlag sie ist sicher stark unterkühlt“

„Ich suche eine Höhle und dann kuscheln wir sie warm", rief Laskan und war im nächsten Moment verschwunden. Wenig später tauchte er wieder auf. „Höhlen gibt es hier nicht, aber tief hängende Tannenzweige. Das kennen wir ja schon." Silvermoon und Laskan zogen Noel so vorsichtig wie möglich in den Schutz einer gewaltigen Tanne. Dicht aneinander gedrängt versuchten sie nun gemeinsam; die Wölfin zu wärmen. Viel Hoffnung hatten sie allerdings nicht. Erst mitten in der Nacht gab Noel ein schwaches Stöhnen von sich. Am anderen Morgen war sie zwar ansprechbar, aber sehr erschöpft. Also beschloss das Rudel, ein paar Tage hier am Rand des Hochlandes zu bleiben. Laskan und Anjuna gingen gemeinsam auf die Jagd und brachten einen gewaltigen Steinbock zur Höhle. Anjuna fühlte sich durch die überstandene Anstrengung und Aufregung immer noch zittrig auf den Beinen. Außerdem ärgerte sie sich über Talissa. Warum hatte ausgerechnet die graue Schönheit Noel finden müssen? Sie wurde doch eh schon von allen geliebt. Anjuna könnte sich sonstwohin beißen vor Wut, dass sie nicht an dieser Stelle gesucht hatte. Aber zu spät ist zu spät, dachte sie verbittert. Nun wurde halt Talissa als Heldin gefeiert. Wenigstens erholte sich Noel schnell. Die alte Wölfin hatte sich außer einer leichten Rippenprellung und einer Unterkühlung keine weiten Verletzungen zugezogen und nach ein paar Tagen Ruhe und viel frischem Steinbockfleisch war sie fast wieder die alte. Und so beschlossen die Wölfe, ihren Weg ins Tal fortzusetzten. Anjuna trabte schweigsam an Silvermoons Seite dahin. Immer tiefer versank die braune Wölfin in ihrem Hass auf Talissa. Die hingegen war völlig ahnungslos und unterhielt sich munter mit Laskan. Sie war das einzige Rudelmitglied, das nie unter Menschen gelebt hatte und wollte nun alles ganz genau wissen. Laskan erklärte und berichtete ausführlich und schien sich sichtlich wohl zu fühlen. Talissas blaue Augen funkelten interessiert und ihr Duft brachte den Huskyrüden fast um den Verstand. So bemerkte er gar nicht, wie sie immer weiter ins Tal kamen. Der Weg fiel nun nicht mehr so steil ab und der Schnee lag längst nicht mehr so hoch wie in den Bergen. Laskan fand Talissas Leben mindestens ebenso spannend wie sie seines und so begann er sie seinerseits auszufragen: „Warum konnte Aiks Rudel dich eigentlich nicht leiden?“ Talissa legte den Kopf schief und sah Laskan erstaunt an. Mit dieser Frage hatte sie nicht gerechnet. „Ich denke, das lag daran, dass Aik nicht mein Vater ist. Er war in meine Mutter verliebt. Doch als er sie für sein Rudel gewonnen hatte, war sie schon trächtig von einem anderen Rüden. Aik hat alle meine Wurfgeschwister getötet, hat mich dann aber übrig gelassen, weil meine Mutter sich so aufgeregt hat. Meine Mutter war auch in Aik verliebt, aber nachdem er ihre Babys ermordet hatte, wollte sie mit ihm nichts mehr zu tun haben. Und mit mir auch nicht“, setzte sie leise hinzu. „ Denn als ich ein paar Wochen alt war, ergab sich für meine Mutter die Gelegenheit zur Flucht. Mich hat sie einfach zurückgelassen. Ich weiß nicht, warum Aik mich überhaupt am Leben ließ Wahrscheinlich, weil ich meiner Mutter so ähnlich sehe. Jedenfalls hatte ich kein sehr schönes Leben bei Aiks Rudel. Immer hat er mir gesagt, dass ich mieser Bastard auf keinen Fall Welpen bekommen dürfte. Ich weiß nicht, was er damit gemeint hat. Immerhin bin ich eine Wölfin“ Laskan musterte Talissa aufmerksam, die langen schlanken Beine, die blauen Augen, die grau melierte Zeichnung ... alles in allem sah die Wölfin eher wie eine Huskyhündin aus. „Bist du dir ganz sicher, dass dein Vater ein Wolf war?“, fragte er vorsichtig. „Was denn sonst? Ein Eichhörnchen vielleicht?“ Talissa schien ihn nicht zu verstehen. „Nein, ganz sicher nicht“, schmunzelte Laskan. „Ich dachte eher, nun ja, an einen Huskyrüden. Wenn du ehrlich bist, siehst du mir doch recht ähnlich.“ „Aber du hast dein ganzes Leben bei den Menschen verbracht, wie solltest du da mein Vater sein?“ Laskan verdrehte die Augen „Nicht ich, aber vielleicht ein anderer Husky.

Von uns gibt es viele, weißt du?“ Endlich verstand Talissa. „Interessanter Gedanke!Über meine Mutter weiß ich schon wenig, über meinen Vater gar nichts. Möglich wäre es, dass sie sich mit einem Husky gepaart hat. Wenn es so wäre, wäre das dann schlimm?“ „Warum sollte es schlimm sein, ein Halb-Husky zu sein? Ich bin schließlich ein Ganz-Husky“ Die beiden kicherten albern. Laskan hatte sich in seinem ganzen Leben noch nie so leicht und unbeschwert gefühlt. Anjuna hingegen warf der fröhlichen Talissa Blicke zu, die hätten töten können. Die graue Wölfin war auf so tänzerische Weise elegant. Viele ihrer unwillkürlichen Bewegungen schienen nur dazu zu dienen, schön auszusehen. Anjuna versuchte, sich auch so zu bewegen, das Schleichende, Zielgerichtete des Raubtieres abzulegen. „Tut dir was weh, Anjuna?“, fragte Sevala. „Wie kommst du darauf?“ „Du läufst zu komisch!“ Nun war Anjuna völlig deprimiert. „Scher dich sonst wohin!“, fauchte sie die kleine Wölfin an. Sevala schlich mit eingezogenem Schwanz beleidigt davon. Silvermoon hatte Anjunas Gereiztheit die letzte Zeit zwar bemerkt, es aber bislang nicht für nötig gehalten, sie darauf anzusprechen. Nun aber reichte es ihm. „Was ist eigentlich los mit dir? Du läufst rum, als hätte dir jemand was getan.“ Das fehlte Anjuna gerade noch. Ausgerechnet Silvermoon, der die ganze Zeit Talissa anhimmelte, fragte sie, ob ihr jemand etwas getan hatte!

„Lass mich in Ruhe!“ Silvermoon zuckte zusammen, ob ihrer harschen Antwort. „Ich lasse dich in Ruhe, wenn du das möchtest. Aber ich bitte dich, die anderen Rudelmitglieder nicht mehr anzuschnauzen. Wir haben immer noch kein eigenes Revier und auch keine warme Höhle. Unsere Lage ist also immer noch alles andere als rosig. Wir können es uns nicht leisten, zerstritten zu sein. Bitte halte dich daran.“ Silvermoon trabte davon und gesellte sich zu Noel. Anjuna blieb alleine und verzweifelt am Ende der Gruppe zurück. Die anderen unterhielten sich beim Laufen und machten einen zuversichtlichen Eindruck. Niemand schien zu bemerken, wie schlecht sich Anjuna fühlte.

Eine neue Freundschaft

Ein paar Tage zogen die Wölfe durch den Wald, immer weiter in das Tal hinein. Sehr zu ihrer Freude trafen sie nirgendwo auf fremde Wolfsspuren. An einem gefrorenen Bach, der im Sommer sicher reißend war, machten sie Rast und berieten sich. „Ich finde, wir sollten hier in der Gegend bleiben. Hier haben wir alles, was wir brauchen. Genügend Wild zum Jagen, Wasser, eine freies Revier und keinen einzigen Menschen weit und breit. Nur eine Höhle fehlt uns noch. Und dabei sollten wir dieses Mal keine Kompromisse machen, denn diese Höhle soll unser Zuhaue werden." Das restliche Rudel war ganz Noels Meinung. Also machten sie sich, immer in Zweiergruppen, auf, eine Höhle zu finden. Laskan lief mit Talissa, Noel mit Severin und Silvermoon mit Sevala. Nur Anjuna trottete alleine und lustlos davon. Was nutzte es, eine schöne Höhle zu finden, wenn Talissa dort auch mit einziehen würde? Sicher würde sie im Frühjahr Welpen von Silvermoon werfen. Dabei wünschte sich doch Anjuna nichts sehnlicher, als selber Welpen von Silvermoon zu bekommen. Gepaart hatten sie sich im letzten Herbst, aber scheinbar erfolglos, den so sehr Anjuna auch in sich hinein horchte, sie konnte keine Anzeichen einer Trächtigkeit entdecken. Und wer wollte schon eine Gefährtin, die keine Jungen bekommen konnte. Völlig in ihre trüben Gedanken versunken, hörte Anjuna plötzlich ein schrilles Jaulen, gefolgt von einem gewaltigen, Furcht erregendem Knurren. So schnell sie konnte, rannte Anjuna in die Richtung, aus der die Geräusche kamen. Sicher war eines der Rudelmitglieder in

Gefahr. Lass es bitte nicht Silvermoon sein, dachte Anjuna. Es war nicht Silvermoon, es war Talissa, die sich ängstlich gegen einen Felsen drängte. Vor ihr stand ein gewaltiger Grizzlybär. Scheinbar war Talissa auf ihrer Suche nach einer Wohnung in die Höhle des Bären eingedrungen und hatte das riesige Raubtier aus seinem Winterschaf geweckt. Der Grizzly richtete sich auf die Hinterbeine auf. Er maß mindestens drei Meter. Panisch winselte Talissa. Sie hatte nie gelernt, sich zu wehren oder rechtzeitig zu fliehen. Der Bär ließ ein markerschütterndes Brüllen hören und stürzte sich auf die graue Wölfin. So sehr Anjuna Talissa auch verabscheute, sie musste ihr helfen. Fieberhaft dachte sie nach. Alleine konnte sie den Bären unmöglich besiegen. Erst mal muss er von Talissa weg, ich muss ihn irgendwie ablenken, dachte Anjuna. Oben auf den Felsen waren vielleicht ein paar kleinere Steine locker. Anjuna zog sich zusammen und schnellte wie eine losgelassene Feder aus dem Stand auf den Felsvorsprung über der Bärenhöhle. Mit aller Kraft warf sie sich gegen den Stein, der am lockersten aussah und ließ ihn direkt hinter dem Bären auf den Boden krachen. Der Bär ließ von Talissa ab und drehte sich mit einer Schnelligkeit um, die man so einem großen Tier nicht zugetraut hätte. Die Plumpheit von Bären täuscht. Nun wollte sich der Grizzly auf Anjuna stürzen. Hoch auf den Felsen war sie zum Glück in Sicherheit vor dem gewaltigen Raubtier. Talissa hingegen schwebte immer noch in Lebensgefahr. Vor Angst war sie bewegungsunfähig. „Lauf weg! Nun mach schon!", brüllte ihr Anjuna zu. Der Grizzly schien sich erst jetzt wieder an Talissa zu erinnern. Er ließ sich auf alle Viere sinken und gab wieder ein ohrenbetäubendes Brüllen von sich. Talissa konnte den stinkenden Atem des Bären riechen. Er erhob die mächtige Pranke, um damit zu einem absolut tödlichen Schlag auszuholen. In dem Moment traf ihn etwas im Nacken. Genau wie Noel vor Wochen den Elch angegriffen hatte, stürzte sich nun Anjuna auf den Bären. Die Tatsache, dass die braune

Wölfin ihr Leben für sie riskierte, riss Anjuna aus ihrer Erstarrung. Sie warf sich zur Seite und entkam so dem Prankenhieb. Anjuna verbiss sich immer fester im zotteligen Fell des Bären. Wie wild schüttelte er sich, um die kleine Angreiferin abzuschütteln. Anjuna fühlte sich, als würden ihr sämtliche Zähne aus dem Kiefer gerissen, aber wenn sie jetzt los ließ, bedeutete das ihren sicheren Tod. Talissa war klar, dass sie irgendetwas tun musste, um Anjuna zu helfen. Nur was? Der Bär musste so lange beschäftigt werden, dass sie beide Gelegenheit zur Flucht bekamen. Hektisch sah sich Talissa um. Der Bär stand direkt über einem umgestürzten Birkenstamm. Wenn Talissa mit aller Kraft auf den Wurzelballen springen würde, müsste der Stamm eigentlich hochschnellen. Und den Bären genau zwischen den Hinterbeinen treffen. Sicher nicht fest genug, um ihm auch nur einen Kratzer zuzufügen, aber doch so spürbar, dass er einen Augenblick von den Wölfen abgelenkt sein würde. Talissa sammelte Kraft und Mut gleichermaßen und sprang auf den Wurzelballen. Beim Aufprall versuchte sie, sich so schwer wie möglich zu machen. Wie geplant schoss der schmale Stamm in die Höhe und klatschte dumpf gegen den Bären. „Lass los und lauf!“, brüllte die graue der braunen Wölfin zu. Anjuna ließ sich das nicht zweimal sagen. Augenblicklich löste sie ihre verkrampfte Kiefermuskulatur und drehte sich noch im Flug herum. Geschickt wie eine Katze landete sie auf ihren Pfoten und sprintete sofort los, Talissa hinterher. Der Bär nahm glücklicherweise nicht die Verfolgung auf, sondern tapste zurück in seine Höhle, um seinen unterbrochenen Winterschlaf fortzusetzten. Völlig außer Atem kamen die Wölfinnen am Treffpunkt des Rudels an. Die anderen staunten nicht schlecht über die Geschichte der beiden. „Wir sollten weiterziehen. Ich möchte nicht in unmittelbarer Nachbarschaft einen schlecht gelaunten Bären wohnen.“, sagte Silvermoon. Also trottete das Rudel weiter. Alle waren enttäuscht, denn diese Gegend hatte den

Wölfen gut gefallen. Talissa trabte neben Anjuna. „Du, Anjuna, ich hab das Gefühl, dass du mich nicht ausstehen kannst.“ So direkt angesprochen, war Anjuna ihr Hass plötzlich peinlich. „Na ja, du bist so viel hübscher als ich. Und alle mögen dich. Silvermoon auch ...“ Talissa war erstaunt. „Silvermoon? Der hat doch nur Augen für dich, merkst du das nicht? Außerdem mag ich ich Laskan viel lieber. Silvermoon ist nett, aber nicht so witzig und charmant wie Laskan.“ Anjuna war überrascht, aber auch beruhigt. „Tut mir leid, dass ich so eklig zu dir war, Rudelschwester. Kannst du mir verzeihen?“ „Na klar!“ Seitdem waren die Wölfinnen unzertrennliche Freundinnen. . Während der nächsten Tage streiften die Wölfe durch das Tal, auf der Suche nach einer schönen Höhle. Nach der Erfahrung mit dem Grizzly hatten sie sich vorgenommen, sehr vorsichtig beim Erkunden unbekannter Höhlen zu sein. Allerdings fanden sie tagelang gar keine. Schlafen konnten sie unter tief hängenden Ästen, aber wirklich zu Ruhe kamen sie auf diese Art nicht. Eines Nachts wollte sich Anjuna noch ein wenig die Füße vertreten, als sie am Nachthimmel etwas Merkwürdiges entdeckte. „Kommt schnell!“, rief sie die anderen, „dort ist etwas Komisches am Himmel!“ Nun krochen auch Noel, Silvermoon und die anderen unter den Ästen hervor. Hoch oben am tiefschwarzen Himmel zogen sich türkisfarbene Schleier dahin. Schnell wechselten sie ihre Form und die Farbe schlug manchmal in eine Art Rosa um. „Was ist das?“, fragte Severin. „Ist das gefährlich?“, fragte Sevala. Erwartungsvoll sahen sie Noel an. Die beiden Wölfchen waren so daran gewöhnt, dass die alte Wölfin auf alles eine Antwort wusste, dass sie richtig erstaunt waren, als statt Noel Talissa antwortete. „Das ist Aurora Borealis, auch Polarlicht genannt. Das ist im Winter völlig normal und nicht gefährlich. Freut euch einfach an dem Anblick.“ Die Wölfe setzten sich in den Schnee und schauten zum Himmel auf. Anjuna kuschelte sich an Silvermoon. „Du warst komisch in den letzten Wochen.

Warum?“, fragte der große, graue Rüde. „Weil ich Angst hatte, dass du dich in Talissa verliebst.“ „Talissa? Wie kommst du denn darauf? Sie ist nett, aber für mich noch viel zu welpenhaft. Sie erinnert mich eher an Sevala als an eine ausgewachsene Wölfin. Ich liebe nur dich, Anjuna, ich dachte, das weißt du.“ Anjunas bernsteinfarbene Augen leuchteten vor Glück. „Jetzt weiß ich es“, sagte sie, und lehnte sich an Silvermoons Schulter. Etwas weiter nördlich saßen Laskan und Talissa beisammen. „Du Talissa ...“ begann Laskan schüchtern. „Ja?“ „hättest du gerne Welpen?“ „Ja.“ „Nächstes Frühjahr?“ „Ja.“ „Mit mir?“ „Ja.“ Und glücklich kuschelte sich auch diese Pärchen aneinander. Noel hatte die beiden Welpen zu ihren Füßen sitzen und schmunzelte über die verliebte Jugend rund um sie herum.

Die neue Heimat

Die nächsten Tage verbrachten die Wölfe mit der Suche nach einer geeigneten Höhle. Es schneite immer mehr und manche Bäume brachten unter der Last. Immer wieder konnte man das mächtige Rauschen hören, wenn eine gewaltige Lärche oder Tanne zu Boden stürzte. Silvermoon war gemeinsam mit Severin auf Kaninchenjagd. Der kleine, schwarze Wolfsrüde sollte jagen lernen. Für die ersten Lektionen waren Kaninchen ideal, weil sie nicht wehrhaft waren. Severin sprang neugierig und aufgeweckt um den grauen Rüden herum, als plötzlich ein trockenes Splittern, gefolgt von lautem Rauschen, erklang. Severin konnte sich gerade noch umdrehen, um zu sehen, wie die Äste einer alten Tanne auf ihn zurasten. Im nächsten Augenblick war er unter dem Baum begraben. Silvermoon fluchte laut und unanständig und begann sofort, den Schnee beiseite zu schieben. Zum Glück hatte er schnell Severins

Köpfchen gefunden und frei gelegt. „Alles noch dran an dir?“, fragte er besorgt. „Ich bin okay, aber ich stecke fest.“ Silvermoon versuchte, Severin auszugraben, aber das verhinderten die Äste. Dann versuchte er an dem Welpen zu ziehen, was aber auch nicht ging, weil er, außer dem Kopf, keinen Körperteil erreichen konnte, an dem er hätte ziehen können. „Bleib ganz ruhig, Kleiner, ich hole die anderen. Gemeinsam bekommen wir dich da schon raus.“ Silvermoon lief los. Severin begann erbärmlich zu frieren, so bewegungslos im Schnee zu stecken war ein beängstigendes Gefühl. In der Ferne konnte er die Geräusche der anderen Waldbewohner hören. Kaninchen huschten über den Schnee, Vögel raschelten in den verschneiten Ästen. Sehr weit entfernt röhrte ein Hirsch. Die Einsamkeit beängstigte Severin und er war froh, als Silvermoon mit dem restlichen Rudel zurückkehrte. „Wer hat eine Idee, wie wir das Baby da raus bekommen.?“ Severin ärgerte sich einen Moment, als „Baby“ bezeichnet zu werden, wurde sich dann aber bewusst, dass er dringendere Probleme hatte. Dieses Mal schien auch Noel ratlos. „Wir müssen den Baum wegziehen, und zwar so, dass der Kleine nicht zerquetscht wird.“, dachte Noel laut. „Wenn wir alle an den Ästen ziehen und die Tanne seitlich wegziehen, dann müsste es gehen.“ Jeder Wolf nahm einen solide aussehenden Ast in die Schnauze und dann zogen alle gleichzeitig daran. Silvermoon mühte sich, den Zug nicht zu schnell aufzubauen, damit der Ast nicht abbrach. Nach und nach stemmte er sich dann mit vollem Körpergewicht gegen den Boden und zerrte so kräftig, wie es ging, an seinem Ast. Millimeter für Millimeter gab der Baum nach und glitt zur Seite. Severin hatte heftig zu strampeln begonnen und kam mit einem Ruck frei. Vom Schwung der eigenen Bewegung getragen, kugelte das Wolfsbaby durch den Schnee. „Das wäre geschaffte“, seufzte Noel erleichtert. Auch wenn dieser Zwischenfall nicht weiter tragisch gewesen war, so zeigte er den Wölfen doch, dass sie nie völlig in Sicherheit waren. Das wilde Leben ist und bleibt nun mal gefährlich. Dem Rudel wurde wieder einmal bewusst, wie dringend sie eine sichere, warme Höhle als Ort zum Ausruhen brauchten. Die Suche ging also mit unverminderter Energie weiter. Anjuna und Talissa liefen nun gerne gemeinsam. „Woran merkt man eigentlich, dass man Babys bekommt?“, fragte Anjuna Talissa. „Ich hatte noch nie welche, ich weiß es also auch nicht. Wieso?“ Anjuna war sich nicht sicher, wie sie das, was in ihr vorging, in Worte fassen sollte. „Ich weiß nicht, ich habe das Gefühl, das etwas in meinem Bauch wächst.“ „Oh, hast du es gut. Ich möchte doch auch so gerne Welpen, aber Laskan und ich haben uns gerade erst gepaart, da kann man noch nicht wissen, ob es geklappt hat.“ Anjuna sah das nicht ganz so entspannt: „Ich bin mir doch noch gar nicht sicher. Außerdem haben wir noch keine Höhle. Wo soll ich denn meine Kinder zur Welt bringen?“ Talissa war optimistisch. „Wir werden eine Höhle finden, glaube mir. Sieh mal, dort vorne, dieser Steilhang sieht gut aus.“ Die Wölfinnen näherten sich dem lehmigen, leicht überhängenden Hang. Ein starkes Wurzelgeflecht von den Bäumen oberhalb hielt die steil abfallende Wand sicher in Form. Anjuna kratzte den Schnee beiseite und suchte nach einem Höhleneingang. Und diesmal schien das Glück mit den Wölfen zu sein, denn durch einen schmalen Spalt konnten sich die Wölfinnen ins Innere einer Höhle zwängen, die wesentlich geräumiger war, als der schmale Eingang hoffen ließ. Zuerst stand man in einer großen Kammer. Groß genug, um ihre üblichen Rudelversammlungen darin abhalten zu können. Dann kam man in einen Gang, der tiefer ins Erdreich hinein führte. Von dort aus zweigten weitere, kleinere Kammern ab. Insgesamt fünf Stück. Die beiden hinteren waren die größten. „Die idealen Wurfhöhlen, findest du nicht?“, fragte Talissa ihre Rudelschwester. „Ja, sieht klasse aus. Welche willst du, rechts oder links?“ „Ich nehme die linke“, entschied Talissa. Nun mussten sie nur noch die anderen Wölfe holen. Schnell flitzte Anjuna los. Silvermoon, Noel, Laskan und die Babys waren begeistert. Jeder Wolf suchte sich seinen künftigen Schlafplatz aus. Anjuna und Silvermoon , Laskan und Talissa und die beiden Welpen Severin und Sevala teilten sich jeweils eine Kammer. Nur Noel genoss es, einen Rückzugsort für sich alleine zu haben. Die nächsten Tage verbrachte das Rudel damit, die nähere Umgebung zu erkunden. Es gab einen Bach mit Trinkwasser in der Nähe und sie fanden reichlich Wildfährten. Sie schafften es, einen gewaltigen Wapiti zu erbeuten und schleppten ihn direkt vor den Höhleneingang. So hatten die Wölfe tagelang genug zu essen. Das Rudel verbrachte einen ruhigen friedlichen Winter in seiner neuen Heimat. Als die Tage länger und die Nächte wärmer wurden, als der Schnee zu tauen begann, bekam Anjuna ihre Welpen. Fünf kleine Bündel mit feinem, weichem Fell kugelten mit geschlossenen Augen übereinander. Das leise, durchdringende Fiepen den Jungtiere war in der gesamten Höhle zu hören. Silvermoon schien fast zu platzen vor Stolz. Drei der Jungen waren Rüden, zwei waren Weibchen. Die Rüden sahen aus wie ihre Mutter und würden später sicher auch schokoladenbraun werden. Die Weibchen kamen nach dem Vater, der erste silbergraue Flaum bildete sich schon auf ihren noch babyhaft stumpfen Schnauzen. Als der Bach auftaute und erste Frühblüher schüchtern die Köpfchen aus der Erde streckten, bekam auch Talissa ihren Nachwuchs. Vier kleine Halb (oder eventuell auch dreiviertel) Huskys erblickten das Licht der Welt. In der Höhle des Freilandrudels herrschte ein ungewöhnlicher Trubel. Neun Welpen gleichzeitig zu versorgen, war schon eine Herausforderung für ein Wolfsrudel. Zum Glück gab es Severin und Sevala, die liebend gerne als Babysitter einsprangen, wenn Talissa und Anjuna auf der Jagd waren. Der kleine Severin war über den Winter kräftig gewachsen, Seine Schnauze wurde länger, genau wie seine Beine. Auch die Brust war breiter geworden. Tragen musste ihn nun niemand mehr. Sevala war noch nicht ganz so weit in ihrer Entwicklung und hatte immer noch etwas bezaubernd Kindliches an sich. Silvermoon war nicht nur auf seinen eigenen Nachwuchs stolz, sondern auf das ganze Freilandrudel, dessen Alphawolf er geworden war. Eigentlich wäre Anjuna die Alphawölfin, aber da Noel so klug und erfahren war, behielt sie diese Position bis an ihr Lebensende. Wenn man in warmen Sommernächten nun durch das Tal unserer Wölfe geht, kann man hin und wieder Silvermoon oder einen seiner Nachkommen, sehnsüchtig und glücklich zugleich, den Mond anheulen hören: „Aaaaaaauuuuuuuuhhhhh!"

Nachwort:

In der Geschichte von Silvermoon und dem Freilandrudel paaren sich eine Husky und ein Wolf. Laskan sagt auch einmal zu Talissa, dass es „nicht so schlimm" ist, wenn sich Wölfe und Huskys paaren. Ich möchte hier nur darauf hinweisen, dass es in der Realität durchaus schlimm ist, wenn sich unsere Haustiere mit wild lebenden Verwandten paaren. So etwas heißt dann „Faunenverfälschung" und kann im schlimmsten Falle zum endgültigen Verschwinden einer Art führen. Aber da die Geschichte von Silvermoon nur erfunden ist, gönnen wir Laskan und Talissa ihr Glück ;)

Silvermoon
Wolf der Taiga

Dorothea Lindhorst

Es war eine kalte und stürmische Nacht, Ende September in der Taiga, die das Nahen des Winters erahnen ließ. Hier in Zentralsibirien bedeckte der Schnee die Erde neun Monate lang. Deshalb war es nicht verwunderlich, dass in der kurzen Zeit des Sommers alle Tiere dafür sorgen mussten, dass ihr Nachwuchs schnell groß wurde und zu Kräften kam, um den nächsten Winter zu überstehen.

Dieser Aufgabe war sich auch das Wolfsrudel bewusst, das seit einigen Jahren durch den majestätisch wirkenden Leitwolf Silvermoon angeführt wurde. Es bestand aus acht erwachsenen Wölfen und Wölfinnen und vier Jungtieren, die im vergangenen Frühjahr das Licht der Welt erblickt hatten. Darunter war Silvermoons eigenes Junges, das fünfte, das er mit seiner langjährigen Wolfsgefährtin groß zog. Er hatte die Führung des Rudels übernommen, als der damalige Leitwolf krank und schwach wurde und dann sehr schnell starb. Silvermoon war sicher nicht der stärkste der drei Wölfe, aber er zeichnete sich durch seine Umsicht und Schlauheit aus, mit der er das Rudel zusammenhielt und gegen Angreifer verteidigte. Er fand die besten Jagdgründe, um die Nahrung für sich und seine Gefährten zu sichern. Auch die Höhlen, die er ausfindig machte, damit der grimmige Winter ihnen nicht so viel anhaben konnte, waren sicher und boten ihnen Schutz während der kalten Jahreszeit. So kam es, dass Silvermoon von allen Rudelmitgliedern als ihr Leitwolf anerkannt wurde. Sein Gang war stolz und aufrecht und jedes Mal, wenn er seine Meute in ein neues

Revier führte, erkundete er vorher allein das Terrain. Er war äußerst vorsichtig und schnüffelte stundenlang herum, um alle Spuren mit seiner sensiblen Nase aufzunehmen, die auf mögliche Störenfriede schließen ließen. So dehnte sich das Revier seines Rudels von Jahr zu Jahr aus, denn in jedem Frühjahr wurden ja auch immer wieder junge Wölfe geboren. Die männlichen Jungtiere verließen das Rudel nach ungefähr eineinhalb Jahren, um ihre eigene Familie zu gründen. Die weiblichen Tiere blieben meistens in der Gruppe und hin und wieder gesellte sich auch aus einem anderen Rudel ein weiteres Tier dazu. So kam immer wieder frisches Blut in die Gemeinschaft.
Silvermoon war mittlerweile sieben Jahre alt und stand in der vollen Blüte seines Wolfslebens. Sein Fell hatte den typischen weiß-grauen Grundton der sibirischen Wölfe und manchmal, wenn abends der Vollmond auf ihn hernieder schien, glänzte sein Fell wie flüssiges Silber, besonders wenn er mit eleganten Bewegungen durch das Unterholz schritt. Er war ~~einfach~~ der geborene Anführer und dieser Aufgabe war er sich voll und ganz bewusst.

Seine Lebenspartnerin Smirna, mit der Silvermoon seit sechs Jahren sein Wolfsleben teilte, war aus einem anderen Rudel zu ihnen gestoßen und hatte ihn von Anfang an verzaubert. Sie war ebenfalls ein stolzes und schönes Tier und stand Silvermoon an Eleganz und Kraft in nichts nach. Auch sie hatte diesen typischen silbrigen Schimmer in ihrem Fell und wenn die beiden nebeneinander standen, spürte man deutlich die Überlegenheit und besondere Ausstrahlung, die von ihnen ausging. Nun hatte Smirna Silvermoon in diesem Sommer mit einem fünften jungen Wolf beglückt. Das Wolfskind aus dem Vorjahr – eine kleine entzückende Wölfin – lebte noch im Rudel und würde sich vermutlich im nächsten Jahr selbst der Familiengründung widmen. Vorerst genoss sie zusammen mit dem kleinen Wolfsbruder das Familienleben, das bei den Wölfen sehr ausgeprägt ist. Wenn es Abend wurde, kuschelten sich die beiden jungen Wölfe in der Höhle an das weiche Bauchfell ihrer Mutter, um sich zu wärmen. Auch wurde das jüngste Wolfskind hin und wieder noch von der Mutter gesäugt, da es noch nicht ganz an die normale Kost der Wölfe angepasst war. Silvermoon saß die meiste Zeit am Eingang, um sofort auf mögliche Gefahren reagieren zu können. Das war zwar eigentlich nicht nötig, aber dennoch hielt er es für seine Pflicht, da er ja schließlich die Verantwortung für die ganze Meute übernommen hatte.

Es schien also alles in bester Ordnung zu sein und so legte sich Silvermoon nach langen Stunden des Beobachtens am Eingang nieder und versuchte mit etwas Schlaf seine Kräfte für den nächsten Tag zu sammeln. Er spürte den Schnee, der sich in dieser Nacht zum ersten Mal in diesem Winter auf die kalte Erde legen und alles Grün am Boden bedecken würde. Das bedeutete, dass es in den nächsten Monaten sehr viel schwerer sein würde, Beute und Nahrung zu finden. Zwar ging immer der größte Teil des Rudels auf die Pirsch – zwei bis drei Wölfinnen blieben in der Regel bei den Jungen – aber dennoch erkundete Silvermoon vorher das Gebiet. So sollte es auch in der nächsten Nacht sein, denn für den morgigen Tag hatten sie noch ausreichend Futtervorräte.

Der Vollmond stand hoch am sternenklaren Himmel und schien direkt in den Höhleneingang auf den Platz, auf dem Silvermoon lag. Er war ein wirklich schöner Wolf, sein Fell glänzte im Mondlicht und Smirna, die kurz die Augen öffnete sah ihn dort liegen und fühlte eine starke Verbundenheit mit ihrem Wolfsgefährten.
Langsam dämmerte der Morgen und die Meute rührte sich. Die jungen Wölfe waren schon wieder sehr lebendig – manchmal

zu lebendig für ihre Eltern – und tobten durch die Höhle. Sie balgten sich auf dem Boden, bissen und rauften sich und wer es nicht besser wissen konnte, würde denken, bei den Spielen ginge es um Leben und Tod. Aber auf diese Weise trainierten die Jungtiere ihre Geschicklichkeit und Wachsamkeit. Die älteren Tiere des Rudels schauten zu und griffen nur gelegentlich ein, wenn die junge Bande es zu toll trieb.

Silvermoon war schon wieder auf den Beinen und schnüffelte neugierig vor der Höhle herum. Nein, es ist alles in Ordnung, dachte er, kein Lebewesen, das uns schaden könnte, ist weit und breit zu erspähen. Also kann ich mich auf den Weg machen und meine Meute hier in der Höhle zurücklassen.

Er kam langsam auf Smirna zu und überzeugte sich, dass mit ihr und den beiden Jungen alles in Ordnung war. Der Blick aus seinen bernsteinfarbenen Augen war voller Zuneigung und Verständnis. Hätte man seinen Wolfskopf nicht gesehen und nur die Augen, hätte man fast an den liebevollen Blick eines menschlichen Familienvaters denken können. Smirna verstand ihn sofort und wusste, dass er sich nun auf den Weg machen würde.

Ein wachsamer Blick von Silvermoon in die große Runde seiner anderen Rudelmitglieder verdeutlichte allen, dass sie nun auf sich gestellt waren und er bald von seiner Pirsch zurück sein würde.

Somit verließ Silvermoon die gut versteckte Höhle, gerade als das erste schwache rote Leuchten erahnen ließ, dass bald der neue Morgen da sein würde. Die Luft war kalt und klar und sein Atem bildete weiße Wölkchen vor seiner halb geöffneten Schnauze. Die Höhle lag auf einer kleinen Anhöhe vor einem dichten Wald und er konnte von hier aus einen großen Teil des

Tales überblicken. Direkt vor der Höhle befand sich ein Felsenvorsprung von ungefähr zwei Metern Durchmesser. Auf der Spitze dieses Felsenvorsprunges stand Silvermoon nun aufrecht und stolz und schaute in die Weite. Zu seiner Rechten stürzte ein kleiner Wasserfall den Berg hinunter und mündete tief unten im Tal in den schmalen Fluss. Die Bäume, Sträucher und die kleineren Bodenpflanzen waren mit einer dünnen Schneedecke bedeckt. „Der erste Schnee“ dachte Silvermoon, „er kommt in diesem Jahr sehr früh. Dann wird es wohl ein kalter, strenger Winter werden.“ Dann machte er sich, seiner Pflicht voll und ganz bewusst, auf den Weg durch das lichte Unterholz und schritt langsam und mit sicheren Schritten den Berg hinunter.

Seine Pfoten hinterließen eine Spur im Schnee, die aber nicht durchgehend zu verfolgen war. Er lief im Zickzack durch den Wald und trat dabei oft auf Stellen, die nicht ganz vom Schnee bedeckt waren. So waren seine Pfotenabdrücke manchmal nicht zu sehen. Diese Eigenschaft hatte Silvermoon in der Jugend von seinem Vater gelernt und sie machte ihn zu einem ausgezeichneten Kundschafter. Seine Rudelmitglieder würden ihn allerdings immer wieder finden, da sie ja als Wölfe über einen ausgezeichneten Geruchssinn verfügten.

Für Menschen konnte es schwierig sein, die Spur aufzunehmen. Das war für ihn in diesem Gebiet sehr wichtig, um seine Sicherheit zu gewährleisten. Nur einige Meilen entfernt gab es eine kleine Siedlung von Bauern, die sich vor vielen Jahrzehnten hier niedergelassen hatten. Die Höfe wurden immer von den gleichen Familien bewirtschaftet und stets an die nächste Generation übergeben. Die Menschen hier hatten kein einfaches Leben. Zum einen war es schwer, dem Boden in der kurzen Vegetationsperiode genügend Ertrag abzuringen. Zum anderen war das Gebiet wenig erschlossen, so dass ein ausgedehnter Handel mit anderen Dörfern nicht möglich war. Es führte eine kleine Straße in die nächste Stadt Nowosibirsk, die aber nur bei trockenem Wetter oder bei starkem Frost mit Pferd und Wagen befahrbar war. Ansonsten versank man dort knietief im Schlamm. Die Menschen wussten, dass in den umliegenden Wäldern einige Rudel Wölfe lebten. Ihre Felle waren in Nowosibirsk beliebt, besonders, wenn die Wölfe im Winter erlegt wurden. Dann waren die Felle besonders dicht und wurden sehr gern zu exklusiven Wintermänteln verarbeitet. Darüber war sich Silvermoon im Klaren, als er allein auf die Pirsch ging. Er wusste, dass er immer und zu jeder Zeit auf Menschen stoßen konnte, die es auf sein Fell abgesehen hatten. Als er noch ein ganz junger Wolf war, musste er erleben, dass sein Vater eines Morgens nicht wieder zum Rudel zurückkehrte. Dieser stand damals in der Blüte seines Wolfslebens und hatte das gleiche silbrige Fell wie heute Silvermoon. Er hatte seinem Sohn nicht nur dieses wunder-schöne Fell und die besonderen Eigenschaften vererbt, sondern auch seinen legendären Namen auf ihn übertragen. Die Legende besagte, dass die Wölfe aus dieser Familie eine Schutzfunktion für die Menschen in dieser Gegend übernehmen würden, wenn sie in Gefahr kommen sollten. Sein Vater hatte vor Jahrzehnten einem Mann das Leben gerettet, der von einem Bären bedroht worden war.

Gleichzeitig hatten die Wölfe aus dieser Familie die Fähigkeit, ihre Gedanken den Menschen mitzuteilen, so dass sie von ihnen verstanden wurden. Das hatte damals auch sein Vater getan, in jener Nacht, als er den Mann vor dem Bären gerettet hatte. Er hatte ihm gesagt, dass ihm nie ein Haar gekrümmt werden dürfe. Nur so lange würde es den Menschen gut gehen und sie würden keine Not leiden. Trotzdem kehrte sein Vater eines Tages nicht wieder zu seiner Familie zurück. Daher war Silvermoon noch aufmerksamer als sonst, als er sich Richtung Tal bewegte. Aber es war die einzige Möglichkeit, in den Wintermonaten für Nahrung zu sorgen.

Also trabte Silvermoon unbeirrt weiter durchs verschneite Unterholz. Im Tal, das wusste er, gab es einige Lichtungen, auf denen er schon häufig Wild gesehen hatte Es ließ sich dort leicht jagen, besonders in den frühen Morgenstunden, wenn die Sonne gerade aufgegangen war. Dann kamen Rehe und Kaninchen auf die Lichtungen, um ihr Futter zu suchen. Da bei einbrechendem Winter auch für diese Tiere die Nahrung immer weniger wurde, mussten sie sich länger dort aufhalten, um satt zu werden und das erhöhte die Jagdchancen für die Wölfe. Und diese Möglichkeit wollte Silvermoon für sich und sein Rudel nutzen.

Silvermoon war am Waldrand vor einer dieser Lichtungen angekommen und er hörte in der Ferne das Rauschen des kleinen Flusses. Da wusste er, dass die einzige Landstraße nicht weit entfernt sein konnte, da sie fast parallel zum Fluss nach Nowosibirsk führte. Nun war besondere Vorsicht geboten, da hier oft Menschen unterwegs waren, um Wölfe zu jagen. Heute hatte er den Eindruck, dass alles ruhig zu sein schien und sein Instinkt sagte ihm, dass er nichts zu befürchten hatte. Er stand im Schutz einer riesigen Tanne und war halb von deren mächtigem Stamm und einem weit nach unten reichendem Zweig verdeckt. Das Dunkel des Fichtenwaldes bot ihm Schutz. Nur seine bernsteinfarbenen Augen leuchteten im aufgehenden Rot der Morgensonne, die ihn nun direkt anstrahlte. Sie war vollständig über dem Horizont aufgegangen und beleuchtete wie ein Feuerball die ruhige und friedliche Winterlandschaft. Die Lichtung vor ihm war mit einer dünnen Schneedecke bedeckt. Zögernd kam Rotwild auf die Lichtung, um nach Futter zu suchen. Es waren ungefähr zehn bis fünfzehn Tiere, die sich langsam auf der Lichtung verteilten und genüsslich fraßen. Einige Kaninchen hoppelten durch den Schnee und hinterließen ihre typischen Spuren.
Silvermoon hatte sich nicht bewegt, um die Tiere nicht zu

verscheuchen. Er stand stolz und aufrecht mit wachem Blick unter der Tanne. Mittlerweile hatte er genug gesehen, um den Entschluss zu fassen, morgen in aller Herrgottsfrühe mit seiner Meute wieder herzukommen um zu jagen. Er wartete noch eine kleine Weile, wandte sich dann lautlos um und kehrte langsam und gemächlich zu seiner Höhle zurück. Es war kein langer Weg, aber er führte durch unwegsames Gelände. Für Silvermoon als großen, starken und kräftigen Wolf stellte das kein Problem dar. Für die Menschen war dieser Teil des Waldes aber sehr unwegsam und mehr als beschwerlich. Sie mieden diese Gegend und daher fühlten sich die Wölfe in ihrem Jagdrevier sicher.

Bald war die Höhe erreicht und Silvermoon stand wieder vor dem Eingang seiner Höhle und wurde schon von der ganzen Meute mit neugierigen Blicken und freudigem Geheul erwartet. Seine sichere Art und der zufriedene Ausdruck in seinem Wolfsgesicht, mit dem er in die Höhle schritt, verriet jedem Rudelmitglied, dass seine Suche erfolgreich gewesen war. Er blickte in die Runde und seine aufmerksamen und wachen Augen sahen die Freude und die Unruhe bei den anderen Wölfen, weil jeder wusste, dass es morgen in aller Frühe auf die Jagd gehen würde. Wenn sie eine gute Beute machen würden, dann wäre der Nahrungsvorrat für eine gewisse Zeit wieder gesichert und alle, besonders die Jungtiere, hätten wieder genug zu fressen, um groß und stark zu werden und den Winter zu überleben.

Nachdem für alle dieser Punkt geklärt war, ging Silvermoon langsam auf die Ecke zu, in der seine eigene kleine Familie auf ihn wartete. Smirna blickte ihn mit ihren großen blaugrauen Augen liebevoll an, stand auf und kam ihm einige Schritte entgegen. Sie beschnüffelten sich kurz. Die beiden jungen Wölfe begrüßten Silvermoon mit Freudengeheul. Sie sprangen ihn an und hätten sich am liebsten in seinem Fell festgebissen und mit ihm herumgetollt. Aber sie merkten auch schnell, dass ihr Vater jetzt Ruhe brauchte und nach dieser kleinen stürmischen Begrüßung ließen sie daher von ihm ab und trollten sich, um mit den anderen Wolfskindern in der Höhle ihre Spiele zu treiben. Smirna und Silvermoon lagen nun nebeneinander und wärmten sich gegenseitig. Die Aufsicht über den Eingang der Höhle hatte wieder ein anderer Wolf übernommen, so dass Silvermoon sich nun ein wenig Ruhe gönnen konnte. Der morgige Tag würde anstrengend genug werden und erforderte seine ganze Geschicklichkeit und Aufmerksamkeit. So fiel er in einen leichten Schlaf, der ihn nach ein paar Stunden erholt wieder aufwachen ließ. Silvermoon reckte und streckte sich. In der Höhle lagen noch ein paar Fleisch- und Knochenreste von ihrem letzten Raubzug. Nachdem er satt war, überließ er den anderen Rudelmitgliedern seinen Platz, die sich dann ebenfalls über die Reste hermachten und ihren Hunger stillten.

Silvermoon ging vor die Höhle. Rechts, nur ein paar Meter vom Eingang entfernt, floss ein kleiner Abzweig des Wasserfalles, der hier in das Tal stürzte. In der Mitte des Felsplateaus hatte das herunter springende Wasser eine kleine Mulde herausgewaschen, in der sich frisches Wasser sammelte, das dann langsam weiter den Berg hinunterfloss. So hatten die Tiere immer ausreichend zu trinken, und selbst im tiefsten Winter fror diese kleine Mulde nicht zu. Hier löschte Silvermoon seinen Durst. Die Sonne hatte sich bereits dem Horizont genähert und es würde nun nicht mehr lange dauern, bis die Nacht hereinbrach. Dann würden sich alle Wölfe zur Ruhe begeben, um morgen frisch und ausgeruht auf die Jagd gehen zu können. Mit diesem Gedanken begab sich Silvermoon wieder in die Höhle und kontrollierte nochmals mit seinem wachen Blick die Bereitschaft eines jeden Mitglieds seines Rudels, morgen alle Kraft für die Jagd einzusetzen. Das Ergebnis stellte ihn zufrieden. Er wusste, dass er sich auf jeden einzelnen Wolf verlassen konnte und sie sich auf ihn. Das erfüllte ihn mit Stolz und Zuversicht. Er überließ für diese Nacht die Wache einem der drei Wölfe, die morgen nicht mit auf die Jagd gehen sollten, sondern die Höhle und die Jungtiere bewachen würden. So konnte sich Silvermoon nach diesem erfolgreichen Tag zufrieden an der Seite seiner Gefährtin Smirna niederlegen, um sich noch ein paar Stunden Schlaf zu gönnen.

Dann war es endlich soweit. Silvermoon, der schon seit einiger Zeit wach war und immer wieder über die Runde seiner Wolfsgefährten blickte, merkte nun, dass die Wölfe wach waren und sich rekelten. Schließlich standen sie in einer geschlossenen Gruppe vor ihm. Silvermoon hatte sich kurz zuvor mit einem vielsagenden Blick von Smirna verabschiedet. Sie musste zurückbleiben, da sie ein kleines Wolfsjunges zu säugen hatte. Der Abschied fiel ihm jedes Mal schwer, wusste er doch, dass seine Aufgaben nicht ungefährlich waren und er jedes Mal damit rechnen musste, wie sein Vater nicht wieder nach Hause zu seiner Familie zu kommen. Auch Smirna wusste um diese Gefahr, aber sie versuchte, es sich nicht anmerken zu lassen, damit er sich nicht auch noch um sie Sorgen machen musste.
Schließlich stand die ganze Gruppe, insgesamt sechs Wölfe – allesamt kräftige und gesunde Tiere – vor der Höhle bereit zum Aufbruch. Silvermoon stellte sich an die Spitze der kleinen Gruppe und führte sie den gleichen Weg ins Tal, den er am Vortag bereits gegangen war. Der Morgen war noch nicht angebrochen, aber man sah schon, dass sich der Osthimmel sanft rötlich verfärbte. Die Wölfe liefen nacheinander wie die Perlen auf einer Schnur durch den dunklen Wald, der sich weiter unten auflockern würde. Hätte jemand diese Gruppe

beobachtet, hätte er hin und wieder im fahlen Morgenlicht die silbrig-grauen Felle der Tiere zwischen den dunklen Tannenstämmen aufblitzen sehen. In diesem Teil des Waldes, der hier noch sehr dicht war, mussten sie sich keine Sorgen um größere Gefahren machen. Erst weiter unten, wo der Wald lichter wurde, bestand die Möglichkeit, dass Menschen auf der Wolfsjagd waren. Und trotzdem warnte Silvermoon sein Instinkt, heute besonders vorsichtig zu sein. Irgendetwas schien in der Luft zu liegen, das er aber nicht genau definieren konnte. Immer wieder blieb er stehen und hielt seine empfindliche Nase in die klare Winterluft und spitzte seine großen Ohren. Nein, es war nichts auszumachen. Aber was war es nur, das ihn so beunruhigte? Seine Begleiter bemerkten seine Unruhe und wurden ebenfalls wachsamer. Immer, wenn Silvermoon stehen blieb und schnüffelte und die Ohren spitzte, machten sie es ihm nach, um eventuelle Gefahren aufzuspüren. Aber auch sie vernahmen nichts. Und trotzdem …. Das ungute Gefühl ließ Silvermoon nicht los. Dennoch brach er die Jagd nicht ab, da die Meute dringend neue Vorräte brauchte, um nicht geschwächt zu werden, zumal die Jagd in den nächsten Monaten immer schwieriger werden würde. Daher mussten sie diese Chance heute unbedingt nutzen.

So bewegte sich die kleine Gruppe leise immer weiter in Richtung der kleinen Lichtung. Es dauerte nicht lange, bis das Rudel den Rand des Waldes erreicht hatte, wo Silvermoon gestern allein das Wild beobachtet hatte. Dort standen nun die fünf Wölfe und musterten die Lichtung, die noch völlig ruhig vor ihnen lag. Die Sonne war gerade im Begriff aufzugehen und verfärbte den Himmel blutrot. Silvermoon sah das und plötzlich war dieses ungute Gefühl wieder da. Genau solch einen Sonnenaufgang hatte er an jenem Tag gesehen, als sein Vater von der Jagd nicht wieder nach Hause kam. Trauer und dunkle Vorahnungen wollten von ihm Besitz ergreifen, aber Silvermoon verscheuchte sofort diese Gedanken und

konzentrierte sich voll und ganz auf sein Rudel und die Aufgabe, die vor ihnen lag.
Es dauerte nicht lange, bis das erste Wild sich zeigte. Silvermoon beruhigte seine Gefährten, die schon nervös hin und her tänzelten und am liebsten losgestürmt wären. Aber sie wussten, dass ihr Anführer viel Erfahrung hatte und das Beste für alle tun würde. So geduldeten sie sich und richteten ihre Blicke nun ausschließlich auf Silvermoon, der auf den richtigen Augenblick für den Angriff wartete. Das würde bald soweit sein, nämlich dann, wenn genügend Wild sich auf der Lichtung befand und vor allen Dingen, wenn sich die Tiere weit genug vom Wald entfernt hatten, so dass ihr Fluchtweg lang sein würde.
Plötzlich spitzte Silvermoon seine großen Ohren und schlich geduckt auf die Lichtung. Seine Wolfsgefährten sahen das und folgten ihm, immer vorsichtig eine Pfote vor die andere setzend, um ja kein Geräusch zu verursachen. Es dauerte nur ungefähr eine Minute, bis sie nur wenige Meter von zwei Rehen trennten. Plötzlich setzte Silvermoon zum Sprung an und stürzte sich auf eines der Tiere. Er hätte es fast an der Kehle erwischt, um dort den tödlichen Biss anzusetzen, doch er verfehlte es knapp. Durch die Wucht seines Anpralls stürzte das Tier. Zwei andere Wölfe waren sofort zur Stelle und erlegten es mit zielsicheren Bissen. Die drei anderen Wölfe hatten sich auf das zweite Reh gestürzt und es ebenfalls schnell und fast geräuschlos erlegt. Die ganze Aktion dauerte nicht länger als zwei bis drei Minuten. Sie hatte ausgereicht, um das restliche Rudel der Rehe in Angst und Schrecken zu versetzen und schon stoben alle davon, um sich in Sicherheit zu bringen. Aber ihre Beute reichte den Wölfen vorerst aus. Silvermoon und seine Gefährten richteten sich auf und überblickten wachsam das gesamte Terrain. Sie wussten genau, dass sich in diesem Gebiet oft Menschen aufhielten, um auf Wolfsjagd zu gehen. Daher waren sie hier immer besonders wachsam und

stellten sich alle paar Minuten aufrecht hin, hielten ihre empfindlichen Nasen in die kalte Winterluft, schnüffelten ausgiebig, ob nicht doch von irgendwoher eine gefährliche Witterung zu spüren war. Die großen Ohren waren dabei immer gespitzt und aufgestellt. Aber keiner der Wölfe nahm etwas Verdächtiges wahr. Nur Silvermoon hatte immer noch ein ungutes Gefühl. Er konnte zwar nichts schnüffeln und auch nichts hören, obwohl er das beste Gehör von allen Wolfsmitgliedern seines Rudels hatte. Doch sein Misstrauen blieb. So machten sich die sechs dann schließlich daran, die beiden Rehe gemeinsam in den Schutz des nahen Waldes zu ziehen. Das ging schnell, da der Waldrand nur einhundert Meter entfernt war. Dort angekommen, machten sich die Wölfe im Schutz des Waldes und der herunter hängenden Zweige der Tannen daran, erst einmal ihren eigenen Hunger zu stillen. Das nahm einige Zeit in Anspruch, besonders da sie nach dem anstrengenden Abstieg durch den Wald, nach der Anspannung und nach dem Kampf mit den Rehen doch etwas erschöpft waren. Erst als alle Wölfe satt waren, begannen sie, die Reste der Rehe in sechs gleich große Teile zu zerlegen. Es war ausreichend Futter übrig geblieben. Diese Reste sollten dann von ihnen in die Höhle transportiert werden, damit auch die zurückgebliebenen Tiere ihren Anteil bekamen.

Nicht weit von hier, nur einige Meilen von diesem Schauplatz entfernt, befand sich eine kleine Siedlung von insgesamt fünf Häusern. Die Bauernhäuser, die alle mit Reetdächern gedeckt waren, lagen geduckt in einer Talmulde, nahe des Flüsschens, das hier durch das Tal floss. Die einzige Straße hier in der Gegend, die direkt nach Nowosibirsk führte, ging mitten durch diese Häusersiedlung. Sie war seit Ende des Sommers so gut wie unpassierbar. Der häufige Herbstregen hatte sie vollständig aufgeweicht und die Pferdewagen versanken knietief im Schlamm. So waren die Bewohner hier im Frühjahr und Herbst so gut wie vollständig von der Außenwelt abgeschnitten und konnten die Straße nur in den trockenen, heißen und kurzen Sommern befahren. Sobald der Winter nahte und die ersten Fröste einsetzten, erstarrte die Erde und erst dann konnte man auch die Straße wieder benutzen, vorausgesetzt, der Boden war einigermaßen eben eingefroren. War das nicht der Fall, mussten die Bauern warten, bis eine dichte Schneedecke alles bedeckte und sie ihre Schlitten anspannen konnten. Aber auch das war im Winter nicht ganz ungefährlich, da alle wussten, dass in dieser Gegend einige Rudel von Wölfen lebten, die sich im Winter immer näher an die Siedlungen herantrauten.

Die Angst vor den Wölfen saß den Bauern tief in den Herzen. Es konnte sich zwar niemand wirklich daran erinnern, dass jemals ein Mensch von einem Wolf getötet worden war, aber dennoch fürchteten sich alle. Wenn die Tage kürzer wurden und die Dämmerung schon am späten Nachmittag einsetzte, trafen sich alle Bewohner des kleinen Dorfes in einem der Häuser und saßen den ganzen Abend zusammen. Das hatte zum einen den Vorteil, dass in dieser dunklen Jahreszeit nur in einem Haus Kerzenlicht gebrannt wurde – denn alle mussten sparen, wo sie nur konnten - und zum anderen genossen alle dann den Zusammenhalt der Gemeinschaft.

Es war wieder einer jener Abende, an denen sie zusammen saßen. Sie hatten gerade ihr einfaches Abendmahl beendet. Die Frauen sorgten für Ordnung und räumten den Tisch ab und wuschen das Geschirr, so dass bald alles wieder sauber war. Die Männer saßen gemeinsam um den großen Tisch in der Mitte des Hauptraumes herum und rauchten ein Pfeifchen zum Abschluss des Essens. Die Kinder spielten in einer Ecke in der Nähe des Kaminfeuers und waren mittlerweile ruhiger geworden. Bald war die Zeit zum Schlafengehen gekommen. Sie hatten den ganzen Tag draußen herumgetollt und den ersten

Schnee begrüßt. Sie freuten sich auf den kommenden Winter. Dann konnten sie wieder auf dem nahen Hügel ihre Schlitten ins Tal sausen lassen. Oft verstanden sie die Sorge ihrer Eltern nicht, wenn sie den ganzen lieben Tag lang bis in den späten Nachmittag dieser Winterfreude nachgehen wollten. Die Erwachsenen mahnten sie immer wieder, früher ins Haus zu kommen. „Ihr wisst doch, dass im Winter die Wölfe bis herunter ins Tal kommen. Bleibt nicht so lange draußen", hörten sie immer und immer wieder. So war es nicht verwunderlich, dass die Angst vor den Wölfen sich bereits in der Kindheit in den Herzen der Menschen verfestigte.
Nur einer aus der ganzen Dorfgemeinschaft hatte sich nie mit diesen Gedanken anfreunden können. Juri hatte zwar auch Respekt vor den Wölfen, aber dennoch konnte er nicht wirklich an die angebliche Gefährlichkeit dieser Tiere glauben. Und er hatte sich auch nie so richtig an der Wolfsjagd beteiligen wollen. Schon als Kind hatte er immer wieder erlebt, dass die erwachsenen Männer dieser Dorfgemeinschaft gemeinsam im Winter auf Wolfsjagd gingen. Sie jagten die Wölfe, um ihre schmalen Erträge aus der Landwirtschaft aufzubessern. Wenn sie Glück hatten, erlegten sie in den Wintermonaten so viele Wölfe, dass die Bewohner eines jeden Hauses am Ende des Winters mindestens ein gutes Wolfsfell verkaufen konnten. Im frühen Sommer, wenn die Straße nach Nowosibirsk wieder befahrbar war, machten sich einige Männer dann auf in die Stadt, um ihre Ware zu verkaufen. Die Pelzhändler erwarteten sie in jedem Frühjahr sehnsüchtig. Denn sie wussten ganz genau, dass sie zwar nicht viele Felle bringen würden, dafür aber welche mit einer ausgezeichneten Qualität, die in den großen Städten wie Moskau und Sankt Petersburg sehr gute Preise erzielen würden. Dort wurden sie dann zu Mänteln verarbeitet, die von den reichen Geschäftsleuten sehr geschätzt waren. Man erzählte sich, dass sogar der letzte Zar und die Zarin Pelze aus dieser Gegend getragen haben sollen.

Juri kannte alle diese Geschichten. Er war auch dabei – damals war er gerade vierzehn Jahre alt geworden – als sein Vater Mischa und sein Freund Sergej einen sehr großen und kräftigen Wolf erlegt hatten. Er konnte sich noch genau an den Morgen erinnern, als sein Vater mit Sergej nach Hause kam. Sein Vater hatte einige Tage vorher in den frühen Morgenstunden auf einer nahe gelegenen Lichtung beobachtet, wie ein kleines Wolfsrudel Rotwild gerissen hatte. Er war sich sicher, dass die Wölfe es am nächsten Tag wieder versuchen würden. Denn er wusste, dass die Wölfe in den Wintermonaten häufig in das Tal hinunter kamen, um sich mit Nahrung zu versorgen. So war Mischa also am darauf folgenden Tag ganz früh morgens wieder auf diese Lichtung gegangen, in der Hoffnung, wieder auf Wölfe zu stoßen. Und so war es dann auch. Mischa schlich sich vorsichtig an die Lichtung heran und entdeckte drei Wölfe, unter ihnen fiel ihm ein besonders schönes Exemplar auf. Es war ein großer kräftiger Wolf, der in der Blüte seines Wolfslebens stand und offensichtlich war er der Anführer der Meute. Sein Fell war makellos und von silbrig-grauer Farbe, die für die Wölfe in dieser Gegend typisch war. Eine ganz besondere Ausstrahlung ging von diesem Tier aus. „Er sieht genauso aus, wie der Wolf aus der Geschichte von meinem Vater, der Wolf, der ihn damals vor dem Bären rettete. Es kann aber doch unmöglich der gleiche Wolf sein“ dachte Mischa, das sind doch mittlerweile Jahrzehnte her. Der Wolf müsste doch mittlerweile alt und schwach sein und nicht ein solch kräftiges, gesundes Tier. Damit versuchte Mischa alle Bedenken beiseite zu schieben. Únd dennoch blieben einige von diesen Gedanken in seinem Kopf und er konnte sie beim besten Willen nicht verscheuchen.

Der Wolf schien ungewöhnlich wachsam zu sein. Er stand völlig ruhig, den kräftigen Oberkörper hoch aufgerichtet, sein Hinterteil war etwas abgesenkt und die Hinterläufe hatte er

angewinkelt. Aus dieser Stellung hätte er jederzeit mit einem gewaltigen Sprung in den Wald entfliehen können. Mischa war von dem Anblick des Tieres verzaubert und wagte kaum zu atmen. So etwas Schönes hatte er noch nie gesehen und er war schon häufig auf Wolfsjagd gewesen. Er war so vertieft, dass er gar nicht merkte, wie viel Zeit mittlerweile vergangen war. Es war, als wäre die Zeit stehen geblieben. Und auch der Wolf schien etwas von diesem Zauber zu spüren und rührte sich nicht. Aber plötzlich war alles vorbei und Mischa konnte nicht sagen, wie lange er dort hinter dem Busch gestanden hatte. Abrupt drehte sich der Wolf um und war auch schon im nächsten Moment verschwunden. Mischa machte sich auf den Heimweg. Er war so beeindruckt, dass er völlig in Gedanken versunken war. Er sortierte in Gedanken das Erlebte. Zu Hause angekommen, beschloss er, am gleichen Abend der Dorfgemeinschaft von diesem Erlebnis zu erzählen. Er wusste, dass er hier einen ganz besonderen Wolf gesehen hatte, den er eigentlich nicht töten sollte. . Aber andererseits hatte er auch eine Verpflichtung seiner Familie gegenüber, deren hungrige Mäuler jeden Tag versorgt werden wollten.
So saßen sie nun zusammen, alle Männer des Dorfes und bald nach dem Abendessen gesellten sich auch die Frauen dazu. Mischa erzählte von seinen Erlebnissen. Die meisten Männer hatten sofort ein gieriges Glühen in den Augen und sie wären am liebsten gleich am nächsten Morgen losgezogen, um diesen Wolf zu jagen. Aber Mischa schilderte seine Bedenken und erinnerte an die alte Geschichte von Silvermoon, die ihm seine Eltern so oft erzählt hatten.

In diesen abgelegenen Dörfern Sibiriens war es zum einen wichtig, jeden Tag aufs Neue für das Überleben der Dorfgemeinschaft zu sorgen, aber zum anderen waren dort die alten Sagen und Legenden lebendig geblieben. Sie wurden von Generation zu Generation überliefert und an den langen

Winterabenden in den Erzählungen der Älteren an die Jüngeren weitergegeben. So auch die Geschichte eines legendären Wolfes, der zwar immer für sein Rudel Wild erlegte und sich im Winter nahe an die Siedlung heranwagte, aber niemals Menschen angegriffen hatte. Ganz im Gegenteil, die Legende erzählte, dass er einmal sogar einem Menschen das Leben gerettet hatte, als dieser während der Heimfahrt in seinem Schlitten von einem Bären angegriffen wurde. Das mächtige Tier stand plötzlich mitten auf dem Weg. Alles geschah blitzschnell. Bis der Mann den Schlitten anhalten konnte, waren vielleicht zehn Sekunden vergangen und er hatte alle Hände voll zu tun, die Pferde zu beruhigen. Er fühlte Todesangst und wusste nicht, was er tun sollte. Der Bär stand hoch aufgerichtet vor ihm. Ihm blieb nur noch Zeit, ein Stoßgebet zum Himmel zu senden. Dann überschlugen sich die Ereignisse. Plötzlich sah er von dem Berghang auf der linken Seite einen grauen Schatten auf den Bären springen. Es entstand sofort ein Gerangel und der Mann sah nur noch die große massige Gestalt des Bären auf dem Weg liegend und ein graues großes Bündel, das sich im dunkelbraunen Fell des Bären verbissen hatte. Beide Gestalten rollten auf dem Boden hin und her und wilde Geräusche und Geknurre gingen von dem Fellbündel aus. Der Bär brüllte zwischendurch immer wieder laut und Furcht erregend auf, bis sich er dann plötzlich auf seine vier Pfoten stellte und so schnell er konnte auf und davon jagte.

Erst jetzt wurde dem Mann bewusst, was hier geschehen war. Ein großer grauer Wolf hatte den Bären angegriffen und stand nun als stolzer Sieger mit erhobenem Kopf auf dem Weg. Er schaute den Mann direkt mit seinen großen bernsteinfarbenen Augen an. Da war keine Spur von Aggression in diesen klugen Wolfsaugen. Nein, ganz im Gegenteil, sie sprachen von Wohlwollen und Güte. Der Mann war wie vom Donner gerührt. Alles, was man ihm bisher über die Wölfe erzählt hatte, schien mit einem Male nicht mehr wahr zu sein. Hier war nichts von der Boshaftigkeit und Hinterlist zu spüren, die man diesen Tieren nachsagte Der Mann glaubte auch ganz entfernt eine geheimnisvolle Stimme zu hören: „Glaube, was du gesehen hast und was du jetzt siehst und berichte es allen in deiner Dorfgemeinschaft. Dieser Wolf ist nicht so, wie ihr es immer von unserer Rasse glaubt. Er ist hier, um ein friedliches Zusammenleben von Mensch und Tier in den Wäldern zum Nutzen aller zu erhalten. Jeder soll seinen Teil zum Überleben beitragen und den anderen schützen, wenn es erforderlich ist. Ihn dürft ihr niemals antasten oder ihm ein Leid zufügen." Kaum hatte der Mann diese Stimme vernommen, sah er nur noch, wie der Wolf mit einem Satz wieder auf den Berghang sprang. Die ersten Strahlen des gerade aufgegangenen Vollmondes erleuchteten durch die lichten Tannenwipfel hindurch den Weg und das Fell des Wolfes erstrahlte wie in Silber getaucht. Das dauerte nur Bruchteile von Sekunden, die aber den Mann restlos verzauberten. Kaum hatte er sich ein wenig gefasst, war der Wolf auch schon wieder verschwunden. Der Mann wischte sich ein paar Mal mit der Hand über die Augen. „Habe ich das alles geträumt, oder war es Wirklichkeit?", fragte er sich. Aber nein, es musste wohl die Wirklichkeit gewesen sein, denn vor ihm auf dem verschneiten Boden sah man ganz deutlich die Spuren des Kampfes zwischen Bär und Wolf. Und auch einige Blutspuren waren deutlich sichtbar. Offensichtlich hatte der Wolf den Bären wohl verletzt, so dass dieser schließlich die Flucht ergriffen hatte. „Das glaubt mir im Dorf kein Mensch", dachte er bei sich und versuchte, seine Pferde wieder in Gang zu setzen. Sie setzten sich mit leichtem Trab in Bewegung. Der Mann hatte nur noch eine kurze Strecke bis nach Hause, aber sie reichte ihm aus, um sich wieder zu sammeln.

Zu Hause angekommen, versorgte er zuerst die Pferde, damit

sie sich von dem Schrecken erholen konnten. Dann ging er ins Haus, wo seine Frau Mascha schon mit dem Abendessen auf ihn wartete. „Du kommst aber spät", sagte sie vorwurfvoll und ohne eine Antwort abzuwarten, stellte sie das kärgliche Abendmahl auf den Tisch. Nach dem Essen saßen die beiden friedlich vor der offenen Feuerstelle und der Mann erzählte seiner Frau von dem Erlebten. Sie hörte ihm aufmerksam zu. Sie war es gewohnt, solchen Geschehnissen eine besondere Bedeutung zuzumessen, da sie schon von Kindheit an mit der Natur verbunden war. Ihre Mutter hatte ihr ein umfangreiches Kräuterwissen beigebracht. Somit war sie in der Lage, fast alle Krankheiten in der Dorfgemeinschaft mit ihren Kräutern zu heilen und sie genoss dadurch ein hohes Ansehen. Durch ihre Arbeit mit und in der Natur hatte sie aber auch gelernt, diese zu achten und zu schützen. Gleichzeitig waren ihr besondere Phänomene, wie Stimmen, die andere nicht hören konnten, nicht fremd. Sie sprach nicht oft darüber, nur hin und wieder mit ihrem Mann, der sie schätzte und ihren Worten Glauben schenkte. So glaubte sie ihrem Mann selbstverständlich sofort und mahnte ihn eindringlich, sich an die Worte des Wolfes zu halten. „Das ist nicht nur ein Wolf, glaube mir. Das war Silvermoon. Er ist ein Schutzgeist, der unser Dorf immer und zu jeder Zeit beschützen wird, so lange wie wir ihm nichts zu Leide tun. Aber wehe, wenn einer von uns ihm auch nur ein Haar krümmt, dann werden wir hier nichts mehr zu lachen haben. Ich kann mich noch gut daran erinnern, wie meine Mutter mir oft von diesem Wolf erzählt hat, der auch damals schon das Dorf über viele Jahrzehnte beschützt hat. Aber seit langem hat ihn niemand mehr gesehen. Du bist der Einzige." „Glaubst du das wirklich?" fragte der Mann. Seine Frau gab ihm keine Antwort, aber ihre klugen grauen Augen blickten ihn direkt an und es bedurfte keiner weiteren Frage mehr. Sie hatte Recht, wie immer, wenn es um das Zusammenspiel mit der Natur und den Menschen ging.

„Wir sollten es aber auf jeden Fall den anderen im Dorf sagen, was meinst du?“ „Natürlich“, entgegnete Mascha, „das sollten wir. Lass uns für morgen Abend alle zusammenrufen. Es geht hier schließlich um das Wohl des Dorfes.“
Und so geschah es dann auch. Der Mann und seine Frau Mascha erzählten am nächsten Abend allen Dorfmitgliedern von dem Erlebnis und alle waren sich einig, dass, wo auch immer sie auf Silvermoon und seine Begleiter treffen würden, keinem dieser Wölfe, besonders aber Silvermoon nicht, ein Haar gekrümmt werden sollte. So geschah es dann auch in den letzten Jahrzehnten. Dem Dorf ging es zwar nicht gerade üppig und sie waren im Winter immer noch auf den Zusatzverdienst durch den Verkauf von Wolfspelzen angewiesen, aber jeder Mann aus dem Dorf achtete darauf, dass Silvermoon kein Leid geschah.

Bis auf zwei … Mischa und Sergej ...
Und so kam es zu dem Abend, an dem Mischa jetzt in der Dorfgemeinschaft von seinem Erlebnis mit dem Silberwolf erzählte. Zum einen wirkte die Begegnung in ihm immer noch nach und er hatte schon einige Bedenken, da er fühlte, dass dieser Wolf etwas ganz Besonderes sein musste und entweder Silvermoon selbst war oder aber aus der dessen Rudel stammen musste. Aber andererseits drückte ihn auch die Sorge um das Wohlergehen seiner Familie. Er war hin und her gerissen. Die anderen Männer des Dorfes wären am liebsten in der gleichen Stunde losgestürmt, um diesen besonderen Wolf zu finden. Er würde auf dem Pelzmarkt in Nowosibirsk einen nie erreichten hohen Preis bringen, sicher so viel, wie zehn andere gute Wolfspelze zusammen. Auch sein bester Freund Sergej versuchte auf Mischa einzuwirken und drängte ihn, so schnell wie möglich mit der Suche nach diesem Wolf zu beginnen. Alle waren sehr aufgeregt und redeten durcheinander. Selbst die Frauen hatte das Wolfsfieber gepackt. Denn nicht zuletzt hätten

auch sie nur Vorteile, wenn dieser Silberwolf erlegt würde, zumindest glaubten sie das. Mit dem erzielten Gewinn könnten alle Frauen des Dorfes endlich wieder Stoffe und Gerätschaften für den Haushalt in Nowosibirsk kaufen, die sie selbst nicht herstellen konnten. Auch die Männer hätten dann die Gelegenheit, ihre Waffen und sonstige Werkzeuge, die sie für das tägliche Leben brauchten, zu erneuern und müssten sich nicht mehr ständig so abplagen, um dem kargen Boden die nötigen Nahrungsmittel abzuringen. Es sollte also für alle nur Vorteile bringen, da waren sich alle einig.

Plötzlich meldete sich Mascha zu Wort. Sie war mittlerweile eine betagte Frau. Vor einem Monat hatte sie ihr achtzigstes Lebensjahr vollendet, war aber immer noch sehr rüstig und widmete sich wie eh und je ihrem Kräuterwissen und der Heilkunde. Daher genoss sie nach wie vor ein hohes Ansehen und hatte als einzige Frau ein gewisses Mitspracherecht, wenn es um wichtige Anliegen des Dorfes ging. Ihr Mann war im letzten Jahr verstorben, so dass sie jetzt im Haus ihres Sohnes Mischa lebte. Daher hatte Mischa auch eine etwas andere Einstellung zur Natur und zu Erlebnissen, die nicht jeder so gut wahrnahm wie er. Das hatte er wohl von seiner Mutter geerbt und er kannte auch nur zu gut die Geschichte von Silvermoon, der seinem Vater vor vielen Jahrzehnten das Leben gerettet hatte. Seitdem hatte niemand Silvermoon zu Gesicht bekommen, es war aber auch kein Mensch von den Wölfen angegriffen worden. „Ihr erinnert euch doch sicher an die Geschichte, die mein Mann – Gott hab ihn selig – vor vielen Jahrzehnten erlebt hat. Damals hat ihm ein Wolf das Leben gerettet, Silvermoon hatten wir ihn genannt. Und er hatte uns damals eine ganz klare Botschaft mit auf den Weg gegeben, die das ganze Dorf bisher geachtet hat. Diese Botschaft lautete, dass wir alle in Eintracht mit den Tieren leben sollen und besonders Silvermoon schützen sollen und ihm kein Haar krümmen dürfen, damit er über uns alle wacht. Daran haben wir uns bisher gehalten. Und ist es uns in all den Jahrzehnten nicht gut gegangen? Hat irgendjemand hier Not gelitten, oder ist irgendjemandem etwas Schlimmes zugestoßen?“ Mascha schaute fragend in die Runde. Ein Gemurmel und Getuschel machte sich in der Gemeinschaft breit. Keiner traute sich, seine Meinung laut zu sagen, aber man spürte deutlich, dass trotzdem alle diesen Wolf jagen wollten.

Plötzlich meldete sich Sergej, der beste Freund von Mischa, zu Wort: „Was soll uns schon passieren? Das ist doch nur eine Geschichte, die uns schon als Kindern erzählt wurde. Wir haben immer Wölfe gejagt, warum auch nicht diesen? Und es ist uns bisher nichts Schlimmes geschehen. Das ist doch eben nur eine Geschichte, sonst nichts“ So ging eine ganze Weile hin und her. Ein Wort ergab das andere. Auch Mischa bekam mittlerweile Lust, diesen Wolf zu jagen. Seine Mutter schaute ihn immer wieder fragend und zweifelnd an, aber die Sorge um das Wohlergehen seiner Familie war ihm wichtiger. So kam es letztendlich – es war schon kurz vor Mitternacht – zu einer Abstimmung. Alle – bis auf Mascha – stimmten dafür, morgen in aller Herrgottsfrühe aufzubrechen, um Silvermoon zu jagen. Mascha ging traurig und bekümmert zu Bett. Sie war die Einzige, die das Schlimmste für Silvermoon befürchtete und damit auch für das ganze Dorf. Aber es half nichts, sie konnte nichts mehr ausrichten.

Am nächsten Morgen – die Sonne war noch nicht aufgegangen – machten sich zehn Männer auf den Weg zur Lichtung, wo Mischa Silvermoon gesehen hatte. Sie standen vielleicht zehn Minuten dort, als die Sonne gerade über den Horizont kroch und mit ihrem blutroten Licht die verschneite Lichtung übergoss. Alle hielten gespannt den Atem an, als sie die ersten Rehe auf die Lichtung kommen sahen. Und bald darauf sahen sie auch am gegenüber liegenden Waldesrand Silvermoon mit noch drei weiteren Wölfen auftauchen. Die vier standen regungslos und streckten ihre Nasen in die Luft, um Witterung aufzunehmen. Ihre großen Ohren waren gespitzt und aufgestellt, damit sie sofort jedes noch so kleine Geräusch wahrnehmen konnten. Aber außer den Rehen sahen, rochen und hörten sie nichts. Das war wohl ihr Verhängnis, denn ausgerechnet heute standen die Männer des Dorfes im Windschatten, so dass es den Wölfen unmöglich war, ihre Witterung aufzunehmen.

Auch Mischa und Sergej hatten sich in den Schutz der Sträucher gestellt. Mischa hatte das Jagdfieber gepackt und er hatte alle Bedenken wegen der Legende um Silvermoon in den Wind geschlagen. Er sah nur noch die Vorteile, die sich aus dem Verkauf dieses besonderen Felles ergeben würden. Alle warteten gespannt auf die nächsten Schritte, die die Wölfe tun würden. Noch waren sie außer Reichweite der Flinten, es fehlten allerdings nur noch einige wenige Meter, dann hätten die Jäger die Möglichkeit zu schießen. Sergej bedeutete allen, noch ein wenig mehr zu warten, um auf Nummer sicher zu gehen. Ein verfehlter Schuss würde die ganze Meute verjagen. Solch eine Chance würde sich ihnen nicht so schnell wieder bieten. Die Minuten zogen sich endlos, so glaubten alle. Die Wölfe näherten sich nur sehr zögernd. Es hatte den Anschein, als würde Silvermoon etwas merken. Er blieb immer wieder stehen. Aber dann schritt er entschlossen an der Spitze seiner Meute vorwärts und kam damit in die Reichweite der Flinten. Dann ging alles sehr schnell. Sergej gab mit einem kurzen Kopfnicken das Zeichen und alle Jäger feuerten fast gleichzeitig auf Silvermoon. Silvermoon wurde von einigen Schüssen getroffen, zwei waren tödlich und trafen ihn mitten ins Herz. Es war, als würde plötzlich ein Silberregen um ihn herum niedergehen, als er zu Boden stürzte und reglos liegen blieb. Die anderen Wölfe waren allesamt unversehrt geblieben und stoben direkt nach dem Schuss auseinander. Im Schutz der

Bäume blieben sie stehen und sahen, wie die Männer aus ihrem Versteck kamen und auf Silvermoon zugingen.
Der große graue Silberwolf war tot und lag auf dem Schnee in einer kleinen Blutlache, die langsam aus seiner Schulter sickerte. Die Männer des Dorfes standen um ihn herum und betrachteten ihn nachdenklich. Plötzlich, keiner der Männer hatte es bemerkt, verdunkelten dichte graue Wolken den Horizont und ein schwerer Schneesturm zog auf. „Seltsam", dachte Mischa, „die Wolken habe ich vorher gar nicht bemerkt, das wird doch wohl kein böses Omen sein?" Mischa wusste gar nicht, wie Recht er damit hatte. Dann legten die Männer den Wolf auf die mitgebrachte Trage und anschließend traten sie den Heimweg an. Der Schneesturm hatte es in sich und sie kamen nur langsam voran. Obwohl es nur ungefähr drei Meilen bis zum Dorf waren, brauchten die Männer hierfür volle sechs Stunden. Das Schneetreiben wurde immer dichter. Endlich hatten sie es geschafft, die ersten Häuser waren in Sichtweite und jetzt nur noch einige Hundert Meter entfernt. Einige der Dorfbewohner hatten die Männer schon von weit her kommen sehen und standen am Dorfrand, um sie zu begrüßen. Hierunter war auch Juri, der Sohn von Mischa und er erblickte als Erster den toten Silberwolf auf der Trage. Da überkam ihn eine unendliche Traurigkeit und er erinnerte sich sogleich an die Geschichte, die seine Großmutter Mascha ihm immer wieder von Silvermoon erzählt hatte. Juri war zwar noch ein Junge, aber für sein Alter hatte er einen schon sehr ausgeprägten Gerechtigkeitssinn und er spürte ganz deutlich, dass etwas Furchtbares geschehen war. Tränen stiegen ihm in die Augen und er konnte es nicht länger ertragen. Er drehte sich auf dem Absatz um und rannte ins Haus zurück, wo seine Großmutter bereits auf ihn wartete. „Sie haben ihn getötet, nicht wahr?", fragte sie ihn. Juri konnte mit tränenerstickter Stimme nur stumm nicken und vergrub sein Gesicht im Schoß seiner Großmutter. Mascha streichelte ihm liebevoll über den dunklen

Haarschopf und flüsterte ihm zu: „Sei nicht allzu traurig, mein Kleiner. Es ist schlimm, dass Silvermoon sterben musste, das habe ich ja gestern Abend auch gesagt und sie alle gewarnt. Aber keiner wollte es hören. Und wir alle hier im Dorf werden es auch zu spüren bekommen, da bin ich mir sicher. Aber …“, sie machte eine kleine Pause und Juri hob seinen Kopf und schaute ihr ins Gesicht. „Heute Nacht habe ich von Silvermoon geträumt. Ich glaube fest daran, dass er es geahnt hatte, dass er bald sterben würde und er hat mir im Traum eine Botschaft geschickt. Die Menschen hier im Dorf werden den Preis für ihre Raffgier bezahlen müssen. Sie waren nicht mit ihrem bescheidenen Leben zufrieden, obwohl es ihnen an nichts Wichtigem gemangelt hat. Aber so sind die Menschen nun einmal, mein Junge, irgendwann geht es ihnen zu gut und dann begeben sie sich aufs Eis und brechen ein. Und genauso wird es den Menschen hier im Dorf auch ergehen.“ Sie machte eine kleine Pause, um sich auszuruhen. Die ganze Sache mit Silvermoon hatte ihr doch ziemlich zugesetzt und sie war ja auch nicht mehr die Jüngste. Juri wischte sich die Tränen vom Gesicht und sah seine Großmutter erwartungsvoll an. Er wusste, dass sie ihm noch etwas Wichtiges mitzuteilen hatte. So saß er mucksmäuschenstill auf dem kleinen Schemel zu ihren Füßen und wartete darauf, dass sie weitersprach. „Juri, mein Junge, hör mir jetzt gut zu. Es ist sehr wichtig, was ich dir jetzt sage.“ Juri lauschte angespannt und mit großen Augen. Seine Großmutter fuhr fort zu erzählen: „Also, wie gesagt, heute Nacht im Traum hat mir Silvermoon eine Botschaft geschickt. Auch wenn er jetzt im Moment nicht mehr als Schutzgeist für dieses Dorf da sein kann, so besteht dennoch die Möglichkeit, diesen Schutz wieder zu erlangen. Silvermoon hat in seinem Rudel einen Sohn, der gerade erst geboren wurde. Sein Sohn weiß noch nichts von den Fähigkeiten, die ihm sein Vater vererbt hat, aber wenn er erwachsen ist, wird auch er ein Rudel anführen und spüren, dass er über besondere

Fähigkeiten verfügt. Er kann aber erst dann wieder seinen Schutz über das Dorf ausbreiten, wenn einer aus dem Dorf ihm begegnet, ihm furchtlos und mit Respekt gegenüber tritt und in ihm Silvermoon wiedererkennt. Die beiden müssen sich als gleichwertige Lebewesen gegenüber stehen und sich in die Augen blicken. Dann werden beide es wissen, der junge Silvermoon und der Mann aus dem Dorf, und erst dann ist der Bann gebrochen und das Dorf wird wieder durch Silvermoon beschützt werden." Juris Augen wurden immer größer, aber er verstand die Worte seiner Großmutter und ihre Bedeutung ganz genau, obwohl er noch ein Junge war. „Und dieser Mann wirst du sein, mein Junge. Also fürchte dich nicht, wenn dir ein solcher Wolf jemals über den Weg laufen sollte. Nur du allein hast die Fähigkeit, diesen Bann, der jetzt auf unserem Dorf liegt, zu brechen. Aber bis dahin werden alle Menschen unter der Gier einiger weniger zu leiden haben." Sie machte wieder eine kleine Pause, das Sprechen strengte sie sehr an. Juri saß noch immer still auf seinem Bänkchen und sah zur Großmutter hinauf. „Kannst du dir das alles merken, mein Junge? Es ist sehr wichtig." „Ich denke schon", antwortete Juri langsam und nachdenklich. „Das ist gut so. Denn ich glaube, dass mir hier auf dieser Erde nicht mehr allzu viel Zeit bleiben wird. Bald werde ich meinen geliebten Mann wieder sehen". Und damit beendete die Großmutter das Gespräch. Sie blieben noch eine Weile stumm so sitzen, bis Mischa, Juris Vater, in den Raum kam. Seine Mutter sah ihn nur traurig an und Mischa wusste sofort, was sie sagen wollte, ohne dass sie auch nur den Mund aufmachte. Nein, sie machte ihrem Sohn keinen Vorwurf, das wusste er, da sie erkannt hatte, dass er sich hatte mitreißen lassen. Aber nun war es zu spät und alle mussten die Verantwortung für ihr Handeln tragen.

In den nächsten Tagen schneite es unaufhörlich und am Ende der Woche lag eine dichte Schneedecke auf dem ganzen Land. Die Männer hatten das Wolfsfell bereits gegerbt und es zum

Trocknen aufgehängt. In ein paar Tagen, wenn der Schneefall aufgehört hatte, wollten drei Männer in die Stadt nach Nowosibirsk fahren, um ihre Beute zu verkaufen. Mascha sah diesem Treiben nur betrübt zu, sagte aber nichts.
Nach vier Tagen brachen die drei Männer in einem Schlitten auf, um das Wolfsfell in Nowosibirsk zu verkaufen. Die Hinfahrt verlief gut und sie kamen wohlbehalten dort an. Der Preis, den sie für das Fell erzielten, war für ihre Verhältnisse gigantisch. Er übertraf bei weitem ihre kühnsten Vorstellungen und überall dort, wo sie in der Stadt auftauchten, wurden sie darauf angesprochen. Nowosibirsk war zwar eine große Stadt, aber dennoch hatte sich diese Nachricht in den Händlerkreisen wie ein Lauffeuer herumgesprochen. Schon am nächsten Tag traten die drei gut gelaunt ihre Heimreise an und freuten sich schon auf die Gesichter ihrer Mitbewohner im Dorf. Das erste Drittel der Fahrt verlief fröhlich und ohne größere Zwischenfälle. Doch als sie aus einem Wald herausfuhren, machte der Weg eine große Linkskurve. Rechts vom Weg, genau in der Kurve, lag ein kleinerer See, der zu dieser Jahreszeit bereits zugefroren war. Er war nicht groß, aber dafür tief und wurde von allen gemieden, da es hieß, dass hier Teichgeister ihr Unwesen trieben. Die ganze Gegend war ein wenig unheimlich und die kleine Gesellschaft wollte so schnell wie möglich hier wieder weg. Deshalb trieben sie die Pferde zum Galopp an. Allerdings wurden sie vor der Linkskurve so schnell, dass der Schlitten umkippte. Die Pferde brauchten eine Weile, bis sie zum Stehen kamen. Zwei der Männer lagen auf dem tief verschneiten Weg. Ihnen war offensichtlich nicht mehr passiert, als ein paar Prellungen. Aber wo war Piotr, der dritte Mann? Einer der beiden kümmerte sich um die Pferde. Der andere suchte nach Piotr und ging ein paar Meter den Weg zurück. Dann sah er die Bescherung. Piotr war aus dem Schlitten geschleudert worden und war die Böschung zum See hinunter gerutscht. Der zweite Mann stieg vorsichtig die

Böschung hinunter und folgte der Spur, die Piotr im Schnee hinterlassen hatte. Es war ziemlich steil und er hatte Mühe nicht auszurutschen. Immer wieder konnte er sich an kleinen Sträuchern festhalten und gelangte so schließlich an das Ufer des Sees. Er traute seinen Augen nicht, das konnte doch nicht sein. Er sah direkt am Ufer ein mannsgroßes Loch im Eis und sonst keinerlei Spuren von Piotr. Immer wieder rief er seinen Namen, aber es kam keine Antwort. Schließlich kniete er am Ufer nieder und starrte in die die dunkle Tiefe. Er wusste, dass der See hier direkt am Ufer steil einige Meter abfiel. Wenn Piotr hier hereingefallen war – und danach sah es aus – hatte er keine Chance gehabt. Es gab am Ufer nichts, woran er sich hätte festhalten können. Und wenn er dann obendrein noch unter das Eis gerutscht war, war ohnehin alles zu spät. Dann reichten einige Minuten im eiskalten Wasser aus, um einen Erwachsenen zu töten. Endlich erhob er sich und ging langsam am Ufer entlang, erst nach links und als er dort nichts feststellen konnte, dann rechts. Nach ungefähr drei Metern sah er einen beweglosen Körper unter dem Eis treiben. An dem roten Schal, den Piotr getragen hatte, erkannte er ihn. Da kam jede Hilfe zu spät, das wusste er. Jetzt galt es nur noch, nach Hause ins Dorf zu kommen, um Hilfe zu holen und Pitors Körper aus dem Wasser zu bergen. Allein oder nur mit Hilfe des anderen Mannes war es nicht zu schaffen. Hier waren mindestens vier bis fünf Männer nötig. Aber damit nicht genug. Nicht allein, dass Piotr die Fahrt mit seinem Leben bezahlen musste, er hatte auch das ganze Geld von dem Verkauf des Wolfspelzes bei sich getragen. Also war Eile geboten, damit sie ihn noch heute aus dem Wasser holen konnten.

Nach kurzer, schweigender und bedrückender Fahrt kamen die beiden im Dorf an und berichteten allen von dem Unglück. Sofort brachen sechs Männer auf, um den toten Piotr aus dem See zu bergen. Es waren ungefähr zwei Stunden seit dem Unglück vergangen und die Männer kletterten vorsichtig die Böschung zum See hinunter. Sie trauten ihren Augen nicht, als dort ankamen. Das Einbruchloch war noch vorhanden, aber von Piotr war weit und breit keine Spur mehr zu sehen. Da bekamen es alle mit der Angst zu tun und sahen zu, dass sie auf dem schnellsten Wege wieder ins Dorf zurückkamen. Sie waren fest davon überzeugt, dass die Teichgeister Piotr zu sich auf den Grund des Sees geholt hatten und seit diesem Tage sahen sie nie wieder etwas von ihm – und auch nicht von dem Geld, das sie für den Wolfspelz erhalten hatten.

Juri – mittlerweile erwachsen und mit einer eigenen Familie - konnte sich noch sehr gut an diese Zeit erinnern. Seine Großmutter Mascha war kurz darauf verstorben. Die Jahre nach diesem Zwischenfall und der Tötung von Silvermoon brachten viel Leid über die Menschen des Dorfes. Es gab Unfälle, bei denen einige Mitglieder der Dorfgemeinschaft überraschend ihr Leben verloren. Oder plötzliche schwere Krankheiten rafften die Menschen in den kargen Wintern dahin. In einigen Jahren war die Ernte so schlecht, dass die Leute bald nicht mehr wussten, wie sie den Winter überstehen sollten. Aber irgendwie ging es immer weiter. Und so saßen sie an einem Abend wieder zusammen und erzählten sich die alten Geschichten. Und Juri fiel plötzlich wieder ein, was ihm seine Großmutter über Silvermoon an jenem Winterabend erzählt hatte. Lange Zeit hatte er es vergessen, aber nun kam dieses alte Wissen wieder an die Oberfläche.

Als Juri abends im Bett lag, überlegte er: Ob es wohl wirklich so ist, dass ich eine besondere Aufgabe habe und dem Sohn von Silvermoon eines Tages gegenüber stehen werde, wie Großmutter es mir damals erzählt hat? Mit diesem Gedanken schlief er ein und sah im Traum einen großen, kräftigen Wolf auf einem Felsplateau stehen.

Der Vollmond schien auf ihn herunter und der Wolf war sich seiner Schönheit bewusst. Er war ein ausgewachsenes Tier und er hatte das typische silbergraue Fell der Wölfe dieser Gegend. Aber noch etwas Besonderes zeichnete ihn aus. Sein Rückenfell glänzte im Mondlicht wie flüssiges Silber und verlief bis in die dunklen Flanken, die ebenfalls noch mit silbrigen Fäden durchsetzt waren. Es war ein majestätischer Anblick, wie er hoch oben auf dem Felsen stand. Ein solches Fell hatte Juri noch bei keinem Wolf gesehen und nicht nur das, dieser Wolf hatte eine ganz besondere Ausstrahlung, die sich Juri nicht erklären konnte. Und es war, als würde dieser Wolf ihn im Traum rufen. Völlig durcheinander wachte Juri am nächsten Morgen auf. Der Traum bewegte ihn zutiefst und er konnte sich an jedes Detail des außergewöhnlichen Wolfes erinnern.

Für morgen war wieder eine Wolfsjagd geplant, das wusste er von einigen Männern aus dem Dorf. Bisher hatte sich Juri nur selten daran beteiligt, da ihm diese Art der Jagd nicht behagte. Sicher nicht zuletzt auch deshalb, weil ihm die Jagd auf Silvermoon, die er als Junge erlebt hatte, immer noch gegenwärtig war. Aber vielleicht sollte er sich diesmal doch anschließen? Vielleicht war ja dieser Traum ein Hinweis auf seine noch bevorstehende Aufgabe? Na, schließlich hatte er noch einen Tag Zeit, sich darüber Gedanken zu machen.
Der junge Silvermoon und seine fünf Weggefährten hatten endlich die Reste der beiden Rehe zerteilt und jeder Wolf nahm sein Stück ins Maul und gemeinsam machten sie sich auf den Heimweg. Bald hatten sie den schützenden, dichten Wald erreicht. Bergauf legten sie immer wieder kleine Pausen ein, um zu verschnaufen.
Endlich kamen sie oben an ihrer Höhle an und wurden dort mit lautem Freudengebell und Geheul begrüßt. Die anderen hatten sie schon sehnsüchtig erwartet und stürzten sich mit Heißhunger auf die reichliche Beute. Es war für alle genug da und es blieb sogar noch ein Rest übrig. Bei dieser Witterung blieb das Fleisch lange frisch und so konnten sie sich Zeit mit

dem Verzehr lassen. Silvermoon lag zufrieden bei seiner kleinen Familie, die ihm ihre Zuneigung durch eine ausgiebige Fellpflege bekundete. Endlich – der Mond war gerade aufgegangen und erleuchtete als Nachtlicht den vorderen Teil der Höhle – kam Ruhe in die kleine Wolfsgemeinschaft und jeder träumte wohlig vor sich hin. Auch Silvermoon lag neben seiner Gefährtin und hatte den Kopf auf seine Pfoten gebettet. Smirna lag neben ihm auf der Seite, die Füße an seinem Rücken abgestützt, so dass sich hier ein geschützter Raum für die beiden Jungen bildete. Sie lagen dicht an ihre Mutter gekuschelt und das Jüngste hatte seinen Kopf in ihrem weichen Bauchfell vergraben. Hin und wieder blickte Smirna auf, sah auf die beiden Jungen und legte ihren Kopf wieder zur Seite und träumte selig weiter.

Der neue Tag begrüßte die Mitglieder dieser zufriedenen Wolfsmeute mit einem strahlenden Morgenrot. Langsam kam Leben in die Wolfshöhle und einige der erwachsenen Tiere gingen nach draußen, um sich zu strecken und zu recken. Was würde der neue Tag wohl bringen? Silvermoon wusste es zwar auch noch nicht, aber eines ahnte er. Er würde heute nochmals zu dieser Lichtung gehen, um endlich herauszufinden, warum er dort ein so merkwürdiges Gefühl empfunden hatte. Er verbrachte den halben Tag in der Mitte seines Rudels. Am frühen Nachmittag verabschiedete er sich mit einem stummen Blick von seiner Familie und von Smirna. Sie schaute ihn fragend an, aber ergab ihr zu verstehen, dass er nochmals zur Lichtung musste. Er wollte herausfinden, was dort geschehen war.

Als sich Silvermoon auf den Weg machte, ahnte er noch nichts von den Geschehnissen, die ihm in den nächsten Stunden widerfahren würden. Der Nachmittag war schon weit fortgeschritten und die Dämmerung setzte langsam ein, als Silvermoon den Rand des Waldes erreichte, der an die

Lichtung grenzte. Hier hatten gestern er und seine Gefährten die beiden Rehe erlegt und er stand eine ganze Zeitlang völlig bewegungslos dort. Er war äußerst wachsam, den Kopf hielt er in die Luft gestreckt, die Ohren waren aufgestellt. Er achtete auf jeden noch so kleinen Lufthauch, der sich rührte, aber er konnte nichts Ungewöhnliches feststellen. Was war es nur, was ihn an diesem Ort so beunruhigte.

Aber mit einem Schlag wurde es ihm völlig klar. Es war ihm vorher nicht aufgefallen, aber mittlerweile hatte sich der Wind gedreht und nun nahm er deutlich menschliche Witterung auf. Hinter jenen Sträuchern mussten sich Menschen verborgen halten und er duckte sich ein wenig. Dann wich er vorsichtig in den Wald zurück. Sein Gang war völlig lautlos, das wusste er, und somit konnte er im Moment von den Menschen dort drüben nicht wahrgenommen werden, aber er hatte die Sträucher voll in seinem Blickfeld. Er ging so weit, bis er einiges Strauchwerk vor sich auf der Lichtung hatte, das zwischen ihm und den Menschen lag. Mit äußerster Vorsicht schlich er sich geduckt bis zu dem Strauchwerk vor. Jetzt lagen vielleicht noch etwa fünfzig Meter zwischen ihm und den Menschen und er konnte ihren Geruch gut wahrnehmen. Es war gar nicht so unangenehm, wie er es sich immer vorgestellt hatte. Er war noch nie so dicht an Menschen herangekommen und er wunderte sich über sich selbst, warum er sich so nahe heranwagte. Er merkte, dass er einfach nur neugierig war und alle Vorsicht, die ihn als Rudelführer bisher ausgezeichnet hatte, verschwunden war. Was war das nur, das ihn hier antrieb? Immer wieder schoss ihm dieser Gedanke durch seinen schlauen Wolfskopf.

Und plötzlich war die Erkenntnis da! Es traf in wie ein Blitz. In der Nacht, als sein Vater erschossen wurde, hatte er im Traum genau diese Lichtung vor sich gesehen und mit genau den Sträuchern, hinter denen sich jetzt wieder Menschen verborgen hielten. Was hatten sie vor? Wollten sie ihn auch jagen, so dass ihn das gleiche Schicksal wie sein Vater ereilte? Silvermoon hätte sich jetzt eigentlich zurückziehen müssen, denn er wusste ja nun, dass er sich in einer gefährlichen Situation befand. Hier hatte also der Vater sein Leben lassen müssen und deshalb hatte er auch an den Tagen zuvor hier an dieser Stelle diese unerklärliche Unruhe empfunden. Aber irgendetwas hielt ihn davon ab, sich davon zu schleichen. Die Möglichkeit hätte er ohne Zweifel gehabt. Es wäre für ihn ein Leichtes gewesen, sich unbemerkt aus dem Staub zu machen. Der Wind stand günstig für ihn und die hereinbrechende Dämmerung hätte ihr übriges zu einem schnellen und unauffälligen Rückzug beigetragen. Aber er duckte sich weiterhin und wartete ab.

Hinter den anderen Sträuchern hatten sich drei Männer versteckt. Juri hatte sich endlich einmal dazu durchgerungen, sich an einer Wolfsjagd zu beteiligen. Er hatte auch keine andere Wahl mehr gehabt. Viele Jahre hatte er immer wieder fadenscheinige Gründe vorgeschoben, um sich zu drücken. Und jetzt, besonders nach dem Traum der letzten Nacht, hatte er sich entschlossen, doch mitzugehen. Sie warteten nun schon fast eine Stunde und nichts, aber auch gar nichts war für sie zu entdecken. Was sie natürlich nicht wussten, war, dass sich Silvermoon in ihrer Nähe niedergelassen hatte. Sein silbriggraues Fell, der weiße Schnee und der dunkle Hintergrund des Waldes taten ihr übriges, so dass seine Tarnung vollkommen war.

Die drei Männer wurden langsam ungeduldig und müde und beratschlagten flüsternd, was sie unternehmen sollten. Einerseits wollten sie nicht unverrichteter Dinge ins Dorf zurückkehren, andererseits sahen sie aber auch keinen guten Grund hier weiter auszuharren. So machte Juri den Vorschlag, dass er allein bis zum Waldrand gehen wollte, um sich dort umzuschauen. Doch die beiden anderen Männer erklärten ihn für verrückt: „Wie stellst du dir das vor? Wenn nun am Waldrand tatsächlich ein Wolf lauert und sie dich anfallen, wie willst du dich dann wehren? So schnell kannst du gar nicht mit deiner Flinte aus nächster Nähe schießen. Das ist lebensgefährlich, was du da vorhast.“ Aber Juri blieb standhaft. Er hatte es sich in den Kopf gesetzt und was er dort einmal hatte, das gab er nicht so schnell auf. Sicher, in einem Punkt hatten die beiden natürlich Recht. Er hatte so gut wie keine Erfahrung mit der Wolfsjagd und wusste auch nicht, wie Wölfe reagieren würden, wenn sie plötzlich und unerwartet auf Menschen treffen. Trotzdem war er sich sicher, dass er heute diesen Weg gehen musste. Alles Reden seiner Freunde nützte nichts. Sie konnten ihn von seinem Plan nicht abhalten. So versuchten sie zumindest, mit ihm einen Plan zu besprechen, wie sie ihm im äußersten Notfall zu Hilfe kommen könnten. Und darauf ließen sich dann alle letztendlich ein. Juri sollte seine Flinte bei ihnen lassen, denn die würde ihn nur behindern, wenn er aus nächster Nähe wirklich von einem Wolf angegriffen würde. Er hatte lediglich sein großes Jagdmesser im Gürtel stecken. Seine beiden Freunde versprachen, ihn nicht aus den Augen zu lassen. Im Ernstfall wollte dann der eine von den beiden versuchen, ihn mit gezielten Schüssen zu unterstützen, während der andere im schnellen Lauf ihm zu Hilfe eilen würde.

So sollte es sein und so kam Juri langsam und vorsichtig aus seinem Versteck. Er ging behutsam Schritt für Schritt auf den Waldrand zu. Sein Weg würde genau an dem Gesträuch vorbeiführen, hinter dem Silvermoon verborgen war. Juri musste sich beeilen, da die Dämmerung immer weiter Fortschritt. In ungefähr zwanzig Minuten würde es dunkel sein. Aber zum Glück war heute Vollmond und der Mond war schon aufgegangen und beleuchtete bereits mit seinem silbernen Licht die Winterlandschaft. Der Schnee glitzerte auf den

Bäumen und den Sträuchern und reflektierte das helle Mondlicht. Unter jedem seiner Schritte knirschte der Schnee leise und Juri versuchte noch vorsichtiger zu gehen. Seine Freunde ließen ihn nicht aus den Augen und die Spannung wuchs von Sekunde zu Sekunde.

Endlich hatte Juri das Gesträuch, hinter dem Silvermoon verborgen war, erreicht. Ihn trennten nur noch ein paar Schritte. Was war das? Hatte er da nicht ein deutliches Atmen gehört. Nun wurde ihm doch etwas flau und er wurde noch vorsichtiger und wachsamer. Noch zwei Schritte ... Da plötzlich sah Juri vor sich auf dem Schnee zwei silbrig-graue Pfoten, die nur zu einem Wolf gehören konnten. Ihm blieb fast das Herz stehen. Und dann standen sie sich auch schon gegenüber. Juri war so überrascht, dass er nicht einen Laut über seine Lippen brachte. Für seine Freunde war Silvermoon nicht zu sehen. Aber Juri stand ihm direkt gegenüber. Silvermoon hatte sich zu seiner vollen Größe aufgerichtet und sein Kopf reichte dem Menschen bis an die Brust. Juri hätte nie gedacht, dass Wölfe so groß werden können. Die beiden trennten nur ungefähr zwei Meter und es wäre für Silvermoon ein leichtes gewesen, Juri mit einem Satz anzuspringen und ihm die Kehl zu durchbeißen. Aber nichts dergleichen geschah.

Ganz im Gegenteil. Silvermoon stand stolz und aufrecht vor ihm und es war überhaupt keine Aggression in seinen bernsteinfarbenen Augen zu sehen. Das Mondlicht ließ seinen Rücken aufleuchten, so dass sein Fell wie flüssiges Silber wirkte, das über seinen gesamten Rücken floss. Er war wunderschön und stand in seiner ganzen Pracht und Herrlichkeit vor Juri. Juri war überwältigt. Damit hatte er wirklich nicht gerechnet und er blickte geradeaus in die Augen des Wolfes. Silvermoon trat aus dem Schutz des Gebüsches heraus und stand nun direkt vor Juri. Dann hörte er plötzlich die gleiche

Stimme, von der ihm seine Großmutter Mascha erzählt hatte. „Da bist du ja endlich, Juri, ich habe lange auf dich gewartet. Mein Vater hat deinem Großvater vor langer Zeit das Leben gerettet. Damals hatte er ihn gebeten, ihn ebenfalls am Leben zu lassen. Als Dank dafür hat er eurem Dorf lange Zeit als Schutzgeist gedient. Dein Großvater hat sich an die Abmachung gehalten und mit ihm das ganze Dorf. Aber dein Vater hat sich von einigen habgierigen Dorfbewohnern dazu anstiften lassen, ihn zu jagen und zu töten. Und hier an dieser Stelle ist es damals geschehen. Wie mein Vater euch vorausgesagt hatte, konnte er das Dorf nicht mehr beschützen. Viel Leid ist seither über euch gekommen. Aber nun soll es aufhören. Ich bin der Sohn des legendären Wolfes Silvermoon, den ihr damals getötet habt. Seit dem Tod meines Vaters trage ich diesen Namen. Mein Vater hat mir sein Aussehen, seine Fähigkeiten und die Aufgabe vererbt, eurem Dorf als Schutzgeist zu dienen. Aber erst musstet ihr lernen, wie es ist, wenn unser Schutz fehlt. Ich denke, die Zeit für eine neue Zusammenarbeit ist nun gekommen und wenn ihr bereit seid, mein Leben und das meiner Familie zu achten und zu schonen, dann werde ich wieder als Schutzgeist dafür sorgen, dass euch und eurem Dorf kein Leid widerfährt."

Juri glaubte zu träumen, aber nein, es war Wirklichkeit. Dieser Wolf stand tatsächlich vor ihm und er hatte ganz deutlich diese Worte gehört. Er blickte ihm direkt in die Augen und versprach, sein Leben nie anzutasten und auch dafür zu sorgen, dass niemand im Dorf jemals wieder einen Silberwolf töten würde.

Juri hatte den Eindruck, dass Silvermoon ein wenig seinen Kopf nach vorn beugte, so als wolle er zustimmend nicken. Dann drehte sich der Wolf plötzlich um und war mit wenigen Schritten im Wald verschwunden. Juri blieb immer noch wie angewurzelt stehen und brauchte ein paar Minuten, bis er sich umdrehte und mit langsamen Schritten zu seinen Freunden zurück ging. Die standen mit erstaunten Gesichtern an den Sträuchern und erwarteten ihn. Sie hatten das Schauspiel aus der Entfernung beobachtet und trauten ihren Augen nicht. Als aber Juri nun unversehrt vor ihnen stand, überhäuften sie ihn mit Fragen. „Was war das denn? Warum hat der Wolf dir nichts getan? Hattest du denn gar keine Angst?", sprudelte es aus den beiden heraus. Juri musste sich erst ein wenig fangen und schaute sie an, als wären sie nicht von dieser Welt. Sein Gesichtsausdruck war, ja man kann sagen, entrückt. Aber schließlich, nach einigen Minuten, hatte er sich gesammelt und war er in der Lage, das Erlebte zu erzählen. „Nein merkwürdigerweise hatte ich keine Angst. Der Wolf war völlig ruhig und schaute mir geradewegs in die Augen. Und solche Augen habe ich noch nie bei einem Tier gesehen, auch nicht bei einem Haustier. Sie strahlten so viel Wärme und Güte aus, so dass ich gar nicht auf die Idee kam, dass er mich anfallen könnte. Und wisst ihr, heute Nacht hatte ich einen seltsamen Traum. Ich habe von einem Wolf geträumt, der auf einem Felsen stand und haargenau so aussah wie dieser, den ich heute hier gesehen habe. Und dieser Wolf hat mich mit meinem Namen gerufen. Ich denke, dass das etwas zu bedeuten hat." So langsam war es Zeit, dass sie aufbrachen, um nach Hause zu gehen, die Mitbewohner im Dorf würden sich Sorgen machen. So machten sich die drei auf den Rückweg. Sie gingen eine Weile schweigend nebeneinander. Jeder hing seinen eigenen Gedanken nach. Plötzlich blieb Juri unvermittelt stehen. Die beiden anderen sahen ihn groß und fragend an: „Was ist, Juri, ist dir schon wieder ein Geist erschienen?", spotteten sie. „Nein, nein, im Ernst. Ich glaube ich weiß nun, was das Ganze zu bedeuten hat. Könnt ihr euch noch an meine Großeltern erinnern? Damals, als mein Großvater noch jung war, hat ein Wolf ihm das Leben gerettet und damals hat er auch eine Stimme gehört, die ihm gesagt hat, dass dieser Wolf ein Schutzgeist für unser Dorf ist und er niemals getötet werden dürfte. Aber nach vielen

Jahrzehnten wurde ein solcher Wolf gejagt und zur Strecke gebracht. Ich kann mich noch sehr gut daran erinnern. Mein Vater war damals bei dieser Jagd abei. Sie haben dann das Fell in der Stadt für einen sehr hohen Preis verkauft. Aber das Geld ist nie im Dorf angekommen, da die Männer, die den Verkauf abgewickelt hatten, auf dem Rückweg verunglückten. Und der Mann, der das Geld bei sich trug, ertrank in einem See und ist nie wieder gefunden worden. Und seit dieser Zeit ging es unserem Dorf immer schlechter. Die Ernten waren schlecht. Es gab viele Unfälle mit Toten und so weiter und so fort. Könnt Ihr euch erinnern?", fragte Juri ganz aufgeregt seine beiden Begleiter. „Ja, wenn du das so erzählst, da ist etwas dran."
„Und noch etwas", fuhr Juri fort, „ich habe, als ich bei dem Wolf stand, eine Stimme gehört, genau wie mein Großvater damals. Ich hatte es vorhin erst für Einbildung gehalten, aber je mehr ich darüber nachdenke, um so mehr sehe ich, dass alles zusammenpasst. Mein Traum letzte Nacht, heute dieser Wolf, der mir nichts getan hat und die Stimme, die ich gehört habe. Sie hat mir ganz klar gesagt, dass er der Sohn des Wolfes ist, der damals meinen Großvater gerettet hat und der dann von unserem Dorf getötet wurde. Sein Sohn, dem ich vorhin gegenüber stand, heißt auch Silvermoon und er sieht haargenau so aus, wie meine Großeltern es mir immer erzählt haben. Da bin ich mir ganz sicher. Und ..." Juri machte eine kleine Pause. „Er hat mir auch gesagt, dass wir von nun an dafür sorgen müssen, dass diesem Wolf kein Haar gekrümmt wird. Dann wird er wieder als Schutzgeist unser Dorf beschützen und alles Leid abwenden. So, das war's." Juri holte tief Luft und schaute die beiden erwartungsvoll an. „Vielleicht hast du Recht. Aber wir sind zu jung. Wir haben das alles nicht miterlebt. Wir sollten sofort das ganze Dorf zusammenrufen, besonders die ganz Alten. Die können sich bestimmt an die Geschichte erinnern."
So sollte es geschehen.

Die drei sputeten sich, dass sie in das Dorf zurückkamen und es dauerte auch gar nicht lange, bis alle Dorfbewohner sich in einem Haus zusammengefunden hatten. Da herrschte eine Aufregung. Alle sprachen durcheinander, nachdem Juri von seinen Erlebnissen erzählt hatte. Aber schließlich meldete sich der Dorfälteste zu Wort. „Ich kann mich sehr gut an den Großvater von Juri erinnern. Wir waren Freunde. Er hat mir damals von seinem Erlebnis erzählt und ich habe nie an seinen Worten gezweifelt, warum sollte ich auch? Und ich weiß, dass es uns in dieser Zeit nie schlecht ergangen ist. Sicher, wir mussten auch damals hart arbeiten, aber wir hatten immer unser gutes Auskommen und es passierten in unserem Dorf auch keine größeren Unglücke. Wir wurden auch niemals von schweren Krankheiten heimgesucht. Das ging so lange gut, bis einige von den Jüngeren unbedingt diesen Wolf erlegen wollten, was ja dann auch geschah. Von dieser Stunde an wurden wir alle vom Unglück verfolgt und das Geld für das Fell dieses Wolfes ist nie in unserem Dorf angekommen.“ Er machte eine kleine Pause, da ihn das ganze doch ziemlich aufgeregt hatte und ihn das Sprechen nun anstrengte. Immerhin hatte er fast die Neunzig erreicht. Aber jedermann legte sehr viel Wert auf seine Meinung. „Also, was ich eigentlich sagen möchte, ist, dass ich Juri jedes Wort glaube. Ich finde, wir sollten uns wieder auf unsere alten Werte besinnen und unsere Natur und unsere Schutzgeister achten und ehren. Ich denke, wir sollten uns daran halten, was dieser Wolf Juri für uns mitgegeben hat.“ Und damit schloss er seine Rede.

Für eine kurze Weile herrschte nachdenkliches Schweigen. Der Erste, der es brach, war Juris Vater Mischa. „Ich finde, er hat Recht. Wir sollten uns daran halten, denn schließlich hat alles andere uns ja nur Kummer und Sorgen gebracht. Aber wir sollten abstimmen oder besser noch, jeder, der damit nicht einverstanden ist, soll sich jetzt melden und seine Meinung sagen. Also bitte … „ beendete Mischa seine kurze Rede. Niemand meldete sich und nach ein paar Minuten ergriff wieder Mischa das Wort „Also gut, dann halten wir uns von Stund an daran, was uns dieser Wolf geraten hat und ich bitte euch alle, dieses Versprechen zu ehren und, was noch wichtiger ist, gebt diese Geschichte immer an eure Kinder und Kindeskinder weiter. Denn es ist wichtig, dass sie für alle Zeit bewahrt wird, auf dass nie wieder Kummer und Leid dieses Dorf und seine Bewohner heimsucht.“ Damit schloss Mischa seine Rede und alle nickten zustimmend. Bald darauf löste sich die Versammlung auf und jeder ging in sein Haus zurück. In dieser Nacht lagen viele der Dorfbewohner noch lange wach und dachten über die Geschehnisse nach.

Silvermoon ging nach der Begegnung mit Juri langsam durch den Wald zurück. Er sehnte sich jetzt danach, sein Rudel und vor allen Dingen seine kleine Familie wieder zu sehen. Jetzt war für ihn endlich das Geheimnis gelüftet, was ihn an dieser Lichtung immer so beunruhigt hatte. Aber es war alles gut so. Sicher, sein Vater hatte sein Leben lassen müssen, aber so hatten er den Menschen die Möglichkeit gegeben, auch ihre Lernaufgaben zu bewältigen. Das war wohl der Lauf des Lebens, sinnierte er .Da sah er auch schon den Eingang seiner Höhle vor sich auftauchen und trat ein. Seine Rudelmitglieder begrüßten ihn freudig und auch er freute sich, sie alle wieder zu sehen. Besonders aber freute er sich beim Anblick seiner beiden jungen Wölfe und seiner Lebensgefährtin Smirna. Alle Wölfe spürten, dass mit Silvermoon heute etwas ganz Besonderes geschehen war und sie blickten ihn ehrfurchtsvoll, aber auch mit sehr viel Zuneigung und Vertrauen an. Silvermoon schlief und ruhig und zufrieden ein und verbrachte die Nacht an der Seite seiner Familie.

Die Bewohner des Dorfes in der sibirischen Taiga hielten sich in der Tat an das Versprechen, das sie sich an jenem denkwürdigen Abend gegeben hatten. Und so kam es, dass sie fortan in Ruhe und Zufriedenheit ihr kleines Leben dort in der unberührten Natur bestritten. Die Legende von Silvermoon aber wurde seit damals immer wieder an ihre Kinder weitergegeben und diese wiederum gaben sie ihren Kindern weiter. Und so lebten Silvermoon und seine Nachkommen in den Erzählungen der Menschen weiter und wer weiß, vielleicht streifen seine Nachfahren noch heute in den Vollmondnächten dort durch die dichten Wälder.

Auf Wolfspfoten

Petra May

Prolog

Dawson City, Kanada 1897
Müde und frustriert schleppten sich die beiden Männer vorwärts. Es war ein langer Tag gewesen, den sie auf Knien am Ufer des Yukon River verbracht hatten. Doch wie immer waren sie nicht in der Lage, eine Ausbeute vorzuweisen. Dabei hörte man gerade jetzt von berauschenden Goldfunden in diesem Gebiet, die irgendwelche Leute, mit denen das Schicksal es gut meinte, ihr Eigen nennen durften. Einzig diese Geschichten waren es, die ihre Hoffnung nährten und sie stets aufs Neue losziehen ließen. Bis jetzt jedoch hatte dieses Land ihnen kein Glück gebracht.
Die beiden Gleichgesinnten betraten die baufällige Holzhütte am Rande der Siedlung, die für sie in dieser Wildnis einem Zuhause am nächsten kam. Eine Öllampe erhellte das armselige Innere, die kleine Flamme flackerte heiter in dem Luftzug, der durch die geöffnete Tür hereinwehte. Das ganze, ohnehin schon spärliche Inventar war für Schnaps oder beim Glücksspiel draufgegangen und nun besaßen sie nicht viel mehr als die Kleidung auf ihrem Leib. Ihr Freund, den sie in der Frühe hier zurückgelassen hatten, lag noch immer zusammengerollt auf einer Decke am Boden. Eine weitere hielt ihn warm. Er schwitze und fror gleichzeitig, blickte ihnen aus fiebrig glänzenden Augen entgegen. Ohne Begrüßung erklärte er ihnen, er müsse Wasser lassen. Zu schwach, um selbst zu gehen, halfen die Männer ihm auf und schleppten ihn nach draußen. Während sie ihn stützten, konnte er sich erleichtern.

Gerade als er seine Hose geschlossen hatte, blickte er auf und stieß plötzlich einen schockierten Schrei aus.
„Silvermoon!“, keuchte er und stieß mit dem Finger in Richtung des Waldrands, der sich einige Meter hinter der Hütte erstreckte.
Die beiden anderen fuhren herum und blickten angestrengt in die beginnende Düsternis der Abenddämmerung.
Nichts, rein gar nichts.
Doch ihr Kumpan starrte mit aschfahlem, schweißnassem Gesicht auf etwas, was nur er zu sehen vermochte. Unsicher sahen die Männer sich an. Sie alle kannten die Legende und die Geschichten, die in Dawson über Kranke oder Verunglückte kursierten. Als plötzlich ein langgezogenes Wolfsgeheul sich in geringer Distanz erhob, fuhren die drei Männer erschrocken zusammen.
„Nein, noch nicht!“, war alles, was der Betroffene im Fieber zittrig artikulieren konnte. Mit ernsten Mienen trugen die beiden anderen ihn zurück in die Hütte und betteten ihn auf sein Lager. Als sie am nächsten Morgen erwachten, war sein Körper bereits erkaltet.

Kanadische Taiga, Gegenwart
Teil I
Wenn das Schicksal sich gegen dich wendet,
hält es Größeres für dich bereit.

1.Kapitel

Der Wald schien den Wolf wie ausgestorben zu umhüllen, alle Tiere waren verstummt unter der zwingenden Kraft seiner majestätischen Anwesenheit. Kein Laut war zu hören, als seine Pfoten federnd die vom Regen noch feuchte Erde überquerten. Doch der trughafte Frieden vermochte seine erfahrenen Sinne nicht zu täuschen. Er war sich der unzähligen Augen deutlich bewusst, die ihm aus sicheren Verstecken mit ängstlicher Neugierde folgten. Er ignorierte sie mit stoischer Gelassenheit; sein Magen war noch gesättigt genug, als dass eine Hetzjagd der Mühe wert gewesen wäre. Gemeinsam mit dem Rudel eines seiner zahlreichen Söhne hatte er erst vor kurzem Wild erlegt und seinen Hunger gestillt. Nun war er wieder unterwegs - allein, so wie es ihm unnatürlicher Weise am liebsten war. Ungebunden konnte er sein riesiges Territorium durchstreifen, ungestört unter den Weiten der blauen Wolkendecke, die durch die dichten Wipfel der Wälder leuchtete.
Mühelos erklomm der Wolf eine Anhöhe, deren dichten Graswuchs nur vereinzelte Kiefern und Fichten durchbrachen. Am höchsten Punkt verharrte er, die erhobene Schnauze witternd gen Himmel gereckt. Er konnte den Duft des Wassers riechen, dessen leises Gurgeln ihn in der Ferne verführerisch zu locken schien. Doch er achtete nicht auf die einladende Verführung, sondern lief in das sanfte Tal hinab, das sich breit zu seinen Füßen erstreckte. Während er in einem regelmäßigen, kraftsparenden Trab seinen Weg dem entfernt rauschenden Fluss stromabwärts folgend fortsetzte, kontrollierte seine empfindliche Nase, ob seine wenige Tage zuvor gesetzten Harnspuren noch ausreichend sein Revier markierten. Hier und da blieb er stehen, um die verblassten Duftspuren zu erneuern und das ressourcenreiche Gebiet unbestreitbar als das Seine zu kennzeichnen.

Nach etwa siebzehn Meilen erreichte er das Ende seines Territoriums, an dessen angrenzendem Gelände bereits der penetrante Harngeruch eines benachbarten Rudels deutlich auszumachen war. Mit unwilliger Gereiztheit nahm er den Geruch zur Kenntnis. Der Wolf machte kehrt und wandte sich in Richtung des Flusses, dessen einladendem Locken er nun nachgeben durfte. Er trabte einige hundert Meter stromaufwärts, ehe er durch eine dichte Hecke aus weiß blühenden Beerensträuchern brach. Vor ihm erstreckte sich der zügig dahin eilende Strom, der, eingebettet in zwei grasüberzogene, schmale Ufer, von hohen, schlank gewachsenen Tannen und Fichten bedrängt wurde. Über allem hing der junge Atem des anbrechenden Sommers, dessen sich frei entfaltende Sonnenstrahlen die Szenerie in freundliches Licht tauchten.
Doch der Wolf hatte keinen Blick für die frisch erblühte Schönheit, die Kanadas Taiga ihren Bewohnern huldvoll zu Füßen legte. Die Augen geradewegs auf einen Punkt der schräg gegenüberliegenden Flussseite fixiert, sträubte sich sein Fell, während die Lefzen sich zu einer einschüchternden Drohgebärde verzogen. Dabei entblößten sie die kräftigen Zähne, denen seine Art ihren Ruf als gefürchteter Jäger unter anderem zu verdanken hatte. Aus seiner Kehle rollte sich zunächst leise wie ein weit entferntes Echo ein tiefes Knurren hervor, das schließlich zu einem angriffslustigen Grollen anschwoll.
Unweit von ihm stand ein ausgewachsener Braunbär. Mit den beiden Hinterbeinen ins Wasser getaucht, troffen kleine Rinnsale von seiner schmalen Schnauze, deren Kaubewegungen bei seinem Anblick ins Stocken gerieten. Die Vorderpfoten hatte das Tier fest um die blutigen Überreste eines Lachses geschlungen, doch nun warf er den Rest seiner Mahlzeit ärgerlich beiseite und kam auf allen Vieren zum Stehen. Verärgert über den Störenfried öffnete er das große Maul. Ein imposantes Brüllen entströmte dem dunklen Schlund, sodass die warnende Botschaft sich unmissverständlich in die Weiten

der unberührten Natur schrauben konnte. Wenig beeindruckt fuhr der Wolf fort, seinen Anspruch auf die vor ihm liegende Nahrungsquelle zu erheben: Mit flach an den Kopf gepressten Ohren und zwischen die Hinterläufe gepresster Rute schnappte er drohend in Richtung des Gegners, stets begleitet von einem Wechsel an- und abschwellenden Knurrens.

Ein Bär war ein starker Opponent, selbst für einen Wolf; doch dieser hier war alt. Er hatte die besten Jahre seines Lebens bereits hinter sich gelassen und sollte sich im Alter nicht mehr zu unnötigen Kämpfen hinreißen lassen. Es sah allerdings so aus, als wäre eben jener einer völlig anderen Auffassung. Geifernd stellte er sich auf die starken Hinterbeine, seine langen, schmutzig weißen Krallen leuchteten im Licht der auftreffenden Sonnenstrahlen in bizarrer Reinheit. Voll gespannter Erwartung wappnete sich der Wolf für das Duell. Ein derartiges Kräftemessen schreckte ihn nicht. Er war kräftig, intelligent und gesund; er konnte diesen Kampf gewinnen. In diesem Augenblick fiel der Braunbär schwerfällig auf seine Vorderpfoten herab und zögerte einen Moment. Der leicht zur Seite geneigte Kopf auf dem behäbigen Körper verlieh ihm ein trügerisch harmloses Aussehen. Plötzlich setzte er sich in Bewegung – jedoch gemächlich und auch nicht in die erwartete Richtung. Das Tier wandte sich um und trollte sich über den Uferstreifen in den wartenden Schatten des Waldes.

Als er das braunpelzige Hinterteil unter der grünen Decke verschwinden sah, entspannte sich der Wolf allmählich. Die Anspannung in seinen Muskeln löste sich, während seine Ohren sich in eine aufrechte Position erhoben und sein ganzer Körper die leicht geduckte Angriffshaltung aufgab, um sich zu normaler Größe aufzurichten. Aufmerksam lauschte er den Geräuschen, die ihn umgaben. Nichts Verdächtiges war zu hören und der strenge Raubtiergeruch, der den Bären wie eine unsichtbare Wolke umgeben hatte, verschwand zunehmend. Als er völlig sicher sein konnte, dass ihm keine Gefahr mehr drohte, strebte er raschen Schrittes dem einladend plätschernden Wasser entgegen. Gierig tauchte seine Schnauze hinein und der Wolf genoss, wie das kühle Nass angenehm durch seine Kehle rann. Die unzähligen glitschigen Leiber der dahin strömenden Lachse machten einen ängstlichen Bogen um ihn. Nachdem er seinen Durst gestillt hatte, lief er einige hundert Meter in die Richtung, aus der er ursprünglich gekommen war, bis er in einem Gestrüpp einen geschützten Rastplatz erkannte. Er drehte sich ein paar Mal um die eigene Achse, wonach er sich dicht neben dieser Deckung auf dem harten Boden niederließ. Zufrieden schloss er die Augen und fiel kurz darauf in einen dösenden Schlaf, doch stets wachsam und zu allem bereit.

Weniger als eine Stunde war vergangen, als der Wolf plötzlich ruckartig den Kopf hob. Mit unruhigem Spiel der Ohren lauschte er aufmerksam nach dem seltsamen Geräusch, das in der Ferne immer mehr anzuwachsen schien. Alarmiert erhob er sich von seinem Ruheplatz, lief ziellos einige Schritte in jede Richtung, ehe er plötzlich zur Salzsäule erstarrend auf der Stelle verharrte. Das furchteinflößende Dröhnen kam immer näher, es schwoll an zu einem Orkan aus knatternden und röhrenden Lauten, der jegliches Geräusch in der Nähe verschluckte um daraus noch monumentaler hervorzugehen. Mit einem Mal kam das Ungeheuer in Sichtweite. Verwirrt beobachtete der Wolf, wie ein riesiger weiß-gelber Vogel sich hoch am Himmel keuchend und schnaufend mit seltsam schlingernden Bewegungen voran arbeitete und dabei eine rauchige, dunkelgraue Spur hinter sich herzog.

2. Kapitel

Das durchdringende Piep-Signal übertönte alles Ächzen und Stöhnen der kleinen Cessna 172 Skyhawk, die tapfer gegen die unerbittliche Übermacht der Erdanziehungskraft anzukämpfen versuchte. Es zerriss die Luft, hämmerte sich durch Sarahs Gehörgang in ihr Gehirn, sodass es ihr unmöglich schien, auch nur einen klaren Gedanken zu fassen.

„Das Triebwerk hat Probleme, ich hoffe, es hält durch!“, presste ihr Vater zwischen zusammengepressten Lippen hervor, ehe diesen Worten ein verzweifelter, derber Fluch folgte. Er saß vorn auf dem Pilotensitz, das Headset auf dem Kopf. Über das in Plastik integrierte Funkgerät, das in Mundhöhe angebracht war, versuchte er unablässig und mit zunehmender Panik in der Stimme, Kontakt zu irgendjemandem dort draußen aufzunehmen. Sein Nacken war gerötet und Sarah konnte von ihrem Platz im hinteren Teil der engen Maschine die dünnen Schweißbäche sehen, die sich dort zu einem größeren Rinnsal zusammenfanden. Ihr Kopf fühlte sich an wie leer gefegt, einzig der tosende Lärm um sie herum füllte das Vakuum, das ihre fliehenden Gedanken hinterlassen hatten. Das seit einiger Zeit andauernde ratternde Geräusch, das gemeinsam mit dem Warnton aus dem Cockpit zu einem absurd misstönenden Konzert angestiegen und Sarah bis in jede Faser ihres Körpers gedrungen war, brach schließlich mit einem Mal abrupt ab. Zurück blieb eine plötzliche, unheilschwangere Stille, die schlimmer war als alles andere. Neben sich vernahm das Mädchen ein entsetztes Aufkeuchen seiner Mutter. Diese schien zu ahnen, was ihr Mann ihr im nächsten Moment bestätigte: „Der Propeller dreht sich nicht mehr.“

Seltsam tonlos, mit einer erschreckenden Nüchternheit und Endgültigkeit erklang diese Prognose im Inneren des kleinen Flugzeugs. Sarah saß einen Augenblick lang einfach nur da, außer Stande irgendetwas zu fühlen oder gar zu tun. Das

nachgeschobene: „Wir gehen runter, haltet euch fest!“ ihres Vaters drang kaum an ihr Bewusstsein.
Dies alles schien sie gar nicht zu betreffen; es war, als würde sie unfreiwillig Zeugin der größten Katastrophe im bisherigen Leben zweier Menschen, der sie lediglich distanziert und beobachtend beizuwohnen in der Lage war. Das schrille Piepsen hatte in der Zwischenzeit wieder eingesetzt. Plötzlich ging ein Ruck durch Sarahs Körper, der sie schlagartig zu sich kommen ließ. Ein ängstliches Wimmern erfüllte die Luft und erst nach einigen Sekunden wurde ihr klar, dass es aus ihrer eigenen Kehle kam.
Das Flugzeug verlor nun ständig an Höhe und raste mit unglaublicher Geschwindigkeit steil in die sich unter ihnen ausbreitenden Untiefen der ewigen Weiten Kanadas. Sarah wurde gegen den Vordersitz gepresst, der eigentlich einem Copiloten zugedacht war, während der Anschnallgurt in ihre Taille schnitt und sich wie ein Gewicht auf ihre Brust drückte, das ihr schier den Atem raubte. Ihren Magen schien sie oben in der Luft zurückgelassen zu haben; dieses bizarre Gefühl erinnerte sie auf makabere Weise an Achterbahnfahrten, die ihr bei Besuchen im Vergnügungspark immer am meisten Spaß gemacht hatten.
Hilflos tastete sie nach ihrer Mutter, die ihre suchende Hand ergriff und sie, so gut es ging, an sich zog. In diesen Armen fühlte sie sich getröstet – sofern das in dieser Situation überhaupt möglich war – und in ihre Kindheit zurückversetzt, in der sie derartige Kuscheleinheiten geliebt hatte. Sarah spürte das unterdrückte Schluchzen ihrer Mutter als scheinbar korrespondierende Reaktion auf die Tränen, die lautlos ihre eigenen Wangen benetzten. Mit weit aufgerissenen Augen sah sie in den gähnenden Abgrund, der unaufhaltsam näher kam und sie, einem gierigen Schlund gleich, Stück für Stück zu verschlingen schien. Nur weniger als einen halben Meter entfernt lag ihr Vater halb auf dem wie ein Dreizack geformten

Steuerrad, das er so fest umklammert hielt, dass seine hervortretenden Knöchel die Farbe von Elfenbein annahmen. Das Mädchen sah, wie seine Mutter eine Hand auf die Schulter ihres Mannes legte, während die andere es noch immer fest umschlungen hielt. Als Sarah die liebevollen Lippen ihrer Mutter an ihrer Stirn spürte, bäumte sich ihr Innerstes entsetzt gegen diesen stummen Abschied auf. Das konnte doch nicht das Ende sein, nicht so!

„Mama …“, setzte sie an, doch als ihr Blick auf das furchtverzerrte Gesicht der Frau fiel, die sie geboren hatte, verstummte sie. Sie hatte ihre Mutter noch nicht oft weinen sehen, doch nun tat sie es – lautlos und mit bebenden Lippen. Ihre Eltern wussten, dass sie sie sehr liebte. Sie hatte es ihnen oft gesagt. Was also blieb noch zu sagen?

„Es tut mir leid …“, stammelte Sarah die ersten Worte, die automatisch in ihr aufstiegen.

In diesem Moment durchbrach das Flugzeug den dichten Teppich aus Nadelbäumen, der sich zuvor unter ihnen erstreckt hatte, und näherte sich mit unglaublicher Geschwindigkeit dem Boden. Der Versuch ihres Vaters, der Maschine ein letztes bisschen Kontrolle für die Landung abzuringen, schlug fehl. Dies wurde Sarah bewusst, als sie, mit aller Kraft an ihren beigen Ledersitz geklammert, die braune Erde auf sich zurasen sah.

„Den Kopf zwischen die Knie!“

Im letzten Moment erreichte sie der Warnschrei ihres Vaters, sodass sie ihre Stirn gegen die Oberschenkel presste, als sich die Welt um sie herum plötzlich in einem ohrenbetäubenden Krachen und Splittern aufzulösen begann. Ein glühender Schmerz durchzuckte Sarahs Körper wie ein Stromschlag, ehe tausende Punkte vor ihren Augen zerbarsten und sie in erlösender Dunkelheit versank.

Nur langsam kehrte ihr Bewusstsein nach einiger Zeit zurück, erhob sich aus der alles durchdringenden Finsternis in die düstere Zwischenwelt eines dämmerartigen Wachzustandes, ehe es die strahlende Helle der Realität erreichte und Sarah langsam die Augen aufschlug. Zunächst lag über allem ein verschwommener Schleier aus Schemenhaftigkeit. Panik stieg in ihr auf wie heiße Lava aus dem Bauch eines Vulkans, als er auch nach einigem Blinzeln nicht verschwand. Sie versuchte sich aufzusetzen, schaffte es aber gerade, den Kopf etwas anzuheben, bevor eine peinigende Schmerzenswelle sie gequält aufstöhnen ließ. Dicke Rauchschwaden hingen in der Luft, machten das Atmen schwer und schienen sich immer enger um das Mädchen zu schlingen. Direkt über sich erkannte es die schwachen Umrisse eines Eisenskeletts, dessen Metallstäbe wie abgebrochende Rippenknochen über Sarah hervorragten und sie in einem beinahe schützenden Geflecht wie ein Dach überspannten. Doch sie erkannte die großen, klaffenden Löcher, die gähnend auf sie herunter sahen und ihr Ausschnitte des ursprünglich wohl tiefblauen Himmels zeigten, der sich nun hinter einer milchigen Decke aus grauen Rußpartikel verbarg wie ein weit entfernt hallendes Versprechen. Sarah versuchte sich zu erinnern, doch das Denken fiel ihr schwer, als wären ihre Gehirnzellen nur noch eine zähe Masse, der es einfach nicht gelingen wollte, sich zu richtigen Gedanken zu formieren.

Eine warme, feuchte Flüssigkeit kitzelte ihr Gesicht, als sie sich einen Weg über ihre Züge hinab in Richtung des unbequemen Etwas bahnte, das sich ihr hart und unnachgiebig in den Rücken bohrte. Langsam hob sie die Hand und tastete nach ihrem Haaransatz. Als sie sie wieder sinken ließ, waren ihre Finger bis zu den Knöcheln mit Blut bedeckt.

Doch nun kam langsam ihre Erinnerung zurück: Der Absturz, ihre Todesangst … Aber wo waren ihre Eltern? Sie mussten doch in der Nähe sein, vielleicht brauchten sie Hilfe! Bohrende Angst zwang das Mädchen zu einem erneuten Versuch, sich aufzusetzen. Zentimeter für Zentimeter hob es seinen protestierend ächzenden Körper in eine sitzende Position, während es mit zusammengebissenen Zähnen die Schmerzen zu ignorieren versuchte, die eine Woge der Übelkeit in ihm aufstiegen ließen. Sarahs linker Arm pochte wie wahnsinnig, während ihr Kopf jeden Augenblick zu zerspringen drohte. Nachdem sie endlich eine aufrechte Sitzposition eingenommen und sich mit Hilfe eines leichten Trümmerregens von den Bruchstücken auf ihrem Körper befreit hatte, schloss sie für einen Moment erschöpft die Augen. Diese brannten vom beißenden Rauch und leuchteten vermutlich so rot wie ein Feuerwehrauto.

Hier oben war die Luft noch schlimmer; beinahe aller Sauerstoff war Abermillionen von Kohlenstoffmolekülen gewichen, die um das Mädchen herumtanzten und es mit ihrer dunklen Sichtblockade zu verhöhnen schienen. Ein würgendes Husten bahnte sich einen Weg durch Sarahs Kehle, die rau wie Schmirgelpapier nach einem Tropfen Flüssigkeit lechzte. Ihre Lungen begannen zu schmerzen, immer schwerer konnte sie sich des Gefühls erwehren, ersticken zu müssen. Wenn sie schleunigst hier herauskam, bestand die Chance, einer drohenden Rauchvergiftung zu entkommen. Vorsichtig ließ das Mädchen sich auf die Knie nieder und robbte in die Richtung, in der sie den nahe gelegenen Ausgang vermutete. Harte Metallteile stachen in seine Beine, in denen sich allmählich eine seltsame Taubheit auszubreiten begann. Doch plötzlich krabbelte es über etwas Weiches, Fleischiges, das unter seinem Gewicht ein wenig nachgab und den schmerzenden Gelenken eine leichte Linderung verschaffte. Überrascht blickte Sarah nach unten und erstarrte: Sie blickte direkt in das schmutzbedeckte Gesicht ihrer Mutter, das mit leeren Augen in die tiefgrauen Qualmwolken starrte, die sich um den erkalteten Leib schmiegten. Doch auch der Dunst vermochte den grausigen Anblick nicht zu verbergen, der Sarah das Blut in den Adern zu Eis gefrieren ließ. Aus der Brust ihrer Mutter ragte eine etwa einen halben Meter lange Eisenstange empor, die völlig blutverschmiert in einen roten See mündete, der das zartgrüne T-Shirt in eine klebrige, mischfarbige Stoffmasse verwandelte. Sarahs Hände befanden sich auf der rechten Körperseite ihrer Mutter in Höhe der Oberschenkel. Sie hatten sie in dem Versuch, schnell vorwärts zu kriechen, einfach übersprungen, während ihre Knie direkt auf dem linken Unterarm des Leichnams gelandet waren. Ein lautes Kreischen flüchtete aus der Kehle des Mädchens, das wie von Sinnen aufspringen wollte. Doch durch ein hartes Hindernis dort oben in eine gebückte Haltung gezwungen, stolperte es blind in gebückter Haltung weiter. Das andauernde Schreien aus seinem Mund schwoll unbewusst zu einer irrsinnigen Lautstärke an, während es mit ausgestreckten Armen durch den schwarzen Nebel hastete. Nur zwei Schritte später durchbrach Sarah endlich die Wände des Flugzeugs durch ein klaffendes Loch am seitlichen Rumpf der Maschine, wankte mit tränenden Augen und erstickten Schreien ins Freie, die langsam in ein röchelndes Husten übergingen. Sie konnte die frische Luft förmlich spüren, die sie gierig in ihre geschundenen Lungen sog, doch der penetrante Würgereiz in ihrer Kehle ließ sich nicht beruhigen. Plötzlich wurde Sarah schwarz vor Augen. Schwer fiel sie auf die Knie, während kalter Schweiß ihren Rücken hinunter lief und sie sich hilflos auf das saftige Gras übergab. Anschließend verharrte sie keuchend in ihrer Position, versuchte verzweifelt das grausige Bild ihrer Mutter –aufgespießt wie ein zum Braten angerichtetes Tier - abzuschütteln. Doch vergeblich; es schien sich unauslöschbar in ihre Regenbogenhaut eingebrannt zu haben.

Es war eine Erleichterung, nicht mehr den beißenden Qualm in den Augen zu spüren, doch nun verschleierte eine Wand aus Tränen ihre Sicht. Das Mädchen versuchte sich zusammenzureißen. Seiner Mutter konnte es nicht mehr helfen, doch vielleicht gab es für seinen Vater noch Rettung? Mit Grauen dachte Sarah daran, was sie erwarten mochte, schob diesen Gedanken aber gleich entschlossen von sich. Sie hatte kein Recht, hier mit sinnloser Spekulation Zeit zu vergeuden; Zeit, die ihrem Vater womöglich das Leben kostete. Unsicher erhob sie sich, stand einen Moment schwankend auf ihren zwei Beinen, ehe sie sich sicher sein konnte, das Gleichgewicht halten zu können. Mit der rechten Hand umfasste sie ihren schmerzenden linken Arm, in dem ein eigenes Herz wild zu pochen schien, und wandte sich dem hinter ihr liegenden Flugzeug zu. Oder eher dem, was von ihm noch übrig geblieben war. Ein Bild der Verwüstung bot sich dem Mädchen: Trümmer lagen weit verstreut über den lichtungsartigen freien Streifen, vor dem die Bäume scheinbar fluchtartig zurückgewichen waren; der kurze Rumpf der kleinen Maschine, aus dem Sarah zuvor herausgebrochen war wie aus einem gebärenden Mutterschoß, lag noch am ehesten unversehrt vor ihr und nur einige mannshohe Löcher sowie Risse zeugten von den Geschehnissen. Doch die Tragflächen waren in dem zerbeulten Metallhaufen kaum noch zu erkennen, während der Kopf der Cessna sich in die Erde gegraben hatte und nun auf groteske Weise an eine weiße Ziehharmonika erinnerte. Das Ende des Flugzeugs ragte zunächst steil in die Luft, ehe es abgebrochen und wie an einem Faden hängend gen Boden strebte. Noch immer bedeckte der allgegenwärtige schwarze Rauch die Szenerie. Jetzt nahm Sarah zum ersten Mal auch das leise Knistern zahlreicher kleiner Flammenherde wahr, die sich mit unerbittlichen Feuerzungen nach allem Umliegenden in greifbarer Nähe verzehrten. Als sie sich dessen bewusst wurde, lief es ihr eiskalt das Rückgrat hinab. Die ganze Maschine konnte jede Sekunde in die Luft fliegen, wenn das Feuer auf den vollgefüllten Tank traf oder dieser – Gott bewahre – auslaufen sollte. Blieb ihnen denn gar nichts erspart? Mit einem ängstlichen Fluch auf den Lippen warf sich das Mädchen in die düstere Wand, wich vorsichtig den züngelnden

Flammen und scharf herausstechenden Metallteilen aus, bis es die Stelle erreichte, an der es den Pilotensitz vermutete. Sein Herzschlag beschleunigte sich, als vor ihm die schemenhaften Umrisse einer menschlichen Gestalt auftauchten. Sarahs lädierte Lungen protestierten heftig, als der schwere Qualm sie erneut malträtierte, doch sie schenkte dem drohenden Hustenanfall keinerlei Beachtung, sondern beugte sich mit zusammengekniffenen Augen zu ihrem Vater hinunter. Er war zwischen zwei Trümmerteilen eingeklemmt, die einmal das Cockpit gewesen sein mussten, und hatte die Augen geschlossen, die Stirn fest wider das Steuerrad gedrückt. Ganz friedlich saß er da und schien zu schlafen. Hoffnung brandete durch Sarahs Adern wie Rauschgift.

„Papa? Papa, sag doch was! Papa!" Ihre Stimme klang rau und heiser, selbst in ihren eigenen Ohren wie die einer Fremden.

Eisige Kälte breitete sich in ihr aus, als jede Reaktion ihres Vaters ausblieb, die ein Lebenszeichen versprechen könnte. Er hatte eine Kopfwunde, die ebenso stark blutete wie ihre es tat, doch sonst waren keine weiteren Verletzungen zu erkennen. Das Mädchen beugte sich durch das verformte Fenster hinein, wobei es sich an den scharfkantigen Überresten der Scheibe die Schulter aufschlitzte. Doch dies nahm Sarah gar nicht wahr. Ihre Augen fixierten das letzte Elternteil, das ihr möglicherweise noch geblieben war. Sie schüttelte den Körper sanft. „Komm schon, Papa, wir müssen hier weg."

Doch dieser schien gefangen zu sein in ewiger Stille. Tränen nässten Sarahs Wangen, als sich diese Ahnung mit unerbittlicher Endgültigkeit in ihr ausbreitete. Langsam hob sie ihren Zeigefinger, fühlte die unabwendbare Abwesenheit des Pulsschlags am Hals ihres Vaters.

3. Kapitel

Ein Schrei erfüllte die Luft, so qualvoll und schmerzerfüllt, als käme er direkt aus der Hölle zu ihm emporgestiegen. Der Wolf verharrte im Schutz der Bäume, von wo aus er die Geschehnisse von Beginn an beobachtet hatte. Er war dem monströsen Vogel gefolgt, als dieser mit unglaublicher Wucht zu Boden krachte und dort in einem letzten, kraftlosen Atemzug ein Menschenmädchen ausgespuckt hatte, das sich mehr schlecht als recht noch aufrecht hielt. Er war Zeuge geworden, wie es auf die Knie gesunken und erst nach einiger Zeit wieder auf die Beine gekommen war. Sein Blick vorfolgte durch die sich allmählich lichtende, dunstige Wand, wie das Mädchen nun in Kopfhöhe des Vogels gegen dessen weiß schimmernde, unnatürlich glatte Haut sank und unablässig darauf einschlug, wobei es diese unmenschlichen Schreie ausstieß, die ihm unwillig das Fell zu Berge stehen ließen. Abwartend beobachtete der Wolf die junge Frau, als diese sich mit langsamen, schwerfälligen Bewegungen abwandte und begann, sich am vorderen Teil des seltsamen Ungetüms zu schaffen zu machen. Sie zog und zerrte an irgendeinem schweren Gegenstand, der ihren Bemühungen trotzte, bis er schließlich nachzugeben schien und das Mädchen einen bewegungslosen Körper ein Stück in Richtung der gegenüberliegenden Baumgruppe schleifte. Es handelte sich um einen menschlichen Leichnam; der Geruch des Todes stieg dem Wolf in die Nase, als die andauernde, sanfte Brise erneut über ihn hinweg strich. Das rechte Bein des Mannes war seltsam verdreht, in einem unnatürlichen Winkel stach es zur Seite wie die Dornen einiger wilder Sträucher. Unter dem schweren Gewicht taumelnd, zog das Mädchen die Leiche dennoch verbissen weiter, bis es den Schatten des ersten Baumes erreicht hatte. Dort ließ es seine Last vorsichtig, beinahe sanft, vollständig zu Boden gleiten. Schwankend hielt die junge Frau einen Moment inne, sie

schien erschöpft zu sein und äußerst geschwächt. Doch schon in der nächsten Sekunde fasste sie sich und humpelte zurück zu dem monströsen, vogelartigen Etwas, in dessen Leib sie verschwand, als hätte sie nie existiert.
Der schwere Qualm, der über der gesamten Szenerie gelegen hatte, verflüchtigte sich nur langsam und reizte die feine Nase des Tieres, bis sie unangenehm brannte. Der Wolf zögerte; er sollte einfach weiterziehen und diesen Menschen sich selbst überlassen. Er würde sich von ihm nicht entdecken lassen, und sollte ein anderer die junge Frau töten, dann konnte es ihm egal sein. Doch irgendetwas hielt ihn zurück; es war das unerklärliche Gefühl, jetzt genau am richtigen Ort zu sein. Es fühlte sich beinahe so an, als würde er von unsichtbaren Fäden in seinem Versteck gehalten werden, als hätten seine Pfoten kurzerhand eigenmächtig die Kontrolle über seinen Körper übernommen. Ergeben verharrte er in seiner Position, bis das Mädchen wieder erschien. Rückwärts krabbelnd schien es direkt dem Magen des Untiers zu entschlüpfen, erneut eine reglose Gestalt hinter sich herziehend. Auch diesen Leichnam hatte es, wie zuvor den anderen, unter den Achseln gepackt und zerrte ihn Meter für Meter mit sich. Sofort intensivierte sich der Geruch nach Blut, der bisher nur fein wie ein flüchtiger Duft über dem lichtungsähnlichen Ort geschwebt hatte; schwer und metallisch durchdrang er nun die Luft.
Unter den schwachen Strahlen der vor kurzem erwachten Frühjahrssonne erkannte der Wolf den Grund: Inmitten der Brust der toten Frau prangte ein Loch in der Größe eines dicken Astes. Die Wundränder waren ausgefranst, ebenso das darüber liegende Kleidungsstück. Das Mädchen legte den leblosen Körper sanft neben die andere Gestalt unweit der Baumgruppe und begann mit schwerfälligen, mechanisch wirkenden Bewegungen Steine beisammen zu tragen. Es war eine langwierige Arbeit; die Gesteinsbrocken waren klein und bedeckten nur kleine Bruchteile der beiden Leichen, die Stück

für Stück unter ihrem grauen Grab verschwanden. Als nach einer kleinen Ewigkeit nur noch die Gesichter zu sehen waren, betrachtete das Mädchen sie lange, von anhaltenden Schluchzern geschüttelt, ehe es die letzte Ruhestätte über ihnen schloss. Wie ein kleiner Berg hob sich der Steinhaufen gegen die aus Grün und Braun bestehende Landschaft ab und ragte wie ein letztes, stummes Mahnmal gen Himmel. Völlig verausgabt sank die junge Frau vor dem Grab in die Knie und rollte sich auf dem festen Waldboden zu einer Kugel zusammen, lediglich das leichte Heben und Senken des Oberkörpers bewies, dass sie noch atmete.

Unentschlossen lief der Wolf einige Schritte zur Seite, ehe er wieder an seinen Ausgangspunkt zurückkehrte. Sollte er gehen? Sollte er bleiben? Er entschied sich, einen kleinen Abstecher zum Fluss zu machen und später noch einmal hier vorbeizukommen, um zu sehen, ob der Mensch verschwunden war. Zielstrebig wandte er sich nach links und folgte dem unsichtbaren Pfad unter dem schützenden Dach der Fichten und Kiefern hindurch in Richtung Westen. Der Wolf genoss es, die weichen, federnden Baumnadeln, die das kurze Gras durchsetzten, unter seinen Pfoten zu spüren. Allmählich näherte er sich dem Flussbett und stieß seine Schnauze in das kühle Wasser. Anschließend durchquerte er den gurgelnden Strom an einer seichten Stelle, ehe er sich auf einer anderen Route zurück zum Unfallort begab. Diesmal näherte er sich von der Baumgruppe, die ihm zuvor gegenüber gelegen hatte. Der verendete Vogel im Hintergrund hatte in der Zwischenzeit aufgehört zu qualmen und er konnte deutlich den gesamten Schauplatz überblicken. Ganz nah ragte der steinerne Hügel nun vor ihm auf, vor dem sich noch immer das zusammengekauerte Mädchen an die braune Erde schmiegte wie in eine tröstende Decke. In der Nähe des Kopfes war sie jedoch seltsam schlammartig aufgeweicht, obwohl rundherum keine Anzeichen einer sonstigen Bodenveränderung zu finden waren.

Plötzlich durchbrach ein leise, fiependes Geräusch die Stille, das die Ohren des Wolf in aufmerksamem Lauschen nach vorne schießen ließ. Auch die junge Frau unweit vor ihm hatte es gehört; diese Lautstärke war wohl auch für menschliches Gehör problemlos wahrnehmbar. Vorsichtig hob sie den Kopf, suchte mit misstrauischem Blick die Gegend ab und horchte. Da war es wieder, etwas lauter diesmal und aufgeregter. Nun erkannte der Wolf nicht nur, was das war, sondern auch, wer. Ohne zu zögern sprang er mit langen Sätzen im Schutz der Bäume vorwärts, um möglichst schnell und ungesehen zur anderen Seite des lichtungsartigen Einschnitts zu gelangen.

Aus den Augenwinkeln sah er, wie das Menschenmädchen sich langsam erhob und unsicheren Schrittes dem klagevollen Jammern folgte. Er fletschte die Zähne bei dem Gedanken, dass es vor ihm dort ankommen könnte, doch wieder hielt ihn etwas zurück, den direkten Weg durch dessen Sichtfeld zu nehmen. Als nur noch ein einziger Baum ihm den Blick verwehrte, wusste er, dass die junge Frau bereits dahinter wartete. Er konnte sie nicht nur riechen, sondern auch hören. Unablässig erklangen seltsame Laute, die angenehm wie ein rauschender Wasserfall dahin flossen und dennoch ohne Sinn blieben. Dann trat er mit einem drohenden Grollen in der Kehle hinter dem dicken Stamm hervor, die Nackenhaare einschüchternd aufgerichtet und den Kopf mit gebleckten Zähnen nach vorne gereckt. Das Mädchen verharrte in seiner Bewegung wie eine Statue; die Hand ausgestreckt nach dem kleinen Welpen, der abwehrend knurrte und panisch so weit vor dem Menschen zurückwich, wie es die dicke Wurzel zuließ. Wie eine natürliche Schlinge ragte sie aus dem Erdboden und umklammerte unnachgiebig den Hinterlauf des Kleinen. Mit furchtdurchfluteten, blauen Augen unter dem zerzausten, blonden Haarschopf sah die junge Frau zu dem Wolf auf, der sie in ihrer hockenden Position um Längen zu überragen schien. Der

Schock in ihrem schmutzigen Gesicht wich einer Mischung aus Angst und purem Erstaunen.
„Silvermoon!“, murmelte sie entgeistert.

4. Kapitel

Vor Sarah stand ein Wolf - der Größe nach zu schließen, ein Männchen - mit wild funkelnden, bernsteinfarbenen Augen, die sie entschlossen und drohend fixierten. Von seinem hellgrauen Fell, dessen wenige dunklere Strähnen sich am Ende der Rute zu einer beinahe schwarzen Spitze vereinigten, schien ein schwaches, unnatürliches Leuchten auszugehen, das sie irritiert blinzeln ließ. Offenbar hatte ihr Kopf bei dem Absturz mehr abgekommen, als sie angenommen hatte. Dennoch konnte sie sich der Erinnerung nicht erwehren, die sie bei diesem Anblick durchschoss wie eine hell aufflackernde Kerzenflamme. Sie sah ihren Vater vor sich, wie er auf seinem Lieblingssessel saß, die rahmenlose Lesebrille auf der Nase und ihr mit untermalenden Gesten eine Geschichte erzählte. Sarah glaubte, die volle Bassstimme ihres Vaters förmlich hören zu können.

„Hör mir mal zu, Sarah.“

„Oh nein, schon wieder eine Geschichte über Kanada?“ Ihre eigenen, genervt klingenden Worte dröhnten in ihren Ohren. Dabei hatte sie in Wirklichkeit immer gern zugehört, wenn ihr Vater ihr von Kanada vorgeschwärmt hatte. Er hatte dieses Land geliebt. Sein größter Wunschtraum war es gewesen, eines Tages von Deutschland hierher zu ziehen und in ihr hatte er mit seinen faszinierenden Erzählungen eine tiefe Sehnsucht geweckt, die sie sich selbst nicht erklären konnte.

„Natürlich“, hatte er gelächelt und sie war still gewesen, hatte aufmerksam gelauscht.

„Eine kanadische Legende besagt, dass in den wunderschönen Weiten der Taiga ein Wolf namens Silvermoon zu Hause ist. Es ist kein gewöhnliches Tier: Sein silbernes Fell strahlt hell wie der Mond und es stirbt niemals. In seinem ewigen Leben streift dieser Wolf allein durch die Wälder; wenn man genau hinhört, kann man ihn einsam dort draußen heulen hören. Er meidet Menschen. Man sagt, jeder, der ihn sieht, wird bald darauf sterben. Silvermoon selbst ist weder gut noch böse, er zeigt sich den Totgeweihten, um diesen zu zeigen, dass ihr Ende naht.“

Dass ihr Ende naht ... Dieses Echo hallte in Sarahs Innerem nach als wäre sie eine Glocke, die zu fest angeschlagen worden war. Energisch schüttelte sie den Kopf, um diesen Gedanken zu vertreiben. Das war einfach lächerlich, gerade jetzt hatte sie wirklich andere Sorgen als sich von irgendeiner Schauergeschichte Angst einjagen zu lassen. Davon verspürte sie im Augenblick sowieso schon mehr als genug und das verdankte sie dem riesigen Wolf, der ihr nun durch einen warnenden Biss in die Luft mit seinen beachtenswert großen und scharfen, gelblichen Zähnen unter den unheilvoll gehobenen Lefzen eindeutig zu verstehen gab, was passieren würde, wenn sie die Finger nicht von dem Welpen ließe.

Unter dem einschüchternden Blick des erwachsenen Tiers drang die Furcht bis in die kleinste Ecke ihres Körpers, doch ihr Verstand arbeitete gestochen scharf. Entschlossen ignorierte Sarah das verstörende, leichte Strahlen, das von dem Tier auszugehen schien, mit der stummen Selbstversicherung, dass es dafür mit Sicherheit eine vernünftige Erklärung gab: Die Sonnenstrahlen beispielsweise, oder ihretwegen sogar Radioaktivität – obwohl der Gedanke, von einem verstrahlten Wolfmutanten angegriffen zu werden, auch nicht gerade verlockend war.

Ihr Atem flog. Unsicher, wie sie sich weiter verhalten sollte, blieb sie still sitzen und zog ganz langsam ihre ausgestreckte Hand zu sich heran. Silvermoon – Sarah konnte nicht anders, als ihren eindrucksvollen Gegenüber dennoch so zu nennen – verharrte wie aus silbrigem Stein gemeißelt in seiner Position, während der Welpe ihr ebenfalls seine kleinen, spitzen Zähne zeigte.

Blitzschnell wirbelten in Sarahs Kopf die Gedanken durcheinander. Sie hatte nun genau zwei Möglichkeiten. Die

Erste bestand darin, sich umzudrehen und schnellstmöglich wegzulaufen, obwohl sie bezweifelte, dass Silvermoon sie so einfach gehen lassen würde. Oder aber sie blieb und versuchte ihr Glück. Nachdenklich betrachtete sie das Wölfchen, das keinen Meter von ihr entfernt furchtsam am Boden kauerte. Es war ein hübscher kleiner Kerl mit schwarzumrandeten, gelbgrünen Augen und einem weich aussehenden Fell, bestehend aus einer breiten Palette verschiedener dunkler Brauntöne. An den Läufen gingen die helleren Härchen in ein milchiges Weiß über, das auch den keilförmigen Fleck auf seiner dunklen Brust kennzeichnete. Sie musste ihm einfach helfen. Erneut begann Sarah beruhigend auf ihre nun verdoppelte Zuhörerschaft einzusprechen. Es war nicht wichtig, was sie sprach. Ihr erschien es, als vergingen Stunden, in denen das seltsame Trio einfach nur auf der Stelle verharrte und einander nicht aus den Augen ließ, während der Klang ihrer Stimme die Luft erfüllte. Und vielleicht war es tatsächlich so. Sie hatte jegliches Zeitgefühl verloren, in ihren angewinkelten Beinen vermeinte sie unzählige Ameisen einen Marathon austragen zu spüren. Endlich vermochte ihr ruhiger Tonfall zu dem Welpen durchzudringen; er hörte auf zu knurren und seine zurückgelegten Ohren richteten sich lauschend nach vorne. Der sanfte Singsang schien ihm zu gefallen. Der Kleine blieb angespannt und wachsam, doch seine natürliche Neugierde war geweckt. Ängstlich warf Sarah einen Blick auf seinen erwachsenen Beschützer. Silvermoons Ausdruck hatte sich verändert: Die Ohren nun leicht aufgerichtet, war das anhaltende Grollen in seiner Kehle verstummt. Ob er erkannt hatte, dass von ihr keine Gefahr ausging? Doch auch weiterhin blickten seine Augen, die glänzten wie flüssiger Honig, misstrauisch und seine Lefzen blieben erhoben. Dennoch wertete Sarah diese Körperhaltung als gutes Zeichen.

Wieder zerrte der Welpe an seinem Bein, doch die knorrige, braune Wurzel ließ es nicht aus seiner Position. Zögernd

streckte das Mädchen die Hand nach der Pflanzenschlinge aus, als ein gefährlich klingendes Knurren es erneut innehalten ließ.
„Erlaubst du, dass ich dem Kleinen helfe?“, wandte sich Sarah nun direkt an Silvermoon.
„Er schafft es nicht, sich selbst zu befreien und du kannst ihm vermutlich auch nicht helfen.“ Sarah wartete einen Moment, ehe sie einen neuen Versuch unternahm. Diesmal ließ das erwachsene Tier sie gewähren, aber sie war sich des drohenden Blickes mehr als bewusst, mit dem es jede ihrer Bewegungen verfolgte, jeder Zeit bereit, sofort einzugreifen. Das Wölfchen zuckte zwar zusammen, als ihre Hand sich ihm näherte, aber außer seinen faszinierend funkelnden Augen, die sie furchtsam musterten, bewegte sich der kleine Körper nicht. Sarah zog und zerrte an der überraschend zäh anmutenden Wurzel, sie riss daran, bis ihre Nägel bluteten. Erst nach etlicher Anstrengung gab die natürliche Schlinge der Kraft ihrer Arme nach und ließ von ihrer fest umklammerten Beute ab. Sofort zog der Welpe seinen Fuß zurück und sprang in wenigen Sätzen zwischen die schützenden Beine seines Beschützers, der ihn neugierig beschnupperte und leicht mit der Schnauze anstieß. Anschließend richtete Silvermoon sich auf, blickte der erleichterten Sarah einen Moment lang direkt in die Augen. Sie leuchteten intensiv und tiefgründig wie zwei goldene Seen. Dann legte er das Maul um die Partie zwischen Rücken und Nacken des Kleinen, klemmte ihn zwischen seine Zähne und nahm ihn hoch, obwohl dieser der Größe nach schon etwas zu alt für eine derartige Behandlung schien. Unauffällig, wie er gekommen war, verschwand er im Wald und ließ Sarah in benommener Verwirrtheit zurück.
Sie fühlte sich, als würde sie soeben aus einem Traum erwachen, der erschreckend und wunderschön zugleich gewesen war. Ihr Innerstes wogte wie ein aufgewühltes Meer, durchzogen von einer tiefen, rätselhaften Sehnsucht nach etwas, das sie nicht zu deuten vermochte. Mit einem ent-

schlossenen Kopfschütteln befreite sich Sarah aus diesem tranceähnlichen Zustand und als sie sich mit schweren Gliedern erhob, katapultierte sie der pochende Schmerz in ihrem linken Oberarm, der von einer tüchtigen Stauchung herrühren musste, und das unangenehme Ziehen in einem ihrer Beine sie unsanft in die Realität zurück. Auch Sarahs Kopf schmerzte höllisch, obwohl die Wunde an ihrer Stirn schon lange aufgehört hatte zu bluten. Langsamen Schrittes kehrte sie zu dem Ort zurück, an dem das Schicksal so rücksichtslos in ihr Leben eingegriffen hatte. Alles ruhte in trügerischem Frieden unter der angenehm wärmenden Nachmittagssonne; das Flugzeugwrack erinnerte in seinem verwundeten Zustand der Zerstörung an einen bruchgelandeten Vogel, dessen luftiges Grab gemeinsam mit denen ihrer Eltern in ewiger Ruhe verweilte. Sie hatte die beiden zusammen begraben, auch im Tod sollten sie vereint sein. Jedes Detail ihrer Gesichter hatte sie ein letztes Mal in sich aufgenommen um dieses Bild für immer in sich tragen zu können. Mit den geschlossenen Augen hatte es gewirkt, als würden ihre Eltern lediglich schlafen; der friedliche Ausdruck einem Trotz der Ereignisse gleich.

Mit der zerstörerischen Wucht einer Abrissbirne traf Sarah plötzlich die endgültige Erkenntnis, dass sie ihre Mutter und ihren Vater wirklich nie wieder sehen, ihre Stimmen nie wieder hören, ihr liebevolles Lächeln nie wieder auf sich ruhen spüren würde. Eine vernichtende Woge der Verzweiflung, die durch den Schock bisher weitestgehend in den Hintergrund ihres Bewusstseins gedrängt worden war, grub sich an die Oberfläche und rollte wuchtig über sie hinweg, während der ohnmächtige Schmerz, der in ihrem Herzen wütete, ihr förmlich den Atem raubte. Schluchzend schlug das Mädchen die Hand vor den Mund, den Oberkörper unter der erdrückenden Last der Gefühle gen Erdboden gekrümmt. Die Tränen, die unaufhörlich aus Sarahs Augen rollten, verschleierten ihre Sicht als sie die wenigen Schritte, die sie noch von dem majestätisch

aufragenden, steinernen Hügel trennten, zurücklegte und dicht an ihn gepresst niederkauerte. Weinend krallte sie ihre Finger in den Wall aus Gesteinsbrocken, schmiegte das Gesicht an seine graue Härte in dem wild lodernden Wunsch, ihren Eltern noch einmal nahe zu sein.
Es war alles ihre Schuld: Nur wegen ihr hatten ihr Vater und ihre Mutter letztendlich den Entschluss gefasst, Deutschland zu verlassen und nach Kanada auszuwandern. Allein ihretwegen war die Wohnung in Berlin verkauft, die Koffer gepackt und das Linienflugzeug bestiegen worden, dass sie nach Vancouver gebracht hatte. Dort wurden sie bereits von der erst kürzlich erworbenen kleinen Cessna 172 Skyhawk erwartet, die sie unter den erfahrenen Hobby-Pilot-Händen ihres Vaters zu ihrem endgültigen Ziel und neuen Heimatort Arviat am Westrand der Hudson Bay transportieren sollte. Doch so weit waren sie nicht gekommen.

Ihre Eltern hatten ihr altes Leben für sie aufgegeben, sich von allen Wurzeln gelöst, nur für sie. Und trotzdem saß sie nun hier, lebendig und größtenteils unversehrt, während die beiden nie wieder die Augen öffnen würden. Das war einfach nicht gerecht: Sie, Sarah, sollte jetzt unter diesem schweren Steinhaufen liegen, während ihre Eltern den Absturz überlebt haben müssten, um nun ihr Dasein auf dieser Welt normal beenden zu können. Oh, was hatte sie getan! Wäre sie doch nie zu dieser verfluchten Party in Jessicas Studentenwohnheim gegangen, dann wäre ihre Welt jetzt noch in Ordnung. Hätte sie doch die Finger von dieser verdammten Bowle gelassen … Mit einem Mal fühlte sich Sarah zurückversetzt an den schwülen Samstagabend im Juni des vergangenen Jahres: Sie lag wieder auf den kalten Fließen, die sich in ihren erhitzten Rücken brannten, fühlte das panische Wummern ihres Herzens, als sie sich gegen das erdrückende Gewicht auf ihrem Körper zu wehren versuchte. Sein unterdrücktes Keuchen dröhnte erneut

in ihren Ohren; sie glaubte den stinkenden, heißen Atem, die gierigen Hände wieder überall auf sich zu spüren …
Sarah bekam keine Luft mehr; hilflos schnappte sie nach Sauerstoff und schlug in dem hoffnungslosen Versuch, die peinigenden Bilder damit vertreiben zu können, die Hände vor die Augen. Langsam rutschte das Mädchen den Steinberg herab, rollte sich am Fuß des Grabhügels zu einer schützenden Kugel zusammen wie ein Embryo im Mutterleib, die Arme fest um den eigenen Rumpf geschlungen. Es dauerte einige Minuten, bis Sarahs Kopf allmählich wieder klarer wurde, ihr Atem ruhiger ging und das anhaltende Zittern ihres Körpers nachließ. Sie hatte es schon wieder zugelassen, war zu schwach gewesen, sich der aufkommenden Panikattacke zu erwehren. Seit jenem Tag im letzten Sommer waren diese ihre treuesten Begleiter, trieben ihr grausames Spiel mit ihr und hielten die seelischen Wunden durch die Flut immer neu aufkeimender Erinnerung geöffnet. Völlig erschöpft blieb Sarah liegen, wo sie war. Wie sehr hatte sie sich gewünscht, diese ständigen Heimsuchungen würden aufhören, hatte sich jedes Mal aufs Neue vorgenommen, dagegen anzukämpfen. Doch niemals war sie vorbereitet gewesen, nie stark genug, dieser Anfälle Herr zu werden. Ihre Eltern mussten mit ansehen, wie sehr sie litt, ohne eine Erklärung für die unübersehbare Veränderung im Wesen ihrer Tochter. Bis Sarah sich nach gut zwei Wochen dazu durchgerungen, die brennende Scham in Schach gehalten hatte, ihnen alles zu erzählen. Sie waren entsetzt gewesen, außer sich vor Wut, voller Mitgefühl und Fürsorge. Doch zugleich auch hilflos gegenüber der Unabänderlichkeit vergangener Zeit und der Tatsache, dass auch sie ihrer Tochter diese quälende Last nicht abnehmen konnten. Sarahs Mutter und Vater hatten sie nur schwer dazu überreden können, die Vergewaltigung der Polizei zu melden und Anzeige zu erstatten. Das Mädchen glaubte, das unsichtbare Mal der Schande nie wieder loszuwerden. Nie, nicht eine Sekunde, wich das brennende

Gefühl der Scham aus seinem Innern. Stets spürte es die sensationsgierigen oder mitleidigen Blicke der Leute auf sich ruhen, glaubte das leise Getuschel zu vernehmen. Sarah konnte sich des Glaubens nicht erwehren, es sei ihre Schuld gewesen, was ihr widerfahren war. Doch letztendlich hatte sie die größte Überwindung aufbieten können, die sie in ihren achtzehn Lebensjahren jemals aufbringen musste. Aber es war ihr einfach unmöglich gewesen, ihren Freunden von diesem Vorfall zu berichten, ihre verwundete Seele deren unversehrter Normalität preiszugeben. Sie hatte sich in sich selbst gekehrt und von ihnen abgewandt – es war nicht fair, denn ihre Freunde trugen keinerlei Schuld. Sarah konnte jedoch nicht anders. Nach geraumer Überlegung fassten ihre Eltern schließlich den Entschluss, auszuwandern, einfach fortzugehen und all das hinter sich zurückzulassen. Nur auf diese Weise war ein Neuanfang möglich, nur so bestand die Chance, dass Sarah vergessen konnte. Sarah selbst zweifelte, ob diese Erinnerungen, die stets derart erschreckend real auf sie einstürzten, sie jemals zur Ruhe kommen lassen würden.

Das Mädchen lag noch immer auf dem Waldboden, der einen angenehm tröstlichen, herben Geruch verströmte, und lauschte auf das stetige Pochen seines eigenen Herzschlags. Allmählich fand sein inneres Gleichgewicht zu ihm zurück. Sarah war so unglaublich müde. Die Erschöpfung lastete schwer auf ihrem Körper, der sich anfühlte, als wäre ein Lastwagen über ihn hinweg gebrettert. Sie spürte Knochen allzu deutlich, von deren Existenz sie bisher nicht einmal etwas geahnt hatte. Dazu das anhaltende Pochen in ihrem Arm und das Stechen in ihren Schläfen. Stöhnend presste Sarah ihre Lider zusammen, schloss die Außenwelt aus. Sie wollte weder etwas sehen, noch hören, noch fühlen, nur in stiller Dunkelheit versinken. Wenige Augenblicke später schon glitt sie hinüber in tröstendes Vergessen und fiel in einen totenähnlichen Schlaf.

Es dämmerte bereits, als sie erwachte.

Die Stille um sie herum war angefüllt mit den natürlichen Geräuschen des Waldes: Hin und wieder rauschten die Bäume leise unter dem Einfluss einer sanften Brise, begleitet von dem gelegentlichen, emsigen Trippeln kleiner Füßchen, die ihrer gewohnten Tätigkeit nachgingen. Irgendwo ertönte der durchdringende Schrei eines Vogels. Sarah hatte sich aufgesetzt und verschränkte fröstelnd die Arme. Die untergehende Sonne hinterließ in diesem anbrechenden, ersten Sommermonat eine überraschende, empfindliche Kühle, die dem Mädchen durch die dünne Bluse bis ins Mark drang. Sarah erhob sich und ging zu dem Flugzeugwrack, das in dem düsteren Dämmerlicht drohend vor ihr aufragte – nur noch ein erschreckendes Zerrbild der stolzen, kleinen Cessna, die es einmal gewesen war. Mit klammen Fingern umfasste Sarah die kalten Metallteile; zog, schob und wühlte in dem Schrotthaufen, wobei sich mit einem Mal Erleichterung über die ungünstigen Sichtverhältnisse in ihr ausbreitete, als sie auf die von getrocknetem Blut gefärbte Stelle traf, wo ihre Mutter an den Boden genagelt gewesen war. Mühsam kämpfte sie den aufsteigenden Brechreiz nieder; ihr Magen enthielt sowieso nichts mehr, das er hätte ausspucken können.
War denn wirklich alles bei dem Absturz zerstört worden oder den Flammen zum Opfer gefallen? Es musste doch noch etwas hier zu finden sein: Nahrung, Kleidung, irgendetwas! Zunehmend panisch stieß das Mädchen Trümmerstücke beiseite, wühlte in einem Haufen und riss an einem anderen. Was sollte es nur tun, wenn wirklich nichts mehr übrig geblieben war? Seine Lage war, weiß Gott, schon schlimm genug, aber ohne alles allein in der Wildnis hatte es nicht die geringste Chance. Sarah weinte beinahe vor Dankbarkeit, als sie plötzlich, den Arm bis zum Ellenbogen in einem Berg aus Schrottteilen vergraben, einen rauen Haltegriff aus Nylon ertastete. Mit aller Kraft zog sie daran, bis schließlich ein einst marineblauer Rucksack zum Vorschein kam, der nun von Ruß und Schmutz

schwarze Flecken aufwies und den sie als denjenigen ihrer Mutter identifizierte. Sie erinnerte sich daran, wie diese ihn sich vor dem Abflug zwischen die Beine geklemmt hatte. Ihre Mutter hatte es gehasst, eine Reise anzutreten, ohne das Nötigste immer griffbereit zu haben. Für diese Eigenschaft sandte Sarah nun ein leidenschaftliches Stoßgebet gen Himmel. Eine Weile arbeitete sie sich noch durch die Trümmer, umrundete die Maschine und versuchte die kleine, im Heck integrierte Tür zu öffnen, die den Zugriff auf den engen Gepäckraum blockierte. Doch es war hoffnungslos. Sie war zu einem verbogenen Rechteck verformt, das sich auch unter Aufwenden aller Kräfte weder aufbrechen noch auf sonst eine Art bewegen ließ. Resigniert gab das Mädchen nach mehrmaligen vergeblichen Versuchen auf und blickte sich mit gerunzelten Brauen um. Nicht mehr lange, dann würde es nicht einmal mehr die Hand vor Augen sehen können. Rasch kniete Sarah nieder und durchforstete ihren einzigen Fund im Schnelldurchgang: Eine gefüllte Wasserflasche, ihre Sonnenbrille, ein paar Cracker, drei Äpfel, ein Päckchen Zigaretten samt Feuerzeug und das Portemonnaie ihrer Mutter, aus dem noch die Enden ihrer Linienflugbordkarten ragten. Sanft streichelte Sarah über das weiche Leder. Es fühlte sich tröstend an. Geld würde ihr hier draußen in der Wildnis rein gar nichts bringen, dennoch war sie froh, noch etwas zu bei sich zu tragen, das ihrer Mutter gehört hatte. Das war, als wäre ein Teil von ihr noch immer bei ihr.
Die Abendluft kühlte sich zunehmend ab, die Sonne würde in wenigen Minuten überhaupt nicht mehr zu sehen sein. Schnell lief das Mädchen in den Schutz der Bäume, suchte den Waldboden hastig nach rettendem Feuerholz ab. Erschrocken quiekte es auf, als es unvermittelt in ein großes Spinnennetz hineinlief. Angeekelt zog Sarah sich die klebrigen Fäden vom Gesicht und hoffte, dass die Besitzerin gerade nicht zu Hause gewesen war. Von Spinnen hatte sie sich schon immer

weitestmöglich fern gehalten. Allein der Gedanken daran, nun irgendwo eines dieser Tiere auf sich sitzen zu haben, verursachte Sarah eine Gänsehaut. Sie verspürte den heftigen Drang, sich zu schütteln. Allzu willig gab sie ihm nach, um sicher zu gehen, dass auch wirklich alles von ihrem Körper entfernt wurde, was dort definitiv nichts zu suchen hatte. Doch wenn sie über Nacht nicht erfrieren oder von wilden Tieren gefressen werden wollte, musste sie sich zusammenreißen.

Immer wieder schleppte das Mädchen Äste zur Lichtung und schichtete sie zu einem ansehnlichen Stapel. Vorsichtshalber brach Sarah zusätzlich noch ein paar Zweige von den kleineren Tannen und las eine große Handvoll Baumnadeln auf. Diese legte sie zwei Schritte von ihrem Holzvorrat entfernt nieder, umgab sie mit einem Kreis faustgroßer Steine und entzündete das trockene Grün mit dem Feuerzeug. Plötzlich war sie unendlich froh, dass sie es nie geschafft hatte, ihren Vater vom Rauchen abzubringen.

Die Nadeln fingen schnell Feuer und brannten das mit spärlichem Gras bewachsene Innere ihres runden Gefängnisses nieder. Sorgfältig legte Sarah Scheit für Scheit in die Flammen, bis sie sicher sein konnte, dass sie ihnen genug Nahrung bieten würden. Sie tanzten heiter und gelassen, während sie Funken gegen die nun alles umhüllende Dunkelheit sprühten. Das Mädchen konnte nur hoffen, dass sie nicht über den Steinrand schlugen. Ein Waldbrand wäre das Letzte, was es noch gebrauchen könnte – ganz zu schweigen von dem Schaden, den er anrichten würde. Es rückte nahe an das Feuer, um möglichst viel von der gespendeten Wärme abzubekommen. Nach einigem Abwägen zwang sich Sarah einen der Äpfel aus ihrem Proviant zu essen und nahm einige kleine Schlucke Wasser aus der Flasche. Ihre Kehle fühlte sich noch immer wund an und ihr Magen schien eine zusammengeschnürte Kugel zu sein, doch sie musste etwas zu sich nehmen, um bei Kräften zu bleiben. Schließlich hatte sie das Wenige, das sie im Flugzeug

gegessen hatte, alles wieder ausgewürgt. Sie würde gut mit ihrem Vorrat haushalten müssen, ehe sie eine Lösung für neue Nahrung gefunden hatte.
An der saftigen Frucht nagend, legte sie ab und zu ein paar Äste ins Feuer. Es grenzte schon fast an Ironie, dass sie in diesem scheinbar dicht gedrängten Nadelwald ausgerechnet auf einer kleinen Lichtung abgestürzt waren. Genauso gut hätte die Cessna jetzt irgendwo rund sechs Meter über dem Boden hängen können wie ein abgedrehtes Blechwerk moderner Kunst. Die schmerzlichen Gedanken an ihre Eltern und die Verzweiflung über ihre aussichtslose Situation schob Sarah weit von sich. Lieber konzentrierte sie sich ganz auf die züngelnden Flammen, die ihr Gesicht und ihre Brust wärmten und ihr ein trügerisches Gefühl der Geborgenheit zu vermitteln versuchten. Deutlich konnte das Mädchen spüren, wie seine Augenlider immer schwerer und schwerer wurden. Gewichte schienen an ihnen zu ziehen, bis es sich schließlich dieser hartnäckigen Kraft zu unterwerfen gewillt war.

In diesem Moment knackte wenige Meter entfernt ein Ast im Unterholz. Sofort riss Sarah die Augen auf und starrte angstvoll in die Dunkelheit, die wie eine schwarze Wand ihre Umgebung undurchdringlich vor ihr abschirmte. Nichts, sie sah rein gar nichts. Wo war eigentlich der Mond, wenn man ihn brauchte? Rasch legte sie zusätzliches Holz ins Feuer, das sich aufbäumte und anwuchs. Dennoch reichte sein Schein nicht aus, um weit genug sehen zu können. Soweit das Mädchen wusste, schreckte Feuer die meisten Raubtiere von einem Angriff ab. An diesen Gedanken klammerte es sich wie an einen Rettungsring auf stürmischer See. Trotzdem war es nicht felsenfest überzeugt und lauschte mit alarmiertem Gehör in die Dunkelheit. Hier und da folgte ein Rascheln, dessen Ursprung Sarah die schrecklichsten Vorstellungen in den Kopf trieb.
Dann war es still.

Doch sie traute der Ruhe nicht. Vielleicht hatte das Tier einen Weg gefunden, sich auf sie zu stürzen und lauerte nun dort in den Schatten, bereit loszuschlagen. Ihr ganzer Körper war steif vor Angst, ihr Puls hatte sich scheinbar um das Dreifache beschleunigt. Sie erwartete jeden Moment von scharfen Zähnen durchschlagen, von riesigen Pranken in Stücke gerissen zu werden. Das Herz blieb ihr stehen, als ein Vogel mit kräftigem Flügelschlag plötzlich, von ihrem panischen Aufschrei begleitet, dicht über sie hinweg segelte. „Mein Gott …“, keuchte das Mädchen und schickte dann gleich noch einen erleichterten Fluch hinterher, der seinen Gefühlen ein wenig Luft machte. Erst nach einigen Minuten fand Sarahs Herzschlag wieder in einen ruhigeren Rhythmus und ihre Überzeugung, als nächtliche Mahlzeit enden zu müssen, schwand. Alles blieb ruhig, nur das Knistern ihres Feuers erfüllte die Luft um sie herum. Dennoch war an Schlaf nicht mehr zu denken. Bis zum Morgengrauen wachte Sarah, nährte das Feuer und horchte auf auffällige Geräusche unter den typischen Lauten des Waldes. Als die Dämmerung einsetzte und die ersten Sonnenstrahlen das Land zu erhellen begannen, weinte das Mädchen beinahe vor Erleichterung. Bereits vor einer Stunde war ihm das Feuerholz ausgegangen. Die Glut glomm nur noch vor sich hin und hatte Sarah Todesängste ausstehen lassen. Sie war vollkommen ausgelaugt: Völlig übermüdet schmerzte ihr Körper noch immer von den Strapazen und Verletzungen des vorigen Tages, und ihr Inneres war von all der Trauer sowie den durchgestandenen Ängsten ausgebrannt wie das Flugzeugwrack. Außerdem knurrte ihr Magen lauter als eine wütende Hundemeute.

Das Mädchen wühlte in seinem Rucksack nach den Crackern, öffnete die Verpackung. Bedächtig aß es drei der kleinen Scheiben, kaute langsam und bewusst. Anschließend noch ein großer Schluck Wasser, das musste fürs Erste genügen. Tapfer ignorierte das Mädchen das Gefühl, ein riesiges Loch an der

Stelle zu haben, wo normalerweise der Bauch sein müsste, und wandte sich wichtigeren Dingen zu: Was nun?
Sarah saß ratlos an ihrem Platz nahe dem erloschenen Feuer und rieb sich den linken Arm, in dem der dumpfe Schmerz allmählich etwas abzuklingen begann. Sollte sie hierbleiben oder doch lieber weitergehen? Noch während sie die Wahrscheinlichkeiten bezüglich einer Aussicht auf Rettung für beide Möglichkeiten erwog, fühlte sie sich plötzlich beobachtet. Ein leichter Schauer kroch ihren Rücken hinauf, ehe sie ruckartig herum schwang und direkt in ein Paar leuchtende, bernsteinfarbene Augen blickte.
Silvermoon! Er war zurückgekehrt.
Noch immer war das schwache Leuchten seines hellgrauen Fells erkennbar, das ihr Verstand aus Gründen der Rationalität nur allzu bereitwillig einfach ausblendete. Mit gemischten Gefühlen betrachtete Sarah das wunderschöne Tier: Einerseits war sie erleichtert, dass es sich bei dem Besucher sozusagen um einen alten Bekannten handelte, anderseits wusste sie diesen Wolf nicht richtig einzuschätzen. Stellte er eine Bedrohung für sie dar oder nicht? Unsicher, mit einem mulmigen Gefühl in der Magengrube, wartete sie auf irgendeine Reaktion ihres Gegenübers, hinter dem sie nun auch den kleinen Racker ausmachen konnte, den sie gestern aus der Wurzelschlinge befreit hatte.

5. Kapitel

Der Wolf ließ das Mädchen nicht aus den Augen. Er nahm dessen Gestalt und Geruch erneut in sich auf, fragte ein letztes Mal seine Instinkte, ob er diesem Menschen trauen sollte oder nicht. Dann fiel die Entscheidung.

Mit Hilfe eines intensiven Blicks, eines kleinen Schritts in ihre Richtung forderte er die junge Frau zum Gehen auf. Er lief einige Meter in den Wald, ehe er sich zu ihr umwandte und sie abwartend ansah. Sie schien verwirrt und verblüfft zu sein, kaute mit gekräuselter Stirn an ihrer Unterlippe.

„Ach was soll's, ob ich hier sterbe oder woanders, macht letztlich keinen Unterschied. Ich kann ihm genauso gut folgen – wenn er das überhaupt will", murmelte sie.

Beide Tiere lauschten ihrer angenehmen Stimme, als sie sich lauter an sie wendete: „Ich komm mit euch, wenn es das ist, was ihr mir sagen wollt. Aber wartet noch einen Moment, bitte."

Damit kam sie auf die Füße, ließ ihr Gepäck zu Boden gleiten und ging zu dem steinernen Grabhügel, den sie am vorigen Tag aufgeschichtet hatte. Unterwegs pflückte sie ein paar der weißen Blüten, die vereinzelt zwischen den kurzen Gräsern der Lichtung aufblitzten und legte sie darauf nieder. Dann ging sie in die Knie, senkte den Kopf und faltete die Hände vor der Brust. In dieser Stellung verharrte sie einige Herzschläge lang, ehe sie mit einer liebevollen Geste über die Steine strich, sich erhob und zu ihnen zurückkehrte. Das Mädchen schulterte seinen Rucksack und folgte den Wölfen, nach einem letzten Blick zurück, in den Wald. Mit ausgreifenden Schritten trabte der Rüde kräftesparend über den leicht feuchten Waldboden, seinen kleinen Begleiter immer in unmittelbarer Nähe. Ab und zu musste er ihn ermahnen, sich nicht aus spielerischem Übermut zu weit zu entfernen oder zurückzufallen. Doch bereits nach kurzer Zeit merkte er, dass das Menschenkind

nicht folgen konnte. Zu Anfang war es stets wenige Schritte hinter ihnen, doch der Abstand vergrößerte sich von Kilometer zu Kilometer. Schließlich hielt der Wolf inne und wartete, bis das Mädchen zu ihnen aufschloss. Es war außer Atem und lehnte sich verschnaufend an den Stamm einer großen Kiefer.
„Entschuldigung", japste es. „Ich hab mich zwar immer für einigermaßen sportlich gehalten, aber ein Marathonläufer bin ich deswegen noch lange nicht. Könnten wir vielleicht einen Gang runterschalten?"
Der Wolf wartete, während es in seinem Gepäck wühlte und einen tiefen Schluck Wasser aus einem seltsamen, knisternden Ding nahm. Neugierig schlich der Welpe, es war ebenfalls ein Männchen, an das Menschenkind heran und beschnüffelte es ausgiebig, jederzeit bereit, zurückzuweichen. Mit einem leisen, dumpfen Grollen scheuchte der Wolf seinen jungen Gefährten von der jungen Frau fort. Sein Vertrauen in sie war noch nicht gefestigt genug, um den Nachwuchs in ihre unmittelbare Nähe zu lassen. Dieser drohende Laut veranlasste das Mädchen zu einem Blick voll Erstaunen und Furcht. Doch er erhob sich und wandte sich ab, um den Weg fortzusetzten.
Der Wolf passte sich dem Tempo seiner neuen Begleiterin an. Er lief langsamer, machte öfter einmal eine Pause, da er spürte, dass das Menschenmädchen sonst nicht würde durchhalten können. Bei Nacht schließlich weigerte es sich weiterzugehen, nachdem es in der umgebenden Dunkelheit seltsamerweise gegen einen Baum gelaufen war. Der Rüde fragte sich, weshalb die hereinbrechende Finsternis das Betragen der jungen Frau so veränderte und schnappte einmal verärgert in ihre Richtung. Als er daraufhin keinerlei Reaktion erhielt, die einen Sinneswandel versprechen könnte, gab er mit einem unwilligen Knurren nach. Es gefiel ihm nicht, seinen Lauf dauerhaft unterbrechen zu müssen. Aber wenn er sie zu dem Rudel seines Sohns bringen wollte, würde er dieses Verhalten wohl hinnehmen müssen. Er drehte sich ein paar Mal im Kreis, ehe

er sich auf dem Boden niederließ, den Schwanz um den Bauch geschmiegt und den Kopf auf den Vorderpfoten ruhend. Das Wölfchen tat es ihm nach und kuschelte sich an seinen Rücken. Das Mädchen aber saß da, stocksteif auf einem Bett aus Baumnadeln und mit großen Augen ins Nichts blickend. Nach einigen Sekunden blicke es in ihre ungefähre Richtung, wandte noch einmal unsicher den Kopf über die Schultern und rückte dann näher an sie heran. Etwa einen Meter entfernt legte es sich hin, die Knie nach oben gezogen. Der Wolf konnte das Unbehagen der jungen Frau spüren, es riechen und er hörte ihre schweren Atemzüge, die nur ganz allmählich leichter und ruhiger wurden, bis sie dahinflossen mit dem sanften Wind, der von Zeit zu Zeit die Welt um ihn herum leise zu ihm wispern ließ. Er überließ sich selbst einem leichten Schlaf, der jedoch zu keiner Zeit seine Wachsamkeit beeinträchtigte. Ab und an hob er hellwach den Kopf und lauschte mit gespitzten Ohren auf die Geräusche, die seine Aufmerksamkeit verlangten.
Bereits als die ersten Sonnenstrahlen das düstere Grau der schwindenden Nacht durchbrachen, erhob sich der Wolf von seinem Lager. Er setzte erst eine Vorderpfote ein Stück nach vorne, dann folgte die andere während sein übriger Körper sich rückwärts schob. Diese Dehnübung begleitete ein kurzes und lautloses Gähnen. Sein kleiner Begleiter, der wärmenden Nähe seines Rückenfells entrissen, öffnete unwillig die Augen. Mit seiner Zunge strich der Wolf dem Welpen zweimal über den weichen Kopf und veranlasste ihn dazu, aufzustehen. Anschließend wandte sich der Rüde dem Mädchen zu. Es lag noch immer zusammengekauert auf dem von Baumnadeln bedeckten Boden. Einige hatten sich in seinem hellen Haar verfangen und leuchteten darin in einem kontrastierenden, schmückenden Dunkelgrün. Die Lider noch fest geschlossen und der Mund leicht geöffnet, ruhte der Kopf auf dem Rucksack, während die Arme fest um den eigenen Leib geschlungen waren.

Der Wolf näherte sich der jungen Frau und biss in einen der schmutzigblauen Trageriemen des Gepäckstücks. Mit einem Ruck zerrte er das Kissen unter ihrem Kopf hervor, der daraufhin unsanft direkte Bekanntschaft mit dem von leichtem Tau bedeckten Untergrund machen musste. Doch seine Aktion war erfolgreich gewesen: Sie war wach und blickte ihn benommen aus großen Augen an. Dann richtete sie sich mit leichtem Ächzen auf und streckte die steifen Glieder. Die Schultern fröstelnd nach oben gezogen, versuchte sie durch Reibung ihren Körper zu wärmen.
Ihn wunderte es nicht, dass sie fror. Wie konnte dieser Mensch auch nur eine Woche überleben? Er hatte weder ein Fell, das ihn vor der Kälte schützte, noch Waffen, um zu jagen oder sich zu verteidigen. Hier vor sich sah er eines dieser am schlechtesten an die Natur angepassten Wesen, von denen er schon viele gesehen hatte. Es war nackt und hilflos wie ein neugeborener Welpe. Inzwischen hatte das Mädchen die inzwischen nur noch weniger als halbvolle Flasche Wasser aus seinem Rucksack gezogen und nach einigen kleinen Schlucken holte es einige der trockenen Scheiben hervor, die ihm zu schmecken schienen. Regungslos saß das kleine Wölf unweit daneben und ließ die Nahrungsmittel in der Hand der jungen Frau nicht aus den Augen.
Es war schon einige Tage her, seit die beiden Tiere das letzte Mal gefressen hatten.
Als sie das starrende Interesse ihres jungen Gefährten erkannte, brach sie ein Stückchen des goldgelben Knusperdings ab und bot es ihm auf der geöffneten Handfläche an. Der Hals des Welpen wurde immer länger, als er mit aufmerksam gespitzten Ohren neugierig schnupperte. Ganz langsam robbte er schließlich am Boden entlang näher. Der Wolf ließ ihn gewähren. Er hatte endgültig erkannt, dass von diesem wehrlosen Menschen keinerlei Gefahr drohte. Eine Handbreit vor der angebotenen Nahrung stoppte das Wölfchen, unentschlossen

streckte er sich einige Zentimeter, wich dann aber doch wieder zurück. Dies wiederholte sich etwa zehn Sekunden lang, ehe das Mädchen mit einer schwungvollen Bewegung die Entfernung aufhob, indem es das Stückchen in kleinem Bogen von seinem Handteller hüpfen ließ. Es landete unmittelbar vor der Schnauze des Welpen, der es nach einem letzten prüfenden Schnuppern rasch hinunterschlang und wieder etwas mehr Abstand zwischen sich und die junge Frau brachte. Diese brach nun einen etwas größeren Teil der Trockenscheibe ab und warf sie nun dem Wolf zu. Er würdigte es keines Blickes, stand stattdessen auf und wandte sich zum Gehen. Er konnte die überraschte Verwunderung des Mädchens förmlich spüren, während er im Laufen hörte, wie sein kleiner Gefährte sich schnell des verschmähten Stückes annahm, ehe er ihm geflissentlich folgte.

Es wurde ein langer Tag. Aufgrund ihrer menschlichen Begleitung kamen sie langsamer vorwärts als gewöhnlich. Der Wolf nahm an, dass diese wohl ihr Bestes gab und kam einmal mehr zu dem Schluss, dass sie der seltsamsten Art überhaupt angehörte. Gegen Nachmittag trafen sie auf den Fluss, den er schon seit einiger Zeit anvisiert hatte. Das Wasser war angenehm kühl und linderte den Durst, den die inzwischen äußerst warmen Sonnenstrahlen in den letzten Stunden in seiner Kehle erweckt hatten. Während er trank, beobachtete er das Mädchen, das seine inzwischen geleerte Flasche in dem strömenden Nass versenkte, um sie aufzufüllen. Nachdem auch die junge Frau, die auf einem Stein am Ufer saß, getrunken hatte, schöpfte sie mit den Händen etwas Wasser und spritzte es sich in Gesicht. All die Spuren, die ihr erdiges Nachtlager und die Anstrengung dort hinterlassen hatten, wurden hinfort gespült und zurück blieben nur die kleinen Kratzer und eine mittelgroße, bereits verkrustete Platzwunde, die sie offenbar dem sterbenden, künstlichen Riesenvogel zu verdanken hatte.

Anschließend entwirrte sie ihr Haar mit den Fingern und packte den Flüssigkeitsvorrat in ihren Rucksack.
Plötzlich stieß das Mädchen einen kleinen, spitzen Schrei aus und durchwühlte hektisch das Innere seines Gepäcksstücks. Mit beinahe andächtiger Miene förderte es ein flaches, rechteckiges Etwas zu Tage, das dem Geruch nach von keinerlei Nutzen sein konnte. „Mamas Handy!“, hauchte die junge Frau und begann hastig darauf herumzudrücken.
Sie hielt es an ihr Ohr und wartete, das Knie vor Ungeduld auf und ab wippend.
„Komm schon … komm schon!“, flehte sie.
Dem Wolf stieg der salzige Geruch ihrer Tränen in die Nase, als sie ein verzweifelt-resigniertes „Verdammt, kein Empfang“ hinterher schickte. Was auch immer dies alles bedeuten mochte, er hatte keinen Nerv dafür. Sein Magen meldete sich immer lauter zu Wort, dem Welpen konnte es nicht viel anders gehen. Sie sollten weiterwandern, um endlich ans Ziel zu gelangen. Erst mit dem Rudel konnten sie richtig auf Jagd gehen.
Mit einer geschmeidigen Bewegung erhob er sich und lief weiter, ohne zurückzusehen. Er wusste, dass sie ihm folgen würden. Und richtig, er konnte die tapsigen Pfötchen hinter sich traben hören, kurz darauf begleitet von zwei groß ausschreitenden Füßen.
Als eine Übermacht an schwarzen Schatten von der Welt Besitz ergriff und das letzte Tageslicht verschlang, ließ der Wolf seine kleine Truppe ihr erzwungenes Nachtlager einnehmen. Es befand sich auf der Spitze einer Erhöhung, die sie über den mäßig steilen Anstieg erklommen. Auf der anderen Seite fiel eine moosige Felswand in die Tiefe. Von hier aus konnte man gut das Tal überblicken, das sie während ihres Marsches durchquert hatten. Kein Baum fand sich hier oben, alle waren während den letzten hundert Metern auf der Strecke geblieben und wirkten wie Wächter des steinigen

Plateaus, dessen Oberfläche nur gelegentlich von wenigen hartnäckigen Pflanzen durchbrochen wurde. Das Menschenmädchen blieb unter den letzten Tannen und Kiefern zurück und begann dort emsig umher zu laufen. Der Wolf beachtete es zunächst nicht, sondern ließ sein wohltönendes Heulen hören, das mit der sich weit erstreckenden Landschaft zu einer vollkommenen Einheit verschmolz. Sofort fiel der Welpe noch etwas unbeholfen mit ein, die helle und die tiefere Stimme mischten sich zu einer Sinfonie, die die Natur aus sich selbst und für sich selbst kreierte. Aus der Ferne ertönte schwach die Antwort aus mehreren Kehlen.

Das Mädchen, das beim Einsetzen des Geheuls erschrocken innegehalten und zu ihnen herüber geblickt hatte, nahm seine Arbeit wieder auf. Unwillig und auch ein bisschen neugierig über das, was es da trieb, näherte sich der Wolf, dicht gefolgt von seinem kleinen Schatten, dessen Augen in der aufkommenden Finsternis funkelten. Doch die junge Frau war so konzentriert, dass sie die beiden für den Moment gar nicht wahrnahm. Mit einem erschrockenen Jaulen fuhr der Wolf zusammen, als plötzlich eine kleine Flamme vor ihm emporzüngelte, die immer mehr anschwoll zu einem flackernden Bündel energiegeladenen Lichts.

Alarmiert und verwirrt flüchtete er in die vertraute, sichere Düsternis am Rande des Plateaus. Selbst hier stieg ihm der stinkende Rauch in die Nase und ließ ihm das Nackenfell zu Berge stehen. Besorgt wies er den Welpen an, nicht noch weiter zurückzuweichen. In seiner panischen Unerfahrenheit würde dieser am Ende noch über den Rand in die Tiefe stürzen. Da sah der Wolf die Gestalt des Mädchens auf sich zukommen, das sich in der Dunkelheit außerhalb der Reichweite des Feuers augenmerklich schwer tat. Vorsichtig tastete es sich Schritt für Schritt vorwärts, bis es die beiden Tiere erreicht hatte.

„Tut mir wirklich leid, dass ihr so einen Schreck bekommen habt. Ich hab mal gehört, dass Wölfe Angst vor Feuer haben.

Wie konnte ich nur so dumm sein und das vergessen?“ Während dieser Worte war die junge Frau vor ihnen in die Knie gegangen, sodass sie ihnen nun annähernd auf Augenhöhe gegenüber kauerte.
„Ich weiß, dass die Flammen euch unangenehm sind, aber ich kann nicht wie ihr im Dunkeln sehen, von einem Fell zum Warmhalten ganz zu schweigen.“
Ihre Stimme klang eine Nuance tiefer als sie hinzufügte: „Hoffentlich versteht ihr einigermaßen, was ich euch sagen will. Ihr seid doch die Einzigen, die ich hier draußen hab. Aber ich muss die Nacht am Feuer verbringen, sonst halt ich das nicht durch. Ich hoffe sehr, dass ihr morgen früh noch hier sein werdet.“
Das Mädchen streckte eine Hand in Richtung der Wölfe, verharrte allerdings auf halbem Weg. Dann senkte es den Kopf, stand auf und ging zurück zu dem zuckenden Schein der brennenden Holzscheite. Aus der Entfernung beobachtete der Wolf, wie es sich dort niedersetzte und nach einer Weile einen Apfel aus dem Rucksack fischte. Langsam kauend aß es die Frucht, wobei sein Blick immer wieder zu ihnen herüber huschte.
Das Wölfchen hatte sich bereits dicht neben seinem großen Gefährten zusammengerollt, nur ein gelegentliches Kräuseln der Nase verriet noch seine Irritation über den in der Luft liegenden Rauch. Der Wolf legte sich zur Nachtruhe neben ihn. Einige Zeit später fuhr sein Kopf ruckartig in die Höhe, die Ohren spitz aufgestellt. Angespannt blickte er zu der jungen Frau hinüber, die zusammengekauert auf dem Boden lag. Die Flammen waren schwächer geworden und neben den riesigen Stämmen der Baumgruppe wirkte ihre Gestalt winzig und schutzbedürftig. Sie hatte die Augen geschlossen, doch ob sie schlief, vermochte er nicht eindeutig zu sagen. Ihre Finger krallten sich in den weicheren, erdigen Untergrund, auf dem sie lag, der nur vereinzelt mit Steinen gespickt war. Das leise

Wimmern des Mädchens drang deutlich an sein feines Gehör und der Wolf konnte den Schweiß riechen, der trotz der Kühle der Nacht über dessen Körper rann. Plötzlich rang es nach Atemluft, als würde etwas ihm die Kehle abschnüren. Der Geruch frischen Blutes lockte den Magen des Wolfs, als die Hände der jungen Frau über eine schmale Steinplatte scheuerten und die ungeschützte Haut aufriss.
Neben ihm hob der Welpe witternd die Schnauze und sprang auf die Beine. Mit einem drohenden Biss, der unweit der Schnauze ins Leere ging, hielt der Wolf ihn zurück und zwang ihn zurück in seine liegende Position. Eine Mischung aus Winseln und Jaulen erklang, doch der Kleine gehorchte. Ihre ganze Aufmerksamkeit wurde erneut von dem Mädchen gefesselt, das nun einen leisen Schrei ausstieß.
„Verschwinde!“, keuchte es und es dauerte etwas, ehe es schließlich bewegungslos zur Ruhe kam.
Der Atem der jungen Frau beruhigte sich allmählich, ihr Herzschlag fand zu seinem normalen Rhythmus zurück. Der metallische, verlockende Geruch der frischen Wunde mischte sich mit dem salziger Tränen.
Alle drei verharrten sie einige Zeit reglos auf ihren Plätzen, bis das gleichmäßige, schwere Schnaufen des Menschenkindes den Tieren sagte, dass es endlich Schlaf gefunden hatte. Während der Welpe seinen Kopf zurück auf die Vorderpfoten bettete und die Augen schloss, wachte der Wolf noch lange über seine beiden Gefährten. Erst spät überließ er sich selbst einer leicht zu durchbrechenden Ruhe.
Wieder war er es, der im frühen Morgengrauen die Stunde des Weiterziehens beschloss. Beide, Welpe und Mensch, folgten ihm unter üppigen Nadelbäumen, in dichtem Dickicht, durchquerten hinter ihm das träge dahinfließende Wasser schmaler Flüsse und kletterten über steinige Pfade. Mit jedem Meter, den sie zurücklegten, wurden die Duftmarkierungen des Rudels stärker. Als die Mittagssonne schließlich im Zenit stand,

brachen sie durch eine dornige Hecke hellroter Beeren und standen ihren übrigen Gefährten direkt gegenüber. Neun waren es: Drei Weibchen und zwei Männchen, zwischen denen drei Welpen – sie waren ihrem entlaufenen Bruder nicht gefolgt – nun in ihrem übermütigen Spiel innehielten. Regungslos starrten sie die Hinzugekommenen an, hoben mit gesträubtem Nackenfell witternd die Schnauze.

Aus der Kehle seines Sohns rollte ein drohendes Knurren, das durch hochgezogene Lefzen entwich. Die Mutter der Kleinen fiel mit ein und befahl das Wölfchen zu sich. Dieses tappte augenblicklich zu ihr und rieb seinen Kopf an ihrem, während es ausgiebig beschnuppert wurde - ein Hauch menschlichen Geruchs haftete in seinem Fell.

Die junge Frau stand zur Salzsäule erstarrt noch mit einem Fuß im Dickicht und wagte nicht, sich zu rühren. Ihre Atmung hatte sich beschleunigt, doch gleichzeitig schien sie die Luft anhalten zu wollen.

Die angstgeschwängerte Unsicherheit, die von ihr ausging, war förmlich greifbar.

Mit ruhigen Schritten, doch flach an den Kopf gepressten Ohren an dem gesenkten Haupt, näherte sich der Wolf seinem Sohn, der noch immer mit gebleckten Zähnen vor den übrigen Rudelmitgliedern stand und das Mädchen fixierte. Als sie nur noch Zentimeter voneinander entfernt waren, wippte der Wolf angriffslustig mit dem Kopf, während seine entblößten, scharfen Zähne ins Nichts schnappten. Einen Moment lang schien sein Sohn angreifen zu wollen, doch dann sah der Wolf das unterlegene Flackern in dessen Augen. Das Nackenfell seines Gegenübers glättete sich etwas, die Ohren glitten nach oben und die Lefzen senkten sich wieder über das Maul. In geduckter Haltung schlich er heran und leckte seinem Vater die Schnauze. Auch die anderen Wölfe ließen von ihrer aggressiven Haltung ab und blieben abwartend im Hintergrund. Doch die Mutter der Jungtiere trat hervor, ging langsam auf die junge Frau zu, die mit keiner Muskelregung ihre Gefühle zeigte. Immer wieder einmal wich die Wölfin unsicher einen Schritt zurück, doch gleich darauf setzte sie stets ihren Weg fort. Als sie nur noch etwa einen Meter von dem Menschenmädchen entfernt war, nahm sie aufgeregt schnuppernd den Geruch des seltsamen fremden Tieres in sich auf. Dann kehrte sie ihm den Rücken und ging zu ihren Welpen, wo sie sich niederlegte, um sich ausgiebig deren Fellpflege zu widmen.

Sie hatte die Anwesenheit der jungen Frau akzeptiert, nachdem sie sich vergewissert hatte, dass diese keinerlei Bedrohung für ihre Jungen, sie selbst oder das Rudel darstellte. Als nächstes tat es ihr der Sohn des Wolfs nach. Auch er besah sich das Menschenkind nun genauer und schien zu demselben Schluss zu kommen. Daraufhin folgten auch die anderen, jedes Rudelmitglied ahmte das Vorbild der Alphatiere nach und nahm Aussehen sowie Geruch des Mädchens in sich auf.

Dann ließen sie es in Ruhe und widmeten sich wieder ihren vorherigen Beschäftigungen, die aus Dösen, Putzen oder Spielen bestanden hatten. Einer der Welpen jedoch schlich vorwitzig, aber achtsam zu der jungen Frau, die ihn aufmerksam beobachtete. Als er nahe genug heran war, schnappte er blitzschnell nach dem Saum ihrer Beinbekleidung, um daraufhin triumphierend davonzujagen. Ein Lächeln huschte über das Gesicht des Mädchens, das sich nun wieder zu rühren wagte. Dennoch verweilte es im schützenden Schatten der Hecke.

Nun wandte sich auch der Wolf von ihm ab, begab sich zum nur wenige Meter entfernten Rest des Rudels und ließ sich gähnend auf dem Bauch nieder.

Teil II
Wenn das Herz ruft,
weiß es mehr als der Verstand

6. Kapitel

Sarah jagte mit den vier Welpen - die mittlerweile ziemlich gewachsen waren - an ihrer Seite der alten Elchkuh hinterher. Geschickt wich sie dornigen Büschen und riesigen Bäumen aus, übersprang tückische Wurzeln, die am Boden nur darauf lauerten, sie zu Fall zu bringen. Ihr Herz trommelte im Rhythmus ihrer Füße, die im Einklang mit dem Hecheln der Wölfe das Wild vor sich her trieben. Mit klagendem Blöken schrie es nach seiner Herde, die sich beim Erscheinen des Rudels panisch und kopflos in alle Richtungen zerstreut hatte.
Weiter, immer weiter hetzten sie das erschöpfte Tier durch den Wald, nur die Verzweiflung der Todesangst hielt es noch aufrecht. Da brachen plötzlich Silvermoon und die anderen durch das Unterholz und stürzten sich von beiden Seiten auf das Wild. Gut verborgen zwischen den Kiefern und einigen Sträuchern hatten sie nur auf den geeigneten Moment gewartet um anzugreifen.
Die Elchkuh brüllte auf, verteidigte sich verbissen mit allen Mitteln, die ihr zu Verfügung standen. Sie trat, biss und nutzte den mächtigen Schädel wie einen Rammbock. Doch die Wölfe wichen den fliegenden Hufen und den gefährlichen Zähnen geschickt aus. Gegen diese Überzahl hatte das Tier keine Chance. Keuchend blieb Sarah mit ihren vier Begleitern stehen, die noch zu jung waren, um direkt am Kampf mit der Beute teilzunehmen, und sah zu, wie das Rudel das Wild erledigte. Während Silvermoon sich an der Kehle der Elchkuh festbiss, attackierten die beiden Alphatiere ihre Beine, um die empfindlichen Sehnen zu zerreißen. Eines der beiden älteren Jungtiere des vorletzten Wurfs griff derweil die ungeschützte,

mit grobem, hartem Fell überzogene Bauchdecke an, während das andere der Beute auf den Rücken sprang. Gemeinsam rangen sie das Tier zu Boden, dessen dunkelbraune Färbung nun an vielen Stellen von Rot überdeckt wurde. Röchelnd rang die Elchkuh nach Luft, ihr breiter Brustkorb hob und senkte sich in schnellem Rhythmus. Unter Mobilisierung der wenigen noch vorhandenen Kräfte machte sie einen letzten, verzweifelten Versuch, den Kopf zu heben, der jedoch gleich darauf mit dumpfem Dröhnen schwer zurück zu Boden fiel. Ein letztes Mal zuckten ihre Beine, dann war es vorbei.

Erleichterung durchströmte das Mädchen, dass das Leiden des Tiers ein Ende hatte. Es war sich der Notwendigkeit des Tötens für das Überleben des Rudels, ja auch für sein eigenes Überleben nur allzu bewusst. Dennoch war es jedes Mal froh, wenn das gejagte Wild erlöst wurde.

Die Wölfe wichen nun von dem Leichnam zurück. Silvermoon stand – wie das Mädchen zu Beginn rasch herausgefunden hatte - das Recht zu, als Erster von der Beute zu fressen.

Sarah hatte vor dem Flugzeugabsturz nicht mehr über diese Tierart gewusst, als man im deutschen Biologieunterricht lernt oder sonst im Fernsehen an Informationen hier und dort einmal aufschnappt. Doch die normale Hierarchie eines Wolfsrudels schien in diesem Fall ein wenig verschoben zu sein. Auch hier gab es zwei Alphatiere: Nero und Salena. Sie besetzten diese Position mit den entsprechenden Rechten und Pflichten, die damit verbunden waren. Dennoch stand Silvermoon in der Rangordnung noch über den beiden, was das Mädchen von Beginn an verwirrt hatte.

Gab es Alpha-Alphatiere?

Natürlich hatte es in Betracht gezogen, dass Nero einfach der zweite in der Rangordnung sein könnte, also demnach so etwas wie ein Beta-Tier. Aber nach den zweieinhalb Monaten, die sie nun schon mit dem Rudel lebte, konnte Sarah mit Sicherheit sagen, dass er sich wie ein Alphatier verhielt und von

Silvermoon, solange dieser nicht selbst davon betroffen war, nicht in die Schranken gewiesen wurde. Zudem war unverkennbar er der Vater von Salenas beiden Würfen, die noch in der Familie verweilten. Das Mädchen wusste, dass sich in einem Rudel nur die Ranghöchsten fortpflanzen durften.
Sarah schob ihre grüblerischen Gedanken beiseite und konzentrierte sich lieber darauf, ihren Einsatz nicht zu verpassen. Nach Silvermoon war inzwischen Nero an der Reihe, sich die leckersten Stücke – bestehend aus den äußerst nahrhaften Innereien und dem fettesten Fleisch - aus der toten Elchkuh zu reißen. Salena folgte ihm bald nach und erst als auch sie gesättigt war, durften die Übrigen sich über das Festmahl hermachen. Das Mädchen eilte mit den anderen zu dem erlegten Wild und schnitt mit einem scharf gezackten Stein ein Stück des zarten Fleisches aus dem Hinterschenkel. Verärgert knurrte es, als Adena – das einzige Weibchen unter den Welpen - ihr die Beute streitig machen wollte. Doch erst als es seine Zähne knapp neben deren Ohr zuschnappen ließ, gab diese nach und riss ein anderes Stück aus dem Leichnam. Sarah hatte gelernt, sich unter dem Nachwuchs durchzusetzen.
Zufrieden überließ sie nun den anderen das Schlachtfeld und suchte sich etwas abseits ein Plätzchen, wo es nicht allzu gefährlich war, mitten im Wald ein Feuer zu entzünden. Sorgfältig legte sie einen Steinkreis, um die Flammen am Austreten zu hindern, und steckte einige trockene Zweige mit Hilfe ihres Feuerzeugs in Brand. Ohne dieses Hilfsmittel wäre sie wirklich aufgeschmissen. Zwar hatte sie sich an den Anblick zerfetzter, blutbefleckter Beutetiere mit herausquellenden Organen – was allerdings nicht lange so blieb – gewöhnt, so gut es ging, nachdem sie die ersten Jagden mit einer Pfütze Erbrochenem und einem Knoten im Magen beendet hatte. Aber das Fleisch roh zu essen, wäre dann doch zu viel.
Sie schabte mit dem Stein die anhängenden Sehnenstücke und

einen Großteil des Fettes ab und spießte das Elchsteak dann auf einen Ast. Diesen steckte sie in den weichen, dunklen Boden, von wo aus das Fleisch keinen direkten Kontakt mit dem Feuer hatte, aber durch die Hitze gebraten wurde.
Während das Mädchen wartete, lockten die lodernden Flammen, in die es versunken starrte, seine Gedanken in entferntere Bahnen. Sarah war als Stadtkind aufgewachsen. Vor ihrer Abreise aus Deutschland hatte sie in Berlin gewohnt, der schillernden, lauten und anonymen Hauptstadt des Landes. Zwar hatte sie sich dort, umgeben von hohen Mauern und allen erdenklichen Vergnügungsangeboten, immer wohl gefühlt, doch sie liebte die Urlaube, die nie woanders hatten hinführen dürfen als irgendwo aufs Land. Wenn sie auf alten Bauernhöfen beim täglichen Betrieb mitgeholfen oder irgendwo in der Natur ihr Zelt aufgeschlagen hatten, war sie glücklich gewesen. Eine Zeit lang hatte sie sich nichts sehnlicher als einen Hund als Haustier gewünscht, doch die Lebensverhältnisse in der Stadt und die beengte Wohnsituation machten es unmöglich, sodass sie das Betteln schließlich eingestellt hatte, als sie älter wurde.
Sie hatte nicht erwartet, in dieser ungewöhnlichen Extremsituation, in die sie geraten war, so gut zurechtzukommen. Dabei kamen ihr all die Abenteuerromane, die mit unübersehbaren Gebrauchsspuren in ihrem Regal gestapelt gewesen waren, zu Gute. Auch die Survival-Reality-Shows sowie die verschiedenen Tierdokumentationen, die sie sich teilweise aus Interesse, zum Teil auch aus Langeweile angesehen hatte, halfen ihr in so manchen Dingen. Bei diesen Gedanken an ihr früheres Leben folgte automatisch das Bild ihrer Eltern, heraufbeschworen aus einer Tiefe, in die sie es in ohnmächtiger Trauer verbannt hatte. Nur mit Mühe schaffte das Mädchen es, die Erinnerungen an sie wieder in einen abgelegenen Winkel des Herzens zu verbannen. Es schmerzte zu sehr sie zuzulassen, denn dadurch würde das riesige, kaum verschlossene

Loch in Sarahs Brust unbarmherzig wieder vollständig aufgerissen werden und gäbe ihr Innerstes, verletzlich und wund, preis.
Stattdessen gelang es ihr, sich auf etwas Positiveres zu konzentrieren. Seit sie mit den Wölfen lebte, hatten ihre Panikattacken nachgelassen. Nur noch selten wurde sie von dem erniedrigenden Erlebnis heimgesucht, das seit einem Jahr ihr Leben beherrscht hatte. Die Schreckensbilder verloren an Heftigkeit und schienen sie allmählich ziehen zu lassen, in eine Erlösung einwilligend, an die Sarah schon nicht mehr geglaubt hatte. Sie wusste nicht, ob es an den Wölfen, der Ablenkung durch das Leben in der Wildnis oder an der schlichten Distanz zu alldem lag, was sie zurückgelassen hatte. Ganz langsam und allmählich konnte diese Wunde ihrer Seele endlich zu einem empfindlichen Narbengewebe verwachsen, das das Geschehene als stumme Warnung zwar immer in sich tragen, aber sie erlöst weiterleben lassen würde.
Das Zischen des Saftes, der von dem Steak auf die erhitzten Steine tropfte, riss das Mädchen zurück in die Gegenwart. Es nahm den Stock aus der Erde und wartete ein paar Minuten, um das Fleisch abkühlen zu lassen. Es war noch zu heiß, um es anzufassen, geschweige denn, es zu essen. Sarah hatte ihre Lektion gelernt, nachdem sie sich bei ihrer ersten so bereiteten Mahlzeit gehörig den Mund verbrannt hatte.
Während sie ruhig dasaß, ließ sie den Blick liebevoll über die Mitglieder ihres Rudels schweifen. Es überraschte sie selbst, zu welch guten Freunden diese Tiere geworden waren, nachdem sie ihre anfängliche Skepsis ihr gegenüber überwunden hatten. Sie hatten sie als eine der ihren akzeptiert und in die Familie aufgenommen, wobei das Mädchen dennoch eine seltsame Sonderstellung inne zu haben schien.
Wölfe waren unheimlich kluge Tiere, wie Sarah festgestellt hatte. Das Rudel war mittlerweile an ihre Stimme gewöhnt und konnte den meisten ihrer Wörter, möglicherweise aufgrund des

Tonfalls oder sonstiger unbewusster Signale, einen Sinn zuordnen. Zwar schien das Mädchen in manchen Situationen außerhalb der üblichen Hierarchie zu stehen, weshalb sie von allen gleichermaßen respektiert und auch vielen seiner Anweisungen Folge geleistet wurde, sonst aber schien es in der Rangordnung etwa in einer Höhe mit den Welpen zu sein. Diesem sozialen Status nach musste also auch Sarah nach wölfischen Maßstäben noch besonders angeleitet werden. Lächelnd dachte das Mädchen an seine erste gemeinsame Jagd mit den anderen zurück. Nachdem es seiner Übelkeit über den Anblick des erbeuteten Wilds nachgegeben hatte, war das Letzte, was Sarah wollte, sich diesem armen Wesen zu nähern oder gar Teile davon zu essen. Angewidert und unsicher, was überhaupt von ihr erwartet wurde, hatte sie sich also in gebührender Entfernung gehalten. Doch ehe sie sich versah, war ihr ein dickes, blutiges Stück Rückenfleisch des Wapitis vor die Füße geworfen worden. Nur mit Mühe hatte sie ein erneutes Würgen ihres ohnehin leeren Magens unterdrücken können. Doch dann war sie über ihren eigenen Schatten gesprungen, hatte das Steak mit einem gegabelten Ast vorsichtig aufgespießt und zum ersten Mal über offenem Feuer ihre Bratkünste erprobt. Das Fleisch war außen schwarz gewesen und ihnen noch nicht richtig durch, doch ihr Hunger hatte überwogen.
Im Laufe der Zeit war sie auf die Erfolg versprechende Technik gekommen, die sie auch heute noch nutzte, und nun briet sie das wohl beste Wildsteak im Umkreis von hundert Meilen. Auch wenn dies in Anbetracht der mangelnden Konkurrenz nicht allzu schwierig erschien, war das Mädchen dennoch stolz auf sein erworbenes Geschick. Zudem hatte es verschiedene pflanzenfressende Tiere beobachtet: Nach welchen Wurzeln sie gruben und von welchen Beeren sie naschten. Eine Ernährung, die sich nur auf Fleisch beschränkte, konnte schließlich nicht gesund sein. Also konnte Sarah nun

mit einer Hand voll, im Feuer gegarten Pfeilkrautknollen aufwarten, die überraschend gut schmeckten und ihr Mahl zu einem kleinen Festessen ergänzten.
Hungrig riss Sarah einen Streifen des angenehm warmen Fleisches ab und schob ihn sich zusammen mit einer der Knollen in den Mund. Genussvoll kauend blickte sie in die Runde. Im Moment balgten zwei der Wölfe sich um die wenigen Überreste der erlegten Beute, während die anderen gesättigt und träge in den wenigen Sonnenstrahlen lagen, die sich durch die üppigen Nadelkronen der Baumriesen stehlen konnten. Jedem ihrer Freunde hatte sie zu Anfang einen Namen gegeben, auf den sie inzwischen sogar reagierten. Da war das Alpha-Pärchen Nero und Salena, die ihr dunkelgraues und braunes Fell an ihren Nachwuchs des vorletzten Wurfs, Sena und Ravi, in hübscher Mischung weitergegeben hatten. Die vier Welpen des zweiten Wurfs wiesen ebenfalls verschiedene Farbkombinationen ihrer Eltern auf. Sarah hatte sie Kali – der Kleine, der sie auch schon auf ihrer Wanderung zum Rudel begleitet hatte, war inzwischen zu ihrem Liebling geworden -, Adena, Elas und Dario genannt.
Dann gab es natürlich noch Silvermoon. Sie konnte einfach nicht anders, als den großen, stolzen Wolf weiterhin so zu nennen. Er hatte eine unglaubliche, fast unheimliche Ausstrahlung, die sich in diesem hellumkränzten Fell zu materialisieren schien und die sie immer wieder urplötzlich in seinen Bann zu ziehen vermochte. Anders als die anderen hatte er stets eine Reserviertheit aufrecht erhalten, die ihn vor ihr abzuschirmen schien. Zwar war Silvermoon anwesend, inmitten der anderen Wölfe, dennoch blieb er in gewisser Weise stets für sich. Er war der Einzige, der sich von Sarah nicht anfassen ließ.
Gerade wollte das Mädchen sich das letzte Stück ihrer Mahlzeit in den Mund schieben, als es plötzlich einen kräftigen Schubs in die Rippen bekam. Kali hatte sich herangeschlichen und blickte sie nun aus großen, gelbgrünen Augen bittend an,

die wie mit Kajal schwarz umrandet waren. Ein leises Winseln unterstützte den flehenden, unschuldigen Ausdruck.
„Nein, vergiss es, Kali. Nicht schon wieder. Wenn wir so weitermachen, rollst du irgendwann durch die Gegend. Du kannst nicht immer deinen Anteil verschlingen und es dann auch noch auf meinen abgesehen haben.“
Fragend legte er den schmalen Kopf schief.

Entschlossen steckte Sarah den Streifen in den Mund, bevor sie es sich anders überlegte. Innerlich seufzte sie schuldbewusst auf, denn sie konnte nicht leugnen, dass sie an dieser Unart selbst schuld war: Sie hatte ihn verwöhnt. Wenn der Kleine sie aus diesen schönen, funkelten Augen ansah, konnte sie ihm kaum etwas abschlagen. Er hatte sich in ihrem Herzen einen besonders großen Platz gesichert, ohne dass sie es hätte verhindern können. Entschuldigend hielt sie ihm die fettigen Finger hin, die er gewissenhaft und hingebungsvoll sauber leckte. Dann strich das Mädchen ihm über den keilförmigen, weißen Fleck auf seiner schmalen, dunkelbraunen Brust und sofort klebte ein weißbraunes Haarbüschel an ihrer noch feuchten Hand. Dieser Fellwechsel machte Sarah noch wahnsinnig. Sie wischte die klebrige Mischung an ihrer Hose ab und machte sich daran, das Feuer sorgfältig mit Erde zu ersticken. Kali legte sich derweil unter einen nahe gelegenen Baum, wo ihm Adena, die Kleine mit den niedlichen verschieden gefärbten Ohren, schon bald Gesellschaft leistete.
Sarah hatte Durst, doch der Rest in ihrer Flasche war nach drei Schlucken bereits ausgetrunken. Es war wirklich unpraktisch, dass sie so wenig Inhalt fassen konnte; ständig musste sie sie nachfüllen. Verärgert schraubte sie den Deckel darauf, stopfte das Ganze zurück in den inzwischen von Schlamm und Dreck schwarz gefärbten Rucksack und kam auf die Beine.
„Los, auf, ihr Faulpelze. Ausruhen könnt ihr euch auch später noch. Mein Wasser ist schon wieder ausgegangen und ich bin

sicher, ihr könntet auch ein wenig Flüssigkeit vertragen. Also, auf geht's!"
Motivierend schnalzte das Mädchen mit der Zunge.
Das Rudel hatte ihm die Köpfe zugewandt und schien zu überlegen, ob sich der Aufwand lohnte. Deshalb drehte das Mädchen sich einfach um und verschwand zwischen zwei hüfthohen Büschen. Deren dunkelviolette Beeren sahen äußerst verlockend aus, doch Sarah hatte noch an keinem der Standorte dieser Pflanze den Mut zu einer Geschmackserprobung aufbringen können. Am Ende waren die Früchte noch giftig und sie hatte keine Lust, das am eigenen Leib austesten zu müssen.
Kurz darauf tauchte Kali zu ihrer Rechten auf und lief mit ruhigen Schritten in leichtem Trab neben ihr her. Als sie einen Blick über ihre Schulter warf, huschte ein Lächeln über ihr Gesicht. Alle acht Wölfe folgten ihnen auf leisen Pfoten. Eine Gruppe faustgroßer Singvögel unterbrach das heitere Gezwitscher, als das Rudel den Baum kreuzte, auf dem sich die Tiere niedergelassen hatten. Silvermoon übernahm schon bald die Führung und nach etwa einer dreiviertel Stunde stießen sie schließlich auf einen breiten Strom, der träge zwischen zwei steinigen Ufern dahinfloss. Leise bedankte sich Sarah bei dem schönen Wolf, von dem sie nie genau wusste, was gerade in dessen Kopf vorging.
Ein Blick seiner klugen, bernsteinfarbenen Augen traf sie, bevor er ans Wasser ging, um zu trinken.
Das Mädchen tat es ihm nach und füllte auch seine Flasche auf. Obwohl es die anfänglichen körperlichen Qualen des ständigen Umherwanderns hinter sich gelassen hatte, waren seine Füße doch dankbar für eine kleine Rast. Als es sah, dass das Rudel sich tatsächlich unweit des Flusses auf dem Boden niederließ, um die zuvor unterbrochene Ruhepause fortzusetzen, nutzte es die Gelegenheit für ein säuberndes Bad. Sarah hatte es dringen nötig: Ihre Hose starrte vor Schmutz, ihre Bluse hatte ein

seltsames, braun geflecktes Moosgrün angenommen und ihre blonden Haare waren mit Baumnadeln und abgebrochenen Zweigteilen gespickt. Bis auf die Unterwäsche zog sie sich aus und stieg in das kalte Wasser, das ihr trotz der herab blitzenden Sonne des frühen Sommers eine Gänsehaut verursachte. Sie klaubte etwas feine, sandartige Erde vom Ufer und rieb sich damit den Kopf ab. Dank des Indianerromans, den sie zu ihrem elften Geburtstag geschenkt bekommen hatte, wusste sie um die effektive Wirkung dieses Shampoo-Ersatzes und es funktionierte erstaunlich gut. Dann wusch sie ihre Kleider, breitete sie zum Trocknen auf einen Stein. Auch sie selbst legte sich auf einen größeren Gesteinsbrocken am Rande des Flusses, auf dessen erwärmter, aus dem Wasser ragender Oberfläche sie bequem Platz hatte.
Träge blinzelte das Mädchen in die blendenden Sonnenstrahlen und überlegte kurz, ob es die Sonnenbrille aus dem Rucksack hervorkramen sollte. Doch bevor es sich dazu entschließen konnte, hatte sich sein Körper dem erholsamen Dunkel eines dösenden Schlafs überlassen. Als Sarah erwachte, sah sie Darios Kopf zu ihrer Linken, der sich ihr neugierig entgegen streckte. Mit einer Pfote stand der Welpe im Wasser, weiter schien er sich nicht hineingewagt zu haben. Grinsend streckte sie den Arm nach ihm aus, überbrückte so den Abstand, der sie noch voneinander trennte und stupste sachte seine Schnauze. Spielerisch schnappte der Kleine nach ihrer Hand und setzte ein betont grimmiges Gesicht auf, das seine erstaunlich dunklen Augen noch dunkler erscheinen ließ.
Die Welpen waren wirklich mehr als niedlich. Noch waren sie gefangen in diesem Stadium zwischen kindlicher Tollpatschigkeit und risikofreudiger Jugend. Doch in einem bis anderthalb Jahren würden sie eintreten in die Welt der Erwachsenen und gut ausgebildete, gefürchtete Jäger sein. Aber auch als solche würden sie noch ab und an ihren Stolz beiseitelegen, um sich mit Feuereifer in eine spielerische Rauferei zu stürzen oder

voller Übermut herumzutollen, wie der Rest des Rudels es manchmal tat. Sarah war glücklich, sie auf ihrem Weg dorthin begleiten zu dürfen und freute sich darauf, auch später noch ihre Gefährtin zu sein.

Das Mädchen erhob sich – das Wasser auf seiner Haut war dank der leuchtenden Kugel am Himmel einem durchgehenden, rötlichen Farbton gewichen - und sprang mit einem großen Schritt an das Ufer zu Dario, der es mit gen Boden zeigender, leicht wedelnder Rute begrüßte. Zärtlich strich Sarah ihm über den spitzen, dunklen Kopf. Rasch zog sie die getrocknete Kleidung über, dann knuffte sie den Welpen, der noch immer neben ihr saß, leicht in die Seite. Sofort reagierte Dario auf diese Aufforderung und biss neckisch in den Saum ihres Hosenbeins. Mit einem Auflachen erinnerte sich Sarah an ihren ersten Tag beim Rudel, als einer der Kleinen wagemutig dasselbe getan hatte und daraufhin euphorisch davon gestürzt war. Auch das war Dario gewesen.

Noch immer lächelnd stieg sie über Salena und Kali, umrundete Ravi und Nero, die wie die anderen verstreut in dem kurzen, kräftigen Gras lagen und bückte sich zu ihrem Rucksack. Von der letzten Jagd hatte sie sich wieder einmal etwas von ihrem Anteil aufgehoben, denn an die Gewohnheit, nur alle paar Tage Essen zu sich zu nehmen, aber dafür dann Unmengen zu verschlingen, konnte sich ihr menschlicher Magen beim besten Willen nicht gewöhnen. Nach einem verstohlenen Blick über die Schulter verputzte Sarah mit Appetit ihr gebratenes Stück Elchschenkel. Sie aß nicht im Verborgenen, dennoch vermied sie es, das Rudel bewusst auf ihr Mahl aufmerksam zu machen. Was das Fressen anging, konnten Wölfe durchaus ungemütlich werden. Verspürte einer von ihnen Hunger, wäre es ihm ein leichtes, ihr das Fleisch abzujagen. Oder aber Kali bekäme Wind davon und wäre augenblicklich mit seinen Dackelaugen zur Stelle. Dieser Kleine konnte wirklich immer, überall und beinahe alles fressen. Und er bettelte wirklich besser als alle Obdachlosen an Heiligabend zusammen. Nachdem sie es aufgegessen hatte, schickte sich das Mädchen an, seine Wasserflasche herauszukramen. Dabei fiel sein Blick auf das Handy, das darunter verborgen lag.

Sarah hatte ihren Fund nach der Entdeckung wie einen kostbaren Schatz in den untersten Tiefen des Rucksacks verstaut, damit er auch bestimmt nicht verloren ging. Zuvor aber hatte sie das Mobiltelefon ausgeschaltet, um den Akku zu schonen, bis es wieder funktionsbereit war. In der ersten Zeit war es immer wieder einmal prüfend von ihr in Betrieb gesetzt worden, doch nie war eine Verbindung zur Außenwelt möglich gewesen. Dann war es allmählich in Vergessenheit geraten. Langsam fischte Sarah das kleine Gerät aus dem Gepäckstück, leicht und silbern lag es nun abwartend in ihrer Hand. Sie schaltete es an, gab ihr eigenes Geburtsdatum als den von ihrer Mutter gewählten Pin-Code ein und wartete, während das Menü allmählich auf dem Display erschien. Ein Strich erschien plötzlich am Rande des Fensterchens, dessen Platz zuvor stets leer geblieben war. Ein Strich, ein kleiner, unbedeutender, schwarzer Strich, der hier mit einem Mal alles bedeutete. Er ermöglichte ihr, mit irgendjemandem dort draußen Kontakt aufzunehmen, Hilfe herbeizurufen, sich retten zu lassen.

Sarah war wie vor den Kopf gestoßen, überwältigt von dieser Aussicht, die sie eigentlich schon abgeschrieben hatte. Doch was würde geschehen, wenn sie nun eine Nummer in diese Tastatur tippte? Was sollte sie diesem Menschen am anderen Ende der Leitung sagen? Was wollte sie ihm sagen? Er würde veranlassen, dass man sie von hier fortholte, weg von Kali, von Dario, Salena und all den anderen. Würde sie sich dann besser fühlen? Zurück in der Zivilisation für den Preis von neun treuen Freundschaften voller aufrichtiger Zuneigung, von dem größten Gefühl der Geborgenheit, dass sie sich überhaupt vorstellen konnte? Und wer wartete dort auf sie?

„Niemand“, entfuhr es Sarah ernüchtert, „niemand …“.
Sie hatte alle Verbindungen gekappt, bevor sie sich auf den Weg nach Kanada machten. Von ihnen war nach diesem schrecklichen Ereignis im letzten Sommer sowieso nur noch ein schwacher Abglanz ihrer ursprünglichen Tiefe zurückgeblieben. Auch ihre Eltern hatten ihre Bekannten auf einer Basis ungezwungener Möglichkeiten zurückgelassen, noch lebende nähere Verwandte gab es nicht. Ihre Mutter war in einem Heim aufgewachsen und ihr Vater Einzelkind eines älteren Ehepaars gewesen, das während Sarahs Kindheit gestorben war. Zu wem also sollte sie zurückkehren?
Hier dagegen hatte sie eine neue Familie gefunden, die sie auf ihre ganz eigene Weise liebte, sie akzeptierte und ihr ein Glück schenkte, das sie nach dem Tod ihrer Eltern schon für immer verloren glaubte. Bei den Wolfen fühlte sie sich sicher und geborgen, kein Mensch konnte ihr hier je wehtun. Sie war ein fester Teil dieser Gruppe geworden, der wie alle anderen entsprechende Rechte und Pflichten darin zu tragen hatte und als Mitglied akzeptiert sowie respektiert wurde.
Plötzlich machte sich ein tiefer Frieden in Sarah breit, der keine Zweifel zuließ und ihre aufgewühlte Seele zur Ruhe brachte. Schlagartig wurde ihr bewusst, dass ihr Herz schon lange entschieden hatte. Sie hatte ihren Platz in der Welt gefunden, mochte er auch noch so anders sein, wie er von ihrer Fantasie stets ausgemalt worden war. Doch dieses Bild ihrer Zukunft, das in ihrem Innern während dieses einen Abends im letzten Juni so brutal zerschmettert worden war, hatte sich aus den zerbrochenen Scherben neu formiert und stand ihr nun mit unwahrscheinlicher Klarheit vor Augen.
Mit einer fließenden Bewegung kam Sarah auf die Beine und ging entschlossenen Schrittes in Richtung Wasser. Einen Moment verharrte sie, dann warf sie mit einer einzigen, schwungvollen Bewegung das Handy in den Fluss. Ein deutlich vernehmbares Platschen zeugte von dessen Auftreffen

auf dem kühlen Nass, bevor es langsam in der mannshohen Tiefe verschwand.
Befreit atmete das Mädchen auf. Jetzt konnte es niemand je von hier wegreißen, zurück in eine Welt, die nicht mehr die seine war.
Erstaunt spürte Sarah Silvermoons unergründlichen Blick auf sich ruhen, als sie sich neben Sena und Elas auf den Boden setzte. Was er wohl von dieser Aktion hielt? Es war ihr unmöglich festzustellen, aber sie konnte mit unerklärbarer Sicherheit sagen, dass dieser Wolf genau wusste, was sie gerade getan hatte.

7. Kapitel

In der Gesellschaft eines der Welpen und dessen älteren Schwester saß die junge Frau nun und betrachtete ihn nachdenklich. Wie viel von dem, was er dachte, konnte sie erahnen? Wusste sie, wer er war? Er vermochte es nicht zu sagen. Und eigentlich konnte ihm das auch gleichgültig sein, doch aus unerfindlichen Gründen war es das nicht.
Silvermoon … so nannte sie ihn. Der Wolf mochte den Klang dieses Namens, er floss weich und angenehm dahin wie das Wasser eines seichten Baches und er hatte ihn akzeptiert. Dennoch reagierte er nicht immer, wenn sie ihn aussprach. Sie musste verstehen, dass sie zwar ein Teil der Gruppe war, aber aufgrund ihrer Andersartigkeit nicht zugleich auch deren Führerin. Eine solche Position musste man sich erarbeiten oder erkämpfen, aber wer wusste es schon: Vielleicht würde sie in ein paar Jahren so weit sein. Das aber konnte allein die Zeit bestimmen.
Leichtfüßig erhob sich Silvermoon und trabte zum Fluss. um ein letztes Mal seinen Durst zu stillen. Dann stieß er einen kehligen Laut aus, mit dem er den anderen zu verstehen gab,

dass sie weiterziehen sollten. Das Rudel erhob sich, gähnend und streckend, tat es ihm nach und trank vorsorglich noch einmal aus dem träge dahinfließenden Strom. Wieder munterer folgten sie dem Wolf am Ufer entlang in Richtung Westen, der kurz darauf seinem Sohn, dem eigentlichen Alphatier, die Führung überließ. Dieser nutzte die Gelegenheit seine bereits abgeschwächten Urinmarken zu erneuern, die dieses Territorium als sein Revier kennzeichneten. Das Rudel schwenkte nach rechts in den dichten Nadelwald und durchquerte ihn, immer die steile Gebirgskette vor Augen, die sich über den Kronen der Baumriesen in weiter Ferne majestätisch emporhob. Die Gipfel der Berge waren noch immer mit Eis und Schnee bedeckt, die auch im Hochsommer kaum abschmelzen würden. Den vor ihnen auftauchenden, in der Sonne funkelnden, kleinen See umrundeten die Wölfe mit ihrer menschlichen Gefährtin und setzten den Weg nun gen Osten fort.
Als es dunkelte, erklärten sie eine kleine Anhöhe zu ihrem Nachtlager und ließen sich dort nieder. Das Rudel hatte sich dem Rhythmus des Mädchens weitestgehend angepasst, bei Dunkelheit vorwiegend zu rasten und das Licht des Tages für Wanderungen zu nutzen. Zwar schlichen immer wieder einmal ein paar der Mitglieder, dem angeborenen Instinkt nachgebend, in der Nähe umher, doch nie wurde die junge Frau völlig allein zurückgelassen. Jetzt gerade schien allerdings keiner von Silvermoons Artgenossen den Drang zu verspüren, seine auch bei Nachtsicht vorhandene, räuberische Überlegenheit an diversem Kleingetier zu erproben oder zu demonstrieren. Stattdessen kauerten sich die Wölfe in unmittelbarer Nähe zueinander auf den Boden, das Mädchen in ihrer Mitte.
Wie heute auch hatte dieses immer häufiger auf das abendliche, schützende Feuer verzichtet, an das sich das Rudel kaum hatte gewöhnen können. Zwar hatten die Wölfe ihre Abneigung gegen den unangenehmen Rauch in ihren feinen Nasen soweit zu ignorieren versucht, dass sie auf wenige Meter herankamen.

Doch zu tief saß diese Urangst vor den knisternden Flammen, als dass sie sich in seine unmittelbare Nähe gewagt hätten. Mit zunehmend wachsendem Vertrauen überließ sich die junge Frau nun der wärmenden Felle ihrer Gefährten, wenn die Temperatur des Tages in der Nacht noch immer empfindlich abkühlte. Zudem verließ sie sich auf ihre funkelnden Augen, denen die Hülle aus Dunkelheit keine Grenzen zu setzen vermochte und die für sie wachten.
Silvermoon beobachtete, wie sein Sohn sich in diesem Moment aufsetzte und sein tiefes, vertrautes Heulen in die Welt hinaus entsandte. Sofort fielen die anderen mit ein und auch er selbst ließ seine Stimme erklingen in diesem Konzert der Töne, das zeitlos und beständig immer in ähnlichem Glanz erstrahlte. Der Wolf war überrascht, als auch das Mädchen einstimmte und den Arm um einen der Welpen gelegt, seine andersartige, doch verwandte Version mit der ihren zusammen gen Himmel steigen ließ. Sie ergänzten sich zu einer Hymne der Huldigung von Natur, Leben und der Zugehörigkeit zu einem familiären Ganzen, die nur langsam in der unberührten Landschaft verklang.
Als sich die Brust des Mädchens schon lange in schwerer, regelmäßiger Atmung hob und senkte, legte auch Silvermoon wie die anderen seinen Kopf auf die Vorderpfoten und schloss unter den hoch oben am Firmament leuchtenden Sternen entspannt die Augen. Im Verlauf der Nacht gab es keine besonderen Vorkommnisse oder Auffälligkeiten, dennoch fuhr der Wolf häufiger aus dem Schlaf. Wie sein Sohn versicherte er sich, dass keine Gefahr drohte, denn auf ihrer beiden Schultern lastete die Verantwortung für das Rudel.
Als am nächsten Morgen die Sonne aufging, waren sie schon wieder unterwegs und streiften durch ihr Revier in dieser scheinbar unendlichen Weite von Kanadas Taiga. Zwischendurch erlegte das Rudel einen mittelgroßen Damhirsch, der ihnen zumindest vorläufig die Mägen füllte.

Gerade als sie nach einer größeren, grasbewachsenen Ebene wieder den Wald betraten, der mit all den aufragenden Nadelkronen mehr Schutz versprach, ertönte ein erschrockenes und zugleich schmerzerfülltes Aufjaulen zu Silvermoons Rechten. Wie alle anderen riss er den Kopf in die Höhe und lauschte mit spitzen Ohren auf mögliche Bedrohungen, um die Situation einschätzen zu können. Doch nichts anderes war zu hören unter den leise wispernden Fichten, als die gewöhnlichen Geräusche der Wildnis, verursacht durch ihre Bewohner.
Einigermaßen beruhigt wandte sich der Wolf der Quelle des leidenden Winselns zu, das herzerweichend in der Luft schwebte. Im wahrsten Sinne des Wortes. Einer der Welpen hing kopfüber beinahe zwei Meter über dem Boden und versuchte verzweifelt zappelnd, sich aus seinem Gefängnis zu befreien. Es war das Weibchen. Eine dornige Drahtschlinge hatte sich in ihr Bein gebohrt, als sie in unerfahrener Unachtsamkeit hinein getappt und daraufhin von den Füßen gerissen worden war.
„Adena!"
Das Mädchen war mit einem gequälten Aufschrei zu dem Wölfchen gestürzt und blickte nun angstvoll zu ihm empor. Mit ausgestreckten Händen versuchte es das an dem Stacheldraht befestigte Seil in die Finger zu bekommen, das weiter oben, in seiner gut getarnten Farbe auf den ersten Blick beinahe unsichtbar, um den Baum geschlungen war.
Doch vergeblich. Die junge Frau erreichte nicht einmal die Kleine, sie hing einfach zu hoch. Unschlüssig lief Silvermoon vor dem Baum auf und ab, den Blick wie alle anderen auf den Welpen hoch über ihnen gerichtet. Was nun?
„Nero, Nero, komm her", erklang da plötzlich die Stimme des Mädchens, das nach dem vergeblichen Mühen zunächst nachdenklich geschwiegen hatte.
Sein Sohn kam in ihre Richtung, als die junge Frau schon vor ihm in die Hocke ging.

„Okay, wir versuchen Folgendes: Du musst dich am Stamm auf die Hinterbeine stellen und versuchen, das Seil zu erreichen, hörst du? Streck dich so weit du kannst und beiß es durch. Verstanden? Dann los!“
Sie führte seinen Sohn zu dem etwa ein Meter Durchmesser aufweisenden Baum und machte es ihm vor.
„So, siehst du?“ Das Mädchen kniete auf allen Vieren, erhob sich schließlich auf seine Füße und legte die Hände so hoch an die raue Rinde, wie es ihm möglich war.
Sein Sohn schien verstanden zu haben.
„Du kannst es, ganz sicher!“, feuerte die junge Frau ihn an, während er sich nahe dem Stamm zu seiner vollen Körpergröße aufrichtete und den Hals nach dem Seil streckte.
„Ja, noch ein bisschen, noch ein bisschen …“
Aber es reichte nicht. Etwa ein halber Meter fehlte, um das Tau mit der Spitze der Schnauze berühren zu können. Entmutigt ließ sich sein Sohn zurück auf den Boden fallen.
„Scheiße“, fluchte das Mädchen, während sich ein salziger Geruch von Tränen unter den des frischen Blutes mischte, das aus der Wunde des Welpen tropfte.
„Halt still, Adena! Je mehr du dich bewegst, desto tiefer drückt es die Dornen in das Fleisch.“ Doch die Kleine tat in ihrer Panik alles, um von der Fessel an ihrem Fuß wegzukommen.
„Ruhig, Adena, ganz ruhig. Alles ist gut, wir holen dich da raus. Versprochen.“
Mit nach oben gereckter Hand, den Blick fest auf den Welpen geheftet, murmelte die junge Frau vor sich hin. Und tatsächlich: Ihr beruhigender, gleichmäßiger Tonfall schien allmählich zu der Kleinen durchzudringen. Die zappelnden Bewegungen wurden langsamer, ehe sie sie vollständig einstellte und den versteiften, kleinen Körper regungslos gen Boden hängen ließ. Einzig ihre Augen huschten umher, die eindringliche Intensität der Hilflosigkeit darin nur verdunkelt von einem Schleier aus Schmerz.

„Denk nach, Sarah!“, beschwor das Mädchen sich selbst. „Irgendwas müssen wir doch …“
Silvermoon und sein Sohn wandten gleichzeitig den Kopf ruckartig nach links. Die aufgestellten Ohren blendeten alarmiert jedes andere Geräusch aus, konzentrierten sich vollständig auf die nahenden Schritte, die, eindeutig menschlichen Ursprungs, von Norden aus direkt auf sie zuhielten. In dieser einen Sekunde mussten sie blitzschnell eine Entscheidung treffen und bei beiden Tieren fiel diese genau gleich aus.
Mit einem warnenden Laut trieben sie das Rudel nach Süden, weg von der sich nähernden Gefahr, dem Leitwolf hinterher. Wissend folgten die Tiere widerstandslos und augenblicklich dieser Anweisung und rannten um ihr Leben.
Nur Silvermoon und das Mädchen standen noch vor dem Baum, an dem der erneut in Panik versetzte Welpe noch heftiger zu zappeln begonnen hatte als zuvor.
„Oh, nein, vergiss es. Ich lass sie nicht allein hier!“, fauchte die junge Frau den Wolf an. Doch schneller als sie reagieren konnte, war er mit einem einzigen kraftvollen Satz hinter sie gesprungen und biss ihr leise grollend schmerzhaft, aber nicht wirklich verletzend in die Wade.
Die Schritte waren nun so nah, dass selbst ein Mensch die krachenden Äste hören musste. Seine Vermutung wurde bestätigt, als die junge Frau erblasste und gehetzt in die richtige Richtung stierte.
Unter drohendem Knurren und mit flach an den Kopf gepressten Ohren, ließ Silvermoon sein kräftiges Gebiss nah ihrem Fleisch zuschnappen und endlich kam Leben in sie.
„Verdammt!“, fluchte sie, warf einen schmerzerfüllten Blick auf die hilflose Kleine und endlich, endlich, rannte sie.
Ohne zu zögern, folgte er ihr. Auch ihm tat es leid, den Welpen zurücklassen zu müssen, doch die Sicherheit der Gruppe ging über das Wohl eines Einzelnen.
Ihre Flucht war allerdings schneller beendet, als ihm lieb sein

konnte. Etwa fünfzig Meter weiter hielt das Mädchen plötzlich an und versteckte sich hinter einem der Baumriesen. Mit einem wütenden Grollen, das aus seiner Kehle kroch, wollte Silvermoon diesem widerspenstigen Wesen gerade klar machen, dass seine Geduld am Ende war, als die junge Frau den Finger an die Lippen legte und atemlos wisperte:
„Pst, sonst hört der uns noch! Ich werde Adena nicht einfach so aufgeben, kapiert? Also entweder du folgst den anderen oder bleibst hier. Aber sei um Himmels Willen leise …“
In diesem Moment kam eine schwere Gestalt in Sicht, die sich der Falle näherte und nicht die geringste Mühe erkennen ließ, auch nur ansatzweise unauffällig bleiben zu wollen. Es war ein älterer Mann, dessen Körperkraft man unter dem aufgerollten Hemd nicht nur erahnen konnte. Vorsichtig duckte sich Silvermoon hinter einen Dickicht.
Er könnte diesen Menschen problemlos angreifen, auch alleine, doch sein Instinkt hielt ihn zurück. Der Mann trug ein Gewehr in der Hand und an seinem Gürtel baumelte nebst einigen toten Kleintieren eine geschärfte Axt.

8. Kapitel

Mit angehaltenem Atem linste Sarah um die riesige, alte Kiefer herum, hinter der sie Deckung gesucht hatte. Der Baum wies über den gesamten, ihr zugewandten Stamm Scheuerstellen eines Bären auf. Sie schienen schon älter zu sein, aber mit Sicherheit konnte sie das natürlich nicht sagen. Fast zwei Meter hoch reichten sie und Sarah konnte nur hoffen, dass dieses Tier sich mittlerweile ein anderes Revier gesucht hatte.
Silvermoon kauerte zu ihrer Linken hinter etwas Gestrüpp, das ihn wohl den Blicken dieses Widerlings entziehen dürfte. Es war ein älterer Mann, sie schätzte ihn auf etwa Sechzig. Mit schweren Schritten näherte er sich dem Baum, an dem die arme, völlig panische Adena hing wie ein Huhn auf dem Schlachthof.
In ohnmächtiger Wut ballte Sarah die Hände zu Fäusten, deren in die Handflächen schneidende Nägel sie nicht einmal wahrnahm.
Ein Wilderer, so viel war klar.
Sein Haar war lang und ungepflegt, das konnte sie selbst aus dieser Entfernung erkennen. Er stand nun direkt unter der Kleinen, die mit angelegten Ohren und hervorquellenden Augäpfeln zu ihm hinunterknurrte. Oh, dieses tapfere Mädchen!
Einmal mehr schwor sich Sarah, den Welpen da rauszuholen. Komme, was wolle. Sie konnte nicht verstehen, was der Kerl sagte, doch sie sah, dass er zufrieden lachte. Eine Welle glühendheißer Wut schlängelte sich durch ihre Adern wie ein Reptil, ließ ihre Muskeln in dem sinnlosen Wunsch sich auf ihn zu stürzen, aufbegehrend erzittern.
Sie beobachtete wie der Mann Adena losschnitt – er war beinahe zwei Meter groß, hatte also nicht die geringsten Probleme damit, an das Seil zu gelangen –, sie rücksichtslos in einen Jutesack stopfte, als wären sie und ihre scharfen, kleinen Zähne ein Nichts. Anschließend legte er die Falle erneut aus,

tarnte sie mit einigen grünen Fichtenzweigen und wandte sich in die Richtung, aus der er gekommen war.
Leise huschte Sarah zu der mit einer dünnen Schicht Erde bedeckten Drahtschlinge, grub sie aus und schleuderte sie mit einer kräftigen Bewegung auf den nächsten Baum. Die würde kein Unheil mehr anrichten.
Dann heftete sich das Mädchen an die Fersen des Wilderers, stets darauf bedacht, mindestens dreißig Meter Sicherheitsabstand zu ihm zu wahren. Als Sarah einen Blick über die Schulter warf, sah sie, dass Silvermoon ihr lautlos wie ein Schatten folgte. Eine Mischung aus Dankbarkeit und einem Gefühl, das sie nicht richtig einzuordnen vermochte, durchströmte ihren Körper und gab ihrer grimmigen Entschlossenheit eine stützende Sicherheit zum Begleiter.
Eine gefühlte halbe Stunde lief dieses seltsame Trio hintereinander durch den Wald, ehe sich die Bäume zu einem großen See hin öffneten, der sich wunderschön und ruhig vor ihnen erstreckte. Der Mann ging auf zwei kleine, heruntergekommene Zelte zu, die unweit des Ufers neben einer großen, verloschenen Feuerstelle aufgeschlagen waren. Die gesamte Grasfläche war etwa einen halben Kilometer lang mit Holzgestellen übersät, die sich unter der Last unzähliger Pelze in den verschiedensten Größen und Farben förmlich zu bogen schienen.
In der Nähe der Zelte saß ein weiterer Mann auf dem Boden, vor sich das dunkelrot schimmernde Fell eines Fuchses, das mit einigen dünnen Holzstöcken verkehrt herum an den Boden genagelt war. Mit einem scharfen Schabmesser, das funkelnd die Sonne reflektierte, kratzte er mit gleichmäßigen, kraftvollen Bewegungen das restliche Fleisch von der Haut.
Er war jünger als der andere, vielleicht Mitte Zwanzig, und wirkte auch nicht so verlottert wie sein Kumpan. Zwar strotzte auch er nicht gerade vor Sauberkeit - seine Hände waren von der widerlichen schleimartigen Masse bedeckt, die sich beim

Säubern von dem Fell abzulösen schien und auf seiner Brust, sowie unter den Achseln hatten sich große Schweißflecke gebildet - , doch sein kurz geschnittenes, dunkles Haar war sauber und seine Hose sah auch annehmbar aus.

Ganz im Gegensatz zu seinem Komplizen, den Sarah nun aus der Nähe deutlicher erkennen konnte. Sein fettiges, braunes Haar war zu einem langen Pferdeschwanz gebunden, der den ohnehin schon kantigen Schäden noch eckiger erscheinen ließ. Er war wirklich ein Riese von einem Mann, anhand dessen Kleidung man problemlos den Speiseplan der letzten Woche hätte rekonstruieren können.
„Na, Bill, was gefangen?“, begrüßte der Jüngere den Widerling.
„Jap. War wieder ein guter Tag heut“, antwortete dieser in einem fürchterlichen Cowboyakzent und zeigte auf die Leichenreihe an seinem Gürtel.
„Und als besonderes Extra gab’s sogar den hier oben drauf.“
Das ekelerregende Grinsen in seinem Gesicht, aus dem die gefühllose Lust am Töten einem geradezu entgegensprang, beförderte zusammen mit der ganzen abstoßenden Erscheinung beinahe Sarahs nicht allzu umfangreichen Mageninhalt zu Tage.
Mit zusammengebissenen Zähnen versuchte sie sich zu konzentrieren.

Sie hatte schon lange keinen Menschen außer sich selbst reden hören, schon gar keinen in englischer Sprache. Es kostete sie etwas Mühe, die zuständigen, leicht eingerosteten Rädchen in ihrem Kopf wieder in Gang zu setzen. Wie einer dieser hoffnungslos untalentierten, zum Klischee verkommenen Zauberkünstler öffnete er seinen Jutesack und holte aus dessen Untiefen die verängstigte Adena hervor, am Genick gepackt wie einen Hasen.

Diese schien nicht zu wissen, ob sie dem Fremden drohen oder sich lieber möglichst unauffällig verhalten sollte. Dann entschied sie sich offensichtlich für die aggressivere Variante und knurrte dem jungen Mann, auf dessen Augenhöhe sie baumelte, böse ins Gesicht, ehe sie nach seiner Nase schnappte. Rasch wich dieser zurück.
„Nett“, kommentierte er trocken und kam auf die Beine.
„Mich hat er auch schon gebissen. Ist ein Teufelsbiest, der Kleine. Gefällt mir.“ Wieder dieses abstoßende Lächeln.
„Was hast du jetzt mit ihm vor?“
„Normalerweise mach ich ja keine Gefangenen, aber der hier verspricht noch gute Unterhaltung. Ich behalt ihn erst mal.“
Mit diesen Worten stopfte er Adena in einen kleinen, truheartigen Holzkasten, warf den Deckel zu und schob den quietschenden Metallriegel vor.
Dieser Sohn einer nichtsnutzigen …
Sarah atmete heftig. Allein die Vorstellung von der Kleinen in dieser Kiste – unter Schock, verletzt, verwirrt und allein gelassen – ließ ihr Herz schmerzhaft verkrampfen. Sie wusste, was es bedeutete, einsam zu sein und niemanden bei sich zu haben, der einem half. Sarah befürchtete in diesem Moment, dass einem Menschen vor Wut womöglich wirklich Dampf aus den Ohren schießen könnte, wie es in vielen Zeichentrickserien immer dargestellt wurde.

Die beiden Wilderer gingen nun wieder ihren scheinbar alltäglichen Beschäftigungen nach und Sarah beschloss, sich zurückzuziehen. Sie musste einen Schlachtplan ausarbeiten.
„Komm mit, Silvermoon“, flüsterte sie dem Wolf an ihrer Seite zu, der das Ganze ebenfalls aufmerksam verfolgt hatte.
Gemeinsam, beinahe geräuschlos, schlichen sie weiter hinein in den Wald und brachten so viel Abstand zwischen sich und das Camp wie möglich. Dann erst ließ sich Sarah auf einen umgekippten Baumstamm nieder, umschlang die angezogenen

Beine mit den Händen und legte ermattet das Kinn auf die Knie.
„Was machen wir denn jetzt? Wir müssen sie da irgendwie rausholen.“
Silvermoon sah sie aus seinen hellen, unergründlichen Augen nur reglos an.
„Wir könnten warten, bis sie schlafen und uns dann einschleichen“, überlegte das Mädchen laut, den Blick in die Ferne gerichtet, ohne jedoch irgendetwas davon wirklich wahrzunehmen. „Nein, das ist nicht gut. Da sehe ich ja selbst nichts, bringt uns also nicht weiter.“
Sarah unterbrach sich und es dauerte ein paar Sekunden, ehe sie ihren Monolog fortführte.
„Hm … vielleicht schaffen wir es, sie irgendwie aus dem Lager zu locken. Aber alle beide gleichzeitig? Doch eher unwahrscheinlich.“
Wieder blieb sie still, schließlich seufzte sie und richtete ihre Aufmerksamkeit auf den Wolf, der etwa einen Meter vor ihr geduldig auf dem dunklen Waldboden saß und sie beobachtete.
„Sieht so aus, als bliebe uns dann nur noch eins: Angriff ist die beste Verteidigung. Wir werden sie überfallen und das Überraschungsmoment für uns nutzen. Danach, tja, dann sollten wir sehen, dass wir Land gewinnen. Sonst könnte es ziemlich ungemütlich werden.“
Wenn das einmal nicht die Untertreibung des Jahrhunderts war, sie hatte eindeutig zu viele Actionfilme gesehen.
Ihr Plan war riskant, wenn nicht sogar Wahnsinn, doch sie sah keine andere Möglichkeit.
Es kam nicht in Frage, den kleinen Welpen, der so oft zurückhaltend, aber anhänglich hinter ihr her getapst war, einfach bei diesen Mistkerlen zurückzulassen, als hätte es ihn nie gegeben. „Ich würde es akzeptieren, wenn du dich weigerst. Himmel, ich weiß ja nicht mal, ob Rudeltreue bei Wölfen überhaupt so weit geht, aber zur Not wage ich es auch alleine.

Ich kann nicht einfach jemanden aus meiner Familie zurücklassen, verstehst du? Ich kann es nicht."
Sarahs zunächst ruhig gesprochene Worte hatten sich zunehmend mit Leidenschaft gefüllt, sodass es nun einem Schicksalsmoment der Entscheidung gleichkam, als ihre Stimme abbrach und einer bedeutungsschweren Stille Platz machte.
Von außen betrachtet musste die Szene ein Standbild vermitteln, in dem Mensch und Tier sich in abwartender Regungslosigkeit gegenüber saßen und mit intensivem Blick die Augen des anderen an sich bannten.
Plötzlich kam Bewegung in Silvermoon. Er stand auf, kehrte dem Mädchen den Rücken und verschwand zwischen einer Gruppe schlanker Kiefern. Enttäuscht senkte Sarah den Kopf. Was hatte sie erwartet? Dass dieses Tier gegen die Gesetze der Natur, gegen seine natürlichen Instinkte und Triebe aufbegehrte? Dass es den eigentlich unmöglich erfüllbaren Schritt für sie gehen würde, sein ureigenes Wesen zu ändern? Sie war sich des schmalen Grades bewusst, der Naivität und Dummheit voneinander trennte und in diesem Moment war Sarah sich sicher, diese Grenze durchbrochen zu haben. Doch sie hatte sich entschlossen, der Kleinen zu helfen, und das würde sie auch durchziehen. Die Wölfe konnten nichts für ihr Verhalten, das von Geburt an untrennbar mit ihrem Sein verbunden war. Wer war sie, darüber zu richten? Alles, was sie zu tun vermochte, würde sie aufbringen, um Adena wieder zu ihrer Familie zurückzubringen. Ohne sie wären sie alle keine richtige Einheit mehr.
Ein merkwürdiges Geräusch ließ das Mädchen aus ihren Gedanken schrecken. Silvermoon blickte aus drei Meter Entfernung zu ihm herüber und wiederholte einen seltsamen, kehligen Laut, den Sarah noch nie zuvor gehört hatte. Es klang wie eine Mischung aus Knurren und Winseln, die sie gedanklich erstaunt ihrem Katalog innerartlicher Verständigungssignale von Wölfen hinzufügte.

Erst als Silvermoon sich umwandte und wieder ihrem Blickfeld entglitt, verstand Sarah, dass sie ihm folgen sollte. Widersprüchliche Gefühle ließen ihr Herz schneller schlagen, während sie rasch von ihrem Baumstamm sprang und den kaum sichtbaren Spuren in der lockeren, kaum mit Nadeln bedeckten Erde hinterher eilte: Erleichterung sowie Ungläubigkeit paarten sich in ihrem Innern mit der Freude darüber, dass der Wolf zu ihr zurückgekehrt war. Was gedachte er zu tun? War es möglich, dass er sie verstanden hatte?
Silvermoon führte sie weiter in den Wald hinein, vergrößerte die Distanz zwischen ihnen und dem Camp der Wilderer. Gerade als die Zweifel übermächtig zu werden drohten, ob er sie nicht von dort fortholte, um ihren Plan zu verhindern, blieb er zwischen zwei hübsch blühenden Hecken stehen und wartete darauf, dass sie herankam.

Als Sarah so nahe war, dass sie ihn hätte berühren können, hob er die Schnauze und ließ sein wunderschönes, langgezogenes Heulen hören, das ihr trotz der Anstrengung des Marsches eine Gänsehaut über den Rücken jagte. Es klang einsam, klagend und stolz zugleich, beinhaltete die ganze selbstsichere Kraft dieses großen Tiers, die es mit wissender Selbstverständlichkeit seiner ganzen Welt demonstrierte.
Sarah ließ sich mitreißen von diesen reinen, ursprünglichen Tönen und verknüpfte sie mit ihrer eigenen Stimme, um den Rest ihres Rudels, irgendwo dort draußen in der Wildnis, zu erreichen. Als sie verstummten, ertönte überraschend nah die Antwort ihrer Familie. Es würde nicht lange dauern, bis sie sie gefunden hatten.
Gemeinsam warteten sie.
Sarah war zufrieden mit der Entwicklung, die ihre Heulkünste genommen hatten. Nach den vergangenen drei Monaten unterschied sich ihr Heulen nicht mehr viel von dem der Wölfe, auch wenn sie bei weitem noch nicht alle Stimmlagen,

fein nuancierte Differenzierungen und Bedeutungszwecke der einzelnen Töne kannte.
Schätzungsweise eine halbe Stunde verging – Sarahs Gefühl für Zeit hatte sich relativ schnell von zu genauen Einteilungen verabschiedet und richtete sich nunmehr nach den gröberen Vorgaben der Sonne – , bis mit einem Mal das Geräusch leiser Pfoten auf lockerem Boden das Rudel ankündigte, nur wenige Augenblicke, ehe es zwischen den Baumstämmen auftauchte und ihnen, von Nero geführt, entgegen trabte. Mit kollektivem Beschnuppern und unter Aufblitzen einiger langer, rauer Zungen auf weichem Fell oder, in Sarahs Fall, nackter Haut begrüßten die Tiere sich gegenseitig und das Mädchen, das sie mit raschen Streicheleinheiten willkommen hieß. Kali schien über die Maßen erfreut, seine Menschenfreundin wieder zu haben und wich zunächst nicht mehr von Sarahs Seite. Diese kraulte ihn besonders ausgiebig, bevor sie mit einem liebevollen Klaps das Verwöhnprogramm für beendet erklärte und sich allen Wölfen zugleich zuwandte.
„Also, Silvermoon und ich sind zu dem Schluss gekommen, dass wir die Wilderer angreifen werden, um Adena wieder zu bekommen. Dabei müssen wir sehr schnell vorgehen, es wird nicht lange dauern, bis sie die erste Überraschung überwunden haben. Da sollten wir idealerweise schon wieder aus dem Camp sein … oder wenigstens aus dem Weg dort raus.“ Ihre Familie starrte Sarah aufmerksam an, der Ausdruck der Tiere lieferten ihr kaum einen Hinweis darauf, ob sie begriffen hatten, wovon sie sprach.

Nur Kali wedelte als einzige Reaktion leicht mit seiner Rute, was jedoch alles hätte bedeuten können.
Aber spätestens, wenn es begann, würden sie verstehen.
„Na, dann mal los“, murmelte das Mädchen und schulterte seinen Rucksack, der während der Wartezeit auf dem Boden gelegen hatte. Sarah hatte seine Existenz auf ihrem Rücken

während der Flucht vollkommen vergessen, ehe er schließlich wieder in ihr Bewusstsein gedrungen war.
Zu neunt folgten sie dem Weg, auf dem sie und Silvermoon gekommen waren, zurück zum See. Entschieden ignorierte Sarah ihre zunehmend protestierenden Füße, als sie sich Meile um Meile ihrem Ziel näherten. Sie konnte sich jetzt keine Schwäche leisten.

Als das Rudel sich schließlich dicht gedrängt unweit des Waldrands zusammenrottete, richtete jedes einzelne der Tiere instinktiv seine Aufmerksamkeit augenblicklich auf die beiden Menschen an dem grasigen Ufer, die als allmächtige Schlächter inmitten dieses Meers aus Pelzen mit sich selbst beschäftigt irgendeiner Tätigkeit nachgingen.
Sarah konnte den Widerling erkennen, dem ein Gewehr quer über die Knie gestreckt lag. Der Lauf war nach vorne geklappt, er schien es zu reinigen.
Ausgerechnet.
Der Jüngere hatte seine schleimige Arbeit beendet und saß nun an einem schwach flackernden Feuer, das sich im wärmenden Licht des Tages einfach lächerlich ausnahm. Mit den Händen fummelte er an irgendwelchen Drähten oder Schnüren herum, die er augenscheinlich zu neuen Fallen formte. Sarah betrachtete das sich ihr darbietende Bild mit gerunzelter Stirn.
Wieso musste dieser Typ gerade jetzt seine Waffe polieren? Es wäre Selbstmord, wenn das Rudel nun angriffe. Andererseits jedoch war das Gewehr nicht schussbereit. Wenn dieser Kerl es innen reinigte, konnten wohl kaum irgendwelche Kugeln oder Pulver darin stecken, oder? Unsicher wartete das Mädchen ab.
In seinem Kopf überschlugen sich die Gedanken, übertrumpften sich gegenseitig und versetzten es in einen Zustand hilfloser Entscheidungsunfähigkeit. Plötzlich aber wurde Sarah die Bestimmung des weiteren Vorgehens abgenommen. Mit einem klackenden Geräusch wurde der Lauf der Waffe zurück

in die Gerade geworfen, nachdem der Widerling einiges Blei hineingestopft hatte. Ächzend kam er auf die Beine und schlurfte zu einem der heruntergekommenen Zelte, an dessen schlammgrüner Stoffwand er es mit in die Luft gerichteter Mündung zurückließ.
Das war die Gelegenheit! Keiner der Männer trug eine Waffe bei sich und beide fühlten sich vollkommen sicher.
Grimmig verengte Sarah die Augen zu Schlitzen. Diese arrogante Hochmütigkeit würde diesen Mistkerlen gleich vergehen. Sie schlachteten jedes Tier ab, das sie in die Finger bekamen. Die breite Palette an Felltypen bewies es. Soweit das Mädchen wusste, waren einige der gefangenen Arten sogar vom Aussterben bedroht. Beispielsweise das hell und dunkel gemusterte, kleine Fell eines Schwarzfußiltis‘, das neben einigen anderen, offenbar schon vor längerem bearbeiteten Pelzen auf einem wackelig anmutenden Holzgestell hing. Sarah hätte es nie erkannt, wenn sie nicht einmal vor ein paar Jahren in einem Biologie-Referat einige bedrohte Kleintierarten der Roten Liste hätte vorstellen müssen. Für all diese getöteten Wesen hatten diese Wilderer Richter und Henker zugleich gespielt und beuteten sie rücksichtslos und brutal für ihren eigenen Profit aus.

Vor Wut biss das Mädchen die Zähne zusammen. Was Tierquälerei betraf, war Sarah schon immer empfindlich gewesen. Egal, was den Männern bei diesem Angriff bevorstand, es traf nicht die Falschen.
Sarah konnte nicht voraussagen, wie das Rudel sich dabei verhalten würde. Sie bezweifelte einen möglichen Einfluss auf die Wölfe, während deren Instinkt die Führung übernahm und sie sich von ihm leiten ließen. Wenn sie die Kerle töten wollten, könnte keine Macht der Welt sie davon abhalten. Doch das Mädchen musste es durchziehen, für diese gequälten Wesen, die durch die Hand der Wilderer unschuldig den Tod

gefunden hatten oder in Zukunft noch finden würden, wenn es nicht einschritt.
Und auch für Adena, um dem niedlichen Welpen seine rechtmäßige Freiheit zurückzugeben.
Entschlossen verbot Sarah sich jegliche moralischen Bedenken oder Gewissensbisse: Dies war eine Extremsituation und extreme Situationen erforderten extreme Maßnahmen.
„Seid ihr bereit?“, wandte sie sich wispernd an das Rudel, das den Blick von dem Camp löste und auf sie richtete. Funkelnde, kluge Augen, in denen sich die Strahlen der schon weit im Westen stehenden Abendsonne brachen.
„Gut. Aber seid vorsichtig“, bat Sarah in letzter Minute diese Söhne und Töchter der Wildnis, die ihr zu einer neuen Familie geworden waren.
Ihr Magen war ein einziges nervöses Knäuel, als sie beinahe zeitgleich mit Silvermoon losstürmte. Sie konnte die Anwesenheit der anderen in ihrem Rücken spüren.
Als sie aus dem dichten Waldrand brachen, rissen beide Männer im Lager überrascht die Köpfe herum. Ihr Gesicht drückte Erstaunen, Ungläubigkeit und Schrecken zugleich aus, der leicht geöffnete Mund war eine einzige Frage. Einen kurzen Moment stellte sich Sarah vor, was die beiden wohl sehen mochten: Eine blonde, junge Frau mit wirren, langen Haaren und schmutziger Kleidung, die mit einer Horde von Wölfen unbeirrt auf sie zustürmte. Doch dann gewannen Nero und Silvermoon zunehmend an Vorsprung, auch Salena überholte sie und hielt direkt auf die Wilderer zu.
Der Widerling fasste sich als Erster und wirbelte mit einer behänden Bewegung herum, die man ihm gar nicht zugetraut hätte. Er setzte zu einem Sprint an, um sein Gewehr zu erreichen, doch er schaffte es nicht bis dorthin. Salena, Dario und Ravi hatten ihn drei Meter vor seinem Ziel eingeholt und zusammen mit Nero, der nun zu ihnen stieß, kreisten sie ihn ein. Die Schnauzen tief gesenkt, die Rute zwischen die Beine

geklemmt, umschlichen sie ihn lauernd. Der Mann stieß einen halb ängstlichen, halb verärgerten Schrei aus und zauberte aus seinem linken Stiefel plötzlich ein Messer hervor. Bei diesem Anblick setzte Sarahs Herz einen Schlag aus. Sorge und Angst durchfuhren sie wie ein Blitz, doch ihr blieb nichts anderes übrig als weiterzurennen. Dies war die einzige Möglichkeit, den anderen in diesem Augenblick zu helfen. Je eher es ihr gelang, Adena freizulassen, desto schneller konnten sie von hier verschwinden.

Zu ihrer Linken hielten Silvermoon, Sena, Kali und Elas den Jüngeren in Schach. Dieser starrte furchtsam auf die Wölfe, die sich ihm drohend näherten.

Aus dem rechten Augenwinkel sah das Mädchen, wie sich Ravi mit einem Mal auf den Widerling stürzte. Dem menschlichen Schmerzensschrei folgte ein gequältes Aufjaulen, das Sarahs Vorhaben beinahe kippen ließ. Doch sie zwang sich weiterzulaufen.

Ihr Blick flog wild durch das Lager, suchte panisch nach der hölzernen Truhe, in die Adena eingeschlossen war. Ein erleichtertes Keuchen entwich ihren Lippen, als sie das Gefängnis endlich entdeckte. Mit wenigen Schritten war sie dort und öffnete den Riegel, der sich nur ungern zurückbewegte und dabei vernehmlich quietschte. Die Kiste war erstaunlich unsolide gebaut, einige Schlitze ließen etwas Sauerstoff hinein. Doch diese geringe Menge konnte doch niemals genug sein für einen beinahe einen halben Meter großen Wolfswelpen. Hastig drückte das Mädchen den Deckel nach oben und Tageslicht flutete in das zuvor nachtschwarze Innere.

Plötzlich schnappte ein Gebiss nach oben und nur Sarahs Geistesgegenwart war es zu verdanken, dass die scharfen, kräftigen Zähne dort, wo am Kistenrand soeben noch ihre Hand gelegen hatte, ins Leere schlugen. Adena knurrte das Mädchen mit einer völlig verängstigten Aggressivität an, die ihm ins Herz schnitt.

„Adena, hey meine Süße, ich bin's."
Tränen bahnten sich einen Weg an die Oberfläche während Sarah sanft auf den Welpen einredete. Die Kleine atmete heftig, sog gierig die Atemluft in ihre gepeinigten Lungen. Dabei fixierte sie das Mädchen mit weit aufgerissenen Augen, die niedlichen, verschieden gefärbten Ohren flach an den Kopf gepresst. Erst als der Rhythmus ihrer Brust allmählich ruhiger wurde, schien Adena Sarah zu erkennen. Ihr Blick wurde klarer und sie stieß ein markerschütterndes Winseln aus, während sie versuchte sich aufzurichten. Doch all die Zeit in der engen, kleinen Box unter minimalster Sauerstoffzufuhr hatten sie, zusätzlich zu den Schmerzen ihrer Beinwunde, stark geschwächt. Ermattet sank sie zurück und blickte das Mädchen beinahe traurig an. Schniefend schob Sarah ihre Hände unter den weichen Körper, umfasste Brust und Hinterteil und hob den Welpen behutsam aus dem harten Kasten. Die Kleine war schwer, doch Sarah schaffte es. Sie hielt Adena vorsichtig, als sei sie eine Figur aus hauchdünnem Glas, um ihr keine zusätzlichen Schmerzen zu bereiten. Ergeben lag sie in ihren Armen und rührte sich nicht. Das Mädchen würde sie wegtragen müssen. Es war ausgeschlossen, dass sie es aus eigener Kraft schaffte.

Sarah wandte sich ab, weg von diesem hölzernen Gefängnis, an dessen Boden noch Reste von Adenas Blut klebte.
Die Eindrücke ihres Umfelds, die sie in den letzten drei Minuten völlig ausgeblendet hatte, fielen nun wie Keulenschläge auf sie ein. Der ältere der beiden Männer lag auf dem Boden, reglos wie eine Stoffpuppe. Nero stand halb auf seinem Bauch, die tödlichen Zähne um seinen Hals gelegt, hielt er ihn in Schach. Einzig die unterdrückte Atembewegung verriet, dass der Wilderer noch lebte. Er blutete aus zahlreichen Bisswunden und Kratzspuren, in Hemd und Hose klafften große Risse. Einige Meter entfernt lag Ravi auf der Seite und leckte eine

lange Schnittwunde, die sich seitlich quer über seinen Bauch zog.
Wie erstarrt stand Sarah da, den Welpen noch immer an sich gepresst. Sie war nicht in der Lage sich zu rühren, unfähig zu sprechen. Dann fiel ihr Blick auf den jungen Mann, der kaum fünfzig Zentimeter vom Lagerfeuer entfernt stand und ein brennendes Holzscheit wie eine Lanze vor sich hielt. Unwillig schlichen Sena, Kali und Elas, sowie Salena und Dario, die sich offenbar zu ihnen gesellt hatten, außer Reichweite der Flamme umher. Doch es war offensichtlich, dass sie dem Feuer näher waren als irgendein Wolf es sonst tun würde. Nur sie waren an Sarahs provisorischen Herd gewöhnt.
Noch allerdings hielt der brennende Stock sie davon ab, anzugreifen. Plötzlich sah Sarah Silvermoon, der sich dem Wilderer von der Seite näherte. Dieser jedoch beachtete ihn gar nicht, sein Blick war fest auf die fünf Tiere vor ihm gerichtet. Hatte er ihn nicht bemerkt? Verwirrt wartete das Mädchen auf eine Reaktion von ihm. Wenn er nicht bald einmal seine Fackel nach rechts bewegte, würde Silvermoon ihn ohne zu zögern anfallen. Noch immer rührte er sich nicht. War der lebensmüde? Keine vier Sekunden würde es mehr dauern und der Wolf hätte den Kerl erreicht. Beinahe automatisch trat Sarah einen kleinen Schritt in seine Richtung.

Erschrocken von ihrer Bewegung schoss der Kopf des jungen Manns herum. Eine Mischung aus Erstaunen und Ungläubigkeit – ähnlich wie zu Beginn des Angriffs - zeichnete sich auf seinem fein geschnittenen Gesicht ab. Seine dunkelbraunen Augen, die Todesangst offenbarten, trafen auf den forschenden Blick des Mädchens. Dieser Ausdruck brachte in Sarahs Innerem etwas ins Rollen, sodass endlich wieder Leben in ihren Körper zurückkehrte. Der Wilderer starrte sie an wie eine Erscheinung, während Silvermoon direkt zwischen ihnen den letzten Abstand überbrückte. Doch noch immer beachtete er

ihn nicht. Gerade als der Wolf zum Sprung ansetzte, fand Sarah ihre Stimme wieder.
„Nein, Silvermoon, nicht!“, brüllte sie und hastete ein paar Schritte nach vorne.
Unter Adenas Gewicht strauchelte sie und das zwang sie, stehen zu bleiben.
Sarahs Blick haftete unverwandt auf Silvermoon, der bei ihrem Schrei in der Bewegung innegehalten hatte. Zwei Sekunden verstrichen ohne eine Regung. Dann wandte sich der Wolf plötzlich ab und trottete zu den anderen, die abwartend an ihrem Platz verharrten. Das Mädchen blieb heftig atmend zurück, sah ihm unsagbar erleichtert, aber auch ebenso fassungslos hinterher. Hatte er etwa tatsächlich auf sie gehört? Das wäre eine Premiere, die sie gleichermaßen erfreute wie verunsicherte. Dann wanderte ihr Blick zurück zu dem jungen Mann, der verwirrt den Boden im näheren Umkreis zwischen ihnen beiden mit den Augen absuchte. Irritiert runzelte Sarah die Stirn. Was für ein merkwürdiger Typ.
Bei diesem Gedanken fiel ihr schlagartig der andere Mann wieder ein und sie wirbelte herum. Nero und der Widerling hatten sich scheinbar nicht bewegt, ihr Anblick erinnerte das Mädchen an ein groteskes Standbild.
„Nero, jetzt reicht's aber. Ich denke, der Mistkerl hat genug gebüßt. Lass ihn los, wir sind keine Killer.“
Vorsichtig bettete Sarah Adena auf den Boden, ehe sie mit energischer Stimme auf den Wolf einredend, ruhigen Schrittes näher kam. Nero ließ ein unwilliges Knurren hören, das tief aus seinem Rachen drang. Doch Sarah zeigte sich in keinster Weise beeindruckt.
Sie spürte, dass eben wieder einer dieser Momente war, in denen sie im Rudel das Sagen hatte.
Selbstbewusst streckte sie die Hand aus, legte sie um Neros Schnauze und löste diese von der Kehle des Mannes, der offenbar das Bewusstsein verloren hatte. Sanft, aber unbeirrbar,

drückte sie den Kopf des Wolfs beiseite und schob ihn von der Brust des Widerlings auf den Boden. Dort stand er nun und blickte sie unverwandt ein, genauso wie die übrigen neun Augenpaare – acht Tierische, ein Menschliches.
Das Rudel wartete auf Anweisungen.

Rasch hob Sarah das gezackte Jagdmesser auf, das unweit des Ohnmächtigen im Gras lag und wischte es notdürftig sauber. Das würde sie noch sehr gut gebrauchen könnten. Sie steckte es in ihren Gürtel und ging rasch zu Ravi, der inzwischen wieder auf den Beinen war. Besorgt untersuchte sie den Schnitt in dessen Seite. Er war zwar lang, schien aber, Gott sei Dank, nicht tief zu sein. Eine Fleischwunde, die zwar sehr schmerzhaft war, aber heilen würde. Erleichtert atmete Sarah auf und strich dem jungen Wolf tröstend über den Kopf, der zur Antwort einmal über ihre Finger leckte. Dann kehrte das Mädchen zu der Stelle zurück, an der es den verletzten Welpen niedergelegt hatte und nahm ihn erneut in seine Arme.
„Gehen wir“, sagte Sarah und stapfte um diverse Fellgestelle herum in Richtung Waldrand. Sie wusste, dass die anderen ihr folgten und konzentrierte sich darauf, Adena möglichst ruhig zu halten, als ein Ruf sie beinahe zusammenfahren ließ.
„Warte!“
Das englische Wort wurde über das breite Seeufer zu ihr geweht. Zunächst ignorierte sie es, doch der Wilderer gab nicht auf. Also wandte Sarah unwillig den Kopf.
Der junge Mann stand noch immer neben dem Feuer, das allmählich niederzubrennen drohte. Die Fackel in seiner Hand zeigte zu Boden, sein Blick verweilte auf dem Mädchen, das das Wolfsrudel anführte.
„Wer bist du? Wo gehst du hin?“
Sein Gesicht zeigte Neugier; die Angst war offenbar wie weggewischt, nun, da die Wölfe zahm zu sein schienen und abzogen.

Sarah kramte ihr Fremdsprachenvokabular aus einem Hinterstübchen ihres Gehirns hervor. Dieses Eckchen hatte in letzter Zeit ziemlich auf Eis gelegen.
„Ihr habt verdammtes Glück, dass ihr noch am Leben seid", war alles, was sie sagte.
Dann kehrte sie ihm den Rücken zu und verschwand mit ihrer Familie unter den dichten Kiefern, in denen sich die Düsternis der Abenddämmerung bereits für die Nacht einrichtete.

9. Kapitel

Kurz darauf übernahmen er und sein Sohn die Spitze und führten das Rudel hinaus in die baumreichen Weiten der kanadischen Taiga. Die Schritte der jungen Frau wurden schwerer und schwerer unter dem Gewicht ihrer Last, doch verbissen kämpfte sie sich voran. Da sie nicht wie so manches Mal die Hand auf den Rücken eines der Wölfe legen und sich von ihm den Weg weisen lassen konnte, hatten eines der Welpen und das Weibchen des älteren Wurfs sie flankierend in die Mitte genommen. Dicht an die Seiten des Mädchens gedrängt, führten sie es sicher durch das in dessen Wahrnehmung unsichtbare Labyrinth. Dennoch stolperte die junge Frau häufig über irgendwelche Äste, Wurzeln oder Steine und hatte Mühe, das Gleichgewicht zu halten.
Kontinuierlich wie ein Uhrwerk legten sie Meile um Meile zurück, bis erste Anzeichen des Morgengrauens den Himmel hellgrau färbten und der dunkle Vorhang um sie herum sich zu lichten begann. Erst dann erlaubten sie dem Rudel zu rasten. Nun war die Distanz zwischen ihnen und diesem Menschenlager, über dem trotz der leichten Brise vom See ein unverkennbarer Geruch von Verwesung gelegen hatte, groß genug.

Sie ließen sich an einem schmalen Bach nieder und ruhten sich aus. Als die ersten Strahlen der Sonne so weit durch die Äste reichten, dass das Mädchen gut sehen konnte, trug es den verletzten Welpen an das leise murmelnde Wasser und ließ ihn aus den zur Schale geformten Händen trinken. Dann kratzte es einige Lappen Moos von den umliegenden Stämmen, brach zwei dünne Zweige von einem noch jungen Baum und kehrte zu der Kleinen zurück. Die junge Frau tauchte ein Stück der weichen Pflanze in den Bach und reinigte behutsam, aber gründlich die Beinwunde des Wölfchens.

Sofort drang der Geruch frischen Bluts in Silvermoons feine Nase, als der Schorf vom Fleisch abfiel. Dieser erinnerte ihn daran, dass sein Magen schon länger nicht mehr gefüllt worden war. Während das Mädchen nun das restliche Moos um das Bein wickelte und mit den biegsamen Zweigen festband, stand Silvermoon auf und gab den anderen mit einem energischen Winseln zu verstehen, dass es Zeit war, auf Jagd zu gehen. Es war sich sicher, dass die junge Frau, die nun das männliche Jungtier des ersten Wurfes zu sich rief, um seine Verletzung zu behandeln, bei dem Welpen bleiben würde. Da ihr zweiter Patient trotz des Schnitts durchaus in der Lage war, die beiden, wenn nötig, zu verteidigen, konnte das übrige Rudel problemlos losziehen. Das Mädchen warf ihnen nur einen raschen Blick zu, als er mit den anderen im Wald verschwand, dann widmete es seine Aufmerksamkeit wieder den beiden Verwundeten. Es wusste, weshalb sie gingen.

Silvermoon überließ seinem Sohn die Führung und schon nach kurzer Zeit trafen sie auf den verlockenden Duft eines vor wenigen Tagen vorbei gezogenen Elchs. Witternd folgte das Rudel seiner Spur und fand ihn schließlich drei Meilen weiter östlich, genüsslich an einer bodennahen Pflanze kauend. Es war windstill, die drückende Luft des Sommers lag schwer und unbewegt auf der Landschaft. Doch das Wild schien die Wölfe noch nicht wahrgenommen zu haben.
Sie verteilten sich lautlos in einen Halbkreis um das ahnungslose Tier herum. Dann plötzlich, wie auf ein geheimes Zeichen, sprangen sie hervor und stürzten sich auf das erschrockene Wild. Es war ein junges Männchen, das wohl noch nicht allzu lange allein umherzog und sich offensichtlich nicht entscheiden konnte, ob es sich verteidigen oder sein Heil in der Flucht suchen sollte. Schließlich entschied es sich für letzteres, aber mit wenigen kräftigen Sätzen war das Rudel bei ihm.
Der Elch hatte seine Chance verpasst.

Dennoch wehrte er sich nach Kräften, aber in Anbetracht der Überzahl seiner Jäger schwanden diese zunehmend, während das Leben ihn zeitgleich verließ. Hungrig machte sich das Rudel der Rangordnung entsprechend über die Beute her, zwei der Welpen balgten sich um die wenigen Reste der Innereien, die den Jungen gelassen worden waren.
Die beiden Alphawölfe wiesen ihren Nachwuchs an, es ihnen gleich zu tun und das übrige Fleisch im Maul zurück zum Lager zu tragen – für ausgewürgte Nahrung waren die Verletzten zu alt und die junge Frau würde sie sowieso nicht anrühren.
So traf das Rudel einige Zeit später wieder an dem schmalen Bach ein.
Das Mädchen und die beiden Wölfe erwarteten sie bereits, sie hatten sie kommen gehört. Nach Silvermoon ließ einer nach dem anderen die mitgebrachte Mahlzeit vor ihnen zu Boden fallen und zog sich zurück. Wie ausgehungert stürzten die zwei Artgenossen sich auf das Wild, zerrten knurrend an demselben, ohnehin schon zerfetzten Rückenstück, ehe die Kleine schließlich widerwillig nachgab. Sie war nicht in der Verfassung, sich richtig um die Beute streiten zu können.
Das Mädchen nahm den Rest des Fleisches, das einmal die Brust gewesen war, und machte sich auf, um Holz zu sammeln. Nachdem die junge Frau das Feuer entzündet und ihren Anteil gebraten hatte, verzehrte sie ihn mit großen Bissen. Auch ihr Hunger musste größer sein, als man ihr angesehen hatte. Dennoch steckte sie dem Welpen mit dem keilförmigen Abzeichen auf der Brust, der nah bei ihr saß, und seiner verletzten Schwester immer wieder einmal etwas zu.
Dieses Bild schien beispielhaft für die Persönlichkeit dieser jungen Frau. Langsam und wie selbstverständlich war sie ein Teil des Rudels geworden, was Silvermoon sich zu Anfang selbst kaum hatte vorstellen können. Dennoch war es ihm unmöglich gewesen, es nicht zu versuchen. Seine Entscheidung

war gefallen als das Mädchen aus großen, blauen Augen angstvoll, zugleich jedoch äußerst ruhig, zu ihm empor geblickt hatte, während es über dem in einer Wurzel gefangenen Welpen gebeugt gewesen war. Genau in diesem Augenblick war ein unsichtbares Band zwischen ihnen beiden entstanden - von dem Silvermoon nicht wusste, ob es der jungen Frau bewusst war und das sein Schicksal schlichtweg außer Kraft gesetzt hatte. Seitdem trug er die Gewissheit in sich, dass sie leben sollte und wie könnte sie das besser, als mit der Familie seines Sohnes.
Dieses Mädchen hatte ihn tiefer berührt als irgendwer zuvor. Doch er spürte, dass der Abschied nahte. Es wurde Zeit für ihn, sich wieder auf den Weg zu machen, hinaus in die scheinbar endlose Wildnis der kanadischen Taiga. Allein, wie es bis auf die kurzweiligen Besuche bei diesem Rudel schon immer gewesen und ihm auch am liebsten war.

10. Kapitel

Nachdem Sarah ihr Bruststeak verschlungen hatte, leckte sie sich die fettigen Finger sauber. Kali beobachtete sie dabei kritisch, die schwarz umrandeten Augen wichen nicht von ihren Händen. Seine Gedanken sprangen dem Mädchen förmlich ins Gesicht: Sarah würde doch nicht noch irgendwo ein letztes Stück versteckt haben, um es sich nun genüsslich in den Mund zu schieben?
„Keine Sorge, kleiner Mann. Es ist wirklich alles weg", lachte das Mädchen.
Der Blick des Welpen löste sich enttäuscht von den Fingern. Nachdem Sarah sorgfältig ihr Kochfeuer gelöscht hatte, zupfte sie grinsend an Kalis brauner Rute, die sich hinter seinen milchig weißen Hinterläufen erstreckte.
Sie wusste, dass er das nicht leiden konnte. Prompt fuhr der Kleine auch schon herum und schnappte nach ihrer Hand.
„Na, na. So böse?", neckte sie ihn, ehe sie sich mit Geheul auf ihn stürzte.
Zu zweit kugelten sie sich auf dem Boden und rangelten miteinander. Das Mädchen spürte das kleine, kräftige Gebiss des Welpen auf ihren Armen und in der Hüfte, während sie wiederum seine Ohren mit ihren eigenen Zähnen bearbeitete und ihn hier und da kräftig knuffte. Kali knurrte wie ein Großer und war begeistert bei der Sache. Sarah grollte zurück, auch ihr machten diese Raufereien mit den Welpen großen Spaß. Keiner von ihnen tat dem anderen wirklich weh, es war eher ein spielerisches Kräftemessen, das neben dem bereiteten Vergnügen zudem noch die Fähigkeiten schulte. Natürlich behielt sie ab und zu ein paar blaue Flecken zurück, aber das war nicht weiter schlimm. Die Wölfe wussten, wie wild sie mit ihr tollen konnten, ohne ihr Schmerzen zu bereiten.
Nach einigen Minuten des Kampfes gab das Mädchen sich grinsend geschlagen. Japsend lag es auf dem Rücken, Kalis

Vorderpfoten auf dem Bauch, der triumphierend, aber mit heraushängender Zunge auf Sarah herabsah.
„Du hast gewonnen, zufrieden?"
Noch immer lächelnd schubste sie den Welpen herunter und schlang die Arme um seinen Hals. Zu Anfang hatte ihn dieses Verhalten verschreckt, doch inzwischen war er daran gewöhnt, dass er manchmal als provisorisches Kuscheltier herhalten musste. Er schien es sogar zu genießen.
Das Mädchen drückte ihm einen Kuss auf den spitzen Kopf und ging zum Bach, an dessen Ufer es niederkauerte, um zu trinken. Dann sah sie nach Adena, die immer noch viel lag, aber sich mittlerweile auch humpelnd zu Fuß fortbewegen konnte. Das Mädchen wechselte den Moosverband. Die Wunde am Bein heilte gut, doch die Kleine war ungeheuer schreckhaft geworden, was schnelle Bewegungen oder eine laute Stimme anbelangte. Sarah schenkte ihr ein paar Extra-Streicheleinheiten und überprüfte auch Ravis Schnittverletzung, die sie aber nicht weiter behandeln konnte. Sie hatte schon mit dem Heilen begonnen und eine lange Narbe würde alles sein, was später noch an sie erinnerte.
Inzwischen war es Abend geworden. Die Sonne senkte sich als glutroter Ball auf die im aufkommenden Wind wogenden Baumwipfel, ehe sie dahinter versank und die grünnadeligen Äste schier in Flammen aufgehen ließ. Was für ein wunderschöner Anblick.
Verträumt betrachtete Sarah dieses Naturschauspiel, das sie in derartiger Intensität an noch keinem anderen Ort wahrgenommen hatte. Sobald das Glühen erloschen war, senkte sich die graue Düsternis über sie, die ihr inzwischen so vertraut geworden war und bald der vollkommenen Nacht mit all ihren spezifischen Geräuschen – dem Flügelschlag einer Eule, dem leisen Trippeln unzähliger kleiner Füße auf dem dunklen Waldboden oder das Heulen weit entfernter fremder Wolfsrudel – weichen würde.

Sarah legte sich in der Nähe des Bachs auf die Seite und schloss die Augen. Es dauerte nicht lange, da spürte sie, wie Kali sich nach wenigen Umdrehungen um die eigene Achse an ihrem Rücken zusammenrollte und fühlte auch ein paar der anderen näher kommen. Bald darauf nahm sie nichts mehr wahr, bis ein leises, mehrstimmiges Knurren sie plötzlich aus dem Schlaf riss.
Die Sonne stand schon am Himmel. Es musste so etwa zehn Uhr sein, dachte das Mädchen schläfrig, ehe es mit einem Schlag erschrocken zu vollem Bewusstsein kam. Sein Kopf flog in die Richtung, die die Wölfe fixierten. Doch Sarah sah nichts außer einer Unzahl von Bäumen, die sich ruhig und unbewegt aneinander reihten. Alles war wie immer.
Ihre Familie schien sich allmählich zu beruhigen, ihre Ohren gerieten wieder in Bewegung und die Anspannung wich aus den Körpern. Beruhigt stand das Mädchen auf und löschte am Bach seinen Durst. Dann spritze es sich etwas Wasser ins Gesicht, um die restliche Müdigkeit zu vertreiben und streckte sich ausgiebig. Sarah hatte schon unbequemer geschlafen, aber definitiv auch schon gemütlicher. Ein vorsorglicher Blick zum Himmel zeigte dunkelgraue, schwere Wolken, die bald Regen bringen würden. Und wirklich öffneten sie keine halbe Stunde später ihre Schleusen und ließen einen ansehnlichen Regenguss auf die Landschaft nieder, die die Nässe nach der längeren Trockenzeit willkommen hieß.
Sarah stellte sich unter eine wuchtige Fichte, die zwar nicht alle Tropfen abhalten konnte, sie aber doch vor dem Gröbsten schützte. Kali kam und leistete ihr Gesellschaft, Dario folgte ihm bald nach, doch die anderen blieben, wo sie waren. Den Wölfen schien der Regen nichts auszumachen. Als das Mädchen gegen Nachmittag noch immer auf derselben Stelle verweilen musste, hoffte es entnervt, dass es sich nicht eingeregnet hatte. Wenn nicht Kali treu an ihrer Seite geblieben wäre, hätte Sarah vor Langeweile womöglich begonnen,

Selbstgespräche zu führen. So aber saß sie einigermaßen im Trockenen, den Rücken an den Baumstamm gelehnt mit der Schnauze des Welpen auf dem Knie. Sanft wühlte sich ihre Hand in das weiche Fell, während sie Kali Geschichten erzählte oder mit offenen Augen vor sich hinträumte. Schließlich hatte der Himmel endlich ein Einsehen und nach einer weiteren halben Stunde Nieselregen versiegten die Tropfen ganz.

Erleichtert drückte das Mädchen dem Welpen einen Kuss auf die breite Stirn und gab ihm einen zärtlichen Klaps, sodass er sich zu Dario und Elas trollte, die einander spielerisch hinterher jagten.

Mit beinahe schwarzen, feuchten Wasserflecken auf Schultern und Hose machte sich Sarah nun entlang des Ufers auf die Suche nach essbaren Pflanzen oder Wurzeln. Ihr Magen knurrte wie Silvermoon, wenn er wütend war; sie hatte den ganzen Tag noch nichts gegessen.

In der aufgeweichten Erde wurde sie tatsächlich fündig. Nachdem das Mädchen die Wurzelknollen gesäubert hatte, steckte es sie sich zufrieden in den Mund. Diese konnte man sogar roh essen, soviel wusste es. Gerade als es sich auf den Rückweg machen wollte, raschelte es mit einem Mal in dem Dickicht einige Meter hinter ihm.

Sarah wirbelte herum, ließ dabei den Rest ihres Fundes fallen und zog das Messer aus ihrem Gürtel. Alles in einer einzigen Sekunde. War es das, was das Rudel am Morgen gehört hatte? Beunruhigt wurde Sarah klar, dass ihr diesmal keiner der anderen gefolgt war.

Sie war allein.

Angst kroch ihr den Rücken hinauf wie eine klebrige Schnecke, reglos starrte sie in die Richtung, aus der das Geräusch gekommen war. Das Mädchen zwang sich ruhig zu atmen. Gerade als es die Vorzüge von Wegrennen und

Kämpfen gegeneinander abwog, schob sich ein Schatten hinter einer breiten Tanne hervor.
Nur mit Mühe konnte Sarah einen erschrockenen Aufschrei unterdrücken, sie wollte das Vieh nicht unnötig reizen.
Doch als sich die merkwürdig schmale Gestalt auf sie zu bewegte, konnte sie diese Körperform endlich einordnen. Ein Mensch! Wie, zum Henker, kam der denn hierher? Abwartend stand sie da, das Messer noch immer erhoben, und erwartete den Fremden.
Als er näher kam, erkannte sie ihn plötzlich. Die kurzen, schwarzen Haare, der schlendernde Gang .... es war der junge Wilderer aus dem Camp. Panik und Verwirrung breiteten sich gleichzeitig in ihr aus, durchfluteten sie von den Fingerspitzen bis zu den Zehen, doch sie versuchte sich nichts anmerken zu lassen. Wollte er etwa Rache für den Überfall auf das Lager? Das wäre Selbstmord, denn selbst wenn die Wölfe im Moment nicht bei ihr waren, würden sie auch über die Distanz dennoch ihre Rufe hören.

Von dieser Tatsache beruhigt erwartete Sarah den jungen Mann. Obwohl er keine sichtbare Waffe bei sich trug, behielt sie das Jagdmesser oben. Als er sich dem Mädchen auf vier Meter genähert hatte, blieb er stehen.
Sicherheitsabstand, dachte Sarah amüsiert und musste sich ein Grinsen verkneifen. Stattdessen funkelte sie den Typen böse an.
„Bist du allein?“, fragte dieser und sah sich besorgt um.
War das eine Fangfrage? Unsicher, was es antworten sollte, sagte das Mädchen lieber erst einmal gar nichts. Es war dem Jungen anzusehen, dass er zu dem Schluss kam, es sei alleine. Sonst hätte sich das Rudel wilder Wölfe, vor dem er sich so zu fürchten schien, wohl schon auf ihn gestürzt. Sein Blick fiel wieder auf Sarah, die ihn stumm musterte.
Er trug nicht mehr das Hemd von vor zwei Tagen, sondern ein

dunkelrotes T-Shirt mit dem Aufdruck: „Freedom is no Illusion“.
Auch auf seinen Schultern zeigten sich Spuren des Regentages. Die Hose war noch die gleiche. Eine schmutzige, schwarze Umhängetasche hing von seiner linken Schulter quer auf die rechte Hüfte.
„Komm schon. Ich weiß, dass du nicht stumm bist. Also, wer bist du?“
Seine leicht raue Stimme war dunkler als sie sie in Erinnerung hatte.
„Ich rede nicht mit Wilderern. Hau gefälligst ab!“, sagte das Mädchen kalt, aber mit Nachdruck.
Als der Typ ein leises Lachen von sich gab, widerstand Sarah dem Impuls, ihm eine kräftige Ohrfeige zu verpassen. Was bildete sich dieser Kerl eigentlich ein?
„Ach, deswegen bist du so …“
„Hasserfüllt?“, schlug Sarah vor.
„Ich wollte eigentlich abweisend sagen“, erwiderte er trocken. „Im Übrigen muss ich da mal was klarstellen, Wolfsprinzessin.“

Der ernste Blick seiner dunkelbraunen Augen, die aus der Ferne beinahe schwarz wirkten, hielt ihren fest.
„Auch wenn es vorgestern nicht so ausgesehen hat, aber ich bin kein Wilderer. Mein Name ist Ryan Williams und ich arbeite für die kanadische Regierung. Meine Aufgabe ist es, verdeckt Wilderer in Kanadas Wildnis auszuspionieren und genügend Beweise gegen sie zu sammeln um sie verurteilen. Dazu muss ich immer einige Zeit mit diesen Kerlen verbringen, damit sie mir wenigstens soweit vertrauen, dass sie mich mit zu ihren Handelsstellen nehmen oder mir einige ihrer Abnehmer verraten. Die meisten von ihnen arbeiten in Teams, sodass es oft schwer ist, Namen von Komplizen aus ihnen herauszubekommen. Aber nur auf die Weise ist es möglich, sie

nachhaltig und effektiv aus dem Verkehr zu ziehen und das Netz, das sie mittlerweile aufgebaut haben, zu zerschlagen."
Wow, das war eine lange Rede gewesen. Derartige menschliche Sprachergüsse war Sarah nicht mehr gewöhnt und sie hatte ein wenig Probleme gehabt, diesem kanadischen Akzent zu folgen. Dennoch glaubte sie das Wesentliche verstanden zu haben.
Ein Regierungsarbeiter? Dafür sah er aber verdammt jung aus. Ehe sie sich zurückhalten konnte, war ihr diese Feststellung schon über die Lippen gerutscht.
„Hab mich gut gehalten", grinste dieser Ryan verschmitzt, ehe er bei Sarahs Gesichtsausdruck hastig hinzufügte: „War nur ein Spaß. Es ist tatsächlich nicht leicht, mit vierundzwanzig Jahren einen derartigen Job zu ergattern, aber ich hatte Glück. Vielleicht sehe ich ja so vertrauenswürdig aus." Wieder lachte er.
Was für ein Witzbold.
Das Mädchen wusste nicht, ob es ihm trauen sollte. Diese Geschichte klang irgendwie nicht sonderlich glaubwürdig. Aber wieso sollte er sonst einfach so hierhergekommen sein, allein und scheinbar ohne Rachegedanken. Dennoch zweifelte Sarah.
„Hast du dafür Beweise?", fragte sie deshalb misstrauisch.
„Auf die Gefahr hin, dass du mir nicht glaubst, Wolfsprinzessin, hab ich meinen Ausweis von der Regierung mitgenommen."
Er zog ein dünnes, schwarzes Mäppchen aus seiner Hosentasche und warf es ihr zu. Das Mädchen fing das lederne Ding auf, dass es an die Geldbörse seiner Mutter erinnerte, und klappte mit einer Hand den Deckel nach oben. Die andere hielt noch immer das Messer. Auf dem kleinen weißen Kärtchen hinter einer schwarz umrahmten transparenten Hülle stand es schwarz auf weiß. Die Schrift neben dem Passbild in der oberen Ecke listete kurz Ryans wichtigste Daten auf und wies

ihn als Beauftragten der kanadischen Regierung für Wilderei und kommerzielle Raubausbeutung der Natur – jedenfalls übersetzte Sarah diesen merkwürdigen Ausdruck gedanklich so – aus. Das Ganze war untermalt mit dem Ahornblatt als kanadisches Nationalsymbol und abgesegnet durch einige gewichtig aussehende Unterschriften, die keiner entziffern konnte.

Abwägend musterte Sarah ihren Gegenüber, der ebenso unverfroren zurückblickte. Sein Ausdruck war offen und freundlich, die dunklen Augen strahlten Aufrichtigkeit aus. Das Dokument wirkte echt und von diesem Ryan schien keine Bedrohung auszugehen. Das Mädchen beschloss ihm zu glauben.

„Also gut, ist akzeptiert“, sagte es widerwillig und warf das Mäppchen hinüber.

„Aber es gefällt mir trotzdem nicht, dass du mitgeholfen hast, Tiere abzuschlachten.“

Die Farbe seiner Iris verdunkelte sich – wenn das überhaupt noch möglich war -, dann antwortete er: „Mir genauso wenig.“

Das gebräunte Gesicht mit den breiten Wangenknochen, der feinen Adlernase und den unverschämt langen Wimpern wirkte durch diesen melancholischen Moment noch attraktiver und Sarah musste sich sehr zusammenreißen, dennoch auf der Hut zu bleiben. Seine Stimme riss das Mädchen aus seinen Gedanken.

„Jetzt weißt du, wer ich bin. Da ist es nur fair, wenn du mir auch endlich sagst, wer du bist.“ Sarah war sich nicht sicher, ob es klug war, einem Mitarbeiter der Regierung zu erzählen, dass sie ursprünglich aus Deutschland kam. Sie wusste ja nicht einmal, wo das Visa-Schreiben geblieben war, das ihr die Berechtigung zusicherte, sich in Kanada aufhalten zu dürfen. Doch ihr ausländischer Akzent hatte sie sicher schon längst verraten. Während eines Schüleraustausches in der achten Klasse war das englische Mädchen, das ihr zugeteilt worden war, mehr als begeistert davon gewesen. Vorher hatte sie nicht

gewusst, dass sie überhaupt einen besaß. Außerdem hatte sie im Camp ohnehin Deutsch gesprochen. Also beschloss sie Ryan zu vertrauen – wenigstens ein winziges bisschen – und ehrlich zu sein. Womöglich zerrte er sie sonst sofort zur Regierung.
Doch ehe das Mädchen zum Sprechen ansetzen konnte, sagte der junge Mann rasch: „Könntest du erst das Messer wegstecken? Macht mich irgendwie nervös."
Ein schiefes Grinsen folgte.
„Bist du denn bewaffnet?", fragte Sarah zur Sicherheit.
„Tja, in einem meiner Stiefel ist ein Dolch, im anderen eine kleine Betäubungspistole. Meine Lust, deinen Wölfen noch mal als potenzielle Zwischenmahlzeit zu dienen, hält sich sehr in Grenzen. Ich hoffe, du verstehst", gab Ryan freimütig zu.
„Aber ich werde dir nichts tun und auch ihnen nicht, solange sie mich in Ruhe lassen, versprochen."
Das Mädchen überlegte. Welche Wahl hatte es schon? Langsam schob Sarah das Messer zurück in den Gürtel und setzte sich, wo sie gerade stand, auf den mit Fichtennadeln gespickten Waldboden. Unbekümmert ignorierte sie die Feuchtigkeit, die vom Boden ihre Hose durchdrängte. Dieses Gespräch würde einige Zeit in Anspruch nehmen.
Der Junge tat es ihr nach und so saßen sie sich nun gegenüber, noch immer vier Meter voneinander entfernt.
„Mein Name ist Sarah Wagner. Vor ungefähr drei oder vier Monaten sind meine Eltern und ich aus Deutschland ausgewandert, um in Kanada ganz neu anzufangen. Nachdem alles geregelt gewesen war, nahmen wir mit etwas Gepäck das Flugzeug nach Vancouver. Dort sollte die neue Cessna 172 Skyhawk schon bereit stehen, die mein Vater sich gekauft hatte. Er war ein erfahrener Hobby-Pilot, flog schon seit über zwanzig Jahren und mit der Maschine wollten wir weiter nach Arviat an der Hudson Bay. Dort ist eine Mietwohnung für uns freigehalten worden.

Doch plötzlich gab es Probleme mit der Maschine – keine Ahnung, was genau nicht stimmte, ich kenn mich mit solchen Dingen nicht sonderlich gut aus. Jedenfalls konnten wir nicht oben bleiben, wir verloren ständig an Höhe. Deshalb versuchte mein Vater notzulanden, aber es war nichts mehr zu machen. Wir trafen mit voller Wucht auf dem Boden auf. Als ich zu mir kam, war überall Rauch und meine Eltern waren tot."
Sarah schwieg einen Moment, gefangen in ihren schmerzhaften Erinnerungen.
Dann fuhr sie fort: „Ich begrub sie unter Steinen, so gut es ging, auch um die Tiere von ihnen fernzuhalten. Die Zeit danach ist nur noch ein verschwommenes Durcheinander. Doch ich weiß, dass ich irgendwann einem jammernden Geräusch folgte und diesen kleinen Welpen fand, der sich mit einem Hinterbein in einer engen Wurzelschlinge verfangen hatte. Er war panisch vor Angst und meine Anwesenheit hat, gelinde gesagt, auch nicht dazu beigetragen, dass er sich beruhigte. Aber der Kleine schaffte es nicht, sich zu befreien.
Als ich mich über ihn beugte, um ihm zu helfen, stand plötzlich ein erwachsener Wolf vor mir, der aus meiner hockenden Position noch riesiger erschien, als er sowieso schon war. Mit eindeutigem, gefährlich klingendem Knurren gab er mir zu verstehen, dass ich die Finger von dem Welpen lassen sollte. Aus Nervosität und Ratlosigkeit redete ich auf ihn ein, bis er mir gestattete, das Bein des Kleinen aus der Schlinge zu ziehen. Dann verschwanden die beiden im Wald und ich fragte mich, ob das gerade wirklich passiert war.
Am nächsten Morgen jedoch kamen sie zurück und ich wusste, dass ich ihnen folgen sollte. Also ging ich mit den beiden und sie brachten mich zu dem Rudel, dass du im Camp gesehen hast."
Etwas atemlos verstummte das Mädchen und empfand mit einem Mal große Dankbarkeit, dass es in Englisch mit all den Einsen immer Klassenbeste gewesen war.

„Tut mir leid, die Sache mit deinen Eltern“, sagte Ryan, der aufmerksam zugehört hatte.
Sarah nickte, die Zähne fest aufeinander gepresst.
„Dann war der Welpe, den Bill gefangen hat, also einer von deinen, Wolfsprinzessin?“
„Sie heißt Adena und ihr geht es ziemlich dreckig wegen dir und deiner netten Gesellschaft.“ Das war ein bisschen übertrieben, schließlich verbesserte sich die Verfassung der Kleinen sichtbar, doch dieser Junge konnte ruhig ein bisschen leiden.
„Warum hast du ihr nicht geholfen? Und wieso nennst du mich immer Wolfsprinzessin?“
Ryan sah sie überrascht an und antwortete zunächst mit einer Gegenfrage: „Ist das nicht offensichtlich?“
„Wie du siehst, ist es das nicht. Sonst würde ich ja nicht fragen.“ Leicht genervt verdrehte Sarah die Augen.
„Als du auf uns zugerannt kamst, mit wehenden Haaren und entschlossenem Gesicht und alle Wölfe dir folgten, da sahst du aus wie eine schöne, wilde Wolfprinzessin, die geradewegs einem Märchen entstiegen war. Und du hast dich auch so verhalten. Die Tiere haben deine Befehle befolgt und als du an ihrer Spitze wieder im Wald verschwunden bist, mit dem verletzten Welpen im Arm, als hätte es dich nie gegeben, dachte ich für einen Moment, ich bin geistig nicht mehr ganz zurechnungsfähig.“
Das Bild, das Ryan gerade verbal von ihr gezeichnet hatte, brachte Sarah zum Lächeln. Doch gleichzeitig wusste sie, dass sie diese verquere Vorstellung, die er von ihr zu haben schien, gerade rücken musste.
„Ich glaub, jetzt muss ich hier mal was klarstellen. Ich bin keineswegs deine Wolfsprinzessin, eher schon ein Welpe, der ein bisschen entartet aus der Reihe sticht. Ich bin nicht das Alphatier des Rudels, auch wenn ich ab und zu schon etwas zu sagen habe. Du und der Widerling, ihr hattet einfach nur

riesiges Glück. Sie wollten euch nicht töten, denn sonst wärt ihr, weiß Gott, schneller hinüber gewesen, als ihr bis drei zählen könntet. Ich hatte keinerlei Kontrolle über sie."
„Widerling?", amüsiert lachte Ryan auf. „Ich hoffe, du hast für mich nicht einen ähnlich schmeichelhaften Titel?"
Als das Mädchen verneinend den Kopf schüttelte, wischte er sich zum Zeichen der gespielten Erleichterung über die Stirn. Dann wurde er wieder ernst.
„Denkst du das alles wirklich? Es hat seinen Grund, Sarah, dass Wölfe schon seit langer Zeit den Ruf als rücksichtslose Killer mit sich tragen. Ich sage nicht, dass er berechtigt ist. Sie tun einfach, was jedes andere Tier auch tut und folgen ihren Instinkten. Wölfe meiden für gewöhnlich die Konfrontation mit den Menschen. Doch wenn sie sich einmal entschieden haben, zu kämpfen, dann liegt es nicht in ihrer Natur, das attackierte Lebewesen zu verschonen oder Gnade walten zu lassen. Ich denke, du hast mehr Einfluss auf sie, als du glaubst."
„Du spinnst ja", kommentierte das Mädchen kopfschüttelnd.
Das konnte einfach nicht wahr sein. Oder etwa doch? Entschlossen wechselte Sarah das Thema.
„Du bist mir übrigens noch eine Antwort schuldig. Wieso hast du Adena nicht geholfen?"
„Ich dachte, das wäre klar. Hätte ich ihr geholfen, wäre meine Tarnung aufgeflogen und ich könnte mich bei den meisten dieser Typen nicht mehr blicken lassen."
„Ach, und das berechtigt dich dazu, einfach daneben zu stehen, während dieser Mistkerl einen unschuldigen Welpen foltert?", fauchte Sarah wütend.
Abwehrend hob Ryan die Hände und sah sie entschuldigend an.
„Wenn ich die Tiere vor zukünftigen Wildereien schützen will, dann bleibt mir nichts anderes übrig. Auf lange Sicht kommt es ihnen allen zugute."
Resigniert akzeptierte das Mädchen diese Begründung.

Er hatte ja Recht, und für Adena war zum Glück letzten Endes alles gut ausgegangen. Da fiel Sarah ihre ursprüngliche Frage wieder ein.
„Was willst du hier? Und wie hast du uns überhaupt gefunden?“
„Als angeblicher Wilderer muss man sich in der Wildnis schon zurechtfinden, sonst hat man gründlich den Job verfehlt. Ich bin ganz gut im Spurenlesen und so konnte ich euch folgen, nachdem ich per Funkgerät Verstärkung gerufen und Bill der Obhut der kanadischen Polizei übergeben hatte. Das Lager wurde abgebrochen und ich bin wieder solo unterwegs. Eigentlich sollte ich schon auf der Suche nach anderen Wilderern sein, aber ich musste dich einfach wiedersehen.“
Der intensive Blick aus Ryans dunklen Augen traf Sarah derart unvorbereitet, dass ihr das Blut in die Wangen schoss. Obwohl sie seit dem letzten Sommer allen männlichen Wesen – mit Ausnahme ihres Vaters – mehr als scheu und misstrauisch begegnet war, verhielt es sich bei diesem Jungen seltsamer Weise ganz anders. Zwar blieb sie auch hier auf Distanz, doch sie hatte das Gefühl, ihm vertrauen zu können. Trotz der Einsamkeit um sie herum hatte sie bei ihm keine Angst vor heimtückischen Hintergedanken. Was hatte das zu bedeuten?
Es dauerte einen Moment, bis das Mädchen sich wieder gefasst hatte. Mit dem normalsten Tonfall, der ihm möglich war, erkundigte es sich schließlich nach dem Zustand des Widerlings.
„Er hatte einige üble Bisswunden und Kratzer, aber alle nicht lebensgefährlich. Ich schätze, nach ein paar Tagen Behandlung kann er sofort gerichtlich belangt werden.“
Auch Ryan tat, als wäre nichts gewesen.
„Was hast du jetzt vor? Du kannst doch nicht ewig mit den Wölfen leben - auch wenn ich das, ehrlich gesagt, ziemlich faszinierend finde. Ganz zu schweigen davon, müsste ich dich eigentlich der Regierung melden.“

Sarah zuckte zurück. War er etwa doch gekommen, um sie zu holen?
„Keine Angst, ich habe nicht vor, etwas Derartiges zu tun. Was Geheimnisse anbelangt, bin ich sicherer als ein Safe."
Erleichtert lächelte das Mädchen ihn an.
„Aber ich würde es gerne für mich selbst wissen. Dann könnte ich ab und zu ein Auge auf dich haben, ob bei dir alles in Ordnung ist."

Sarah sah erstaunt, dass dieser selbstbewusste, junge Mann plötzlich beinahe schüchtern den Blick senkte.
„Natürlich nur, wenn du das überhaupt willst", fügte er nuschelnd in Richtung Boden hinzu.
Das Herz des Mädchens schlug plötzlich schneller.
„Klar, warum nicht?"
Freudig überrascht hob Ryan den Kopf und ihre Blicke trafen sich – eisblau auf die Farbe von Ebenholz. Dann beantwortete Sarah die noch offene Frage.
„Natürlich bleibe ich. Im Moment gibt es keinen anderen Ort, an dem ich leben möchte, außer mit dem Rudel. Nach dem Tod meiner Eltern war ich ganz allein - nicht nur in der Wildnis, sondern auch außerhalb gibt es keinen, der mir so viel bedeuten könnte.

Diese Wölfe haben mich aufgenommen und mir geholfen zu lernen, wie ich hier draußen überleben kann. Sie haben mich beschützt und mir ihre Zuneigung gegeben. Das Leben mit den Wölfen ist ein, vielleicht weltweit einmaliges, Geschenk und ich habe das große Glück, es erhalten zu dürfen. Das Rudel ist wie eine Familie für mich geworden."
Abwartend hielt Sarah inne und beobachtete Ryans Reaktion auf diese Worte. Ihr war deutlich bewusst, wie abgedreht das Ganze klang, wenn man es laut aussprach. Doch Ryan lachte nicht, betrachtete sie nur aufmerksam.

„Du bist wirklich gesegnet, Wolfsprinzessin, weißt du das? Dort oben meint es jemand richtig gut mit dir: Zuerst überlebst du einen Flugzeugabsturz beinahe unbeschadet und dann findest du in einem Wolfsrudel als neue Chance das, was du verloren hast.
Wie oft hab ich als kleiner Junge in unserem Haus in Ottawa davon geträumt, mit wilden Tieren in der Wildnis zu leben. Zu jedem Geburtstag und Weihnachten hab ich mir gewünscht, zumindest einen Puma oder einen Wolf als Haustier halten zu dürfen. Aber wie du siehst, ist ein nichtwildernder Wilderer alles, wozu ich es gebracht habe."
Wieder erschien sein schiefes Lächeln, das ihn jünger aussehen ließ, als er war.
„Also, ich finde deinen Einsatz für die Tiere bewundernswert. Es müsste mehr Leute geben wie dich, dann würden viele von ihnen vielleicht wenigstens ansatzweise die Möglichkeit bekommen, ihre Art am Leben zu erhalten."
Sarah kam auf die Beine, die von ihrer unbequemen Haltung schon ganz taub geworden waren. Eine ganze Ameisenkolonie schien ihre Adern hinauf und hinunter zu spazieren. Dann wandte sie sich an Ryan.
„Ich sollte jetzt zurückgehen. Vielleicht sind die anderen schon auf dem Weg hierher, so lange bin ich noch nie allein weg gewesen. Und du solltest auch lieber verschwinden, bevor sie dich doch noch auf ihre Speisekarte setzen."
Das Mädchen grinste den Jungen an, der nun ebenfalls aufstand.
„Ich glaube, ich schmecke nicht besonders. Aber man sollte das Schicksal besser nicht herausfordern, was?" Er lachte und klopfte sich etwas Erde vom Hosenbein.
„Mein Lager ist etwa eine halbe Meile östlich von hier, in der Nähe eines Flusses. Also, keine Hemmungen; die richtigen Leute sind immer willkommen. Ich würde dich gerne wiedersehen."

Aus unerfindlichen Gründen freuten diese Worte Sarah mehr, als sie sich eingestehen wollte. Andererseits, was war schon einzuwenden gegen etwas menschliche Gesellschaft von Zeit zu Zeit?
„Ich werde es mir überlegen“, antwortete das Mädchen.
„Mal sehen, vielleicht mache ich dich irgendwann mit dem Rudel bekannt. Wenn es satt ist und gute Laune hat, stehen deine Überlebenschancen vielleicht nicht schlecht.“
Diese letzten Worte kamen leicht im Spaß, aber auch halb im Ernst über Sarahs Lippen. Sie konnte das Verhalten der Wölfe in einer solchen Situation nur schlecht vorhersagen, doch die Zeit würde schon Antworten bringen. Wenn das Rudel und auch der Junge - falls er dann überhaupt noch in der Nähe sein sollte - so weit waren, würde sie es wissen.
„Ach, bevor ich es vergesse. Die hier sind für dich.“
Ryan streifte sich die Umhängetasche über den Kopf und kam zu dem Mädchen herüber. Den Sicherheitsabstand schien er nun nicht mehr für nötig zu halten.
„Was ist da drin?“, fragte Sarah verblüfft.
„Wintersachen: Ein Anorak, eine dicke Hose, warme Schuhe, Handschuhe und eine Mütze. Die Sachen sind dir vielleicht ein bisschen zu groß; ich hab sie für dich mitgenommen, als der Helikopter Bill abgeholt und mir ein paar Sachen gebracht hat. Jetzt ist es hier vielleicht angenehm in deiner dünnen Bluse, aber damit würdest du keine drei Tage überleben, wenn der Sommer vorbei ist. Der Winter hier ist schon ziemlich kalt, auch wenn das noch gar nichts ist gegen die Temperaturen, die Alaska dann vorzuweisen hat.“
Verblüfft streckte das Mädchen die Hand nach der Tasche aus. Die Gedanken an die Kälte, die nach den warmen Monaten folgen würde, hatte es stets weit von sich geschoben, um sich den Problemen der Gegenwart widmen zu können. Dankbarkeit breitete sich in Sarahs Körper aus und zauberte ihr ein strahlendes Lächeln ins Gesicht.

„Tausend Dank!“
Diese einfachen Worte waren alles, was sie hervorbrachte. Um sie zu unterstreichen, drückte sie einmal kurz Ryans Arm. Dann sammelte sie rasch die Wurzelknollen zusammen, die sie zu Anfang hatte fallen lassen. Gerade als sie dem Jungen zum Abschied winken wollte, schoss ihr ein Gedanke durch den Kopf.
„Warte noch einen Moment. Wieso hast du Silvermoon nicht angesehen, als er so nahe bei dir war?“
Ein überraschter Ausdruck huschte über das Gesicht des Jungen.
„Wen?“, fragte er.
„Der große, hellgraue Wolf, der sich auf dich stürzen wollte?“
Irritiert überlegte das Mädchen, ob Ryans Gehirn in seiner Panik Silvermoon wohl ausgeblendet haben könnte. Aber das ergab keinen Sinn, schließlich war in diesem Moment von ihm die größte Gefahr ausgegangen.
Verwirrung zeichnete sich auf Ryans feinen Zügen ab, als er entgegnete: „Ich hab mich damals schon gefragt, mit wem du überhaupt sprichst. Da war überhaupt nichts. Ehrlich gesagt, war ich zu dem Zeitpunkt ziemlich überzeugt, dass bei dir im Oberstübchen mächtig was schief läuft. Hat sich jetzt allerdings nicht bewahrheitet.“ Er grinste.
Plötzlich runzelte er die Stirn.
„Silvermoon, ist das nicht der Wolf aus dieser Legende? Ist ja verrückt. Wieso hast du einen deiner Wölfe nach ihm benannt?“
„Mein Vater hat kanadische Geschichten geliebt. Er kannte jeden Mythos und jede Legende.“ Die Erklärung kam beinahe automatisch. Wieso hatte er Silvermoon nicht gesehen? Man müsste sich schon sehr anstrengen um dieses auffällige Tier nicht zu bemerken.
„Naja, er ist vermutlich irgendwo hinter meinem Rücken gewesen, wo ich ihn nicht sehen konnte.“

Der Junge klang unbekümmert, für ihn schien das alles vollkommen logisch zu sein.
„Ja, wahrscheinlich.“, entgegnete das Mädchen abwesend.
„Also dann, wir sehen uns hoffentlich“, verabschiedete sich Ryan.
Sarah nickte und winkte ihm zu, ehe beide sich abwandten, um in entgegengesetzte Richtungen davonzustapfen.
Das Mädchen streifte sich die Tasche über und schob eine Wurzel in den Mund, nachdem sie sie an ihrer Bluse sauber gerieben hatte. Sein Magen forderte mittlerweile unüberhörbar sein Recht.
Auf halbem Weg traf Sarah auf Kali, Elas und Ravi, die sich auf die Suche nach ihr gemacht zu haben schienen. Erleichtert atmete sie auf: Da war Ryan ja gerade noch rechtzeitig davongekommen. Sie begrüßte die drei erfreut und ließ sich von ihnen ins Lager geleiten. Dort lagen die anderen faul auf den wenigen sonnigen Plätzchen, zu denen sich genügend Sonnenstrahlen durch die üppigen Äste der Bäume gekämpft hatten, und warfen ihr träge Blicke zu.
Das Mädchen löschte seinen Durst mit dem erfrischenden, klaren Bachwasser und spritzte sich einen Schwall ins Gesicht. Es war wie auch die nackten Arme, die unter den aufgerollten Blusenärmeln herausragten, nach einem anfänglichen Krebsrot im Laufe der Zeit zu einem natürlichen Bronzeton übergegangen. Sarah tastete nach der länglichen Narbe auf ihrer Stirn, die ihre Kopfwunde vom Flugzeugabsturz für immer unvergesslich machen würde. Sie hatte wirklich unverschämtes Glück gehabt, dass damals nichts gebrochen gewesen war und der Schmerz in ihrem linken Arm lediglich eine Stauchung gewesen zu sein schien. Sonst wäre sie wohl verloren gewesen.
Mit den Fingern entwirrte das Mädchen seine blonden Haare, die ihm bereits bis zum Ende des Schulterblatts gingen. Es ziepte gewaltig. Vielleicht konnte Ryan ihr irgendwie einen Zopfgummi besorgen.

Sarah dachte mit Grausen daran, wie sie vorhin bei ihrer Begegnung mit dem Jungen ausgesehen haben musste. Wie ein weiblicher Tarzan, nur etwas mehr bekleidet. Es war ein Wunder, dass er sie nicht für komplett verrückt erklärt oder auf der Stelle vor ihr Reißaus genommen hatte.
Das Mädchen seufzte auf und schleuderte das Haar auf den Rücken. Seine Gedanken wanderten zurück zu der Tatsache, dass Ryan Silvermoon offenbar nicht wahrgenommen hatte. Es war einfach unmöglich, dass er ihn übersehen haben könnte. Dies ließ allerdings nur einen Schluss zu: Der Junge konnte ihn nicht sehen.
Nachdenklich schweifte Sarahs Blick über das Rudel. Wieso war ihr vorhin nicht aufgefallen, dass der große Wolf fehlte?
Sie erhob sich und wandte suchend den Kopf.
Da, etwa fünf Meter von den anderen entfernt, saß er neben einer Tanne und beobachtete sie. Wie fremdgesteuert bewegten sich ihre Beine auf ihn zu. Sarah ging vor dem Tier in die Hocke, sodass nur eine geringe Distanz die beiden trennte. Silvermoons unergründlich leuchtende Augen bannten ihren Blick und sie versank für einen Moment in den dunklen Tunneln inmitten dieser bernsteinfarbenen Teiche.
Eine unerwartete Trauer senkte sich plötzlich auf das Mädchen, schien seine Schultern niederzudrücken. Sie wurde durch ein Gefühl umfassender Dankbarkeit und Zuneigung zu einem kontrastierenden Gefühlscocktail ergänzt, der Tränen in Sarah aufsteigen ließ. Ihre Wangen wurden feucht, während ihr allmählich bewusst wurde, dass dies ein Abschied war. Ob für immer oder nur auf unbestimmte Zeit, konnte sie nicht sagen.
Doch sie wusste, dass er gehen würde.
Er würde aus ihrem Leben so unvermittelt verschwinden, wie er gekommen war, und sie mit dem Rudel zurück lassen.
Was an der Ausstrahlung dieses wunderschönen Tiers bewirkte nur diese ungreifbare Einmaligkeit, die es derart von den anderen abhob? Während der Wolf das Mädchen bewegungs-

los musterte, traf die Erkenntnis es wie ein Donnerschlag. Alles fügte sich plötzlich mit unsagbarer Klarheit vor Sarahs geistigem Auge zusammen und endlich verstand sie.
Sie hatte nicht irgendeinen Wolf der kanadischen Taiga nach dem Silvermoon der Legende benannt, sondern den Namen seinem einzig rechtmäßigen Besitzer gegeben. Silvermoon, ihr Silvermoon, war der sagenhafte Wolf, der allein durch die Wildnis streifte und sich nur demjenigen zeigte, den bald schon sein Ende ereilen sollte.
Das war die einzige Möglichkeit; es gab keine andere.
Er existierte also wirklich und der ganze Mythos entsprach der Wahrheit!
Sarah starrte den Wolf an, als sähe sie ihn zum ersten Mal, und in gewisser Weise tat sie das auch. Nun sah sie ihn, wie er wirklich war.
Sein hellgraues Fell, durchzogen mit wenigen dunkleren Härchen, leuchtete silbern wie der Mond. In den großen, bernsteinfarbenen Augen, deren Blick unbeirrt auf ihr ruhte, funkelte das Wissen und die Erfahrung mehrerer Jahrhunderte. Es spiegelte sich darin die Klugheit einer ursprünglichen Welt, die längst verloren gegangen war.
Ihr Tod war nahe gewesen.
Dies wusste Sarah nun aufgrund der Tatsache, dass sie Silvermoon von Anfang an hatte sehen können. Doch der Wolf hatte dieses Schicksal abgewendet, irgendwie, und ihr eine zweite Chance geschenkt, indem er sie zu diesem Rudel geführt hatte.
Wie ein unsichtbares, vibrierendes Band spürte das Mädchen die Verbundenheit zu diesem Tier, das ihm das Leben gerettet hatte. Mit unendlicher Zärtlichkeit und Dankbarkeit erfüllt, blickte Sarah in diese hellen Augen, die eine reine Seele offenbarten.
Langsam streckte sie die Hand aus, verharrte allerdings auf der Hälfte des Weges. Nie hatte Silvermoon ihr erlaubt, ihn zu

berühren. Als der Wolf nun einen Schritt auf das Mädchen zumachte und seinen weichen Kopf in dessen Handfläche schmiegte, konnte Sarah ein leises Schluchzen nicht unterdrücken.
Glück und Trauer tobten in ihrem Körper, versetzten ihr Innerstes in Aufruhr. Dieses Gefühl der Sehnsucht und des Verlustes würde noch für lange Zeit ihr Begleiter sein, wenn er ging. Ein letzter Blick, dann wandte Silvermoon sich um.
Seine sich entfernende Gestalt verschwamm plötzlich, löste sich auf und hinterließ nichts als einen leichten, silbernen Schein, als er wieder zur Legende wurde.

Der Traum vom Silbernen Wolf

Pia Recht

1.
Wallace fuhr den Schulbus in Juneau. Er fuhr ihn ob mit oder ohne Kopfschmerzen, die natürlich nicht immer normale Kopfschmerzen waren, sondern mitunter ausgewachsene Kater. Aber er fuhr nie betrunken. Er schlief nur zu wenig, rauchte zu viel, grübelte zu viel. Und ab und zu trank er zu viel. Dieser verdammte Unfall.
Zu dieser Jahreszeit war Juneau eine freundliche helle Stadt, die Straßen waren frei, die Kinder gut gelaunt. Wenn er die Zwerge vor den Häusern abholte, standen manche der Mütter noch in den Türen, warteten, bis ihre Kleinen eingestiegen waren und winkten zum Abschied. Meist winkte Wallace zurück, nicht die Tochter oder der Sohn.
Vor seinem Unfall war der Job so einfach gewesen, ein reines Vergnügen, selbst, wenn die Kinder ihm an machen Tagen auf die Nerven gingen und die Bezahlung auch nicht sonderlich gut war, aber seit dem Unfall hatte es sich verändert. Er fuhr den Bus, jeden Morgen holte er die Kinder an den Haltestellen und weiter außerhalb von zu Hause ab und brachte sie bis vor die Schule, aber er hatte den Spaß daran verloren. Er konnte den Unfall nicht vergessen.

Keiner hatte Wallace die Schuld daran gegeben, aber er wachte nachts aus Albträumen auf und erzählte niemandem etwas davon. Er wollte seinen Job nicht verlieren und er wollte keine mitleidigen Blicke. Und er wusste, dass er an dem Tag zwar nüchtern, aber unkonzentriert gewesen war. Sein Leben war nie

in geraden Bahnen verlaufen, aber er hatte immer versucht, das Richtige zu tun, sein Leben lang.
Wallace fuhr die Morgenschicht und wenn einer seiner Kollegen krank wurde, fuhr er nachmittags noch einmal, es machte ihm nichts aus. Selten hatte er etwas vor, denn seit seinem Unfall ging er nicht mehr in die Bars, er blieb zu Hause. Nach dem frühen Unfalltod seiner Eltern hatten seine Schwestern Juneau verlassen, nur er war geblieben. Er konnte nicht einmal sagen, weshalb er sein Glück nicht auch woanders suchte, er hätte die Chance gehabt, irgendwo aufs College zu gehen, aber er war geblieben und hatte irgendwann den Job als Schulbusfahrer bekommen. Die Kinder mochten ihn, er war nicht so griesgrämig und unfreundlich wie sein Vorgänger.
Es war Anfang Juni, als Wallace glaubte, über alles hinweg zu sein, aber seine Albträume hatten nur eine kleine Pause eingelegt. Etwas Neues kam hinzu. Er träumte von dem silbernen Wolf.
„Wallace?“ rief Sarahs Mutter und winkte mit beiden Armen, dabei war sie groß und mächtig genug, dass niemand sie übersehen hätte, wie sie dort in der Tür ihres kleinen Hauses stand, und er beugte sich vom Fahrersitz herunter und rief: „Schon in Ordnung, ich warte!“
„Sarah ist noch nicht fertig, wir haben verschlafen. Es tut mir schrecklich leid, in einer Minute ist sie da!“
Es dauerte länger als eine Minute, aber wo war das Problem. Wallace drehte sich zu den Kindern im Bus herum und fragte: „Hat einer von euch es eilig?“, und der Kinderchor antwortete mit Gelächter und Gejohle. Zwölfjährige hatten es immer eilig, aber nicht auf dem Weg in die Schule.
Als Sarah Bauer endlich in den Bus gesprungen kam, Jacke und Schultasche unter den Arm geklemmt, das lange Haar wie Sauerkraut auf ihrem Kopf, in ihrem Gesicht noch die Reste des eiligen Frühstücks, rief sie Wallace entgegen: „Ich habe ihn gesehen!“

Sie war eines der Mädchen, das froh war, von ihrem Elternhaus und von ihrer Mutter davonzukommen, aber sie sprach fast nie mit Wallace. Wallace war einer der Erwachsenen und die hielten zusammen. Ihnen war nicht zu trauen.
„Setz dich auf deinen Platz, Krümel", antwortete Wallace, „sonst kommen wir hier nicht weg und du verpasst deine erste Stunde."
„Was für ein Verlust", rief einer der älteren Jungen von hinten.
Sarah setzte sich auf den freien Platz in der ersten Reihe, obwohl sie dort sonst niemals saß. Ihre Freundin weiter hinten winkte ihr zu, aber sie ignorierte sie. Wenn der Bus sich einmal in Bewegung gesetzt hatte, durften sie von ihren Plätzen nicht mehr aufstehen, das wussten sie alle und sie befolgten die Regeln.
Die erste Reihe war immer frei, weil Wallace sie dort immer im Blick hatte. Er hatte Augen im Hinterkopf und roch jede Dummheit, bevor die Kinder sie sich ausdenken konnten.
Sarah zog sich die Jacke über, die ihre Mutter letzten Winter das letzte Mal gewaschen hatte, drehte ihr wirres Haar zu einem Zopf zusammen und sagte: „Mom sagte, ich habe geschlafen, aber das habe ich nicht, ich habe ihn gesehen. Ich habe es ihr erklärt, aber sie hört mir nicht zu. Sie hört mir nie zu." Den letzten Satz murmelte sie, das Kinn auf die Brust gedrückt.
„Was hast du ihr erklärt, Sarah?" Wallace drehte den Kopf halb zu ihr herum, ohne den Blick von der Straße zu nehmen.
„Ich habe den großen Hund gesehen und er hat mit mir geredet. Wie Scooby Doo in den Zeichentrickfilmen, aber er war keine Dogge. Scooby ist eine Dogge."
„Und was hat er dir erzählt?"
Es schien, als seien sie die Einzigen in den großen gelben Schulbus, denn keines der Kinder mischte sich in ihr Gespräch ein, sie saßen ruhig auf ihren Plätzen, unterhielten sich, machten Kaugummiblasen vor ihren Gesichtern oder lasen

Comics. Das Ganze zauberte Wallace eine Gänsehaut über Rücken und Kopfhaut, und was Sarah sagte, war noch nicht einmal das Merkwürdigste daran.
Wieder schreckte er aus dem Albtraum hoch, rang nach Atem, starrte verzweifelt in die Dunkelheit seines Schlafzimmers. Er würde kein Licht einschalten, denn Licht konnte nicht helfen, um den Traum zu verdrängen. Wallace saß aufrecht in seinem Bett, wartete, bis sich sein Herzschlag wieder beruhigt hatte, legte sich zurück und horchte auf die nächtlichen Geräusche. Juneau war voller Geräusche in der Nacht, so viele wilde Tiere, die nachts aus den Bergen herunterkamen. Vielleicht hatte Sarah ebenfalls einen wilden Hund gesehen und sich vorgestellt, er würde zu ihr sprechen.
Ein wilder Hund, dachte er, *sie hat gedacht, es sei ein Hund, wie Scooby Doo, aber es war ein Wolf.*
Jede Nacht erschien in seinem Traum ein silberner Wolf, der ihn verfolgte, durch die Straßen jagte und immer näher kam. Wallace lief wie durch flüssigen Teer, seine Beine wie aus Gummi und der silberne Wolf war so schnell und so groß, größer als ein Schäferhund, seine hellen Augen stachen aus seiner schwarzen Maske hervor. Er jagte ihn jede Nacht, aber nachdem Sarah ihm erzählt hatte, dass ein Hund mit ihr gesprochen hatte, wandelte sich der Traum.

Wie jedes Mal wusste er, dass der Wolf kommen würde, aber diesmal rannte er nicht davon. Er blieb neben dem Schulbus stehen, der quer auf der Straße stand, der qualmende Toyota steckte mit der zusammengedrückten Schnauze halb unter der Fahrerseite. Der silberne Wolf stand mitten auf der Straße und starrte ihn an. Wallace sah ihm entgegen, aber diesmal drehte er sich nicht um, vergaß die weinenden Kinder und rannte einfach davon. Diesmal ging er dem Wolf entgegen. Sarah hatte Recht gehabt – er war so groß wie eine Dogge, wie Scooby Doo. Und der Wolf trottete erst auf ihn zu, dann drehte

er und trabte vor ihm davon. Er lief nur so schnell, wie er sicher sein konnte, dass Wallace ihm folgte und nicht zurückblieb.
Folge mir, hatte der große Hund zu Sarah gesagt, *folge mir*.

Als die Sonne aufging, legte Wallace seinen alten Reisekoffer auf das Bett, warf ein paar Hosen und Pullover hinein, zögerte und legte alles ordentlich in den Schrank zurück. Für das, was er vorhatte, brauchte er etwas anderes. Wie jeden Morgen ging er hinüber in das Café, trank dort seinen Kaffee und aß Eier und Speck. Anne-Louise, die Bedienung, setzte sich zu ihm und sie plauderten. So früh am Morgen hatte sie noch nicht viel zu tun, nur ein paar der Straßenarbeiter saßen an ihrem Tisch und waren zufrieden mit ihrem Kaffee.
„Du siehst aus, als hättest du etwas vor heute", sagte sie, goss ihm wie üblich die zweite Tasse Kaffee nach. Wallace fragte nicht, wie sie darauf kam, es war offensichtlich. Statt des Koffers hatte er seinen Rucksack dabei und darin waren nur ein paar Unterhosen, dicke Pullover, seine Brieftasche und eine zusätzliche Regenjacke. Er trank seinen Kaffee, reichte Anne-Louise seinen Schlüsselbund über die Theke.
„Was soll ich damit?"
„Siehst du ab und zu nach dem Rechten, während ich weg bin?"
Anne-Louise nahm die Schlüssel zögernd, steckte sie in die Tasche ihrer Jeans und klopfte darauf.
„Sie sind bei mir gut aufgehoben. Ich hoffe, ich muss keine Fische füttern oder Blumen gießen?"
„Nein", sagte Wallace, „sieh nur ab und zu nach, ob sich nicht wieder der alte Benny bei mir eingenistet hat. Ich besuche meine Schwester, ich weiß noch nicht, wann ich zurück bin."
Das war die Information, die Anne-Louise an alle weitergeben würde, sobald sie sich fragten, wo Wallace hin verschwunden war. Er besucht seine Schwester. Anne-Louise war eine der

wenigen, die seine Familie noch gekannt hatte und sie wusste, dass er schon lange keinen Kontakt mehr zu ihnen hatte, aber sie sagte nichts. Diese Familie war schon immer seltsam gewesen, angefangen beim Großvater Douglas, und Wallace war da keine Ausnahme, aber vielleicht war das ganz normal, wenn man halb indianisch war.

Seit dem Morgen, an dem er sich entschlossen hatte, Juneau zu verlassen, war er befreit von den Kopfschmerzen. In den ersten Wochen hatte er noch versucht, sie mit Schmerzmitteln zu behandeln, aber selbst die Mittel gegen Migräneanfälle, die er von dem Arzt bekommen hatte, hatten nicht geholfen. Und der Arzt hatte ihm gesagt, dass so etwas schon mal vorkam, er solle sich entspannen und Kaffee, Alkohol und Zigaretten weglassen, dann würde sich alles wieder einfinden. Es war ein Ratschlag, der einfach auf alles passte, egal, mit welchen Problemen die Patienten kamen. Und einem Indianer zu sagen, er solle weniger trinken, war der Witz überhaupt. Der Arzt hatte einfach mit netten Worten seine Hilflosigkeit ausgedrückt.

Was für ein Scheiß-Job, hatte Wallace gedacht, *wenn man jahrelang studiert und dann kommt da einer, der einfach nur seine Kopfschmerzen los werden will und nicht einmal dem kann man helfen.*

Sein Wagen, ein uralter Chevy, war ihm vor zwei Monaten zusammengebrochen und er hatte sich die Reparatur erspart und ihn einfach auf dem Grundstück seines Vermieters stehen gelassen. Juneau war von der einen Seite vom Meer, von der anderen Seite von den Bergen umgeben und es gab die zutreffende Regel, dass alle Straßen nach Juneau und aus Juneau hinaus in einer Sackgasse endeten. Wallace hatte kein Geld für den Flieger, deshalb heuerte er auf einem der Handelsschiffe an und fuhr den Sund hinunter bis nach Digby Island und nach Prince Rupert. Dort betrat er Kanada zum ersten Mal in seinem Leben.

Wallace ließ sich von seinen Träumen führen. Tauchte der silberne Wolf auf, wusste er, dass er auf dem richtigen Weg und dass alles in Ordnung war. Der Wolf hatte einen Namen, den er noch nicht kannte. Diese Dinge konnte er nicht nach seinem Willen vorantreiben.

Zwei Wochen lang war Wallace auf den Highways unterwegs, aß in billigen Diners, wo er sich das Essen mit Gelegenheitsjobs verdiente, bei Truckern mitfuhr, die Richtung Saskatchewan unterwegs waren, und sich in heruntergekommenen Waschräumen der Tankstellen wusch. Sein Leben fand einen neuen Rhythmus, dem er sich total unterwarf und ihn nicht in Frage stellte. Der Wolf sprach nicht zu ihm, aber er gab Anweisungen, denen er folgte, er schlief sehr wenig und träumte viel. Als er auf dem Highway 16 unterwegs war und darauf wartete, von einem Truck mitgenommen zu werden, fiel er in einen Tagtraum, möglicherweise hervorgerufen durch zu wenig Schlaf. Der Wolf tauchte vor ihm auf, mitten auf der Straße, trottete auf ihn zu und blieb auf Armeslänge vor ihm stehen. Er bleckte die Zähne, von seiner Zunge tropften Speichel und Blut.

Ein unvorsichtiges Kaninchen, dachte Wallace, *ein zartes Ding, blitzschnell zerbissen.*

Es machte nicht richtig satt, aber es war einfach zu fangen. Die größeren Tiere, die Elche, konnte der Wolf nicht allein erlegen, dazu brauchte er sein Rudel.

Das erinnerte ihn daran, dass er selbst Hunger hatte. Er wusste nicht, wann er das letzte Mal etwas gegessen hatte, er achtete nur darauf, immer seine Wasserflasche aufgefüllt im Rucksack zu haben.

Vor ihm sprang der Wolf zur Seite, von der Straße herunter und die Böschung hinauf. Wallace folgte ihm, aber als er oben auf der Böschung stand, inmitten der niedrigen Sträucher und dem trockenen Gras, die weite Fläche bis zum Horizont vor sich sah, war der Wolf verschwunden. Wallace blieb in der

Nähe der Straße, falls ein Truck kommen sollte, aber er achtete darauf, unter den Füßen nur noch den lebendigen Boden zu haben. Sein Blick schärfte sich, er sah Grillen, Schlangen, Mäuse und erkannte ihre Spuren und ihren Geruch.
Es kam bis in die Nacht kein einziger Wagen vorbei, der ihn hätte mitnehmen können, und so lief er, bis er zu müde zum Laufen war und legte sich in eine trockene Senke, rollte sich unter seinem Regenmantel zusammen und schlief ein. Der Boden wisperte unter ihm, irgendwo rauschte Wasser tief unter dem Gestein und kleine ängstliche Tiere liefen um ihn herum, schnupperten in seine Richtung und befanden ihn für ungefährlich, während er schlief.
Als er aufwachte, hob er den Kopf, roch in der kalten Luft und dachte: *Es sind zwei Kaninchen in der Nähe.*
Und er war neugierig, wie sie wohl schmeckten.
Die Sonne weckte ihn, er nahm einen Schluck aus der Wasserflasche und machte sich wieder auf den Weg. Als er die Bewegung des Wolfes an seiner Seite wahrnahm, blieb er stehen, drehte langsam den Kopf und sah ihn an. Er war groß, hatte silbernes Fell, ein schwarzes Gesicht und helle Augen. Wie in seinen Träumen, aber vielleicht träumte er auch wieder. Es gab keine Möglichkeit für ihn, das herauszufinden.
„Hallo“, rief er vorsichtig und der Wolf drehte sich um und trabte davon.
Ich habe Hunger, dachte Wallace, *wir hätten uns ein Kaninchen teilen können. Ich hätte es sogar roh probiert.*
Obwohl er den Wolf nicht mehr sehen konnte, fühlte er ihn in seiner Nähe, wie eine starke Vibration, die schwächer oder stärker wurde, wenn er sich bewegte.
Er wollte die Natur nicht verlassen, aber der Hunger trieb ihn in die nächste Siedlung und er glaubte, dass der Wolf es ebenso tat. Wenn er nicht genügend Kleintiere fand, dann plünderte er die Mülltonnen hinter den Restaurants und Wohnhäusern.

In dem winzigen Diner an der unbefestigten Straße bestellte er sich zwei hausgemachte Burger mit Salat und trank Wasser dazu.
„Einen Kaffee?“ fragte die Bedienung und er schüttelte den Kopf. Sie war ein altes Mädchen mit zu viel Make-up und einem traurigen Gesicht darunter.
Sie sollte nicht arbeiten müssen, dachte Wallace, *sie sollte bei ihrer Familie sein und auf die Enkelkinder aufpassen, ihnen Geschichten vorlesen und sie mit Kuchen und Kakao verwöhnen. So viele einsame Menschen.*
Wallace hatte am Fenster Platz genommen, er wollte beobachten, ob der Wolf auftauchte und er hoffte, ihn mit dem Fleisch des zweiten Burgers anlocken zu können, sobald er wieder unterwegs war. Aber das war nicht der richtige Weg, überlegte er, er würde nicht versuchen, ihn anzulocken. Er würde ihm den Burger geben, um seine Freundschaft zu beweisen. Es sollte die Entscheidung des Wolfes bleiben, zu ihm zu kommen oder nicht.
Die Bedienung sah ihn mit einem kleinen Lächeln an, einem müden Lächeln, wie er fand, und als sie den Kopf schief legte und eine Augenbraue hob, ahnte er, dass er ihre Frage nicht gehört hatte.
„Entschuldigung“, sagte er, „ich bin zu lange unterwegs gewesen.“
Sie wiederholte ihre Frage, wo sein Wagen sei. Sie hatte mit einem Blick aus dem Fenster gesehen, dass kein fremder Wagen draußen geparkt war.
„Ich bin mit einem Trucker gefahren“, sagte er, „der Mann hat mich oben an der Kreuzung rausgesetzt.“
„Oben an der Kreuzung? Sie sind die Meilen bis hier hin gelaufen?“ Sie tat entsetzt, aber sie war amüsiert.
„Solange ich die Straße sehen kann, laufe ich gerne“, sagte Wallace, „haben Sie etwas, worin ich den Burger transportieren kann? Er ist zu gut für den Müll.“

„Da gibt es immer wieder Männer, deren Augen größer sind als ihr Magen. Ich vergebe dir. Werde sehen, was ich in der Küche für dich finden kann.“

Sie verschwand und Wallace konzentrierte sich auf die Reste seines kombinierten Frühstücks-Mittags-Abendessens und genoss ganz besonders die Teile des Burgers, die nicht ganz durchgebraten waren. Zartes Fleisch, rosa.

Jemand setzte sich ihm gegenüber an den Tisch, er musste den Platz im Diner getauscht haben, denn die Glöckchen über der Eingangstür hatten nicht angeschlagen. Seit er unterwegs war, hatten sich Wallace Sinne geschärft und ihm fielen Dinge auf, die ihm früher nicht aufgefallen wären.

Ihm gegenüber saß sein Reisegefährte.

Der alte Mann nannte sich Chiipai und Wallace hatte keinen blassen Schimmer, was dieser Name bedeuten könnte und er fragte nicht danach. Er war ein großer hagerer Kerl, trug dunkelbraune Cordhosen und eine Lederweste über dem karierten Hemd, was ihn traditionell aussehen ließ – bis auf die Tatsache, dass er weiße Sneakers trug.

„Die sind besser für meine alten Füße, Junge“, sagte er und lachte keckernd, „wenn du einmal so alt bist wie ich, wirst du auch auf deine Geräte achten, die dich durch die Gegend tragen.“

Sie verließen gemeinsam das Diner, wanderten in die Tundra.

„North Battleford ist ein netter Ort, aber es leben noch immer zu viele Menschen dort. Wir gehen dort hin, wo wir unsere Gedanken hören können.“

Wallace hatte ihn zum Essen einladen wollen, aber Chiipai hatte dankend abgelehnt, doch da war ja noch der Burger, den die Bedienung ihm eingepackt in Alufolie brachte, den konnten sie sich noch immer teilen.

„Ich habe einen silbernen Wolf gesehen“, sagte Wallace und Chiipai zischte. Es war ein Geräusch wie Abendwind durch Sträucher.

Sie wanderten auf der 4 Richtung Süden, durchquerten die exakt vermessenen Felder, ließen das Einkaufszentrum und den großzügigen Parkplatz hinter sich, fühlten sich verfolgt von den Privatflugzeugen, die von dem Flughafen starteten und über ihren Köpfen davonflogen. Das ließen sie hinter sich. Sie wanderten die Nacht hindurch, Wallace folgte Chiipai mit blindem Vertrauen, er fragte nicht einmal, ob er den Weg kannte und er war längst über die Müdigkeit und die Schwere in seinen Knochen hinweg.
„Das Zwielicht tut meinen Knochen gut“, murmelte Chiipai, er trottete voraus, Wallace folgte in seinen Fußspuren, passte seine Schrittlänge an die des alten Mannes an, „und in der Dunkelheit singt der bescheidene Rest von mir.“
Wallace lachte und Chiipai meinte, es sei nicht lustig, aber er lachte ebenfalls. Es waren furchtlose Geräusche in der kargen Gegend.
Ein letztes Mal benutzte Wallace eine öffentliche Toilette in dem Örtchen Cochin, bevor sie von der 4 abwichen und die bewaldete Tundra betraten. Der Boden war in dieser Jahreszeit trocken, das späte Gras noch grün und unter den hohen alten Bäumen flirrte die Luft von Insekten.
Wallace und Chiipai erreichten eine kleine Anhöhe, gerade rechtzeitig, um die Sonne aufgehen zu sehen, und sie setzten sich, genossen das Schauspiel zwischen Himmel und Erde. In weiter Ferne heulte ein Wolf und noch weiter entfernt antwortete ein anderer.
„Das hier ist Wolfsgebiet“, sagte Chiipai, „aber die großen Rudel, die früher hier umhergezogen sind und Elche gejagt haben, sind längst verschwunden. Wenn du sie hörst, sind sie sehr weit weg, sie halten sich von den Straßen fern und meiden die Menschen.“
„Dann werden wir sie nicht sehen“, meinte Wallace, „oder?“
„Wenn du ganz leise bist“, flüsterte Chiipai und seine Hände machten eine langgezogene Bewegung, als wollten sie den

Horizont berühren, der so weit entfernt war, „dann kannst du sie hören und vielleicht verstehst du, was sie sagen."
Wie soll ich verstehen, was sie sagen, dachte Wallace, *ich bin kein Wolf. Ich bin nicht einmal ein ganzer Taku, nur ein halber, wenn überhaupt. Das hat meine Mutter immer verhindert, dass ich zu viel über die Takus lerne. Was ich weiß, hat Gramps mir heimlich beigebracht. Ich habe den Wolf nur in meinen Träumen gesehen, den silbernen Wolf.*

In der Morgensonne aß Wallace den kalten, aber noch immer köstlichen Burger, er bot Chiipai die Hälfte an, aber der lehnte wieder ab.
„Ich werde mir ein paar Wurzeln ausgraben", sagte er, „wenn ich zurück bin, erzählst du mir deine Geschichte."
Wallace spülte die letzten Krümel mit dem schalen Wasser hinunter, steckte die Plastikflasche zurück in seinen Rucksack und zuckte mit einem Schrei in die Höhe, als er den Wolf keine zwanzig Meter vor sich entdeckte. Er hockte gut verborgen im Unterholz der nahen Bäume, und von Wallace's plötzlicher Bewegung aufgeschreckt, sprang er zurück, kam aber in einem Bogen zurück, diesmal noch näher an den Menschen heran, der erstarrt dasaß und nicht mehr zu blinzeln wagte.
Der verdammte Burger, dachte er, *wärst du zehn Minuten früher gekommen, hättest du ihn bekommen, mein Freund.*
Und die hellen Augen, die ihn anstarrten, schienen zu antworten: *Hättest du die Umgebung beobachtet, mein zweibeiniger Freund, hättest du mich kommen sehen.*
Der Wolf kam so nahe heran, dass Wallace sehen konnte, wie ausgezehrt er war, seine Beine waren übersät mit alten Narben, wo das Fell nicht nachgewachsen war, es waren üble Narben, als sei er in eine Falle geraten. Wallace fühlte tiefes Mitleid und tiefe Freude, dass der Wolf sich so nahe an ihn heranwagte, und dieser Moment, der in Wirklichkeit möglicherweise nur einige Sekunden dauern mochte, zogen sich endlos in die

Länge. Er fühlte den Wind, der durch das Fell des Wolfs strich, sah das Licht, das Reflexe über ihn warf.

Ich hätte meine Kamera mitnehmen sollen, dachte Wallace, *nur ein einziges Foto von ihm, damit mir zu Hause jemand glaubt, wenn ich diese Geschichte erzähle.*

Als er sich vorsichtig bewegte, um einen Krampf in seinem rechten Bein zu verhindern, war es diese winzige vorsichtige Bewegung, die den Wolf davonlaufen ließ. Er verschwand so schnell hinter den Bäumen, dass Wallace sich eine Sekunde später fragte, ob er überhaupt dagewesen war.

Er erinnerte sich an diese erste Begegnung als an ein friedliches Zusammentreffen zweier Kreaturen, die etwas verband, wovon beide möglicherweise noch nichts ahnten, und alle folgenden Begegnungen und Ereignisse standen immer unter dem Eindruck dieser ersten magischen Begegnung. Und weil er wusste, dass keine Kameras der Welt diese Begegnung hätten festhalten können, erzählte er auch Chiipai nichts davon, als dieser vom Wurzelsammeln zurückkam.

Statt dessen erzählte er von der Stadt, in der er aufgewachsen war, von seinen Eltern, seinem Job, von seiner Ex-Frau Jamie, die er mit neunzehn geheiratet und die er mit zwanzig verlassen hatte und obwohl er es nicht gern tat, erzählte er Chiipai von dem Unfall mit dem Schulbus. Es war nicht seine Schuld, er war nur ein wenig unaufmerksam gewesen an diesem Morgen, und die Kinder waren wie jeden Montagmorgen außer Rand und Band.

Nach den Wochenenden zu Hause, vollgestopft mit ungesunden Lebensmitteln, süßen Getränken, Fernseh-und Internetberieselung und meist sich selbst überlassen, bei all dem waren die Kinder montags nicht in der Lage, sich wieder an die Regeln zu halten, aber das konnte man ihnen nicht übel nehmen. Der Fahrer des anderen Wagens musste ebenfalls einen schlechten Start in die Woche gehabt haben, er hatte den riesigen gelben Schulbus glatt übersehen, hatte ihm die

Vorfahrt genommen und war trotz eines heftigen Bremsmanövers in seine Seite gefahren. Zwei der Kinder, die vorn gesessen hatten, hatten Schnittwunden und Prellungen erlitten und Wallace hatte sich um die Verletzten gekümmert, bis Ambulanz und Polizei endlich gekommen waren. Alle sagten später, er habe einen ruhigen und gefassten Eindruck gemacht und dadurch eine Panik unter den Kindern verhindert, denn sie vertrauten ihm und wenn er ruhig blieb, musste alles wieder in Ordnung kommen. Aber in seinem Inneren hatte es anders ausgesehen. In seinem Kopf waren die panischen Gedanken hin- und hergejagt, in einem irren Gleichklang mit seinem Herzen. Sein größter Albtraum war wahr geworden und er hatte es nicht verhindern können.

Damit versuchte er umzugehen und zurechtzukommen und er freute sich schon auf den Tag, an dem er nicht mehr an den Unfall denken würde.

„Ich habe so viel von mir erzählt, was ist mit dir? Was hast du gemacht, bevor wir uns in dem Diner getroffen haben?“

Chiipai reichte ihm eine Handvoll trockener Beeren, die er gesammelt hatte und sagte, sie seien süß und pelzig auf der Zunge, aber sie seien gut für ihn, gut für sein Blut. Wallace legte sie sich in die hohle Hand und nahm die erste Beere mit spitzen Fingern und legte sie sich zwischen die Lippen. Wie Chiipai sagte, waren sie süß und pelzig und betäubten seine Lippen. Er schloss die Augen und hörte wie im Traum, als Chiipai zu erzählen begann.

Es erschien ihm kein bisschen seltsam, dass Chiipai von dem Wolf erzählte, der in dieser Gegend herumstreunte und weshalb er allein war. Dieser Wolf hatte sein Rudel verloren, sagte Chiipai, und er würde allein bleiben, wenn er sich keiner neuen Gruppe anschloss. Was schwierig war, denn es gab in dieser Gegend keine Wölfe mehr.

„Wo kann er hingehen?“, murmelte Wallace, seine tauben Lippen betastetend, „vielleicht können wir ihm dabei helfen.“

„Er ist ein Silberwolf“, sagte Chiipai, „er wird von uns weder Hilfe erwarten noch annehmen.“
„Er folgt mir schon eine ganze Zeit lang. Ich denke, er braucht meine Hilfe.“
Chiipai lachte zischelnd und sagte: „Wir bekommen einen Wetterumschwung. Kannst du es fühlen? Wie die Luft sich verändert? Es wird sehr kalt werden in den nächsten Stunden.“
Sie wanderten den ganzen Tag, sahen bald weder Felder noch Häuser oder Scheunen, selbst die Wasserspeicher, die immer in der Entfernung erkennbar waren, verschwanden. Sie waren umgeben von niedrigen Bäumen und Sträuchern, Steppengras und dem Wind, der in dieser einsamen Gegend immer schärfer und kälter wurde.
„Es riecht anders“, sagte Wallace, er hob den Kopf und schnupperte in den Wind. Gegen die Kälte hatte er sich alle Pullover, die er eingepackt hatte, übergezogen und trug den letzten Pullover wie einen Schal unter seiner Jacke. Er wunderte sich, dass Chiipai nicht fror, aber vielleicht hatte er sich auch nur an die Kälte gewöhnt.
„Die Luft wird besser, je weiter wir gehen. Wir brauchen etwas gegen die Kälte. Ganz in der Nähe ist eines meiner alten Verstecke, ich war seit Jahrzehnten nicht mehr dort, aber es wird uns weiterhelfen. Dir kann die Kälte nichts anhaben, wenn wir ihn Bewegung bleiben.“
Meine Füße sind eiskalt und tun weh, dachte Wallace, *erzähl mir nichts darüber, es sei nicht schlimm, wenn ich in Bewegung bleibe. Ich weiß nicht einmal, wo wir sind. Es sieht alles noch so aus wie zuvor, aber es riecht anders. Der Wind ist schärfer, das Licht ist viel klarer.*
Obwohl er in den Tagen, die sie zu Fuß unterwegs waren, auf dem Weg zu Chiipais Versteck, den Wolf nicht ein einziges Mal zu Gesicht bekam, konnte er fühlen, dass er immer in der Nähe war. Er nutzte die Vegetation und das unebene Gelände, um sich versteckt zu halten, aber Wallace konnte sagen, wo

genau er sich aufhielt. Er war immer einige hundert Meter hinter ihnen, behielt sie im Auge und beobachtete.
Wallace wusste, dass er näher kommen würde, sobald sie Chiipais Versteck erreicht hatten. Er würde sich ihnen dort anschließen. Er war sich dessen so sicher, dass es so kommen würde, dass er nicht einmal Chiipai davon erzählte, weil er annahm, der alte Mann wüsste es ebenso. Obwohl er in den Tagen nichts anderes aß außer den Wurzeln und Beeren, die sie unterwegs fanden und die Chiipai anpries, als sei es Haute Quisine, hatte er keinen Hunger und fühlte sich immer besser. Es schien, als ließe er sein altes Leben und seine alten Gewohnheiten hinter sich und es machte ihm überhaupt nichts aus.

Nachts träumte er nicht mehr, er schlief wie ein Stein und erwachte gut gelaunt. Nur, wenn er darüber nachdachte, vermisste er den Kaffee am Morgen, die heiße Dusche und die anderen großen und kleinen Annehmlichkeiten. Wenigstens hatte er keine schlechten Träume mehr.
Ein weiterer Tag des Wanderns ging zu Ende und Chiipai sagte, sie würden bald das Versteck erreicht haben. Nur noch eine Nacht unter freiem Himmel, dem Regen ausgesetzt.
„Es macht mir nichts aus“, sagte Wallace, „ich dachte, es wäre furchtbar und ich würde es nicht aushalten, aber es ist, als hätte ich niemals etwas anderes getan. Das ist komisch, oder?“
In dieser Nacht rauchte er seine letzte Zigarette, atmete fast verzweifelt den Rauch ein und genoss jeden Zug. Er drückte den Stumpen aus, löschte die Glut und steckte den Filter in die kleine Tasche an seinem Rucksack. Chiipai hatte ihm auf die Finger geschlagen, als er den Zigarettenfilter auf den Boden fallen gelassen hatte.
Ich werde ein wenig an Wurzeln kauen, dachte er, *dann vergesse ich die Zigaretten. Das wird schon funktionieren, ich brauche nur eine Ersatzdroge.*

„Gab es etwas anderes?“ fragte Chiipai. Sie saßen an einem kleinen Lagerfeuer, wärmten sich die Finger und die Füße.
„Etwas anderes wovon?“
„Etwas anderes als Zigaretten und Alkohol. Stärkeres. Illegales. Bei letzterem bin ich mir nicht sicher, was illegal ist und was nicht in diesen Zeiten. Alles ändert sich so schnell.“
„Nicht wirklich“, sagte Wallace grinsend.
„Das ist deine Antwort?“
„Meine Antwort auf was?“
Chiipai sah ihn strafend an und Wallace fragte sich plötzlich, wie alt er wohl sei – er sah plötzlich so alt aus, wie kein Mensch werden konnte und dabei hatte er sich nicht einmal in seinem Aussehen verändert.
Vielleicht sehe ich ihn nur anders, dachte Wallace, machte eine komische entschuldigende Geste und sagte: „Meine Antwort auf deine Frage ist nein, ich habe niemals andere Drogen genommen außer Alkohol und Zigaretten. Nicht ein kleiner Joint, versteckt hinter der Garage, keine Linie durchgezogen in einer diffusen Bar nach Mitternacht. Ist es das, was du hören wolltest?“
„Es macht die Sache einfacher. Es ist schwierig genug, die Spuren von Alltagsdrogen herauszuwaschen. Diese letzte Zigarette wirst du ewig vermissen.“
„Nein“, sagte Wallace, „damit bin ich durch.“
Ich werde etwas anderes haben, dachte Wallace, *etwas Besseres*.

„Wie alt bist du, Chiipai?“ fragte Wallace. Die Nacht war die kälteste bisher, es war trocken und es wäre kalt genug für Schnee gewesen. Sie ließen das Feuer brennen und legten sich so nahe an die Flammen, wie es nur möglich war, ohne sich die Haut zu verbrennen.
„Ich bin schon zu lange in der Wildnis unterwegs, solche unwichtigen Dinge habe ich hinter mir gelassen.“

„Was wird danach wichtig? Die alten Leute, die ich kenne, sind stolz auf ihr Alter und erzählen ständig, wie alt sie sind und wie sie sich damit fühlen.“ Er sagte nicht, dass die alten Leute, die er kannte und mit denen er sich unterhielt, zwar betonten, wie alt sie seien, aber ständig darüber jammerten, wie schlecht es ihnen ginge und welche Krankheiten sie hatten. Immerzu redeten sie über die Krankheiten, die sie hatten und die sie womöglich als nächstes bekamen. Sein Großvater machte da keine Ausnahme.

„Die Zeit ist eine komische Sache, wenn man einmal darüber nachdenkt.“

Wallace versuchte über die Zeit selbst nachzudenken, aber er wusste nicht, wo er anfangen sollte und ob Zeit für ihn das gleiche bedeutete wie für Chiipai. Er wusste nur, dass sie seit dem Ende seiner Kindheit raste. Ein Jahr ging vorbei, ohne dass er es bemerkte und selbst, wenn er sich zu erinnern versuchte, jeden Tag als einen langen aufregenden Tag zu sehen, verfiel er immer wieder in den Alltagstrott und vergaß es wieder. Und je öfter er auf die Uhr sah und damit versuchte, die Zeit festzuhalten und in seinem Kopf zu dokumentieren, um so schneller raste sie.

So kann es nicht funktionieren, dachte er, *ich konzentriere mich auf die Zeit und sie rast davon. Ich muss sie hinnehmen und akzeptieren. Wenn ich versuche, sie festzuhalten, ist sie fort. Ich muss einfach das, was ich gerade mache, so bewusst machen, dass ich ...*

Seine Gedanken flogen in die kalte Nacht und er konnte sich zwei Minuten später kaum noch daran erinnern, dass er kurz davor gewesen war, eine neue Lebensphilosophie für sich zu entwickeln. Sein Gesicht war so nahe am Feuer, dass es angenehm heiß war, nur der Rest seines Körpers war der Kälte der Nacht ausgesetzt und trotzdem wurde er so schläfrig und konnte seine Gedanken nicht mehr zusammenhalten. Er blinzelte zu Chiipai hinüber, der mit übergeschlagenen Beinen

auf der anderen Seite des Feuers hockte, ihn lächelnd mit seinen dunklen Augen ansah und nicht den Eindruck machte, als würde er schlafen wollen.
„Ich schlafe jetzt ein wenig“, murmelte Wallace, „kann nicht schaden nach der ganzen Lauferei.“
Er glaubte, er habe die Augen bereits geschlossen, aber mit einem letzten Blinzeln in die Dunkelheit erahnte er eine Bewegung hinter Chiipai und wusste, dass es der Wolf war, der sich herangeschlichen hatte. Ein kurzes Aufblitzen der Wolfsaugen, das sehr leise und heimliche Geräusch eines Schnüffelns und Hechelns, was ihm eine wohlige Gänsehaut bereitete – aber wohlmöglich kam die Gänsehaut auch von der Kälte der Nacht.

Er erwachte am frühen Morgen, fand das Feuer kalt und heruntergebrannt und erhob sich mühsam mit schweren Knochen. Chiipai war nirgends zu sehen, aber er hatte Wallace eine Handvoll Beeren und Wurzeln zum Frühstück auf seinen Rucksack gelegt.
Das ist etwas anderes als Kaffee und Donuts zum Frühstück und eine Zigarette danach, dachte er.
Die Luft roch nach kalter Erde und nach Rauch. Mit den Händen schob Wallace Sand und Erde über die Feuerstelle, verteilte alles gleichmäßig und entschuldigte sich in Gedanken bei den Göttern der Erde für die Verletzung des Bodens.
Kleine Dinge, dachte er, *entschuldige dich für die kleinen Dinge und achte darauf, dass sie nicht größer werden.*
Er pinkelte in einen verkrüppelten Busch und starrte dabei in die Wolken, die über seinem Kopf so schnell hinwegzogen, dass ihm fast schwindelig wurde, er dabei aber selbst keinen Luftzug spüren konnte. Wieder fühlte er den Wolf in seiner Nähe und dachte: *Wenn du mir nachläufst, solltest du einen Namen haben. Entweder gebe ich dir einen Namen, wenn ich dich das nächste Mal sehe, oder du verrätst ihn mir, wenn du*

einen hast. Keine Ahnung, ob Wölfe sich Namen geben, aber sie rufen sich sicher mit unterschiedlichen Lauten, die als Namen durchgehen.
„Bist du fertig, Junge?“, rief Chiipai. „Wir müssen weiter. Ich fürchte, das Wetter wird nicht besser werden und unser Weg führt uns weiter in das alte Wolfsgebiet. Dort gibt es weniger Wasser, aber ich zeige dir die wichtigen Stellen. Du musst deinen Rucksack hier lassen.“
„Aber da ist nicht viel drin, nur die Wasserflasche und ein paar von meinen …“
„Lass ihn hier zurück. Du darfst nur das mitnehmen, was du in deinen Händen tragen kannst.“
„Dann nehme ich die Wasserflasche mit.“
„Plastik“, sagte Chiipai, „tut mir leid.“
Wallace trank das restliche Wasser, gab den letzten Schluck an die Erde zurück und legte die leere Plastikflasche in den Rucksack. Den hängte er in einen der alten Bäume in der Hoffnung, ihn auf dem Rückweg wieder mitnehmen zu können.
„Du gehst voraus“, sagte Chiipai, „ich folge dir und gebe die Richtung an. Es ist wichtig, dass du das Gebiet vor mir betrittst.“
„Du folgst in meinen Fußspuren? Wie die Wölfe?“

Chippai lachte lauthals, hielt Wallace die ausgestreckte Hand entgegen und Wallace schlug ein. Als sich ihre Handflächen berührten, fühlte Wallace eine elektrische Entladung und dachte sofort an den Wolf.
Als sie losmarschierten, fiel der erste Schnee in kleinen herumwirbelnden Flocken, ein frischer Wind kam auf und Wallace zitterte vor Kälte. Obwohl er in Alaska aufgewachsen und an strenge Kälte gewöhnt war, war an dieser Kälte etwas anderes. Sie schien aus einer anderen Ebene zu kommen, eine Kälte mit fremder Intensität.

So, wie die Luft früher war, dachte Wallace, zitterte, klapperte mit den Zähnen, *bevor wir angefangen haben, sie mit Autoabgasen zu verpesten.*
Ab und zu bekam er Richtungsänderungen von Chiipai zugerufen, der einige Schritte hinter ihm lief, aber meist schien er dem richtigen Weg zu folgen. Das Gelände stieg an, vereinzelte Bäume wurden zu Waldabschnitten, die sich in das hügelige Gelände einpassten. Der Boden war mit hartem Gras bedeckt, aus dem immer wieder kleine Vögel aufstiegen, als sie vorbeiliefen, Hasen rannten in langen Sätzen vor ihnen davon, hakenschlagend und mit angelegten langen Ohren.
„Bekommen wir Hasen zu essen?" rief Wallace. Ihm war der Gedanke gekommen, dass er sich mit Fleisch im Magen besser fühlen würde, vielleicht würde er sogar weniger frieren.
„Nur, wenn du ihn fangen kannst."
„Und ob ich das kann", murmelte Wallace im Takt seiner klappernden Zähne.

Der Wolf folgte ihnen, achtete darauf, nicht entdeckt zu werden und behielt sie ständig im Auge. Er wusste, wenn er die Richtung ändern musste, weil der der Wind ihn verraten könnte. Er hatte genug Zeit, um sich immer wieder eine Maus oder einen jungen Hasen zu fangen, denn die Zweibeiner waren so langsam unterwegs, dass er ihnen mit Leichtigkeit folgen konnte. Er wusste, dass er sie auch in einem weiten Bogen überholen und vor ihnen an dem Ort sein könnte, denn ihm war klar, welches Ziel sie hatten. Die ganze Umgebung war wie eine lebendige Landkarte in seinem Kopf abgespeichert. Seit seiner Jugend kam er in diese Gegend, damals mit seinem Rudel, dann mit seiner Begleitung, seinem letzten Sohn, der einzige, der die Ausrottung durch Krankheit und Jagd überlebt hatte, und schließlich allein. Selbst, wenn er gewollt hätte, er konnte sich keinem neuen Rudel anschließen. Er war der Leitwolf gewesen und würde sich niemals einem anderen Wolf unterordnen. So war er allein unterwegs, träumte von seinem Rudel, seiner Familie, von den wandernden Elchen und Hirschen, von dem Heulen, wenn sie getrennt waren und Kontakt suchten. Das war etwas, was er am meisten vermisste, das gemeinsame Heulen.

Sein verschwundenes Rudel, seine Gefährtin, sein letzter Sohn, der bei der Überquerung einer Landstraße überfahren worden war und sich noch zwei Tage verletzt herumgeschleppt hatte, sie alle waren in die graue Welt verschwunden. Ab und zu fühlte er, dass sie bei ihm waren, aber sie waren wie Morgennebel, der sofort verschwindet, sobald die Sonne stärker wird.
Er folgte seinem Instinkt, er folgte den beiden Männern, die das heilige Land betraten, was sonst niemand mehr fand, weil es aus den Gedanken der Menschen verschwunden war. Er wusste, dass es wichtig war, ihnen zu folgen. Sie betraten das Land der Väter und durften das nicht allein tun.
Der Wolf hatte eine nur schemenhafte Vorstellung von sich selbst als „ich", ein Wolf dachte und agierte im „wir" als Rudel, denn das hielt seine Art am Leben. Er hatte einen Rudelnamen, aber der war mit seinem Sohn gestorben. Namen waren nur lebendig, solange es jemanden gab, der sie rufen konnte, solange es noch einen anderen gab, der das einsame Heulen beantworten konnte.
Wallace wusste, dass sie angekommen waren, ohne dass Chiipai es ihm sagen musste. An einem kleinen bewaldeten Hügel, umgeben von blanken Felsen, die aus dem Heidekraut herausragten und in unmittelbarer Nähe eines kleinen Baches entdeckte er das Versteck, von dem Chiipai gesprochen hatte. Es lag zwischen zwei der Felsen, die aus dem Boden schauten und nun von leichtem Schnee bedeckt waren und es wäre unter normalen Umständen nicht aufgefallen, aber Wallace entdeckte den Unterschied in der Vegetation und roch, dass etwas darunter war, was nicht dorthin gehörte.

„Guter Junge“, sagte Chiipai. Sie hockten nebeneinander zwischen den Steinen, zogen das Unkraut und die lose Erde beiseite und legten eine grob gezimmerte Falltür frei.
„Dies ist das Versteck“, sagte Chiipai, „es ist ein Ort, den es schon vor sehr langer Zeit gab, selbst vor meiner Zeit, ich habe in meinen jungen Jahren nur diese Tür eingefügt, um es zu schützen.“
„Vor wem zu schützen?“
„Was auch immer mit der Zeit kommen würde. Ich mag es, wenn diese Dinge versteckt bleiben.“
Auf Chiipais Wink zog Wallace die Holztür beiseite und starrte in das Loch hinunter.

Keine Taschenlampe, dachte er, *nicht einmal ein Feuerzeug. Wie sollen wir uns da unten zurechtfinden?*

Der schmale Gang aus Felsgestein führte zwei Meter in die Tiefe und endete in einem Raum, der kaum größer war als neun Quadratmeter, soweit Wallace es abschätzen konnte, und in dem eine Menge Dinge lagerten, von denen Wallace es nicht erwartet hätte, sie hier zu finden.
„Das hier“, sagte Chiipai, „zieh dich aus und zieh das an. Es wird dich besser wärmen als alles andere.“
Chiipai drückte ihm etwas in den Arm, was sich wie ein Tierfell anfühlte und es auch war, es waren lange Hosen und so etwas wie ein Sweater aus dicken gegerbten Tierhäuten.
„So was habe ich schon lange nicht mehr gesehen“, murmelte Wallace, „vermutlich sind meine Vorfahren in diesen Dingern herumgelaufen.“ Er roch an den Fellen und verzog das Gesicht. „Kumpel, die riechen ein wenig streng. Wie lange hast du die nicht gelüftet?“
„Ich habe vergessen, wann ich das letzte Mal hier gewesen bin“, sagte Chiipai, „und nenn mich nicht Kumpel. Das ist unangebracht.“

Wallace zog sich um, fand die Felle unangenehm steif und viel zu groß für seine Statur und wollte fragen, ob er nicht wieder seine Polarjacke anziehen dürfe, aber als er sich zu ihm umdrehte, war Chiipai verschwunden.
Ich habe ihn mit dem Kumpel beleidigt, dachte Wallace.
Er tastete sich durch das Halbdunkel der Kammer, nutzte das wenige Licht, das durch den Eingang fiel und fand heraus, dass es keine Waffen gab. Chiipai hatte viele Dinge gehortet, aber keine Waffen. Das einzige, was als solches hätte durchgehen können, war eine Art Kurzaxt mit einer Steinklinge.
Ich könnte etwas gebrauchen, womit ich Karnickel fangen könnte, dachte Wallace, *das wäre fabelhaft*.
Er hatte Mühe, die Stufen nach oben zu steigen, weil die Hosenbeine breit und dick seine Knie behinderten, stand im herumwirbelnden Schnee, drehte sich um die eigene Achse und konnte Chiipai nirgends entdecken.
Er spielte mit dem Gedanken, ihn noch einmal Kumpel zu rufen, um ihn aus seinem Versteck zu locken, aber er wollte es sich mit seinem Reisegefährten nicht verderben. Er musste irgendwo in der Nähe sein, vermutlich grub er die Zutaten für ein spätes Mittagessen aus.
In Zwischenzeit, dachte er, *werde ich mich an meine neue Verkleidung gewöhnen*.
Er lief herum, trank aus dem Bach, untersuchte die Gegend nach Kaninchenlöchern und entdeckte einen unerschrockenen Hirschbock, der zu ihm herüber starrte und dann in weiten eleganten Sprüngen verschwand. Wallace sah ihm nach, blinzelte durch den Schnee und seufzte. Als er sich herumdrehte, stand Chiipai neben dem Eingang seines Verstecks und starrte in den Himmel. Wallace starrte ebenfalls in die Wolken und Chiipai sagte: „Sobald du in den Hosen geschlafen hast, werden sie wie angegossen passen."
„Wo hast du gesteckt? Ich dachte schon, du hättest mich hier sitzen gelassen."

„Nein, nein“, sagte Chiipai, „ich halte Ausschau nach einem passenden Festessen für uns.“
„Etwas Fliegendes oder Hoppelndes, ganz nach meinem Geschmack.“
Letztendlich waren es eine alte Wildente und ein Hase, der sich einen Lauf gebrochen hatte, die gemeinsam über dem Feuer landeten, ausgestopft mit Kräutern, die Chiipai gefunden hatte, an den Stellen, wo zuvor die Innereien gewesen waren. Die Innereien seien das Beste, hatte Chiipai gesagt, und normalerweise würden die immer zuerst gegessen, solange sie noch warm waren, dann erst das zähe Muskelfleisch, aber Wallace sei noch nicht so weit. Und da sie den Vorteil des Feuers hatten, war es in Ordnung.
„Was machen wir, wenn wir die letzten Streichhölzer verbraucht haben?“, fragte Wallace.

Er stach mit einem grünen Zweig in das Fleisch über dem Feuer, konnte nicht sagen, ob es bereits durchgebraten oder noch immer roh im Inneren war. Chiipai nahm ihm den Zweig aus den Fingern, stach in das Fleisch, machte ein schmatzendes Geräusch und verkündete, dass das Fleisch fertig sei. Dann sagte er: „Es gibt zwei Alternativen. Entweder du hältst das Feuer lebendig oder du lernst das Feuermachen deiner Väter.“
Sie teilten Vogel und Hase gerecht untereinander und Wallace brachte einen Teil des Fleisches und die Knochen hinunter an den Fuß des Hügels, wo der Wolf sie in Ruhe fressen konnte.
„Es gibt noch eine dritte Alternative“, sagte Wallace, „ich werde lernen, rohes Fleisch zu essen.“
Da Chiipai ihm geraten hatte, nur die Felle zu tragen und die Unterwäsche zu vergessen, hatte er sich an einigen unangenehmen Stellen wundgescheuert, in den Kniekehlen, an den Hüften und überall, wo die groben Nähte auf der nackten Haut rieben. Besonders die wunde Stelle an seinem Hintern machte ihm zu schaffen.

„Ich hoffe, diese Haut fühlt sich wirklich besser an, nachdem ich eine Nacht darin geschlafen habe“, sagte er, „wenn nicht, werde ich meine guten alten Klamotten wieder überwerfen und du wirst mich nicht daran hindern können.“
„Vertraust du mir?“
Wallace musste nicht lange überlegen, um darauf zu antworten, es war keine Frage, die er sich bisher gestellt hatte. Wäre er auch nur im Geringsten über Chiipai unsicher gewesen, wäre er nicht mit ihm in die Wildnis gezogen. Aber er zögerte mit der Antwort. Es war eine wichtige Frage, auf die er nicht leichthin antworten wollte, um Chiipai nicht wieder zu verärgern, wie er es mit dem „Kumpel“ getan hatte.
„Ich vertraue dir mein Leben an, wenn es sein muss“, sagte er.
„Morgen früh wirst du deine wunden Stellen vergessen haben“, sagte Chiipai, „komm mit, ich zeige dir noch ein paar Platze, wo du die Kräuter und Beeren findest. Es gibt noch eine zweite Quelle auf der anderen Seite, außerdem noch eine Menge totes Unterholz, was leicht brennt. Wir werden oben bei den Bäumen schlafen heute Nacht.“
Es war noch immer sehr kalt, aber es hatte aufgehört zu schneien und in der dünnen Schneeschicht entdeckte Wallace viele Tierspuren, denen er folgte und die er sich einprägte. Selbst die Spuren des Wolfes waren zu finden, er hatte einen Bogen geschlagen, sich das Fleisch geholt und war in entgegengesetzter Richtung wieder verschwunden.
„Wieso schlafen wir nicht unter der Erde?“
„Es ist ein Versteck für wichtige Dinge“, sagte Chiipai, „keine Schlafstätte.“
Unter den Bäumen lag wenig Schnee, sie gruben eine Mulde und machten nur ein kleines Feuer für die kommende Nacht. Wallace hatte die gesammelten Kräuter, Zweige und Beeren um sich herum verteilt, prägte sich deren Namen und Wirkung ein, zerdrückte sie zwischen den Fingern, roch an ihnen, legte sie sich auf die Zunge und schmeckte sie. Manche waren süß,

manche bitter, aber alle öffneten ein Fenster in seine Erinnerung. Er erinnerte sich plötzlich daran, dass sein Großvater Douglas ihn und seine Schwester mitgenommen hatte auf einen seiner Ausflüge und dass er ihnen so vieles erzählt und gezeigt hatte. Wallace hatte es vergessen, wie so viele Dinge aus der Kindheit.

Vielleicht kann ich mich sogar daran erinnern, wie ich Feuer machen kann, dachte er.

„Mein Großvater hat uns von unserem Totem erzählt", sagte Wallace, ohne den Blick von den Kräutern um sich herum zu nehmen, „er ist der Vater meines Vaters und meine Mutter mochte es nicht, wenn er uns solche Geschichten erzählte. Sie meinte, es seien alberne Gespenstergeschichten. Wenn mein Dad davon erzählte, hat er sich eine von ihr eingefangen. Sie konnte die schnellsten Ohrfeigen in der ganzen Umgebung verteilen. Irgendwann haben wir Großvater nicht mehr besucht, er ist krank geworden und lebt in einem Altenheim. Meine Großmutter ist vor ihm gestorben, als er schon krank war und Mom hat verhindert, dass sie verbrannt und ihre Asche im Wind verteilt wird. Sie liegt auf dem Friedhof. Ich glaube, Gramps Douglas weiß das nicht einmal. Er hätte es gerne gehabt, wenn wir sie verbrannt hätten, damit ihre Seele mit der Asche im Wind aufsteigen kann."

Er fuhr herum, als er den Wolf aufheulen hörte, gleichzeitig weit entfernt und so nahe, dass er ihn fast sehen konnte, drehte sich zu Chiipai herum und wollte fragen, ob er glaubte, der Wolf würde näher herankommen, wenn sie sich ruhig verhielten, aber Chiipai war verschwunden.

Der Wolf hatte zunächst das ausgelegte Fleisch misstrauisch umrundet und schließlich beschnuppert, denn es roch nach Feuer und nach Mensch und das konnte nichts Gutes bedeuten. Er hatte erlebt, wie ein junger Wolf seines Rudels ein solches Stück Fleisch hastig hinuntergeschlungen hatte, bevor er ihn daran hatte hindern können, und er war nur eine Stunde später an den Krämpfen gestorben. Immer wieder schnupperte er an dem Fleisch und an den Knochen, probierte ein kleines Stück, sprang zurück in Deckung und kam wieder näher. Oben auf dem Hügel konnte er das Lagerfeuer sehen und riechen, ebenso die Anwesenheit des Mannes, dem er seit geraumer Zeit folgte. Er brachte diesen Menschen mit dem Fleisch in Verbindung und deshalb fraß er es schließlich. Es stillte seinen Hunger, aber es war noch lange nicht so wohlschmeckend wie ein Stück frisches Fleisch.

Nach dieser kleinen Mahlzeit lief er durch das Gelände, trank aus dem Bach und hielt sich dann versteckt, um auf den Einbruch der Nacht zu warten. Sobald die Sonne unterging, würde er nach Hasen und Mäusen Ausschau halten, die in dem Dämmerlicht noch herumliefen. Es war lange her, dass er ein so großes Tier wie ein Karibu oder einen Hirsch erlegt hatte. Selbst wenn er ein krankes Tier erlegte, hieß es nicht, dass er es auch fressen konnte. Meist tauchten schon Minuten später die Schakale in großen Horden auf und machten ihm die Beute streitig. Er war allein und musste seine Beute immer den Horden überlassen, es hatte keinen Sinn, um sie zu kämpfen. Ihm blieben die ersten paar Happen, die er hastig hinunterschlingen konnte.

In der Dämmerung kam er aus seinem Versteck, streckte seine müden alten Knochen und hob den Kopf. Er heulte einige Male, lauschte auf eine Antwort, die nicht kam, und trabte den Hügel hinauf. Es war kein neues Fleisch ausgelegt, aber die Aussicht, dass es noch etwas geben könnte, ließ ihn sich näher heranwagen.

Wallace rief nach Chiipai, bekam keine Antwort und lief bis in das Wäldchen hinein, in dem sie das trockene Feuerholz gesammelt hatten. Sein Freund war nirgends zu sehen, es schien, als habe sich der Boden aufgetan und ihn verschlungen. Das brachte ihn auf eine Idee, er öffnete die Luke des Verstecks und rief hinein, kletterte hinunter und tastete sich in

der Dunkelheit von einer Wand zur nächsten. Chiipai war und blieb verschwunden.
Er setzte sich an das Feuer zurück, legte Holz nach und starrte in die Flammen.
Er ist einfach verschwunden, dachte Wallace, *wäre er den Hügel hinuntergerannt, hätte ich ihn noch gesehen, ich habe mich bloß für einen Moment weggedreht, als ich den Wolf gehört habe. Wie lange? Eine Sekunde? Es ist, als wäre ein Geist verschwunden. Was mache ich nun? Bleibe ich hier oder wandere ich weiter?*
Der Platz gefiel ihm, hier war alles, was er brauchte.
Ich vertraue ihm, dachte er, *wenn er verschwunden ist, wird es in Ordnung sein. Vielleicht muss ich eine Weile allein bleiben, um meinen Kopf wieder frei zu bekommen, damit die Albträume nicht wiederkommen und ich wieder ruhig schlafen kann.*

Hatten die Albträume aufgehört oder konnte er sich am Morgen nur nicht mehr an sie erinnern? Nach dem Unfall mit dem Schulbus war er jede Nacht aufgewacht, nachdem er nur einige Stunden geschlafen hatte und er hatte mit rasendem Herzen in seinem Bett gelegen und hatte nicht mehr einschlafen können. Es war, als sei sein Alarmsystem angesprungen und verhinderte, dass er auch nur eine weitere Stunde Ruhe fand.
Seit er mit Chiipai unterwegs war, hatte er jede Nacht durchgeschlafen, konnte sich nur an angenehme Träume erinnern, wenn es welche gab, aber auch die hatte er schon Minuten nach dem Erwachen wieder vergessen.
In der Nacht, in der er zum ersten Mal allein schlief, ließ er das Feuer hochbrennen, um am Morgen die Glut wieder aufflammen lassen zu können. Er träumte von dem Wolf. Und in seinem Traum gab er ihm seinen Namen.
Chiipai war verschwunden, aber er hatte auch Recht behalten.

Das Wetter wurde wieder freundlicher, am Morgen waren Wolken aufgezogen, die den strahlend blauen Himmel wie Watte überzogen und nur langsam im Wind wanderten. Der scharfe Wind hatte sich gelegt, die Temperaturen stiegen wieder an und Wallace fand seine Tierfelle, in denen er steckte, zum ersten Mal sehr angenehm. Da er allein war, zog er das dicke Oberteil aus und behielt nur die Hose an, wärmte seine nackte Haut und wusch sich nach Katzenart am Bach. Sein Bart wucherte und schon bald würde er aussehen wie ein richtiger Einsiedler und vermutlich auch so riechen.
Es wäre einfach, wenn ich ein Wolf wäre, dachte er, *die tragen ihren Pelz und riechen weniger.*

Er legte Holz nach, umwanderte den Hügel auf der Suche nach Beeren und trockenem Holz, entdeckte die Wolfsspuren am Bach und legte seine Hände über die Abdrücke.
Mein Freund, dachte er, *sobald ich dich sehe, werde ich dich bei deinem Namen rufen und mal sehen, ob du ihn magst.*
Wallace hatte keine Möglichkeit, die Uhrzeit zu bestimmen, er machte seinen Tagesablauf von anderen Dingen abhängig. Er folgte dem Takt der Natur und fand die Zeit unwichtig, dadurch zog sich sein Tag, von Sonnenaufgang bis Sonnenuntergang endlos in die Länge, angefüllt mit tausend kleinen Dingen, die er tat, beobachtete und bewunderte. Er saß reglos da und beobachtete die Vögel, die aus dem Bach tranken, die Hasen, die aus dem Gras auftauchten und wieder verschwanden, folgte den Insekten, die ihn umschwirrten. Er wurde gleichgültig gegenüber den Mücken, die ständig um ihn herum waren, ihn stachen und in den Ohren sirrten.
Eine Handvoll Beeren reichten ihm, sie stillten den Appetit und ließen den Hunger unberührt. Hunger war sinnvoll, er ließ seine Sinne wach und alarmiert. Weil er sich mit niemandem unterhalten konnte, sprach er an dem ersten einsamen Tag nicht, aber bereits am zweiten Tag summte, pfiff und sang er

die ganze Zeit. Er wollte seine Stimme nicht verlieren und ihren Klang nicht vergessen.

Am zweiten Tag, der mit leichtem Regen begann, dann sonnig blieb bis zum Abend, versuchte er ein Kaninchen zu fangen, dessen Bau er entdeckt hatte. Er wusste, dass sie in Rudeln lebten und unter der Erde mehr als nur eines sein musste, aber er hatte keine Ahnung, wie er es anstellen sollte. Seine Reflexe waren nicht die eines Tieres, er war so lächerlich langsam, dass er die Kaninchen unter der Erde lachen hören konnte. Er brauchte Hilfsmittel, um diese Schwäche auszugleichen. Zwar hatte er nichts mitbringen dürfen, aber er konnte sich Hilfsmittel herstellen.

Ich werde einen von euch fangen, dachte er, *und dann werde ich sehen, ob ich den kleinen Hals umdrehen kann, ob ich es schaffe, die Haut abzuziehen, nur mit dieser kleinen Steinaxt, die Eingeweide angefüllt mit Gras und guten Träumen herauszuziehen und diese zuerst zu essen. Roh. Weil sie roh am besten sind.*

Ebenso wenig, wie er die Stunden zählte, zählte er die Tage, die er auf dem Hügel verbrachte. Es war ein verregneter, aber warmer Tag, an dem er aus Tierhaaren, die er in den Sträuchern sammelte, eine Schnur zusammendrehte. Dabei hockte er auf einem umgestürzten Baum und ließ die nackten Füße über dem Gras baumeln. Die Schnur war noch längst nicht lang genug, um daraus eine Falle zu bauen, aber er hatte Geduld. Ein Geräusch ließ ihn aufsehen und da stand er vor ihm, direkt neben einer verkrüppelten Birke, die dem ständigen Wind nicht standgehalten hatte. Er hatte den silbernen Kopf mit der dunklen Maske und den hellen Augen hoch erhoben, schnupperte in seine Richtung und sah zu ihm hinüber. Er war entspannt, er zeigte keine Angst und machte keine Anzeichen, sofort davonzulaufen, sollte Wallace sich bewegen.

Sehr langsam legte Wallace die Schnur aus Tierhaaren beiseite, bückte sich und zog seine Schuhe wieder an und setzte sich auf dem Baumstamm zurecht. Der Wolf folgte jeder seiner Bewegungen, aber er selbst rührte sich nicht.

Er hat sich hoffentlich an meine Stimme gewöhnt, dachte Wallace, *ich spreche den ganzen Tag mit mir selbst, er hat mir die ganze Zeit zugehört. Er war immer in der Nähe.*

„Hey!“, rief er, erst vorsichtig, dann etwas lauter. „Komm her, Doc, komm her zu mir und wir fangen die Kaninchen gemeinsam. Du fängst und ich teile. Ich gebe die guten Kräuter hinzu. Was sagst du, Doc?“

Der Wolf hechelte, zeigte keine Regung und starrte ihn weiterhin nur an. War er einverstanden mit dem albernen Namen Doc?

„Wie du bemerkt haben könntest, Doc, versuche ich seit Tagen, ein Kaninchen zu fangen, du könntest mir zeigen, wie du es anstellst. Ich kann von dir lernen.“

Der Wolf, dem er den Namen Doc gegeben hatte, starrte zu ihm hinüber und schien ihn zu fragen, wieso er zu dumm war, ein kleines Kaninchen zu fangen. Ein Zweibeiner, der sonst alles konnte, alles tat und alles zerstörte.

„Bis du dich entschieden hast, Doc, drehe ich weiter Haare zusammen und bastle meine Schlinge.“

Wallace senkte den Kopf und nahm die gedrehten Haare wieder zur Hand, tat so, als sei er damit beschäftigt und wagte einen vorsichtigen Blick zum Wolf hinüber, ohne den Kopf zu heben. Doc war umgedreht und trabte durch das hohe Gras davon und Wallace grinste in sich hinein. Er war sehr zufrieden mit dieser Begegnung.

Wallace schlief unter den Bäumen, gut versteckt unter den dichten Büschen und auf Farnwedeln, die er gesammelt hatte, und er träumte von dem Wolf. Der Traum war so intensiv und endlos, als sei er eine Erinnerung aus seiner Kindheit. Er glaubte, die Stimme seines Großvaters zu hören, der mit monotonem Singsang von den alten Sagen und Geschichten

erzählte, von Totems und der Geisterwelt, die immer um sie herum war, von Gestaltwandlern und Mutter Erde. Wallace versuchte sich an diese Geschichten zu erinnern, versuchte der Stimme seines Großvaters zu folgen, aber obwohl er in seinem Traum verzweifelt nach ihm suchte, tauchte statt dessen immer wieder der große silberne Wolf auf, der mit einer sehr tiefen und sehr beängstigenden Stimme zu ihm sprach. Er übertönte die Stimme seines Großvaters, dass Wallace ihn anschrie, er solle verschwinden, er wolle seinen Großvater hören, es sei sehr wichtig.
Aber weshalb wolltest du dann, dass ich dir folge? fragte der Wolf, *dein Großvater ist nicht hier. Ich bin der, den du gerufen hast.*
Ich habe dich nicht gerufen, du bist mir gefolgt, rief Wallace. Im Schlaf bewegte er sich unruhig, murmelte und stöhnte. Der silberne Wolf, den er Doc nannte, lachte grollend, ein unheimlicher Laut, der tief aus seiner Kehle rollte.
Ich kann dir zeigen, was du wissen willst.
Aber ich bin nur hier, weil ich ... Und er wusste nicht mehr, weshalb er in die Wildnis gegangen war, weshalb er hier war. Er konnte dem Wolf nichts von dem Unfall erzählen, von seinem Leben davor und danach, weil er es nicht verstanden hätte.

Der Wolf verschwand. In Wallaces Traum löste er sich wie Nebel auf, und die Stimme seines Großvaters sagte, er solle Geduld haben.
Ich habe Geduld, dachte Wallace, *Zeit existiert nicht mehr für mich. Ich habe Geduld.*
Dieser Traum blieb den ganzen Tag in seinem Gedächtnis, er versuchte herauszufinden, was er bedeutete.
Doc könnte ein Geist sein, dachte er, *ein ziemlich lebendig wirkender Geist, aber da ich keine Vergleichsmöglichkeiten habe, könnte er ein Geist sein, so wie Geister sind. Die einfach*

auftauchen und dir folgen. Ein Totem ist vielleicht nichts anderes als ein Geist.
Er entdeckte, dass er sich selbst das Wasser abgrub – selbst, wenn er so wenig Beeren und Wurzeln wie möglich aß, wurde er bald alle Sträucher in der Umgebung leergepflückt haben. Sie wuchsen nicht schnell genug nach. Bald würde er seinen Standort wechseln müssen.
Selbst, wenn ich die Kaninchen fange, dachte er, *die werden auch irgendwann weg sein. Ich muss wandern, wie der Wolf.*
Er versuchte sich zu erinnern, ob seine Vorfahren umhergezogen oder sesshaft gewesen waren, vermutlich hatten sie aber immer wieder dieselben Gegenden aufgesucht, bestimmte Orte zu bestimmten Jahreszeiten. Und sie waren sicher für ihre Nahrung sehr viel weiter gewandert und waren bessere Jäger gewesen als er.
Ich finde gerade heraus, wie es ist, um das tägliche Überleben zu kämpfen, dachte er, *als reiner Vegetarier komme ich nicht über den Winter. Chiipai mochte es gelungen sein, aber ich kann das nicht.*
„Wo steckst du?“ murmelte er, „weshalb kommst du nicht einfach zurück?“
Statt einer Antwort von Chiipai heulte der Wolf und Wallace hob den Kopf und antwortete mit einem lauten Heulen.

Er träumte, wenn er schlief und er begann zu träumen, wenn er wach war. Er bemerkte es erst, als er aus einem solchen Tagtraum hochschreckte, als er eigentlich weiter an seiner Kaninchenschnur arbeitete. Ohne, dass er den Übergang bemerkt hatte, war er plötzlich in einer Höhle unter der Erde und wusste sofort, dass es ein Wolfsbau war, in dem die Wölfinnen ihre Jungen zur Welt brachten. Er lag inmitten von kleinen pelzigen Wölfen, die sich fiepend an ihn drängten, süß nach Milch und Honig rochen und ihre kleinen Zähne an ihm testeten. Er war nicht die Mutter, er war einer von ihnen, er war ein Babywolf mit seinen Geschwistern. Bald würde er den Bau verlassen, zum ersten Mal das Sonnenlicht sehen, den Wind spüren und die anderen aus dem Rudel kennenlernen. Aber er wusste auch, dass bis auf ein einziges Junges, eine seiner Schwestern, alle sterben würden, noch bevor sie ein halbes Jahr alt werden konnten. Die Hälfte des Rudels würde nicht mehr da sein. Das verängstigte ihn so sehr, dass er ebenso wie seine Geschwister fiepend zu jammern begann.

Bevor er aufwachte und noch immer ängstliche Geräusche von sich gab, hörte er Docs Stimme.

Du hast es gesehen, sagte der Wolf, *du hast es gesehen und verstanden.*

Das warst du.

Das war ich. Das bin ich.

Wallace schreckte hoch, blinzelte in das Licht und sah sich um. Alles war normal, alles war in Ordnung. Er war einfach nur eingeschlafen und hatte geträumt.

Eingeschlafen, ohne von meinem Baumstamm zu fallen, auf dem ich sitze, dachte er, *das soll mir mal einer nachmachen.*

Endlich war die Schnur lang genug, um sie mit einer Astgabel zu verbinden und eine Schlaufe zu legen. Wallace hatte solche Fallen in einem Buch gesehen, aber er hatte sie noch nie selbst konstruiert und wusste nicht, ob sie funktionieren würde.

Wenn die Karnickel auch nur einen Funken Verstand haben, wissen sie, was ich hier baue und werden einen Bogen darum machen, dachte er.

Er legte die Falle aus, zog sich zurück und wartete. Während er wartete, hätte er eine Menge anderer Dinge tun können, aber er mochte es, in der Sonne zu sitzen und nichts zu tun. Er beobachtete die Vögel, die sich an seine Anwesenheit längst gewöhnt hatten und ihn nicht mehr fürchteten, weil er sie nicht jagte, er lauschte dem Summen der Insekten und warf immer wieder einen Blick zur Kaninchenfalle hinüber. Dort tat sich nichts.

Vermutlich doch schlauer, als ich dachte.
Er summte vor sich hin, ohne über einen bestimmten Song nachzudenken, steckte sich ein paar der letzten getrockneten Beeren in den Mund. Sie waren getrocknet noch besser als frisch vom Strauch und er bedauerte, dass es die letzten waren.
Als er das erste und letzte Kaninchen fing mit seiner selbstkonstruierten Falle, geschahen einige seltsame Dinge um ihn herum, und erst später, als er darüber nachdachte, brachte er sie mit dem Wolf in Verbindung. Und er war wieder davon überzeugt, dass Doc sein Totem war. Als sich eines der jungen Kaninchen in der Falle das Genick brach, dabei nur einen kleinen ängstlichen Fiepser von sich ab, einmal zuckte und dann still war, flogen von den umgebenden Bäumen die Vögel in Panik auf und rauschten davon, wie von einem Überschallknall aufgeschreckt. So etwas wie ein Schatten sprang über ihn hinweg, ohne ihn zu berühren und er hörte das Grollen des Wolfes hinter sich. Diesmal war er wirklich so nahe, dass er jedes einzelne Haar an ihm erkennen konnte. Er wirbelte herum, starrte auf den Wolf, der zwei Schritte von ihm entfernt stand und zu grinsen schien.
Etwas ist falsch, dachte Wallace, *Wölfe grinsen nicht. Hunde grinsen, weil sie es sich von den Menschen abgesehen haben.*
Du hast recht, sagte Doc, *das ist hündisches Gehabe. Aber ich dachte, es würde es dir einfacher machen.*
Wallace vergaß zu atmen und starrte den Wolf an. Dann japste er nach Luft, zitterte und hatte Mühe, auf den Beinen zu bleiben. Was immer die Vögel davon getrieben hatte, er spürte es ebenfalls.
Wallace, sagte der Wolf, *kümmere dich um dein Kaninchen. Die Hälfte davon hast du mir versprochen.*
Er teilte das Kaninchen, behielt das Fell für sich und aß nur einen Schenkel, den Rest überließ er dem Wolf.
Doc behielt einen Abstand von zwei Metern ein, schlang das Ding mit zwei Bissen hinunter und beleckte sich danach

ausgiebig den Fang und die Vorderpfoten. „Hast du vorhin mit mir gesprochen?“ fragte Wallace, aber Doc antwor-tete nicht. Das Feuer brannte in einem seltsamen Schein und er musste weniger Holz nachlegen, um es lebendig zu halten. Das Kaninchenbein war fast roh, es war zumindest ein Anfang zum Stadium eines wahren Fleischfressers, und es schmeckte ganz gut, aber Wallace hatte sich schon entschieden, bevor die Sonne untergegangen war, am nächsten Tag weiterzuziehen. Der Wolf würde ihn begleiten und vermutlich auch den Weg weisen.

Die Sonne ging in einem orangen Feuerwerk unter, entfachte den gesamten Himmel und Wallace wünschte ihn diesen spektakulären Minuten, der Wolf hätte einen Sinn für solche Schönheit und sie könnten sich austauschen. Er stand auf dem Hügel, sah auf den Himmel und die Nacht, die dahinter zum Vorschein kam und genoss jeden Augenblick, bis die Sonne verschwunden war. Als er sich herumdrehte, war der Wolf in der Dunkelheit fast verschwunden, er lag zusammengerollt in der Nähe des Lagers, das Wallace sich gemacht hatte.

Wallace dachte, er könnte versuchen, ihn zu streicheln, während er schlief, er wollte wissen, wie sich dieses Fell anfühlte, das sehr viel dichter und weicher aussah als Hundefell. Aber das war vermutlich keine gute Idee, der Wolf hatte Reflexe, mit denen er nicht mithalten konnte und vermutlich würde er ihm die Hand abbeißen, bevor er wusste, was los war. Und obwohl er das wusste, war der Wunsch so stark, ihn zu berühren, dass er ihm fast nachgegeben hätte.

„Gute Träume“, murmelte er, „wünsche gute Träume, Doc.“

Und er träumte bereits, kaum dass er sich auf den Farn gelegt und die Augen geschlossen hatte.

Er war mit einem großen Rudel Hunde unterwegs, aber das war dumm, denn es waren keine Hunde, es waren Wölfe. Es war ein großes Rudel von erwachsenen Wölfen, die weit verstreut über eine große Ebene trabten, sich nur mit Blicken ver-

ständigten. Sie verfolgten zwei Karibus. Noch trabten sie weit verstreut und in gutem Abstand hinter ihnen her, drängten sie in die gewünschte Richtung ab und trieben sie im Kreis herum. Die Wölfe wechselten sich ab, jagten die Karibus, bis sie müde waren. Wallace hatte das Gefühl, er liefe gleichzeitig auf allen Vieren wie ein Wolf und auf zwei Beinen wie ein Mensch, sein Geist schien sich gleichzeitig in seinem eigenen Körper und in dem eines Wolfes zu befinden. Im Traum fühlte es sich absolut richtig und gut an. Und es war ein unglaubliches berauschendes Gefühl, mit dem Rudel zu laufen, sein Herz hämmerte, sein Blut rauschte und sein Kopf war angefüllt mit wilder Freude.
Jagen, rollte es in seinem Kopf, *wir jagen und wir laufen und dann werden wir fressen. Erlegen und fressen. Wir bringen Fleisch für die Jungen. Gutes Fleisch für die Jungen, damit sie eines Tages mit uns laufen und jagen können. Wir werden niemals müde. Wir jagen, wir schlafen, wir heulen gemeinsam. Wir machen alles gemeinsam.*
Und das seltsame war, dass Wallace einen festen Platz in diesem Rudel hatte und er sich dessen genau bewusst war, obwohl es nur ein Traum war. Er war ein Außenseiter, der vor Monaten zur Gruppe gestoßen und aufgenommen worden war, und obwohl er immer wieder drangsaliert wurde, weil er in der Hierarchie ganz unten stand, war er glücklich in dem Rudel. Sobald er länger bei ihnen war, würde er mehr und mehr akzeptiert werden. Er musste sich beweisen.
Zwei der Weibchen hatten die Karibus voneinander getrennt und das Rudel teilte sich auf. Automatisch folgten mehr Wölfe dem größeren Karibu, das mehr Arbeit machen würde und Wallace folgte der kleinen Gruppe und dem schwächeren Karibu. Sie trieben es im Kreis vor sich her, starteten Scheinattacken, um es in Panik zu versetzen und griffen endlich an, als das Karibu am Ende seiner Kräfte war. Es starb schnell an Erschöpfung, Schock und dem Blutverlust und Wallace war einer der Wölfe, der sich in einem Hinterlauf verbissen und es

zu Fall gebracht hatte. Die Älteren fraßen zuerst, sie gruben sich in die Eingeweide des Karibus und fraßen, so schnell sie konnten. Sie fürchteten jederzeit das Erscheinen der anderen, der Kojoten. Kleine Verwandte, die ihnen fürchterlich auf die Nerven gingen. Sie waren nicht unbedingt klüger als die Wölfe, aber sehr viel anpassungs-fähiger. Cleverer als die Wölfe, hatten sie sich an die menschlichen Siedlungen herangewagt, sie fraßen den Roadkill und verdrängten die grauen Vettern.

Wallace nagte an den Überresten einer Keule, zog das Fleisch herunter, knackte die Knochen und fraß es, so hastig er konnte. Die Gruppe fand schnell wieder zusammen, sie begrüßten sich überschwänglich und auch Wallace wurde freundlich angerempelt und das Gesicht geleckt.

Wieder zurück bei den Jungen am Bau, würgten die Alten das Fleisch heraus und die Jungen kämpften wie kleine Löwen um ihren Anteil.

Wallace legte sich in der Nähe des Baus nieder, leckte seine Pfoten und döste ein. Die Jagd war anstrengend gewesen und obwohl er müde war, hatte er nichts dagegen, als einer der Halbstarken zu ihm kam und ihn zum Spielen aufforderte.

Wallace erwachte und konnte sich nur schwer wieder in seinen menschlichen Körper zurückfühlen. Gestand er sich ein, dass es nur ein intensiver Traum gewesen war? Es musste mehr als das gewesen sein. Er hatte Doc als Anführer des Rudels gesehen, er war mit ihm auf die Jagd gegangen und er hatte lebendige Erinnerungen an das Leben im Rudel und an sein Leben davor gehabt. Es war mehr gewesen als ein Traum. Er konnte sich auch nach dem Aufwachen an den Traum erinnern, wie er sich an seine eigene Vergangenheit erinnerte – er war allein unterwegs gewesen, weil er von seinem kleinen Rudel getrennt worden war. Seine Mutter, deren Schwester und seine eigenen Geschwister und er waren gejagt worden und sie

hatten sich getrennt. Er hatte keine Ahnung, wo sie waren, ob sie noch lebten und wieder zueinander gefunden hatten. So lange hatte er nach ihnen gesucht, geheult und keine Antwort erhalten. An all das konnte er sich erinnern, wie an eine ausgegrabene persönliche Vergangenheit, nicht wie an einen Traum, der im Laufe des Tages wieder verschwinden würde.
Er sah zu Doc hinüber, der mit der Schnauze auf den Pfoten ruhte, ihn aber mit seinen hellen Augen ansah, als habe er nur darauf gewartet, dass Wallace endlich aufwachte.
„Hey, Doc“, sagte er, „ich würde dich gerne auf einen Morgenkaffee einladen, aber die Bohnen sind mir ausgegangen. Wenn du dich um ein oder zwei Kaninchen kümmerst, steuere ich die letzten Beeren und Wurzeln dazu bei. Was sagst du?“
Doc sagte nichts, er starrte Wallace nur an und gähnte.
Wallace zog sein Fell aus, in dem er die Nacht verbracht hatte und lief nackt in seinem Lager umher, suchte die letzten getrockneten und frischen Beeren zusammen und holte Wasser aus dem Bach. In Chiipais unterirdischem Versteck hatte er eine kleine Schale aus Holz entdeckt, mit der er eine kleine Menge Wasser transportieren konnte. Solange die Sonne ihn wärmte, lief er gerne nackt herum, zog die Felle erst wieder über, wenn ihm zu kalt wurde. Sie waren nicht mehr unangenehm auf seiner Haut, aber sie rochen noch immer.
Was würde ich geben für ein Stück Seife, dachte er, und dann fiel ihm ein, dass Chiipai ihm ein Kraut gezeigt hatte, was dieselbe Wirkung hatte, wenn man es zerrieb. Er versuchte sich an den Namen und an das Aussehen des Krautes zu erinnern.
Seifenkraut, dachte er, *ich brauche die Wurzeln des Seifenkrauts. Nach meinem reichhaltigen Frühstück werde ich es suchen. Und dann werden wir sehen, wo der Weg uns hinführt.*
Seit der Anwesenheit des Wolfes hatten sich die Kaninchen nicht mehr aus ihrem Bau herausgewagt, aber Doc war sehr

geduldig. Bewegungslos saß er in der Nähe des Ausgangs, der Wind kam von vorn und verhinderte, dass sie ihn rochen. Irgendwann würden sie sich herauswagen, denn sie waren hungrig und neugierig und vergaßen etwa nach zwei Minuten, wovor sie sich gefürchtet hatten.
Doc erwischte eines von ihnen, als es seine Nase aus dem Bau steckte, er war so schnell, dass es nicht einmal Zeit für ein letztes Quieken hatte. Wallace beobachtete, wie er zubiss, es kraftvoll schüttelte und in die Luft warf.
Du solltest eigentlich zu alt sein, um mit deinem Essen zu spielen, dachte Wallace.
Doc trug das tote Kaninchen in den Schatten, wo er es sich zwischen seine Vorderfüße legte und Stück für Stück fraß. Wallace wartete darauf, ob er ihm etwas übrig lassen würde, aber das Kaninchen war zu klein für zwei. Nicht einmal die Ohren oder die Läufe blieben übrig.
„Glaub ja nicht, du bekommst etwas von meinen Beeren ab!“, rief Wallace und Doc antwortete mit einem kurzen Grollen. Es klang nicht bedrohlich, mehr wie ein tierisches Lachen.
Er fand das Seifenkraut, wusch sein verzotteltes Haar und steckte den Kopf in den Bach, bis ihm die Zähne vor Kälte schmerzten. In der warmen Sonne trocknete er schnell und zog sein Fell wieder über. Es roch noch immer nicht besser, aber mit dem sauberen Kopf hatte er das Gefühl, nicht mehr ganz so stark zu riechen.
Die letzten Riten der Zivilisation, dachte er, *das wird auch noch von mir abfallen.*
Er mochte diese Stelle nicht verlassen, aber er musste. Die Falltür verbarg er wieder unter Zweigen und Gras, kontrollierte von allen Seiten, ob das Versteck auch wirklich gut verborgen war und machte sich dann mit einigen Dingen, die er nicht mehr missen wollte, auf den Weg. Doc blieb zunächst zurück, aber als Wallace sich zu ihm herumdrehte, sah er ihn in einiger Entfernung seiner Spur folgen.

Sie wanderten etwa eine Stunde über das leicht ansteigende und wieder abfallende Gelände. Wallace folgte einem Bachlauf, der irgendwann im Boden verschwand und an einer steinigen Stelle wieder auftauchte. Er entdeckte in der Nähe der Quelle viele Kaninchenspuren und einen guten Lagerplatz für die Nacht, im Schatten eines großen Findlings, der von Brombeeren und einem niedrigen Haselnussstrauch umgeben war. Er hatte die Ration von gut einer Woche direkt über seinem Bett hängen. Wenn er auf den Stein kletterte, der über zwei Meter hoch aus dem Boden aufragte, konnte er den Horizont absuchen. Möglicherweise kamen Karibus oder kleine Hirsche vorbei und Doc hatte die Chance, eines der Tiere zu erlegen.
Nicht allein, du Dummkopf, dachte Wallace, *aber wenn du in der Lage wärst, ihm zu helfen, hätte er eine Chance.*
Er sammelte Farnwedel, deren obere noch eingerollte Triebe er abbiss und als frühes Mittagessen zu sich nahm, legte diese auf den trockenen Boden unterhalb des Findlings und sagte an Doc gewandt: „Ich mache das Lager groß genug, Doc, es ist genug Platz für uns beide, wenn es dir gefällt."
Er drehte sich herum, konnte den Wolf nirgends sehen und dachte, dass er sich ebenfalls etwas zu essen besorgte.
Aus der Quelle trank er Wasser, entdeckte, dass es anders schmeckte, die Zusammensetzung der Mineralien musste den Unterschied ausmachen, sammelte die ersten frischen Brombeeren und legte sie in die Holzschale.
Zu seiner Überraschung kam Doc mit dem frischen Kadaver eines Vielfraßes zurück. Es musste einen harten Kampf gegeben haben, denn Doc hatte eine blutende Wunde an der Schnauze, die er sich ausgiebig leckte, nachdem er den Vielfraß abgelegt hatte. Wallace sah einige Male zwischen Doc und dem Vielfraß hin und her und versuchte abzuschätzen, ob der Wolf ihn angreifen würde, sollte er versuchen, sein Mahl zu berühren.

Ich könnte das Fell gut gebrauchen, dachte Wallace, *Doc wird es kaum mitfressen wollen.*
Aus Chiipais heiligem Versteck hatte er einige Dinge mitgenommen, nicht nur die Holzschale, sondern auch einige Werkzeuge, die zwar nicht aus Metall, aber aus Feuerstein und sehr scharf geschliffen waren. Damit konnte er den Vielfraß häuten, das Fell zum Trocknen auslegen und hoffen, es irgendwie bearbeiten zu können, damit es nicht brüchig und unbrauchbar wurde. Chiipai hatte ihm einige Kräuter und Baumrinden genannt, deren Säfte geeignet waren, um Häute zu gerben.
Und er hatte noch genau zwei Streichhölzer, die er für das Feuer benutzen konnte. An dieser Stelle unter dem Findling würde er das Feuer im Gang halten, bis er weiterzog. Was danach kam, würde er auf sich zukommen lassen.
„Doc“, sagte er, ist es in Ordnung, wenn ich mir ein Stück von dem Gesellen nehme? Nur das Fell, das Fleisch ist für dich. Ich zerteile es dir, dann kannst du es besser fressen.“
Er hockte vor dem Vielfraß, dessen Blut die ersten Fliegen anzog, sah zu Doc hinüber und streckte langsam die rechte Hand aus, ohne den Wolf dabei aus den Augen zu lassen. Doc lag lang ausgestreckt unter den Bäumen, die sich erfolgreich in einer kleinen Gruppe angesiedelt hatten, und leckte sich die verletzte Schnauze. Er warf nur einen kurzen Blick zu Wallace hinüber, der seine Hand immer weiter zu dem Vielfraß schob und schien desinteressiert.
Er hat ihn für mich mitgebracht, dachte Wallace, *es ist kaum zu glauben. Aber ich glaube nicht, dass Vielfraß jemals auf meinem Menü stehen wird.*
„Danke“, sagte er, holte das Steinmesser und legte den Vielfraß auf den Rücken. Es war nach dem Kaninchen das erste große Tier und dazu ein Fleischfresser, was zur Folge hatte, dass seine Gedärme und deren Inhalt sehr viel intensiver rochen als die des Kaninchens. Er zog das Fell ab, zerteilte Muskeln und

Knochen und schnitt eine dünne Scheibe von der Leber und probierte sie roh. Es war nicht so schlecht, wie er es sich vorgestellt hatte.
Das Fell legte er auf den Findling, nachdem er die Unterseite ordentlich abgeschabt hatte und nahm ein letztes Stück von der Leber. Das zerteilte Fleisch legte er so zurecht, dass Doc es sich nehmen konnte, ohne mehr als drei Schritte machen zu müssen, die Eingeweide sorgfältig von dem Muskelfleisch und den Knochen und Sehnen getrennt. Den abgetrennten Schädel legte er extra, die blanken Zähne des Vielfraßes waren Furcht einflößend. Er würde ihn wie eine Trophäe oben auf den Findling legen. Für die Bearbeitung des Fells zog er die Rinde von einer Kiefer in der Nähe, weichte sie in Wasser ein und nutzte eine natürliche Senke im steinigen Boden, um das Fell in dem Sud einzuweichen. Er war damit den ganzen Tag beschäftigt und wurde dabei ständig von Doc beobachtet, der sich die Eingeweide des Vielfraßes holte und sie unter seinen Bäumen fraß.

Wallace fiel in einen weiteren Tagtraum, während er das Fell bearbeitete. Er grübelte darüber nach, was er aus dem Fell machen sollte, eine Tasche für die Dinge, die er mit sich herumtrug oder etwas anderes, als er plötzlich daran dachte, wie Jamie reagieren würde, wenn er ihr davon erzählte, was er hier erlebte. Er hatte sehr lange nicht mehr an Jamie gedacht, nach der Scheidung hatte er sie aus seinem Leben gestrichen und beschlossen, sie nicht mehr wiederzusehen. Sie hatte es ihm einfach gemacht, sie hatte Juneau verlassen.
Als er sie das letzte Mal gesehen hatte, hatte sie eines der Schiffe bestiegen, die den Hafen von Juneau verließen, mit einem großen Koffer unter dem Arm, in dem sie alles hineingepackt hatte, was sie noch besaß. Es war nicht viel gewesen, Wallace und sie hatten in einem heruntergekommenen Haus gelebt, das sie für das Jahr ihrer Ehe gemietet hatten, für exakt

ein Jahr, als wenn sie bereits am Anfang geahnt hätten, dass es nicht funktionieren würde.
Sie hatten sich schon als Kinder gekannt, waren Haus an Haus aufgewachsen und schon immer befreundet gewesen. Jamie und Wallace hatten ihre erste große Liebe miteinander geteilt und irgendwie hatten sie alle Gefühle füreinander zerstört, nachdem sie geheiratet hatten.
Was haben wir falsch gemacht, Jamie? dachte er, *was haben wir in diesem einen kurzen Jahr nur so verdammt falsch gemacht?*
„Das kann ich dir sagen", sagte Jamie. Sie saß oben auf dem Findling, den die Eiszeit dort hingelegt und vergessen hatte, schwang ihre kleinen Füße mit den orangen Sportschuhen hin und her und lächelte Wallace entgegen. „Wir haben es beide versaut. In einer Ehe darf man nicht sofort alles hinschmeißen, wenn die ersten Schwierigkeiten auftreten. Wir waren noch viel zu jung und unerfahren. In unserem Alter ist es normal, jede Woche einen neuen Freund zu haben, wie soll man da mit den alltäglichen Anforderungen einer Ehe klar kommen? Und unsere Eltern haben sich alle nicht mit Ruhm bekleckert, als wir Hilfe nötig gehabt hätten."
„Das hört sich jetzt sehr einfach an." Wallace berührte ihre Knöchel und zog leicht an ihnen. Er wollte sie von dem Stein herunterziehen und sie in seinen Armen auffangen, aber sie machte sich mit einer Schlenkerbewegung los.
„Ich habe lange gebraucht, um dahinter zu kommen, Wallace. Was ist mit dir? Hast du Antworten auf deine Fragen gefunden?"
Er konnte ihr nicht ins Gesicht sehen, er schämte sich dafür, dass er über diese Fragen ihrer missglückten Ehe niemals nachgedacht hatte. Er hatte sie weggeschoben und hinter sich gelassen und sich nicht ein einiges Mal umgedreht.
„Jamie", sagte er, „es tut mir leid. Eigentlich bin ich an allem schuld gewesen. Wenn ich nicht gerade auf jeden Kerl

eifersüchtig gewesen bin, der dich auch nur angesehen hat, habe ich versucht, dich so hinzubiegen, wie ich dich gerne gehabt hätte. Als wenn es jemals funktioniert hätte.“

„Ich weiß genau, wie du mich haben wolltest“, sagte Jamie, „es tut mir auch leid, dass es nicht funktioniert hat.“

Sie war älter geworden, trug das Haar sehr viel kürzer und Wallace dachte einige Zeit darüber nach, bis er wusste, was seltsam daran war. Es war kein Tagtraum. Sie musste in einer besonderen Form anwesend sein, denn er sah sie so, wie sie heute sein musste. Er konnte es nicht genau sagen, aber da er sie seit Jahren nicht mehr gesehen hatte, musste sie nun so aussehen.

Oder ich stelle mir vor, wie sie heute sein könnte, dachte er, *aber würde ich es mir so kompliziert machen, nur für einen kleinen Tagtraum?*

„Du bist noch immer ein Dummkopf“, sagte Jamie. Sie sprang von dem Findling herunter, landete geschickt auf ihren Füßen und umarmte ihn. Sie fühlte sich echt an, sie mochte so echt sein, wie es in einem Traum nur ging.

„Du hast keine Ahnung, wo du bist, oder? Du hast wirklich keine Ahnung.“ Sie sagte das mit diesem Tonfall, in dem sich ein leicht verächtliches Grinsen verbarg und den er schon damals an ihr gehasst hatte, aber diesmal benutzte sie ihn, um ihn zu ärgern und er wusste das sehr genau.

„Möglicherweise weiß ich genau, wo ich bin, aber ich sage es dir nicht.“

„Schon in Ordnung. Es würde mir reichen, wenn du mir sagst, dass du weißt, weshalb du hier bist.“

Die Antwort auf diese Frage hatte er sofort parat, ohne dass er darüber nachdachte. Und als er es aussprach, fiel er aus diesem Tagtraum heraus. Es fühlte sich an wie ein kleiner Stromschlag, seine Hände und Füße zuckten und es regnete. Es war unmöglich, wenn er darüber nachdachte, aber er sah, wie der Regen unmittelbar vor ihm aus dem Himmel fiel. Es schien, als hingen die Tropfen in einer Sekunde vor seiner Nase und in der nächsten Sekunde fielen sie zu Boden. Was fehlte, war der Moment, als sie aus der Atmosphäre auf die Erde fielen und dieser Moment fehlte – weil Wallace zu diesem Zeitpunkt noch nicht da gewesen war.

Ich war irgendwo anders, dachte er, *ich war mit Jamie irgendwo, wo es genau so aussah und es nur nicht regnete.*

Die Version von Jamie, der er begegnet war, mochte die sein, wie er sie sich vorstellte, nach so langer Zeit, die er sie nicht gesehen hatte, oder sie war es wirklich gewesen.

So echt, dachte er, *es war alles so echt. Sie war wirklich hier.*

Das Fell des Vielfraßes sah nach der Behandlung im getrockneten Zustand seltsam scheckig aus und es roch streng, aber Wallace war zufrieden. Er nutzte die Haut der Beine, in dünne Streifen geschnitten, als Bänder, die das Fell zu einem Beutel zusammenhielten.

Das nächste Mal, dachte er, *muss ich das Fell im Ganzen abziehen, irgendwie auf links drehen und im Ganzen abziehen. Dann habe ich aus dem Balg einen Beutel, den ich danach nicht wieder zusammennähen muss.*

In dem Fellbeutel transportierte er die wichtigen Dinge, die er zum Überleben brauchte. Er sammelte essbare Pilze, Früchte und Nüsse, summte vor sich hin, während er immer wieder zu dem Wolf hinübersah, der in seiner Nähe unter einem Busch zusammengerollt schlief. Sein Bauch war prall gefüllt mit dem Fleisch, das er verschlungen hatte und er brauchte einen langen Verdauungsschlaf.

Bei den Brocken hätte ich etwa zehn Liter Kaffee gebraucht zur Verdauung, dachte Wallace, *und trotzdem hätte ich mich übergeben.*

Mangel und Überfluss, das war das Leben des Wolfes in seiner Natur. Wallace mochte ihn sich nicht in Gefangenschaft vorstellen, hinter Gittern, egal, wie groß der Käfig war, versorgt und umsorgt von Menschen, die ihm die Wildheit und den

Stolz nahmen. Der Wolf würde lieber sterben, als in Gefangenschaft dreißig Jahre alt zu werden.
Auf dem Findling hockend, an der Stelle, wo Jamie zu ihm gesprochen hatte, empfing Wallace den Abend. Die Sonne ging hinter einem wolkenverhangenen Himmel unter, warf ihr Licht durch Schleier aus Wolken und Dunst. Sobald die Sonne verschwand, wurde es so kalt, dass er dankbar war für seine Pelzhaut. Er hockte auf dem Findling, die Knie angezogen und die Kapuze über den Kopf gezogen, starrte in den weiten Himmel und atmete Dunstwolken in die Luft. In einiger Entfernung sah er Doc durch das Gelände traben, die Nase am Boden einer schwachen Spur folgend, in der Hoffnung, ein krankes oder verletztes Tier zu finden. Es war seine Natur, wieder jagen zu gehen, weil er wusste, dass er in den kommenden Nächten leer ausgehen und sein voller Magen nicht lange voll bleiben würde. Er würde nicht jeden Tag einem Vielfraß erwischen und dann auch noch erlegen können.
Wallace wollte zu ihm hinüberpfeifen und ihm viel Glück wünschen, aber natürlich tat er das nicht, es wäre eine dumme Idee gewesen.
Stattdessen passierte etwas anderes Dummes. Er wollte von dem Findling herunterklettern, rutschte auf dem nassen Felsen aus, knallte erst mit dem Hintern, dann mit dem Hinterkopf auf und rutschte wie ein ausgestopfter Otter zu Boden.

2.

Sein Kopf dröhnte etwas und sein Hintern tat weh, als er sich aufsetzte, auf die Knie drehte und hochdrückte. Dass sich etwas verändert hatte, fiel ihm erst Sekunden später auf. Zuerst war er nur damit beschäftigt, seinen brummenden Hinterkopf zu reiben, mit den Fingerspitzen nach Blut zu tasten, was er nicht fand, und er rieb sich den Hintern. Er murmelte zu sich, was für ein dummer Idiot er doch war, von einem kleinen Stein herunterzufallen und sich den Steiß zu brechen, das fehlte gerade noch, er wanderte etwas umher, den Blick auf den Boden gerichtet, während er mit seinen kleinen Verletzungen und seiner eigenen Demütigung beschäftigt war, bis ihn ein Geräusch aufsehen ließ. Im letzten Licht des Tages sah er sich um und entdeckte, dass die Umgebung zwar noch dieselbe war, er sich aber geändert hatte.

Er war nicht länger ein Kerl, der in einem Fell steckte, er war ein Tier, das in einem Fell steckte. Er verstand es zunächst gar nicht, bis er wirklich begriff, dass ihm ein Fell gewachsen war. Panik überrollte ihn, er rannte hin und her, wühlte sich in hektischen Bewegung aus der Tierhaut und wünschte sich so sehr, er würde nackt darunter sein, aber er war es nicht. Sein Körper war mit einem dichten grauschwarzen Fell bedeckt und es gab keinen Zentimeter, der nicht bedeckt war. Oh, mit Ausnahme seines Penisses. Darüber konnte er nicht lachen, die Panik fiel langsam von ihm ab und ihm war zum Heulen zumute. Er versuchte, das Fell von seinen Armen abzuziehen, als könnten die Haare nur angeklebt sein, aber als er an ihnen zog, zischte er vor Schmerz auf. Sie waren weder angeklebt noch lagen sie lose auf seiner Haut, weil sie sich von seinem Pelz gelöst hatten. Sie waren definitiv angewachsen.

Was passiert hier mit mir? dachte er, *ich habe mich verwandelt. Ich muss träumen, ich träume, ich hätte mich in einen Wolf verwandelt.*

Und weil in einem Traum so ziemlich alles passieren konnte und es immer in Ordnung war, schließlich wachte man am Morgen auf, und alles war wieder in Ordnung, zuckte er mit den Schultern und nahm es hin. Er hatte seine menschliche Gestalt (vielleicht waren seine Arme etwas länger und seine Beine etwas kürzer geworden, damit er besser auf allen Vieren laufen konnte) behalten und ihm war im Traum ein Fell gewachsen. Okay. Während er noch überlegte, was er damit anstellen konnte, wurde er von den Gerüchen und Geräuschen überwältigt. Seine Sinne glichen sich denen eines Wolfes an und die ersten Eindrücke fegten ihn von den Füßen. Er roch jedes kleine Lebewesen um sich herum, er hörte das Geraschel der Mäuse, das Fiepen der Kaninchen und das Kreischen eines Raubvogels, der seine letzte Runde am Abendhimmel drehte. Die Farben hatten sich verändert, einige Farben waren intensiver geworden, wie das Rot und das Grün, andere waren zu einem Grauschleier verdunstet. Jede Bewegung um sich herum sah er gestochen scharf, ihm entging nichts.
Wallace sah die Wölfe über die weite Ebene laufen, fünf erwachsene Wölfe und ein Jungtier, sie jagten ein Karibu vor sich her, ließen es in einem weiten Kreis laufen, versetzten es immer wieder mit Scheinattacken in Panik, um es zu ermüden. Wallace überlegte nicht, er reagierte, wie er als Wolf reagieren musste – er fiel auf alle Viere und galoppierte ihnen entgegen. Er war so schnell, seine Füße und Hände berührten kaum den Boden. Das Blut raste durch seinen Körper, er erlebte sein erstes Jagdfieber und kostete es aus.

Als die Wölfe ihn entdeckten, ließ der große silberne Wolf von dem Karibu ab, scherte aus der Gruppe aus und lief ihm entgegen. Es war Doc, allerdings eine jüngere Version von ihm. Er war groß, kräftig und so kraftvoll, dass er in wenigen Sätzen bei Wallace war und ihn im vollen Lauf umwarf. Wallace kam nicht rechtzeitig wieder auf die Beine, strampelte,

verdrehte sich, um wieder hochzukommen, aber Doc war über ihm, packte ihn bei der Kehle und hielt ihn mit leichtem Druck seiner Kiefer fest. Wallace spürte die Zähne in seinem Hals, hechelte und wagte sich nicht zu bewegen.
Ich bin einer von euch, sagte er und Doc erwiderte: *Ich glaube nicht, dass ich dich jemals in meinem Rudel gesehen hätte. Du siehst nicht einmal aus wie einer von uns.*
Er sprach nicht wirklich, die Stimme entstand in Wallaces Kopf und obwohl sie nicht menschlich war, zeugte sie von Intelligenz und Humor.
Ich bin einer von euch, wiederholte Wallace, *ich gehöre zur Familie. Ich bin Wallace. Wir beide sind eine Weile zusammen unterwegs gewesen. Wir waren beide allein und haben uns zusammengeschlossen.*
Doc löste den Griff von Wallace Hals und stieß ihn an, dass er wieder auf die Beine kam.
Wir waren gerade dabei, diesen Burschen zu erlegen, als du uns dazwischengefunkt bist. Wenn du behauptest, einer von uns zu sein ... beweise es.

Wallace verstand sofort, was Doc meinte. Die Anweisungen waren knapp und klar und er sah vor seinem inneren Auge, in welche Richtung das Karibu getrieben werden sollte, welcher der Wölfe welche Position einnehmen musste, um es in der Spur zu halten. Das Rudel bewegte sich präzise und im Einklang wie alle jagenden Gruppen, ob Delphine oder andere Räuber, sie hatten den Instinkt, sich zu verständigen und die Bewegungen des Opfers vorauszuahnen. Wallace lief mit ihnen, war so übereifrig, dass sogar das einzige Jungtier, Docs Sohn, ihn mit einem Knurren zur Ordnung rief.
Über zwei Stunden trieben sie das Karibu vor sich her, bis es vollkommen erschöpft zusammenbrach, mit letzter Kraft wieder hochkam und versuchte, die Wölfe, die sich ihm näherten, abzuwehren, aber es war die letzte verzweifelte Anstrengung.

Sie töteten es schnell und erbarmungslos und dann fraßen sie. Wallace und das Jungtier wurden zurückgebissen, bis die Alten fertig waren, es war noch genug Fleisch an dem Karibu, aber die besten Teile waren nicht für sie.

Ich bin so hungrig, sagte Docs Sohn, den die anderen Wölfe Crow nannten, er hatte sich eines der Hinterbeine des Karibus geschnappt, nagte und biss an ihm, *wir haben ihn so lange verfolgt. Vater hat ihn entdeckt. Seit Ewigkeiten haben wir nur Käfer und Mäuse gefressen. Das Fleisch ist so gut.*

Wallace nagte an einem zähen Beinmuskel, zunächst voller Zweifel und Widerstand, aber während er fraß, hatte er das Gefühl, sein Gesicht veränderte sich, seine Zähne wurden schärfer und länger, der Geschmack auf seiner Zunge änderte sich. Das frische Fleisch, noch vor kurzer Zeit lebendig, schmeckte herrlich, er schlang es herunter, knackte dann eine der Rippen, die aus dem zerfetzten Fell herausstachen.

Die anderen Wölfe umrundeten ihn, nachdem sie gefressen und sich gegenseitig die Lefzen abgeleckt hatten, benahmen sich abweisend und feindselig. Er mochte gezeigt haben, dass er ein Wolf war, aber das hieß noch lange nicht, dass er im Rudel aufgenommen wurde. Wallace war hin-und hergerissen, auf der einen Seite wollte er das Rudel mit Mut und Selbstbewusstsein beeindrucken, aber er ahnte, dass es klüger war, sich erst einmal zu unterwerfen und keinen Mucks von sich zu geben. Sie beschnupperten ihn ausgiebig, knurrten dabei die ganze Zeit, zeigten ihre Zähne und ab und zu knufften sie ihn rüde.

Doc hielt sich dabei die ganze Zeit im Hintergrund, beobachtete die Szene und alberte mit Crow herum, der ihn übermütig zum Spielen aufforderte.

Du bist seltsam, sagte einer der weiblichen Wölfe. Sie war wunderschön in ihrem rein schwarzem Fell, nur an der Brust hatte sie einige helle Haare in ihrem Fellkleid. Sie war klein, ihre Schnauze war spitz und als sie sich an ihn heranschob, drehte Wallace sich auf den Rücken, bedeckte seine

Weichteile, die irgendwo in seiner Bauchhöhle verschwunden waren, mit seinen Händen, die nicht mehr wirklich Hände waren. Sie machte ihm Angst, denn er hatte während der Jagd auf das Karibu gesehen, wie sie sich in die Nase des Tieres verbissen und es zu Fall gebracht hatte. Dabei war sie Gefahr gelaufen, von den Hufen getroffen zu werden und hatte trotzdem nicht losgelassen.

Du hast noch nie gejagt, behaupte nicht das Gegenteil, wir haben alle gesehen, dass du dir Mühe gegeben hast und ich zweifle nicht, dass du mutig bist, aber es war dein erstes Karibu. Du bist viel zu groß. Dein Fell riecht seltsam. Bist du ein halber Hund? Wovon hast du dich die ganze Zeit ernährt?

Auf dem Rücken liegend, in den Himmel starrend, sagte Wallace: *Ich bin bestimmt kein Hund. Ich bin nicht aus dieser Gegend, bei mir zu Hause sind wir alle so groß.*

Was willst du in unserem Revier?

Ich weiß nicht, wie ich hier gelandet bin, sagte Wallace, *ich bin eine Weile gelaufen, aber ich weiß nicht, wo ich bin.*

Du kannst bleiben, sagte die Wölfin, *aber rechne nicht damit, dass wir freundlich zu dir sind.*

Ich vermute, dass er ebenso schnell wieder verschwunden sein wird, wie er aufgetaucht ist, sagte Doc und machte ein Geräusch, was sie alle laut hören konnten und Wallace als wölfisches Lachen interpretierte. Als er das sagte, hoben sie alle die Schädel und heulten.

Sie hatten kein wirkliches Lager, suchten sich nur einen geschützten Platz, wo sie für ein paar Stunden schlafen konnten. Diejenigen, die sich besonders gut verstanden, schliefen eng beieinander. Wallace legte sich etwas abseits und genoss die Ruhe. Er zuckte zusammen und knurrte (die Laute übernahm er ohne nachzudenken), als sich einer der Wölfe neben ihn setzte. Es war Crow.

Du bist lustig, sagte Crow, *wir werden bestimmt Spaß haben. Ich vermisse meine Geschwister, seit sie nicht mehr da sind,*

versuche ich, mir einen Freund zu fangen. Ich springe nach Krähen und nach großen Käfern, aber keiner will mein Freund sein.
Deshalb nennen sie dich Crow.
Oh ja, und weil ich ein wenig verrückt bin, sagt Doc.
Was ist mit deinen Geschwistern passiert? fragte Wallace, obwohl er es wusste. Er hatte es alles bereits gesehen und er wusste auch, dass Crow unter den Reifen eines Autos enden würde.
Sie sind alle fort, sagte Crow, *sie sind krank geworden von dem Fleisch, was sie gefunden hatten. Sie wollten mich nicht fressen lassen, weil ich der Jüngste war und weil sie es für sich behalten wollten. Doc sagte, es war von den Menschen ausgelegt.*
Wenn du willst, sagte Wallace und stupste ihn mit der Schnauze an, *bin ich dein Freund.*
Crow wälzte sich strampelnd auf den Rücken und kickte mit den Pfoten vor Freude.
Ich werde ihn von den Straßen fernhalten, dachte Wallace, *ich passe auf ihn auf.*
Sie schliefen eng aneinandergedrückt und Wallace wachte nur einmal kurz auf, als ein starker Wind aufkam und die Bäume über ihnen rauschten und knackten.
Im Traum war Wallace wieder in Juneau, wachte in seinem Bett auf und lauschte dem Ticken des Weckers. Er hatte Probleme damit, sich an die normalen Dinge seines Alltags zu erinnern, frühstückte er für gewöhnlich? Was tat er bezüglich seiner Morgenlatte? Ignorieren? Duschte er heiß oder kalt? Er erinnerte sich vage daran, dass er morgendliche Rituale hatte, aber alles war eine verschwommene Erinnerung. Wie das Leben eines anderen oder die Erinnerung an einen alten Film, den er längst vergessen hatte.
Aber das macht nichts, dachte er, *es ist nur ein Traum. Wenn ich aufwache, werde ich mit den anderen jagen gehen, wir*

werden fressen, wir werden vielleicht sogar zum Bau zurückkehren, wo die Jungen auf uns warten. Die Jungen und die Mutter der Jungen.

Aber als er Crow nach dem heimischen Bau fragte, bekam er zunächst keine Antwort. Der junge Wolf war zunächst verlegen, aber er wurde wieder fröhlicher, als Wallace ihn zu einem Wettrennen aufforderte.
Du kriegst mich nicht, rief er, rannte in größer werdenden Kreisen vor ihm davon, japste vor Vergnügen und Wallace versuchte, mit ihm Schritt zu halten. Als er ihn endlich hatte, rempelte er ihn von den Füßen und sie balgten sich mit gebleckten Zähnen.

Wir haben keinen Bau mehr, sagte Crow außer Atem, *wir haben die anderen verloren. Sie kamen mit Gewehren und Feuer und sie konnten nicht entkommen. Ich war so traurig, aber ich habe es nicht gezeigt. Wir waren die Einzigen, die entkommen sind, und wir können nicht zurück. Sun ist einmal zurückgelaufen und hat nachgesehen. Sie haben die Erde aufgerissen und die Bäume gefällt.*

Sun war das Weibchen, das Wallace so unfreundlich begrüßt hatte.

Sie wusste sofort, dass ich anders bin, dachte Wallace, *kein Wunder, dass sie so unfreundlich zu mir war. Wenn sie gemerkt hat, dass ich irgendwie ein halber Mensch bin, war das noch recht freundlich.*

Crow tat so, als wolle er Wallace in die Kehle beißen und sie balgten sich wieder, bis Wallace aufstand und sich schüttelte. Ohne, dass die beiden es bemerkt hatten, hatte Doc sich zu ihnen gesellt, saß mit gesenktem Kopf da und starrte sie an.

Crow fiepte leise und zeigte ein Grinsen, als letzter in der Rangfolge war er immer unsicher, ob er gerade etwas getan hatte, was nicht richtig gewesen sein könnte.

Komm mit, sagte Doc.

Wallace folgte Doc über den leichten Hügel bis hinunter in die bewaldete Ebene, sie verhielten sich wie zwei Wölfe, die die Gegend nach ihrer nächsten Mahlzeit absuchten, aber Doc trabte zielstrebig zu einem kleinen Hügel, der wie ein Steingrab aus der Vorzeit aus dem Boden ragte.

Was siehst du? fragte Doc, er blieb neben dem Steingrab stehen und sah hinauf auf den fernen Hügel. Die Erhebung war nicht phänomenal, aber in diesem flachen Gelände waren die Wölfe auf dem Hügel sehr deutlich zu sehen.

Ich weiß nicht, was du meinst, sagte Wallace, *ich sehe den Hügel und die Wölfe. Ich sehe die Wolken und denke, dass es ein guter Tag wird.*

Ich sehe die Vergangenheit, sagte Doc, *ich sehe Crow, der herumläuft und alles Erdenkliche tun wird, um dein Freund zu sein und ich weiß, dass er von einem Wagen angefahren wurde. Ich habe gesehen, wie er durch die Luft gewirbelt wurde und auf dem Boden aufgeschlagen ist. Er stand auf und ist auf drei Beinen davongerannt, bevor ich zu ihm konnte. Ich habe ihn später gefunden und er war tot. Seine Hüfte war gebrochen. Und die anderen sind lange vor ihm verschwunden oder gestorben. Also – kannst du mir sagen, was passiert ist?*

Wallace schnüffelte an dem Steingrab. Es musste sehr alt sein, er konnte die Spuren von vielen Knochen darunter riechen, aber es waren alte tote Knochen.

Ich kann dir nicht sagen, was passiert ist, aber ich weiß, weshalb ich hier bin, sagte er.

Doc brummte und klang dabei wie ein alter grauhaariger Mann, der sich Gedanken über seinen nächsten Schritt macht, und Wallace dachte, dass Doc selbst kein normaler Wolf sein konnte.

Oder wir kennen Wölfe nicht gut genug, dachte er, *wir denken, sie sind nur die überflüssigen Vorfahren unserer Hunde, die wir zu unseren besten Freunden gemacht haben. Wölfe sind nicht unsere Freunde. Sie sind wilde scheue Tiere und wir werden sie nicht verstehen, wenn wir sie in Käfige stecken und beobachten.*

Wir ziehen weiter, sagte Doc, *bleibst du bei uns?*
Wallace musste nicht überlegen. Gemeinsam mit Crow lief er am Schluss der kleinen Gruppe, sie trabten hintereinander und nur ab und zu blieb Doc stehen und überprüfte die Richtung. Er war nervös und angespannt und misstraute jedem seltsamen Geräusch, aber seine Sorge war unbegründet. In dieser Gegend gab es keine menschlichen Spuren, keine weggeworfenen Abfälle, keine Reifenspuren von Geländewagen, keine Strommasten am Horizont. Erst, nachdem sie eine Weile gelaufen waren, fiel Wallace auf, dass es nicht einmal Kondensstreifen am Himmel gab. Entweder waren sie in einem Gebiet, das nicht regelmäßig überflogen wurde oder …
Oder wir sind in einer Zeit, als es noch keine Flugzeuge gab, dachte Wallace. Er tendierte zur zweiten Möglichkeit, obwohl es unmöglich schien, aber es passte alles zusammen. Sie liefen schon seit Stunden und hatten nicht eine einzige Spur von menschlicher Zivilisation gefunden.
Die männlichen Wölfe in der Gruppe ignorierten Wallace und schienen nicht einmal miteinander zu sprechen, wie Doc und Sun es taten und Crow mit ihm sprach.
An einem breiten und sehr seichten Bach legten sie eine Pause ein, tranken gierig und Crow sprang den kleinen Fischen hinterher, die unter seinen Pfoten davonsausten wie kleine silberne Nadelstiche. Trotz der langen Wanderung war er nicht müde. Wallace stand mit allen vier Pfoten im Wasser, schlabberte es mit seiner ausgetrockneten Zunge und genoss die Kühle an seinen Beinen.

Ich werde diesen Bach nie wieder verlassen, dachte Wallace, *ich bin so müde und erledigt, dass ich nicht einmal zu blinzeln wage. Ich könnte sofort einschlafen. Wie lange sind wir gelaufen? Meine Pfoten sagen, es könnten zwanzig Stunden gewesen sein. Aber die Sonne ist nicht einmal untergegangen. Doc*, sagte er, *wann ...*

Doc wirbelte herum und schnappte nach ihm. Wallace sprang zur Seite, halb aus dem Bach heraus und die Müdigkeit, die noch eben in seinen Knochen gesteckt hatte, war verflogen. Er glaubte in der ersten Sekunde, Doc habe ihn angegriffen, aber er bekam einen strengen Geruch von Schweiß, Leder und Metall in die Nase. Wallace sprang neben Crow, der mit krummem Rücken und der Rute zwischen den Hinterbeinen dastand, und schubste ihn in Richtung der lichten Bäume. Von Doc kam ein weiteres Knurren, aber es war zu spät. Wallace sah das spritzende Blut, dann hörte er den Schuss. Einer der beiden Wölfe, die ihn unfreundlich behandelt hatten, sprang in die Luft und landete hart auf der Seite. Die Kugel hatte ihn gut getroffen, er versuchte nicht einmal mehr, wieder auf die Füße zu kommen. Sie rannten. Sie alle rannten und suchten Schutz und Deckung, trotzdem wurden Sun und Sho, der Wolf mit der weißen Pfote, ebenfalls getroffen. Wallace hörte sie aufjaulen, aber er drehte sich nicht herum, um zu sehen, ob sie tödlich getroffen waren. Er rannte durch den Bachlauf auf die Männer zu. Ihr Geruch wurde so stark, dass er wie ein fetter Belag auf seiner Zunge lag.

Die beiden Männer, die oberhalb des Baches auf einer kleinen Anhöhe standen und sich das nächste Ziel aussuchten, waren zeitlose Jäger. Sie hätten Gesichter gehabt, wären sie Jäger der einheimischen Sippe gewesen, auf der Suche nach Fleisch für ihre Familien, hätten sie von den Riten und Geheimnissen zwischen Mensch und Wolf gewusst. Die zeitlosen Jäger waren auf die Felle aus, sie schossen, stellten Fallen und legten Gift aus. Sie töteten aus Spaß. Sie nahmen alles, was sie kriegen konnten und machten keine Unterschiede zwischen alt und jung. Wallace hörte sie lachen, die nächsten Schüsse abgeben und hörte den nächsten Wolf getroffen aufjapsen. Er roch das Pulver, das Blut und spürte die Panik der Wölfe. Während des Laufs veränderte er sich – seine Gestalt wurde größer, sein Schädel runder und seine Sinne stumpften ab. Die brauchte er nicht für das, was er vor hatte.

Die Jäger waren von den Wölfen gewohnt, dass sie flüchteten und ein leichtes Ziel abgaben in diesem Gelände. Sie machten Witze darüber, wie viele sie wohl erwischen würden. Wallace umrundete sie und schlich sich von der Seite an sie heran, seine Gestalt verharrte irgendwo zwischen Mensch und Wolf. Er konnte später nicht mehr sagen, ob sich die Wandlung durch seinen eigenen Willen verzogen hatte oder ob es Zufall gewesen war. Sicher war, dass er den zeitlosen Jägern, den Männern ohne Herz und Gnade, nicht nur eine Lektion erteilte, sondern fast tötete. Den ersten sprang er an und warf ihn rücklings in die Büsche, biss ihm ein Stück von seinem rechten Ohr ab und sein Kollege war so geschockt, dass er nicht die Zeit fand, auf Wallace zu schießen. Die Schreie des verletzten Jägers waren schrill und abgehackt. Wallace schnappte nach dem ausgestreckten Arm des zweiten Jägers, verbiss sich darin und riss ihn ebenfalls zu Boden.
„Kommt hier nie wieder her“, sagte er, seine Stimme war sehr viel tiefer und rauer in seinem Halbwesenszustand, „dieses Gebiet ist heilig. Wenn ihr noch einmal herkommt und tötet, werde ich euch töten.“
Sie starrten ihn an, undeutliche menschliche Gesichter, die Wallace weder wiedererkennen noch unterscheiden konnte, ihre Angst und Panik erkannte er nicht durch ihre Mimik, nur durch ihren Geruch. Er umgab sie wie eine hellgrüne Wolke. Mit seinen halbmenschlichen Händen, die wieder greifen konnten, nahm er die beiden Gewehre und zerschlug sie an

einem Felsen. Als er sich abwandte, die in Panik keuchenden Männer hinter sich ließ, stand Doc vor ihm.
Du bist ein Gestaltenwandler, sagte Doc, *ich habe es gewusst.*

Sie ließen zwei tote Wölfe zurück, Sun und Sho waren verletzt, konnten aber laufen. Sun blieb immer wieder stehen, leckte sich die blutende Wunde an der Flanke und hinkte dann mühsam weiter.
Ich kann dir helfen, sagte Wallace. Er hatte sich vor der Rückkehr zum kleinen Rudel wieder zurückverwandelt. Sun sah ihn misstrauisch an und schnaufte nur. Crow lief an ihrer Seite und versuchte sie aufzumuntern. An ihrer Statt sagte er: *Was hast du gemacht mit den Jägern? Hast du sie getötet?*
Nein, sagte Wallace, *ich habe sie nur verjagt.*
Doc rief, dass sie weiter müssten, wollten sie zur Nacht einen sicheren Unterschlupf gefunden haben. Obwohl er das Gebiet nicht kannte, wusste er, dass es in diesem Gebiet einige Höhlen in den rauen Felsen gab, denen sie entgegenliefen.
Es war bereits dunkel, als sie eine kleine Höhle ausfindig machten und sich dort versteckten. Sun leckte unablässig an der Wunde herum. Sho schlief eng zusammengerollt in der hinteren Ecke. Die Kugel hatte seinen Schädel gestreift und eine blutige Schneise hinterlassen. Sun war übler dran, die Kugel steckte noch. Wallace konnte das Metall in ihr riechen.
Ich kann dir helfen, sagte er erneut, *ich kann die Kugel entfernen.*
Wie willst du das anstellen? Suns Stimme klang müde. Ihre Kräfte waren aufgezehrt. *Willst du mir das Bein abbeißen, um an das Metall zu kommen?*
Es gibt eine andere Lösung. Wenn du mich lässt.
Doc war nicht entsetzt gewesen, als er den Gestaltenwandler gesehen hatte, aber er war auch aus einem anderen Holz geschnitzt. Als Wallace sich vor den Augen der anderen Wölfe verwandelte und seine menschliche Gestalt annahm, nackt vor

ihnen stand, jaulte Crow in Panik auf und konnte den Urin nicht mehr halten. Er flüchtete sich zu seinem Vater und versteckte sich hinter ihm. Doc hockte in der halbdunklen Höhle, hoch aufgerichtet, den silbernen Kopf umgeben von den Sonnenstrahlen, die durch den Eingang fielen, und beobachtete nur. Weil er ruhig blieb, ließ auch das Entsetzen vor dem Fremden nach.

„Ich kann helfen“, sagte Wallace, aber seine menschliche Stimme verstanden die Wölfe nicht.

Er ging vor die Höhle, fror ohne seinen Pelz und schämte sich seiner Nacktheit, obwohl niemand da war, der ihn hätte sehen können. Er nannte sich selbst einen Dummkopf und suchte die Dinge zusammen, die er für Sun brauchte. Zum Glück war die Höhle immer wieder von anderen Räubern besucht worden und überall lagen Knochensplitter herum. Wallace suchte einige ausgebleichte Rippenbögen und scharfkantige Steine. Nur eine Sekunde lang dachte er daran, Feuer zu machen, als er Feuerstein fand. Das war keine gute Idee, es würde die Wölfe zu Tode ängstigen, anstatt sie zu wärmen.

Mit der scharfen Kante des Steins schabte er eine Rippe zurecht, bis sie spitz und schmal genug war und benutzte diese, um die Kugel aus dem Muskel zu polken. Er versuchte es schnell zu tun, aber die Kugel rutschte immer wieder weg und einige Male konnte Sun die Schmerzen nicht mehr ertragen und schnappte nach ihm.

„Hier ist sie“, sagte Wallace endlich, ließ die Kugel auf den Boden fallen, stand auf und streckte sich. Seine Hände waren blutbefleckt. Er wollte Sun über das Fell streichen, aber wieder schnappte sie nach ihm.

Vor der Höhle wischte er sich die Hände sauber, stand eine Weile dort und starrte in den Himmel. Es sah nach Regen aus. In seiner Nähe jagte ein Hase aus seinem Versteck und verschwand im Gras. Wallace fühlte sich wie blind und taub

ohne seine Wolfssinne und fragte sich, wie lange er brauchen würde, sich wieder an das Menschsein zu gewöhnen.
Ich könnte einfach ein Wolf bleiben, dachte er, *ich verwandle mich wieder zurück und bleibe bei dem Rudel. Ich kann sie beschützen, ich passe auf, dass ihnen nichts geschieht und alles wird gut.*
Die Rückverwandlung dauerte nur wenige Minuten und war schmerzhaft. Vermutlich war sie es vorher auch gewesen, aber er hatte es durch die Umstände nicht einmal bemerkt. Als er in die Höhle zurückkam, war Crow der einzige, der ihn rückhaltlos begeistert begrüßte. Er war jung, freundlich und überschwänglich und alberte herum und Wallace liebte ihn für diese Dummheit. Sun leckte die Wunde sauber und sagte: *Es fühlt sich besser an. Ich dachte zwar, du würdest ein ganzes Stachelschwein in mein Bein stecken, aber es scheint sich zu beruhigen.*

Sho erwachte, bewegte sich träge und sagte, sein Schädel brumme noch immer. Er hatte sowohl Wallace Verwandlung als auch die kleine Operation verschlafen und glaubte Crow kein Wort, als diese ihm sagte, Wallace habe die Kugel aus ihrem Bein geholt.
Sie blieben bis zur Dämmerung in der Höhle, dann jagten Wallace und Crow ein paar Kaninchen und andere kleine Nager, während Doc in der Nähe stand, die Nase in die Luft hielt und bei jedem knackendem Zweig zusammenzuckte. Crow schien die Geschehnisse bereits wieder vergessen zu haben, sprang den flüchtenden Mäusen hinterher und wenn er eine fing, wirbelte er sie wie eine Katze durch die Luft.
Sho wurde ungnädig mit ihm, rempelte ihn weg und fraß die Maus, knurrte ihn an, er solle sich zusammenreißen. Crow trottete von der Gruppe weg, versteckte sich im hohen Gras und nagte an seinen Pfoten. Wallace beobachtete ihn aus der Ferne und dachte darüber nach, wie Crow es als Sohn des

Rudelführers jemals schaffen würde, in die Fußstapfen seines Vaters zu treten, wenn ihn alle herumschubsten.
Vielleicht war es nie vorgesehen, dass er in die Fußstapfen tritt, dachte Wallace, *er wird auf der Straße durch einen Wagen sterben und vielleicht ahnen sie es.*

Wir müssen weiter, sagte Doc, *ich will nicht noch eine Nacht hier verbringen. Wir sind zu nahe bei den Jägern.*
Sie haben sicher die Gegend längst verlassen, sagte Wallace, *ich habe ihnen einen gehörigen Schrecken eingejagt.*
Sie hockten in der Höhle, nahe am Ausgang. Bei Einbruch der Nacht hatte es angefangen zu regnen, zunächst fiel ein leichter angenehmer Schauer, aber schnell hatte er sich in einen anhaltenden Monsunregen verwandelt. Crow hatte sich wieder wie ein Verrückter benommen, war in dem Regen herumgesprungen und hatte versucht, die Regentropfen zu fangen. Jetzt lag er schnarchend im hinteren Teil der Höhle und Sun hatte sich zu ihm gesellt und sie schliefen eng beieinander.
Ich meine nicht die beiden Männer, ich meine die, die nach ihnen kommen werden. Wir sind ihnen zu nahe. Es ist nicht gut, mit den Menschen in Kontakt zu kommen.
Ich weiß, sagte Wallace. Er versuchte nicht einmal, sein wahres Ich zu verteidigen. Er wusste es besser.
An dem halben Kaninchen, was er gegen Sho verteidigt hatte, war kaum genug Fleisch gewesen, um ihn satt zu machen, trotzdem schlief er gut und war erholt und munter, als sie am frühen Morgen aufbrachen. Doc kannte dieses Terrain nicht, aber er spürte, dass sie es durchqueren mussten, um auf die andere Seite zu gelangen. Auch Wallace roch, dass sich in dieser Gegend immer wieder Menschen aufhielten, sie mochten hier Tiere jagen oder einfach nur durchfahren, vielleicht veranstalteten Familien hier Picknicks und fuhren wieder nach Hause. Aber sie hinterließen diesen besonderen Raubtiergeruch, der in dem Boden und in den Zweigen hing. Sie rochen

nach Fleischfresser, aber auch nach Metall und Plastik und nach anderen künstlichen Dingen.
Werde ich mich an diesen schlechten Geruch erinnern, wenn ich wieder in meiner alten Haut stecke? dachte Wallace.
Sie waren alle nervös, folgten Doc im Wolfstrott und in seinen Fußspuren und nahmen sich kaum Zeit für Pausen. Besonders Sho und Sun, die verletzt waren, litten unter dieser Anstrengung. Sun lief teilweise auf drei Beinen, weil die Wunde zu sehr schmerzte, aber sie jammerte nicht und Doc nahm auf sie keine Rücksicht. Als sie kurz an einem kleinen See anhielten, tranken und sich für einen kurzen Moment ausruhten, legte Sun sich hechelnd in den Schatten und hatte kaum die Kraft, sich die Wunde zu lecken.
Sun, sagte Wallace, *ich suche dir ein paar Kräuter, die dir helfen werden. Sie nehmen dir nicht die Schmerzen, aber sie lassen die Wunde schneller heilen.*
Ich brauche nichts, sagte Sun, *es ist schon viel besser geworden. Danke, dass du die Kugel rausgeholt hast.*
Wallace leckte ihr vorsichtig das Ohr und sie ließ es geschehen. Eilig suchte er die Kräuter zusammen, deren Wirkung er von Chiipai gelernt hatte und dachte nach langer Zeit zum ersten Mal wieder an ihn.
Sun fraß die Kräuter, wenn auch mit Widerwillen.

Doc rief sie zusammen und wieder machten sie sich auf den Weg. Sie kletterten eine steile Anhöhe hinauf, die zu ebenmäßig war, um natürlich zu sein und als sie auf der Kruppe standen, sahen sie dahinter die breite zweispurige Autobahn.
Da müssen wir rüber, sagte Doc, schnupperte in die Luft und konnte nichts Beunruhigendes riechen, *dahinter liegt das bessere Land. Es ist die alte Heimat. Wenn dort andere Rudel leben, werden wir es einfacher haben.*
Trotzdem zögerte Doc, das kleine Rudel die Anhöhe hinunterzuführen und die Straße zu überqueren. Es war kein

Wagen in Sicht, nicht einmal die Motorengeräusche von herankommenden Autos waren zu hören.

Ich gehe vor, sagte Wallace, *ich zeige euch, dass es ungefährlich ist, wenn man aufpasst.*

Auf dem Weg nach unten lösten sich Geröll und Sand unter Wallace Pfoten und er begann zu laufen, um das Gleichgewicht zu halten und kam strauchelnd unten an. Zwischen ihm und dem Straßenasphalt waren noch zwei Meter Seitenstreifen. Er war staubig, übersät mit Abfall, weggeworfen aus vorbeifahrenden Autos und es roch nach verbranntem Gummi. Hier unten gab es mehr schwarze dicke Fliegen als oberhalb der Autobahn im freien Gelände und Wallace fand schnell heraus, woran es lag. Hier versuchten viele große und kleine Tiere, die Straße zu überqueren und die Fliegen besuchten die Körper derjenigen, die es nicht auf die andere Seite geschafft hatten. In der Mitte der Straße lagen die Überreste eines Kaninchens. Wallace fragte sich, weshalb sie so unvorsichtig waren und vor einem Auto über die Straße liefen.

Die Frage kannst du dir selbst beantworten, dachte er, *sie wissen nicht, wie schnell ein Auto sein kann, sie können das Tempo nicht abschätzen.*

Er wandte sich nach oben und rief, sie sollten herunterkommen, es sei alles in Ordnung. Als erstes kam Sho, der hoppelnd nach unten rannte, sich dabei auf den Hintern setzte, nach ihm kamen Crow und Doc.

Seid vorsichtig, sagte Doc, *lauft nicht auf die glatte Fläche.*

Ihnen allen war unwohl, denn sie hatten hier keine Möglichkeit, sich zu verstecken oder schnell zu fliehen. Den Wall wieder hinaufzulaufen würde viel zu lange dauern und so blieb nur die Flucht über die Straße, sollte etwas passieren.

Die Straße ist breit, aber wir können schnell hinüberlaufen, sagte Wallace, *wir müssen nur vorsichtig sein.*

Das riecht seltsam, sagte Sho, *ich möchte da nicht rüberlaufen.*

Er hatte die Rute zwischen die Hinterbeine geklemmt und lief

so geduckt, als habe ihn jemand geschlagen, schnüffelte an dem Asphalt vor seinen Füßen und wagte sich nicht zu bewegen. Doc wartete einige Meter abseits und schien ebenfalls keine Entscheidung treffen zu wollen, dabei hätte er es sein sollen, der dem Rudel die Anweisungen gab. Wallace fühlte sich hin-und hergerissen, er wusste, dass sie auf der anderen Seite endlich in Sicherheit waren und dass es vollkommen ungefährlich war, die Straße zu überqueren, wenn man vorsichtig war und deshalb nahm er Doc die Entscheidung ab. Er trabte über die Straße bis auf den aufgemalten Mittelstreifen und wieder zurück und rief den anderen zu, dass es vollkommen sicher sei, obwohl es von Menschen gemacht worden war.
Denkt nur daran, was wir auf der anderen Seite haben werden, rief er, *es sind nur wenige Schritte und noch weniger, wenn ihr schnell hinüberspringt. Ihr braucht keine Angst zu haben.*
Er achtete nicht mehr darauf, ob von rechts oder links Wagen kamen, sprang hin und her und wälzte sich auf dem Asphalt. Sho jaulte ohne Unterlass und Crow wagte es, die Pfote auf den Asphalt zu setzen, zog sie aber sofort wieder zurück, als habe er sich verbrannt.

Und wenn ich hier den ganzen Tag herumtanzen muss, dachte Wallace, *ich bekomme sie alle auf die sichere Seite und dort werden sie andere Wölfe treffen und ein gutes Leben haben. Dort werden sie nicht erschossen, nicht vergiftet, nicht mit Fallen gefangen, nicht verbrannt, nicht erschlagen. Dort wird niemand die Jungen aus den Geburtshöhlen ausgraben und sie töten. Niemand wird auf die furchtbare Idee kommen, sie lebendig einzufangen und hinter Gittern zu sperren, um sie zu beobachten oder sie wie Hunde im Haus zu halten und sie zu zwingen, an einer Leine spazieren zu gehen. Und Doc wird ihr Anführer sein, der große silberne Wolf, der seinen Söhnen und Töchtern alles beibringen wird, was sie fürs Leben brauchen.*

Er wird nicht allein sein müssen, weil er der letzte in seinem Rudel ist, der überlebt hat.

Es geschah alles gleichzeitig und erst im Nachhinein, als längst alles geschehen war, war Wallace in der Lage, die einzelnen Ereignisse zu sortieren. Er war in der Mitte der Straße, wälzte sich auf den Rücken und sprang wieder auf und achtete nur darauf, ob Sho oder Sun sich als erstes über die Straße trauten, da sich beide nahe herangewagt hatten. Er wusste, dass nur einer der Wölfe den Anfang machen musste und die anderen würden folgen. Worüber er nicht nachdachte war, weshalb Doc sich weder bewegte noch eingriff. Es war, als sei er in diesem Moment, als sie an der Straße standen, verschwunden, obwohl sie ihn nicht vermissten. Und dann war es Crow, der wie ein Blitz auf ihn zugerast kam, und Wallace keine Zeit hatte mehr, sich über diesen Vorstoß zu freuen, denn gleichzeitig, als Crow auf ihn zuraste, er ihn im Nackenfell packte und mit sich riss, raste ein Motorrad direkt hinter ihm vorbei, der Motor heulte, er roch das Benzin und das heiße Öl und das Gummi, und das Motorrad raste hupend so nahe an ihm vorbei, dass es ihm Fell und Haut von der Flanke riss.

Als das Motorrad weitergerast war, hörten sie von der anderen Seite den nächsten Wagen kommen und der Bann war gebrochen. Crow und Wallace galoppierten auf die andere Straßenseite, endlich gefolgt von Doc, Sun und Sho und sie rannten, bis die Straße nicht mehr in Sichtweite war.

Erst, als sie wieder anhielten und sich hechelnd auf den Boden warfen, kam Wallace zu der Erkenntnis, dass nicht er Crow sondern Crow ihn gerettet hatte. Das Motorrad hätte ihn glatt überfahren und bei der Geschwindigkeit wäre der Zusammenstoß vermutlich für ihn und für den Fahrer tödlich gewesen.

Ich war so abgelenkt, dass ich es nicht einmal gehört habe, dachte er.

Er knuffte Crow freundschaftlich an und bekam die Schnauze geleckt. Die anderen Wölfe lagen oder hockten dicht neben ihm und sie alle waren so müde, dass sie nur noch träge nach den Fliegen schnappten. Doc war der erste, der etwas sagte. Er schien gewachsen zu sein, richtete sich im Sitzen hoch auf, sein silbernes Fell strahlte und seine Maske mit den hellen Augen schien noch intensiver geworden zu sein.

Crow, sagte er, *hattest du keine Angst, auf die Straße zu laufen?*

Crow schien eine Weile darüber nachdenken zu müssen, und er kam möglicherweise erst jetzt selbst auf den Gedanken, dass er sein Leben riskiert hatte, um das von Wallace zu retten.

Sicher hatte ich Angst, sagte er, sah zu seinem Vater hinüber, aber konnte ihm nicht in die Augen sehen, *aber ich wusste, dass ich etwas tun muss. Und dann hatte ich keine Angst mehr.*

Das ist gut, Sohn, das ist gut, sagte Doc.

Es war vermutlich das erste Mal, dass Doc ihn so nannte – Sohn. Es war der erste Wendepunkt in dem kleinen Rudel und in Crows Leben. Von da an wurde Crow nicht mehr herumgeschubst oder rüde behandelt. Er hatte sich Respekt verdient.

Bevor sie weiterzogen, nahm Doc Wallace beiseite und sie liefen eine ganze Weile durch das Gelände, bis sie zu einer Hügelkette kamen. Von dort oben hatten sie einen fantastischen Blick über die unberührte Wildnis, flache Tundra mit wenigen Wäldern aus Nadelhölzern und viel Land für Grasfresser. Genug Platz, um so viele Rudel und Familien zu beherbergen, dass ihre Existenz gesichert war.

Hier wird es euch gut gehen, sagte Wallace, *es ist wundervoll hier.*

Wenn du nicht gewesen wärst, wären sie alle nicht mehr am Leben.

Aber Crow hat mich gerettet, nicht ich ihn.

Das hattest du geplant, oder? Ihn zu retten?

Ich hatte gedacht, er würde auf der Straße sterben und ich könnte ihn retten und etwas wieder gut machen. Es ist anders gewesen.

Ich weiß, dass er auf der Straße gestorben ist, aber es schien zu einer anderen Zeit passiert zu sein. Wirst du bei uns bleiben, Wallace?
Crow stellte ihm die gleiche Frage und Wallace konnte nur sagen, dass er gerne für immer bleiben würde, aber er das Gefühl hatte, wieder nach Hause zu müssen.
Ihr gehört hier hin, sagte er, *ich bin fremd hier.*
Du wirst zurückkommen, sagte Crow, *du bist ein Gestaltwandler und du kommst irgendwann zurück.*
Wie kommt er darauf? dachte Wallace, *soll ich an zwei Wochen im Jahr meinen Urlaub bei ihnen verbringen? Wie soll ich wissen, wo sie gerade sind? Ich bin mir fast sicher, dass ich nach Juneau zurückkehren werde, wenn da auch nicht sehr viel auf mich wartet. Aber ich habe mein Leben dort.*
Sicher, sagte er und Crow fiepte leise vor Freude, *sicher werde ich zurückkommen und bei euch bleiben. Ich muss nur ein paar Dinge erledigen und wenn du schon gar nicht mehr damit rechnest, stehe ich vor dir.*
Bis zum Einbruch der Dunkelheit zogen sie weiter über das Gelände, folgten neugierig den Fährten, die Karibus, Kaninchen und Rehe hinterlassen hatten. Doc fand mindestens eine schwache alte Fährte eines Wolfrudels und meinte, sie sollten nun besonders leise und vorsichtig sein. Andere Wölfe waren ihnen zwar willkommen, aber sie wussten nicht, ob sie den anderen willkommen waren.
In einer kleinen Gruppe von Krüppelkiefern, in der sie sich geschützt fühlten, versammelten sie sich für die Nacht, nachdem sie einen jungen Bock gejagt und erfolgreich gerissen hatten. Beim Fressen hatten Sho Crow Platz gemacht und ihm das bessere Stück Fleisch überlassen.
Er hat viel durchgemacht, sagte Doc, *er hätte als mein Sohn einen besseren Start haben können, aber die Umstände haben es ihm nicht leicht gemacht. Er wird seinen richtigen Platz im Rudel finden, er wird sich durchsetzen. Dank deiner Hilfe.*

Ich habe nicht viel gemacht, sagte Wallace, *er hat mir das Leben gerettet.*
Nicht ganz, sagte Doc. Sein silbernes Fell leuchtete im letzten Licht des Tages, als er sich schüttelte. *Du hast uns allen das Leben gerettet. Sag Chiipai, dass du gute Arbeit geleistet hast.*
Wallace zuckte zusammen und fragte, woher Doc Chiipai kannte, aber der Wolf drehte sich um und bereitete sein Lager für die Nacht vor, dazu trampelte er sich ein paar Farnzweige zurecht.
Morgen wird alles besser aussehen, dachte Wallace und legte sich ebenfalls zum Schlafen nieder, wie gewöhnlich dicht neben Crow, dann werde ich darüber nachdenken, wie ich nach Hause komme.

Wallace erwachte durch einen lauten Knall, fuhr hoch und blieb mit dem Kopf in den dichten Ästen hängen. Er brauchte einen Moment, bis er bemerkte, dass er auf zwei Beinen lief und nackt war. Er war noch immer unter den Krüppelkiefern inmitten der weiten leicht hügeligen Tundra, aber er war allein. Die Luft und die Dinge in seiner Umgebung rochen seltsam farblos und flach und er erinnerte sich daran, dass er sich erst wieder an seine menschliche Gestalt gewöhnen musste. Die Wölfe schienen früh vor Sonnenaufgang verschwunden zu sein, aber als Wallace sich auf allen Vieren niederließ, fand er keine Spuren in dem Boden, außer seinen eigenen. Nicht einmal die Farne und das Gras waren dort niedergedrückt, wo er wusste, dass die Wölfe sich in der Nacht hingelegt hatten.
Ich bin zurück, dachte Wallace, dann sagte er laut: „Ich bin zurück", und hustete. Seine Stimme war unsicher und heiser, als habe er seit Ewigkeiten kein Wort mehr gesprochen. Er sah an sich herunter. Er war mager und sehnig geworden, seine Beine waren übersät mit halb verheilten Wunden und Kratzern. An seinem rechten Oberschenkel prangte eine breite Schürfwunde, die bei jedem Schritt zog und brannte.

Da hat mich das Motorrad erwischt, dachte er. Er erinnerte sich daran, aus welcher Richtung sie gekommen waren und fand so nach einem sehr langen und anstrengenden Fußmarsch zur Straße zurück. Sie war genauso, wie er sie als Wolf in Erinnerung hatte, und er grübelte eine Weile über die Frage, in welche Richtung er laufen sollte. Und was er antworten sollte, wenn ihn jemand wegen seiner Nacktheit erst ausfragte und dann zum nächsten Polizeirevier schleppte. Und sollte er versuchen, einen Wagen anzuhalten, um mitgenommen zu werden … er konnte sich bildhaft vorstellen, dass alle sofort aufs Gaspedal traten, anstatt auf die Bremse, wenn sie einen nackten Anhalter am Straßenrand in dieser Einöde sahen.

Trotzdem marschierte er einfach los, ohne mehr darüber nachzudenken, welche Richtung er einschlug. Und er lief immer auf dem unebenen Boden neben der Straße, weil es sich unter den nackten Füßen besser anfühlte als der Asphalt. Das Laufen machte ihm keine Mühe und er sah sich immer wieder nach sich nähernden Wagen um, aber für Stunden war er allein auf der Straße und es kamen weder Häuser noch Ortsschilder in Sicht.

Wallace dachte pausenlos daran, wie es den Wölfen erging, ob sie den nächsten langen Winter überstehen würden, ob Doc Rudelführer blieb oder wieder allein durch die Gegend ziehen musste, ob Sun sich von ihrer Verletzung erholte und ob Crow eines Tages in die Fußstapfen seines Vaters treten würde. Was auch immer mit ihnen geschah, es war ihr eigenes Schicksal und er würde nicht mehr eingreifen. Er hatte geholfen, dass Doc sein Rudel zurückbekam, zumindest in einer anderen Welt, in einer anderen Dimension, und er glaubte, dass er alles richtig gemacht hatte, wenn er auch nicht die Absicht gehabt hatte, so etwas überhaupt zu tun. Er hatte nach sich selbst suchen wollen, hatte nach dem Unfall mit dem Schulbus sein Gleichgewicht verloren. Jetzt erst fiel ihm ein, wie lange er schon nicht mehr an den Unfall gedacht hatte. *Es ist in*

Ordnung, dachte er, *es ist nicht meine Schuld gewesen, es war Schicksal. Das kann man nur hinnehmen, man kann es nicht ändern.*
Er war guter Dinge, als er so marschierte, denn es war wie der gelassene und beständige Wolfstrott, an den er sich so gewöhnt hatte. Zwar hatte er Durst und Hunger, aber das schob er einfach beiseite.
Ich könnte ewig so marschieren, dachte er, *wenn ich nur meinen Pelz wieder hätte.*
Zum Ende des langen Tages, an dem er nichts gegessen, nur etwas aus einem Bach getrunken hatte, war er noch immer an keiner menschlichen Behausung vorbeigekommen und ihm war kein einziges Fahrzeug begegnet.
Vielleicht ist Sonntag, dachte er, *und sie bleiben alle zu Hause in dieser Gegend an einem Sonntag.*
In einer geschützten Senke machte er sich ein Lager für die Nacht zurecht. Er sammelte extra viel Farn, um sich vor der Nachtkälte zu schützen. Wenn die Temperatur stark fiel, lief er Gefahr zu erfrieren, egal, wie sehr er sich mit Farn und Gräsern bedeckte.
So weit wird es nicht kommen, dachte er, und er behielt Recht. Er legte sich zum Schlafen, zog die Knie eng an den Bauch und steckte die Hände unter die Achseln. Er war todmüde, aber er konnte nicht schlafen. Als er sich herumdrehte, so vorsichtig, um die Farnwedel über sich nicht herunterrutschen zu lassen, saß Chiipai neben ihm. Er drehte ein paar Kräuter zwischen seinen Fingern, roch daran, drehte weiter, roch wieder daran und fügte den Zweig eines anderen Krauts hinzu. Neben ihm, sorgfältig zu einem dicken Bündel zusammengeschnürt, lag Wallace‘ Pelzkleidung, seine gefütterten Wanderstiefel und seine selbstgemachte Tasche aus Vielfraßhaut.
„Ich habe lange gebraucht, um deine Spur zu finden, mein Freund“, sagte Chiipai. Er reichte ihm die Kräuter. „Zerkauen, nicht runterschlucken. Die helfen gegen die Kälte. Und dann

zieh dich endlich an, damit du dir an deinem mageren Hintern keine Frostbeulen holst."
„Ich bin viel zu müde, um dir Fragen zu stellen", murmelte Wallace, zog sich seinen Pelz über und rollte sich wieder zusammen. Er schlief bis in den späten Morgen.

Fast rechnete er damit, dass Chiipai verschwunden sein könnte, als er erwachte, aber dieser hockte noch immer neben ihm und schien nicht einmal geschlafen zu haben.
„Zuerst dachte ich, der Wolf sei ein Geist, mein Totem, aber er war real. Wir sind eine Weile gemeinsam gewandert und dann ist irgendwas passiert. Ich kann nicht mehr sagen, wann und weshalb, aber wir waren in einer anderen Welt. Es sah genauso aus wie diese hier, aber etwas war anders. Dort lebte sein Rudel noch. Sie nannten mich einen Gestaltwandler. Glaubst du, ich bin so einer? Ich hatte mich vorher nie verwandelt, erst beim Übergang in diese Zwischenwelt. Das habe ich noch nicht erzählt, oder? Ich war ein Wolf in dieser Welt."

Wallace war sich sicher, dass es sich nach wirrem Zeug anhörte, was er erzählte und dass Chiipai ihn spätestens nach ein paar Minuten unterbrechen und auslachen würde. Als er es erzählte, klang es in seinen Ohren seltsam fremd und unwirklich, und das, obwohl er alles noch frisch in seinem Gedächtnis hatte. Es mochte eine fremde Welt gewesen sein, aber es war nicht einmal einen Tag her.
Aber Chiipai lachte ihn nicht aus und er unterbrach ihn auch nicht. Er hob nicht einmal die Augenbrauen, als Wallace davon erzählte, wie er als Wolf gelebt hatte.
„Was mir dabei einfällt", sagte er plötzlich und unterbrach sich selbst mitten in der Erzählung, wie er die Kugel aus Suns Bein geholt hatte, „wie bist du eigentlich verschwunden? Und weshalb? Und dann sitzt du genau zum richtigen Zeitpunkt wieder neben mir, um mich vor dem Erfrieren zu retten?"

„Irgendwann wirst du darauf eine Antwort haben“, sagte Chiipai, „aber ich kann sie dir leider nicht geben. Ich habe diese Dinge getan, aber ich kann sie nicht erklären.“
„Wer kann sie mir dann erklären?“
Chiipai stellte keine Fragen und er gab keine Antworten. Während sie wanderten, um irgendwo wieder auf menschliche Zivilisation zu treffen, ermunterte er Wallace immer wieder, mehr von den Wölfen zu erzählen und was er mit ihnen erlebt hatte. Und nichts schien ihn zu überraschen.
Das Erste, was ihnen ins Auge fiel, war das Ortsschild, das anzeigte, dass hier dreihundertfünfzehn Seelen lebten und der freundlich klingende Name des Städtchens. Sie fanden einen kleinen Diner an der Zufahrtsstraße. Wallace bemerkte erst, dass er halb verhungert war, als ihm der Grill- und Kaffeegeruch in die Nase stiegen.
„Setz dich“, sagte er zu Chiipai, „ich gebe die Bestellung auf.“
Auf dem Weg zum Tresen drehte er sich herum und sagte: „Du hast nicht zufällig meine Brieftasche mitgebracht?“
Chiipai wedelte mit ein paar Geldscheinen und Wallace grinste.
An der Theke gab er die Bestellung auf und machte nur eine komische Geste, als die junge Dame ihn wegen seiner ungewöhnlichen Kleidung seltsam ansah.
„Zweimal das große Frühstück“, sagte er, „doppelt Speck für mich und einen Liter Kaffee dazu, bitte.“
Er warf einen Blick in die Kuchentheke und deutete auf ein Stück Kirschkuchen.
„Sie können es vertragen“, sagte die Bedienung, „ich kann ihre mageren Knochen durch ihre Verkleidung hindurch sehen.“
„Das ist keine Verkleidung“, sagte Wallace, „ich war auf einem Selbstfindungstrip und wir mussten unsere Kleidung und unsere Nahrung selbst töten. Der Lehrer hat gesagt, ich werde erst wirklich zu mir selbst finden und mich akzeptieren können, wenn ich in diese Felle noch eine Woche trage. Mindestens.“

„Was war ihr Problem, wenn ich fragen darf?“
Es war herrlich, sich wieder mit anderen Menschen unterhalten zu können, selbst wenn er der Frau eine Lüge nach der anderen auftischte.
„Ich habe mir am Tag fünfzig Mal die Hände gewaschen“, sagte Wallace. Er war noch immer so dreckig, wie er aus der Wildnis gekommen war und war nur froh darüber, seinen eigenen Geruch nicht mehr wahrzunehmen. Chiipai hatte einen Tisch in der hinteren Sitzgruppe gewählt und arrangierte die mageren Plastikblumen in der Glasvase neu.
„Laufen wir die ganze Strecke zurück oder fahren wir als Anhalter weiter?“
„Wie du möchtest“, sagte Chiipai.
Während sie auf das Essen warteten, packte Wallace ein paar seiner Sachen aus dem Rucksack und war erstaunt darüber, dass er diese Dinge weder vermisst hatte noch jetzt wirklich zurückhaben wollte. Vielleicht später, wenn er wieder zu Hause war, würde er sein Handy und die anderen Sachen wieder verwenden, aber im Moment kam ihm alles unnütz und überflüssig vor.
Die Bedienung trug ein großes Tablett heran, darauf die Teller, überladen mit Eiern, Speck, Brot, Tomaten, French fries, gebratenen Würstchen und den ersten beiden Tassen Kaffee.
„So“, sagte sie, stellte das Tablett ab, „honey, sobald ich sehe, dass du dich durch den Kalorienberg durchgearbeitet hast, kommt der Kuchen.“
Chiipai lachte, worauf die Bedienung nicht reagierte. Sie sah Wallace die ganze Zeit an, mit einem kleinen Lächeln auf dem Gesicht.
„Wenn Sie wüssten, wovon ich mich in den letzten Wochen ernährt habe, hätten Sie keinen Zweifel daran, dass ich diese Portion aufessen werde.“
Sein Magen war noch immer auf die Wolfsmahlzeiten eingestellt – erst viel hungern, dann große Portionen so schnell

wie möglich runterschlingen, aber er gab sich alle Mühe, langsam zu essen und es nicht zu übertreiben. Chiipai aß ein wenig von seinem Teller, hatte nichts dagegen, als Wallace ihn mit einem Kopfnicken fragte, ob er weiteressen dürfe. Er schaffte zwei große Portionen und noch den Kuchen danach. Ab und zu legte er die Gabel beiseite und trank den schwarzen Kaffee in großen Schlucken.
„Ich möchte per Anhalter fahren“, sagte er, „ich freue mich so darauf, in meinem eigenen Bett zu schlafen, das kannst du dir nicht vorstellen.“

Er gab der Bedienung ein gutes Trinkgeld und erntete von ihr einen halb ungläubigen und halb bewundernden Blick. Sie wanderten bis zur nahen Tankstelle, wo sie auf einen Trucker stießen, der einwilligte, sie ein Stück Richtung Westen mitzunehmen. Er hatte einen dicken Rottweiler auf dem Beifahrersitz, der Wallace mit einem breiten Grinsen entgegenhechelte.
„Ab auf den Rücksitz“, sagte der Fahrer und Wallace dachte zuerst, er meinte den Hund, begriff dann aber, als der Hund sich nicht angesprochen fühlte, dass sie damit gemeint waren.
„Wie lange dauert das denn?“, rief er und Wallace ließ Chiipai den Vortritt.

Chiipai schlief sofort ein, nachdem er es sich in dem Sitz gemütlich gemacht hatte. Wallace grinste in sich hinein und fragte den Fahrer, ob er hier aus der Gegend sei.
„Meine Familie lebt seit Urzeiten hier“, sagte er, „ich war weg auf dem College, bin aber zurückgekommen, weil es meiner Mom damals nicht gut ging. Und dann habe ich unsere kleine Farm übernommen und versuche, über die Runden zu kommen.“ Er zündete sich eine Zigarette an, reichte Wallace die Packung nach hinten, kurz verfolgt von der prüfenden Nase seines Rottweilers.
„Nein, danke“, sagte Wallace, „ich hab‘s aufgegeben.“

„Dafür scheinst du ein anderes übles Hobby gefunden zu haben“, sagte er, „entschuldige meine direkten Worte, aber du riechst wie ein Vielfraß.“
„Ich war allein in den Wäldern unterwegs.“
„Ja? Weswegen?“
Er schien ein netter Kerl zu sein und deshalb erzählte Wallace ihm ein wenig mehr, als er der Kellnerin erzählt hatte. Wenn der Fahrer Gefallen an seiner schrägen Geschichte fand, würde er sie vielleicht noch weiter mitnehmen als geplant.
„Ich habe Wölfe beobachtet“, sagte er, „einen alten silbernen Wolf und sein Rudel.“
„In dieser Gegend gibt es schon seit Jahrzehnten keine silbernen Wölfe mehr.“ Er zog an seiner Zigarette, warf einen Blick in den Rückspiegel und fuhr fort: „Wenn du eine unheimliche Wolfsgeschichte hören willst, erzähl ich dir eine.“
„Immer raus damit“, sagte Wallace. Er sah zu Chiipai hinüber, der noch immer schlief.

Auf dem Beifahrersitz bellte der Rottweiler einen vorbeifahrenden Wagen an und es klang, als würde er dieses tiefe Geräusch ganz tief unten aus seinem Bauch holen.
„Klappe, Dicker. Mein Dad hat mir diese Geschichte so oft erzählt, dass ich sie auswendig kann. Er war mit einem alten Freund während der Jagdsaison da draußen, und sie hatten nicht viel Glück. Es lief ihnen einfach nichts vor die Flinte. Und deshalb haben sie sich gedacht, sie könnten sich etwas anderes schießen, wenn sie schon nicht mit einem Braten nach Hause kommen würden.“
In Wallace Hinterkopf regte sich etwas. Er war nicht wütend auf den Mann, obwohl er ahnte, was kommen würde.
„Sie hatten ein paar Wölfe entdeckt und auf sie geschossen. Einfach so, nicht, dass du mich falsch verstehst. Damals waren die Zeiten anders. Und dann ist meinem Dad und seinem Freund das Unglaubliche passiert. Wölfe sind feige und scheu,

richtig? Aber da war ein Wolf dabei, der kam direkt auf die beiden zugeschossen und hat sie angegriffen."
„Vielleicht war er tollwütig", sagte Wallace.
„Haben die beiden vermutlich auch erst gedacht, aber das war er nicht. Mein Dad hat mir jahrelang nur die halbe Geschichte erzählt, dass der Wolf sie angegriffen und in die Flucht geschlagen hatte, aber als wir ihn bei uns aufgenommen haben, nach seinem Herzinfarkt, hat er mir eines Abends die ganze Geschichte erzählt. Ich glaube, sie haben es nie jemandem erzählt, weil sie Angst hatten, als verrückt gehalten zu werden. Der Wolf hat sie nicht nur angegriffen, er hat mit ihnen gesprochen. Es war kein Wolf, sagte mein alter Herr, er sagte, es war ein Gestaltwandler."
„Sie wollen mir sagen, ihr Vater und sein Freund haben auf ein Rudel Gestaltwandler geschossen?"
„Nicht nur das", sagte der Mann, „der Gestaltwandler hat seinem Freund ein Ohr abgebissen und zu meinem Dad gesagt, er würde sie töten, sollten sie zurückkommen."
„Das ist wirklich eine irre Geschichte", sagte Wallace, „ich habe bei den Wölfen jedenfalls keinen Gestaltwandler gesehen und ich war wochenlang bei ihnen."
„Das ist ja auch schon ewig her, aber sicher ist, dass die beiden nicht wieder losgezogen sind."
Er tätschelte seinem Rottweiler den Kopf. Wallace schätzte den Mann hinter dem Steuer auf Mitte fünfzig und sein Dad mochte schon lange tot sein, aber für ihn war die Erinnerung noch frisch.
Ich war in einer anderen Zeit, dachte Wallace, *Doc und ich sind in die Vergangenheit geschlüpft, in seine Vergangenheit. Wie alt können Wölfe werden? Ich habe keine Ahnung.*
„Was meinst du, Junge, wer ist klüger? Ein Wolf oder ein Hund?" Wieder tätschelte er seinen Rottweiler und der machte ein freudiges Geräusch, als wüsste er die Antwort genau.
Der Fahrer stellte sich beim ersten Rottweiler-Pinkelstopp in

Makwa an der 304 als Robert vor und obwohl es nicht auf seinem direkten Weg lag, fuhr er Wallace und Chiipai bis nach St. Walburg, von wo sie einen der Überlandbusse nehmen konnten. Chiipai schlief noch immer.
„Ich werde bestimmt Tage brauchen, bis ich endlich wieder in Juneau bin", sagte Wallace, vom Herumsitzen in dem Pick-up tat ihm bereits der Hintern weh, „was mit dem alten Mann ist, kann ich nicht mal sagen. Ich weiß nicht, wie weit er mich begleitet."
Robert bog an der Kreuzung ab, wartete nicht auf das grüne Licht, sondern fuhr einfach, weil die Straße offensichtlich leer war, drehte sich dann um und sagte: „Welcher alte Mann?"
Mit halboffenem Mund wandte Wallace sich an Chiipai, um ihm in die Seite zu stoßen, aber der Platz neben ihm war leer. Wallace machte ein unbestimmtes Geräusch und murmelte: „Ich reise mit einem alten Mann, seit ich … von den Wölfen zurück bin. Ich …" Er schluckte und sagte: „… ich und mein Totem. Ich nenne ihn den alten Mann."
Erst jetzt begriff er, wie Chiipai aus dem Nichts auftauchen und wieder verschwinden konnte. Weshalb er überall ignoriert worden war, in den Diners, auf der Straße, wenn sie unterwegs gewesen waren, und weshalb Robert gerufen hatte, er solle endlich einsteigen. Chiipai mochte für ihn real gewesen sein, für Robert hatte er einfach nur lange den Wagenschlag aufgehalten und in die leere Luft gestarrt.
„Du warst zu lange alleine da draußen, Junge", sagte Robert.
Er hat auf die Fragen, die ihn angingen, nie wirklich geantwortet, dachte Wallace, *er wollte, dass ich es irgendwie allein rausfinde. Aber ich habe ihn mir nicht eingebildet. Er hat mich erst auf den Weg gebracht, auf den Weg zu den Wölfen.*
In St. Walburg sagte er auf Wiedersehen und vielen Dank an Robert und den Rottweiler und marschierte im Busbahnhof in die Toilette, wo er sich umzog. In seinem Rucksack fand er

seine alten Klamotten und er fühlte sich unwohl in der Unterwäsche und in den engen Jeans. Er starrte in den Spiegel, hatte vollkommen vergessen, dass er mager und bärtig sein musste und sein Spiegelbild machte die Vorstellung wahr und noch ein wenig schlimmer. Er war schmutzig. Dreck und Blut klebten an seinem Hals, in seinem Haar, unter seinem Kinn.
Ein Wunder, dass Robert mich überhaupt mitgenommen hat, dachte er, *aber vielleicht war das auch kein Zufall.*
Er brauchte fast sechs Tage, bis er über den Canam Highway 3 Richtung Westen kam. Hinter der Grenze von Saskatchewan blieb er auf der 45 und folgte ihr bis nach Marwayne. Per Anhalter fuhr er weiter über die Township Roads, bis er endlich auf dem Trans-Canadian Highway 16 war. Er kam schneller voran, nachdem er erst einmal Edmonton hinter sich gelassen hatte. Von Prince Rupert nahm er ein Schiff nach Juneau und dazu musste er als hilfreiches Händchen anheuern. So hatte der Maat es genannt und er erledigte ein paar Reparaturarbeiten und schrubbte und putzte, bis er in Juneau wieder von Bord ging.
Wallace ging nach Hause, duschte ausgiebig, zog sich um und fuhr wieder los. Sein Großvater lebte in einem Altenheim in Juneau und er hatte ihn bis auf die üblichen Gelegenheiten wie Geburtstage, Thanksgiving und Weihnachten nur selten besucht. Vielleicht steckte es noch immer in ihm, dass seine Mutter ihm den Kontakt untersagt hatte.
Es wird Zeit, dass ich mit ihm rede, dachte er, *wenn Chiipai mir die Fragen nicht beantworten konnte, er wird es können. Wenn von seinen alten Erinnerungen noch genug übrig sind.*

3.

Douglas war alt und gebrechlich, hatte zwei Schlaganfälle hinter sich und litt an Diabetes, und er erkannte Wallace nicht einmal, als er ihn das erste Mal außerhalb der Feiertage besuchte. Die Betreuerin erklärte, es könne an der Diabetes liegen, dass er ein wenig verwirrt war. Wallace kam am nächsten Tag wieder, brachte Obst und eine Zeitung mit und setzte sich an Douglas' Seite. Er hatte seinen Stammplatz am Fenster im Aufenthaltsraum, mit Blick auf die Berge. Wallace las ihm aus der Zeitung vor.
„Gramps", sagte er, „kannst du es glauben? Ich war drei Monate weg. Würde es nicht glauben, wenn ich die Zeitung nicht in den Händen halten würde. Hier kommen die aktuellen Nachrichten, Gramps. Ich lasse die schlechten erst einmal weg und fange mit den guten an, wenn du nichts dagegen hast."
Er war bereits beim Wetterbericht, als Gramps Douglas ein brummendes Geräusch von sich gab, auf die Armstützen klopfte und sagte: „Was interessiert mich das Wetter, Junge? Ich sitze hier drin und sehe es den ganzen Tag."

Sie unterhielten sich sehr lange und Wallace erzählte ihm von den Wölfen, von seiner Reise und von dem alten Mann, den er sich wohl nur eingebildet hatte.
„Aber dann denke ich wieder, er muss real gewesen sein, denn er brachte mich zu diesem Versteck, wo er die Felle und sein Zeug hatte, und er sammelte die ganze Zeit die Beeren und Wurzeln und Zweige, von denen wir uns ernährt haben. Das habe ich nicht gemacht. Allein wäre ich in den ersten Tagen da draußen verhungert und erfroren."
„Wie hast du ihn noch genannt?"
„Chiipai", sagte Wallace. Douglas überlegte, seine alten Hände zuckten und er lachte plötzlich laut auf, dass seine alten Mitbewohner zusammenzuckten.

„Du hast keine Ahnung, was Chiipai bedeutet, oder? Es ist kein Name. Es ist das Wort für Geist. Du hattest einen Schutzengel bei dir, Junge. Vielleicht hattest du sogar Recht und er ist dein Totem."
„Nein", sagte Wallace, „er kommt und geht, wie es ihm passt, das ist nicht das, was ich einen Totem nennen würde."
„Was wirst du jetzt tun, Junge? Schmeißt du deinen Job hin und gehst zurück zu den Wölfen?"
Douglas hatte sehr ruhig reagiert, als Wallace ihm gesagt hatte, dass er vielleicht ein Gestaltwandler war.
„Deine Mutter würde mich erwürgen, wenn sie unsere Unterhaltung noch erleben könnte."
„Sie würde uns beide erwürgen."

Wallace bekam seinen Job zurück und fuhr wieder den Schulbus. Jeden Morgen wartete er auf die Kinder, die mal wieder zu spät dran waren, rief die Lauten und die Störenfriede zur Ruhe und setzte sie bei der Schule ab. Ab und zu klebte er Pflaster auf aufgeschlagene Knie, putzte Rotznasen und suchte verlorengegangene Schultaschen und Handschuhe. An den Wochenenden holte er Gramps Douglas aus dem Altenheim und sie machten kurze Ausflüge in die Berge. Meist blieb Douglas im Wagen sitzen, weil ihm das Laufen zu beschwerlich war, aber wenn er sich gut fühlte, stiegen sie aus und genossen den Ausblick.
„Der silberne Wolf, den du Doc genannt hast", sagte Douglas, „ich glaube, er ist dein wahrer Totem. Er ist gleichzeitig real und dein Beschützer, so wie du gleichzeitig ein Mensch und ein Gestaltwandler bist. Alles zu seiner Zeit und alles, wenn es gebraucht wird."
„Es gibt noch einiges, was ich wieder zurechtrücken muss", sagte Wallace. Sie hatten über Jamie gesprochen und dass Wallace ihre Nummer herausgefunden, sie aber noch nicht angerufen hatte.

„Ich mag die Vorstellung, dass Sun ihr Totem sein könnte", sagte er, „dass es eine Familienverbindung zwischen Mensch und Wolf gibt."
„Vermutlich ist es nicht so", sagte Douglas, tätschelte seine Hand und drückte sie, „aber ich stimme dir zu, es ist eine schöne Vorstellung."

Wochen später, nachdem Wallace Jamie angerufen und sie zu einem Kaffee eingeladen hatte, lud sie ihn zu sich nach Mendenhall Valley ein, wo sie in einer Wohngemeinschaft lebte. Es ging ihr gut, wie sie sagte, und sie freue sich, ihn zu sehen. Wallace stieg in seinen neuen klapperigen Wagen und fuhr los. Er war guter Dinge. Als er an der Schule vorbeifuhr, winkten ihm einige Kinder zu und ein paar der Jugendlichen zeigten ihm grinsend den Mittelfinger. Er antwortete mit dem nach innen gedrehten Victory-Zeichen.
Aus der Stadt heraus, umgeben von den Wäldern, warf er einen Blick in den Rückspiegel, wie er es häufig tat, und sah einen silbernen Wolf mitten auf der Straße stehen, Kopf und Rute hoch erhoben, ein unglaublich großer silberner Wolf, und Wallace fragte sich nicht einmal, ob er real war.

POLARNACHT

Sabine Barnickel

Kinderstube

1

Silbriges Licht drang in die Höhle. Vollmond. Sie stellte sich vor, wie es wäre, in dieser Nacht mit ihrer Familie durch die Wälder zu streichen und zu jagen. Sie vermisste die Jagd und die Freiheit. Doch bald würde sie wieder bei ihnen sein. Denn endlich war es soweit. Dreiundsechzig Tage und Nächte lang hatte die Wölfin auf diesen Moment gewartet. Sie leckte die Welpen trocken. Vier. Dann schubste sie die Kleinen in Richtung ihres Gesäuges und ließ sie trinken. Das war jetzt das Wichtigste. Es waren drei Rüden und ein Weibchen. Drei waren schwarz, wie es Welpen nun einmal waren, doch das Mädchen war weiß. Als sie den Schock darüber überwunden hatte, gab ihr die Wölfin, ganz entgegen der Sitte, schon jetzt einen Namen: Kaamos, das bedeutete Polarnacht. Die Kleine war trotz ihrer ungewöhnlichen Farbe wunderschön und perfekt. Draußen erklang ein Heulen. Das war der Graue, ihr Partner, seine Stimme würde sie überall erkennen. Die Jährlinge stimmten ein. Sie war zu erschöpft von der Geburt.
„Töte diese kleine Missgeburt“, forderte der Graue, ihr Partner. „Sie passt nicht zu uns. Sie wird nie mit uns jagen können. Ihre Farbe wird uns verraten.“
„Nein, das kann ich nicht tun.“ Sie stellte sich zwischen ihn und die Kinder.
„Dann töte ich sie eben.“
„Welpen sind immer schwarz, aber sie verändern ihre Fellfarbe im Laufe der Zeit. Das weißt du doch auch. Vielleicht ist es bei

ihr genau so.“ Sie machte sich bereit, Kaamos mit ihrem eigenen Leben zu beschützen.
„Dann sieh zu, wie du sie allein durchbringst. Ich werde sie nicht füttern. Ich werde es auch keinem anderen gestatten. Und wenn sie so bleibt, dann …“
Er knurrte, fletschte dabei die Zähne. Doch er würde ihr nichts tun, denn auch er wusste, dass seine Söhne eine Mutter brauchten. So blieb ihm nichts anderes übrig, als das weiße Mädchen zu dulden. Vorerst.

Die Kleinen tranken gut und viel, besonders Kaamos, als wüsste sie schon, dass sie anders war. Als wüsste sie, dass sie viel Kraft brauchen würde. Die Welpen waren kurz davor, ihre Augen zu öffnen. Die Augen würden blau sein. Auch die des weißen Mädchens, so hoffte sie zumindest.

***

Der Tag, an dem die Welpen die Augen öffnen sollten, war gekommen. Immer wieder lief die Wölfin vor dem Höhleneingang auf und ab, um gegen die Spannung anzukämpfen. Sie fürchtete sich davor nachzusehen. Ein weißes Junges zu bekommen, das war schon schlimm genug, doch wenn die Kleine noch dazu rote Augen hätte … Es würde bedeuten, sie wäre verflucht. Der Graue würde Kaamos sofort töten und sie selbst verstoßen. Schließlich konnte sie es nicht weiter aufschieben. Sie ging nachsehen.

„Und?“, fragte der Graue.
„Sie sind blau, genau wie die der anderen. Genau wie sie es sein sollten bei einem Welpen.“
„Zeig sie mir“, forderte er.
„Du glaubst mir nicht? Zweifelst du etwa an meiner Ehre?“ Sie fletschte die Zähne. Ihre Sehnen waren wie ihre Nerven fast

zum Zerreißen gespannt. Wenn es sein musste, würde sie ihn angreifen, um Kaamos‘ Willen.
Zu ihrem Erstaunen gab ihr Gefährte nach. Er knurrte nur leise und sagte: „Du machst doch sowieso, was du willst. Aber denk daran, ich werde sie bei der Jagd nicht dulden. Nicht in meinem Rudel.“
Wieder hatte sie gewonnen. Das Schicksal meinte es gut mit der Kleinen.

Die Wölfin leckte sanft das weiße Fell ihrer Tochter. Sie hatte blaue Augen, ja, und sie würden bald bernsteinfarben werden, während sie heranwuchs. Diese Tatsache würde Kaamos aber nicht vor dem Zorn des Grauen beschützen. Sie würde sehr bald, viel zu bald, mit dem Jagdunterricht für Kaamos beginnen müssen. Ihr blieb vielleicht ein knappes Jahr.

Kaamos. Ihre Geschwister hatten noch keine Namen. Es war nicht üblich. Die Namen erhielten sie für gewöhnlich erst beim Abschied von der Familie nach Vollendung des zweiten Lebensjahres, wenn sie sich aufmachten, ihr eigenes Rudel zu gründen.

„Mein kleiner Schatz, Kaamos“, flüsterte ihre Mutter oft, wenn sie ihr das Fell leckte. Dann schmiegte sie die Kleine dicht an die große Wölfin und fühlte sich geborgen. Ein Schatz, etwas Besonderes.
Und sie war anders. Schon als sie das allererste Mal die Augen aufschlug, sich langsam an das Licht gewöhnte, bemerkte sie es. Um sie herum drei schwarze Fellknäuel, nur eine Pfote, die sie für ihre eigene hielt, war weiß. Die zweite auch, alle vier, wie sich herausstellte.
Anders, dachte sie, und besonders. Ihre Mutter schubste sie immer zielstrebig zur ergiebigsten Zitze. Auch ihren ersten Fleischbrei bekam sie von ihr, während ihre Wurfbrüder vom

Alpha, wie sie ihren Vater nannten, und den älteren Geschwistern versorgt wurden. Sie war ganz sicher etwas Besonderes.
Sie spielten draußen vor der Höhle in der warmen Frühlingssonne.
„Schneefleck. Schandfleck“, spotteten die Brüder, versuchten sie zu schubsen.
„Ihr seid ja nur neidisch“, sagte sie und schubste zurück. Sie war stark und die Jungs ließen von ihr ab. Sie waren nicht mehr einfach nur schwarze Fellknäuel, ihr Haarkleid nahm eine bräunliche oder gräuliche Färbung mit Resten von Schwarz an. Aber ihre eigenen Pfoten waren immer noch weiß. Ihr Spiegelbild in einer Pfütze zeigte ihr, dass auch der Rest von ihr weiß war. Nur der Staub täuschte ein wenig Braun vor.
Ihre Brüder strichen um sie herum.
„Paps sagt, du gehörst nicht zu uns.“
„Du bist eine Missgeburt.“
Da sie darauf nichts zu erwidern wusste, fletschte sie ihre Milchzähne. Ihre Brüder lachten nicht, denn sie hatten selbst nicht mehr zu bieten.
„Wenn wir groß sind, jagen wir dich weg!“
In diesem Moment sprang ihre Mutter zwischen sie, groß und mächtig. In ihren Augen sogar größer als der Alpha.
„Schluss jetzt!“
Und was sie sagte, galt. Die Jungs fiepten und Kaamos ließ sich ihr weißes Fell von ihr abschlecken.

Die Wölfin beendete die Streitereien mit einem Satz zwischen ihre Welpen. Vielleicht war es nicht richtig, sich einzumischen. Die Kinder mussten lernen sich durchzusetzen. Alle. Und Kaamos war stark. Sie war bereits jetzt größer als ihre Geschwister, dafür hatte sie gesorgt. Sie leckte liebevoll über das Fell ihres Schneekindes.
„Mama, warum sind sie so gemein zu mir?“
Sie hielt kurz inne.

„Ihr seid im Rüpelalter, da ist das einfach so."
Die Kleine sah sie aus gelb gesprenkelten Augen an.
„Nein, es ist, weil ich anders bin. Ist es nicht so?"
„Besonders, Kaamos, besonders."

Traurigkeit breitete sich in ihr aus und Sorge. Eine Weile dösten sie aneinander gekuschelt. Kaamos zuckte im Schlaf, stieß kindliche Knurrlaute aus, schreckte plötzlich hoch, stand vor ihrer Mutter, Zähnchen gefletscht, Fell gesträubt.
„Was ist los?" Sie war alarmiert.
„Ich habe geträumt. Von dunklen Bäumen mit stachligen, dunkelgrünen Blättern. Alles andere war weiß, so wie ich. Ich habe dich gesucht, Mama, aber du warst nicht da. Mama, versprich mir, dass du mich nicht alleine lässt."

Die Wölfin spürte, wie sich ihre Nackenhaare aufstellten. Der Schauer lief weiter an ihrer Wirbelsäule entlang bis zur Schwanzspitze. Wie gerne gäbe sie Kaamos das Versprechen, aber selbst unter normalen Umständen könnte sie sie nicht bis ans Lebensende beschützen.
„Mama?"
Aus den Augenwinkeln nahm sie eine Bewegung war. Eine Maus. Sie nutzte die Ablenkung, um Kaamos' Frage nicht beantworten zu müssen.
„Willst du wissen, wie man jagt, Kaamos?", sagte sie stattdessen.
Noch überwog die Furcht in Kaamos' Kinderaugen, doch diese wich bald der Neugier und dem ersten kindlichen Jagdfieber.

Die Jungs rauften miteinander, während sie ihre erste, selbst gefangene Beute verspeiste. Es war zwar nur eine Maus, aber immerhin. Mama hatte sie gelobt und Kaamos hatte den Stolz in ihren Augen gesehen. Mäuse waren flink und nicht so leicht zu erwischen. Ein Gefühl der Überlegenheit überkam sie.

„Was hast du denn da?“, fragte einer ihrer Brüder.
„Geht dich nichts an, Baby“, antwortete sie und leckte sich einen Bluttropfen von der weißen Pfote. Sie fühlte sich erwachsen und stark.
„Wie nennst du mich?“
Sie war jetzt eine Jägerin und hatte keine Angst vor ihren Geschwistern, also antwortete sie ohne nachzudenken: „Baby. Und nicht nur dich, die anderen auch.“
„Du blöde, weiße Missgeburt …“
Mit wenigen Sätzen waren die Jungs bei ihr, versuchten sie umzuwerfen, ihr an die Kehle zu gehen. Sie zogen an ihrer Rute und versuchten ihre Ohren zu erwischen. Bald hatte sie Staub in den Augen. Tränen verschleierten ihre Sicht. Sie schnappte und schlug blind um sich. Doch das konnten ihre Brüder auch, sogar besser, denn das war es, was sie jeden Tag übten. Einer erwischte mit einem Reißzahn ihre Schnauze. Sie jaulte auf. Der Schmerz lenkte sie ab, für Sekunden wusste sie nicht, wo oben oder unten war. Die Jungs zerrten und rissen an ihrem Fell. Sie war kurz davor aufzugeben.
Irgendwo heulte ein Wolf. Mama. Was würde sie sagen, wenn sie aufgab? Sie nahm ihre ganze Kraft zusammen. Sie war schließlich eine Jägerin, sie war stark, ihre Mutter hatte immer dafür gesorgt, dass sie alle Chancen hatte, obwohl sie anders war. Ein Grollen stieg in ihrer Kehle auf und entlud seine Energie. Ohne genau zu wissen, wie sie es geschafft hatte stand sie plötzlich über dem größten ihrer Brüder. Die beiden anderen starrten sie entgeistert an.
Dann legte sie ihren Kopf in den Nacken und stimmte in das Heulen ihrer Mutter ein.

Abschied

„Sie muss weg!“ Der Alpha war wütend. Seine Stimme bebte.
„Sie hat sich doch nur verteidigt. Sie hat sich ganz normal verhalten. Auf jedes andere unserer Kinder wärst du stolz gewesen.“
„Sie hat die Jungen provoziert.“
„Das tun sie immer, sich gegenseitig provozieren, um Kräfte zu messen … Du wolltest sie von Anfang an nicht haben. Nur weil sie weißes Fell hat. Sie ist ein Wolf, wie du und ich.“
„Sie ist anders und ich werde sie nicht länger im Rudel akzeptieren. Wenn du sie jetzt nicht wegschickst, werde ich sie töten.“

Der Graue war entschlossen, das war ihr klar. Kaamos war ihre Herzenstochter, doch er war ihr Partner, sie wollte ihn nicht verlieren. Sie brauchte ihn, allein war jeder von ihnen nichts. Sie erinnerte sich nicht gerne an die Zeit zurück, in der sie auf der Wanderung und auf der Suche nach ihm war. Sie hatte unter der Einsamkeit und den Entbehrungen gelitten.
In einem Jahr würde Kaamos so oder so gehen. Sie hatte ihrer Tochter, so gut es in der kurzen Zeit möglich war, das beigebracht, was sie zum Überleben benötigte. Zumindest hoffte sie das. Kaamos hatte eine Chance und sie konnte nur hoffen, dass das Schicksal der Kleinen weiterhin wohlgesonnen war. Sie hatte getan, was in ihrer Macht stand und jetzt war die Zeit des Abschieds gekommen.

Ihre Verzweiflung entlud sich in einem langgezogenen Heulen.

Die Zeit des Abschieds von der Familie war gekommen. Er war jetzt zwei Jahre alt, seine Mutter würde bald wieder Nachwuchs zur Welt bringen. In seinem ersten Lebensjahr hatte er die Fürsorge seiner Eltern und der älteren Geschwister genossen, mit seinen Wurfbrüdern gerauft und dabei spielend gelernt, was es hieß, in einer Großfamilie zu leben. Zusammen mit ihnen hatte er die Großen bei der Jagd beobachtet, bis er es selbst probieren durfte. Er erinnerte sich an die ersten fruchtlosen Versuche. Und an die ersten Erfolge. Wie stolz war er gewesen. Dann kam der Abschied von den älteren Geschwistern. Im zweiten Lebensjahr lernte er Verantwortung zu übernehmen und zusammen mit seinen Brüdern die Familie zu ernähren. Er liebte die Jagd mit seiner Familie.

Nun war es an der Zeit, selbst eine Partnerin und ein eigenes Revier zu finden. Er war der Letzte des Wurfes, der noch geblieben war. Seiner Mutter zuliebe.
Das Land war weit und leer. Er würde einfach den Rentieren folgen, die sich ebenfalls aufmachten, eigene Familien zu gründen. Dann würde er eine Wölfin finden und für sich gewinnen … Allerdings wusste er nicht, wie das funktionierte. Er hatte nur Brüder. Das einzige Weibchen, das er kannte, war seine Mutter. Das einzige Vorbild in Sachen Beziehung waren seine Eltern und aus denen wurde er nicht immer schlau. Im einen Augenblick knurrten und blafften sie sich an, im nächsten brummte sein Vater wohlig und Mama schmiegte sich an ihn. Das verstand er nicht.
„Du wirst deinen Weg finden“, sagte seine Mutter zum Abschied. „Du bist jung und stark. Ein geschickter Jäger, das hast du bewiesen. Ich wünschte, du könntest länger bleiben. Deine Geschwister könnten so viel von dir lernen.“
Sie leckte ihm übers Gesicht und lächelte ihn an.
„Mein Herzensjunge, du wirst die Richtige finden. Oder sie wird dich finden. Ich habe von ihr geträumt. Sie ist wunderschön mit schneeweißem Fell.“
Sein Vater knurrte leise irgendwo tief in seiner Kehle, doch seine Haltung war nicht drohend.

„Auch ich wünsche dir Glück auf deinem Weg, Revontuli. Aber komm uns nicht in die Quere. Geh so weit weg, wie du kannst.“

Revontuli, Polarlicht, das war also sein Name.

„Danke für alles“, war das Einzige, was ihm zu sagen blieb. Dann ging er. Als sie zum Abschied heulten, drehte er sich noch einmal um. Ihre Körper verschmolzen mit den letzten Schneeresten. Revontuli legte den Kopf in den Nacken, um ihnen ein letztes Mal zu antworten, bevor er sich auf die Suche begab.
„Oh Kaamos, meine Herzenstochter, es ist Zeit.“
Ihre Mutter leckte ihr übers Gesicht, die Augen sorgenvoll zusammengezogen und sie wusste, dass sie log. Dass sie noch zu jung war, um das Rudel jetzt schon zu verlassen.
„Warum dürfen die anderen bleiben und ich nicht? Es ist, weil ich anders bin, oder? Aber warum bin ich anders? Ich verstehe das nicht.“
„Ich weiß, du bist noch viel zu jung. Doch er akzeptiert dich nicht, hat es von Anfang an nicht getan. Du bist weiß, wir sind grau. Und ich kann dich nicht mehr beschützen. Deine Geschwister brauchen mich auch.“
Sie hatte Angst. Die Augen ihrer Mutter waren von Traurigkeit erfüllt.
„Aber Mama, ich muss doch noch so vieles lernen. Lass mich bei euch bleiben“, bettelte sie.
„Er wird dich töten, wenn du bleibst. Folge dem Polarstern nach Norden. Dort soll es Wölfe geben, die aussehen wie du. Weiße Wölfe. Finde sie, dann findest du bestimmt auch eine neue Familie.“
Wölfe, weiß wie sie selbst? Sie vermutete, ihre Mutter sagte das nur, um ihr Mut zu machen. Sie würde sich an diese Hoffnung klammern.

„Ist es weit dorthin?“
„Ach, meine Kleine.“ Noch einmal leckte ihre Mutter über ihr Fell. „Geh jetzt. Und denk immer an das, was ich dir beigebracht habe.“
Hinter ihr knurrte der Alpha, entblößte dabei seine furchterregenden Fänge. Kaamos wich zurück und ihre Nackenhaare stellten sich auf.
„Ich liebe dich, Kaamos, meine Herzenstochter. Ich wünsche dir Glück auf deinem Weg.“
Sie sah die Trauer in den Augen ihrer Mutter, und den Hass in denen des Alphas, der ihr Vater war. Dann lief sie los, weg von dem Ort, der einmal ihr zu Hause gewesen war. Sie drehte sich nicht ein einziges Mal um.

Am Anfang stolperte sie über Äste und Wurzeln, so sehr sah sie noch die Mutter und den Vater mit ihren widersprüchlichen Gefühlen in Gedanken vor sich. In der Abenddämmerung erreichte sie die Reviergrenze. Der Geruch der Markierung brannte in ihrer Nase. Ihre Familie, ehemalige Familie, würde jetzt auf die Jagd gehen. Sie zögerte, als sie eine Pfote über die Grenze setzte. Sie legte ihren Kopf in den Nacken und heulte so laut, wie sie konnte. Doch es kam keine Antwort, also ging sie.

Wanderung

Revontuli erreichte die Reviergrenze. Ob sein Vater es ihm übelnähme? Nur eine kleine Markierung. Nein, er war doch jetzt erwachsen, also sollte er sich auch so benehmen. Er tat es trotzdem. Irgendwo weit weg hörte er seine Familie heulen. Wie gerne würde er jetzt bei ihnen sein und mit ihnen jagen.
Sein Vater hatte gesagt: „Genießt die Freiheit, Jungs."
Darauf hin hatte seine Mutter geknurrt und nach dem Vater geschnappt. Als ob sie noch Kinder wären, auf die man den ganzen Tag lang aufpassen müsste.
Er überschritt die Grenze, sog die Luft tief durch die Nase ein. So roch also die Freiheit außerhalb des Reviers. Zugegeben, die Gerüche waren nicht anders als die innerhalb. Er setzte noch eine Markierung, nur so zum Spaß. Und vielleicht kam eine junge Dame vorbei, der sein Geruch gefiel und die ihm folgen würde.

Er begann seine Wanderung.
Ihn überfiel der Drang zu rennen, also lief er durch die Nacht. Ohne Ziel, ohne Pause. Vergessen war der Plan, den Rentieren zu folgen. Er musste Abstand zwischen sich und seine alte Familie bringen, bevor die Sehnsucht ihn überwältigen konnte. Er musste laufen, die Freiheit, den Wind spüren, sich davon durchdringen lassen, um die Kindheit endgültig hinter sich zu lassen. Im Morgengrauen wurde er müde, stoppte einfach mitten im Lauf, legte sich hin, ohne auf die Umgebung zu achten, und schlief sofort ein.

Da lag sie und schlief. Ihr makellos weißes Fell glänzte im Licht des Vollmonds. Sie war wunderschön, perfekt, wie seine Mutter vorausgesagt hatte. Ein bisschen mager vielleicht, aber er selbst hatte auch nicht allzu viel auf den Rippen. Einsame

Jagden zehrten an seinen Reserven. Vorsichtig schnüffelte er an ihr. Sie roch gut ... Er winselte verzückt, schloss die Augen, während er weiter ihren Geruch inhalierte. Plötzlich fuhr sie herum und biss ihn mit spitzen Zähnen in die Nase.

Ein stechender Schmerz ließ ihn aus dem Schlaf hochfahren. Mit seinen Vorderpfoten rieb er sich über die Schnauze. Das tat weh. Um ihn herum surrte es in unangenehm hohen Frequenzen. Mücken. Freche Biester. Eine hatte ihn doch tatsächlich in den empfindlichsten Teil seiner Nase gestochen. Er schüttelte sich unwillig, doch die lästigen Insekten ließen sich nicht so leicht abschütteln. Blindlings rannte er los, stolperte über seine eigenen Füße und landete in einem Bach. Seiner Nase tat die Abkühlung gut. Außerdem bemerkte er seinen Durst, wie günstig, also trank er. In seinem Bauch gluckerte und rumorte es. Er hatte Hunger, bald würde er jagen müssen.

„Gehe Richtung Norden", hatte ihre Mutter gesagt. Dort sollte sie andere weiße Wölfe finden, solche, die aussahen wie sie selbst. Ob sie tatsächlich existierten? Ihre Mutter hatte sie nie selbst gesehen, nur von ihnen gehört. Richtung Norden. Sie seufzte, blickte zum Himmel. Es war Neumond. Schließlich fand sie ihn, den Polarstern, der ihr Wegweiser in den Norden sein sollte.

Sie zögerte. Sie hatte das Revier des Grauen und ihrer Mutter verlassen, kein Weg führte zurück. Dabei sollte sie eigentlich Seite an Seite mit ihren Geschwistern auf die Jagd gehen und lernen, doch diese wollten sie nicht bei sich haben. Sie wimmerte und marschierte, erst langsam, dann immer entschlossener los, bis sie im Morgengrauen eine kleine Höhle fand. Sie beschnüffelte die Umgebung und das Innere. Es roch nicht nach anderen Wölfen oder Raubtieren, die ihr gefährlich werden könnten, also kroch sie zum Schlafen hinein.

Gelbe Augen in einem weißen Gesicht mit einem Silberstreifen auf der Nase und silbrigen Ohrenspitzen starrten sie an.

Sie schreckte aus dem Schlaf hoch.
Für Augenblicke wusste sie nicht, wo sie war. Nicht zu Hause. Dann stürmten die Erinnerungen an den Vorabend zurück in ihr Gedächtnis und ließen die Erinnerung an den Traum schnell verblassen. Ihre Familie hatte sie verstoßen. Mama hatte sie weggeschickt. Sie hatte Hunger und Durst. Es wurde Zeit, die Wanderung fortzusetzen.

Revontulis Magen knurrte vor Hunger. Er musste auf die Jagd gehen. Es war doch ganz einfach: Erstens, eine Herde Rentiere aufspüren, zweitens, ein schwaches Mitglied ausspähen und von der Herde wegtreiben und drittens, zuschlagen. Er grinste, zufrieden mit sich selbst. Er wusste, wie das ablief. Nun gut, also erst einmal eine Herde finden. Die Nase abwechselnd in der Luft und am Boden marschierte er los. Die Sonne hatte ihren Zenit bereits überschritten, als er endlich eine Witterung aufnahm, die ihm das Wasser im Maul zusammenlaufen ließ. Er folgte der Spur. In der Dämmerung sah er sie schließlich. Sie grasten auf einer Lichtung. Der Hunger schaltete sein Gehirn aus und er stürmte los, ohne einen weiteren Gedanken zu verschwenden. Die Herde stob sofort davon, er hinterher. Viel zu schnell war er außer Atem.
So funktionierte es also nicht. Er hatte seinen Plan auch nicht eingehalten, er musste geduldiger sein, die Herde wieder einholen und zunächst beobachten, nach geeigneter Beute Ausschau halten und vor allem nicht wieder lospreschen, ohne zu denken. Er hechelte jetzt noch, um sich Abkühlung zu verschaffen.
Sie waren nicht weit entfernt wieder zur Ruhe gekommen. Der Wind stand günstig für ihn. Bald machte er ein Kalb aus, das lahmte. Perfekt. Es würde lecker schmecken. Ihm lief wieder das Wasser im Maul zusammen. Also: Zu zweit oder zu dritt immer schön die Beute im Auge behalten, einer musste die Herde in Aufruhr versetzen, während die anderen dem Opfer

den Weg abschnitten. Der Alpha würde das Kalb schließlich schlagen. Er legte den Kopf in den Nacken, um das Signal zu geben. Er hielt inne. Er hatte ganz vergessen, dass er allein war. Mit der Familie hatte es immer so einfach gewirkt, aber niemand hatte ihm je beigebracht, allein zu jagen. Er brauchte einen neuen Plan, er hatte solchen Hunger.

***

Gegen Mittag fand Kaamos einen kleinen Bach. Es tat so gut den Durst zu stillen, selbst ihr hungriger Magen gab erst einmal Ruhe. Das half ihr, wieder klare Gedanken zu fassen. Wenn sie nicht bald Nahrung fand, würde sie nie erfahren, ob es sie wirklich gab. Die Anderen. Die weißen Wölfe des Nordens. Nahrung. Sie schnupperte vorsichtig herum. Ihre Mutter hatte ihr beigebracht, die verschiedensten Gerüche zu unterscheiden. Hier roch es nach … Hase. Irgendwo in der Nähe befand sich bestimmt ein Bau. Einen Hasen zu erlegen, war schwierig. Die Tiere waren schnell, ausdauernd und schlugen gerne Haken. Ein alter, zäher, der nicht mehr so flink war, wäre recht. Oder ein Jungtier im Versteck. Wenn der Wind günstig stand, hätte sie leichtes Spiel. Mit der Nase dicht am Boden verfolgte sie die Fährte.

***

Revontuli folgte der Herde. Er prüfte immer wieder die Windrichtung, damit sie ihn nicht wittern konnten und wieder nervös wurden. Das lahmende Jungtier hielt erstaunlich gut mit den anderen mit. Die Mutter trieb es stetig an. Er wartete darauf, dass es irgendwann zurückblieb. So verging die Nacht und der nächste Tag. Er wagte nur kurze Ruhepausen, um sie nicht zu verlieren. Am Abend überquerte er die Grenze eines fremden Reviers. An der Markierung zögerte er. Interessant, diese roch tatsächlich ganz anders als die seines Vaters. Eine Warnung an Eindringlinge, dass hier ein starker und potenter Alpha herrschte.

Egal. Das Jungtier schien schwächer zu werden und er wollte sich diese Chance, in die er schon soviel Zeit und Geduld investiert hatte, nicht entgehen lassen.
***

Kaamos konnte ihr Glück kaum fassen, als sie förmlich mit der Nase auf das Jungtier stieß. Um ein Haar wäre sie darauf getreten. Der kleine Hase bewegte sich nicht. Nicht mehr, stellte sie fest. Der kleine Körper strahlte kaum mehr Wärme aus, dafür stieg ihr ein Hauch Tod in die Nase. Angewidert machte sie ein paar Schritte rückwärts. Die Fährte, die sie verfolgt hatte, war die des Alttieres gewesen.
Sie überlegte, was sie tun sollte. Aas fressen? Ihr Magen meldete sich mit einem lauten Knurren und traf die Entscheidung für sie. Der kleine Körper würde sie zumindest für diesen Tag sättigen.
Schließlich setzte sie ihre Wanderung nach Norden fort.
Am Abend traf sie auf eine Grenze, die ihr den direkten Weg abschnitt. Mama hatte nicht gesagt, wie weit sie gehen musste. Ob das schon die weißen Wölfe des Nordens waren, von denen sie erzählt hatte? Ein Heulen zerschnitt die Stille der Abenddämmerung. Automatisch stimmte sie mit ein. Sie war zu jung, um schon alleine durch die Wälder zu streifen und so schaltete die Sehnsucht nach einer Familie die Vernunft aus. Denn diese riet ihr vorsichtig zu sein. Die unsichtbaren Anderen verstummten. Sie wartete, ob sich die Fremden wieder meldeten, doch sie schwiegen.
Sie fragte sich, welche Möglichkeiten sie hatte. Zum einen den Weg nach Westen, in der Hoffnung, dass der Weg nach Norden bald wieder freigegeben wurde. Oder nach Osten, einfach das

Revier des fremden Rudels umgehen. Dagegen stand eine verpasste Chance, denn immerhin war es möglich, dass sie schon hier auf weiße Wölfe traf und eine Familie fand, die sie aufnahm. Sie könnte bei ihnen lernen, in der Gruppe zu jagen, bis sie alt genug war, auf eigenen Wegen zu wandeln. Der Gedanke war zu verlockend, um ihn zu verwerfen. Also überschritt sie die Grenze.
Kaamos lauschte in die beginnende Nacht. Nichts. Sie nahm all ihren Mut zusammen, legte ihren Kopf in Nacken und rief nach ihnen. Keine Antwort. Sie versuchte es noch einmal, heulte bis ihr die Luft fast ausging. Erschöpft schloss sie die Augen.
„Was haben wir denn da?"
Die Stimme wurde von einem gefährlichen Knurren untermalt. Sie hatte sie nicht kommen hören, jetzt riss sie erschrocken ihre Augen auf und starrte in zwei Augenpaare, die das Mondlicht silbern reflektierten. Sie wich zurück. Das waren nicht die weißen Wölfe, auf die sie gehofft hatte.
„Ist das so ein … Hund oder wie das heißt?", fragte jemand hinter ihr. Ein Halbwüchsiger vermutlich, wie sie selbst.
„Bist du ein Hund?" Der große Rüde sah ihrem Vater sehr ähnlich.
Sie wusste nicht einmal, was das sein sollte, ein Hund. War das ein Schimpfwort wie Schandfleck oder Missgeburt, wie ihre Brüder sie genannt hatten? Oder etwas Schlimmeres?
„Antworte!", befahl er und entblößte seine Zähne.
Sie zuckte zusammen.
„Ich … Ich bin ein Wolf."
„Ha! Du willst ein Wolf sein? Du bist weiß und Wölfe haben kein weißes Fell."
„Gibt es denn weiße Hunde?", fragte jemand neugierig von der Seite.
Sie wagte es nicht, sich umzusehen. Sie war eingekreist und die Fremden misstrauten ihr.
„Was ist ein Hund?", wollte sie wissen.

„Wir stellen hier die Fragen." Der Große ging einen Schritt auf sie zu. „Was willst du in unserem Revier? Antworte."
Er legte die Ohren an, zog die Lefzen hoch. Er machte ihr Angst.
„Ich … Ich suche eine neue Familie. Die … Die anderen weißen Wölfe."
Dabei wich sie zurück.
Hinter ihr kicherte es. Es klang fies in ihren Ohren. Sie hatten ihr alle Rückzugsmöglichkeiten abgeschnitten. Sie dachte an den Sieg, den sie über ihre Brüder errungen hatte, die Erinnerung tröstete sie.
„ Ha. Ha. Ha", sagte nun auch der Alte. „Dann such mal schön weiter. Wir wollen dich auf jeden Fall nicht."
Seine Zähne verfehlten knapp ihre Kehle, als er nach ihr schnappte und sie sich instinktiv zu Boden warf. Einem weiteren Versuch seinerseits entging sie, indem sie auf den Hinterläufen kehrt machte. Die Halbwüchsigen reagierten nicht schnell genug, so flüchtete sie zwischen ihnen hindurch in die Richtung, aus der sie gekommen war. Die Fremden knurrten und kläfften wütend hinter ihr her, doch verfolgten sie nicht.
„Lass dich bloß nie wieder hier blicken", riefen sie hinter ihr her und stimmten ein triumphierendes Geheule an.
An der Reviergrenze wechselte sie die Richtung und rannte nach Osten, solange, bis sie den Gestank der Markierung nicht mehr wahrnehmen konnte. Dann brach sie weinend zusammen. Irgendwann schlief sie ein.
Sie lief durch die dunklen Bäume mit den stacheligen Blättern. Sie hatte sich an den Anblick gewöhnt, liebte ihn inzwischen sogar. Der Schnee knirschte unter ihren Pfoten. Die Kälte störte sie nicht. Sie war niemandem Rechenschaft schuldig und für niemanden verantwortlich, konnte sich selbst ernähren, obwohl … Manchmal fehlte etwas. Sie träumte von ihm.
Verwirrt blinzelte sie in die Sonne. Völlig ungeschützt hatte sie unter freiem Himmel geschlafen. Sie nahm sich vor, sich für

die nächste Ruhepause eine Höhle zu suchen. Ihr Traum fiel ihr wieder ein. Dunkle Bäume mit stacheligen Blättern. Danach sollte sie suchen. Sie hatte schon als Baby davon geträumt, immer und immer wieder. Sie brach auf, um ihren Weg nach Norden wieder aufzunehmen.

***

Die Herde stoppte zum Grasen. Sie blieben dicht beieinander, die Mutter des kranken Kalbs drängte das Kleine in die Mitte des Herdenverbunds. Es schien fast so als hätte sie den Verfolger bemerkt, denn damit nahm sie ihm die Gelegenheit, leichte Beute zu machen. Er lief hin und her. Seine Hoffnung, dass das Kalb bald zu schwach wurde, um der Herde zu folgen, wurde durch diese Pause vorerst zerstört. Außerdem befand er sich in einem Revier fremder Wölfe. Das konnte durchaus gefährlich werden, denn unter Wölfen schätzte man keine Besucher. Als hätte das Rudel seine Gedanken gelesen, ertönte ein Heulen von der gegenüberliegenden Seite der Lichtung. Weitere Tiere fielen ein und vereinigten sich zu einer Stimme. Der Aufruf zur Jagd. Revontuli hielt inne und lauschte. Die Rentiere hoben die Köpfe, rückten enger zusammen. Unruhe machte sich breit, und dann sah er sie: Zwei Treiber. Weiße Schatten. Sie bewegten sich schnell auf die Herde zu. Sie hatten es sicher auf sein Kalb abgesehen. Er knirschte mit den Zähnen, zog die Lefzen hoch. Das sollte seine Beute sein, er hatte sie so lange beobachtet und verfolgt. Ein tiefes Grollen entwich seiner Kehle und ließ ihn zusammenzucken. So kannte er sich selbst nicht.
Einer der Treiber sprang mit einem Satz mitten in die Herde. Panik brach aus. Sie flüchteten von den beiden Treibern weg genau in seine Richtung. Sie kamen auf ihn zu. Das Glück gewährte ihm eine Chance. Er legte sich flach auf den Boden, gespannt wie eine Feder machte er sich zum Sprung bereit. Er

fixierte das behinderte Jungtier. Gleich war es soweit, nur noch sechs, fünf, vier Alttiere zwischen ihm und … Jetzt!
Mit einem befriedigenden Knacken brach das Genick des Kalbs zwischen seinen Fängen. Es erschlaffte und sie gingen gemeinsam zu Boden. Er konnte es nicht fassen. Er hatte es geschafft. Er hatte es tatsächlich geschafft! Vor Freude und Stolz stieß er ein Triumphheulen aus. Um ihn herum brach ein Tumult aus, wütendes Bellen und Knurren drangen zu seinem Verstand durch. Er hatte ganz vergessen, dass er sich hier in einem Revier befand, das nicht sein eigenes war.
„Wer bist du, dass du es wagst, in meinem Revier zu wildern?“
Der Rüde war fast einen Kopf größer als Revontuli, und vor allem war seine Brust breiter. Dagegen kam er sich vor wie ein Jährling. Er plusterte seinen Pelz auf, um selbst größer zu erscheinen. Kämpfen oder fliehen?
„Ich wildere nicht. Das war meine Herde und das ist meine Beute“, erwiderte er und deutete mit der Schnauze auf das tote Jungtier.
„Deine Herde? Das ich nicht lache, du dummer, kleiner Junge.“
Das Weibchen stand ihrem Gefährten in Größe und Kraft kaum nach, doch Revontuli konnte seine Beute nicht einfach so aufgeben.
„Ja, meine Beute. Ich habe sie immerhin schon seit fast zwei Tagen verfolgt.“
Gelächter um ihn herum.
„Haben dir deine Eltern nichts beigebracht? Das ist unser Revier und was sich darin befindet, gehört uns. Und weißt du auch, was mit Eindringlingen passiert?“

Der große Wolf ging mit gefletschten Zähnen auf ihn zu. An dessen Seite seine Gefährtin. Und um ihn herum der Rest der fremden Familie. Kampfbereit und feindselig. Sie hatten ihn eingekreist. Sie würden ihn zerfleischen, wenn er nicht …
„Nehmt das Kalb als Geschenk“, sagte er.

Dann sprintete er los, mitten zwischen den beiden Altwölfen hindurch. Sie waren vielleicht groß und kräftig, aber er war schnell und die Angst tat ihr übriges dazu. Er hörte noch, wie sie hinter ihm her kläfften, doch bald hatte er die Reviergrenze erreicht und ließ die unhöfliche Bande zurück. Sollten sie sich doch an den Knochen die Zähne ausbeißen.
Sein Magen knurrte. Er hatte noch Blutgeschmack im Maul, das machte die Situation nicht besser. Er hatte das Kalb getötet, es hätte ihm gehören sollen oder zumindest ein Anteil hätte ihm zugestanden. Denn zugegeben, ohne die Treiber hätte er es nicht so schnell erwischt.
Er war wütend. Da lag ein morscher Ast. Er packte ihn und schleuderte ihn wild hin und her. Als er schließlich von dem Holz abließ, fühlte er sich etwas besser. Er hatte zwar immer noch Hunger, aber wenigstens war die Wut verraucht. Auf dem Boden taumelte sich eine fette Insektenlarve, die im morschen Holz Unterschlupf und Nahrung gefunden hatte. Er schlug einmal mit der Vorderpfote danach, dann fraß er sie auf.
„Was machst du denn da?“, fragte jemand.
Er fuhr herum. Eine seltsame Kreatur stand dort: Schwarzbraunes Zottelfell, kleiner Kopf mit runden Ohren. Das Tier ging ihm nicht einmal bis zu den Schultern, war aber so lang wie er. Mit unverhohlener Neugier sah es ihn aus dunklen Augen an.
„Jetzt sag schon: Was machst du da?“
Ihm fehlten die Worte.
„Hat es dir die Sprache verschlagen, oder was?“
So etwas Unverschämtes hatte er noch nie erlebt. Zugegeben, bisher hatte er außerhalb seiner Familie noch nicht besonders viel erlebt, aber, dass irgendein Nichtwolf einem ausgewachsenen Wolf so frech gegenübertrat, das überstieg seine Vorstellungskraft. Er fand seine Sprache wieder.
„Geht dich doch nichts an, was ich mache. Du solltest lieber aufpassen, dass ich dich nicht fresse.“

Er zog die Lefzen hoch, damit seine Fänge sichtbar wurden.
„Jetzt soll ich wohl Angst haben, was? Vor einem Wolf, der noch ganz grün hinter den Ohren ist?“ Die Kreatur grinste und entblößte dabei ein mit spitzen Zähnen bestücktes Raubtiergebiss. Sie deutete mit der Schnauze auf den morschen Ast: „Also, was machst du da?“
„Ich suche nach Larven, das siehst du doch.“
In Revontulis Magen rumpelte es laut. Das Wesen kicherte. Das reichte.
„Ach, was gebe ich mich eigentlich mit dir ab? Lass mich gefälligst in Ruhe.“
Er drehte sich um und wollte davon marschieren.
„Du bist in meinem Revier. Das sind meine Larven und du stiehlst sie, Wolf.“
Was zu viel war, war zu viel. Erst schnappte ihm dieses fremdenfeindliche Rudel seine Beute weg, und dann behauptete dieses Zottelvieh auch noch, er würde stehlen. Er war müde, hatte Hunger und die Schnauze voll. Ein Knurren stieg in seiner Kehle hoch, er machte abrupt kehrt und ging auf die Kreatur los. Diese fauchte als Antwort.
Bald wusste er nicht mehr, wo oben oder unten war. Dieses Tier erwies sich als äußerst zäh und wehrhaft. Außerdem war der Zottelpelz so dicht, dass mit seinen Zähnen kein Durchkommen war. Als das Vieh schließlich seine Schnauze blutig biss, rief er:
„Stopp, stopp, hör auf!“
Der Zottel ließ von ihm ab. Revontuli leckte sich vorsichtig über seine Nase.
„Autsch.“
„Das hast du davon, wenn du dich mit einer Gebirgskatze anlegst.“
„Wie bitte, was?“
„Oder Fjällfräs. Manche nennen uns auch Vielfraße. Und du? Einsamer Wolf, erst kürzlich in die Freiheit entlassen, auf der

Suche nach einer Frau und einem passenden Revier. Na dann viel Glück weiterhin."
„Ich heiße Revontuli."
„So, so, Polarlicht. Wie passend für einen Silberwolf."
Revontulis Magen knurrte schon wieder.
„Und hungrig noch dazu … Na, dann komm mal mit. Normalerweise jage ich zwar lieber allein, aber ..."

***

Immer weiter Richtung Norden, dorthin, wo die Bäume mit den stachligen Blätter auf sie warteten, und die anderen weißen Wölfe, vielleicht. Kaamos' Muskeln schmerzten schon jetzt, sie war lange Wanderungen nicht gewöhnt, aber dieses Land war ihr nicht wohlgesonnen. Sie musste ihm entkommen und dieses kalte, unbekannte Land im Norden finden. Dort wartete ein besseres Leben auf sie, diese Hoffnung trieb sie an.
Sie wanderte und wanderte. Einen Tag und eine Nacht lang, bis sie der Hunger daran erinnerte, dass sie nur einen toten Junghasen gefressen hatte, seit sie ihr Zuhause verlassen hatte. Die Fährten, die sie kreuzte, wollten sie nur von ihrem Weg abbringen. Als ihr ein großer Käfer vor die Füße lief, schnappte sie zu. Der Panzer knackte zwischen ihren Zähnen, er schmeckte bitter. Sie kniff die Augen zu, um nicht zu würgen, dann schluckte sie ihn hinunter. Ein Hase oder ein Reh, möglichst frisch, wären ihr jetzt lieber. Allein der Gedanke an ein solches Festmahl ließ das Wasser im Maul zusammenlaufen. Sie schnupperte umher, doch keine Witterung erschien ihr vielversprechend genug, um sich vom Weg abbringen zu lassen.
Die Sehnsucht trieb sie trotz Hunger und Müdigkeit vorwärts. Ab und an raschelte es in den Blättern und Büschen. Dann hielt sie inne, um zu lauschen und zu wittern. Raubtiergerüchen wich sie aus, die eine Begegnung mit den fremden Wölfen

hatte ihr gereicht. Sie schwor sich, es erst wieder zu wagen, wenn sie im Land der Stachelbäume angekommen war. Ein aufgeregtes Flattern riss sie aus ihren Gedanken. Ihr Instinkt ließ sie einen Satz in die Richtung machen, aus der das Geräusch kam. Das Rebhuhn besänftigte ihren Magen. Die Küken fand sie ein paar Schritte entfernt.
Kaamos leckte sich die letzten Reste Blut von den Lefzen. Es war schon wieder dunkel geworden. Nicht dass sie Angst hatte, schließlich war die Dämmerung das Element der Wölfe, Jagdzeit. Doch es war doch gerade erst Vormittag gewesen. Ihre Nackenhaare stellten sich auf, das Fell entlang der Wirbelsäule folgte bis hin zur Schwanzspitze. In ihrer Nase kribbelte es. Dann roch sie das Ozon, das durch den Blitz freigesetzt wurde. Die Elektrizität kroch durch ihren Körper. Für ein, zwei Augenblicke erstarrte sie. Dann krachte es im Himmel über ihr, als ginge die Welt unter.
Ich brauche Schutz, dachte sie, und schon rannte sie los.
Dort war eine Höhle. Ohne zu zögern, schlüpfte sie durch den Spalt hinein, kroch tief in eine Ecke, in der sie sich zitternd zusammenrollte. Draußen donnerte es immer noch, Regentropfen trommelten auf ihre Höhle. Es klang als säße sie in einem hohlen Baumstamm. Es roch um sie herum auch nach modrigem Holz. Das Geräusch des Regens und der Geruch nach Holz beruhigten sie etwas und als das Gewitter schließlich nachließ, ergab sie sich der Müdigkeit.
Die Tage bestanden nur noch aus Dämmerung und Nacht. Nur für wenige Stunden kam die Sonne so weit über den Horizont, dass das Land in diffuses Licht getaucht wurde. Dann brach sich das Licht in den Schneekristallen. Sie war verliebt in diesen Anblick und glücklich. Wenige Augenblicke zuvor hatte sie einen Schneehasen erbeutet, der den ständig nagenden Hunger besänftigte. Nun ruhte sie unter dem Wurzelballen eines umgestürzten Baumes. Plötzlich durchbrach das Heulen eines Wolfes die Stille. Sie hob den Kopf und lauschte.

Niemand antwortete ihm. Sie wartete. Er rief noch einmal, es war die gleiche Stimme ...

Das Heulen eines Wolfes weckte Kaamos aus ihrem Traum. Es war Nacht geworden. Sie blinzelte in die Dunkelheit der Höhle und lauschte. Das war kein Wolf, es hörte sich nur an wie einer. Ihr lief ein Schauer über den Rücken. Es klang so nah. Ihr Instinkt riet ihr, den Unterschlupf zu verlassen. Zwar hatte er ihr während des Gewitters Unterschlupf geboten, doch nun saß sie in einer Sackgasse, aus der es bei Gefahr nur einen einzigen Ausweg gab. Sie schüttelte die verbliebene Müdigkeit ab.

Vorsichtig steckte sie ihre Nase aus dem Spalt und witterte. Unbekannte Gerüche stürmten auf sie ein, die sie aus Angst vor dem Unwetter nicht wahrgenommen hatte. Eine Mischung aus den Gerüchen: Exkremente von Pflanzenfressern, trockenes Gras und trockene Kräuter, der Geruch der Pflanzenfresser selbst, Fleischfresser, aber nur unterschwellig, und dann noch der Geruch von Allesfressern. Wildschwein, vielleicht. Nein, anders. Kein Tier, das sie kannte. Das wolfsähnliche Heulen erklang wieder, doch sie konnte keine Bewegung in der Nähe der Höhle hören. Sie zwängte sich durch den Spalt, bereit zu Flucht oder Angriff, sollte etwas da draußen auf sie warten.

Kaamos fand sich in einer fremden Welt wieder. Am Waldrand befand sich eine Ansammlung von merkwürdigen Gebilden, wie sie sie noch nie zuvor gesehen hatte. Mit Erschrecken stellte sie fest, dass auch ihr Unterschlupf ein solches Gebilde war, zwar kleiner, aber keineswegs eine Höhle oder hohler Baumstumpf, wie sie es kannte. Ihr Fell sträubte sich vor Unbehagen, doch sie konnte sich nicht von dem Anblick losreißen. Die Bewohner der Gebilde schienen zu schlafen. Und es gab Bewohner, denn sie konnte ihre Körperaus-

dünstungen riechen. Nur einer schlief nicht. Das Heulen verwandelte sich in ein Bellen und fiependes Jaulen, wie es sich für einen Wolf sicherlich nicht ziemte. Sie erinnerte sich an die Zurechtweisungen ihrer Mutter. Mama, sie wüsste sicher, was das hier war.
Plötzlich erschien eine Öffnung in einem der Gebilde und etwas Rotes schoss auf sie zu. Vor Schreck ergriff sie die Flucht in den Wald. Das rote Etwas verfolgte sie bellend und gab nicht auf, so sehr sie auch rannte.
Ein Wolf flieht nicht, kam ihr in den Sinn, ein Wolf kämpft.
Einen Haken schlagend änderte sie die Richtung. Knurrend und die Zähne fletschend stellte sie sich dem unbekannten Wesen entgegen. Das Tier hatte Ähnlichkeit mit einem Fuchs, nur längere Beine und eine nach oben eingerollte Rute, doch das Knurren und Bellen erinnerte sie an ihre Geschwister. Es war kleiner als sie und sie scholt sich einen Hasen, dass sie vor so etwas geflohen war. Sie ging ein paar Schritte auf das Wesen zu. Ihr Knurren wurde zu einem Grollen, das tief aus ihrem Inneren kam. Was dann geschah, löste ihre Aggressionen in Verwunderung und Neugier auf: Das Tier warf sich in wölfischer Unterwerfungsmanier vor ihr auf den Boden und entblößte Kehle und Bauch. Dabei winselte es.

***

Er spurtete hinter dem Fjällfräs her. Es stellte sich heraus, dass dieses Zotteltier ein geschickter und vor allem ausdauernder Jäger war und keine Trödeleien duldete. Den ersten Schneehasen erlegte er ganz allein, während Revontuli nur hinterher hechelte. Dem entsprechend schlang der Fjällfräs die Beute allein herunter. Der neue Jagdgefährte überließ ihm nur einige Knochen zum Abnagen.
„Du musst schon mithelfen, wenn du etwas abbekommen willst.“

Den zweiten Hasen trieb der Zottel direkt in seine Fänge. Er musste nur noch zuschlagen. Die Vollendung der Jagd war schon immer seine Spezialität gewesen.
„Der gehört jetzt wohl mir."
„Uns", antwortete der Vielfraß und machte seinem Namen alle Ehre. Revontuli musste sich beeilen, dass er nicht wieder leer ausging.
„Und jetzt versuch es allein."
Er schluckte. Er war nie ein guter Treiber gewesen, zu schnell außer Atem, doch wenn er ohne seine Familie überleben wollte, musste er es lernen.
„Ansonsten wirst du verhungern müssen", sagte sein Gefährte, als könnte er seine Gedanken lesen. „Und wenn du nicht verhungerst, wird dich keine Frau nehmen, wenn du nicht die ganze Jagd beherrschst."

Er hatte es geschafft. Zufrieden leckte er sich die Lefzen. Das erste Mal seit Tagen beschwerte sich sein Magen nicht mehr lautstark bei ihm.
„Das war nicht schlecht, Wolf", sagte Fjällfräs, den er hinter sich gelassen hatte, als dieser, einem Eichhörnchen auf einen Baum nachgeklettert war.
„Nicht wahr? Aber jetzt ist Zeit für ein Nickerchen."
„Wenn du meinst …"

***

Erst verfolgte dieses Tier sie und dann warf es sich winselnd vor ihr zu Boden. Das irritierte Kaamos.
„Was bist du denn?", fragte sie schließlich.
Das rote Tier kam wieder auf seine vier Pfoten, schüttelte sich und stand dann plötzlich wieder ganz selbstbewusst vor ihr.
„Komische Frage. Natürlich ein Hund. Wie du."
Da war es schon wieder. Schon wieder hielt jemand sie für einen Hund, dabei wusste sie noch nicht einmal, was das war.

Und sie war sich sicher, dass sie mit diesem Wesen hier nicht allzu viel Ähnlichkeit hatte, bis auf die spitzen Ohren vielleicht. Das fremde Rudel hatte wegen ihres weißen Fells vermutet, sie wäre ein Hund. Aber dieser hier war rot wie ein Fuchs und zudem viel kleiner als sie.
„Ich bin kein Hund. Ich bin ein Wolf."
Der Hund näherte sich und schnüffelte.

„Ein Wolf? Ein echter Wolf?", fragt er. „Aber du riechst wie ein Hund. Fast zumindest."
Sie roch wie ein Hund? Sie schnupperte ihrerseits an ihm.
„Und du riechst fast wie ein Wolf."
Da war aber auch noch eine andere Witterung an ihm, die sie nicht zuordnen konnte.
„Vielleicht liegt das daran, dass wir verwandt sind", sagte der Hund. „Übrigens bin ich, um genau zu sein, ein Jagdhund, ein Shiba Inu. Wir Hunde leben mit Menschen zusammen."
„Menschen?"
„Du kennst keine Menschen? Zweibeinige Allesfresser, die in Häusern wohnen und Tiere halten?"
Das überforderte ihre Vorstellungskraft und weckte ihre Neugier.
„Kannst du sie mir zeigen?"
Der Hund legte seinen Kopf schief.

„Ich fürchte, du würdest sie nicht mögen. Und sie dich nicht … Aber würdest du vielleicht mit mir auf die Jagd gehen? Ich würde so gerne einmal richtig jagen. Meine Menschen erlauben das nicht."
Hatte er nicht eben gesagt, er wäre ein Jagdhund? Und nun behauptete er, er würde nicht jagen. Wie seltsam. Sie legte ihrerseits den Kopf schief.
„Wie kannst du denn ohne Jagd überleben?", fragte sie.

„Naja, die Menschen versorgen mich mit maulgerechten Fleischhappen. Das ist sehr bequem, aber einmal in meinem Leben würde ich doch gerne jagen."
Kaamos überlegte. Einerseits wollte sie schnellst möglich nach Norden, das Land ihrer Träume finden. Andererseits lockte sie der Gedanke an einen Jagdgefährten. Sie konnte erst ihren Hunger stillen, dann ihre Neugier befriedigen und anschließend weiterwandern. Sie hatte sich entschieden.
„Gut", sagte sie. „Wir gehen jagen. Aber danach zeigst du mir diese Menschen."
Der Shiba Inu wedelte mit seiner eingerollten Rute. Sie musste lachen.

***

Der Schnee glitzerte im Mondlicht und knirschte unter seinen Pfoten. Er verfolgte ihre Spur schon seit Stunden. Eindeutig Wolf, eindeutig Weibchen und eindeutig allein. Das letzte Revier eines Rudels hatte er schon vor einigen Tagen passiert. Dann stand sie vor ihm, das schneeweiße Fell gesträubt, die goldenen Augen funkelten ihn an. Und sie knurrte ...

Nein, das war der Fjällfräs, der neben ihm schnarchte. Revontuli gähnte. Er legte seinen Kopf wieder auf seine Pfoten und nutzte die Gelegenheit, noch ein wenig zu faulenzen. Sein Gefährte schlief selten, drängte ihn ständig zur Jagd. Er kannte niemanden, der so verfressen war wie dieses Zotteltier. Jetzt konnte er noch ein paar Momente seinen Gedanken nachhängen. Schon wieder hatte er von ihr geträumt. In seinen Träumen lag stets Schnee. Er seufzte. Es war noch nicht einmal Mittsommer und er sollte noch bis zum Winter warten, bis er sie fand.
„He, Revontuli, aufwachen!"
„Ich bin wach." Er knurrte.

„Du träumst wieder von diesem Weibchen? Lohnt sich nicht. Glaub mir, die Weiber nerven nur und genau aus diesem Grund lebe ich lieber allein."
„Und was gibst du dich dann mit mir ab? Ich bin ein Wolf, und Wölfe brauchen nun einmal eine Familie." Sein Magen grummelte. „Und jetzt lass uns jagen. Ich habe Hunger."

***

„Ich heiße übrigens Kenji", sagte der Hund.
„Meine Mutter hat mich Kaamos genannt."
Sie trotteten gemeinsam in den Wald, die Nasen abwechselnd am Boden und in der Luft.
„Riechst du das?", fragte Kenji.
„Hirsche", antwortete Kaamos.
Der Hund hatte eine gute Nase, das musste man ihm lassen. Sie folgten der Witterung bis zu einer Lichtung. Der Wind stand günstig, trug ihnen den Geruch der Hirsche zu, doch ihren eigenen in der Gegenrichtung davon. Sie war aufgeregt und auch Kenji hechelte nervös.
„Und jetzt?", flüsterte er.
Sie hatte gehofft, dass er sich auskannte. Sie selbst hatte von ihrer Mutter nur die Theorie gelernt: Schwaches Opfer ausspähen, von der Herde trennen, zuschlagen. Der Alpha hatte nie erlaubt, dass sie mit dem Rudel zusammen auf die Jagd ging.
„Wie wär's mit der Dicken da drüben?" Kenji deutete mit der Nase auf eine große Hirschkuh, vermutlich das Leittier.
Sie schüttelte sich. Auf sie machte das Tier einen gesunden und vor allem starken Eindruck.
„Nein, es muss ein schwächeres Tier sein", antwortete sie.
Sie beobachtete die Gruppe einige Augenblicke lang. Das Gefüge der Herde und der Zustand der Individuen zeigten sich deutlich vor ihrem inneren Auge. Die Klarheit des Bildes

versetzte sie in Erstaunen. Ihre Entscheidung war schnell getroffen.
„Wir nehmen die kleinere Kuh da drüben. Sie ist alt, nicht mehr so schnell und beweglich. Sie spielt keine Rolle für den Fortbestand der Gruppe."
„So ein altes, zähes Tier will ich nicht. Ich will die Dicke."
Um seiner Forderung Nachdruck zu verleihen, fletschte der Hund drohend die Zähne.
„Ich glaube nicht, dass wir die erwischen."
„Das werden wir schon sehen. Komm schon!"

Kaamos fühlte sich an ihre Wurfgeschwister erinnert. Diese hatten ihr nie etwas zugetraut, bis sie sie verprügelt hatte. Kenjis Gesichtsausdruck und seine ganze angespannte Körperhaltung spiegelten die Entschlossenheit und den Willen, sich gegen sie durchzusetzen. Sie war hin und her gerissen. Sie hatte sich über die Gesellschaft des kleinen roten Tieres gefreut, zudem war da noch ihre Neugier auf diese Zweibeiner, Menschen, wie er sie nannte. Er würde die Abmachung nicht einhalten, wenn sie nicht nachgab. Doch die Leitkuh zu jagen, war Kraft- und Zeitverschwendung und wer wusste, ob es diese Wesen überhaupt gab. Sie war jung und unerfahren, vielleicht wollte er sie nur ausnutzen.
„Wir machen es, wie ich sage oder wir lassen es", versuchte sie es noch einmal.
„Nein, nein, nein." Er knurrte.
Was auch immer seine Absichten waren, in diesem Moment wollte er sie dominieren und das konnte und wollte sie nicht akzeptieren.
„Mach doch, was du willst …"
„Ist wohl auch besser." Schon schoss der Hund wie ein roter Blitz auf die Herde zu.
Sie blieb nicht, um zuzusehen, sondern schlug wieder den Weg nach Norden ein. Erst schlich sie vor sich hin. Sie war wieder

allein. Dann lief sie immer schneller. Niemand würde ihr etwas vorschreiben oder sie von ihrem Ziel ablenken.
„Kannst du das mit den Bäumen bitte sein lassen?“ Fjällfräs war schon wieder irgendeinem Nager hinterhergeklettert. Jetzt saß er oben und schmatzte. Sein zotteliger Gefährte tat das in letzter Zeit öfter. Dann ließ er Revontuli allein am Boden zurück, um hinter Schneehasen und anderem Kleingetier herzujagen. Einmal hatte er sogar ein Rentier erwischt. Zugegeben, es war alt, schwach und etwas zäh gewesen und doch gut genug für ein Festmahl. Er hatte mit dem Zottel geteilt, doch er träumte immer wieder von der weißen Wölfin.
„Ich dachte, du lernst es irgendwann“, unterbrach Fjällfräs seine Gedanken.
„Was?“
„Naja, auf Bäume zu klettern.“
„Ich glaube, ich habe schon genug von dir gelernt. Und Wölfe können nun einmal nicht klettern. Zumindest nicht auf Bäume.“ Er sah nach oben. „Komm bitte runter.“
Er bewunderte die Eleganz seines Freundes. Wie hatte er sich am Anfang in dem plump wirkenden Tier getäuscht. Er war ein hervorragender Jäger und auch Lehrmeister.
„Was ist, Wolf?“
„Es ist wohl Zeit, dass sich unsere Wege trennen, oder? Du hast mir so vieles beigebracht, das mit dem Klettern wird nichts werden und du bist doch sowieso lieber allein. Dir macht die Einsamkeit nichts aus, du bist dafür geschaffen.“ Er seufzte. „ Und ich nicht. Ich muss mich aufmachen und die Wölfin meiner Träume finden. Mit ihr eine Familie gründen, ein Rudel, mit dem ich heulen kann.“
„Ist schon gut“, brummte der Zottel. „Dann wünsche ich dir viel Glück auf deinem Weg, Revontuli.“
„Ich werde dich nicht vergessen, mein Freund.“
„Werd nicht sentimental. Du solltest jetzt mein Revier verlassen und dir ein eigenes suchen.“

Revontuli hatte sich schon weggedreht, doch er hörte sehr wohl, wie der Fjällfräs noch flüsterte: „Ich werde dich auch nicht vergessen, Wolf."
Er sah nicht zurück.
Nun war er wieder allein auf Wanderschaft. Wie hatte der Vielfraß zu Beginn ihrer gemeinsamen Zeit gesagt: Einsamer Wolf auf der Suche nach einer Frau und einem geeigneten Revier? Es war Mittsommer. Ab jetzt war die Sonne auf dem Rückzug nach Süden. Dort überwinterte sie. Er würde bleiben. Er sehnte sich schon nach dem ersten Schnee, auch wenn Schnee und Eis bedeuteten, dass auch die meisten Beutetiere weiter in den Süden wanderten. Aber es bedeutete auch, dass er SIE endlich fände.

12

Mit der Sonne im Nacken wanderte Kaamos nach Norden. Es war ihr, als verfolgte diese sie, denn den Polarstern, ihren einst treuen Wegweiser, sah sie kaum noch. Die Nächte waren kurz. Zu kurz für ihren Geschmack. Sie träumte von einem Leben in Dämmerung und Nacht. Sie träumte von Schnee und Kälte. Jetzt war es so warm, dass die Luft von Feuchtigkeit geschwängert war. Sie passierte sumpfige Wiesen, wurde von Mückenschwärmen verfolgt. Die Insekten suchten sich ihren Weg zu ihren empfindlichsten Stellen, ins Innere ihrer Ohren, unter das Fell an ihrem Bauch und in der Leistengegend. Sie bohrten ihre Rüssel in ihre Nasenspitze. Sie versuchte vor den Plagegeistern wegzulaufen, bevor sie ihr den letzten Tropfen Blut heraussaugten. Doch was sie auch tat, sie kehrten immer wieder zurück. Zum Glück litten die potentiellen Beutetiere genauso unter der Plage wie sie. So gelang es ihr immer wieder, ein geschwächtes Alttier zu erlegen, oder auch ein Jungtier. Die Wanderung zehrte an ihr.

Revontuli hasste die Einsamkeit. Er vermisste die Gesellschaft des Vielfraßes mehr, als er erwartet hatte. Trotz knurrenden Magens fehlte ihm die Lust zum Jagen. Am Anfang seiner Wanderung war er gerannt und gelaufen, einfach um der Geschwindigkeit und der Freiheit Willen. Jetzt schlich er nur noch vor sich hin, stolperte über die kleinsten Steine. Manchmal schien es ihm, als könnten seine Beine sein eigenes Gewicht nicht tragen. Nur sein Überlebensinstikt ließ ihn in günstigen Situationen die Lethargie überwinden und zuschlagen. Dann wunderte er sich über seinen Jagderfolg. Es war so, als liefen sie ihm direkt vors Maul, weil er keinerlei Aggressivität mehr ausstrahlte.

Er vermisste auch die langen Nächte des Winters. Die Kälte, die die Mücken und die Müdigkeit vertrieb. Das Leuchten der Polarlichter am Himmel. Die langen Tage zermürbten ihn. Er ließ sich auf seinen Hinterpfoten nieder, legte den Kopf in den Nacken und heulte. Natürlich kam keine Antwort. Seit Tagen hatte er kein anderes Wolfsrevier gekreuzt, keine Markierung, die auf einen Junggesellen hingewiesen hätte. Er kratzte sich mit der Hinterpfote am Ohr. Dann legte er noch einmal den Kopf zurück, ließ seinen Frust heraus, bis am Ende des Rufs nur noch Traurigkeit in seiner Stimme lag. Darauf hatten ihn seine Eltern nicht vorbereitet. Sie hatten nie von ihrer Junggesellenzeit erzählt, nichts von der eigenen Suche, nicht, wie lange es dauerte seinen Partner zu finden. Wie mochte es seinen Brüdern gehen? Ob sie schon Partnerinnen gefunden hatten? Ihn stellte die Natur auf alle Fälle auf eine harte Probe, fand er.

Vielleicht sollte er zu seinem Freund zurückkehren.

Doch die Freude wäre wohl nur auf seiner Seite, der Fjällfräs war ein Einzelgänger. Dieses Kapitel war abgeschlossen.

***

In Kaamos manifestierte sich das Gefühl, dass die Tage endlich wieder kürzer wurden. Es war Neumond und so dunkel, dass sie auf Nachtsicht umschalten musste.
Schon brach der Tag wieder an. Ein Geräusch ließ sie innehalten und lauschen. Es war ein Bellen, ähnlich dem des kleinen, roten Hundes, und doch ganz anders. Kein Wolf. Also doch ein Hund? Sie dachte an Kenji und seine Worte. Hunde leben bei Menschen, allesfressenden Zweibeinern. Ihre Neugier erwachte.

Sie schlug die Richtung ein, aus der das Geräusch gekommen war, nahm dabei eine Witterung auf, die sie genauso anzog wie das Bellen. Der Wald lichtete sich und da waren sie im Nebel der Morgendämmerung. Eine Herde zotteliger Tiere. Es waren so viele. Schafe, kam es ihr in den Sinn. Das Wasser lief ihr im Maul zusammen, schürte ihren Hunger und ihren Jagdtrieb, lenkte sie von dem ab, was sie ursprünglich angelockt hatte. Sie machte sich bereit. Bei so vielen Tieren, die so dicht beieinander standen, konnte es nicht so schwer sein, eines zu erwischen. Sie würden nicht in der Lage sein, so schnell zu fliehen. Irgendeines aus der Masse.
Revontuli spitzte die Ohren. War da eine Antwort auf sein Rufen? Das konnte doch gar nicht sein. Es war kein anderes Revier in der Nähe. Er war sich sicher. Ein weiteres Mal erhob er seine Stimme, lauschte auf eine Antwort. Da war tatsächlich etwas. Möglicherweise irrten seine Träume. Vielleicht war sie es. Er schlug die Richtung ein, aus der die Antwort zu kommen schien. Immer wieder rief er, um zu prüfen, ob er auf dem richtigen Weg war. Mit seiner feinen Nase versuchte er die Witterung aufzunehmen, die dem Unbekannten gehörte. Es irritierte ihn, dass der Wolfsgeruch ausblieb. Sein Instinkt warnte ihn, vorsichtig zu sein. Seine Sehnsucht nach Gesellschaft trieb ihn weiter.

Kaamos beobachtete, wie sich eines der Tiere von der Herde entfernte. Das Schaf war dabei, ihr vor die Fänge zu laufen. Das war noch besser, als in die Gruppe zu stürmen.
Sie zuckte zusammen. Da war es wieder, das Bellen, wütend, und es näherte sich dem einzelnen Tier schnell aus Richtung der Herde. Er war schwarz-braun mit etwas Weiß, langhaarig und sehr schnell. Er trieb das Tier direkt auf sie zu. Sie konnte es nicht fassen, sie bräuchte nur noch zuschnappen. Er bekäme natürlich den größten Anteil, er hätte schließlich die Hauptarbeit geleistet. Sie würde für heute satt, das war Lohn genug.
Doch was tat er jetzt? Er schoss an ihr vorbei, schnitt damit dem Schaf den Weg ab und trieb das blökende Tier zurück zu seiner Herde. Verblüfft sah sie der entgangenen Beute nach.
Der Wolf, Hund oder was auch immer es war, drehte wieder ab und lief direkt auf sie zu, um kurz vor ihr abrupt anzuhalten.
Er knurrte sie an, die Lefzen weit über die Zähne zurück gezogen.
„Lass meine Herde in Ruhe, Wölfin. Diese Tiere stehen unter meinem Schutz."
„Schutz?" Sie verstand nicht.
„Ich wollte es doch gar nicht für mich allein. Der Hauptteil hätte natürlich dir gehört."
Er knurrte sie weiter an, die Ohren dicht an den Kopf angelegt. Die Feindseligkeit ließ sie einen Schritt zurückweichen, obwohl sie von ihrem Recht überzeugt war.
„Ich wollte doch nur helfen", sagte sie.
„Helfen", grollte er. „Wobei?"
„Bei der Jagd natürlich."
„Natürlich." Er lachte, ohne dabei seine Angriffsbereitschaft aufzugeben. „Ich jage diese Tiere nicht. Ich beschütze sie vor Dieben wie dir. Du solltest verschwinden, Mädchen, bevor ich dich in Stücke reiße oder mein Herr kommt und dich erschießt."

„Er-was?“
„Erschießt. Peng, peng. Mit einem Gewehr und dann bist du tot, Naivchen.“
Trotz seiner Drohungen blieb sie angewurzelt wie ein Baum stehen. Sie verstand nicht. Ein Pfiff schrillte. Er stellte die Ohren auf, verlor dadurch seine drohende Haltung.
„Ich muss gehen, mein Herr ruft. Und du solltest von hier verschwinden und dich von uns fernhalten. Das nächste Mal kommst zu mir nicht so einfach davon.“
Noch einmal kam ein Grollen tief aus seiner Kehle. Dann lief er Richtung seiner Herde davon. Kaamos sah ihm noch einen Augenblick lang nach, dann löste sie sich aus ihrer Erstarrung. Auf ihre Fragen bekäme sie hier keine Antworten mehr.
Ihr Magen knurrte. Sie war schon wieder leer ausgegangen. Sie würde sich in Zukunft nicht nur vor fremden Wolfsrudeln fernhalten, sondern auch einen großen Bogen um diese Hunde machen. Egal. wie groß ihre Neugier war, sie würde ihr Bellen und Jaulen ignorieren, nahm sie sich vor.
Revontuli nahm eine Witterung auf, die er noch nie zuvor gerochen hatte. Sie wollte nicht so recht zu dem Heulen passen, das er jetzt klar und deutlich vernahm. Er zögerte, hin und her gerissen von seiner Sehnsucht und seiner Neugier auf der einen Seite und von der Warnung seines Instinkts vor einer möglichen Gefahr auf der anderen.
Die Zeit, seine Wölfin zu treffen war noch nicht da, das sagten ihm seine Träume. Aber wer sagte ihm, dass er ihnen vertrauen konnte? Seine Mutter hatte auch von ihr geträumt.
Vielleicht war da ja auch ein anderer Junggeselle, mit dem er vorübergehend eine Jagdgemeinschaft gründen konnte. Diese Hoffnung ließ ihn die Warnung in den Wind schlagen.

Die Kreatur erschien aus dem Nichts. Sie bewegte sich nur auf zwei Beinen, den Hinterläufen. Zu ihr gehörte die unbekannte Witterung und Revontuli wurde bewusst, dass sein Instinkt ihn

nicht betrogen hatte, nur seine Sehnsucht nach Gesellschaft.
Sein Nackenfell sträubte sich, er legte die Ohren an, zog die Lefzen hoch und knurrte. Doch er drohte der Kreatur mehr aus Unsicherheit, denn alles in ihm riet ihm zur Flucht.
Ich bin ein Wolf, dachte er, ein Wolf hat keine Angst und flüchtet nicht.
Seine Mutter hatte ihm geraten, im Zweifelsfall seinem Instinkt zu vertrauen. Und seiner Mutter hatte er immer vertraut.
Der Zweibeiner näherte sich langsam, in den Vorderläufen hatte er eine Art Stock auf ihn gerichtet. Was war das?
Sein Instinkt rief: Lauf!
Und er rannte los. Ein Knall zerriss die Luft, ein stechender Schmerz seinen rechten Hinterlauf. Er strauchelte.
Weiter, weiter, schrie sein Instinkt.
Er rappelte sich hoch. Ein weiterer Knall, doch es folgte kein Schmerz. Er rannte so schnell und so weit, wie es das Brennen in seinem Oberschenkel zuließ. So lange, bis er nicht mehr konnte. Er brach zusammen.

Ein Knall. Ein stechender Schmerz.

Sie jaulte auf, leckte sich den rechten Oberschenkel. Da war nichts, doch sie hatte den Schmerz gespürt. Der Traum. Er war anders gewesen als die bisherigen. Es war sein Schmerz, den sie spürte. Er war in Gefahr und sie war noch so weit weg. Sie lief los. Weiter nach Norden, so schnell sie ihre Beine tragen konnten.
Der Wald veränderte sich bereits. Weniger Laubbäume, mehr Bäume mit stacheligen Blättern. Nadelbäume, das war wohl der passende Begriff. An diesem Tag lief sie ohne Pause, ohne zu jagen, getrieben von der Angst. Angst um den weißen Wolf mit dem Silberstreif auf der Nase und den silbernen Ohrenspitzen, den sie nur aus ihren Träumen kannte. Wenn sie ihn tatsächlich finden sollte, wenn er überhaupt noch lebte, was

wurde dann aus ihrer Unabhängigkeit? Der Gedanke ließ sie langsamer werden. Sie jagte allein erfolgreich genug, um zu überleben. Mit Gesellschaft hatte sie keine guten Erfahrungen gemacht, und doch sagten ihr ihre Träume, er wäre für sie bestimmt.

***

Zärtlich leckte sie über die Wunde.
„Hab keine Angst. Alles wird gut.“
Sie lächelte ihn an.

Verwirrte blinzelte er. Sie war wieder verschwunden. Er wollte aufstehen. Beim ersten Versuch knickte sein Hinterlauf weg, beim zweiten stand er. Wackelig, der Wald schien sich um ihn zu drehen. Durst quälte ihn, vom Hunger ganz zu schweigen. Was war nur passiert? Da war ein Knall, der Schmerz, der Zweibeiner. Die Erinnerung ließ ihm das Fell zu Berge stehen. Er filterte die Gerüche der Umgebung durch seine Nase. Nichts Ungewöhnliches. Wasser war ganz in der Nähe. Revontuli ging los. Sein Bein schmerzte. Er versuchte es zu entlasten, zog es hinter sich her. Erst den Durst stillen, dann konnte er sich Gedanken über den Rest machen.

***

Kaamos wanderte weiter in Einsamkeit. Ab und zu hörte sie einen Hund bellen, doch sie wich lieber von ihrem direkten Weg nach Norden ab, als noch einmal einer solchen Kreatur zu begegnen. Sie lebten in gegensätzlichen Welten, Wolf und Hund, obwohl sie sich so ähnlich schienen. Das war ihr bei den beiden Begegnungen klar geworden. Auf eine weitere wollte sie gerne verzichten.

Die Nächte wurden länger und kälter. Ihr gefielen die frühe Dämmerung und die lange Dunkelheit. Der Wald wurde lichter, Unterholz seltener. Er bekam immer mehr Ähnlichkeit mit dem Wald ihrer Träume. Dunkle Stämme, dunkle Nadeln. Sie schlief wenig, nur noch wenn sie Schutz unter dem Stamm oder unter dem Wurzelballen eines umgestürzten Baumes fand. Einmal traf sie auf eine Markierung. Wolf, dachte sie. Doch sie war noch nicht bereit für eine Begegnung, zu groß war die Angst vor Ablehnung. Immer noch hielt sie die weißen Wölfe des Nordens für ein Märchen oder bestenfalls für einen Traum. Zudem deutete der Geruch auf einen Familienverbund hin, nicht auf einen Junggesellen. Man hieß eine fremde Wölfin sicherlich nicht willkommen. Sie umging das Revier in Witterungsabstand. Immer in Riechweite, um den Umweg kleinstmöglich zu halten, immer auf der Hut und fluchtbereit, sollten die Unbekannten sich bedroht oder einfach nur belästigt fühlen. Nichts passierte, nur einmal hörte sie das Heulen der Wölfe in der Ferne, was ihre Sehnsucht nach einer eigenen Familie weckte.
Revontuli ließ sich in den Bach fallen. Das kalte Wasser linderte nicht nur seinen Durst, sondern auch die Schmerzen in seinem Bein. Was war da nur passiert? Er war nicht gestürzt, nirgends hängengeblieben. Nur der Zweibeiner und der Knall. Er konnte die Wunde nicht sehen, aber er wusste, dass sie da war. Sie musste mit dem Knall zusammenhängen, eine andere Erklärung hatte er nicht. Er durfte die Witterung der zweibeinigen Kreatur nicht vergessen. Sie bedeutete Gefahr.
Er schleppte sich zurück aufs trockene Ufer. Diese Schwäche. Zitternd schlief er ein.

Die zweibeinige Kreatur kam auf ihn zu, den Stock auf ihn gerichtet. Ein weißer Blitz. Sie stand zwischen ihm und diesem Monster und rief: „Lauf, Revontuli, lauf, so schnell wie du kannst.“

Der Knall schreckte ihn aus seinem Schlaf. Sein Körper schrie, sein Hinterlauf stand in Flammen. Ein Waldbrand? Ihm war das egal, dann würde er eben verbrennen, das wäre immer noch besser als zu verhungern.

***

Kaamos stolperte und fiel fast kopfüber in den Quellteich. Sie hatte das Gurgeln des Wassers vorher nicht gehört. Sie schüttelte sich. Anscheinend träumte sie jetzt schon mit offenen Augen. Sie sollte wachsamer sein. Sie war zwar ein Räuber, aber dennoch lauerten auch für sie überall Gefahren. Menschen, zum Beispiel, dachte sie. Es war Zeit, eine Pause einzulegen. Die Quelle war ein guter Platz zum Ausruhen, hier konnte sie ihren Durst stillen und, mit ein wenig Glück, ein Beutetier beim Trinken überraschen und schlagen. Sie rollte sich auf einem Bett aus Moos zusammen und döste ein.

Ihr Gesicht spiegelte sich in der glatten Oberfläche des Teiches. Makellos weiß mit gelben Augen und einer schwarzen Nasenspitze. Neben ihr erschien ein weiteres. Silberstreif auf der Schnauze, Silberspitzen an den Ohren. Sie erschrak, fuhr herum, knurrte. Doch er war weg.

Sie wachte auf, gequält von der Sehnsucht, die ihr wie eine Krankheit erschien, von der sie getrieben wurde.
„Bleib bei mir“, flüsterte sie. „Geh nicht weg.“

***

„Geh nicht, Revontuli“, flüsterte sie.

„Mutter?“

Revontuli sprang auf, aber nur, um sofort wieder umzufallen. Sein rechter Hinterlauf gab einfach nach. Er war nicht verbrannt, offensichtlich, aber er hatte genug Hunger für ein ganzes Wolfsrudel. Wie lange hatte er hier gelegen? Er rappelte sich wieder auf, langsamer als zuvor, vorsichtiger, testete die Stabilität seines verletzten Beines. Es tat immer noch weh, aber er konnte es belasten. Der Wald drehte sich um ihn. Er brauchte dringend etwas Fressbares. Er machte zwei Schritte vorwärts. Und fiel in den Bach.

***

Kaamos schüttelte den Traum ab. Sie trank, dann brach sie wieder auf, folgte dem Lauf des kleinen Baches, der direkt nach Norden führte. Immer wieder fand sie Spuren anderer Tiere, Hufspuren, Paarhufer. So, wie es aussah, Herdentiere. Die Witterung war interessant, reizte sie, doch ihr Drang weiterzuwandern, ließ sie vorerst nicht von ihrem Weg abweichen. Stattdessen begann sie auf die Forellen im Bach Jagd zu machen. Zuerst sprang sie den Wasserbewohnern im flachen Wasser hinterher, was sich als kraftraubend und wenig erfolgreich herausstellte. Sie waren flink und wendig. Sie änderte ihre Strategie. Sie stellte sich in den Bach, wartete, bis ein Fisch gegen die Strömung in ihre Richtung schwamm. Schon nach wenigen Versuchen hatte sie den richtigen Zeitpunkt zum Zuschnappen herausgefunden. Der Fischgeschmack war nicht so schlecht, wie sie ihn sich vorgestellt hatte.

***

Revontuli erstarrte in der Kälte des Wassers und blieb einfach liegen, bis irgendetwas gegen seinen Körper stieß, gegen ihn und um ihn herumschwamm.

„He, was soll das?“, brummte er.

Er rappelte sich auf. Um ihn herum wimmelte es im Wasser. Das trug nicht gerade zu seiner Standfestigkeit bei. Lachse, kam es ihm in den Sinn und das hungrige Wolfsrudel in ihm heulte auf. Seine Augen konnten den Bewegungen der Fische nicht folgen. Er stand inmitten des Schlaraffenlandes, unfähig, etwas zu tun. Da. Da war einer, der nur langsam vor sich hin dümpelte, nur müde mit den Flossen zuckte. Er schnappte zu und das Wolfsrudel in seinem Bauch wurde besänftigt.
Vielleicht hätte ihn seine Mutter lieber Glückskind nennen sollen. Nach allem, was ihm bisher passiert war, wäre das treffender gewesen. Momentan fühlte er sich nicht wie ein strahlendes Leuchten am Himmel, aber die Natur meinte es gut mit ihm.

Polarnacht

Kaamos folgte dem Bach nach Norden. Bald wurde ein kleiner Fluss daraus. Dann machte er einen Knick nach Osten. Unentschlossen setzte sie sich auf ihre Hinterläufe, fragte sich, ob sie nun schon weit genug gewandert war. Es war Abenddämmerung. Sie wartete auf eine Eingebung. Um sie herum kristallisierte die Luftfeuchtigkeit in der Kälte und sie beobachtete fasziniert, wie die Landschaft von einem weißschimmernden Überzug bedeckt wurde. Am Himmel erschienen Lichtschleier. Sie kamen und gingen, tauchten das Land in die Farben des Regenbogens. Einmal schimmerten die Eiskristalle grün, dann violett, wechselten zu rot und wieder zu grün. Der Anblick überwältigte sie. Sie war angekommen, das sagte ihr der innere Kompass. Das war das Land, in dem die weißen Wölfe lebten, wenn sie ihrer Mutter glauben konnte.

Von einer Witterung ließ sie sich die Entscheidung, welche Richtung sie einschlagen sollte, abnehmen. Es war der Geruch der unbekannten Huftiere, den sie schon früher am Bach wahrgenommen hatte. Er kam weder aus Norden noch aus Osten, sondern aus Westen. Sie war neugierig auf die Tiere des Nordens.

***

Revontuli hatte sich ausgiebig an den Lachsen satt gefressen. Noch konnte er den rechten Hinterlauf nicht voll belasten. Aber er hatte sich mit der Situation abgefunden und es ließ sich auch mit einem leichten Humpeln ganz gut laufen. Er folgte dem Fluss zusammen mit den Lachsen nach Süden, bis diese nach und nach immer weniger wurden. Irgendwann war diese Nahrungsquelle versiegt. Die Lachse hatten ihre Laichgründe erreicht und somit ihren Lebenszyklus abgeschlossen. Trotzdem war er guter Dinge. Alles deutete auf den nahenden Winter hin. Über Nacht verwandelte sich der Wald in ein weiß glitzerndes Wunderland, beleuchtet von den rätselhaften Farben der Nordlichter. Der angefrorene Boden knisterte unter seinen Pfoten, wenn er lief. Die Sonne befand sich auf dem Rückzug nach Süden und wagte sich jeden Tag weniger lang über die Baumwipfel.

Der Fluss machte einen Knick nach Westen. Er kratzte sich mit seinem gesunden Hinterlauf am Ohr. Manchmal half ihm das beim Nachdenken. So weit im Süden war er noch nie vorher gewesen.

***

Jetzt sah Kaamos sie, die Tiere des Nordens, deren Witterung sie gefolgt war. Ihr Fell war nahezu weiß, es wies nur noch wenige beige oder braune Stellen auf. Sie tragen bereits ihren Winterpelz, dachte Kaamos. Es würde bald der erste Schnee fallen, der Raureif der Nacht war ein Vorbote gewesen.

Die Fellfarbe irritierte sie nicht, doch die Geweihe, die alle trugen, flößten ihr Respekt ein. Sie kannte Hirsche und Rehe, bei denen nur die Böcke Geweihe trugen. Um diese machte man dann am besten einen großen Bogen. Doch bei dieser Herde konnte es sich nicht nur um männliche Tiere handeln, denn es waren auch Jungtiere dabei. Die Gruppe zupfte friedlich Gras vom angefrorenen Boden.

Sie prüfte den Wind. Noch war sie weit genug entfernt, als dass die Herde sie als Gefahr wahrnehmen könnte. Um näher an die Tiere herankommen zu können, müsste sie sich aus der entgegengesetzten Richtung anpirschen. Sie war allein und die Jagd konnte nur erfolgreich enden, wenn sie alles Wolfsmögliche dafür tat, nicht zu früh entdeckt zu werden. Sie begann die Herde zu umrunden, bis sie Gegenwind hatte.

Dabei spähte sie nach einer geeigneten Beute. Sie freute sich auf die Jagd auf die ungewöhnlichen Tiere, trotz der Geweihe.
Revontuli entschied sich dafür, dem Fluss noch eine Weile zu folgen. Weiter im Westen war es sicher auch nicht schlecht. Er bedauerte nur, dass es keine Lachse mehr gab. Deren Reise war zu Ende, der Zweck erfüllt. Sie hatten sicher nicht nur sein eigenes hungriges Maul gestopft und die, die es zu den Laichplätzen geschafft hatten, hatten sich fortgepflanzt und somit für ein Fortbestehen der Nahrungskette gesorgt. Er beneidete sie für einen kurzen Moment, denn er hatte weder eine Partnerin, noch hatte er für das Fortbestehen von irgendetwas gesorgt.
Wenn er sie endlich fand, würde sie ihn dann noch wollen? Sein Bein fühlte sich immer noch steif und nicht so beweglich wie das andere an. Gerade nach längeren Pausen lahmte er. Jetzt war er in Gedanken und im gleichmäßigen Lauf, so spürte er die Behinderung kaum. Also lief er an diesem Tag immer weiter, ohne Pause, ohne Fressen, immer weiter am Fluss entlang, bis dieser einen weiteren Richtungswechsel vorschlug: Weiter nach Süden.
Eine Witterung bremste ihn aus. Ganz in der Nähe gab es Rentiere. Er würde eine Abwechslung zum Fisch der letzten Tage willkommen heißen und der Gedanke an eine richtige Jagd versetzte ihn in gute Laune.
Er setzte eine Markierung. Wenn die Jagdgründe so gut waren, wie es die Witterung versprach, könnte er hier sein eigenes Revier gründen.

***

Kaamos erreichte eine günstige Position. Der Wind trug den Geruch der Tiere in ihre Nase, ließ ihr das Wasser im Maul zusammenlaufen. Ihre eigene Witterung wurde in den Wald von ihnen weg getragen. Sie näherte sich langsam weiter der

Herde. Die Jungtiere sahen wohlgenährt und gesund aus, auch die Ausgewachsenen und Alten wirkten kräftig. Der vergangene Sommer hatte es gut mit ihnen gemeint und sie fanden genug Nahrung, solange noch kein Schnee lag und die Futtersuche behinderte.

Sie wollte jagen. Sie musste jagen. Sie entschied sich für das kleinste der Jungtiere. Es würde das Schwächste sein. Sie wünschte sich einen Jagdpartner an ihrer Seite, das würde die Angelegenheit vereinfachen. Doch sie hatte keinen. Sie fixierte die auserwählte Beute, bewegte sich so flach wie möglich auf den Boden gedrückt auf sie zu, immer auf den Augenblick wartend, in dem sie sich einen Schritt zu weit von der schützenden Herde entfernte. Die Dämmerung kam ihr mit langen Schatten zu Hilfe. Ihr Körper zitterte unter der Anspannung, wartete darauf, losgelassen zu werden.
Dann war der Moment da. Sie schnellte los. Die Tiere gerieten in Panik, als sie Kaamos bemerkten. Sie verfolgte das Jungtier, sprang, erwischte es an der Kruppe. Es trat nach ihr, buckelte, schüttelte sie ab. Ein Huf traf sie am Kopf. Sie ging zu Boden, blieb benommen liegen.

Als sie wieder zu sich kam waren sie weg. Sie hatte das Jungtier verletzt, das machte es leicht, ihnen zu folgen.

***

Rentierblut. Revontuli folgte der Spur. Immer wieder stoppte er, um alle Gerüche der Umgebung zu erfassen. Die Begegnung mit dem Zweibeiner hatte ihn vorsichtig werden lassen. Bald fand er den Kadaver. Wolf, dachte er, als er die Überreste betrachtete und beschnüffelte. Noch einmal über-prüfte er die Witterung. Die Wölfin war nicht mehr da. Schade.
Er machte sich über die Überreste des Kadavers her.

Kaamos kehrte zum Fluss zurück. Irgendetwas war anders. Die Markierung, sie war noch nicht da gewesen, als sie den Hirschen des Nordens gefolgt war. Sie war sich sicher, sie hätte sie bemerkt. Dann sah sie die Fußspuren im feuchten Ufersand. Er schien alleine zu sein, wie sie selbst. War ER es? Sollte sie nach ihm rufen? Sie winselte leise, der Mut zum Heulen fehlte ihr. In diesem Moment sehnte sie sich nach ihrer Mutter, sie wüsste sicher, was zu tun wäre.

Sie roch noch einmal an der Markierung. In den Mondphasen, die während ihrer Wanderung vergangen waren, hatte sie gelernt auf ihren eigenen vier Pfoten zu stehen, sich auf sich selbst zu verlassen. Dennoch fühlte sie sich oft einsam, so einsam, dass sie von einem weißen Wolf mit silbernen Abzeichen an Schnauze und Ohren träumte. Ob es ihn wirklich gab? Könnte es nicht seine Markierung sein?
Sie beschloss, sich noch Zeit zu geben, folgte dem Wasserlauf zurück nach Süden, bis sie den Geruch der Wolfsmarkierung nicht mehr wahrnehmen konnte. Dann suchte sie sich einen Unterschlupf.

***

Revontuli kehrte an den Fluss zurück. Er vermutete, dass er sie dort finden könnte. Er dachte sogar, ein Hauch ihres Geruches hinge noch in der Luft. Wenn sie hier gewesen war, dann war sie schon wieder weg. Oder er bildete es sich nur ein, weil er es sich so sehr wünschte?
Sein verletztes Bein protestierte, verweigerte die Mitarbeit zum Weiterlaufen. So entschied er sich zu einer Rast. Ein umgestürzter Baum bot ihm ein wenig Schutz. Den hatte er nötig, denn es begann gerade zu schneien.
„Mein braver, tapferer Junge.“ Seine Mutter sah ihn liebevoll an. Dann leckte sie ihm übers Gesicht, so wie es sie immer

getan hatte, als er noch ein Welpe gewesen war. „Du musst sie finden. Ihr braucht euch, ihr seid für einander bestimmt. Du, Revontuli, das Polarlicht. Und sie, sie ist Kaamos, die Polarnacht und sie ist nicht fern.“

Er wachte auf. Die Landschaft war schneebedeckt, das war ein Zeichen. Er schüttelte sich Schnee aus dem Fell.

***

„Mama, Mama, wo bist du? Ich brauche dich doch. Hilf mir, ich bin so allein und weiß nicht, was ich tun soll.“
„Meine Tochter.“
„Mama, was soll ich tun? Soll ich ihn suchen? Ist er es, den mir meine Träume zeigen?“
Sie gab ihr keine Antwort, stattdessen lächelte sie nur.

„Mama?“
Sie bekam keine Antwort, zumindest nicht von ihrer Mutter. Sie blinzelte aus ihrem Versteck und hielt den Atem an: Alles war weiß. Sie kroch aus ihrem Unterschlupf. Ihre Pfoten schienen mit dem Schnee zu verschmelzen, das war faszinierend. Es war wie in ihren Träumen, der Schnee knirschte unter ihren Füßen. Der Mond schien durch eine Lücke in den Wolken und ließ die Landschaft silbrig strahlen. Sie machte sich auf die Suche.
***

Die Schneedecke war noch unberührt und Revontuli betrachtete einige Augenblicke lang die Schönheit der Winterlandschaft. Das Mondlicht bahnte sich einen Weg durch die Wolkendecke und tauchte alles in einen silbrigen Glanz. Am Flussufer bildete sich Eis.
Wo sollte er sie suchen? Der Schnee hatte alle Spuren ausgelöscht. Womöglich hatte seine Markierung sie vertrieben.

Vielleicht kehrte sie auch aus Neugier zurück. Oder sie würde die Rentierherde erneut aufspüren, weil sie jagen musste, so wie er selbst auch. So viele Fragen, auf die er die Antworten nicht kannte.
Er streckte und dehnte sich. Die Kälte steckte ihm in den Gliedern, machte seinem Bein zu schaffen. Er konnte nicht einfach hier sitzen bleiben und darauf warten, dass sie vielleicht des Weges kam. Das würde ihm nicht gut tun.

Er entschied sich dafür, nach den Rentieren zu suchen. Bevor er aufbrach, erneuerte er seine Markierung. Sollte sie zurückkehren, würde sie wissen, dass er sich noch in der Umgebung aufhielt. Das bot ihr die Wahl, ihm zu folgen. Er hoffte, dass sie es dann auch tun würde.

***

Sie lief Richtung Norden am Fluss entlang, zurück bis zu der Biegung. Es fing wieder an zu schneien. Das dichte Treiben der Flocken behinderte ihre Sicht nicht, wohl aber ihren Geruchssinn. Sie fand eine frische Markierung. Er war zurückgekommen, um gleich wieder zu verschwinden. Der erneute Schneefall hatte seine Spuren schon wieder verwischt. Wohin wanderte er? Er würde jagen müssen. Die Hirsche des Nordens. Sie waren Richtung Osten geflüchtet, als sie das Jungtier gerissen hatte. Das bedeutete, sie würden sich von hier aus vermutlich im Norden befinden.

Sie setzte eine Duftmarke, bereute es aber sofort wieder. Sie wusste weder, ob er es war, den sie suchte, noch, ob er ihr auch tatsächlich wohlgesonnen war. Sie fürchtete sich vor ihrer eigenen Kühnheit.

Kaamos ging auf die Suche nach der Herde.

Seit Tagen suchte Revontuli nach ihr. Neben seiner Markierung am kleinen Fluss hatte er ihre Duftmarke gefunden, doch der Schneefall machte es ihm nicht leicht ihrer Spur zu folgen. Er fand sie und verlor sie wieder. Die Notwendigkeit zu jagen unterbrach seine Suche immer wieder. Schneehasen standen regelmäßig auf dem Speiseplan. Die Rentiere witterte er öfters, aber ihre Weidegründe waren schon wieder verlassen. Dafür fand er dort ihre Spur wieder. Manchmal fragte er sich, ob es sie wirklich gab oder ob sie nur in seinem Kopf und in seinen Träumen existierte.

Er witterte die Rentiere wieder. Diesmal, nahm er sich vor, würde er ihnen folgen. Nichts und niemand, außer der Wölfin, sollte ihn ablenken. Bei den Rentieren würde er sie finden.
Die Zeit der langen Nacht ohne Tageslicht war da.

Kaamos folgte den Hirschen des Nordens. Hin und wieder kreuzte sie eine seiner Markierungen. Sie waren unregelmäßig, steckten noch kein klares Revier ab. Er war immer noch allein.
Finde diese Hirsche dann findest du mich, dachte sie.
Ihre Jagderfolge waren selten in diesen Tagen.
Manchmal erlegte sie einen Schneehasen oder ein Schneehuhn. Die Jagd nach den nordischen Hirschen zehrte zu sehr an ihren Kräften. Immer wieder suchte sie die Herde nach Schwachstellen ab.
Die Dunkelheit kam ihr vor wie eine Ewigkeit, nur der Mond, dessen Schein vom Schnee reflektiert wurde, spendete dämmriges Licht. Prüfend hob sie ihre Nase. Sie nahm eine Witterung auf, die nicht zu den Pflanzenfressern gehörte. Sie zuckte zusammen.

Sein Heulen zerschnitt die Stille der Dunkelheit. Befriedigt lauschte Revontuli dem Nachhall seiner Stimme. Die Wölfin war hier ganz in der Nähe, er konnte sie riechen. Spannung baute sich in ihm auf, während er auf eine Antwort wartete. Wieder legte er den Kopf in den Nacken und heulte. Sie antwortete nicht, das machte ihn rasend. Am liebsten wollte er mitten durch Herde hindurch preschen, um zu ihr zu gelangen. Doch die Tiere wurden schon durch sein Heulen nervös genug und er sollte sie nicht in die Flucht schlagen. Denn sein Traum war es, außer sie endlich zu finden, mit ihr zu jagen. Endlich zu zweit. Revontuli begann die Gruppe zu umrunden.

Das Heulen durchbrach die ewige Nacht und ließ Kaamos erstarren. Ihre Nackenhaare stellten sich auf. Sie unterdrückte das Bedürfnis zu antworten, zu viel Ablehnung hatte sie in ihrem bisherigen Leben erfahren. Die Rentiere wurden durch sein Rufen nervös und sie hoffte, dass es die Herde nicht vertrieb, sonst wäre ihre Mühe, verborgen zu bleiben, umsonst gewesen. Es wurde wieder still. Konzentriert sog sie Luft durch die Nase ein, blendete die Rentierwitterung aus. Jetzt konnte sie ihn deutlich riechen, er kam näher. Abwarten? Fliehen? Ihm entgegengehen? Sie wusste nicht, was sie tun sollte, also rührte sie sich einfach nicht von der Stelle.
Revontuli spürte, dass sie sich ganz in der Nähe aufhielt.
Sie schien sich nicht von der Stelle zu bewegen. Schlief sie etwa? Wie in seinen Träumen? Nein, sein Heulen hätte sie geweckt. Er verlangsamte seinen Schritt, verunsichert, weil sie ihm nicht geantwortet hatte, weil sie ihm nicht entgegenkam und weil sie nicht weglief. Irgendeine Reaktion von ihr und er könnte sie einschätzen.
Ganz nah jetzt.
Dann sah er sie im Mondlicht, weiß wie der Schnee, der sie umgab, hob sie sich kaum von der Umgebung ab. Ihre gelben Augen funkelten in der Dunkelheit.
Näher.
Ihre Nackenhaare waren aufgestellt. Überdeutlich konnte er sie einzeln erkennen.

Die Rute zog sie ein, die Ohren legte sie an. Sie knurrte ihn mit hochgezogen Lefzen an. Trotzdem ging er weiter auf sie zu. Er konnte nicht anders. Sie schien im Mondlicht zu erstrahlen. Sie war wunderschön.

Kaamos knurrte den fremden Wolf an, ein Grollen drang tief aus ihrem Inneren, trotzdem kam er weiter näher. Seine Haltung hatte nichts Bedrohliches an sich. Er humpelte ein wenig, doch es schien ihn nicht zu beeinträchtigen. Sie wich nicht zurück, griff ihn auch nicht an. Sie kannte ihn: Silbergrauer Streifen auf dem Nasenrücken, silberne Ohrenspitzen, ansonsten weiß wie sie selbst. Sie konnte es nicht fassen: Es gab tatsächlich andere weiße Wölfe. Sie knurrte ihn weiter an, weil sie nicht wusste, was sie anderes tun sollte.
Dann sprach er sie an und sie verstummte.
„Bist du Kaamos?“, fragte er. „Ich habe nach dir gesucht. Mein Name ist Revontuli.“

Epilog

Kaamos leckte die Welpen trocken. Sie waren noch so hilflos, blind und taub so kurz nach der Geburt. Es waren vier, zwei weiße und zwei schwarze. Sie war erschöpft, aber auch angespannt.
Revontuli kam zu ihr, er betrachtete den ersten gemeinsamen Nachwuchs neugierig.
„Sind sie so, wie deine Brüder waren?“
„Ja“, antwortete sie. „Sind sie nicht wunderschön?“
Er beschnüffelte die Kleinen. Diese fiepten leise und drängten sich auf der Suche nach Wärme und Nahrung an ihre Mutter. Kaamos ließ ihren Partner nicht aus den Augen. Er war trotz seiner alten Beinverletzung ein starker Jagdgefährte. Sie vertraute ihm. Sie war glücklich an seiner Seite. Aneinander

gekuschelt hatten sie sich die Geschichten ihrer Familien und ihrer Wanderungen erzählt. Doch jetzt war eingetreten, wovor sie sich gefürchtet hatte. Das Erbe ihres Vaters hatte sich in ihren Nachwuchs eingeschlichen.
Revontuli schleckte jedem der Welpen einmal über den Bauch.
„Sie sind wunderschön“, sagte er schließlich. „Alle vier … Und jetzt, meine Liebste, werde ich für uns jagen. Du wirst viel Kraft für die Kleinen brauchen.“
Die Anspannung fiel von ihr ab, und während die Welpen tranken, schlief sie ein und träumte.

Tigers letzte Reise

Dominic Böhm

Die rote Hölle

Soll dies wirklich mein Ende sein? Tiger, Herr des Windes, ist mein Name. Als ich vor einiger Zeit diese Reise antrat, wusste ich noch nicht, dass es meine letzte sein würde. Ach, was fühlte ich mich damals stark. Mein Ruf eilte mir voraus. Jedes Tier im Wald kannte meinen Namen. Manch einer mag ihn auch gefürchtet haben. Zu Recht? Das sollte jeder für sich selbst entscheiden. Wenn sie mich jetzt sehen könnten. Lachend säßen sie kreisförmig aufgereiht um mich herum. „Schaut ihn nun an. Der Sohn des Windes. Dass ich nicht lache. Schaut ihn an. Wie er dort liegt. Geschwächt und ausgehungert. Schaut ihn nur an", lästerten sie. War ich ein schlechter Wolf? Das mit Sicherheit nicht. Ein Wolf folgt seinem Instinkt. Das war schon immer so. Daran wird sich auch nie etwas ändern. Wir sind keine bösen Tiere, auch wenn wir von den anderen hier im Wald oft als solche beschimpft werden. Genau wie jedes andere Tier in diesen weiten, endlosen Wäldern versuchen wir nur zu überleben. Wenn dies unser höchstes Ziel ist, dann habe ich kläglich versagt. Was für ein jämmerliches Bild. Der Herr des Windes liegt im tiefen Schnee, alle viere von sich streckend. Ich höre die Tiere des Waldes sprechen. „Schaut ihn an. Schaut ihn an. Der Herr des Windes. Schaut ihn nur an." Ich schließe meine Augen. Meine Reise bleibt unvollendet. Die Schneeflocken rieseln vom Himmel herab und landen auf meiner kalten, erstarrten Schnauze. Unter weißem Pulver werde ich begraben. Der Herr des Windes hat seinen Meister gefunden. Dieser Gegner war zu stark für mich. Ich sehe meine Schwester vor mir. Erst ist es nur ihre Silhouette, doch dann wird sie immer deutlicher. Sie ruft bereits nach mir. Ich soll den Platz neben ihr einnehmen. Meine Ahnen warten auf mich. Ist dies wirklich mein Ende? Es wird leichter, wenn ich mich einfach damit abfinde. Nun bin ich bereit, meine allerletzte Reise anzutreten. Der Herr des Windes ist tot!

„Tiger? Tiger, wo bist du?“ Laica ist eine junge, gutmütige Wölfin. Ihr hellgraues Fell bedeckt ihren zierlichen Körper. Ihre quellblauen Augen verzaubern jeden, der es wagt, sich in sie zu vertiefen. Wäre sie nicht so verspielt, könnte man sie als First Lady unter den Wölfen bezeichnen. Sie streift kurz vor der Abenddämmerung durch den Wald und hält ihre feine Spürnase in die Luft. Schon seit Stunden ist sie auf der Suche nach ihrem großen Bruder Tiger. Weit und breit ist er nicht zu erspähen. Es ist sehr merkwürdig. Selbst seine Fährte ist nicht aufzunehmen. Wie kann das sein? Langsam macht sich Laica Sorgen. Wo könnte er nur hin sein? Er wollte nur auf einen kleinen Rundgang durch das Revier gehen. Wenn er weiter weggegangen wäre, hätte er es ihr doch gesagt. Dieses Verhalten passt überhaupt nicht zu ihm. Was, wenn ihm etwas zugestoßen ist! Sie hätte ihn nicht alleine losziehen lassen dürfen. Sie muss ihn dringend finden. Möglicherweise benötigt er Hilfe. Laica befürchtet das Schlimmste. Ihr Bruder bedeutet ihr sehr viel. Die zwei gehen durch dick und dünn. In ihm findet sie Halt. Wenn sie in seiner Nähe ist, braucht sie nichts und niemanden zu fürchten. Die beiden haben schon immer zusammengehalten. Eigentlich sind sie unzertrennlich. Und dann passiert so etwas. Es war ein Fehler, ihn alleine losziehen zu lassen. Es ist kaum zu glauben. Wie konnte sie nur so dumm sein? „Tiger? Kannst du mich hören? Ich bin es, Laica!“, ruft sie verzweifelt in den Wald hinein. Laica durchläuft eine kleine Felsformation und ruft dabei immer wieder Tigers Namen. Plötzlich springt eine wilde Bestie von einem der Felsen auf sie herab.

Laica wird zu Boden gerissen. Nun hat sie sich alleine vom Rudel wegbewegt, um nach ihrem Bruder zu suchen, und dann wird sie selbst attackiert! Die Sonne strahlt unerbittlich vom Himmel herab und verschleiert das Gesicht des Angreifers. „Was macht eine solch hübsche Wölfin wie du ganz alleine hier draußen? Du machst es mir aber verdammt einfach!“ Der Angreifer setzt zur endgültigen Attacke an. Doch plötzlich, kurz vor Laicas Gesicht, springt ihr eine schleimige Zunge entgegen und schleckt ihr quer über die Schnauze. „Diesen Geruch kenne ich! Wie kannst du mir das nur antun?“ Tiger rollt sich von seiner Schwester herunter. „Ich dachte mir, ich jage meiner kleinen Schwester mal einen gehörigen Schrecken ein. Anscheinend ist es mir gelungen. Was machst du alleine hier im Wald? Ich hatte dir doch gesagt, du sollst bei den anderen bleiben. Hörst du jetzt schon nicht mehr auf meine Worte?“, fragt Tiger. Für eine kurze Zeit herrscht Stille. Laica ist verlegen und antwortet nicht auf die Frage ihres Bruders. Aber Tiger nimmt es locker. Es ist ja nichts Schlimmeres passiert. „Wir sollten zurück zu den anderen gehen, ehe die Sonne untergeht, Laica.“ Die beiden raffen sich auf und laufen zurück zu ihrem Rudel.

Kaum sind sie dort angekommen, werden die zwei von den anderen Rudelmitgliedern begrüßt. Tiger ist der Rudelführer, das ranghöchste Tier in der Gruppe. Als kleine Schwester des Rudelführers hat Laica gewisse Vorzüge, auf die andere verzichten oder warten müssen. Kein Wunder, mag man denken. Tiger ist ein imposanter Wolf. In der Nacht glänzt sein hellgraues Fell im Mondlicht. Die Reflektion wetteifert mit der Sternenpracht. Seine dunkelgrauen Augen verbergen seinen Charakter. Es ist sehr schwer, in ihnen zu lesen. Selbst Laica gelingt dies nicht immer. Doch auch wenn das Wesen ihres Bruders den meisten verborgen bleibt, so weiß sie doch eines mit Sicherheit: Er wird sie immer beschützen! Darauf kann sie sich jederzeit verlassen. Langsam kommt sie in ein Alter, in dem sie auch für andere männliche Wölfe interessant wird. Aber die Verehrer haben es nicht einfach. Immerhin ist sie die kleine Schwester des Rudelführers und dieser passt sehr genau auf. Es gibt genug Verrückte auf dieser Welt. Wenn jemand mit seiner Schwester zusammen sein möchte, dann muss er erst einmal Tiger überzeugen. Zugegeben, dieses Verhalten klingt nicht gerade fair, doch Tiger meint es nur gut. Wenn der Richtige auftaucht, wird er sie loslassen. Laica legt sich unter einen kleinen Felsvorsprung. Ein kleines Schläfchen, bevor die Nacht einbricht, ist jetzt genau das Richtige. Immerhin hat sich die Suche im Wald lange hingezogen. Heute Nacht muss sie bei Kräften sein. Die Jagd steht an. Hier im Wald kann sie über das Überleben des ganzen Rudels entscheiden. Und dies zu sichern, ist Tigers Aufgabe. Niemand im Rudel kann so gut jagen wie er. Tiger ist ein wahrer Meisterstratege. Seine Jagdmethoden haben sich bis zum heutigen Tage immer bewährt. Alle Beutetiere im Wald fürchten sich vor ihm. Jeden Augenblick könnten sie die Nächsten auf seiner Speisekarte sein. Darauf haben sie natürlich überhaupt keine Lust. Er ist in den besten Wolfsjahren. Stark, mutig und selbstbewusst. Tiger ist der geborene Anführer. Niemand macht ihm diesen Platz streitig. Er ist die Nummer eins. Tiger nimmt auf dem Felsvorsprung Platz, unter dem sich Laica soeben hingelegt hat. Von hier aus hat er sein ganzes Rudel im Blick. Die meisten Wölfe ruhen sich für die bevorstehende Jagd aus. Eine weise Strategie. Sie werden all ihre Kräfte benötigen. Die Beutetiere werden schließlich nicht mit der weißen Fahne auf sie zukommen. Zu seiner Linken kann Tiger in ein tiefes Tal hinabsehen, auf dessen Grund sich ein Teppich aus großen Felsen angesammelt hat, die von den Klippen herabgebröckelt sind. An manchen Tagen kann man hier die Raubvögel kreisen sehen. Für Tiger sind diese Räuber der Lüfte etwas Besonderes. Sie erspähen ihre Beute und stürzen sich auf sie herab. Meist hat das Opfer keine Chance zu entkommen. Ein geniales Jagdverhalten ist das, und ein erfolgreiches dazu. Er würde es nie jemandem verraten, doch seine Jagdmethode hat er von eben diesen Raubvögeln übernommen. Warum auch nicht? Solange die Jagd erfolgreich ist, darf auch mal ein Ideenraub gestattet sein. Tiger schaut sehr gerne in die Schlucht hinab. Wenn am frühen Morgen der frische Wind aufkommt und durch die Schlucht zieht, lauscht Tiger seinem Pfeifen. Ein herrliches Geräusch. Der Wind hat schon immer eine besondere Faszination auf ihn ausgeübt. Er weiß noch nicht, dass der Wind ihn sein gesamtes Leben lang begleiten wird. Zu Tigers rechter Seite befindet sich nach einem kleinen Stück dichtem Wald ein klarer See. Sein Quellwasser entspringt aus einem kleinen Bach, der von einem nahe liegenden Berg herab plätschert. Seine kleinen Wasserfälle bieten jedes Jahr wieder einen besonderen Anblick, wenn die Lachse hinaufsteigen, um am Gipfel des Berges ihren Laich zu legen. Dort oben gibt es einen zweiten See, der um einiges kleiner ist als der am Fuße des Berges. Dies ist sozusagen die Quelle des Lebens. Dort oben werden die Lachse geboren. Doch der See hat auch seine Schattenseite. Sobald die ausgewachsenen Tiere abgelaicht haben, sterben sie. Hier kommen die Vögel ins Spiel. Da der Weg zum Gipfel durch eine Steinlawine vor vielen Jahren versperrt wurde, können die Bären den Quellsee nicht erreichen. Des einen Leid, des anderen Freud. Die Raubvögel kommen so leicht an ihre Nahrung. Und davon gibt es nach dem Laichvorgang mehr als genug. Doch zuvor bietet sich ein einmaliges Naturschauspiel. Die Lachse legen ihren Laich ab und setzen so den Grundstein für ihr Erbe. Die nächste Generation bekommt ihre Chance. Allerdings schaffen es nur wenige Lachse überhaupt so weit. An den enger werdenden Stellen des Baches warten jedes Jahr hungrige Bären auf ihre leckere Mahlzeit. In Scharen versammeln sie sich am Ufer und warten darauf, dass die armen Fische geradezu in ihr Maul springen. Eine Jagd der etwas anderen Art. Die Grizzly- und Schwarzbären sind die einzigen Landräuber, die den Wölfen hier gefährlich werden können. Doch Tiger weiß mittlerweile genau, wie man mit ihnen umgehen muss. Lässt man die Bären in Ruhe, dann scheren sie sich auch nicht um die Wölfe. Hier gibt es genug Platz, um sich aus dem Weg zu gehen. Wie heißt es doch so schön? Leben und leben lassen. Wenn man sich an diese einfache Regel hält, wird das Leben um einiges angenehmer. Manchmal ist die Bekanntschaft jedoch gar nicht übel. Ab und an lässt auch ein Bär mal etwas Aas übrig. Dann ist die Stunde der Wölfe gekommen. So ein bisschen Aas ist doch nicht zu verschmähen. Es sei denn, es handelt sich um Fisch. Nein, den können die Bären gerne für sich behalten. Da hungert das Wolfsrudel lieber und wartet auf die Gelegenheit, selbst etwas zu erledigen. Es mag Wölfe geben, die sich auch mal einen Fisch schmecken lassen, aber Tigers Rudel bevorzugt doch eher frisches Fleisch. Insgesamt kann man sagen, dass Tiger hier ein Traumrevier für sich und sein Rudel hat. Ein großer Vorteil im täglichen Überlebenskampf, der von Tag zu Tag größer zu werden scheint.

Die Dämmerung ist eingebrochen. Der Himmel verdunkelt sich in raschen Schritten, beinahe so, als wolle die Dunkelheit die Sonne verschlucken. Irgendetwas liegt in der Luft. Tiger erwacht und hebt seinen Kopf. Seine feine Nase wittert etwas. Irgendetwas stimmt hier nicht. Er springt von seinem Felsvorsprung und weckt seine Schwester. „Laica, kannst du mich hören? Wach auf!“ Laica erhebt sich gähnend. „Was ist denn los, Tiger? Habe ich was verpasst?“, fragt sie verschlafen. Die junge Wölfin schaut ihren Bruder an und erkennt sein ernstes Gesicht. Sie schreckt auf. „Was ist los?“, will sie aufgeregt wissen. „Sei still! Witterst du das nicht?“ Die beiden strecken ihre Nase in die Luft. Der Himmel verbirgt in dieser

Nacht die Sterne. Ihre Abwesenheit hat nichts Gutes zu bedeuten. Plötzlich durchfährt es Tigers Körper wie ein einschlagender Blitz einen Baum. „Lauf!“, brüllt er! Laica krallt sich am Boden fest. „Was ist denn?“ „Ein Feuer! Es ist auf dem Weg hierher!“ Mit einem lauten Heulen weckt Tiger die anderen Rudelmitglieder. In der Ferne färbt sich der Horizont orange. „Lauft zur Lichtung. Die Felsen dort werden uns Schutz bieten!“, erklärt Tiger. Die Wölfe sprinten durch den Wald, das Feuer im Nacken spürend. Es sieht so aus, als seien heute Nacht die Rollen vertauscht worden. Heute sind nicht die Wölfe die Jäger, nein, heute sind sie die Gejagten. Das Rudel läuft und läuft. Doch es läuft geradewegs gegen eine glühende Feuerwand. Das Feuer hat sich rasch ausgebreitet und umschließt die Wölfe. Die panischen Schreie der anderen Waldbewohner versetzen die Wölfe in Panik! Was ist jetzt zu tun? Tiger verliert den Überblick. Sein Rudel wird von den Flammen auseinander geschlagen. Jetzt besteht große Gefahr. Tiger muss sein Rudel wieder zusammenführen. Das ist seine Pflicht. Er ist für ihre Sicherheit verantwortlich. Plötzlich fliegen große, unwirkliche Vögel mit rotierenden Flügeln über die Wölfe hinweg und speien Wasser auf die rote Flammenhölle. „Tiger! Tiger, hilf mir!“ Die Rufe Laicas schallen zwischen den Bäumen hindurch. Durch die Flammen kann Tiger seine Schwester erkennen. Doch es gibt kein Durchkommen. Die Flammen versperren ihm den Weg. Die Temperatur steigt ins Unermessliche. Plötzlich kracht ein Baum zusammen und stürzt auf Laica herab. Die junge Wölfin hat keine Chance zu entkommen. Das Letzte, was Tiger von seiner Schwester sieht, ist die Furcht in ihren Augen, ehe sie vom herabfallenden Baum erschlagen wird. Ein Moment der Fassungslosigkeit erfasst den sonst so stolzen Wolf. Es ist, als sei dies nicht die Wirklichkeit. Alles um ihn herum wirkt so, als würde es in einem Zeitraffer vor sich hinlaufen. Die Flammen kommen immer näher. Tiger spürt ihre Hitze. Er ahnt, dass er gleich in ihren Schlund geraten wird. Was geht einem in solch einer Situation wohl durch den Kopf? Plötzlich, kurz bevor die Flammen ihn erreichen, dreht der Wind schlagartig ab. Die Flammen ändern ihre Richtung! Ein Wunder ist geschehen. Doch Tiger ist stark angeschlagen. Er schließt die Augen und geht vor Erschöpfung zu Boden.

Langsam öffnet Tiger seine Augen. Alles ist total verschwommen. Der Wald ist von dichtem Nebel durchzogen. Seine Beine fühlen sich weich und schwach an. Nur mit großer Mühe schafft er es, wieder festen Halt zu finden. Was ist nur geschehen? Wo sind all die anderen Wölfe? Ein unangenehmer Geruch liegt in der Luft. Die verkohlten Reste einiger Tiere liegen auf dem Waldboden. Die riesigen und anmutigen Bäume, die einst diesen Wald zierten, sind vollkommen zerstört. Manch einer von ihnen ist nur noch ein Häufchen erbärmliche Asche. Tiger schleift sich zu der Stelle, an der er seine Schwester Laica zuletzt gesehen hatte. Doch auch hier findet er nichts Anderes, als an all den anderen Stellen um sich herum: Chaos und Zerstörung! Mutlosigkeit erfüllt den Wolf. Das Feuer hat ihm alles genommen, was ihm je wichtig war. Seine Schwester, sein Rudel, seinen Wald und seine Existenz. In ihm breitet sich ein Gefühl der Leere aus. Am liebsten würde er zur nächsten Klippe gehen und sich hinunter stürzen. Was hat er denn noch zu verlieren? Sein Leben, doch ist es nun wirklich noch etwas wert? Tiger scheint nicht dieser Meinung zu sein. Er steht vor dem Nichts. Es grenzt wirklich an ein großes Wunder, dass er das Feuer überlebt hat. So, wie es aussieht, ist er auch der Einzige. Oder doch nicht? „Tiger!“, ruft es aus der Ferne. Aus dem dichten Nebel erscheinen zwei Gestalten. Tiger macht sich kampfbereit. Ein alter Wolf, der sein Ende kommen sieht, ist besonders gefährlich. So leicht will er sich dann doch nicht ergeben. Doch die Gestalten wollen alles andere als kämpfen. Es sind zwei Wölfe aus

Tigers Rudel. Linka und Albin kommen auf ihren Anführer zu und stützen ihn. Tiger ist sehr geschwächt. „Ist alles in Ordnung, Tiger?“ Tiger setzt sich, ehe er auf Albins Frage antwortet: „Der Tag hatte ohne Sonnenlicht angefangen. Er war trüb, kein Licht weit und breit. Erst als ich euch beide erblickte, fühlte ich mich wieder wie ein Wolf“, flüstert Tiger den beiden zu. Es ist beinahe ein Wunder, dass diese drei Wölfe den Flammen entkommen sind. „Wie habt ihr beiden aus den Flammen gefunden? Sie waren doch überall!“ Linka und Albin setzen sich vor ihn. „Wir hatten großes Glück.“ Albin stimmt Linka zu. „Ja, großes Glück in deiner Nähe gewesen zu sein. Wir haben alles beobachtet, Tiger! Du hast den Wind drehen lassen. Das war wirklich unglaublich. Die Flammen waren kurz davor, dich zu erreichen, da hauchte der Wind sie von dir weg. Du bist wahrlich der Herr des Windes, Tiger!“ Herr des Windes? Das hört sich gar nicht mal schlecht an, denkt sich Tiger. Damit könnte er leben. „Wo ist Laica, Tiger?“ Tigers leerer Blick beantwortet Linkas Frage eindeutig. Noch nie war der Wald so still wie in diesem Moment. Wenn man überhaupt noch von einem Wald sprechen kann. Tiger versucht, das Positive hervorzuheben. Immerhin haben es zwei seiner Rudelmitglieder geschafft. Albin ist nicht nur Tigers bester Freund. Nein, er ist etwas ganz Besonderes. Sein Fell ist schneeweiß. Seine hellblauen Augen springen ihm förmlich aus dem Gesicht. Sein Blick wirkt kalt, doch sein Herz ist warm. Er besitzt ein ruhiges Wesen. Man ahnt kaum, was für versteckte Fähigkeiten er besitzt. Albin ist sehr schlau und hat dies in der Vergangenheit schon mehrmals unter Beweis gestellt. Sein feines Gespür macht ihn gerade für die Jagd sehr wertvoll. Doch für Tiger ist es besonders wichtig, dass man ihm vertrauen kann. Eine Eigenschaft, die nicht jeder besitzt. Jemandem vertrauen zu können, ist unbezahlbar. Linka ist Albin sehr ähnlich. Sie besitzt einen sehr guten Orientierungssinn. Die Wölfin ist klein und schmächtig. Aber

Achtung! Man sollte sie nicht unterschätzen. Ihre blauen Augen, in Kombination mit dem grauen Fell und einem leichten Rotstreifen auf dem Rücken, verdrehten schon so manch einem Wolf den Kopf. Tiger ist davon nicht ausgeschlossen. Schon seit langer Zeit hegt er gewisse Gefühle für sie. Das Ganze beruht auf Gegenseitigkeit. Linka ist aufgefallen, dass Tigers Blick des Öfteren auf sie fällt. Allerdings können die beiden ihre Gefühle nicht so richtig zeigen. Was für die beiden zum täglichen Krampf geworden ist, war allen anderen im Rudel schon längst bekannt. Eine wahre Liebe lässt sich eben nur sehr schwer verheimlichen. „Und, was machen wir jetzt? Wir können auf keinen Fall hier bleiben. Das Feuer hat alles zerstört. Hier hält uns nichts mehr.“ Tiger überlegt kurz und schaut zum Himmel, ehe er Albins Frage beantwortet. Immerhin war das hier mal seine Heimat. Doch er sieht auch ein, dass es im Moment keinen Sinn hat, hier zu bleiben. „Ich schlage vor, wir gehen zur Steinernen Lichtung. Dorthin wollten wir flüchten. Falls es noch jemandem gelungen sein sollte, den Flammen zu entkommen, wird er sich dorthin begeben. Genau das werden wir auch tun.“ Das klingt nach einem verständlichen und vernünftigen Plan. Immerhin wäre es durchaus möglich, dass es noch andere Überlebende aus dem Rudel gibt. Und Tiger ist dafür verantwortlich, dem Rudel Sicherheit zu bieten. Er hofft natürlich, dass es noch viele andere geschafft haben, dem Flammentod zu entkommen. Jeder Wolf ist jetzt wichtig. Die Entscheidung steht. Linka und Albin erheben sich und laufen voraus. Tiger folgt den beiden auf dem Fuße, bleibt jedoch plötzlich stehen und dreht sich um. Er wirft noch einmal einen letzten Blick zurück. Wahrscheinlich wird er nie wieder hierher zurückkommen. Seine Zukunft liegt nun woanders. Er muss ein neues Revier für sein Rudel finden, aber was noch wichtiger ist: Er muss hoffen, dass sein Rudel noch existiert. Ohne die Gemeinschaft wird es schwer zu überleben. Das weiß er nur zu genau. „Tiger, komm schon. Vorauf wartest du denn? Wir dürfen keine Zeit verlieren!“, fordert Albin ihn auf. Mit einem schweren Aufatmen beginnt Tiger ein neues Kapitel in seinem Leben. Ob er es will oder nicht. Manchmal ändert sich das Leben so schlagartig und unerwartet, dass man sich nicht darauf vorbereiten kann. Es erwischt einen eiskalt und verändert alles. Tiger hat nun lernen müssen, dass die Natur mächtig ist. Dabei hielt er sich selbst für den mächtigsten Räuber in seinem Wald. Sein Wald ist zerstört. Seine Schwester ist tot. Doch Tigers Leben ist noch nicht zu Ende. Er macht nun den ersten Schritt auf seiner neuen Reise. Albin und Linka machen sich jedoch Sorgen um ihn. „Er sieht nicht gut aus. Was meinst du? Ob er durchkommt?“, fragt Linka besorgt. „Da bin ich mir sicher. Er ist widerstandsfähig. Das weißt du doch, Linka. Wenn jemand das Geschehene überwinden kann, dann er. Es wird sicher nicht einfach. Aber zusammen schaffen wir es. Jetzt gehen wir erst mal zur Steinernen Lichtung. Wenn es noch mehr von uns geschafft haben, wird sich schon ein Weg finden lassen.“ Albin steckt Linka mit seiner positiven Einstellung an. „Du hast vermutlich recht, Albin. Wir werden schon irgendwie durchkommen. Ich mache mir wohl zu viele Sorgen.“ Wer kann es ihr verübeln. Jeder wäre in dieser Situation wohl besorgt. Tiger schließt nun zu ihnen auf. „Ich bin wirklich sehr froh, dass ihr es geschafft habt. Das war vielleicht eine Nacht. So ein großes Feuer habe ich noch nie zuvor gesehen.“ Da spricht Tiger ein wahres Wort. Dieses Feuer war wirklich von riesigem Ausmaß. Es kam wie aus dem Nichts und verbreitete sich wahnsinnig schnell. Tiger und die anderen konnten es nicht einmal rechtzeitig wittern. Wäre ihnen dies gelungen, hätte man diese Katastrophe möglicherweise noch abwenden können. Aber dafür ist es zu spät. „Wir sind auch sehr froh, dass du durchgekommen bist. Was hätten wir wohl ohne dich gemacht? Du bist doch unser Anführer“, bemerkt Albin. „Es wird schon irgendwie weiter gehen. Das muss es ja“, meint Linka. Das Trio muss nun seinen eigenen Weg gehen. Auch wenn einige Steine den Weg versperren. Sie müssen sie aus der Bahn räumen und weiter voran schreiten. Eine schwere Aufgabe. Aber wenn sie zusammenhalten und aufeinander vertrauen, werden sie auch diese Hindernisse überwinden. Zusammen kann man alles schaffen. Doch nun gilt es erst mal, die Steinerne Lichtung zu erreichen. Immer ein Schritt nach dem anderen. So kommt man immer noch am schnellsten voran.

Die Versammlung

„Wir sind da. Nur noch über diesen kleinen Hügel, und wir sind an der Steinernen Lichtung angekommen“, meint Albin erleichtert. Die drei Wölfe gehen hinauf zur höchsten Stelle des Hügels. Von dort aus kann man auf die Steinerne Lichtung hinabsehen. Tiger erinnert sich an seinen Aussichtsposten im Wald. Dieser Anblick hier gleicht dem, den er hatte, wenn er in das Tal hinabschaute. Tiger versucht, die Gedanken von sich zu weisen. Er muss sie abhaken, sonst kann er nicht weitermachen. Doch er vermisst die unbeschwerte Zeit jetzt schon. „Schaut mal dort unten“, bemerkt Linka. Zwischen den Felsen tummeln sich einige Wölfe. Es müssen ungefähr zehn Tiere sein. Vielleicht sogar mehr. Von hier oben ist es schwer zu erkennen. „Gehen wir hinunter. Wir sollten uns zeigen“, rät Tiger. Die drei sprinten hinunter. Doch kurz bevor sie zu den anderen kommen, springt ein gefährlicher Räuber von einem Felsen herab und reißt Tiger von den Beinen. Er knallt seitlich gegen einen Stein. Linka und Albin stellen sich vor ihren Freund. Der Angreifer gibt sich zu erkennen. Die drei trauen ihren Augen kaum. Ein großer Wolf steht vor ihnen. Dieser kraftvolle Rammbock nennt sich Samuni. Linka und Albin schrecken zurück und bleiben wie erstarrt stehen. Tiger kommt wieder auf die Beine. „Samuni, du hast es also auch geschafft.“

Samuni ist Tigers größter Rivale. Die beiden konnten sich noch nie riechen. Stets standen sie im Kampf um das bessere Revier. Während Tiger diesen herrlichen Wald für sich und sein Rudel ergattern konnte, musste sich Samuni mit dem von hier aus nördlich liegenden Teil zufriedengeben. Dort ist es im Winter um einiges härter. Nahrung zu finden wird zu einer echten Herausforderung. Verständlich also, dass Samuni nicht viel für Tiger übrig hat. Doch die beiden teilen heute das gleiche Leid. Auch Samunis Gebiet blieb von dem Feuer nicht verschont. „Ja, ich habe es auch geschafft. Und ich bedauere es, dass du ebenfalls hier bist. Was du hier vor dir siehst, ist mein neues Rudel. Wir ziehen nun Richtung Westen, um uns einen neuen Lebensraum zu suchen.“ Tiger blickt zu seinen ehemaligen Gefährten. Doch sie wenden sich von ihm ab. Tiger kann es nicht fassen. „Am besten krallst du dir deine beiden Freunde und verschwindest Richtung Süden. Dann kommen wir uns wenigstens nicht in die Quere.“ Tiger weiß nur zu gut, weshalb er den wertvollen Tipp seines Widersachers nicht befolgen wird. Im Süden haben die Menschen ihre Siedlungen. Schon so manch ein Wolf, der sich dort hingewagt hat, ist nicht wieder zurückgekehrt. Tiger schaut sich sein Gegenüber ganz genau an. Er kennt Samuni gut. Samuni ist sehr leicht reizbar, wird schnell aggressiv, und ist äußerst selbstbewusst. Wenn er erst mal wütend ist, wird es erst richtig gefährlich. Er ist der stärkste Wolf, der Tiger jemals begegnet ist. Ein grandioser Kämpfer, mit dem man sich am besten nicht anlegt. Außerdem ist er der geborene Anführer. Doch hier kann es nur einen geben. Samunis schwarze Augen werden nur von seinem pechschwarzen Fell übertroffen. Die Wölfe stehen sich gegenüber. Sie blicken sich tief in die Augen. Die Spannung elektrisiert die Luft.
Aus sicherem Abstand beobachten zwei Ratten dieses Aufeinandertreffen. „Was meinst du? Wollen wir wetten?“ Die andere Ratte schüttelt verneinend den Kopf. „Du weißt doch, seitdem

ich mit dir gewettet habe, dass mein Vater es schafft, vor einem Raubvogel zu flüchten, wenn wir ihn im Schlaf zu einem offenen Teil des Waldes schaffen, wette ich nicht mehr mit dir. Ich ziehe ja ohnehin wieder den Kürzeren“, entgegnet sie. Ratten, die dem Wettfieber verfallen sind? Die Evolution überrascht einen doch immer wieder aufs Neue. „Okay, wenn wir nicht wetten, dann gib doch einfach mal einen unverbindlichen Tipp ab. Was glaubst du? Wer hat die besseren Chancen?“ Die Ratten mustern Tiger und Samuni von unten bis oben. „Ich würde sagen, der Schwarze Wolf gewinnt.“ „Ach ja?“, fragt die andere Ratte überrascht. „Ja, schau ihn dir doch mal an. So einen kraftvollen Wolf gibt es kein zweites Mal. Dieser graue Wolf sieht so aus, als sei ihm vor Kurzem etwas sehr Schlimmes passiert. Daher denke ich, dass er in einem Kampf verlieren würde.“ Die Ratten wissen natürlich nur zu gut, dass hier gestern ein schreckliches Feuer wütete. Doch was kümmert es die beiden? In ihren tiefen Erdbauten waren sie in Sicherheit. So, wie es aussieht, dürfen sich die zwei gleich Zuschauer von einem Kampf der Giganten nennen. „Jetzt fehlt eigentlich nur noch etwas zum Fressen. Dann könnten wir es uns richtig bequem machen“, meint die dickere Ratte. Samuni und Tiger stehen sich immer noch gegenüber. Man spürt, dass hier gleich etwas Schlimmes geschehen wird. „Na, wie sieht es aus? Wollen wir uns nur anstarren oder kämpfen wir, Samuni?“, knurrt Tiger ihn an. Plötzlich gibt Samuni die Kampfhaltung auf und dreht Tiger den Rücken zu. „Du bist es nicht wert, Tiger!“ Diese Provokation kann Tiger nicht über sich ergehen lassen. Er stürmt auf Samuni zu, doch Albin und Linka halten ihn im letzten Moment auf. „Bleib ruhig, Tiger. Wir können jetzt keinen Ärger mit Samuni gebrauchen. Selbst wenn wir zu dritt kämpfen würden, hätten wir keine Chance gegen ihn.“ Obwohl er genau weiß, dass Linka recht hat, überwiegt die Aggression in Tiger. Nur mit Mühe und Not gelingt es den beiden, ihn aufzuhalten. „Wir ziehen jetzt los. Vielleicht sehen wir uns eines Tages wieder. Aber ich rate dir davon ab! Solltet ihr uns verfolgen, werdet ihr es bereuen. Vor allem du, Tiger. Nehmt meinen Rat an und wandert nach Süden. Unsere Zukunft ist im Westen des Landes. Ich wünsche euch viel Glück. Ihr werdet es sicher brauchen!“ Samuni verschwindet mitsamt seinem neuen Rudel über einen nahe liegenden Hang. Albin und Linka lassen Tiger aus ihrem Zangengriff. Er ist immer noch total aufgeputscht. „Wie jetzt? Das war alles? Da hätte ich aber eine bessere Show erwartet“, meint eine Ratte enttäuscht. „Du hast absolut recht. Und es gab nicht mal was zu fressen. Ich bin am Boden zerstört.“ Die zwei Ratten verschwinden in einer Felsspalte. Wirklich merkwürdige Tierchen.

„Dieser aufgeblasene Möchtegernwolf. Was denkt er eigentlich, wer er ist?“ Tiger beruhigt sich langsam wieder. Jedoch kann er es nicht fassen, dass sich tatsächlich einige seiner alten Rudelmitglieder Samuni angeschlossen haben, und nicht ihm. Er war ihnen doch immer ein guter Anführer, sorgte sich um sein Rudel und verteidigte das Revier. Wussten sie das etwa nicht zu schätzen? „Ich verstehe nicht, weshalb die anderen zu Samuni halten und nicht zu dir, Tiger.“ Linka scheint Tigers Gedanken lesen zu können. „Ist das nicht eindeutig? Sie haben sich Samuni nur angeschlossen, weil er der Sohn des Samuel ist! Sie hätten sehen sollen, wie Tiger den Wind beherrschte. Dann wäre ihre Entscheidung ganz anders ausgefallen. Da bin ich mir sicher“, entgegnet Albin. Samunis Vater ist seit seinem Tod zu einer Wolfslegende geworden. Er soll sein Rudel ganz alleine gegen einen riesigen Grizzlybären verteidigt haben. Eigentlich ist das kaum zu glauben, und wenn es keine Augenzeugen geben würde, wäre die Geschichte schnell als Lüge in Vergessenheit geraten. Doch einige Wölfe, darunter auch Samuni selbst, behaupten steif und fest, es mit eigenen Augen gesehen zu haben, wie Samuel dem Grizzlybären den tödlichen Biss verpasst hat. Diese große Tat machte Samuel in den Köpfen aller Wölfe unsterblich. Und Samuni profitiert noch heute von dieser Legende. Mancher würde sogar behaupten, er nutzt seine Position schamlos aus. Sein Name wird von vielen gefürchtet. Im Gegensatz zu Tiger ist er nicht als umsorgender Rudelführer bekannt. Er gilt als Hardliner. Wer sich mit ihm anlegt, hat ein Problem. Tiger kann sich glücklich schätzen, dass Samuni nicht kämpfen wollte. Er ist immer noch angeschlagen. Mit großer Sicherheit wäre er unterlegen gewesen. „Ach, komm schon. Du wirst doch nicht im Ernst daran glauben, oder?“, fragt Linka den fest überzeugten Albin. Tiger dreht den beiden den Rücken zu. „Wenn das so ist, dann kannst du dich ihm ja anschließen. Tue dir keinen Zwang an, Albin. Du bist mir nichts schuldig. Deine Überlebenschancen sind weitaus größer, wenn du zu Samuni gehst.“ Albin und Linka müssen sich verhört haben. Diese Worte kommen ausgerechnet von Tiger! „Bist du jetzt verrückt geworden? Ich bleibe an deiner Seite, Tiger. Wir sind Freunde. Und Linka wird auch bei uns bleiben. Ist es nicht so?“ Albin wirft der hübschen Wölfin einen fragenden Blick zu. „Natürlich bleiben wir drei zusammen. Sollen die anderen doch Samuni folgen. Wir bleiben bei dir, Tiger. Uns kann nichts trennen.“ In Tigers Gesicht macht sich zum ersten Mal an diesem Tag ein Lächeln breit. „Wenn ihr das so seht. Ich würde vorschlagen, dass wir nun aufbrechen.“ Das Ziel lässt Tiger offen. Er läuft voraus. Albin und Linka folgen ihm, ohne genauer nachzufragen. Die beiden vertrauen ihm voll und ganz. Die Wege nach Westen und Süden sind tabu. Dann verbleiben ja nicht viele Alternativen. Sie müssen weiter durch den zerstörten Wald wandern, um ein neues Zuhause zu finden.

Nach einigen Stunden des Durchstreifens durch den völlig abgebrannten Wald kommen die drei zu einer Bergkette. Sie ist nicht sonderlich hoch. Daher beschließt Tiger, sie nicht zu umgehen, sondern sie zu überqueren. Der Aufstieg dauert nicht sehr lange. Doch auf der Spitze angekommen bietet sich den dreien ein herrlicher Anblick. Wald – Wald, soweit das Auge nur reicht. Anscheinend hat diese kleine Bergkette den Fortschritt des Feuers gestoppt. „Ist das nicht wunderschön? Wir haben es geschafft“, meint Linka stolz. Linka und Albin freuen sich, doch Tigers Gesicht lässt auf nichts Gutes schließen. Albin wirkt nun auch besorgt. Nur Linka kann nicht verstehen, weshalb ihre Freunde ein solch finsteres Gesicht machen. „Was ist denn los? Was habt ihr beiden denn?“ Tiger nickt in Richtung einer kleinen Siedlung. „Das da unten ist eine Menschensiedlung. Wir sollten hier nicht bleiben. Das kann gefährlich werden!“ Vermutlich hat er recht. Doch Linka versteht Tigers Sorgen nicht ganz. „Gefährlich? Aber wieso denn? Schau dir doch mal diesen riesigen Wald an. Wie groß ist denn da wohl die Chance, dass wir auf die Menschen treffen?“ Tiger kann Linkas Standpunkt verstehen und er würde ihn auch nur zu gerne teilen. Doch er hat ein übles Gefühl bei der Sache. Er macht sich Gedanken. Warum haben die Menschen hier mitten im Wald eine Siedlung? Nein, Tiger kann das Risiko nicht eingehen. Es ist einfach zu groß. Er muss die Entscheidungen treffen, auch wenn sie ihm nicht immer einfach fallen. „Wir umgehen diesen Wald. Ich bin mir sicher, dass wir im Westen unser Glück finden werden.“ Albin wirkt nachdenklich. „Im Westen? Aber Samuni ist mitsamt seinem Rudel nach Westen gezogen! Das kannst du doch nicht vergessen haben. Was ist, wenn wir ihm wieder begegnen? Wir sind zu geschwächt, um mit ihm zu kämpfen, Tiger.“ Auch Tiger kann das Loch in seinem Magen nicht verleugnen. Aber er ist sich sicher, dass Samuni nun einen großen Vorsprung hat. Sie werden nicht auf ihn stoßen und falls doch, nun, dann muss Tiger sich dem Kampf eben stellen. Lieber Samuni als die Menschen. „Wir gehen weiter“, beschließt Tiger. Er dreht sich um und steigt wieder vom Berg herab. Schweren Herzens folgen die anderen ihm. Am Fuße des Berges beschließt Tiger zu rasten. „Wir werden hier bleiben, bis die Nacht angebrochen ist. Dann gehen wir weiter. Ruht euch aus." Doch da zeigt sich ein anderer Bewohner dieser Gegend. Es ist ein alter Dachs. Man könnte meinen, dass das Wolfstrio sehr froh über diese Begegnung ist. Doch genau das Gegenteil ist der Fall. Diese Tierart ist ein sehr unangenehmer Zeitgenosse! Es gibt wirklich leichtere Beute. Sein Fell schützt ihn vor Bissattacken. Doch damit nicht genug. Anders als andere Tierarten hat der Dachs das Bedürfnis, sich selbst zu verteidigen. Da sind ihnen Fluchttiere doch um einiges lieber. Tiger, Albin und Linka sind in einer Zwickmühle. Einerseits haben sie Hunger, doch andererseits wollen sie keine Verletzung riskieren. Das wäre in der aktuellen Lage katastrophal! Sie beschließen, einen Bogen um den Dachs zu machen. Einige Hunderte Meter weiter finden sie einen geeigneten Platz zum Rasten. „Ich hasse Dachse!", meint Albin. Er durfte schon einmal Bekanntschaft mit diesen Tieren machen. Damals war er unterlegen und eine kleine Narbe ziert noch heute seinen Körper. Es ist keine Schande, den Rückzug anzutreten. Nein, manchmal ist es die bessere Wahl. Tiger legt sich hin und es dauert nicht sehr lange, bis er eingeschlafen ist. Wären Linka und Albin doch auch so unbeschwert. Dann würde ihnen das Einschlafen viel leichter fallen. Doch irgendwann fallen auch den beiden die Augen zu.

„Tiger! Tiger, hilf mir! Ich brauche dich, Bruder!" Tiger schreckt auf! Sein Herz rast. Es war nur ein schlechter Traum. Oder nicht? Tiger schüttelt sich. Er muss den Tod seiner Schwester überwinden, sonst bringt er seine Freunde vielleicht noch in Gefahr. Tiger muss wieder der alte Wolf werden. Das hört sich leichter an, als es in Wirklichkeit ist. Plötzlich stellt Tiger fest, dass jemand fehlt. Albin liegt eingerollt in der Nähe eines großen Felsen und schläft. Doch Linka ist verschwunden! „Albin, wach auf! Aufwachen, hab ich gesagt!", weckt er seinen Freund auf. Albin streckt sich. „Noch einmal umdrehen, Mama“, brummt Albin vor sich hin. Tiger schaut verwirrt. „Rede keinen Blödsinn. Steh auf!“ Mit verschlafenen Augen rafft sich Albin auf die Beine. „Was ist denn los, Tiger?“ Tiger schaut sich noch einmal um. „Linka ist verschwunden! Hat sie zu dir irgendetwas gesagt, dass sie weg will?“ Albin schüttelt verneinend den Kopf. „Nein, nicht dass ich wüsste. Sie lag dort drüben an diesem Baum. Ich glaube sogar, dass sie noch vor mir eingeschlafen ist. Ja, ich bin mir sogar relativ sicher.“ Die zwei können sich die Sache nicht erklären und beginnen, sich zu sorgen. Wo könnte sie nur hin sein? Plötzlich fährt Tiger herum. Er hat bemerkt, dass sie beobachtet werden. „Zeig dich!“, knurrt er in Richtung eines kleinen Gebüsches. Die zwei Ratten aus der Steinernen Lichtung huschen hervor. „Was wollt ihr? Wieso beobachtet ihr uns?“ Die Ratten grinsen. Tiger merkt gleich, dass man ihnen nicht trauen kann. Eine der Ratten tritt hervor. „Ganz ruhig, Tiger. Wir sind euch die ganze Zeit über gefolgt.“ Tiger nimmt seine Kampfstellung ein. Es wäre kein Problem, diese kleinen Ratten zu entsorgen. Lediglich zwei kleine Bisse wären dafür notwendig. Eine Kleinigkeit für ihn. „Und weshalb? Warum folgt ihr uns? Ich hoffe für euch, dass ihr uns gute Gründe nennen könnt. Ansonsten sieht es schlecht für euch aus.“ Die Ratte zwinkert Tiger zu. „Ich konnte meinen Freund hier zu einer letzten Wette überreden.“ Tiger kann es nicht fassen, dass er sich hier mit einer schmierigen Ratte unterhält. „Von was für einer Wette redest du? Sprich schon! Lass dir doch nicht alles aus deiner hässlichen Nase ziehen.“ Die Ratte lächelt auf eine fiese Art und Weise. „Wir haben eurer kleinen Freundin erzählt, dass einige Menschen in der Siedlung Ziegen züchten. Dann haben wir beide darauf gewettet, ob sie es schafft, in einem Stück wieder hierher zu kommen. Bisher sieht es so aus, als ob ich die Wette gewinnen würde.“ Albin stellt sich vor die Ratte und bedeckt sie mit seinem Schatten, der nur noch ganz leicht vom herabscheinenden Mondlicht skizziert wird. „Und auf was hast du gewettet, Ratte?“ Wieder lächelt die schleimige Ratte. „Dass sie von den Menschen als Trophäe ausgestellt wird!“ Kaum fallen diese Worte, ist ein lauter Schuss zu hören, der über die Berge schallt. „Nein!“, schreit Tiger. Zusammen mit Albin stürmt er den Berg hinauf. „Sieht so aus, als schuldest du mir was!“ Die zweite Ratte spuckt ein Korn aus. „Ja, hier hast du es. Ich hoffe, du bist glücklich. Ich wusste es doch. Hätte ich mich bloß nicht darauf eingelassen. Das schöne Korn. Bei mir wäre es um einiges besser aufgehoben. Du weißt es doch gar nicht zu schätzen“, antwortet die andere Ratte. Auf der Spitze des Berges angekommen, entdecken die Wölfe ihre Freundin! Sie spurtet gerade die andere Seite des Berges hinauf. Nicht weit hinter ihr erscheinen helle Lichter mit einer Geschwindigkeit, die kein Mensch zu Fuß erreichen könnte! „Was zum heiligen Wolf ist das, Albin?“ Albin wirkt genauso geschockt und ahnungslos wie Tiger. „Mein Bruder hat mir mal erzählt, dass die Menschen etwas erfunden haben, um damit schneller voranzukommen. Vielleicht hat er das gemeint. Die sind ja wirklich unglaublich schnell. Linka, beeil dich!“, schreit Albin ihr entgegen. Linka schafft es, die Spitze heil zu erreichen. Doch sie ist total außer Puste. „Komm schon. Wir haben jetzt keine Zeit, uns auszuruhen. Die Menschen sind uns auf den Versen!“, ruft Tiger. Albin und Tiger rennen los, doch Linka bleibt stehen. Sofort machen ihre Freunde wieder kehrt. „Was ist los?“, fragt Albin besorgt. Linka geht in die Knie. Sie ist geschwächt. „Ich kann einfach nicht mehr. Geht ohne mich. Lasst mich hier zurück. Na los, worauf wartet ihr? Bringt euch in Sicherheit!“ Tiger schaut aufgeregt zu den nahenden Menschen. „Das kommt gar nicht in Frage! Albin, du und Linka versteckt euch hinter dieser großen Felserhebung dort drüben. Ich werde die Menschen von hier weglocken!“ Albin protestiert gegen Tigers Vorschlag. „Nein, lass mich das machen, Tiger. Was ist, wenn sie dich erwischen? Dann wären wir beide ohnehin verloren. Wenn sie mich erwischen, dann habt ihr zwei immer noch die Chance zu entkommen.“ Tiger lächelt kurz auf. „Pass gut auf sie auf! Ich komme zurück!“ Kaum hat er diese Worte gesprochen, sprintet er auch schon los. Die Lichter kommen immer näher. Linka und Albin gelingt es im letzten Moment noch, sich zu verstecken, ehe die Lichter die Spitze des Berges erhellen. „Sei ganz ruhig, Linka. Wir dürfen uns nicht bewegen, hörst du?“, flüstert er ihr zu. Die Lichter befinden sich im Stillstand. Es herrscht Totenstille. Selbst das laute Brummen dieser Monstren ist verstummt. Plötzlich hört man das laute Heulen von Tiger in der Ferne. Er will auf sich aufmerksam machen. Es scheint zu funktionieren. Die Monstren setzen sich wieder in Bewegung und rasen den Berg hinunter! Glück gehabt. Das hätte auch um einiges schlimmer enden können. Linka ist vor Erschöpfung eingeschlafen. Das muss eine wahre Hetzjagd für sie gewesen sein. Albin kommt aus dem Versteck. Die Luft ist rein. Tiger hat es geschafft, die Menschen wegzulocken. Jetzt bleibt nur zu hoffen, dass er es auch schafft, ihnen zu entkommen. Die Monstren der Menschen waren sehr schnell. Albin weiß zwar, dass Tiger ein flinker Sprinter ist, doch auf lange Distanz könnte die Flucht schwierig werden. Er beschließt, sich wieder zu Linka zu gesellen. Immerhin hat er seinem Freund versprochen, auf sie aufzupassen. Dieses Versprechen will er natürlich halten.

Nach einigen Stunden erwacht Linka aus ihrem Schlaf. Mittlerweile ist die Sonne am Horizont zu sehen. Der Wald färbt sich gelb-rot. Normalerweise ist das ein schöner Anblick. Doch die Farben erinnern sehr an den schrecklichen Brand. Der Sonnenaufgang wird für die Wölfe niemals wieder so sein, wie er einst war. Plötzlich hört Albin ein Geräusch! Er nimmt die Kampfstellung ein, um Linka zu beschützen. Aber es gibt keinen Grund zur Panik. Es ist Tiger. Sein Fell ist voller Dreck und Matsch. „Scheint so, als hättest du heute Nacht eine Menge Spaß gehabt, Kumpel.“ Albin lacht, während Tiger eher wütend schaut. Doch seine Laune bessert sich schnell wieder, als er sieht, dass sich Linka erholt hat. „Warum bist du zu der Menschensiedlung gegangen, Linka? Das war gefährlich, vor allem, weil du alleine losgezogen bist. Du musst dich klüger verhalten. Wir sind nur noch zu dritt. Da muss jeder Schritt gut überlegt sein“, belehrt er sie. Linka richtet sich auf. Der Schlaf hat ihr gut getan. Sie ist wieder bei Kräften. „Die Ratten sagten mir, dass es dort Ziegen gibt. Ich wollte uns doch nur etwas zu Fressen besorgen. Das ist alles. Aber die Menschen haben mich entdeckt und mich gejagt. Danke, dass ihr mir geholfen habt.“ Albin stupst sie an. „Hey, immerhin sind wir ein Rudel, oder?“ Die drei lächeln. „Ich habe die Menschen auf eine falsche Fährte gelockt. Ich denke, sie werden eine ganze Zeit brauchen, bis sie merken, dass sie sich im Kreis bewegen. Dennoch sollten wir auf Nummer sicher gehen. Unterschätzen wir sie lieber nicht. Wir sollten die Chance nutzen. Brechen wir auf!“ Tigers Ängste vor den Menschen waren also berechtigt. Doch er würde es den anderen beiden nicht unter die Nase reiben. Die Hauptsache ist, dass alle in Sicherheit und unversehrt sind. Alles andere ist jetzt erst mal zweitrangig. Jetzt gilt es, erst mal etwas zu fressen zu finden. Das haben die drei wirklich nötig!

Auf ihrer Suche nach einem potenziellen Beutetier wandern die drei nach Westen. Das Trio braucht dringend Nahrung. Vor allem Linka wird dadurch neue Kräfte sammeln. In ihrem aktuellen Zustand wird sie nicht mehr lange Schritt halten können. Aber auch Tiger und Albin machen langsam, aber sicher schlapp. Die Beine fühlen sich so weich an, wenn man kein Futter in seinem Magen hat. „Meinst du, wir finden dort Beute?“, fragt Albin seinen alten Freund. „Ich bin mir sicher, Albin. Vertrau mir einfach. Wir finden schon etwas. Es kann ja nicht sein, dass wir die einzigen Tiere hier im Wald sind. Nein, irgendwo muss Beute stecken und wir werden sie aufspüren. Ich meine, wozu haben wir denn deine gute Nase? Wenn jemand Beute aufspüren kann, dann du!“ Albin fühlt sich sichtlich geehrt. Ein schönes Kompliment für einen Wolf. Dennoch hört man auch einen Funken Verzweiflung aus Tigers Worten. Er muss einfach hoffen, dass es die richtige Entscheidung war. Der Westen soll es richten. Tief im Inneren macht sich Tiger auch über Samunis Rudel Gedanken. Was passiert, wenn er seinem Rivalen tatsächlich noch einmal über den Weg laufen wird? Bei ihrer letzten Begegnung auf der Steinernen Lichtung lehnte Samuni einen Kampf ab. Doch beim nächsten Aufeinandertreffen könnte die Sache vielleicht ganz anders aussehen. Sehr wahrscheinlich hat sich Samuni hier im Westen ein neues Gebiet gesichert und er wird es verteidigen, mit Gewalt, falls nötig. Den letzten Kampf hatte Tiger gewonnen. Damals konnte er seinen schönen Wald als Trophäe gewinnen. Doch es war der härteste Kampf, den er jemals bestritten hat, und er hätte auch zugunsten Samunis ausgehen können. Tiger hat kein Verlangen danach, noch einmal gegen ihn anzutreten. Es wäre ihm lieber, wenn sie nicht auf ihn stoßen würden. Auch wenn die Geschichte von Samunis Vaters nicht von jedem geglaubt wird, hat sie dennoch eine Nebenwirkung. Samuni schöpft aus ihr all seine Kraft und sein Selbstvertrauen. Genau das macht ihn so gefährlich. Wer weiß, wozu er in der Lage ist.

Garten Eden oder Ruhe vor dem Sturm?

Unter den Menschen gibt es die Legende des großen Samuel nicht. Doch die Menschen haben ihre eigenen Legenden und Sagen. Eine davon erzählt von einem magischen Ort. Ein Ort, an dem Mensch und Tier in Frieden lebten. Die Schönheit dieses Ortes glich einer klaren Sternennacht. Doch der Mensch übte Missbrauch aus und wurde von diesem Ort verbannt. Es scheint so, als hätten Tiger, Linka und Albin diesen magischen Ort gefunden. Ein klarer See umgeben von einem gut gedeihenden Wald. Was für ein Traum. Es muss einfach ein Traum sein. Kein Ort kann solch eine Schönheit verkörpern. Aber die Wölfe sind sehr geschwächt. Nur mit großer Mühe schaffen sie es dorthin. Es ist keine Seele zu sehen, zumindest auf den ersten Blick nicht. Doch die drei Wölfe sind nicht alleine. Es gibt zwei Bekannte, die bereits vor ihnen hier angekommen sind und auf einem Stein am Rande des Sees in der Sonne liegen. „Schau mal, wer da kommt." Die beiden springen auf. „Sind das nicht unsere Freunde?" Die Ratten lachen. „Ich glaube, wir sollten uns besser verstecken. Die Wölfe werden nicht sehr gut auf uns zu sprechen sein, nach dem, was wir ihnen vor Kurzem angetan haben." Die andere Ratte stimmt zu. „Ich glaube, du hast recht. Bringen wir unsere Schwänze lieber in Sicherheit." Die Nager springen von dem Stein und ziehen sich in das dichte Unterholz zurück, bleiben jedoch in der Nähe. „Schau sie dir mal an. Die sehen nicht gerade gesund aus. Richtig ausgehungert. Vielleicht gibt es ja heute für uns doch noch einen Rattenschmaus." Die dickere Ratte freut sich. „Das wäre wirklich super. In mir meldet sich nämlich ein kleines Hungergefühl." Die Wölfe haben die Ratten nicht bemerkt. Da haben die Nager aber richtig Glück gehabt. „Hier ist es wunderschön! Und wie es aussieht, sind wir die einzigen Wölfe hier, oder, Albin?" Linka wartet gespannt auf eine Antwort. Albin steckt seine Schnauze in die

Luft und schließt die Augen. „Ich kann keine anderen Wölfe wittern. Ich würde sagen, wir haben das Paradies gefunden. Und wir haben es ganz für uns alleine. Ist das nicht wunderbar?“ Gut, dass Wölfe niemals ihre Badehose vergessen können. Albin springt in den klaren See, dessen Wasser durch die Sonne schön aufgewärmt ist. In wenigen Monaten wird dieser See wahrscheinlich gefroren sein, denn dann regiert der Winter im Land. In dieser Gegend kann es zu unmöglichen Temperaturen kommen. Doch die Wölfe sind durch ihr dichtes Fell gut gegen diese enorme Kälte geschützt. Aber über den Winter wollen sich die drei jetzt noch keine Gedanken machen. Der Sommer steht im Vordergrund. Albin genießt es, sich im warmen Nass zu drehen. Auch Tiger und Linka wirken sehr entspannt. Die Umgebung macht es einem auch sehr einfach. Plötzlich durchfährt es Albin! „Tiger, ich wittere was!“ Tiger reißt die Augen auf. „Was ist es? Witterst du Beute?“, fragt er aufgeregt. „Ja, ich rieche Beute!“, bestätigt Albin. Tiger spürt es nun auch. Diese Chance müssen die Wölfe nutzen. Sie wissen genau, was jetzt zu tun ist. Wölfe jagen auf verschiedene Arten und Weisen. Meist nutzen sie den Schutz des Rudels. Mit einer großen Gruppe schafft man es auch, größere Tiere zu erlegen. Und umso größer die Beute, desto mehr Nahrung steht dem Rudel zur Verfügung. Eine logische Folgerung. Aber im Moment ist es ihnen egal, wie groß das Beutetier ist. Jetzt gilt es zu fressen. Egal, was es ist und wie sehr es sich wehrt. Tiger schleicht durch das Unterholz. Der Wind steht günstig. Tiger kommt von hinten und so kann er sich unbemerkt an das Beutetier heranschleichen. Es ist eine junge Elchkuh. Man könnte sich leichtere Beute wünschen, doch eine junge Elchkuh ist Albin immer noch lieber als ein frecher Dachs. Und sie benötigen was zu fressen. Also gibt es keinen Grund zu zögern. Zum Beschweren bleibt jetzt keine Zeit. Immerhin ist es ein weibliches Tier. Die sind etwas leichter zu erledigen als männliche Elche. Darüber hinaus ist es ein noch relativ junges Tier. Wenn sie ihren Angriff gut timen, dürften sie keine Schwierigkeiten haben. Tiger tritt auf einen kleinen Ast. Sie haben aber auch gar kein Glück. Die Elchkuh schreckt auf. Doch plötzlich springen Linka und Albin aus dem Gebüsch und reißen sie nieder. Tiger stürzt sich von hinten auf sie drauf und hält sie mit seinem Gewicht am Boden. Albin ist es, der zum tödlichen Biss in die Kehle ansetzt! Normalerweise ist es Tiger, der den finalen Biss setzt, aber wenn man nur zu dritt jagt, darf man nicht so zimperlich sein. Die Elchkuh hat keine Chance. Ihr Schicksal ist besiegelt! Der Todeskampf dauert nur noch wenige Sekunden. Die Elchkuh hat ein grundliegendes Gesetz der Natur missachtet: Der Feind lauert überall! Eine gelungene Jagd. Das Glück stand also doch auf ihrer Seite. Normalerweise wird nach einer strickten Rangordnung gefressen, aber die drei sind so hungrig, dass sie sich alle gleichzeitig auf das leckere Fleisch der Elchkuh stürzen. Jetzt gilt: Wer zuerst kommt, mahlt zuerst! Wer schert sich jetzt noch groß um die Rangordnung? Tiger ist der Anführer. Keiner stellt dies in Frage. Weder Albin noch Linka.

Stunden danach. Die Elchkuh gleicht einem Dinosaurier-Skelett. Mittlerweile ist es dunkel geworden. Normalerweise wäre es jetzt an der Zeit aufzustehen, doch die drei sind zu vollgefressen, um sich überhaupt zu bewegen. Das ist die Chance für die anderen Tiere des Waldes. Jetzt, da die Wölfe tief schlafen, machen sich die gefährlichsten Räuber der Gegend über den Rest der Elchkuh her: Die Ratten! Sie kommen aus dem Unterholz gehuscht und nähern sich dem Kadaver. „Was hättest du denn gerne, mein Freund? Brust oder Schenkel?“ Die zweite Ratte inspiziert den Kadaver aufs Genauste. „Das soll wohl ein Witz sein. Die haben uns nichts übrig gelassen? Das ist ja eine richtige Frechheit! Behandelt man so seine besten Freunde?“ Eine Freundschaft kann auf den verschiedensten Grundsteinen gebaut werden. Ob die drei

Wölfe die Ratten als Freunde bezeichnen würden? Nun, dies ist eher zu bezweifeln. Das letzte Treffen war ja nicht gerade eine Freude. „Naja, ich würde sagen, wir verzeihen ihnen. Immerhin sind noch ein paar Fetzen dran. Eine leckere Fleischeinlage von Zeit zu Zeit kann nicht schaden, oder?“ „Da gebe ich dir absolut recht.“ Die zwei lassen es sich schmecken und merken dabei nicht, dass sie in Gefahr sind. Am Himmel kreist ein Raubvogel. Völlig unbemerkt von den Ratten zieht er seine Kreise immer enger. Er macht sich bereit, um auf sie herabzustürzen. Doch die Ratten erweisen sich als clevere Gegenspieler! Im letzten Moment verschwinden sie blitzschnell in genau dem Unterholz, aus dem sie gekommen waren. „Diese blöden Vögel. Ich kann sie nicht ausstehen.“ Die Ratten haben hier viele Fressfeinde, und das nicht nur in der Luft. Auch Wölfe und andere Räuber machen hin und wieder gerne Jagd auf sie. Zugegeben, eine Ratte mag kein Festmahl sein, doch für einen kleinen Snack zwischendurch reicht es allemal. „Nur leider sind sie nicht so clever wie wir. Wer kann es schon mit uns Ratten aufnehmen, wenn es um Klug- und Gerissenheit geht?“ Wahrscheinlich hat sich noch nie jemand diese Frage gestellt. „Da gebe ich dir recht. Aber vielleicht sollten wir jetzt verschwinden. Wir waren doch lange genug hier, oder nicht?“ Die zweite Ratte überlegt kurz: „Nein, lass uns noch etwas hier bleiben. Mich würde interessieren, was die Wölfe so treiben. Warten wir noch etwas.“ Nach kurzem Zögern ist sein Freund einverstanden.

Mitten in der Nacht erwacht Tiger. Er hat etwas gehört. Das Geräusch kam vom nahe liegenden See. Irgendetwas muss dort sein. Tigers Gehör hat ihn noch niemals getäuscht. Seine Ohren haben ihm schon immer gute Dienste erwiesen. Nachdem er sich aufgerafft hat, nähert er sich langsam dem Seeufer. Er weiß nicht, was ihn dort erwartet. Ob es vielleicht besser wäre, seine Freunde zu wecken? Tiger entschließt sich dazu, alleine zu gehen. Am See entdeckt er jemanden am Ufer. Zunächst kann er nicht erkennen, um wen es sich dabei handelt. Doch als er näher kommt, wird es ihm klar. Es ist Linka. Sie sitzt am Seeufer und schaut hinauf zu den Sternen. Er hatte zunächst gar nicht registriert, dass sie nicht mehr auf ihrem Schlafplatz liegt. „Es ist eine wunderschöne Nacht, nicht?“ Linka erschrickt, doch als sie bemerkt, dass es sich um Tiger handelt, beruhigt sie sich wieder. „Ja, der Himmel ist heute Nacht wunderschön“, entgegnet sie. Tiger setzt sich zu ihr. „Ich danke dir, Linka.“ „Du dankst mir? Aber wieso denn das? Wenn sich hier jemand bedanken muss, dann bin ich es. Immerhin hast du mich vor den Menschen gerettet, Tiger! Das hätte nicht jeder getan. Ich war ja selbst daran schuld. Es war mein Fehler. Manchmal bin ich wohl zu naiv. Ich bin auf diese Ratten hereingefallen. Wie konnte ich nur so dumm sein und mich alleine dorthin wagen? Ich hätte euch Bescheid geben müssen. Also wenn hier jemand zu danken hat, dann ich!“ Tiger schüttelt verneinend den Kopf: „Nein, ich danke dir. Und mein Dank gilt auch Albin. Das werde ich ihm auch noch sagen. Wenn ihr zwei mich nicht begleiten würdet, dann wüsste ich wohl nicht, was ich tun sollte. Als meine Schwester in den Flammen des Feuers starb, wollte ich mich am liebsten die nächste Klippe hinunter stürzen. Und wenn ihr beide nicht aufgetaucht wärt, hätte ich das auch getan! Dann hättet ihr euch Samuni anschließen können. Ihr habt es nicht getan. Es ist verrückt. An seiner Seite hättet ihr viel größere Überlebenschancen. Aber nein, ihr reist mit mir“, meint Tiger stolz. Linka legt ihren Kopf an Tigers Schulter. „Ja, wir reisen mit dir, Tiger. Wir reisen mit unserem Freund. Doch für mich bist du nicht nur ein Freund, Tiger. Ich mag dich wirklich sehr gerne.“ Tigers Herz wird ganz warm. Er fühlt sich richtig wohl. Linka an seiner Schulter zu fühlen, gibt ihm diese besondere Empfindung. Es wirkt zunächst wie ein unangenehmes Kribbeln. Doch wenn man sich erst mal daran gewöhnt hat, fängt es an, sich gut anzufühlen. Noch nie zuvor hat er dieses Kribbeln gespürt. „Sind sie nicht putzig? Wie sie da rumsitzen und miteinander kuscheln. Da wird einem ja richtig warm ums Herz. Das ist richtig niedlich. Vielleicht sollten wir uns auch mal eine Freundin suchen." Die Ratten sind wieder da. Anscheinend haben sie sehr viel Spaß daran, die Wölfe zu beobachten. Es gibt also auch unter den Ratten Spanner!

Der nächste Morgen bricht an. Albin erwacht aus seinem Schlaf. Sein Magen fühlt sich an, als wäre er mit schweren Steinen gefüllt. Nur mit Mühe und Not schafft er es, auf seine Beine zu kommen. Doch eines ist merkwürdig. Er ist ganz alleine! Albin schaut sich verwundert um. Wo sind bloß alle anderen hin? Sie haben ihn doch etwa nicht ganz alleine zurückgelassen? Nein, er kann sie wittern. Sie sind ganz in der Nähe. Albin durchquert einige dichte Büsche und kommt zum See. Auf einmal trottet Linka um die Ecke. Sie ist total zersaust. Ihr Fell steht in alle Richtungen ab, als sei sie unter Strom. Sie schwankt an Albin vorbei. „Guten Morgen, Albin." Er dreht sich verwundert um und schaut ihr nach. Doch da kommt auch Tiger aus der gleichen Richtung, aus der Linka gerade eben gekommen ist. Er sieht sehr erschöpft aus. Sein Fell weist ähnliche Anzeichen wie das von Linka auf. „Morgen, Albin. Ich hoffe sehr, dass du gut geschlafen hast. Ich habe kein Auge zugemacht." Tiger verschwindet ebenfalls im Gebüsch. Was hat das zu bedeuten? Albin läuft den beiden hinterher und findet sie vor einem Baum liegend. Die zwei kuscheln zusammen. „Ähm, habe ich irgendetwas verpasst? Kann es sein, dass ihr mir da einige Sachen verschweigt?", fragt Albin irritiert und leicht schmunzelnd. Er beschließt, Tiger und Linka erst mal alleine zu lassen. Als er wieder zum See kommt, um etwas Wasser zu trinken, wird er bereits erwartet. „Sieht so aus, als hätten deine beiden Freunde heute Nacht nicht viel Schlaf bekommen, was?", spricht eine

Stimme. Albin dreht sich um und entdeckt die Ratten auf einem hohen Ast sitzend. „Was macht ihr denn hier? Verfolgt ihr uns etwa immer noch? Reicht es nicht, was ihr der armen Linka angetan habt?“, will Albin wissen. Eine der Ratten knuspert fröhlich an einigen Wurzeln. „Sei nicht so frech, Wolf. Wir waren zuerst hier. Ihr drei seid nach uns eingetroffen. Wenn man es genau nimmt, dann seid ihr uns gefolgt und nicht anders herum“, verbessert ihn die schlanke Ratte. „Ja, es ist wahr. Wir waren zuerst hier. An deiner Stelle wäre ich etwas netter zu uns. Immerhin sind wir doch Freunde“, ergänzt die dickere Ratte. Albin kann darüber nur lachen: „Freunde? Ihr wollt meine Freunde sein? Das müsst ihr mir aber noch beweisen. Meine Freundschaft biete ich nicht jedem an. Also beweist mir, dass ihr meine Freunde seid. Ich warte.“ Albin lächelt zufrieden. Er glaubt, dass die Ratten bald klein beigeben werden. Doch weit gefehlt! Die Ratten blicken sich in die Augen. „Na gut. Wir verraten dir ein Geheimnis. Ganz im Sinne unserer Freundschaft natürlich!“ Albin spitzt die Ohren. Jetzt ist er doch ein kleines bisschen neugierig. „Na dann. Ich höre. Was ist das für ein Geheimnis?“ Eine der Ratten lacht wieder auf ihre schmierige Weise. Sollte Albin spätestens jetzt misstrauisch werden? Er beschließt, sich erst einmal anzuhören, was sie ihm zu erzählen haben. Falls ihn die beiden reinlegen sollten, wie sie es mit Linka getan haben, kann er sie immer noch dafür büßen lassen. „Also gut. Wenn du uns schon so nett darum bittest, wollen wir dich nicht enttäuschen. Wir werden jetzt von diesem Ast steigen, und wenn du versprichst, uns nicht zu fressen, werden wir dir etwas Interessantes zeigen. Na, was sagst du?“ Albin überlegt einige Sekunden. Die Ratten haben immerhin Linka reingelegt. Vielleicht sollte er doch ablehnen. Doch dann überwiegt seine von Natur aus vorhandene Neugierde. Er beschließt, den Ratten vorerst zu vertrauen. „Okay, ich tue euch nichts. Kommt runter und zeigt mir euer Geheimnis. Ich will für euch hoffen, dass es auch etwas Brauchbares ist.“ Die beiden steigen vom Baum herab. „Bevor wir dir dich dort hinführen, lass mich uns kurz vorstellen. Mein Name ist Luis. Ich bin der schlaue Kopf von uns. Und zudem die hübscheste Ratte in diesem Wald.“ Albin rollt mit den Augen. Er verkneift es sich, darüber zu urteilen. Soll die Ratte doch in ihrem Glauben leben. „Die verfressene Ratte hier neben mir wird von allen Timmy genannt.“ Das alles ist Albin ziemlich egal. Er wird nicht dazu kommen, sich ihre Namen zu merken. „Zusammen sind wir das fantastische Rattenduo!“ Langsam wird es Albin aber zu bunt. Er verliert die Geduld. „Komm, folge uns. Wir bringen dich hin.“ Da haben sie aber noch einmal Glück gehabt. Einen Wolf sollte man besser nicht reizen. Die Ratten rennen los und Albin folgt ihnen.

Nach etwa fünfhundert Metern bleiben die Ratten stehen. „Na, was haben wir dir gesagt?“ Albin weiß zunächst nicht, worauf Luis hinaus will, doch dann bemerkt er einen Pfotenabdruck auf dem Boden. Der Abdruck ist noch relativ frisch. Der Verursacher kann noch nicht weit entfernt sein. Er stammt ganz eindeutig von einem Wolf! „Vertraust du uns jetzt? Es waren noch andere Graupelze hier. Doch sie sind weitergezogen.“ Albin wundert sich. Weshalb konnte er nicht wittern, dass bereits andere Wölfe am See waren? „Habt ihr gesehen, wie die Wölfe aussahen und wie viele es waren?“, fragt Albin. Timmy legt die Wurzel zur Seite, an der er schon wieder die gesamte Zeit über knabbert. „Wir sind ja selbst erst kurz vor eurem Eintreffen hier gelandet. Aber wir haben mit einem Hasen gesprochen, der hier in der Nähe lebt. Er hat das Wolfsrudel mit eigenen Augen gesehen. Wenn jemand das Rudel bestimmen kann, dann er.“ Timmy will sich gerade wieder seiner Wurzel widmen, da merkt er auf einmal, dass sie verschwunden ist. Luis hat die Chance genutzt und sich die Wurzel geschnappt. Fressen oder gefressen werden. Eine alte

Regel der Natur. „Hey, Luis! Das war mein Frühstück! Gib sie mir sofort wieder. Ich habe Hunger!“, brüllt Timmy entsetzt. Luis schluckt den letzten Bissen hinunter. Jetzt ist es zu spät. „Du musst auf deine Linie achten, Timmy. Ich habe dir nur einen Gefallen getan. Am Ende wirst du noch dicker. Das wäre nicht gut für dich.“ Auf eine eigenartige Art und Weise hat Luis recht. Timmy ist eine rundliche Ratte. Es ist kaum zu glauben, dass er es aus eigener Kraft schafft, seinen dicken Bauch unter sich herzuziehen. Ein ungewolltes Fitnessprogramm. „Könnt ihr mir zeigen, wo der Hase haust?“, fragt Albin. Ob er es will oder nicht, nun ist er auf die Hilfe der Ratten angewiesen. Luis lacht auf. „Das soll hoffentlich ein Witz sein, oder? Denkst du wirklich, dass sich ein Hase mit einem Wolf unterhält?“ Albins schlagkräftige Antwort folgt auf dem Fuß: „Bis vor wenigen Tagen hätte ich noch nicht einmal gedacht, dass ich mich mal mit Ratten unterhalten werde.“ Ein gutes Argument. Das sehen auch Luis und Timmy ein. Was haben sie schon zu verlieren? Dann bringen sie ihn eben dorthin. Irgendwie müssen sie die Zeit ja totschlagen. „Okay, du hast gewonnen. Wir bringen dich zu dem Hasen. Aber dann bist du uns etwas schuldig. Merke es dir!“, ruft Luis ihm in Erinnerung. Es mag wohl niemand in der Schuld einer Ratte stehen. Vor allem nicht in der von Luis. Albin traut ihm nicht über den Weg. Er hat eine Art an sich, die einen erschauern lässt. Unglaublich, dass er sich mit ihm abgibt. Aber er muss zustimmen. Bis er den Bau des Hasen alleine gefunden hat, könnte bereits viel zu viel Zeit vergangen sein. Er muss wissen, welches Wolfsrudel vor ihnen hier war. „Ich bin einverstanden. Bringt mich einfach zum Bau. Danach bin ich euch etwas schuldig“, verspricht er den Ratten. Während er diese Worte sagt, merkt Albin bereits, dass er sie eines Tages bereuen wird!

Während die Ratten Albin zum Bau des Hasen führen, erwacht Tiger aus seinem kleinen Nickerchen. Er achtet darauf, dass er

Linka nicht aufweckt. Sie schläft so friedlich. Auf leisen Pfoten schleicht er um sie herum. Anschließend begibt er sich zum Seeufer, um etwas zu trinken. Das tut gut. Klares Wasser, genau das hat er jetzt gebraucht. Plötzlich kommt ein leichter Wind auf. Tiger blickt zum Himmel. Doch er ist frei von Wolken. Es sieht nicht so aus, als würde gleich ein Gewitter losbrechen. Der Wind wird immer stärker und das Wasser beginnt, Wellen zu schlagen. Das ist kein gutes Zeichen. Plötzlich vernimmt Tiger eine vertraute Stimme. „Tiger, mein Bruder, kannst du mich hören?“ Tiger schaut sich hastig um. Dies ist die Stimme seiner Schwester. Aber das kann doch nicht sein. Er hat mit eigenen Augen gesehen, wie sie in den Flammen umkam. Sein Kopf scheint ihm Streiche zu spielen. Möglicherweise ist er mittlerweile verrückt geworden. „Tiger, hörst du mich?“, fragt die Stimme erneut. Tiger schaut auf den See. Über dessen Mitte bildet sich eine kleine Silhouette. Sie sieht genauso aus wie Laica. „Das kann nicht sein“, stottert Tiger. Das muss er sich einfach einbilden. Der ganze Stress – daran muss es liegen! Die Silhouette wird nun immer deutlicher. „Laica, ich kann es nicht glauben. Bist du das?“, fragt er nun doch. Einige Sekunden vergehen, dann erhält Tiger eine Antwort. „Ja, ich bin es. Ich bin hier, um dich zu warnen!“ Tiger ist so glücklich, dass er sich zusammennehmen muss, um Laicas Worten zu lauschen. Im Moment ist es ihm egal, ob er sich seine Schwester nur einbildet oder nicht. Er freut sich, sie wiederzusehen. „Wovor willst du mich warnen? Was ist los?“ Wieder vergeht einige Zeit. „Ihr müsst von diesem Ort hier verschwinden! Hier ist es gefährlich!“ Tiger kann den Worten seiner Schwester kaum Glauben schenken. „Ich verstehe dich nicht ganz, Laica. Das ist ein wundervoller Ort. Viel besser als unser alter Wald! Ein wahrer Glücksgriff. Ich erkenne hier keine Gefahr!“, erwidert Tiger. Die Silhouette löst sich nun langsam auf. „Ihr müsst von hier verschwinden, ehe die ersten Schneeflocken vom Himmel fallen. Tiger, denk an meine

Worte!“ Plötzlich ist Laica wieder verschwunden. Tiger springt in den See, als wolle er seine Schwester vor dem Ertrinken retten. Doch diese mutige Rettungstat ist hoffnungslos. Als Tiger sich inmitten des Sees wiederfindet, erkennt auch er diese Tatsache. Sie war nicht real. Aber hat er sich diese Erscheinung wirklich nur eingebildet oder gibt es eine höhere Macht? Er könnte schwören, ihre Anwesenheit richtig gespürt zu haben. Nein, dies war keine Einbildung! Er hat tatsächlich mit seiner kleinen, verstorbenen Schwester gesprochen. Nachdenklich kehrt er zum Baum zurück, unter dem Linka immer noch zusammengekauert schläft. Er setzt sich in ihre Nähe und denkt über Laicas Worte nach, während sein Fell langsam trocknet. Seine Schwester hat ihn gewarnt. Aber wovor? Wenn er sich Linka anschaut, macht er sich Sorgen. Vielleicht sollte er den Tipp befolgen und sein Rudel sofort von hier fortführen. Andererseits ist es noch lange hin, bis der erste Schnee vom Himmel rieseln wird. Natürlich möchte er seine Freunde nicht in Gefahr bringen. Aber im Augenblick kann er keine Gefahr erkennen. Solange sie nicht bedroht sind, will er hier bleiben. Er legt sich hin und beobachtet seine Freundin beim Schlafen. Sein Wunsch, mit ihr zusammenzukommen, ist wahr geworden. Er will diese Tatsache nicht aufs Spiel setzen. Es ist nicht einfach, der Rudelführer zu sein. Jeder Tag bringt schwere Entscheidungen. Schon der kleinste Fehler kann fatal sein. Tiger schließt seine Augen und döst wieder ein.

„Wir sind da. Dort vorne ist der Bau des Hasen“, erklärt Luis. Einige Sekunden lang passiert gar nichts. Weder Luis, Timmy noch Albin unternehmen etwas. „Na, worauf wartet ihr denn noch? Wenn ich zu diesem Bau gehe, kommt er mit Sicherheit nicht heraus. Würdet ihr denn aus eurem Bau kommen, wenn ein Wolf davor steht? Ich denke, nicht“, meint Albin. Das sind wahre Worte. Luis schickt seinen Freund Timmy zu dem Bau.

Er steigt hinein und kommt nach kurzer Zeit wieder heraus. „Er ist nicht da. Der Bau ist leer“, berichtet Timmy. „Zwei Ratten und ein Wolf. Ich hätte jemanden anderes erwartet“, werden sie von der Seite angesprochen. Es ist der Hase. Doch anstatt vor Albin zu flüchten, steht er völlig gelassen da. Albin geht vorsichtig auf den Hasen zu. „Keine Sorge. Ich tue dir nichts. Ich habe lediglich eine Frage.“ Der Hase kratzt sich mit einem Hinterbein an seinem rechten Löffel. „Und die lautet?“ „Hast du vor Kurzem ein Wolfsrudel am See gesehen?“ Der Hase kratzt sich ungestört weiter. „Ein Wolfsrudel? Ja, in der Tat. Das habe ich gesehen. Sie waren allerdings nicht lange hier. Nicht mal einen halben Tag. Ihr Rudelführer hat wohl beschlossen weiterzuziehen. Clevere Entscheidung, wenn du mich fragst.“ Albin ignoriert den letzten Teil des Satzes. Ihn interessiert viel mehr eine andere Frage. „Kannst du mir sagen, wie der Rudelführer aussah, Hase?“ Endlich hört der Hase auf, sich zu kratzen. „Natürlich kann ich dir das sagen. Sein Fell war pechschwarz. Ebenso seine Augen. Ein wirklich großer Wolf. Um einiges größer als du. Dieser Kerl schien leicht reizbar zu sein. Ich bin froh, dass sie weitergezogen sind. Wir können hier am See keinen Ärger gebrauchen.“ Albin hat es schon beinahe befürchtet. Diese Beschreibung passt haargenau auf Samuni. Albin ist sich darüber im Klaren, dass sich Tiger insgeheim darauf eingestellt hat, Samuni zu begegnen. Wenn er ihm hiervon berichten würde, stöße er wahrscheinlich auf taube Ohren. „Hast du vor, hier am See zu bleiben?“ Albin ist so in Gedanken, dass er die Frage des Hasen zunächst gar nicht richtig mitbekommt. Erst als Luis ihn an der rechten Vorderpfote anstößt, gibt er seine Antwort. „Was? Nein ... Ich meine ... Ich weiß es nicht genau. Wir werden wohl darüber reden müssen.“ Der Hase beginnt erneut sich zu kratzen. Jedoch scheint es ihm dieses Mal am anderen Löffel zu jucken. „So, es gibt also noch mehr von euch?“, fragt er scheinbar leicht gelangweilt. Albin ahnt, worauf der Hase hinaus will.

„Hab keine Sorge. Ich verspreche dir, dass wir dir nichts tun werden. Du hast mein Wort darauf.“ Luis klettert an Albins Bein hinauf und setzt sich auf dessen Rücken. „Ja, und wenn er sein Versprechen bricht, wird er es mit uns zu tun bekommen!“ Albin schüttelt sich, sodass Luis von ihm herunterfällt. Dass er den Ratten als Pferdchen dient, war nicht ausgemacht. Wer hat schon gerne solch eine schmierige Ratte auf seinem Rücken sitzen? Albin ist angeekelt. „Ich hätte wirklich nie gedacht, dass ich mal eine Ratte und einen Wolf zusammen sehe. Das ist wirklich sehr merkwürdig!“, bemerkt der Hase. Luis und Timmy kuscheln sich an Albins mächtige Pfoten und lachen. Doch da fährt dieser seine spitzen Krallen aus und die Ratten nehmen wieder etwas Abstand. Langsam wird es ihm zu viel des Guten. „Keine Sorge. Dieser Anblick wird sicher nicht zur Gewohnheit. Ich danke dir für deine Auskunft. Kommt Jungs, wir gehen.“ Albin macht kehrt. Luis und Timmy folgen ihm. „Wo gehen wir hin? Suchen wir was zu fressen?“, will Timmy wissen. Albin hat noch nie im Leben so eine verfressene Ratte wie Timmy kennengelernt. Um ehrlich zu sein, hat er noch nie eine Ratte persönlich gekannt. Das ist eine Premiere für ihn. „Wir gehen zu Tiger und Linka. Sie sollten erfahren, dass Samuni hier war“, erklärt Albin. Luis und Timmy haben Mühe, mit ihm Schritt zu halten. Immerhin sind Albins Schritte um einiges größer als ihre eigenen. „Denkst du wirklich, es ist eine gute Idee, ihm davon zu erzählen?“, fragt Luis. Aber Albins Entschluss steht fest. Egal, wie Tiger auch reagieren mag. Er kann ihm das nicht vorenthalten. Immerhin ist Tiger der Rudelführer. Es ist Albins Pflicht, ihm davon zu berichten. Aber so wie es aussieht, hat er sich mit Luis und Timmy sein eigenes Rudel geschaffen. Die Ratten folgen ihm bis zu seinen Freunden und lassen sich dabei nicht von ihm abhängen. Da hat er sich ja einen schönen Schlamassel eingehandelt. Zwei anhängliche Ratten. Der Traum eines jeden Wolfes!
Albin und seine neuen Rattenfreunde kommen zu den anderen

zurück. „Tiger, ich muss dringend mit dir sprechen!“, weckt er seinen schlafenden Freund mit erhobener Stimme. „Was ist denn los, Albin? Wo warst du so lange?“ Im ersten Moment bemerkt Tiger die Ratten gar nicht. Doch als sie vor Albin treten, will er sich sofort auf sie stürzen! Albin hält ihn jedoch davon ab. Er beschützt sie. Damit ist seine Schuld ihnen gegenüber beglichen. Er hat ihnen gerade das Leben gerettet. Tiger ist stark erregt. „Was machen diese Mistviecher bei dir? Sie haben Linka reingelegt. Erinnerst du dich denn nicht mehr daran?“ Albin hat große Mühe, Tigers Wut zu dämpfen. Der Anführer hat eindeutig mehr Kraft als er selbst. Auf einmal kommt ihm unerwartet Linka zur Hilfe. „Tiger, nimm dich zusammen. Es war nicht ihre Schuld. Ich habe diese Entscheidung für mich getroffen. Diesen Fehler habe ich begangen! Die Ratten können nichts dafür. Also komm wieder runter und lass die armen Tiere in Frieden“, spricht sie mit sanfter Stimme zu ihm. Tiger beruhigt sich wieder und geht einige Schritte zurück. Wenn es nach ihm ginge, würde er sie auf der Stelle fressen. Nur Linka zuliebe verschont er die Ratten. Luis und Timmy sind völlig von Linkas Reaktion überrascht. Damit haben sie nun wirklich gar nicht gerechnet. Die Wölfin verzeiht ihnen. Da scheinen die Ratten ein schlechtes Gewissen zu bekommen, falls Ratten so etwas überhaupt besitzen. „Nein, es tut uns leid. Wir hätten das nicht tun dürfen. So etwas wird nicht wieder vorkommen, oder?“, fragt Luis und richtet seinen Blick dabei zu Timmy. „Nein, wir waren dumm. Wir haben dich in große Gefahr gebracht. Es tut uns wirklich leid. Verzeiht ihr uns?“, schnieft Timmy. Linka geht auf die beiden zu. „Ihr zwei seid gar nicht mal so übel. Vielleicht können wir Freunde werden. Was haltet ihr davon?“ Das ist Musik in den Ohren der Ratten. Für sie ist es ein komplett neues Gefühl. Sie haben nur einander. Ein neuer Freundeskreis kann nicht schaden. Außerdem sind die Wölfe groß und wirken auf viele Tiere abschreckend. Luis und Timmy sehen sich in Sicherheit, solange die großen Raubtiere in ihrer Nähe sind. Damit hätten sie zwei Fliegen mit einer Klappe geschlagen. Tiger bleibt jetzt wohl keine Wahl mehr. Luis und Timmy scheinen nun offiziell zum Rudel zu gehören. Da wäre ihm Samuni ja beinahe lieber. Er traut den Ratten nicht über den Weg. Sie haben seine große Liebe in Gefahr gebracht. Aber was soll er dagegen machen? Es steht zwei gegen eins. Auch wenn er der Anführer des Rudels ist, so befinden sie sich in einer außergewöhnlichen Situation. Und außergewöhnliche Situationen erfordern meist sehr ungewöhnliche Maßnahmen. Tiger zeigt sich letztendlich einverstanden: „Okay, ihr könnt bei uns bleiben. Aber ich warne euch. Solltet ihr beiden auch nur einen einzigen Trick versuchen, fresse ich euch höchstpersönlich auf!“ Eine klare Warnung! Eindeutiger geht es wirklich nicht mehr. Doch Luis und Timmy scheren sich nicht darum. Die Warnung haben sie zwar wahrgenommen, doch sie haben kein Interesse mehr daran, die Wölfe hereinzulegen. Luis ist schlau. Er weiß genau, dass sie im Schatten der Wölfe ein sicheres und bequemes Leben haben werden. Alleine dies ist schon Grund genug, um nett zu sein. Tiger seinerseits hält es nicht für nötig, die anderen von seinem Treffen am See zu unterrichten. Wahrscheinlich würden sie ihm ohnehin keinen Glauben schenken. Er fasst es ja selbst kaum. Ein Treffen mit seiner toten Schwester! Nein, es ist sicherer, nichts zu erzählen. Sie werden ihn für verrückt erklären. Er beschließt, es erst einmal für sich zu behalten. Bisher gibt es keinen Grund, unnötig Panik zu verursachen. „Und was machen wir jetzt? Wie wäre es mit einem kleinen Spielchen?“, fragt Luis. Aber die anderen haben keinen Bedarf. „Nein, danke. Am besten geht ihr mir aus dem Weg. Dann passiert euch auch nichts Schlimmes. Das ist wohl die beste Lösung für uns drei“, warnt Tiger die Ratten. Er dreht sich um und entfernt sich von seinen Freunden. Linka folgt ihm. „Er hat wesentlich lockerer reagiert, als ich dachte“, scherzt Albin. „Locker? Also wenn er gerade locker drauf war, will ich ihm nicht begegnen, wenn er schlechte Laune hat. Übrigens danke für deine Hilfe. Du hast uns gerettet.“ Albin lacht. „Ich würde sagen, damit sind wir quitt. Ihr habt mir geholfen, den Hasen zu finden, und ich habe euch vor Tigers Gebiss gerettet“, entgegnet Albin auf das Dankeschön von Luis. Am Ende werden sie vielleicht sogar richtige Freunde. Eine außergewöhnliche Mischung ist das schon, ein Wolf und zwei Ratten. Das ist mal etwas Anderes. Wer weiß, wie sich diese Beziehung noch entwickeln wird. Der Grundstein ist zumindest gelegt worden. „Ich will euch einen Tipp geben. Verhaltet euch etwas ruhiger, wenn ihr Tiger über den Weg lauft. Im Moment ist er leicht reizbar. Normalerweise tritt er nicht so auf. Ihr müsst ihm sein Verhalten vergeben. Er hat eine schwere Zeit hinter sich und hat noch so Einiges zu verarbeiten.“ Luis und Timmy zeigen sich einsichtig: „Okay, wir werden etwas Rücksicht nehmen. Wir wollen wirklich keinen Ärger mehr.“ Albin blickt Luis in die Augen. In ihnen kann er nichts erkennen, außer der reinen Wahrheit!

Tiger und Linka liegen zusammen am See. Von hier aus hat man einen schönen Ausblick. Das Wasser reflektiert die herabscheinende Sonne. Die Farben tanzen in den Augen der Wölfe. „Das ist wirklich ein schöner Ort. Ich bin so froh, dass wir hierher gefunden haben. Das hast du gut gemacht, Tiger.“ Der Herr des Windes schaut kommentarlos auf das Wasser. So ganz stimmen Linkas Worte nicht. Doch jetzt ist nicht die Zeit, sich selbst Vorwürfe zu machen. Immerhin haben sie es geschafft, eine neue Heimat zu finden. Sie haben hier alles, was sie benötigen. Frisches und vor allem sauberes Wasser, genügend Beutetiere und ausreichend Platz. Sollten wirklich noch andere Wölfe in der Gegend sein, dann sollen sie nur kommen. Kampflos wird Tiger dieses Areal nicht aufgeben. Hier hat er ein neues Zuhause gefunden. „Hast du dir schon mal überlegt, was aus uns werden soll?“ „Ich würde dir deine Frage wirklich gerne beantworten. Aber das ist wahnsinnig schwer zu sagen. Hier hätten wir auf jeden Fall die Chance auf eine Zukunft. Doch auf der anderen Seite …“ Tiger stockt. Es ist besser, nicht zu viel zu verraten. Tief in seinem Inneren hört er die Warnung seiner Schwester immer noch in seinen Ohren. „Was ist mit dir los? Warum hast du gestoppt?“, will Linka wissen. Tiger schaut sie freundlich an. „Ach, gar nichts. Ich habe nur nachgedacht. Diese Gegend ist wunderschön. Ich bin mir sicher, dass wir hier unsere Zukunft verbringen können. Du, ich und unsere Welpen.“ Linka schaut verwundert drein. „Unsere Welpen? Was soll das bedeuten?“, fragt sie schockiert. „Na, in dir wachsen unsere kleinen Wolfskinder heran. Glaube mir. Ich spüre es.“ Zufrieden legen sie ihre Köpfe aneinander und sonnen sich im warmen Sonnenschein.

Frische Spuren im Schnee

Mittlerweile ist es später Herbst geworden. Das Rudel ist eng zusammengewachsen. Der See lockt täglich frische Beute in den Wald. Noch nicht einmal früher, als das Rudel um einiges größer war, hatten sie so viel Erfolg bei der Jagd. Die Ratten Luis und Timmy wurden in das Rudel aufgenommen. Nur Tigers Misstrauen ist nach wie vor unverändert. Er erwischt sich selbst immer wieder dabei, wie er die Ratten beobachtet, um einen möglichen Verrat rechtzeitig zu entlarven. Doch seine Furcht ist unberechtigt. Luis und Timmy lieben ihr neues Leben. Ihr Plan ist aufgegangen. Sie haben keine Feinde mehr zu fürchten. Und es kommt sogar noch besser: Die beiden sind so etwas wie Onkel geworden. Linka hat zwei Junge zur Welt gebracht. Beides sind Weibchen. Kaum einige Wochen alt, machen sie bereits den Wald unsicher. Doch diese Idylle soll nicht ewig anhalten. In der kommenden Nacht wird sich das Schicksal des Rudels nachhaltig verändern.

Während das Rudel ruht, vollzieht sich etwas Magisches: der erste Schneefall des Jahres.
Die feinen Schneekristalle rieseln vom Himmel herab und bedecken lautlos die Erde.
Die Temperatur fällt bereits seit einigen Monaten immer mehr ab. Die Wölfe ertragen die Kälte ohne Probleme und mittlerweile dürfen sich Luis und Timmy auch mal an Albin herankuscheln, wenn ihnen zu kalt wird. Tiger wird von einer Schneeflocke geweckt, die auf seiner Nasenspitze landet. Zunächst denkt er sich nichts dabei und senkt seinen Kopf wieder, um weiter zu schlafen. Doch plötzlich schreckt er auf! „Steht auf! Wir müssen jetzt aufbrechen!“, schreit er aus und erinnert sich dabei an die schreckliche Nacht des Waldbrandes. „Was ist denn los, Tiger?“, fragt Albin verschlafen. „Wir müssen sofort von hier verschwinden. Die ersten Schneeflocken fallen. Wir dürfen keine Zeit mehr verlieren.“ Harmlos, denken sich die anderen und nicken wieder ein. Sie haben schon ganz andere Winter überstanden. Da lassen sie sich von ein paar Schneeflocken nicht abschrecken. Doch Tiger wittert die Gefahr. In der Ferne ist ein altbekanntes Geräusch zu hören, welches nun auch seine Freunde wach werden lässt. Es ist das Brummen der Monstren aus der Menschensiedlung! Wollte Laica sie davor warnen? Warum hatte Tiger nicht auf sie gehört? Es bleibt nur wenig Zeit, um sich Vorwürfe zu machen. Sie müssen fliehen! Schon wieder müssen sie ihre Heimat verlassen. Luis und Timmy steigen auf Albins Rücken. Das Rudel ergreift die Flucht. Nur Linka und ihre Jungen hinken hinterher. Tiger beschließt, auf sie zu warten. Er befiehlt Albin, sich und die Ratten in Sicherheit zu bringen. Plötzlich wird der Wald von den Lichtern der Monstren erhellt. Ein Schuss fällt und Linka geht zu Boden. Tiger sprintet zu seiner großen Liebe, doch sie atmet nicht mehr. Das war ein Volltreffer! In Tiger entlädt sich der pure Hass. Als die Menschen aus ihren Monstren aussteigen, geht Tiger zur

Attacke über und greift die Mörder an. Doch bevor er einen von ihnen auch nur ansatzweise erreichen kann, bekommt er etwas über den Schädel geschlagen. Die Welt um ihn herum dreht sich. Tiger verliert das Bewusstsein. Er hat versagt.

Als Tiger wieder zu sich kommt, befindet er sich nicht mehr im Wald. Dieser Ort ist unheimlich. An der Wand hängen Haken und andere Werkzeuge der Menschen. Tiger ist eingesperrt. Umgeben von Eisenstäben liegt er in einem kleinen Käfig, ausgelegt mit etwas Stroh. Tiger ist noch nicht richtig bei sich. Wahrscheinlich hat er noch gar nicht realisiert, was ihm zugestoßen ist. Doch ein Blick an die Wand zu seiner Linken bringt ihm die harte Wirklichkeit vor die Augen. Seine beiden Jungen hängen aufgespießt auf einem Haken an der Wand. Was für ein grausamer Anblick! Tiger kann nicht mehr hinschauen. Ein Vater sollte niemals lange genug leben, um den Tod seiner eigenen Kinder miterleben zu müssen. Das ist eine harte Strafe. Tiger hat erneut die wichtigsten Wölfe in seinem Leben verloren. Nun sitzt er hier, eingesperrt in einem kleinen Käfig, und wartet auf sein Ende. Was haben die Menschen mit ihm vor? Wieso haben sie ihn verschont? Gibt es etwas Grausameres als den Tod? Tiger hat nun keine Angst mehr davor. Er hat alles verloren, was ihm wichtig ist. Der Tod ist ihm willkommen.

Tiger wird von einem Geräusch hinter der Holztür geweckt. Jetzt ist es also soweit. Er hat nicht vor, kämpfend zu sterben. Wenn sein Schicksal nun mal so aussehen soll, dann findet er sich damit ab. Er hat ohnehin nichts mehr, wofür es sich zu kämpfen lohnt. Doch die Tür öffnet sich nicht. Falscher Alarm! Plötzlich bricht ein kleines Stück aus der unteren, linken Seite der Tür heraus. Tiger traut seinen Augen kaum. Es sind Luis und Timmy. Ausgerechnet die beiden. Das hat ihm jetzt noch gefehlt. „Wen haben wir denn da? Einen Wolf in einem Käfig!

Was meinst du, Timmy? Sollen wir ihm helfen?", fragt Luis scherzend. Timmy schaut kritisch drein. „Na, ich weiß nicht so recht. Vielleicht, wenn er ganz lieb bitte sagt!" Tiger ist alles andere als froh, die beiden zu sehen. „Verschwindet, ihr zwei. Lasst mich alleine", pöbelt er sie an. Luis und Timmy schauen sich verwundert an. Er will ihre Hilfe nicht? Jetzt haben die beiden einen solch weiten Weg zurückgelegt und es soll alles umsonst gewesen sein? Das können sie nicht akzeptieren. „Wir holen dich hier raus und dann wirst du dein Leben weiterleben. Ist das klar?", kommandiert Luis. Tiger legt sich hin und schließt die Augen. Luis gibt seinem Freund ein Zeichen. Die Gitterstäbe sind weit genug voneinander entfernt, sodass eine Ratte locker hineinsteigen kann. Ja, selbst der dicke Timmy. Er umkreist Tiger, wetzt seine Zähne und beißt in Tigers Schweif! Der Wolf jault laut auf. „Ich fresse dich!", knurrt er. Timmy bringt sich in Sicherheit. „Ich weiß wirklich nicht, wie du das anstellen willst. Dazu müsstest du erst mal hier herauskommen, oder?" Tiger ist stinksauer. Aus seinen Augen spricht der pure Hass. „Bleib ganz ruhig, Tiger. Was geschehen ist, ist geschehen. Du kannst die Vergangenheit nicht ändern! Du hast überlebt. Nun musst du in die Zukunft schauen. Es bringt dir nichts, wenn du in der Vergangenheit hängen bleibst. Nur die Gegenwart ist wichtig." Doch die Worte von Luis prallen gegen eine Mauer. Tiger ignoriert ihn völlig. Als er erneut seine toten Jungen an der Wand hängen sieht, scheint er eine Reaktion zu zeigen. Tiger fällt in eine Gedankenwelt. Was wäre, wenn? Dies ist wohl die schlimmste Frage, die man sich stellen kann. Wenn man ein Kind verloren hat, gibt es wohl nichts mehr, das man fürchtet. Selbst dem eigenen Tod kann man ohne Furcht gegenübertreten. Luis sagte, man kann die Vergangenheit nicht ändern. Aber hätte man zum gegebenen Zeitpunkt die Weichen des Lebens anders legen können? Was wäre passiert, wenn Tiger auf die Warnung seiner Schwester am See gehört hätte? Wenn er seine Begegnung der anderen

Art mit seinem Rudel geteilt hätte? Vielleicht wäre alles anders gekommen. Tiger macht sich schwere Vorwürfe. War er am Ende an dem Tod all seiner Rudelmitglieder schuld? Wenn er damals das Feuer rechtzeitig gewittert hätte, wäre die Flucht vor den Flammen möglicherweise geglückt. Dann würde seine Schwester heute noch leben. Und das Gleiche gilt für alle anderen, die sterben mussten. Tiger schiebt sich die Schuld selbst zu. Er ist schuld am Tod all derer, die ihm etwas bedeutet haben. „Komm schon, Timmy. Dann lassen wir ihn eben hier. Soll er doch vor sich hinvegetieren. Vielleicht hat er Glück und die Menschen lassen ihn am Leben", spottet Luis. Die Ratten verschwinden durch das Loch ins Freie und lassen den Herrn des Windes zurück. „Du willst ihn wirklich alleine lassen? Was ist, wenn die Menschen ihm etwas antun?", fragt Timmy erschüttert. Luis schüttelt seinen Kopf. „Keine Sorge. Ich habe vorhin Mäuschen gespielt. Die Menschen sind nicht hier. Tiger ist erst mal in Sicherheit. Er muss sich sammeln. Wir kommen später wieder." Timmy ist zwar nicht wohl bei dem Gedanken, aber er vertraut auf Luis' Einschätzungsvermögen. „Und was machen wir in der Zwischenzeit, Luis?" Luis setzt sein schmieriges Lachen auf: „Ich hätte da eine Idee!"

Gibt es ein Schlaraffenland oder ist es ein Mythos, wie etwa die versunkene Stadt Atlantis? Wenn man Luis und Timmy diese Frage stellen würde, dann wären ihre Antworten identisch. Ja, es gibt eines! Man muss sich nur mal überlegen, wie unvorsichtig die Menschen sind. Lassen sie doch einfach eine Speisekammer, vollgepackt mit Lebensmitteln, alleine und unbewacht zurück. Ein wahres Schlaraffenland für jede Ratte. „Ich muss dir eines lassen, Luis. Das war eine klasse Idee." Luis wirft einen Brotkrümel in die Luft und fängt ihn mit seiner kleinen Schnauze auf. „Ich sage dir, Timmy, das ist das Leben. Es fehlt nur noch ein großer Haufen Müll. Dann könnte ich glücklich sterben.“ Sie lachen. Plötzlich hören die beiden ein Geräusch. Sind die Menschen schon zurück? Das wäre katastrophal. Tiger ist immer noch im Käfig eingesperrt und er scheint nicht gerade begeistert von der Idee zu sein, von diesem Ort zu fliehen. Schritte lassen den Holzboden knarren. Ein Schatten verdunkelt den dünnen Lichtstrahl, der unter der Türschwelle hindurchdringt. Die Schritte kommen immer näher. Doch plötzlich verstummt das Knarren des Holzbodens. Irgendjemand steht vor der Tür! Luis und Timmy bringen sich in Sicherheit. Ein lautes Kratzen bringt die Tür der Speisekammer zum Wackeln. Nach einigen Sekunden dreht sich der Türknopf. Das Licht scheint in die Speisekammer und macht die leckeren Speisen sichtbar. Die Ratten gehen in Deckung. Jetzt dürfen sie nicht auffliegen. Sonst sind nicht nur sie verloren. Nein, auch Tigers Schicksal wäre entschieden. Alleine wird er nicht die Kraft aufbringen können, von hier zu fliehen. Irgendjemand betritt den Raum. Jetzt wird es ernst. Man könnte eine Stecknadel fallen hören. „Luis, Timmy, seid ihr hier drin?“, flüstert es in die Speisekammer. Die Ratten zeigen sich. Kein Grund zur Beunruhigung. Es ist Albin. Im Moment besteht keinerlei Gefahr. „Was macht ihr hier drin? Ich warte schon die ganze Zeit auf euch. Es wird bereits dunkel. Die Menschen werden bald zurückkommen. Wir müssen Tiger von hier wegbringen und ihr liegt hier faul rum!“ Luis bewirft Albin mit einem Brotkrümel. „Entspann dich, Albin. Kein Grund zur Eile. Tiger ist völlig niedergeschlagen. In diesem Zustand können wir ihn nicht befreien. Er trauert Linka und seinen Kindern nach.“ Die drei können Tigers Gefühle verstehen. Er musste viel durchmachen. Aber es hilft alles nichts. Sie müssen von hier verschwinden. Und eines steht fest: Sie gehen nicht ohne Tiger!

Albin öffnet die Tür des Schuppens, in dem Tiger gefangen ist. Er sieht seinen alten Freund vor sich auf dem Boden liegen. Ein grausamer Anblick. Albin erinnert sich an ihre Kindheit zurück. Die zwei kennen sich schon seit Ewigkeiten. Schon als kleine Wolfswelpen haben sie zusammen gespielt. Eine enge Freundschaft verbindet sie. Umso mehr quält es Albin, seinen alten Freund in dieser Misere zu erleben. Wie gerne würde er ihm helfen, den Tod Linkas und seiner Jungen zu verarbeiten. Doch er kann nichts tun. Tiger muss dies alleine schaffen. Auch für Albin ist es nicht einfach. Das letzte halbe Jahr waren die drei Wölfe unzertrennlich. Eben ein richtiges Rudel. Die Geburt der Welpen hatte ihnen neue Hoffnung gegeben. Eine Vergrößerung des Rudels war extrem wichtig. Sie konnten ja nicht ahnen, dass die Menschen jeden Winter zu diesem See kommen, um dort Jagd auf das Wild zu machen, welches sich dort in Massen versammelt, sobald die Temperaturen sinken. Damit konnte nun wirklich niemand rechnen. Oder vielleicht doch? Wieso zog Samunis Rudel damals weiter, anstatt sich am See niederzulassen? Ahnte der pechschwarze Wolf vielleicht etwas? Wusste er, dass die Menschen kommen würden? Irgendetwas musste ihn zu dieser Entscheidung gedrängt haben. Dieser See ist ein idealer Ort. Ein besseres Revier kann sich kein Wolf wünschen. „Was machen wir jetzt, Albin?“, fragt Luis. Als Tiger den Namen seines Freundes hört, hebt er seinen Kopf. „Tiger, wir werden dich jetzt aus diesem Käfig holen. Und dann verschwinden wir von diesem Ort.“ Tigers leerer Blick schweift durch den Raum. Albin überlegt, wie er seinen Freund wieder auf die Beine bringen kann. In der Ferne hören sie bekannte Geräusche. Es hört sich so an, als kämen die Menschen zurück. Jetzt dürfen sie keine Zeit mehr verlieren. Albin hat den rettenden Einfall. Er erinnert Tiger an den alten Wolfscodex, den sie sich als Kinder ausgedacht hatten. „Ein Wolf handelt stets im Sinne des Rudels. Er beschützt seine Lieben. Keine Strecke ist ihm zu weit, kein Weg zu gefährlich und kein Gegner zu stark! Wir Wölfe sind die edelste Schöpfung der Natur. Jeder, der sich uns in den Weg stellt, wird den Kürzeren ziehen. Niemand kann uns bezwingen, solange wir zusammenhalten. Wölfe auf ewig!“ Tiger hebt den Kopf. Diese Worte, sie kommen ihm so bekannt vor. Er erwacht aus seiner Gedankenwelt. Es ist vorbei. Er will nicht in diesem Käfig enden. Tiger erhebt sich und das Feuer in seinen Augen entfacht aufs Neue. „Na also. Das ist der Tiger, den ich kenne und liebe. Bist du bereit, mein Freund? Wir holen dich da raus. Luis, Timmy, an die Arbeit!“, befiehlt Albin. Kein Problem für die Ratten. „Überlass das nur uns, Chef. Das erledigen wir im Nu!“, entgegnet Luis selbstsicher. Gesagt, getan! Luis klettert auf Albins Rücken und steckt seinen langen, zierlichen Rattenschwanz in das Schloss. Nur wenige Sekunden vergehen, ehe ein Klicken ertönt. Luis ist ein Naturtalent. Eine Ratte, geboren, um Wölfe zu befreien. Die Cinderella-Story der Tierwelt. Die Käfigtüre öffnet sich und Tiger kommt heraus: „Danke, Albin.“ Die Ratten husten. „Ist schon gut. Ich danke auch euch beiden! Ich habe euch Unrecht getan“, gibt Tiger zu. Luis nickt zufrieden: „So sind wir Ratten nun mal. Nette Kerle durch und durch. Das habe ich dir ja von Anfang an gesagt, Tiger.“ Luis und Timmy sind nun schon lange an der Seite der Wölfe. Wer hätte dies zu Beginn gedacht? „Es wird Zeit zu verschwinden. Ich habe lange genug in Selbstmitleid geschwelgt. Das Leben kann grausam sein. Aber es ist wichtig, dass man sich nicht von seinem Weg abbringen lässt, selbst wenn einem große Steine in den Weg gelegt werden. Ich danke euch wirklich allen. Ihr habt mich gerettet. Und jetzt verschwinden wir von hier!“, meint Tiger froh. Der Herr des Windes hat sein Selbstbewusstsein wieder zurückerlangt. Doch im Inneren sitzt der Schmerz über den Verlust seiner Liebsten tief verankert in seinem Herzen. Diese Gefühle werden ihn eines Tages wieder einholen, auch wenn er sie noch so sehr verdrängt.

Der Neubeginn

Für die ersten europäischen Siedler gab es vor langer Zeit in Nordamerika nur eine Richtung. Der Wilde Westen hatte seinen Namen regelrecht verdient. Und genau dorthin verschlägt es das geschrumpfte Rudel nach ihrer Flucht aus der Menschensiedlung. Die Nacht ist angebrochen. Wolken bedecken den Himmel. Sie werfen Millionen kleine Schneeflocken auf die Erde herab. Der frische Schnee unter den Pfoten der Wölfe fühlt sich angenehm weich an. Albin ist mittlerweile zu einer Art lebendem Transportunternehmen geworden. Die Ratten, Luis und Timmy, reiten auf ihrem Freund Richtung Westen. Keiner der vier sagt auch nur ein Wort. Luis möchte das Eis brechen: „Ich will ja keine Jungratte sein, aber diese Stille ist mir unheimlich. Wie wäre es mit einer kleinen Geschichte?“, fragt er. Albin lacht auf: „Eine Geschichte? Was willst du denn erzählen? Ich kann mir nicht vorstellen, dass ein Rattenleben sonderlich interessant ist. Was meinst du, Tiger?“ Eigentlich würde er ihm zustimmen, doch diese Ratten haben ihm das Leben gerettet. Also will sich Tiger von seiner höfflichen Seite zeigen. „Ach, ich weiß nicht so recht, Albin. Ich denke, Ratten können auch spannende Geschichten erleben.“ Tiger muss sich ein Lachen verkneifen. „Das sage ich doch. Ihr würdet euch wundern“, meint Luis. Jetzt will es Albin genau wissen: „Also, spanne uns nicht länger auf die Folter. So wie ich die Sache sehe, haben wir jede Menge Zeit zum Reden. Raus mit der Sprache.“ Luis reibt sich seine kleinen Hände: „Wenn ihr so danach bettelt, will ich euch den Wunsch erfüllen. Ich erzähle euch die Geschichte von einer wunderschönen Rattendame, von meinem ersten eigenen Rattenloch und …“ „Moment mal! So genau wollen wir die Sache gar nicht wissen“, unterbricht Albin ihn. Luis überlegt kurz, ehe er einen anderen Vorschlag macht. „Wie wäre es mit der Geschichte, wie Timmy und ich uns kennengelernt haben?“

Das hört sich in den Ohren der Wölfe schon um einiges besser an. „Dann schieß mal los, Luis. Ich brenne geradezu vor Neugierde“, bemerkt Albin ironisch. Luis lässt sich jedoch nicht aus dem Konzept bringen. Ihm ist langweilig und irgendwie muss man die Zeit ja totschlagen. „Ich war noch kein Jahr alt, da traf ich im Wald auf eine riesige Wildkatze. Mein ganzer Körper zitterte, von meiner kleinen Schnauze bis hin zu meiner Schwanzspitze. Ich spürte ihren warmen Atem. Er umnebelte mich, als wolle er mich höchstpersönlich in ihren Mund einladen. Ihr könnt euch sicher vorstellen, dass mir diese Bekanntschaft den Tag ziemlich verdorben hätte. Ich hatte keine Fluchtmöglichkeiten. Ihr gieriger Blick zog mir im wahrsten Sinne des Wortes das Fell von meinem Körper. Meine Mutter hatte mich stets gewarnt, niemals einer Katze zu nahe zu kommen. Die Katze sprang auf mich zu und ich rechnete mit meinem Leben ab. Doch plötzlich stieß mich jemand zur Seite und schlug die Wildkatze in die Flucht. Timmy war damals um einiges mutiger als ich selbst und rettete mir so das Leben.“ Es scheint so, als sei dies das Ende der Geschichte. Albin und Tiger bleiben fassungslos stehen. Das musste wieder irgendeine erfundene Geschichte von Luis sein. Es wäre ja nicht das erste Mal, dass er irgendetwas erfindet, um besser dazustehen. „Was erzählst du uns da wieder, Luis?“, fragt Albin lachend. „Ja, du erwartest doch nicht wirklich, dass wir dir diese Geschichte abkaufen, oder?“, ergänzt Tiger. Luis legt seinen Arm um Timmy. „Doch, ich schwöre, es ist die reine Wahrheit! Unser Timmy hier hat eine Geheimwaffe, vor der selbst ihr euch fürchten würdet!“ Langsam wird die Sache unrealistisch. Tiger und Albin schenken der Geschichte nun gar keinen Glauben mehr. „Ach ja, und was für eine Waffe soll das sein? Will er sich mit seinem ganzen Gewicht auf uns werfen?“, scherzt Tiger und die Wölfe beginnen, lauthals zu lachen. Doch da nutzt Timmy die Chance, um selbst zu Wort zu kommen. Er will sich hier schließlich nicht als Taugenichts hinstellen lassen. Das hat er wirklich nicht nötig. Aber wie soll er den Wölfen beweisen, dass Luis‘ Geschichte der Wahrheit entspricht? Er sieht nur eine Möglichkeit. Timmy muss seine Geheimwaffe einsetzen, um Tiger und Albin davon zu überzeugen. Es gibt keinen anderen Weg. Er hebt seinen Rattenschwanz leicht an und handelt nach einem bekannten Motto: Wasser marsch! Albin wundert sich noch für einen Augenblick, weshalb seine Ohren so schön angenehm warm werden, ehe er seine zwei Passagiere voller Ekel von sich herunterwirft. „Was soll denn das? Du bist widerlich, Timmy!“, schreit er. Die beiden Ratten verschwinden lachend im Unterholz. Die Wölfe hatten sie ja praktisch dazu aufgefordert. Ein kleiner Spaß unter Freunden sozusagen, auch wenn es nur für eine Seite spaßig ist. Albin schmeißt sich zu Boden und dreht sich im Schnee wild hin und her. Sein schönes weißes Fell! Ruiniert von Rattenausscheidungen! An Tagen wie diesen stellt er sich die Frage, weshalb er den Ratten gestattet hatte, ihn zu begleiten. Gerade in solchen Situationen wie in diesem Moment findet er keine Argumente, die dafür sprechen würden, sie noch länger an seiner Seite zu behalten. „Ich kann nicht glauben, dass mich eine Ratte angepinkelt hat!“ Tiger lacht kurz auf: „Naja, sieh es doch positiv, Albin.“ Tigers Freund kann nicht verstehen, worauf er hinaus möchte. Wenn es nach ihm ginge, hätte auch gerne Tiger den Schwall abbekommen dürfen. „Positiv? Was soll daran bitte positiv sein? Das musst du mir erklären, Tiger.“ „Immerhin kannst du jetzt behaupten, diese Erfahrung schon einmal gemacht zu haben. Ist das nicht wunderbar? Jetzt hast du etwas Besonderes erlebt!“ Albin kann Tigers Fröhlichkeit nicht teilen. Er windet sich im Schnee, um den schrecklichen Geruch aus seinem Fell zu bekommen. Wenigstens können die beiden nun der Geschichte von Luis Glauben schenken. Für sie ist klar, dass jedes Raubtier bei so einer Geheimwaffe schlagartig die Flucht ergreifen würde. Sie hatten Timmy wohl unterschätzt. Er ist im Besitz von gefährlichen Waffen – biologischen Waffen! Eine positive Seite hat es dennoch, auch wenn Albin diese nicht sofort erkennt. Tiger kann endlich wieder lachen. Er scheint wieder auf andere, angenehmere Gedanken zu kommen. Zumindest hat es äußerlich den Anschein. Was niemand weiß: Innerlich ist Tiger immer noch total niedergeschlagen. Doch es gelingt ihm, dies nach außen hin zu verstecken.

Einige Tage danach. Das Rudel marschiert weiterhin Richtung Westen. Hier gibt es Wald, soweit das Auge reicht. Der Winter hat die Landschaft unter Kontrolle. Das Leben ist jetzt härter als jemals zuvor. Der Kälte können sie zwar trotzen, doch der Hunger setzt den vieren arg zu. Der kleine Zwischenfall ist längst vergessen. Warum nachtragend sein, wenn die Situation ohnehin schon schwierig genug ist? Gerade in diesen Tagen ist Zusammenhalt gefragt. Und dieser ist in diesem Rudel so stark wie nirgendwo sonst. Es ist Zeit für die Jagd. Aber wonach? Die Tiere des Waldes scheinen gewarnt zu sein. Weit und breit ist keine Beute auszumachen. Ein schlechtes Zeichen. Dieses Gebiet ist dem Rudel völlig fremd. Es ist gut möglich, dass sie hier im Revier eines anderen Wolfsrudels streifen. Zwar kann Albin nichts wittern, doch wer weiß. Luis entdeckt einen außergewöhnlich hohen Baum. Das Rudel nutzt eine Strategie, die sich in ihren Reihen bewährt hat, so eigenartig sie auch sein mag. Luis klettert auf die Spitze des hohen Baumes und hält Ausschau. Obwohl seine Augen nicht so ausgeprägt sind wie die eines Adlers, erkennt er in der Ferne eine potenzielle Beute. An einem kleinen See tummeln sich einige Truthähne. Er klettert von seinem Baum herunter, um Bericht zu erstatten. Über diese Nachricht sind die Jungs nicht gerade glücklich. „Truthähne? Es gibt leichtere Beute!“, wirft Albin besorgt in die Runde. „Du hast recht. Aber uns bleibt nichts anderes übrig. Wir müssen es versuchen. Mein Magen schleift schon auf dem Boden entlang. Ich brauche dringend etwas zu fressen. Und ich denke, ich spreche für alle." Tiger schaut in die Runde. Die anderen brauchen nicht zu antworten. Alle wissen, dass es Fakt ist. Luis und Timmy sind einigermaßen gut versorgt. Auch wenn der Boden gefroren ist, kommen sie auf ihre Kosten. Wo eine Ratte ist, ist auch ein Weg. Doch den Wölfen gelüstet es nach Fleisch. Und dabei ist es ihnen egal, von welchem Tier. „Wie wäre es denn mit Rattenfleisch?", fragt Albin. „Nein, ich habe gehört, es soll so zäh sein", antwortet Tiger. Aus irgendeinem unverständlichen Grund finden die Ratten das Ganze gar nicht witzig. Trotzdem müssen sie sich keine Sorgen machen. Tiger und Albin verfolgen keine hinterhältigen Pläne. Lieber würden sie sich selbst in die Pfote beißen, als in so eine stinkige Ratte. Dann gibt es wohl nur noch einen Weg, den sie gehen können. Sie müssen an den See und die schwierige Jagd wagen. Doch als sie gerade losmarschieren wollen, steigt Albin ein verführerischer Duft in die Nase. Er bleibt schlagartig stehen. Die anderen drei bemerken, dass mit ihm irgendetwas nicht stimmt. „Was ist los, Albin? Witterst du etwas?", will Tiger wissen. Albin ist so gefesselt von diesem Geruch, dass er Tigers Frage nicht beantwortet. Er sprintet über den nächsten Hügel. „Und was machen wir jetzt?", fragt Luis. „Hinterher!", befielt Tiger. Er lässt die beiden Ratten alleine zurück, bleibt jedoch auf dem höchsten Punkt des Hügels stehen. Luis und Timmy fühlen sich auf einmal sehr verwundbar. Jetzt bemerken sie erst, was für ein Privileg sie haben: den Schutz zweier Wölfe. Wie viele Ratten können dies schon in Anspruch nehmen? Die beiden rennen Tiger hinterher. Es dauert nicht lange und sie haben ihn erreicht. „Hey!", spricht Luis ihn völlig außer Puste an. „Lass uns nicht noch mal alleine. Das ist sehr gefährlich!" Tiger scheint ihn nicht ganz zu verstehen. Natürlich hat er als Wolf viel weniger Gefahren zu fürchten als eine Ratte. Dennoch findet er, dass Luis überreagiert. Timmy sieht die Sachen ebenfalls ganz locker. Er setzt sich auf einen Stein und kratzt sich am Bauch. „Beruhige dich, Luis. Es besteht keine Gefahr." Kaum hat Timmy diese Worte ausgesprochen, wird er gepackt und verschwindet! Wie aus dem Nichts hat der Räuber der Lüfte zugeschlagen! „Timmy!", schreit Luis ihm hinterher. Doch es ist zu spät! Er ist weg. Tiger und Luis sind geschockt. Eine Sekunde der Unaufmerksamkeit und schon wieder haben sie einen Freund verloren. Kann man so etwas Pechsträhne nennen? Nein, es gleicht eher einer Katastrophe! Vor allem Luis ist total niedergeschlagen. Sein jahrelanger Freund ist weg. Er hatte nicht einmal die Zeit, sich von ihm zu verabschieden. Die Natur ist gnadenlos. Es hätte genauso gut ihn erwischen können. Doch Timmy schien dem Vogel wohl die nahrhaftere Option gewesen zu sein. Sein dicker Bauch wurde ihm zum Verhängnis. Albin kommt zurück. Er sieht glücklich aus. „Ich habe etwas zu fressen gefunden. Kommt mit!", berichtet er zufrieden. Da entdeckt er die traurigen Gesichter der anderen. „Was ist los? Wo ist Timmy?", fragt er zögernd. Es herrscht Totenstille. „Timmy ist hier!" Das Trio dreht sich um, und da steht Timmy! Er ist unversehrt! Luis fällt ihm in die Arme. „Timmy, ich dachte du wärst tot!", ruft er mit Tränen in den Augen. Auch Tiger scheint glücklich zu sein, ihn wiederzusehen. „Wie hast du das geschafft?", fragt er. Timmy schleudert seinen Rattenschwanz in der Luft herum, als wolle er damit etwas einfangen. „Frag am besten Albin. Er sollte es eigentlich am besten wissen, wie unangenehm ich sein kann." Tiger rümpft die Nase. „Sag bloß, du hast …" Albin fährt dazwischen. „Er hat schon wieder jemanden angepinkelt!", meint er entsetzt. Tiger klärt ihn über die Geschehnisse auf. Nun ist auch der weiße Wolf erleichtert. „Okay, du hattest gesagt, es gibt etwas zu fressen?" Aus irgendeinem Grund ist niemand überrascht. Timmy ist und bleibt eben eine verfressene Ratte. Daran wird sich wohl nichts ändern. Aber etwas zu fressen wäre auf diesen Schock nicht schlecht. Dieser

Vorfall kam ja doch sehr unerwartet. „Also, Albin, was hast du entdeckt?“, will Tiger jetzt wissen. Albin deutet mit seinem Kopf in die Richtung, aus der er gerade gekommen ist. „Folgt mir. Ich habe eine schöne Überraschung für euch. Und ihr beiden steigt am besten auf meinen Rücken. Dort ist es wohl am sichersten für euch.“ Luis und Timmy zeigen keine Einwände. Es gibt keinen sicheren Platz als auf dem Rücken eines großen und starken Wolfes. Nach einigen Hundert Metern kommen sie auf eine kleine Lichtung. Auf dessen Mitte liegt der Kadaver eines männlichen Elches. Hier waren bereits andere Räuber am Werk. Doch dieser riesige Brocken war dann wohl doch zu viel des Guten. Umso besser für die Wölfe. Endlich können sie sich die Mägen mal wieder richtig vollschlagen.

Dieses Mahl war dringend notwendig. Jetzt sind sie gestärkt und können weiterreisen. Doch Tiger beschließt, hier erst mal zu ruhen. Dann hat die Mahlzeit wenigstens Zeit, sich zu setzen.
Während sich Albin und die Ratten zum Dösen hinlegen, unternimmt Tiger einen kleinen Waldspaziergang. Nun hat er Zeit, um nachzudenken. Was für ein Tag. Um ein Haar hätte er schon wieder einen Teil seines Rudels verloren. Er hätte nicht gedacht, dass ihm diese Ratten mal so ans Herz wachsen würden. Das ist schon eine merkwürdige Sache. Völlig in seiner Gedankenwelt versunken, entfernt sich Tiger immer weiter von seinem Rudel.

Der Angriff

Eine alte Wolfslegende erzählt von einem kleinen Rudel, das im harten Überlebenskampf zu einer engen Gruppe zusammengewachsen ist. Je bedeutender die überstandenen Ereignisse, desto größer der Zusammenhalt. Tigers Rudel ist auf einem guten Weg, eines Tages selbst zu solch einer Legende zu werden. Doch Tiger verfolgt keinerlei Ziele in dieser Richtung. Er möchte nicht in die Wolfsgeschichte eingehen. Sein Ziel ist die Sicherheit seines Rudels. Tief im Inneren weiß der stolze Wolf, dass er dieses Ziel bereits verfehlt hat. Nicht nur, dass der Großteil seines Rudel in den Flammen des Waldbrandes ihr Leben ließ, nein, auch seine geliebte Schwester konnte er nicht beschützen. Das Gleiche gilt auch für seine große Liebe Linka und seine ersten Welpen. Tiger wünscht sich, er könnte alles ungeschehen machen. Eine kalte Brise weht ihm um die Schnauze. In der Nacht wird es in dieser Gegend besonders kalt. Daher hat Tiger beschlossen, vorwiegend am Tag zu reisen und in der Nacht zu ruhen. Doch im Moment streunen ihm zu viele Gedanken im Kopf herum. Er könnte nicht einschlafen, selbst wenn er es auf Teufel komm raus versuchen würde. Ein kleiner Spaziergang hingegen hilft ihm, seine Gedanken zu sortieren. In der letzten Zeit überschlagen sich die Ereignisse. Plötzlich wird der Wind stärker. Tiger schaut sich unsicher um. Irgendetwas ist hier faul. Es ist zu still. Selbst in der Nacht ist hier normalerweise immer irgendein Geräusch zu vernehmen. Doch heute – nichts! Tiger kommt in einen merkwürdigen Teil des Waldes. So etwas hat er noch nie zuvor gesehen. Die Bäume sind schief gewachsen, als wollten sie damit sagen: Sei vorsichtig, gib Acht! Diese Gegend ist anders. Doch wieder ignoriert Tiger alle Hinweise, die auf Gefahr schließen lassen, und marschiert unbeirrt weiter voran. Sein Instinkt verrät ihm, dass er diesen Weg gehen muss. Die Anzahl der Bäume nimmt immer mehr zu. Noch nie hat Tiger

Bäume gesehen, die so eng aneinander wachsen. Sie sind nicht sonderlich hoch. Ihre Äste tragen keine Blätter und auch keine Nadeln. Tiger hat nun Mühe, sich durch die Bäume zu schlängeln. Doch am anderen Ende dieses merkwürdigen Waldes vernimmt er etwas Eigenartiges. Ein weißes Licht strahlt in Richtung des silbergrauen Wolfes. Obwohl es durch seine Farblosigkeit kalt wirkt, strahlt es eine wohltuende Wärme aus, die Tiger förmlich anzieht. Ihn durchfährt ein Gefühl der Liebe. Dieses Licht kommt ihm so vertraut vor. Zu gerne würde er dorthin gelangen, doch die Bäume versperren ihm den Weg. Plötzlich presst ein starker Windstoß die Bäume auseinander und räumt Tiger den Weg frei. Ist es vielleicht doch wahr? Kann es wirklich sein, dass der Wind auf seiner Seite ist? Er beschäftigt sich nur kurz mit dieser Frage. Im Moment hat dieses Licht seine volle Aufmerksamkeit. Er steuert direkt darauf zu. Es ist ihm so, als höre er seinen geflüsterten Namen. Die Stimmen locken ihn in das Licht. Es sind bekannte Stimmen. Stimmen, die ihm sehr am Herzen liegen. Wie in einem unwirklichen Moment durchquert Tiger das Licht und findet sich in einer ihm unbekannten Gegend wieder. Doch obwohl er hier noch niemals zuvor in seinem Leben gewesen ist, hat er das Gefühl, zuhause zu sein. Was ist dies nur für ein surrealer Ort? Tiger befindet sich in einem grünen Wald. Die Sonne strahlt vom Himmel herab. Er kann dies alles nicht verstehen. Eben war er noch in einem Wald voller gruselig aussehender Bäume, in dem der Boden gefroren und voller Schnee war, und jetzt? Dieser Wald sieht so anders aus. Seine Bäume tragen saftig grüne Blätter und ragen meterhoch in die Höhe. Ein angenehmer Duft liegt in der Luft und verführt einem dazu, tief einzuatmen, um auch die letzte Brise wahrzunehmen. Er kommt zu einer Lichtung. Ein sanfter Wind durchstreift die wunderschöne grüne Wiese. Dieser Ort ist ihm fremd und bekannt zugleich. Plötzlich entdeckt Tiger etwas, dass sein Herz höher schlagen lässt. Seine Welpen spielen auf einer nicht weit entfernten Wiese, die überzogen von blühenden Blumen zu einem Nickerchen einlädt. „Wo bin ich hier? Wie kann das sein?“, fragt er sich selbst. Plötzlich hört er eine vertraute Stimme hinter sich. „Du bist an einem besseren Ort, Tiger.“ Tiger dreht sich um. Direkt vor ihm stehen seine Schwester Laica und seine große Liebe Linka. Er ist so glücklich wie noch niemals zuvor. Am liebsten würde er zu Boden gehen und anfangen zu weinen. „Wir haben dich vermisst, Tiger. Doch die Zeit für ein Wiedersehen ist noch nicht gekommen, mein Bruder.“ Tiger versteht die Worte seiner Schwester nicht. Sie stehen doch direkt vor ihm. Es ist ein Wunder! „Ich dachte, ich hätte euch für immer verloren!“, meint Tiger mit leicht weinerlicher Stimme. Da schütteln die beiden Wolfsdamen verneinend den Kopf. „Nichts ist für immer, Tiger. Wir werden uns wiedersehen. Eines Tages wird es soweit sein. Doch nicht heute. Du hast deine Reise noch nicht beendet. Dein Rudel braucht dich jetzt mehr, als es dir wahrscheinlich bewusst ist. Du bist der Leitwolf und einige munkeln sogar, du wärst der Herr des Windes. In deiner Nähe befinden sich Freunde, die auf dich zählen, auf deine Entscheidungen und deine Führung angewiesen sind. Doch es gibt auch andere Wölfe, die über dich wachen, Tiger.“ Laicas Worte berühren Tiger tief. „Wieso über mich wachen?“, fragt er stotternd. Ehe Linka auf diese Frage antwortet, beginnt sie zu lächeln. „Weil auch du jemanden brauchst, der auf dich aufpasst. Niemand ist perfekt. Doch du bist etwas ganz Besonderes. Dein Herz hängt zu sehr an der Vergangenheit. Du musst dich auf den Augenblick konzentrieren. Tiger, du wirst auf deiner Reise jemanden kennenlernen. Bereits viel früher, als du vielleicht vermutest. Dieser Jemand wird dir den richtigen Weg weisen. Du musst ihm nur Vertrauen schenken, genauso wie wir dir Vertrauen geschenkt haben und es auch immer tun werden.“ Plötzlich rücken die Wölfinnen in die Ferne. Die Lichtung verkleinert sich. Tiger wird kalt. Er fühlt, wie er wieder zurück in den winterlichen Wald gezogen wird. „Wartet, wann sehen wir uns wieder?“, schreit er in das Licht. Plötzlich ist alles vorbei. Tiger findet sich unerwartet auf einem großen, schneebedeckten Stein wieder. Eine Brise trägt ihm die letzten Worte seiner Schwester in die Ohren. „Alles zu seiner Zeit, Bruder!“ Tiger begreift, dass er noch gebraucht wird. Er weiß nun seine Geliebten in Sicherheit. Doch es gibt noch andere, die ihn so lieben, wie er ist und die auf ihn zählen. Tiger wirkt wie erlöst. Er hat nun wieder eine Aufgabe. Noch einmal schaut er gen Himmel und dankt insgeheim seiner Familie für diese Begegnung. Aus ihr hat er neue Kraft geschöpft. Jetzt wird es Zeit, zu seinem Rudel zurückzukehren.

Der Morgen ist angebrochen. Tiger ist es nach seiner letzten Begegnung nicht mehr schwer gefallen einzuschlafen. Ganz im Gegenteil. Er fühlt sich so stark wie noch niemals zuvor. Am liebsten würde er losrennen und nie mehr stoppen. Diesen Enthusiasmus können die anderen nicht ganz teilen. So früh am Morgen haben sie zu so etwas noch keine Lust. Tigers neue Zuversicht, wie ansteckend sie auch sein mag, wirkt leicht nervig auf das verschlafene Trio. Aber Tigers Entschluss steht fest. Sie ziehen weiter, da hilft auch alles Meckern nichts. Er marschiert voraus und seine Gefährten folgen ihm. Jedoch können sie kaum mit ihm Schritt halten. Ihr Anführer scheint wie beflügelt zu sein. „Was ist bloß mit ihm los? Er wirkt richtig heiter, beinahe befreit“, bemerkt Albin. „Vielleicht hat er ja in der letzten Nacht irgendwelche Pilze gefressen, die nicht gut für ihn sind“, antwortet Luis und zwinkert dabei Timmy zu. „Pilze, die nicht gut für ihn sind? Ihr beiden scheint euch damit aber gut auszukennen, was?“ Luis kratzt sich verwegen das Ohr. „Nun ja, wir Ratten kennen uns eben gut in der Vielfalt der Nahrungsquellen aus, die uns der Wald bietet. Stimmt es, Timmy?“ „Es ist ja nicht so, dass wir solche Pilze probiert hätten. Wir sind artige Ratten“, versucht Timmy die

Situation zu retten. Doch Albin lacht laut auf, sodass er die Aufmerksamkeit von Tiger auf sich zieht. „Ihr und artige Ratten? Ich kenne zwar nicht viele von euch, doch ich bin mir ziemlich sicher, dass ihr keine Engel seid!“ Tiger verlangsamt seinen Schritt und lässt sich von ihnen einholen. „Was gibt es hier zu lachen?“, fragt er. Für einen Moment herrscht Stille. Doch dann ergreift Timmy das Wort: „Wir haben uns nur gerade gefragt, woher auf einmal deine positive Einstellung und gute Laune kommt.“ Tiger überlegt kurz, doch dann entscheidet er, dass es besser ist, nicht die ganze Geschichte zu erzählen. „Ich habe gestern Nacht einen kleinen Waldspaziergang gemacht und dabei lange nachgedacht. Dabei habe ich beschlossen, mir ein Beispiel an unseren Rattenfreunden zu nehmen.“ Albin unterbricht ihn: „Du nimmst dir ein Beispiel an Ratten? Leg dich besser hin, Tiger. Dir scheint es nicht besonders gut zu gehen. Vielleicht brütest du eine Krankheit aus.“ Tiger schüttelt lächelnd den Kopf. „Nein, Albin, mir fehlt nichts. Um ehrlich zu sein, fühle ich mich so gut, wie schon seit Langem nicht mehr. Ich könnte Bäume ausreißen.“ Luis sieht seine Chance! „Ich wette …“, doch er wird von Albin unterbrochen. „Keine Wetten mehr, Luis. Das war ausgemacht!“, belehrt er ihn. Schade, das wäre die Gelegenheit gewesen, etwas zu gewinnen. Aber Luis versucht sich zurückzuhalten. Es ist vielleicht besser. Immerhin könnte er auch verlieren. Tiger wirkt so gestärkt, dass es ihm vielleicht sogar gelänge, einen Baum zu entwurzeln. Wer weiß? Trotzdem fühlen sich die Ratten geschmeichelt. Niemals hätten sie gedacht, dass ein Wolf sich mal ein Beispiel an ihnen nehmen würde. Das ist schon etwas Einzigartiges. Welche Ratte kann das schon von sich behaupten? Plötzlich bleibt Tiger stillstehen. Das Rudel nähert sich dem See, dem sie gestern noch aus dem Weg gegangen waren. Sie nutzen die Gelegenheit, um etwas zu trinken. Der Himmel ist frei. Weit und breit ist kein Raubvogel zu sehen. Also können Luis und

Timmy ihren Spaß haben. Der See ist an manchen Stellen gefroren. Das ist doch die Chance, um sich sportlich zu betätigen. Timmy hat nach dem gestrigen Angriff auch eingesehen, dass er dringend etwas gegen seinen Bauch unternehmen muss. Dann doch lieber etwas auf dem Eis herumrutschen, als nervige Sit-Ups zu machen. Das würde alleine aus optischen Gründen bei einer Ratte nicht in Frage kommen. Eine Ratte beim Bauchwegtraining? Da gibt es genüsslichere Anblicke. Nein, er möchte die Augen der anderen schonen. Die beiden schlittern auf dem Eis hin und her. Ab und an muss man die Zeit finden, um einfach mal herumzublödeln. Das wirkt manchmal entspannender als jede Ruhephase. „Manchmal glaube ich, es war ein Fehler, die beiden mitzunehmen. Was meinst du?“, fragt Albin. Tiger lächelt. „Hättest du mich das vor einiger Zeit gefragt, hätte ich mit großer Sicherheit zugestimmt. Soviel ist sicher. Aber irgendwie haben sie etwas. Ich glaube, ohne sie würde uns etwas fehlen, meinst du nicht?“ Albin stimmt zu. Mittlerweile gehören die Ratten zum Wolfsrudel dazu. Auch wenn es sich ziemlich merkwürdig anhören mag. Sie sind eben ein Rudel der anderen Art. Plötzlich hört Tiger ein Geräusch. Er spitzt seine Ohren und auch Albin merkt, dass etwas nicht stimmt. „Da ist irgendjemand!“, warnt er. Die beiden nehmen die Angriffsposition ein. „Ja, ich spüre es auch. Dort drüben, im Gebüsch.“ Mit kleinen Schritten nähern sich die Wölfe dem Gebüsch. Sie wissen nicht, was sie dahinter erwartet. Luis und Timmy haben aufgehört herumzuspielen. Sie haben bemerkt, dass die Wölfe von irgendetwas beunruhigt werden. Mit einem angemessenen Sicherheitsabstand folgen sie ihren Freunden. Fast lautlos haben sie sich an das Strauchwerk herangepirscht. Die Wölfe nicken sich gegenseitig zu. Jetzt ist der richtige Zeitpunkt. Sie springen durch das Gebüsch. Plötzlich hören die Ratten einen lauten Schrei. Doch er kommt nicht von den Wölfen. Das Gebüsch raschelt wie wild. Es sieht so aus, als seien die beiden in einen gefährlichen Kampf verwickelt. „Wir müssen doch etwas tun, Luis! Willst du einfach so hier herumstehen und nichts tun?“, fragt Timmy nervös. Natürlich würde er gerne helfen, aber wie? Was kann eine Ratte schon in einem Kampf bewirken, wenn nicht einmal die starken Wölfe damit fertig werden? Plötzlich ist es ruhig. Das Gebüsch bewegt sich nicht mehr. Keiner der beiden traut sich nachzusehen, was geschehen ist. Da kommt Albin aus dem Gebüsch und läuft an den Ratten vorbei, ohne ein Wort zu sagen. „Was ist los, Albin?“ Albin bleibt kurz stehen. „Das werdet ihr gleich selbst sehen“, antwortet er Timmy. Etwas Grausames muss sich dort abgespielt haben. Plötzlich kommt Tiger zurück. In seiner Schnauze hat er einen Truthahn. „Ah, Futter!“, freut sich Timmy. Tiger spuckt den Truthahn aus und er landet auf dem Boden. „Danke, aber du hast üblen Mundgeruch! Hat dir das schon mal jemand gesagt?“, sagt der Truthahn auf einmal. Luis und Timmy schrecken zurück. „Der lebt ja noch!“, rufen sie schockiert. Tiger setzt sich hin. „Ich will ihn nicht fressen. Die Natur hat ihn schon genug gestraft. Er ist ein blöder Truthahn!“ Da gurgelt der Vogel laut auf. „Wer ist hier bitte blöd? Ich bin ein stolzes Geschöpf!“ Kurz nach Beenden dieses Satzes, beginnt die Gruppe laut zu lachen „Du, ein stolzes Geschöpf? Ich kenne Käfer, denen ich mehr zugestehe als dir!“, scherzt Albin. Der Truthahn fühlt sich gekränkt. „Ich musste ja schon viel über mich ergehen lassen, aber jetzt ist es zu viel. Auch wenn ihr mich gerettet habt …“ Luis unterbricht den komischen Vogel. „Moment mal, ihr habt ihn gerettet?“ „Ja, der komische Kerl wurde dort hinten von anderen Truthähnen angegriffen. Wir haben sie vertrieben und er ist als Einziger übrig geblieben“, antwortet Albin leicht gelangweilt. Das soll doch mal jemand begreifen. Auch Luis, die schmierige Ratte, zeigt sich verwundert. „Du wurdest von anderen Truthähnen angegriffen? Wieso denn das?“ Tiger nimmt dem Vogel die Antwort vorweg: „Schaut ihn euch doch an!“ Dies genügt als

Antwort. Keine weiteren Fragen. Allen ist klar, dass dieser Truthahn wohl nicht der hellste Vogel im Tierreich ist. „Nun, ihr habt mich gerettet. Ich danke euch. Ihr habt etwas gut bei mir“, erklärt der Truthahn. Die Wölfe lehnen dankend ab. Was soll er ihnen schon geben. Doch der Vogel besteht darauf: „Ich werde euch begleiten und eines Tages werde ich mich für eure Heldentat revanchieren!“ Wären sie mal besser nicht zu diesem Gebüsch gegangen. Noch eine Nervensäge können sie eigentlich nicht gebrauchen. Aber Tiger zeigt sich einverstanden. „Du willst ihn wirklich mitnehmen?“, fragt Albin irritiert nach. „Ja, warum nicht? Dann haben die Ratten wenigstens jemanden zur Unterhaltung und wir unsere Ruhe.“ Dieses Argument ist für alle etwas vage. Aber sie haben keine Wahl. Tiger ist derjenige, der hier die Entscheidungen trifft. Wenn er beschließt, den Vogel mitzunehmen, dann kommt er eben mit. Da gibt es keine Widerrede. Insgeheim hat Tiger tiefere Vermutungen. Ist der Truthahn vielleicht derjenige, der ihm den richtigen Weg weist? „Wie ist dein Name, Truthahn?“ „Mein Name ist Marth.“ „Marth? Komisch, ich hatte auch keinen schönen Namen bei einem Truthahn erwartet“, murmelt Albin vor sich hin. Das Rudel hat Zuwachs bekommen. Auch wenn er einigen auf die Nerven geht, wird der Truthahn Marth sie von hier an begleiten und sich vielleicht eines Tages für seine Rettung revanchieren.

Wer ist der Schlaueste im Rudel?

Auch in der Tierwelt gibt es Wettbewerbe. Jeder kann irgendetwas am besten. Der clevere Fuchs, der schnelle Gepard, die widerstandsfähige Schildkröte. Doch wer ist eigentlich die schlaueste Tierart unter allen? Genau dieses Streitthema beschäftigt das Rudel während ihrer weiteren Reise. „Du denkst wirklich, ihr Truthähne seid schlauer als wir Ratten? Das kann nicht dein Ernst sein!“, wettert Luis. Er und Marth befinden sich in einer Diskussion. Marth behauptet steif und fest, dass Truthähne die schlauesten Tiere sind. Das kann Luis natürlich nicht auf sich sitzen lassen. Er sieht sich auserwählt, die Ehre der Ratten zu retten. Timmy, aber auch Tiger und Albin interessieren sich überhaupt nicht für die kleine Streitigkeit. Doch da sie zusammen reisen, müssen sie sich das Gequengel anhören. „Was meinst du, Tiger? Wer ist der Schlauere von uns beiden?“, fragt Luis. „Wenn ich euch beide auf einer Skala bewerten müsste, dann wäre es ein Kopf-an-Kopf-Rennen. Ihr seid wirklich heiße Kandidaten auf den letzten Platz im Tierreich!“ Tiger und Albin lachen. „Wenn du, Ratte, wirklich denkst, du bist schlauer als ich, dann lass es uns testen.“ Das klingt ganz nach einer Herausforderung. Wie könnte Luis die nur ablehnen? „Das klingt gut. Was hast du im Sinn?“, fragt er. Marth hat schon eine genaue Vorstellung. Jetzt will er es wissen. Er will sich hier nicht als dummen Vogel hinstellen lassen. „Wie wäre es mit einem Wettbewerb, in dem wir Kraft, Ausdauer und Geschicklichkeit testen?“, fragt Marth. Auch wenn sie es nicht gerne zugeben, gewinnen die anderen langsam an Interesse. Die ganze Sache könnte spaßig werden. „Jungs, ich glaube, ich hätte genau den richtigen Wettstreit für euch. Aber seid gewarnt. Es ist nicht gerade ungefährlich!“, erklärt Tiger. Nichts kann die beiden jetzt noch davon abhalten. Die Herausforderung wurde ausgesprochen und angenommen.

Das Rudel hat sich auf einem kleinen Hügel versammelt. Tiger hat sich ein erbarmungsloses Hindernisrennen ausgedacht, um den Schlauesten der Schlauen zu ermitteln. „Okay Jungs, wer als Erstes die Hindernisse überwunden hat und die Ziellinie am Fuße des Hügels überquert, wird von uns zum Kopf des Rudels gekürt. Mögen die Spiele beginnen!“, gibt Tiger feierlich bekannt. Tiger, Albin und Timmy nehmen am Fuße des Hügels ihre Position ein. Wenn sie ganz ehrlich sind, dient das Rennen einzig und alleine ihrem visuellen Genuss. „Meinst du nicht, wir sind etwas zu hart zu ihnen?“ Bevor Tiger auf Albins Frage antworten kann, kommt ihm Timmy zuvor: „Macht euch mal keine Sorgen. Luis weiß doch ganz genau, wie dämlich das Ganze ist. Er hat nur unglaublichen Spaß daran, diesen komischen Vogel zu erniedrigen. Lassen wir ihm doch die Freude.“ Tiger und Albin stimmen ihm zu. Ein kleiner Spaß zwischendurch ist völlig okay. Mal sehen, wie sich der Neue macht. Man könnte sagen, es ist seine Aufnahmeprüfung, um in das Rudel aufgenommen zu werden. Entlang des Abhangs befindet sich ein Meer aus Steinen. Wer diesen Brocken ausweichen kann und als Erster am Fuße des Hügels ankommt, soll der Sieger dieses kleinen Wettstreites sein. Dem Sieger winkt die Ehre. Manch einem ist diese mehr wert als alles andere. „Seid ihr bereit? Dann los!“, schreit Tiger den beiden entgegen. Die Kontrahenten sprinten los. Marth hatte kurz vorher zugesagt, seine Flügel nicht zu benutzen, um mögliche Abkürzungen zu unterbinden. Ein Hürdenlauf beginnt, der im Zeichen aller Ratten und Truthähne dieser Welt steht. Plötzlich, wie aus dem Nichts, schießt eine Wildkatze über den Hügel und schnappt sich Luis! Das Rennen ist schneller beendet, als es ihm lieb ist. Seine Freunde eilen ihm zur Hilfe. „Hey, du, lass ihn sofort los!“, brüllt Tiger sie an. Die Katze entlässt Luis aus ihrem Krallengriff. Kein Wunder, rennen doch gerade zwei riesige Wölfe auf sie zu! Sie versucht zu fliehen, doch da springt Albin ihr in den Weg. Nun ist sie eingekesselt. Sie hat keine Möglichkeit zu entkommen. Womöglich war dies ihr letzter Jagdausflug. „Bleib ganz ruhig. Wir wollen dir nichts tun. Die Ratte ist unser Freund. Er steht unter unserem Schutz. Hast du das verstanden?“, fragt Tiger, während Albin ihr am liebsten an die Kehle springen würde. Die Katze zeigt keine Reaktion. Ihre giftgrünen Augen verbergen ihren Charakter. Was denkt sie wohl in diesem Augenblick? Hat sie Angst? Oder wäre sie bereit, bis zum Letzten zu kämpfen? In ihr ist schwer zu lesen. Das bemerkt auch Albin, der ihr direkt in die Augen blickt. Er macht sich bereit, um notfalls anzugreifen. Tiger spürt die angespannte Lage. „Wenn du jetzt verschwindest, dann werden wir dich in Frieden ziehen lassen. Überlege es dir gut“, rät er. Da fällt der Blick der Katze auf Timmy, der auf Albins Schulter sitzt. „Ich kenne dich doch!“, sagt sie auf einmal. Alle sind überrascht. Mit diesem Satz haben sie überhaupt nicht gerechnet und am allerwenigsten Timmy. „Wir sind uns schon einmal begegnet. Erinnerst du dich nicht mehr an mich? Ich hätte dich beinahe gehabt!“, gibt sie stolz preis. Timmy überlegt einen Moment lang: „Ich habe dich noch nie in meinem Leben gesehen.“ Doch plötzlich fällt es ihm ein. So hatte er doch vor langer Zeit eine wilde Raubkatze mit seiner Geheimwaffe in die Flucht geschlagen. „Bist du etwa die Katze von damals?“, fragt er verwirrt. Die anderen schweigen. „Ja, ich bin es. Mein Name ist Leopra. Ich könnte dich niemals vergessen. Das war das Ekeligste, was mir jemals widerfahren ist“, meint sie körperschüttelnd. Keiner zeigt sich verwundert. Vor allem Albin kann mit ihr fühlen. Wenn man so etwas erlebt hat, wird man es sein ganzes Leben lang mit sich tragen. „Ich hätte nicht gedacht, dass wir uns eines Tages wiedersehen. Vor allem diese Umstände überraschen mich wirklich enorm. Zwei Wölfe, zwei Ratten und ein Truthahn. Könnt ihr mir bitte verraten, wo ich hier hineingeraten bin?“ Eine Frage, die nicht so einfach zu beantworten ist. Immerhin steckt eine lange Geschichte hinter diesem Rudel. Doch wie erklärt man diese ungewöhnliche Zusammenfindung, ohne ausgelacht zu werden? Ein sehr schwieriges Unterfangen. „Sagen wir einfach, wir sind etwas Besonderes.“ Tiger umgeht geschickt die Frage der Wildkatze. Luis klettert auf Tigers Schultern und flüstert ihm, ungehört von den anderen, ins Ohr. Tiger nickt zustimmend. „Hör mir zu, Leopra. Wir sind auf dem Weg in Richtung Nordwesten. Dort suchen wir eine neue Heimat. Du bist eingeladen, mit uns zukommen.“ Verwunderung spricht aus den Augen der Wildkatze. Das ist ein sehr merkwürdiges Angebot und vor allem kommt es völlig unerwartet. „Du willst, dass ich eurem komischen Rudel beitrete und mit euch komme?“, fragt sie. Doch da schüttelt Tiger den Kopf. „Nein, ich will, dass du uns als Freundin begleitest“, entgegnet der Wolf. Nach einer kurzen Bedenkzeit entschließt sich Leopra: „Ich bin einverstanden. Im Nordwesten soll es weite Landschaften geben. Vielleicht finde auch ich dort einen Platz.“ Damit ist es beschlossene Sache. Leopra wird das Rudel auf der weiteren Reise begleiten. Doch bereits in der kommenden Nacht wird sich einiges ändern.

Mitten in der Nacht erwacht Luis. Er wurde durch ein Geräusch geweckt. Alle anderen schlafen tief und fest. Er rüttelt an Timmy, um ihn aufzuwecken. „Timmy, wach auf. Hast du das auch gehört? Da ist irgendwas!“, flüstert er. Doch Timmy lässt sich nicht aus seinem Schlaf reißen. Luis beschließt, die Sache auf eigene Faust zu klären. Vorsichtig klettert er über Marth hinweg, ohne ihn dabei aufzuwecken. Er läuft geradewegs auf ein Gebüsch zu. Von hier kamen die seltsamen Geräusche. Doch als er dort ankommt, kann er nichts entdecken. Plötzlich spürt er etwas hinter sich! Er dreht sich um, doch außer seinen schlafenden Freunden kann er nichts erkennen. Mit dem Rücken zum Gebüsch stehend, ist Luis blind für die Gefahr. Im hellen Mondlicht offenbart das Gebüsch diabolische Augen, die ihn ins Visier nehmen. Blitzschnell und geräuschlos schlägt der Jäger zu und zieht Luis ins Gebüsch. Es ist Leopra! Sie hat Luis zwischen ihren Tatzen und hält ihm die Schnauze zu, sodass er nicht um Hilfe rufen kann. Jetzt hat wohl doch seine letzte Stunde geschlagen. Es war ein Fehler, einer Wildkatze zu vertrauen. Diese Tiere sind noch hinterlistiger als Luis selbst. Nun muss er dafür büßen. Daran ist er selbst schuld. Immerhin hatte er Tiger vorgeschlagen, sie einzuladen. „Ich lasse dich jetzt los, wenn du mir vorher versprichst, nicht zu schreien. In Ordnung?“, fragt Leopra leise. Luis würde alles tun, um sein Leben zu retten. Daher nickt er zustimmend. Leopra lässt ihn langsam frei und Luis hält sich an sein Versprechen. „Was machst du jetzt mit mir?“, fragt Luis beunruhigt. „Nichts, keine Angst. Ich werde dir nichts antun. Ratten gehören nicht zu meinen Leibspeisen. Da würde ich mich eher auf den Vogel stürzen.“ Da hätte Luis nichts dagegen. „Ich wollte mich nur bei dir bedanken. Mich hat noch nie jemand wie eine Freundin behandelt. Außerdem will ich mich entschuldigen. Ich habe mich heute nur auf dich gestürzt, weil ich ziemlichen Hunger hatte. In dieser Gegend gibt es im Moment nicht sonderlich viel zu fressen. Da muss man nehmen, was man bekommt.“ Der Winter hier ist sehr hart. Das weiß auch Luis. Daher kann er Verständnis für sie aufbringen. „Das ist schon in Ordnung. Ich verstehe das. Ich kann mir vorstellen, dass das Leben hier besonders schwierig ist. Daher ziehen wir auch weiter. Im Nordwesten hofft Tiger, endlich ein neues Zuhause zu finden.“ Leopra wirkt einen Moment lang nachdenklich. „Es ist schon komisch. In der letzten Zeit zieht es anscheinend alle Wölfe dorthin“, meint sie. Alle Wölfe? Luis ist beunruhigt und fragt genauer nach. „Was meinst du damit?“ Leopra schaut Luis tief in die Augen, wodurch er sich wie hypnotisiert fühlt. Ihre Pupillen sind kugelrund und fangen den noch so kleinsten Teil des Mondlichtes ein. „Vor einiger Zeit war ein großes Wolfsrudel hier. Ich habe mich auf einem Baum versteckt. Sie haben mich entdeckt, doch sie schenkten mir keine große Beachtung. Darüber war ich selbstverständlich sehr froh. Ich hatte ja bereits die Befürchtung, dass sie hier bleiben würden. Doch sie zogen rasch weiter. Das Rudel ist ebenfalls in Richtung Nordwesten gezogen. Anscheinend hatten sie es ziemlich eilig. Ihr Rudelführer war riesig. Er jagte mir richtig Angst ein. Ihm würde ich nicht gerne gegenüberstehen.“ Luis beschließt das einzig Richtige. Er rennt durch das Gebüsch und weckt Tiger auf. Tiger ist vollkommen verschlafen. Der Tag war doch relativ nervenaufreibend. „Was ist denn, Luis? Kann das nicht bis morgen warten?“, murmelt Tiger verschlafen. Doch Luis hält es für sehr wichtig. „Samuni war hier!“, schreit er ihm ins Ohr. Durch diesen Krach werden die anderen wach und wahrscheinlich auch alle übrigen Bewohner des Waldes, falls es hier noch welche geben sollte. „Woher weißt du das, Luis?“, fragt Tiger. Die Ratte zeigt auf Leopra. „Sie hat ein Wolfsrudel gesehen. Ich bin mir ganz sicher, dass es Samunis Rudel gewesen sein muss!“, erzählt er. „Leopra, kannst du mir den Rudelführer genau beschreiben?“, fragt Tiger. Sie überlegt kurz. So genau hat sie sich das nicht gemerkt. „Nun ja, soweit ich mich noch daran erinnere, war er sehr kräftig gebaut. Seine Sinne waren sehr gut ausgebildet.“ Diese Beschreibung könnte auf ihn zutreffen. Doch Tiger muss sich sicher sein. „Welche Farbe hatte sein Fell, Leopra? Kannst du dich daran erinnern?“ Die Wildkatze zeigt auf Marths Federkleid. „So dunkel wie seine Federn“, bestätigt sie die Vermutung von Tiger. Schwarzes Fell, kräftig gebaut und gute Sinne? Das konnte nur Samuni sein! Die Beschreibung passt haargenau. Tiger flüstert leise vor sich hin. „Dann war er also hier. Ich kann nicht glauben, dass wir ihn nicht wittern konnten. Meine Sinne sind wohl doch nicht so gut, wie ich es dachte. Wenn wir auf ihn treffen, könnte das große Gefahr bedeuteten. Wir sollten umkehren und unser Glück im Süden suchen.“ Seine Freunde sind nicht begeistert von Tigers Plan. „Du willst nach Süden? Das können wir nicht. Im Süden siedeln die Menschen, Tiger. Als dein Freund bitte ich dich, überlege es dir gründlich. Tue es für mich“, bettelt Albin. So gerne er auch auf Albin hören möchte, muss er zum Wohle aller entscheiden. Wer ist die größere Gefahr? Samuni oder die Menschen? Inzwischen ist er sich nicht mehr sicher. Tiger muss nun eine Wahl treffen, die ihm alles andere als leicht fällt. „Ich schlage vor, wir ruhen uns noch etwas aus. Morgen früh werde ich meine Entscheidung bekannt geben. Ihr solltet auf mein Urteil vertrauen." Albin senkt den Kopf. Er befürchtet, niemals eine neue Heimat zu finden, sondern stets auf der Flucht zu sein. So sollte ein Tier nicht leben. Vor allem ein Wolf nicht. Ein Wolf braucht seine Freiheit. Albin würde sich lieber Samuni und seinem Rudel stellen. Sollte es dazu kommen, würde er kämpfen, und wenn es bis zum letzten Atemzug wäre. Er ist bereit, sich zu verteidigen. Doch nun bleibt ihm und seinen Freunden nichts anders übrig, als zu warten. Eine Nacht kann so unglaublich lange sein, wenn man auf eine Entscheidung wartet. Diese Erkenntnis muss das Rudel in dieser Nacht gewinnen.

Am nächsten Morgen sitzt Tiger auf der Spitze des kleinen Hügels, auf dem am gestrigen Tag Luis und Marths Wettstreit stattgefunden hat. Von einem großen Felsbrocken aus, der wie ein Pfeil in die Höhe ragt, kann er weit in das Land sehen. Diese unendlichen Wälder. Irgendwo dort muss es doch einen Platz für ihn und seine Freunde geben. Tiger hat ein schweres Los. Sein Wort kann über Leben und Tod entscheiden. Wenn es nur sein eigenes Schicksal wäre. Aber nein, er fällt diese Wahl für alle seine Begleiter. Da kommen die anderen auch schon den Hügel herauf gelaufen. Sie wollen wissen, wie sich ihr Anführer entschieden hat. Sie werden ihm folgen. Es ist egal, wie sich Tiger entscheidet. Doch alle hoffen insgeheim darauf, dass sie ihren bisherigen Kurs beibehalten werden. „Tiger, wohin werden wir gehen?", fragt Albin. Das Rudel wartet gespannt auf die Worte des silbergrauen Wolfes. Er dreht sich langsam um und atmet schwer. „Ich habe lange darüber nachgedacht. Ich will, dass ihr eines wisst: Alles, was ich tue, mache ich zum Wohle des Rudels. Die Zeit, in der ich mich von bitteren Gefühlen lenken lassen habe, ist ein für alle Mal vorbei. Im Nordwesten dieses Waldes werden wir eine neue Heimat finden. Wir halten an unserem alten Plan fest.

Und sollten wir auf Samuni treffen, so werde ich mich ihm stellen. Ihr habt nichts zu befürchten. Er hat es nur auf mich abgesehen. Wir marschieren los“, erklärt er. Tiger erhebt sich von seinem Felsen und schreitet voran. Sein Rudel folgt ihm. Die Moral des Rudels ist wieder gestiegen. Diese Ansprache war genau das, was sie gebraucht haben. Worte stärken oft mehr als alles andere. Was sie im Nordwesten erwartet, wissen sie nicht. Doch es wird nicht mehr lange dauern und sie werden es herausfinden.

Katzenjammer und Wolfsgeheule

Einige Tage sind seit dem Aufbruch vergangen. Marth und Leopra sind die neusten Mitglieder des Rudels. Sie sollen nun einem Ereignis beiwohnen, das für sie völlig neu sein wird. In dieser Nacht scheint wie fast immer in dieser Gegend der helle Mond vom Himmel. Er wird nur selten von Wolken verdeckt. Doch irgendetwas ist in dieser Nacht anders als sonst. Der Wald ist ungewöhnlich hell. Ein Blick zum Himmel genügt und man erkennt den Grund. Es ist Vollmond! Was für eine wunderschöne Zeit. Tiger und Albin verhalten sich außerordentlich merkwürdig. Sie finden einfach keine Ruhe. Ständig streifen sie umher. Luis und Timmy haben dieses Verhalten bereits mehrmals miterlebt. Sie sind daran gewöhnt. Daher wissen sie ganz genau, was zu tun ist. „Lasst uns gehen“, meint Luis. Leopra und Marth wundern sich. „Was meinst du? Wo sollen wir denn hin?“, fragt Marth irritiert. „Es ist Vollmond. Wir lassen Tiger und Albin dann immer alleine. Glaubt mir, es ist besser so. Die Wölfe ticken nicht mehr ganz richtig, sobald der Mond seine runde Form annimmt“, erklärt die Ratte. Die Katze und der Vogel können der Sache nicht ganz folgen. Sie sind nicht mit dem Verhalten der Wölfe vertraut. In dieser Gegend haben sie mit dieser Tierart noch nicht allzu engen Kontakt gehabt. Die vier verlassen die Wölfe. „Warum sagt ihr uns nicht, was sie bei Vollmond machen?“ Timmy klettert auf Leopras Rücken, was ihr sichtbar unangenehm ist. Vielleicht hat sie Angst davor, erneut das Opfer eines Angriffs zu werden. „Wir wissen nicht genau, was sie tun. Doch jedes Mal, wenn der Mond an der höchsten Stelle steht, entfernen wir uns von ihnen und lauschen ihrem Geheule.“ Ja, davon hatten die Neulinge schon gehört. In der Dunkelheit der Nacht hat jedes Tier des Waldes schon einmal das Heulen eines Wolfes wahrgenommen. Doch warum sie dies tun, das weiß keiner von ihnen. Am nächsten Morgen werden sie zu Tiger und Albin zurückkehren. Doch bis dahin bleibt Zeit, sich zu unterhalten. Zeit, um sich etwas näher zu kommen.

„Ihr habt vorhin über einen komischen Wolf gesprochen. Wie hieß er noch gleich?“, fragt Leopra. „Sein Name ist Samuni“, antwortet Luis. „Ach richtig, Samuni. Was hat dieser Wolf an sich, dass er euch so viel Angst bereitet?“ Luis und Timmy schauen zu Marth. Diesen scheint es wohl nicht so brennend zu interessieren, denn er ist eingeschlafen. „Ich würde nicht sagen, dass wir Angst vor ihm haben. Wir wissen nur, dass er gefährlich sein kann. Daher würden wir seinen Weg nur ungern kreuzen. Tiger und Samuni haben eine gemeinsame Vergangenheit. Ich weiß nicht, was passieren würde, wenn sie aufeinandertreffen. Ihre letzte Begegnung war sehr kritisch. Samuni hat ihn verschont. Tiger war sehr angeschlagen. Er hat fast sein gesamtes Rudel und seine Schwester bei einem Waldbrand verloren. Damals haben wir ihn zum ersten Mal persönlich gesehen“, erzählt Luis. „Und dann habt ihr einfach beschlossen, mit ihm zu gehen?“ Luis und Timmy sehen sich beschämt an. „Das ist leider nicht so einfach zu erklären.“ Jetzt sitzen die Ratten in einer Zwickmühle. Zum einen wäre die Geschichte gut, um die Zeit totzuschlagen, doch zum anderen spielen sie darin keine gute Rolle. „Versuche es doch einfach.“ „Nun gut, wenn du es unbedingt wissen möchtest.“ Leopra legt sich auf den Boden und streckt die Beine entspannt von sich, um der Geschichte zu lauschen. Während Luis erzählt, ist das Wolfsgeheule aus der Ferne zu hören. „Ihr habt diese Wölfin wirklich reingelegt und ihr Leben damit in Gefahr gebracht?“, fragt sie schockiert. Stark beschämt stimmen die Ratten zu. Sie können es nicht verleugnen. Damals haben sie einen schweren Fehler begangen und dieser wird sie wohl für immer verfolgen. Doch nun haben sie genug von sich selbst erzählt. Timmy würde gerne wissen, welchen Weg Leopra eingeschlagen hat, nachdem sie sich damals begegnet sind. „Sie hätte mich beinahe erwischt. Aber ich war schneller!“, bemerkt Marth. Er ist gerade wieder aufgewacht. „Ja, richtig, wir beide sind uns ebenfalls schon einmal begegnet. Tut mir leid wegen damals. Aber ich verspreche dir, dass es nicht wieder vorkommen wird. Du hast mein Wort.“ Das Wort einer Katze ist für einen Truthahn zwar nicht sonderlich viel wert, doch es ist nicht schlecht, es sicherheitshalber zu haben. „Du wolltest ihn fressen?“, fragt Timmy mit einem leichten Grinsen nach. „Ja, natürlich. Ich wollte sicher nicht mit ihm spielen.“ Die Ratte setzt sich zu Marth. „Dann haben wir beide ja etwas gemeinsam, mein Freund. Diese Katzen sind aber auch schlimme Geschöpfe. Man passt einen Moment lang nicht auf und schon wollen sie einen fressen.“ Leopra erhebt sich und läuft auf sie zu. „Ihr solltet vielleicht eines bedenken: Wenn ich euch fressen wollte, wäre das jetzt der ideale Zeitpunkt dafür. Ich meine, schaut euch doch mal um. Weit und breit ist niemand, der euch helfen könnte. Ihr seid hier ganz alleine mit einer Katze im Wald. An eurer Stelle wäre ich sehr beunruhigt. Ein falsches Wort, und es könnte euer Letztes gewesen sein.“ Sie macht kehrt und lacht leise vor sich hin. Timmy und Marth schauen sich ängstlich an, während Luis die Szene sehr amüsant findet.

„Aufstehen! Steht auf, ihr Schlafmützen!“ Tiger tippt seine Begleiter an. Die Ratten Luis und Timmy rekeln sich. Die

Vollmondnacht ist vorbei. Auch Marth wird langsam wach. Doch Albin fällt auf, dass jemand fehlt. „Wo ist Leopra? Ich kann sie nirgendwo sehen.“ Die anderen schauen sich fragend um. „Ich habe sie gestern Abend das letzte Mal gesehen. Sie hat Timmy und Marth etwas geärgert und ist dann im Wald verschwunden. Ich weiß nicht, wohin sie gegangen ist. Wir sind eingeschlafen. Ich dachte, dass sie wiederkommen würde“, erklärt Luis. Einen Moment lang sagt keiner etwas. Doch dann spricht Marth den logischen Gedankenweg aus: „Sie ist wahrscheinlich alleine weitergezogen. Ist vielleicht gar nicht schlecht.“ Aber Tiger ist anderer Meinung: „Ich denke, sie kommt wieder. Wir gehen weiter. Sie wird uns schon finden. Da bin ich mir sicher.“ Das Rudel bricht auf. Nach einigen Stunden entdecken sie einen jungen Weißwedelhirsch. Er wandert zwischen den kahlen Bäumen umher. Keine leichte Beute. Vor allem wenn man bedenkt, dass sie nur noch zwei Jäger haben. Zudem ist das Gelände nicht gerade für die Jagd geeignet. Es ist nach allen Seiten offen und bietet dem Beutetier viele Fluchtwege. Außerdem würde es heranstürmende Wölfe frühzeitig erkennen und dann wäre jede Jagd vergeblich. Aber irgendwie müssen sie einen Weg finden. Große Beutetiere sind in dieser Gegend eher selten. Tiger und Albin müssen die Chance nutzen und das Tier erlegen. „Hast du einen Plan, Tiger?“ Albin wartet auf die Anweisungen seines Freundes. Tiger inspiziert mit seinem Blick die Kronen der Bäume. „Ja, den habe ich. Du beschleichst das Tier und jagst es in diese Richtung. Die Bäume werden ihm zum Verhängnis werden“, erklärt er. Keiner weiß, wovon Tiger spricht. Aber er scheint sich seiner Sache sicher zu sein. Luis, Timmy und Marth bleiben in Deckung. Sie können dieses Mal nicht helfen. Dies wird eine reine Wolfsjagd. Albin umkreist den Weißwedelhirsch in einem großen Bogen. Er hält dabei einen sicheren Abstand ein. Jetzt darf kein Fehler passieren. Der Hirsch darf ihn nicht zu früh sehen, sonst ist er über alle

Berge. Albin pirscht sich so nah heran, wie es ihm unbemerkt möglich ist. Plötzlich sprintet er los. Auch wenn er nicht so schnell ist wie Tiger, erreicht er eine hohe Geschwindigkeit. Der Hirsch erkennt die Gefahr und flüchtet. Tigers Plan scheint aufzugehen. Der Hirsch rennt in seine Richtung. Genau im richtigen Augenblick erhebt sich Tiger und zwingt den Hirsch zu einem Hakenschlag. Doch in der Drehung erwischt Albin ihn am Hinterleib und reißt ihn zu Boden. Nun stürzt sich auch Tiger auf die Beute. Doch es ist ein schwerer Kampf. Der Hirsch will sein Leben nur teuer verkaufen! Die Wölfe schaffen es nicht, ihn auf den Boden zu drücken. „Tiger, wir schaffen es nicht! Wir müssen ihn ziehen lassen!“, klagt Albin. Doch Tiger hat noch ein Ass im Ärmel. Er schaut in die Baumkronen. Eine Kreatur springt von einem Baum herab und landet auf den Schultern des Hirsches. Das Gewicht wird zu groß und er geht in die Knie. Tiger setzt zum entscheidenden Biss an. Wer hätte das gedacht? Eine Wildkatze hilft den Wölfen, ihre Beute zu erlegen. Es ist Leopra! Sie hat auf einem Baum geschlafen. Tiger hat sie entdeckt und auf ihre Hilfe vertraut. Sein Gefühl hat ihn nicht getäuscht. Nun gehört sie wirklich zum Rudel dazu.

Nachdem sie sich gestärkt haben, ruhen sie. Jetzt ist erst mal Zeit für die Fellpflege und das am besten ausgiebig. Nur Marth entfernt sich von den anderen und sucht den Boden nach Fressbarem ab. Plötzlich rümpft Albin die Nase. Tiger wundert sich: „Was ist los, Albin? Hast du was gewittert?“ Tiger wartet eigentlich nur auf die Bestätigung seiner Frage. Doch Albin weiß noch nicht genau, um was es sich handelt. „Ja, irgendetwas ist in der Nähe. Aber ich kann nicht genau sagen, was es ist.“ Plötzlich verdunkelt sich der Schnee, auf dem Marth steht. Der Truthahn dreht sich beunruhigt um. In diesem Moment bemerken auch die anderen, was los ist. „Marth, verschwinde!“, schreien sie zeitgleich. Doch es ist zu spät. Der mächtigste Räuber des Waldes holt aus und schlägt den Truthahn mit seiner Tatze nieder! Der Vogel regt sich nicht mehr. Der Schlag des Grizzlybären hat genau ins Schwarze getroffen. Doch jetzt hat der Bär andere Ziele ins Visier genommen! Er wirkt so, als sei er in Raserei verfallen. Selbst Tiger und Albin fürchten sich vor der Kraft des Bären. Ein Kampf ist aussichtslos. „Wir müssen fliehen!“, fleht Albin Tiger an. „Nein, dass können wir nicht. Sieh doch – Marth bewegt sich. Er lebt noch. Wir müssen ihm helfen. Er gehört zu uns.“ So gerne Albin ihm auch zustimmen würde, die Furcht in ihm ist zu groß. „Wir können es nicht mit einem Grizzlybären aufnehmen, Tiger. Er ist zu stark für uns zwei.“ Leopra stellt sich an die Seite der Wölfe und die Ratten nehmen auf Albins Schultern Platz. „Wir sind bei euch!“, erklärt Luis. Auch wenn Albin den Mut seiner Freunde bewundert, kann er einem Angriff nicht zustimmen. Das wäre der reinste Selbstmord. „Wir können ihn nicht zurücklassen. Wir müssen es versuchen, Albin!“ Tiger nimmt seine Angriffsposition ein. Doch der Grizzlybär lässt sich von den Drohgebärden des Wolfes nicht beeindrucken. Vor so einem kleinen Wolf wird er doch keine Angst zeigen. Er weiß, dass er im Vorteil ist, und kennt anscheinend die Stärke eines Wolfes. Es ist ein älterer Bär mit viel Erfahrung. Ein Kampf gegen ihn wird kein Zuckerschlecken werden. Ein Bär in diesem Alter weiß, wie er seine Kräfte am geschicktesten einsetzen muss, um seinen Gegner in die Flucht zu schlagen oder ihn gar zu töten! Das Rudel steht nun vor seiner größten Herausforderung. Jetzt heißt es – alles oder nichts. Der Bär kommt auf sie zugelaufen. Leopra krallt sich am Boden fest. „Was machen wir jetzt? Du musst eine Entscheidung fällen, Tiger!“, meint sie. Tiger senkt kurz den Kopf. Was er auf keinen Fall will, ist noch einen Freund zu verlieren. Er hat jetzt und hier die Chance, Marth zu helfen. „Wir greifen an!“, knurrt er. Tiger rennt los. Wie in Zeitlupe tritt er dem Bären entgegen. Seine Freunde folgen ihm in den

Kampf. Einer für alle und alle für einen. Doch der Kampf verläuft so, wie es Albin prophezeit hatte. Der Bär ist zu stark. Mit einem Hieb setzt er Leopra außer Gefecht. Albin und Tiger sind nicht in der Lage, ihn alleine zu bezwingen. Da hilft selbst die Unterstützung von Luis und Timmy nichts.
Es ist ein aussichtsloser Kampf. Mit einem zweiten Hieb schaltet er Albin aus! Jetzt ist Tiger auf sich alleine gestellt. Die Bestie stellt sich auf ihre Hinterbeine und demonstriert ihre Macht.
Tiger hat keine Chance! Ein frischer Wind kommt auf und lässt einige Schneeflocken auf den Wald fallen. Hatte seine Schwester dies gemeint? Sollte der Bär derjenige sein, der ihn auf den richtigen Weg bringt? Das kann nur ein Irrtum sein. Er muss kämpfen. Für seine Freunde, für seine Familie und für sich selbst. Der Bär will es nun beenden. Ein letztes Mal holt er zum Hieb aus, doch da springt ihm Tiger entgegen und beißt ihm in die Vordertatze, ehe sie ihn erwischen kann. Aber es ist ein lächerlicher Versuch, sich zu retten. Der Bär setzt seine schrecklichen Zähne ein, um sich zu befreien. Tiger geht zu Boden. Er, der einst selbst ein mächtiger Räuber war, sieht sein Ende kommen. Vor seinen Augen spielt sich sein Leben noch einmal ab. Der Herr des Windes ist tot! Alles wirkt so unwirklich. Sein Blickfeld verzerrt sich. Der Grizzlybär holt zum finalen Schlag aus, doch er führt ihn nicht aus. Er legt seine Drohhaltung ab und zieht sich zurück! Tiger kann nicht fassen, was gerade passiert ist. Wieso hat der Grizzlybär es nicht zu Ende gebracht? Es wäre ein Leichtes für ihn gewesen. Er versucht, wieder auf die Beine zu kommen, doch er ist zu schwach. Tiger fällt in einen tiefen Schlaf.
Kein Alptraum ist schlimmer, als den Tod seiner Geliebten immer und immer wieder miterleben zu müssen. Tigers Unterbewusstsein spielt ihm einen Streich. Die Flammen des Waldbrandes brennen in seinem Kopf. Ein Feuer, welches sich nicht löschen lässt, egal, wie sehr man sich anstrengt. Träume

sind die Spiegel der Seele, heißt es. Wenn dem so ist, dann muss sich Tiger innerlich zertrümmert fühlen. Seine Schwester erscheint ihm im Traum: „Ich habe dir doch gesagt, dass du noch gebraucht wirst, Tiger. Du kannst jetzt noch nicht gehen. Dein Rudel braucht dich. Erwache aus deinem Schlaf und treffe auf denjenigen, der dir den rechten Weg zeigt. Tue es für uns.“

Alte Bekannte

Nach seinem Traum erwacht Tiger in einer ihm unbekannten Umgebung. Er liegt in einer Höhle.
Wie ist er nur hierher gekommen? Er kann es sich nicht erklären. An den Höhlenwänden befinden sich Malereien. Noch nie zuvor hat Tiger so etwas gesehen. Er ist fasziniert von diesem Anblick. „Das ist wunderschön, nicht wahr?“, schallt es von hinten in seine Ohren. Er dreht sich um und kann nicht fassen, wer da vor ihm steht. Es ist Samuni! Tiger hat sich wohl zu früh in Sicherheit gewogen. Wenn er könnte, würde er sich verteidigen, doch er ist einfach zu schwach. Die Attacke des Grizzlybären hat ihm stark zugesetzt. In seiner linken Flanke hat er eine Bisswunde. Er wird es überstehen, wenn er genug Ruhe bekommt. Aber bleibt ihm die Zeit, sich auszuruhen? Er steht seinem größten Feind gegenüber. „Diese Bilder, die du dort siehst, sind durch die Vorfahren der Menschen entstanden. Schon beeindruckend, nicht wahr?“, fragt Samuni. Tiger kann ihm nicht folgen. Will Samuni ihn jetzt auch noch verspotten? „Ihr hattet wirklich großes Glück, dass wir euch aufgespürt haben. Dieser Grizzlybär, auf den ihr gestoßen seid, ist ein unangenehmer Zeitgenosse. Normalerweise wäre es für ihn schon längst Zeit, in den Winterschlaf zu verfallen. Wir haben keine Ahnung, weshalb er immer noch in den Wäldern umherzieht. Er ist ungewöhnlich aggressiv. Mit euch hat er es aufgenommen, doch ein Rudel Wölfe greift er

nicht an. Wir haben ihm gezeigt, wer die wahren Herrscher in diesem Gebiet sind! Deinen Freunden geht es bereits besser. Ich denke, sie kommen schon bald wieder auf die Beine. Du brauchst dir um sie keine Sorgen machen. Du hast mein Wort, dass ihnen nichts geschehen wird. Das gilt auch für die Ratten und diese Katze.“ Tiger merkt, dass jemand fehlt: „Was ist mit Marth? Der Truthahn, konntet ihr ihn retten?“ Samunis Stille gibt Tiger die Antwort. Der Hieb des Bären war wohl zu stark für den armen kleinen Truthahn. „Ruhe dich erst mal aus, Tiger. Wir kümmern uns um dich. Du hast hier nichts zu befürchten.“ Mit diesen Worten verlässt Samuni die Höhle. Tiger ist überrascht. Er hat nicht erwartet, dass ausgerechnet Samuni ihm helfen würde und ihn dann sogar noch Unterschlupf bietet. So kennt er ihn überhaupt nicht und dabei sind sie schon lange Zeit Rivalen. Eine unerwartete Situation. Doch Tiger ist zu geschwächt, um sich jetzt tiefgründigen Gedanken hinzugeben. Er schläft wieder ein.

„Wenn man sich diese Burschen mal genauer anschaut, dann sehen sie doch wirklich schrecklich hässlich aus. Oder was meinst du? Diese lächerlichen Ohren, die lange Schnauze und dieser peinliche Schweif. Wenn wir solche Schweife hätten, da würden uns wohl alle Tiere auslachen. Es ist wirklich mutig von ihnen, sich überhaupt in der Öffentlichkeit zu zeigen“, lästert Luis.

Tiger wird von diesem Gerede wach. Er öffnet langsam die Augen. Luis und Timmy liegen vor ihm auf dem Rücken, den langen Rattenschwanz als Kopfkissen benutzend, und werfen sich Körner in den Rachen. „Es ist schön, euch beide wohlauf zu sehen“, murmelt Tiger. Er ist immer noch angeschlagen. Allerdings geht es ihm schon etwas besser. Luis und Timmy sind etwas erschrocken. Sie sind nicht davon ausgegangen, dass er die Unterhaltung mitbekommt. „Hast du etwa alles mit angehört?“, stottert Timmy. Aber Tiger nimmt es mit Humor.

„Keine Sorge, ihr edlen Geschöpfe. Niemals würden wir schäbigen Wölfe uns mit euch Ratten vergleichen. Wir ver-- blassen im Angesicht eurer Schönheit“, bemerkt er sarkastisch. „Auch wenn du uns wahrscheinlich nur veräppelst, wollen wir dir danken. Es war die richtige Entscheidung, Marth zu verteidigen, auch wenn er es nicht geschafft hat. Albin lässt dich übrigens grüßen. Ob du es glaubst oder nicht, er scheint tatsächlich endlich ein Mädchen gefunden zu haben. Ich hätte nicht gedacht, dass ich diesen Tag noch miterleben darf.“ Tiger ist beruhigt. Seinem besten Freund geht es gut. Das ist ihm wichtiger als seine eigene Gesundheit. Natürlich ist er auch froh, Luis und Timmy wohlauf zu sehen. „Wo ist Leopra? Geht es ihr ebenfalls gut?“, fragt er. Die Ratten nicken. „Das ist gut. Ich hatte schon die Befürchtung, dass ihr vielleicht etwas angetan wurde.“ Da schauen die Ratten zum Höhleneingang. „Nein, mir geht es gut.“ Leopra steht im Eingang. „Aber es ist schön, dass sich jemand um mich sorgt. Dieses Gefühl hatte ich früher nicht. Jahrelang wusste ich, dass mir etwas Wichtiges fehlt. Allerdings wusste ich nicht, was es ist. Jetzt bin ich schlauer. Mir fehlten Freunde. Es ist schön, jemanden zu haben. Dieses schöne Gefühl möchte ich nicht mehr missen. Allerdings frage ich mich, wie es nun weitergeht.“ Tiger würde ihre Frage zu gerne beantworten. Aber er weiß es selbst nicht. Vielleicht will Samuni ihn und seine Freunde nur reinlegen. Möglicherweise hat er sich auch wirklich geändert. Jedoch ist eines klar. So wie er sich im Moment verhält, wirkt er wie ausgetauscht! Das ist nicht der alte Samuni. Tiger würde gerne aufstehen und sich einen Überblick verschaffen. Aber seine Beine sind weich wie Pudding und er schafft es nicht, sich aufzurichten. „Luis, Timmy, ich brauche eure Hilfe. Ich kann noch nicht aufstehen. Ich will, dass ihr nach draußen geht und mir alles berichtet, was dort vor sich geht.“ Die Ratten wirken nun nicht mehr so entspannt: „Glaubst du etwa, sie wollen uns etwas tun?“ Tiger atmet schwer. „Ich weiß es nicht, Luis. Ich kann mir die Sache nicht erklären. Wenn er unseren Tod gewollt hätte, dann frage ich mich, weshalb er den Bären vertrieben hat. Sollte er uns wirklich helfen wollen, so frage ich mich, weshalb. Ihr wisst ja, wie unser letztes Treffen verlaufen ist. Das ist nicht mehr der gleiche Samuni wie damals. Er hat sich verändert. Oder auch nicht. Genau das müsst ihr nun für mich herausfinden. Also los“, befiehlt er. Die Ratten wollen keine Zeit verlieren. Als frisch ernannte Spione verlassen sie die Höhle. Leopra bleibt bei Tiger.

Luis und Timmy klettern auf einen Baum. Von hier oben haben sie einen guten Überblick über das gesamte Areal. Jetzt bekommen sie alles mit. Jede noch so kleine Bewegung jedes Wolfes bleibt von ihnen nicht ungesehen. „Ich hätte ja nicht gedacht, dass wir mal als Spitzel agieren, Luis.“ Doch sein Freund sieht es realistisch: „Wenn wir ehrlich sind, waren wir beide schon immer Spitzel. Denk doch mal nach, Timmy. Denke einige Zeit zurück. Damals, als wir das Aufeinandertreffen von Tiger und Samuni beobachtet haben. Das war eine ähnliche Situation. Und ich vermute, du erinnerst dich genauso gut wie ich an diesen Tag. Vielleicht hat Tiger recht. Es kann durchaus sein, dass Samuni etwas im Schilde führt. Wir müssen es auf jeden Fall in Betracht ziehen. Aber noch wichtiger ist es, seine Absicht schnellstmöglich zu entlarven.“ Die Ratten wissen nicht, dass sie selbst beobachtet werden. Ein Wolf hat sie in seinem Blickfeld. Langsam pirscht er sich an den Baum heran und stößt dann mit seiner ganzen Kraft gegen den Stamm. Der dünne Ast, auf dem Luis und Timmy Platz genommen haben, gerät ins Schwanken. Sie können sich nur mit großer Mühe festhalten. „Wer war das?“, fragt Timmy schockiert. Luis schaut nach unten und entdeckt einen lachenden Albin, der sich vor den Baumstamm gesetzt hat. „Bist du etwa der Meinung, das war lustig?“, fragt Luis wütend. Die Nager klettern herunter. „Naja, lustig nicht unbedingt. Aber es war zum Schreien komisch. Wenn ihr Ratten versucht, die Balance zu halten, dann wirkt es wie eine fußkranke Heuschrecke. Hat euch das schon mal jemand gesagt?“ Das ist nicht gerade ein Kompliment. Aber soll Albin nur seinen Spaß haben. Die Ratten sehen sich in einer Mission. Sie wollen ihren Beitrag leisten. Tiger verlässt sich auf sie. „Was habt ihr beiden dort oben eigentlich gemacht? Sagt bloß, ihr habt schon wieder ein Nickerchen gehalten.“ Diese Frage können sie verneinen. Zumindest dieses Mal. Zu einem anderen Zeitpunkt hätte Albin vermutlich recht gehabt. „Nein, Tiger hat uns beauftragt, Samuni im Auge zu behalten“, erklärt Luis. Albin versteht nicht ganz: „Wieso im Auge behalten? Ich komme nicht ganz mit. Er glaubt doch hoffentlich nicht, Samuni plane etwas Heimtückisches, oder?“ Luis erzählt ihm von ihrer Unterhaltung mit Tiger. „Das ist doch Blödsinn! Ich werde mit Tiger reden. Ihr braucht euch keine Sorgen zu machen. Vergesst es einfach“, verlangt der Wolf. Albin geht zur Höhle, in der Tiger untergebracht ist. „Manchmal frage ich mich wirklich, wie Tiger und Albin so gute Freunde werden konnten. Sie sind sich oft uneinig.“ Timmy stößt Luis an. „Es können halt nicht alle so gute Freunde sein wie wir beide“, entgegnet er. Sie schauen Albin nach, da nutzt Luis die Chance, um Timmy einen Schlag zu verpassen: „Wir sind Freunde. Sonst will dich dicke, schleimige, hässliche Ratte ja keiner haben.“ Luis dreht sich lachend um und läuft weg. Timmy schaut verdutzt drein: „Das kann nicht dein Ernst sein? Wer ist hier bitte dick?“

In Tigers Höhle angekommen, will Albin Tiger aufklären. Doch er ist wieder eingeschlafen. Nur Leopra sitzt wach in der Höhle. „Psst, er schläft“, flüstert sie. Albin schleicht sich zu ihr. „Ich müsste mit ihm sprechen. Meinst du, es ist schlimm, wenn ich ihn aufwecke?“ Leopra schüttelt den Kopf. „Lass ihn schlafen. Er braucht Erholung. Ihn hat es am schlimmsten erwischt.“ Albin stimmt zu: „Hole mich bitte, sobald er aufgewacht ist. Ich will mit ihm über Samuni reden. Es ist wichtig.“ Auf einmal hören sie Tumult. Sie rennen nach draußen. Irgendetwas tut sich hier. Samuni und ein anderer Wolf liefern sich einen Kampf. Alle anderen Wölfe haben sich kreisförmig um sie herum versammelt. „Was ist hier los?“ Ein Wolf, der neben ihnen steht, antwortet auf Albins Frage: „Das ist Samunis Training. Ihr werdet gleich Zeugen eines unglaublichen Kampfes. Glaubt mir, so etwas habt ihr noch nicht gesehen. Samuni wird von Tag zu Tag stärker. Keiner von uns kann es mit ihm aufnehmen. Er ist der stärkste Wolf, den ich jemals getroffen habe. Es gibt keinen besseren Rudelführer!“ Albin und Leopra verkneifen sich einen Kommentar. Sicher ist sicher. Sie wollen ihre Gastgeber ja nicht verärgern. Der Wolf spricht die Wahrheit. Einen Kampf kann man es kaum nennen. Eher eine Demonstration. Samuni zeigt, was er drauf hat. Albin fragt sich insgeheim, ob Tiger überhaupt eine Chance gegen ihn hätte. Seit damals hat er sich stark verbessert. Seine Fähigkeiten sind enorm. Sein Selbstbewusstsein sorgt dafür, dass all seine Bewegungen so aussehen, als führe er sie mit einer unbekümmerten Leichtigkeit aus. Das ist schon besorgniserregend. Sollte Tigers Vermutung also wirklich richtig sein, kann es böse enden. Als Samuni Albins Blick bemerkt, kommt er auf ihn zu. Er bleibt neben ihm stehen, jedoch ohne ihn anzuschauen: „Ich muss mit dir reden. Komm heute Nacht zum See in diesem Wald dort drüben.“ Samuni läuft weiter. „Ich würde nicht hingehen, Albin. Er wirkt undurchschaubar“, rät Leopra. Doch die Neugierde des Wolfes überwiegt. In der kommenden Nacht macht sich Albin auf zum See.

Kaum ist er dort eingetroffen, empfängt ihn eine Stimme: „Schön, dich zu sehen. Ich hatte schon befürchtet, du würdest nicht kommen.“ Albin dreht sich um. Samuni kommt aus dem Wald und stellt sich ihm. „Wieso sollte ich denn nicht kommen?'', fragt Albin. „Als ich mit Tiger sprach, merkte ich seine Verunsicherung. Er traut mir nicht, oder?“ Er bekommt keine Antwort. „Okay, es reicht schon. Ich kann es ihm ja nicht verübeln. Wir haben in der Vergangenheit viele Auseinandersetzungen gehabt. Darunter auch einige ernste Kämpfe. Ich kann nicht wirklich sagen, ich sei überrascht von seiner Reaktion. Aber er braucht sich nicht zu sorgen. Ich beabsichtige nichts Böses. Du musst ihn davon überzeugen. Ich habe das Gefühl, dass er mir kein bisschen vertraut. Rede mit ihm. Wenn er will, kann er bei uns bleiben. Das gilt natürlich für euch alle. Auch für die Ratten und die Katze. Wir nehmen euch gerne auf. Ihr seid willkommen. Unser Rudel hat immer noch einen Platz für ein weiteres Mitglied. Bei uns wird es euch an nichts fehlen. Falls er sich entschließt, uns verlassen zu wollen, dann will ich ihn als Freund verabschieden. Bitte sage es ihm.“ Albin erkennt in Samunis Augen, dass er sich geändert hat: „Ich werde es ihm ausrichten.“ Samuni nickt zufrieden und verschwindet wieder in dem Wald, aus dem er gerade gekommen war. Albin bemerkt ein Leuchten in den Baumkronen. „Pflegst du immer andere bei ihren Gesprächen zu belauschen?“, fragt er. Es ist Leopra. Ihre Augen haben sie verraten. Sie springt vom Baum herab und gesellt sich zu Albin. „So toll kann er ja nicht sein. Er hat mich nicht bemerkt“, entgegnet sie. „Er hat dich bemerkt! Du unterschätzt ihn, Leopra. Samuni ist ein gefährlicher Wolf. Seine Eigenschaften sind bemerkenswert. Ich glaube fest daran, dass er die Wahrheit spricht. Ich werde mit Tiger reden.“ Für einen Moment genießen sie die Stille der Nacht. Doch dann spricht Leopra die Frage aus, die ihnen im Kopf herumschwirrt. „Ich frage mich, wie sich Tiger entscheiden wird. Was meinst du?“ „Ich kann es dir nicht sagen. Seine Entscheidung wird uns alle betreffen. Egal, was er vorhat. Ich bleibe bei ihm. Seine Freundschaft ist mir wichtiger als alles andere.“ Leopra wundert sich. „Und was ist mit deiner kleinen Freundin? Luis hat mir von ihr erzählt. Wärst du bereit, sie zurückzulassen?“ Ohne zu zögern, stimmt Albin zu. Das überrascht sogar die Katze. Wie heißt es doch so schön? Wölfe binden sich nur einmal im Leben. Und Albin wäre tatsächlich bereit, seine Auserwählte aufzugeben, nur um an Tigers Seite zu bleiben, falls dieser sich für eine Abreise entscheidet. Sie bewundert das freundschaftliche Band der Wölfe. So etwas sieht man nicht häufig. Gleichzeitig stellt sie sich auch die Frage, was sie selbst tun soll. Liegt ihre Zukunft wirklich in einem Wolfsrudel? Sie kann es sich nicht richtig vorstellen. Vielleicht sollte sie dann alleine weiterziehen. Doch zugleich muss sie an das Band denken, welches Tiger und Albin verbindet. Ein ähnliches Band verbindet sie doch auch irgendwie mit den anderen. Auch wenn es nicht so ausgeprägt ist, wie das Band zwischen den Wölfen. Aus irgendeinem Grund sind sie ihr doch ans Herz gewachsen. Das gilt auch für die Ratten. Sie will sie nicht verlassen. Daher hofft Leopra insgeheim darauf, dass Tiger sich für eine weitere Reise entscheidet.

Der nächste Tag ist angebrochen. Tiger kommt aus der Höhle gehumpelt. „Tiger, du bist wieder auf den Beinen. Wie geht es dir?“, fragt Albin aufgeregt. Auch die anderen werden auf ihn aufmerksam. „Mir geht es gut, Albin. Ich habe etwas mit Samuni zu besprechen.“ Ist dies ein gutes Zeichen? Immerhin will er das Gespräch suchen. Aber Albin möchte zunächst selbst mit ihm reden. Vielleicht schafft er es, Tiger zuvor etwas zu beeinflussen. Plötzlich zeigt sich Samuni. Er steht auf einem Felsen über dem Höhleneingang. „Du willst mich sprechen?“, fragt er. Tiger dreht sich um und schaut nach oben. Er nickt zustimmend. „Dann folge mir. Machen wir einen kleinen Spaziergang.“ Tiger springt auf den Felsen zu Samuni. Doch dabei hat er starke Schmerzen. Seine Wunde ist natürlich noch nicht verheilt. Aber er muss lernen damit zu leben. Sie wird ihn wohl immer einschränken. „Gehen wir ein Stück“, schlägt

Samuni vor. Die beiden laufen in den Wald. „Sollten wir nicht mitgehen?“ „Nein, Luis, wir sollten sie alleine lassen. Sie werden sich intensiv unterhalten und dann entscheiden, wie es weitergeht. Und das wird es“, antwortet Leopra.

Nach einigen Minuten stillen nebeneinander Herlaufens macht Samuni einen für Tiger unerwarteten Schachzug. „Ich entschuldige mich!“ Tiger bleibt verblüfft stehen. „Du entschuldigst dich?“, fragt er irritiert. „Ja, ich entschuldige mich! Für viele Dinge zugleich. In der Vergangenheit habe ich mich oft falsch verhalten. Das weiß ich heute. In mir fließt eben das Blut meines Vaters. Dafür kann ich nichts. Meine Eigenschaften habe ich von ihm geerbt. Er war mir ein guter Vater und auch Lehrer. Doch eines war er nicht.“ Sie gehen wieder einige Schritte. „Und was war er nicht?“ „Er war kein guter Rudelführer. Sicher war er ein starker und außergewöhnlicher Anführer, aber kein guter. Ich bekomme immer wieder gesagt, mein Vater ist eine Legende. Aber nur, weil er alleine einen Grizzlybären in die Flucht geschlagen hat, ist er für mich kein Held. Wir haben das Gleiche getan. Allerdings im Rudel. Weißt du, ich habe mich geändert. Einst war ich wahrscheinlich genauso wie mein Vater. Doch so wollte ich niemals werden. Ich habe eingesehen, dass ein Anführer nur richtig groß ist, wenn er sein Rudel nicht nur beschützt, sondern es wie seine eigenen Brüder und Schwestern behandelt. Wir sind eine große Familie geworden.“ Wieder ist einige Zeit lang Ruhe. Dann fährt Samuni fort: „Albin hat mir von deinen Verlusten erzählt. Es tut mir wirklich leid, dass ich dich noch so provoziert habe, nachdem du dein halbes Rudel und vor allem deine Schwester verloren hattest. Ich bin mir sicher, dass es eine sehr schwere Zeit für dich gewesen sein muss. Aber um ehrlich zu sein, weiß ich nicht, wie man sich nach so etwas fühlt. Das will ich auch nicht.“ Das ist verständlich. Niemand würde diese Gefühle gerne durchmachen müssen. „Und dann noch der tragische Tod von Linka und euren Kindern“, fährt Samuni fort. „Das ist wirklich furchtbar. Ich beneide dich nicht.“ Bei ihrem Gespräch entfernen sich sie sich immer weiter vom Rudel. „Und, Tiger, hast du dir Gedanken gemacht? Werdet ihr bei uns bleiben oder weiterziehen? Es liegt an dir.“ Das weiß Tiger nur zu genau. „Ich war mir nicht sicher. Doch nach unserem kleinen Spaziergang habe ich eine Entscheidung gefällt. Dieses Gebiet hier ist geradezu perfekt. Wir werden uns deinem Rudel anschließen und hier bleiben.“ „Das freut mich sehr. Doch eines kann ich nicht hinnehmen, Tiger. Sag niemals wieder mein Rudel. Es ist unser Rudel. Wir alle sorgen gleichermaßen füreinander.“ Tiger ist sprachlos. Dies ist wirklich nicht mehr sein Rivale aus früheren Tagen. Er hat sich völlig zum Positiven verändert. Es ist schon verrückt. Niemals hätte Tiger gedacht, dass er diesen Tag erleben würde. Damit ist es also klar. Tiger und seine Freunde bleiben bei Samuni und dem großen Rudel. Ihr Überleben wird dadurch um einiges leichter.

Die Rattenfalle

Ratten mögen nicht unbedingt die beliebtesten Tiere in der Natur sein. Sie gelten als hinterhältig und schleimig. Tiger und Albin können zumindest eines davon bestätigen. Luis und Timmy hätten niemals gedacht, dass sie ihr Leben einmal an der Seite von Wölfen und einer Wildkatze verbringen werden. Es ist eigenartig, wohin man manchmal verschlagen wird. Ein Rattenleben mag nicht sehr lange dauern, doch für diese Ratten ist es ein Leben voller Spaß. Luis und Timmy sind geborene Witzbolde. Und so liegen sie wie so oft auf der faulen Haut und genießen es sehr, sich über andere lustig zu machen. „Hast du schon mal daran gedacht, dich von all dem zu trennen?“, fragt Timmy. „Du meinst von den Wölfen?“ „Ja, von den Wölfen. Nur du und ich. Genau wie in den alten Zeiten. Du weißt schon, die wilden Ratten unter sich.“ Luis erinnert sich. Doch er stimmt nicht zu. „Nein, ich finde es schön, so wie es ist. Weißt du noch, wie es früher war? Jeden Tag Angst zu haben. Alle paar Schritte nach oben zu schauen, ob nicht irgendwo ein Vogel in Lauerstellung ist. Nein, da haben wir beide es doch ganz gut erwischt. Wir leben inmitten eines Rudels Wölfe, die alleine durch ihr Aussehen alle anderen Tiere fernhalten.“ Luis kann es einfach nicht lassen. Er muss sich selbst für das schönste Tier halten. Möglicherweise zieht er sogar eine Modelkarriere in Betracht. Eine Ratte gewandet in einem Hauch von Ahornblättern. So was will die Welt mit Sicherheit sehen. Gruselige Sachen sind ein Phänomen für sich. Man will nicht hinschauen, aber man kann nicht anders. Der Anblick ist so schrecklich, dass der Blick sich immer wieder auf diese eine Stelle fixiert. „Ihr Ratten haltet euch für unwiderstehlich, oder?“ Luis und Timmy drehen sich um. Leopra steht hinter ihnen. Sie gesellt sich zu ihnen. „Ja, warum auch nicht? Wenn man den entsprechenden Körper hat, kann man ihn doch auch vorzeigen, oder nicht?“ Leopra muss lachen. „In einen entsprechenden Körper kann man aber viel hineininterpretieren, Luis. Glaub mir, auf mich wirkst du im höchsten Fall als Beutetier anziehend.“ Das sind nicht gerade die Worte, die Luis hören wollte. „Glaub mir, ich schmecke lange nicht so gut, wie ich aussehe!“, erwidert er. Wenn Leopra das Aussehen ihrer Beute mit dem Geschmack vergleichen würde, dann wäre sie wohl schon längst verhungert. Ratten, Truthähne ab und an mal ein kleiner Fisch. Nicht gerade die Schönen unter den Tieren. Ganz anders als Leopra. Eine wirklich schöne Wildkatze. Alleine ihre Augen wären ein Grund, sie unter Artenschutz zu stellen. Ihr grau-schwarz gestreiftes Fell ist so warm und kuschelig. Durch ihre liebenswerte Art könnte man sie als Prinzessin unter den Katzen bezeichnen. „Ich habe vorhin mitgehört, dass die Wölfe heute Nacht auf die Jagd gehen.“ Luis springt auf. „Das sind doch mal gute Nachrichten." Nun kommt auch Timmy auf die Beine. „Dann können wir zeigen, was wir drauf haben!" Leopra kann ihnen nicht ganz folgen. „Was meint ihr? Inwiefern wollt ihr es ihnen zeigen? Ich verstehe nicht ganz." Luis und Timmy nehmen sich brüderlich in den Arm. „Na, was wir drauf haben! Wir werden mitjagen und beweisen, dass wir Ratten eben doch die coolsten Tiere hier im Wald sind!" Jetzt kann sich Leopra einfach nicht mehr halten. Sie beginnt so laut zu lachen, dass alle Wölfe auf sie aufmerksam werden. „Ich weiß wirklich nicht, was es da zu lachen gibt! Wir scherzen nicht. Die Wölfe werden unsere Anwesenheit zu schätzen wissen. Wir haben ganz besondere Fähigkeiten, die bei der Jagd von großem Nutzen sind", erklärt Luis. „Und welche besonderen Fähigkeiten sollen das sein?", fragt Samuni leicht amüsiert, der erst vor Kurzem dazu gestoßen ist. Inzwischen haben sich alle Wölfe, auch Albin und Tiger, versammelt. „Du willst wirklich wissen, was für Fähigkeiten wir besitzen?", fragt Timmy. Samuni zuckt mit den Schultern. „Ja, raus mit der Sprache. Wenn ihr mit uns jagen wollt, dann müsst ihr mich schon überzeugen. Andernfalls ist es zu gefährlich." Albin versucht, noch einzugreifen. Aber es ist zu spät. „Wenn du es wirklich darauf anlegst. Wir zeigen dir, weshalb du uns niemals unterschätzen solltest. Timmy, dein Einsatz!", befielt Luis. Albin schubst Leopra und Tiger zur Seite. „Oh nein, er tut es schon wieder! Geht in Deckung!", ruft Albin. Im letzten Moment können sich die drei in Sicherheit bringen. Für alle anderen ist es zu spät. Timmy setzt seine Geheimwaffe ein. Jeder Wolf im Umkreis einiger Meter bekommt die volle Ladung ab. Unglaublich, woher Timmy diese Ressourcen nimmt. Er muss tagelang Flüssigkeit gesammelt haben, anders ist dies nicht zu erklären. Die Wölfe stehen da wie begossene Pudel. Kaum zu glauben, aber sie bleiben alle ruhig. Das liegt daran, dass sie völlig geschockt und angeekelt sind. Auch Samuni sieht alles andere als glücklich aus. Der Strahl hat ihn mitten ins Gesicht getroffen. Er wischt sich das Zeug mit der Pfote ab und sagt: „Ihr seid dabei!“ Die Ratten können sich vor Freude kaum halten. Alle anderen sind eher fassungslos. Was sollen Ratten auf einer Wolfsjagd? Tiger und Albin wissen zwar, dass die Ratten durchaus nützlich sein können, sind jedoch überrascht davon, wie gelassen Samuni reagiert hat. Sie selbst hätten Timmy wohl mit der Nase voran in seine eigene Brühe getunkt. Heute Nacht werden sie die Wölfe also begleiten. Die Wölfe verteilen sich wieder. „Ich kann nicht glauben, dass du es schon wieder getan hast. Du bist keine Ratte, sondern ein schmutziges Schwein!“, bemerkt Albin und spricht dabei für alle. „Was denn? Hat es funktioniert oder nicht?“, erwidert die Ratte. Da muss man ihm recht geben. Fremdartige Methoden bringen einen oft zum Ziel. „Ich hoffe sehr, ihr wisst, was ihr euch da eingebrockt habt“, ermahnt Tiger. „Uns kann nichts passieren. Wie lange sind wir jetzt schon zusammen? Wir haben schon öfter zusammen gejagt. Wir schaffen das.“ Was sollen die anderen da noch sagen? Luis ist nun mal ein kleines Dickköpfchen. Das gilt auch für Timmy. Heute Nacht wird gejagt und dies gilt für alle Rudelmitglieder.

Der Wald ist in dieser Nacht sehr unruhig. Er scheint zu spüren, dass zwischen seinen Bäumen ein großes Rudel Wölfe auf Jagd geht. Doch bevor es sich auf den Weg macht, spricht Samuni zu den Wölfen. Er stellt sich vor seinen Gefährten auf. „Was glaubst du, auf was wir heute Jagd machen werden?“, fragt Albin Tiger. „Ich weiß es nicht. Aber eines kannst du mir glauben. Die Zeiten, in denen wir kleine Tiere gejagt haben, sind vorbei. Schau dir nur an, wie viele wir sind. Ich denke, wir werden erfolgreich sein, was auch immer unser Ziel ist.“ Das Rudel wartet auf die Worte seines Anführers. „Heute Nacht werden wir ein Tier jagen, das sein Leben nur teuer verkaufen wird. Unser Späher hat einen Elchbullen westlich von hier ausgemacht. Er ist in seinen besten Jahren. Der Angriff muss gut geplant sein. Der Elch ist groß und wir sind klein. Jedoch haben wir Wölfe einen Vorteil. Wir jagen gemeinsam. Lasst uns das Überleben des Rudels sichern. Folgt mir!“ Angespornt von Samunis Rede folgen ihm die Wölfe zur Jagd. Sie sind zuversichtlich, den großen und gefährlichen Elchbullen erledigen zu können. Gemeinsam im Schutze des Rudels wird ihnen alles gelingen. Doch nicht nur die Wölfe gehen auf die Jagd. Nein, zwei ganz besondere Mitglieder des Rudels reiten auf Albins Rücken zum Angriff. Auch Leopra ist mit von der Partie. Der Elchbulle weiß gar nicht, was ihm bevorsteht. Er läuft durch den Wald, ohne etwas Böses zu ahnen. War da nicht etwas? Er hebt den Kopf und inspiziert seine Umgebung. Doch nichts ist zu sehen. Die Luft ist rein. Plötzlich - wieder ein Geräusch. Irgendetwas stimmt hier doch nicht. Er wird unruhig. Sein Herz beginnt schneller zu schlagen. Sein Instinkt verrät ihm, dass er in Gefahr ist. Doch noch ergreift er nicht die Flucht. Das ist ein schwerwiegender Fehler. Wenn er die Chance hat, zu entkommen, dann jetzt. In wenigen Augenblicken wird es zu spät sein. Aber er missachtet die Zeichen zu lange. Sein Schicksal ist besiegelt. Die Wölfe kommen aus ihrem Versteck. Jetzt bleibt dem Elch nur noch die Hoffnung auf den Sieg in einem schweren Kampf. Mit seinem mächtigen Geweih droht er den Wölfen. Doch sie kommen von allen Seiten. Selbst seine gefährlichste Waffe wird ihm nicht helfen. Sie bringt ihm lediglich ein paar Minuten der Angst. Der Elch wird schnell und gezielt erledigt. Nicht immer ist die Wolfsjagd so erfolgreich. Den Beutetieren gelingt es oft zu entkommen. Dieses Schicksal kann der Elchbulle nicht teilen. Sein Leben ist beendet. Das ist ein Jagderfolg für das Rudel. Sie nähren sich an dem Elch. Gefressen wird hier streng nach der Hierarchie. Vorbei ist die Zeit, in der Tiger und seine Freunde sich allesamt gleichzeitig auf die Beute stürzten. Doch der Elch gibt genug für alle her.

Ein voller Magen ist ein schönes Gefühl. Tiger und seine Freunde scheinen es gut getroffen zu haben. Anscheinend kann niemand dieses Rudel aufhalten, solange es von Samuni und Tiger geführt wird. Doch den anderen fällt auf, dass mit Tiger etwas nicht stimmt. Er benimmt sich anders. Irgendetwas bedrückt ihn. Er sieht nicht mehr so glücklich und unbeschwert aus, wie es vor Kurzem noch der Fall war. Leopra und Albin setzen sich etwas abseits zusammen. „Was ist mit ihm los? Hat er dir erzählt, was ihn bedrückt?“ Leopra schüttelt den Kopf: „Ich habe keine Ahnung, Albin. Vor einigen Tagen war er noch ganz anders. Will er vielleicht gar nicht hier bleiben? Hat er das nur für uns gemacht?“ Albin kann sich das nicht vorstellen. „Ich sollte mit ihm reden.“ Da stimmt ihm Leopra zu. Wenn er mit jemandem redet, dann mit seinem langjährigen Freund. „Tiger, kann ich dich kurz unter vier Augen sprechen?“ Tiger stimmt dem Treffen zu. Also gehen sie zurück zur Höhle. Zwei Rudelmitglieder bekommen von all dem nichts mit. Luis und Timmy rühmen sich mit der erfolgreichen Jagd. Sie sitzen im Geweih des erlegten Elches und reinigen sich mit kleinen Ästen die Zähne. „Der Duft des Sieges ist nicht zu ignorieren. Oder bin ich das etwa?“, fragt Timmy. Luis schüttelt den Kopf. „Nein, das kann gar nicht sein. Wir haben uns doch erst vor fünfundzwanzig Tagen das letzte Mal gewaschen.“ „Stimmt, da sind wir auf einem guten Weg. Früher waren die Abstände zwischen zwei Waschgängen um einiges größer.“ Unter Ratten gibt es so etwas wie Katzenwäsche nicht. Zumindest gilt dies für Luis und Timmy. Bei anderen Ratten mag es sicher anders aussehen. Doch diese zwei Burschen sind Schmutzfinken. Reinliche Tiere sehen anders aus. Samuni kommt hinzu. Dieses Mal hatte er den finalen Biss gesetzt und nicht Tiger. „Ihr zwei seid lustige Zeitgenossen. Ihr habt euch ebenfalls geändert.“ Luis und Timmy verstehen nicht ganz. Sie haben Samuni vorher noch nie persönlich kennengelernt. „Wir haben uns geändert? Woher willst du das wissen? Wir haben uns vorher noch nie gesehen“, meint Luis. Samuni lacht kurz auf. „Ihr haltet mich wohl für einen Idioten, oder? Denkt ihr wirklich, ich hätte euch damals auf der Steinernen Lichtung nicht gesehen?“ Die Ratten sind sprachlos. Sie waren doch in sicherer Entfernung und hatten sich gut zwischen den Felsen versteckt. Wie konnte er sie sehen? „Ich habe sehr gute Sinne. Und seien wir mal ehrlich: Euren Duft würde selbst eine Fledermaus auf eine weite Entfernung wittern!“ Samuni lacht über seinen Scherz. Aber für Luis und Timmy ist dies eher ein Kompliment und sie fühlen sich geehrt.

Tigers Abschied

Einige Tage sind seit der Elchjagd vergangen. Albin und Tiger hatten ihre Unterhaltung. Niemand sonst hat mitbekommen, über was sie gesprochen haben. Sie machen ein Geheimnis aus dieser Sache. Doch eines fällt allen auf. Tiger benimmt sich anders als sonst. Er ist ruhig geworden, spricht mit niemandem und zieht sich mehr und mehr zurück. Luis und Leopra machen sich Sorgen um ihren Freund. „Ihm geht es anscheinend nicht gut. Können wir ihm irgendwie helfen, Albin?“, fragt Leopra den Wolf. Albin schüttelt verneinend den Kopf. „Nein, ihr könnt ihm nicht helfen. Ihr müsst ihm Zeit lassen. Er hatte einen Traum.“ „Einen Traum?“, fragt Luis neugierig. „Ja, einen Traum von seiner Schwester. Er hat mir während unserer Unterhaltung erzählt, dass sie ihm schon mehrmals erschienen ist. Ich habe versprochen, nichts Genaueres zu erzählen. Tut mir leid, Freunde. Seine Schwester rufe nach ihm, erzählte er mir. Er meinte irgendwas davon, dass er seinen rechten Weg jetzt gefunden habe.“ Luis und Leopra wirken ebenso ratlos, wie Albin selbst. „Was kann das bedeuten? Hast du eine Ahnung?“ Wieder schüttelt Albin den Kopf. „Wenn ich das nur wüsste, Leopra. Es würde alles vereinfachen. Manchmal ist Tiger schwer zu verstehen. Aber er hat immer seine Gründe.

Ich denke, er wird uns irgendwann darüber aufklären, was ihn bedrückt und was der rechte Weg ist. Wir sollten uns nicht zu sehr damit beschäftigen. Das wäre nicht sein Wille." Luis und Leopra geben ihm recht, auch wenn es ihnen sehr schwer fällt. „Und, was machen wir in der Zwischenzeit?", fragt Luis. „Na, was sollen wir schon machen? Wir leben unser Leben. Was denn sonst? Tiger würde es nicht anders wollen." Mit diesen Worten verlässt er die zwei. „Der hat leicht reden. Mir fällt es nicht so leicht. Ich mache mir Gedanken. Du etwa nicht?", fragt Luis. Leopra schaut zur Höhle. „Doch, aber Albin hat recht. Wir können nichts tun. Tiger will es offenbar selbst klären. Wir sollten ihm dabei nicht im Weg stehen. Das wäre wohl ziemlich nervig für ihn, meinst du nicht?" Das sieht Luis ein: „Du hast recht, Leopra. Halten wir uns also raus. Er wird von alleine auf uns zukommen, wenn er soweit ist."

Ein äußeres Erscheinungsbild kann trügen, so heißt es in einem alten Sprichwort. Oftmals drückt es jedoch die Wahrheit aus. Dieses Revier ist für Wölfe wie geschaffen. Diese ewigen Wälder. Sie scheinen niemals zu enden. Nur selten werden sie von kleinen Lichtungen oder Seen unterbrochen. Doch gerade diese Unterbrechungen sind das Besondere an dieser Gegend. Die Seen sind voller Fische. Kein Wunder! Das Wasser ist so klar, dass man sich darin spiegeln kann. Hier ist die Natur noch sie selbst. Jedes Lebewesen in diesen Wäldern hat seine Aufgabe, seine Bestimmung. Doch manchmal wird dieses ausbalancierte Gleichgewicht durch höhere Gewalten zerstört. Beispielsweise durch einen Waldbrand. Ein eben solcher Brand, der Tigers ehemaliges Zuhause abgebrannt hat. Doch es gibt auch positive Aspekte. Ein abgebrannter Wald bietet die Grundlage für neues Leben, für eine neue Entwicklung. Eines Tages wird in Tigers alter Heimat ein neuer Wald entstehen. Auch wenn es vielleicht nicht mehr zu seinen Lebzeiten geschehen wird, bleibt dieser Teil für immer sein Zuhause.

Doch für den Moment haben sie es nicht schlecht erwischt. Dieser Wald ist herrlich. Sie finden hier genügend Beutetiere. Die Jagd ist abwechslungsreich. Hier leben die verschiedensten Tiere und die Wölfe können viele ihrer ausgereiften Jagdmethoden praktizieren. Von der Hetzjagd bis hin zur Auflauerung. Alles ist möglich! Und vor allem ist genug Fressen für alle da. Ein Paradies für Wölfe.

Luis hat eine neue Geschäftsidee gefunden. Wenn er schon mit so vielen Wölfen zusammenlebt, dann will er daraus auch einen Nutzen ziehen. Daher hat er sein eigenes Spielcasino entworfen.
Ein Traum, der wahr wird. Zumindest für die geizige Ratte. Inmitten des fast komplett versammelten Rudels hat er auf einem länglichen, flachen Stein drei kleine Nussschalen aufgereiht. „Liebe Freunde, ich präsentiere euch: Das Luis-Duell!“, ruft er freudig aus. Albin und Leopra kommen hinzu. „Was ist da für ein Tumult?“ Leopra zuckt mit den Schultern. Sie drängeln sich an den Wölfen vorbei und sehen Luis kleines Glücksspiel. Das hätten sie sich eigentlich denken können. Wer sollte auch sonst dahinter stecken? Das kann nur Luis sein. „Was machst du denn jetzt wieder, Luis? Kann man dich nicht einmal für ein paar Augenblicke unbeobachtet lassen, ohne dass du auf so eine Idee kommst?“ Luis ignoriert Albins Frage und wählt ihn stattdessen als nicht ganz so begeisterten Freiwilligen aus. „Liebe Freunde, unser Albin wird euch beweisen, wie einfach es ist, zu gewinnen. Ihr macht euren Einsatz und dann erratet ihr, unter welcher Nussschale sich das Korn versteckt hält. Ganz einfach, oder? Also passt gut auf!“ Albin flüstert zu Luis: „Ich habe aber keinen Einsatz!“ Das ist für Luis nicht so wichtig. „Mach einfach mit!“, erwidert die Ratte. Luis versteckt das Korn unter einer Nussschale und mischt sie ordentlich durch. „Und, Albin, unter welcher Schale befindet sich das Korn?“ Albin deutet auf die rechte Schale.

Luis hebt sie hoch - und tatsächlich! Dort befindet sich das Korn. Luis freut sich merkwürdigerweise mit Albin. Das macht sogar ihm etwas Angst. „Seht ihr, liebe Freunde, wie einfach es ist? Also, los geht es. Versucht euer Glück.“ Das ist ein waschechtes Rattenspielcasino. Und da soll es doch wirklich Leute geben, die behaupten, alles gesehen zu haben! Diese Leute sind vermutlich noch nicht auf Luis gestoßen. Der erste Wolf macht seinen Einsatz. Was könnte ein Wolf als Einsatz geben? Einen Knochen natürlich. Luis reibt sich die Hände, versteckt das Korn unter einer der drei Schalen und beginnt zu mischen. „Wo steckt das Korn?“, fragt er erneut. Der Wolf deutet auf die rechte Schale. Luis hebt sie wieder hoch. Doch dieses Mal befindet sich kein Korn darunter! Albin und Leopra sind überrascht. „Ich hätte auch auf diese Schale getippt“, meint Albin. „Ich auch. Das Korn war definitiv darunter! Meine Augen täuschen mich nie. Ich bin eine Wildkatze. Er hat ihn irgendwie ausgetrickst.“ Luis führt das Spiel fort. Wolf für Wolf, Knochen für Knochen. Nach einiger Zeit sind keine Wölfe mehr übrig. Nur noch Albin und Leopra sind bei ihm. Luis zählt zufrieden seine Beute. „Du hast betrogen, oder?“ Luis dreht sich um: „Natürlich! Du kennst mich doch, Albin. Und ihr Wölfe behauptet wirklich, ihr seid intelligent!“ Naja, was soll Albin sagen. Er hat kaum Argumente für eine Verteidigung. Immerhin sind alle Wölfe pleite. Dennoch stellt er sich eine Frage. „Und was machst du jetzt mit all den Knochen, die du den Wölfen geklaut hast?“ Luis überlegt: „Vielleicht mache ich mir eine Halskette daraus.“ Das Trio lacht. Doch ihre gute Laune soll noch heute Nacht getrübt werden. Sie merken nicht, wie der Himmel sich zuzieht und damit ein schlimmes Unwetter ankündigt.

Eine stürmische Nacht. Mutter Natur scheint über ein Ereignis sehr sauer zu sein. Warum sonst sollte sie so starken Wind und Schneefall aufbringen? Das Wetter treibt das gesamte Rudel in die große Höhle. Hier sind sie geschützt. Die Dichte der nebeneinanderliegenden Wölfe wärmt die Höhle auf. Luis und Timmy fühlen sich wie in einer überdimensionalen Sauna. „Ich würde jetzt am liebsten mein Fell ausziehen!“ „Nein, tu das nicht! Erspare uns bitte diesen Anblick, Luis!“, wirft Albin ihm entgegen. „Ich habe ja auch nicht gesagt, dass ich es tue. Zumindest nicht umsonst. Dafür müsstet ihr schon zahlen.“ Albin lacht. „Du bist eine Ratte für sich, Luis. Mit dir wird es wirklich niemals langweilig.“ Das hört Luis gerne: „Das Wort Langeweile kommt in meinem Wortschatz nicht vor. Für mich ist das Leben ein großer Spielplatz und ihr spielt alle mit.“ Albin kneift sich den Schweif zusammen: „Komm mir aber ja nicht auf die Idee, Tunnel spielen zu wollen!“ Plötzlich steht Samuni auf. Die anderen erheben sich ebenfalls. „Was ist los, Samuni?“, fragt ein Wolf. Der Anführer schaut sich um. „Wo ist Tiger? Ich sehe ihn nicht“, erwidert er. Jeder schaut sich den Wolf zu seiner Linken und dann zu seiner Rechten an. Doch Samuni behält recht. Tiger weilt nicht unter ihnen. Aber wo kann er nur sein? „Er ist doch bei diesem Wetter nicht etwa nach draußen gegangen. Dieser Wind ist bestialisch!“, meint Leopra. Tiger könnte dem Wetter zwar trotzen, aber wozu? Sie haben immerhin eine sichere und mittlerweile auch schön warme Höhle. Das ergibt keinen Sinn! „Hat irgendjemand Tiger gesehen?“, fragt Samuni ein letztes Mal. Doch wieder bekommt er keine positive Rückmeldung. Seine Freunde beginnen, sich Sorgen zu machen. Samuni, Albin, die Ratten und Leopra begeben sich zum Höhleneingang. Der Wind wird immer stärker. Der Schnee fällt so schnell vom Himmel, dass man den Eindruck hat, er könne es kaum erwarten, den Waldboden zu bedecken. „Kann ihn jemand sehen?“, fragt Albin nervös. Aber es ist so gut wie unmöglich, überhaupt etwas zu erkennen. Man kann kaum zwei Meter weit schauen. Doch da, an einem Baum erkennt Leopra einen Umriss. „Ist er das?“, fragt sie. Die Gruppe beginnt, Tigers Namen zu rufen.

Der Herr des Windes kommt einige Schritte auf sie zu. Er ist es in der Tat! Der Wind weht nun so stark wie noch nie zuvor in diesem Wald. Er zerzaust Tigers Fell. Tiger beginnt zu lächeln. Dann dreht er sich um und läuft in den Wald. Albin möchte ihm nachlaufen. Doch Samuni hält ihn davon ab. „Wir können ihn nicht gehen lassen!“ Aber Albin hat keine Chance, sich durchzusetzen. Samuni ist um einiges stärker als er. „Nein, diese letzte Reise muss er alleine machen. Ich wünsche dir viel Erfolg, Tiger. Mögest du dein Ziel sicher erreichen.“ Seine Freunde sehen dem Herrn des Windes nach, bis er sich aus ihrem Sichtfeld entfernt hat. „Was meint ihr, wo er hingeht?“ Keiner kann Timmy diese Frage beantworten. „Das geht uns nichts an. Aber egal, wohin er auch gehen mag. Ich hoffe, er findet seinen rechten Weg! Kommt, gehen wir zurück in die Höhle“, schlägt Samuni vor. Leopra folgt ihm. Nach einigen Sekunden springen auch Luis und Timmy von Albins Rücken herab und gehen in die Höhle zurück. Nur Albin bleibt etwas länger am Höhleneingang stehen und starrt auf den verschneiten Wald. Sein alter Freund ist weg. Ob er ihn je wiedersehen wird? Er konnte sich nicht einmal richtig von ihm verabschieden. Das ist wohl die schlimmste Tatsache für ihn. Sie haben so vieles zusammen durchgemacht. Er wird an ihn denken und dabei hoffen, dass er eines Tages zurückkehren wird. Dann, so glaubt er, wird sich alles klären. Er wird auf ihn warten. Solange es auch dauern mag.

Luis und Timmy haben auf einem erhöhten Felsen innerhalb der Höhle Platz genommen. „Schon komisch, oder? Jetzt ist er weg. Einfach so. Nach dieser langen Zeit. Kommt mir vor, als sei es gestern gewesen, dass wir ihn getroffen haben. Wir haben einiges durchgemacht.“ Luis gibt Timmy recht. „Ja, auf jeden Fall. Weißt du noch, als wir ihn aus diesem Käfig befreit haben?“ „Du meinst bei den Menschen?“, fragt Timmy. „Ja, bei den Menschen.“ Timmy schüttelt den Kopf: „Ich kann mich nur noch an die Speisekammer erinnern. Ach, war das lecker. Meinst du, Tiger bringt was zu fressen mit, wenn er wieder kommt?“ Luis lacht: „Ich glaube nicht, dass wir beide den Tag noch erleben werden. Du bist bis dahin sicherlich von einer Schnecke überfahren worden, weil du nicht schnell genug zur Seite gesprungen bist. Und ich habe mich selbst in einer Wette verloren.“ Plötzlich taucht Leopras Kopf hinter ihnen auf. „Dann wird es wohl mal dringend Zeit, dass ihr euer Leben ändert, oder?“ „Ändern? Was sollen wir denn ändern?“, fragt Luis. Da fällt Leopra so einiges ein. Aber sie versucht sich auf einige Dinge zu fokussieren. „Wie wäre es, wenn ihr erwachsen werdet und eine Familie gründet?“ Luis und Timmy mit einer Familie? „Du meinst Frau und Kinder?“ Leopra nickt. Luis und Timmy schauen sich in die Augen. „Das glaubst du ja wohl selbst nicht!“ Sie beginnen zu lachen. Damit hätte Leopra eigentlich rechnen müssen. Sie dreht sich um und will gerade weglaufen, da spricht sie ein liegender Wolf an. „Und, was ist mit dir?“ Es ist Albin. „Willst du dich ändern? Familie gründen? Uns verlassen?“ Einige Sekunden lang ist es still. Doch dann steht Leopras Entschluss fest: „Nein, ich schließe mich den Ratten an! Ich bezeichne mich als erwachsen. Aber ich habe schon eine Familie und das seid ihr. Keine Sorge, so schnell werdet ihr mich nicht mehr los. Ich bleibe hier bei euch. An der Seite eines Wolfsrudels. Ich kann es ja selbst nicht ganz glauben. Aus irgendeinem Grund, der mir selbst noch nicht so ganz klar ist, fühle ich mich hier sehr wohl. Es ist schon etwas eigenartig. Aber im positiven Sinne.“ Albin freut sich über diese Antwort. Er selbst hat seine Liebe gefunden. Möglicherweise wird er bald Junge in die Welt setzen, wie es einst sein Freund tat. Doch er wird niemals so sein wie Tiger. Sein Leben wird anders verlaufen. Er lebt jetzt im Schutze eines großen Rudels. Seine neue Heimat bietet ihm alles, was er braucht. Er wird ein erfülltes Wolfsleben haben.

Die Geschichte

Einige Jahre sind nun vergangen, seitdem Tiger das Rudel verlassen hat. Ein alternder Wolf erzählt seinen Welpen die Geschichte vom Herrn des Windes. „Stimmt das wirklich alles, Papa? Ist die Geschichte wirklich passiert?“, fragt ein Wolfswelpe neugierig. „Ja, diese Geschichte hat sich einst wirklich zugetragen. Es ist noch gar nicht lange her. Gerade einmal ein paar Jahre. Ihr hättet es fast selbst mit erlebt.“ Der Erzähler ist Albin. Er hat sich seinen Wunsch erfüllt und seine eigene Familie gegründet. Äußerlich hat er sich kaum verändert. Wie auch? Ein Wolf mit schneeweißem Fell kann keine grauen Haare bekommen. Seine Söhne und Töchter fragen ihn wild durcheinander, ob die Geschichte wirklich der Wahrheit entspricht. Albin war selbst dabei. Er hat alles mit eigenen Augen gesehen. Wie der Wind Tiger vor dem Waldbrand gerettet hat, wie seine Geliebte und seine Welpen von den Menschen getötet wurden und wie Samuni sie vor dem mächtigen Grizzlybären beschützt hat. All diese Geschichten muss er weitergeben, damit sie nicht in Vergessenheit geraten. Albin würde sich in Grund und Boden schämen, wenn gerade er dieser Aufgabe nicht nachkommen würde. Tiger und seine letzte Reise dürfen nicht vergessen werden. Unter keinen Umständen! Albins Kinder werden sie in ferner Zukunft an ihre eigenen Kinder weitergeben. Das schweißt zusammen. „Ja, all das ist wahr. Das schwöre ich euch! Ich war dabei. Tiger war ein besonderer Wolf. Ich wünschte wirklich sehr, ihr könntet ihn kennenlernen. Vielleicht wird es eines Tages geschehen. Man weiß ja nie. Ihr hättet ihn sicher gemocht. Und er euch natürlich auch. Er mochte Kinder sehr.“ „Was ist aus den Ratten geworden?“, fragt eines der Kinder. „Luis und Timmy wurden alt und fett. Sie führten ein glückliches und zufriedenes Rattenleben. Leider sind sie nur wenige Monde nach Tigers Abreise verstorben.“ Albin kommt eine Träne.

„Was denn, beide gleichzeitig?“ Albin neigt den Kopf leicht zur Seite. „Beinahe! Zwischen ihrem Tod lagen nur wenige Tage. Timmy starb zuerst. Danach fiel Luis in ein Loch.“ Die Kinder verstehen nicht ganz. Also erklärt Albin, was er meint. „Das bedeutet, er wurde sehr traurig. Timmy war immerhin sein bester Freund. Sie kannten sich schon sehr lange. Luis fraß immer weniger und verlor rapide an Gewicht. Als ich eines Tages aus meinem Schlaf erwachte, war Luis verschwunden. Wir haben ihn nie wieder gesehen. Er war der Stärkere und dennoch konnte Luis nicht über den Tod seines dicken Freundes hinwegkommen. Ich mochte die Ratten sehr gerne. Sie fehlen mir jeden Tag. Vor allem Luis brachte mich mit seinem Blödsinn jedes Mal zum Lachen. Er hatte eine Gabe. Ich kann es kaum erklären. Er war so herrlich humorvoll. Als sie von uns schieden, war es nicht mehr das Gleiche. Alles änderte sich. Ich wusste, dass nun auch für mich die Zeit gekommen war, mich zu ändern. Es war keine einfache Entscheidung, aber ich verließ das Rudel. Eure Mutter und Leopra begleiteten mich. Hier fanden wir unser neues Zuhause“, erzählt Albin. „Du meinst, Tante Leopra war auch dabei?“ Albin nickt bestätigend. Plötzlich stößt Leopra zu ihnen. „Ja, ich war auch dabei! Alles, was euer Vater erzählt hat, ist wahr. Das war die gute alte Zeit. Ich erinnere mich gerne an diese Tage zurück. Sie scheinen schon so ewig lange her zu sein.“ Leopra hat kaum an Schönheit verloren. Sie hat das gleiche Antlitz wie vor Jahren. Zumindest äußerlich hat sie sich nicht verändert. Sie ist ihrem Versprechen immer treu geblieben. Nachdem Albin mit seiner Wolfsdame Samunis Rudel verlassen hatte, ist sie ihm gefolgt. Hier haben sie eine neue, eigene Heimat gefunden. Auf dem Ast eines besonders dicken Baumes haben sie einige Körner ausgelegt. Solche Plätze mochten Luis und Timmy sehr gerne. Dies ist eine Art Ehrenstelle. Das beweist, dass sie wirklich aneinander hingen. „Und dieser Truthahn, was ist mit ihm?“ Albin zeigt sich verwundert: „Das habe ich euch doch erzählt. Er hat den Angriff des Grizzlybären leider nicht überlebt.“ Aber damit gibt sich der Welpe nicht zufrieden. Er möchte mehr über ihn erfahren. „Wieso habt ihr ihn eigentlich mitgenommen?“ Albin denkt kurz nach. Das ist eine gute Frage. „Ich weiß es nicht. Vielleicht tat er Tiger und mir leid. Ich kann es euch wirklich nicht sagen. Natürlich war dieser Truthahn verrückt. Aber seien wir mal ehrlich. Das sind wir doch alle ein bisschen. Vor allem in unserem alten Rudel musste man etwas verrückt sein, um nicht völlig den Verstand zu verlieren. Es war nicht immer leicht.“ Die Reise war ziemlich lang und kräftezehrend. Keines der Rudelmitglieder hätte wohl zu Beginn gedacht, dass sie soweit laufen müssten, um eine neue Heimat zu finden. Doch letztendlich hat sich die Reise gelohnt.

„Was ist mit Samuni passiert, Vater?“ Albin zuckt mit den Schultern: „Das kann ich dir leider nicht sagen. Solange wie wir in seinem Rudel verweilten, führte er es sehr gut. Er hatte sich im Vergleich zu früher stark geändert. Seine Jagdtechniken waren beeindruckend. Unser Rudel musste niemals hungern. Dafür sorgte er. Er bekam, soweit ich weiß, niemals Kinder. Zumindest nicht in der Zeit, in der wir bei ihm waren. Ich habe Gerüchte gehört, dass er mittlerweile gestorben ist. Aber darauf würde ich nicht hören. Er wird niemals solch eine Legende wie sein Vater werden! Doch genau das wollte er ja. Er wollte sich von seinem Vater unterscheiden und sich von ihm abheben. Dieses Ziel hat er erreicht! Ich könnte mir gut vorstellen, dass er immer noch lebt und sehr gut für sein Rudel sorgt.“ Albins Kinder stellen Fragen über Fragen. Er ist sehr glücklich darüber, dass sie so großes Interesse an seiner Geschichte zeigen. Da wird seine Hoffnung größer, dass die Geschichte nicht vergessen wird. Genau das ist ihm wichtig. „Wo könnte Tiger denn hingegangen sein, nachdem er euch verlassen hat?“, fragt Albins ältester Sohn, den er nach seinem alten Freund benannt hat. „Erst mal muss ich dich korrigieren, Tiger. Er hat uns niemals verlassen. All die Jahre war er stets bei uns. Nein, Tiger hat uns niemals verlassen. Er hat sich von uns getrennt, aber uns niemals alleine gelassen. Tiger war ein großer Wolf und du wirst es eines Tages ebenfalls werden. Vielleicht wirst du sogar mal eine Zeit lang in seine Fußstapfen treten. Doch ich habe Tigers Worte heute verstanden. Ich kenne jetzt die Bedeutung des rechten Weges, von dem er immer sprach. Geh immer deinen eigenen Weg, Tiger, und kümmere dich um deine Freunde. Dann wird man dich so in Erinnerung behalten, wie du wirklich warst. Ich hoffe, du verstehst, was ich meine. Wenn nicht, ist es auch nicht schlimm. Eines Tages wirst du es tun! Genau wie ich. Und jetzt geht, geht spielen, solange ihr noch Kinder seid.“ Die Wolfswelpen rennen davon. Nur Leopra und Albin verbleiben. Aus dem einst so zahlreichen Freundeskreis ist ein starkes Duo geworden. Doch sie wissen, dass ihre Zeit bald gekommen ist. Sie haben ein betagtes Alter erreicht. Ein glückliches Leben liegt hinter ihnen. Es gibt keinen Grund, sich dafür zu schämen. Im Gegenteil! Sie freuen sich darüber, all dies erlebt zu haben. Sie hätten ein ruhiges Leben in irgendeinem Rudel führen können. Doch stattdessen haben sie in einem besonderen Rudel gelebt, bestehend aus Wölfen, Ratten, einem Truthahn und einer Wildkatze. Mal ganz ehrlich. Wie viele können das schon von sich behaupten? „Deine Kinder sind ja ganz schön neugierig, was?“ „Ja, da hast du wohl recht, Leopra. Aber Neugierde ist eine positive Eigenschaft. Auch wenn es manchmal etwas nervig wirkt. Neugierde schafft Fragen. Fragen schaffen Antworten und Antworten sind alles wert! Ich würde mir Sorgen machen, wären sie nicht neugierig.“ Einen Moment lang herrscht Stille. „Ach, es ist immer wieder schön, über die alte Zeit zu reden.“ Leopra schaut zum Himmel auf. „Die Sterne funkeln heute so hell, wie schon lange nicht mehr. Nach allem, was wir erlebt haben, wirkt unser heutiges Leben beinahe schon langweilig. Vielleicht wird es mal wieder Zeit für ein Abenteuer. Was meinst du?“ Albin würde ihr gerne zustimmen. Aber er bleibt realistisch. „Ich glaube, dafür sind wir zu alt geworden, Leopra. Überlassen wir die Abenteuer lieber der neuen Generation. Vielleicht werden sie eines Tages ihren Kindern ähnliche Geschichten erzählen. Wie hat ein guter Freund von uns mal gesagt? Das Leben ist wie ein Spielplatz. Er hatte recht. Wenn ich mein Leben betrachte, dann wünschte ich mir, ich hätte in einigen Situationen lockerer reagiert, als ich es tat. Man darf nicht immer so verbissen sein.“ Leopra rückt näher zu Albin. „Weißt du, Albin, ich habe auch nicht alles richtig gemacht. Aber das ist mir egal. Ich bin stolz auf mein Leben. Niemals hätte ich gedacht, dass es so verlaufen würde. Es ist schon komisch. Ich liege hier im hohen Alter neben meinem besten Freund, einem Wolf. Ich, eine Wildkatze. Sag bloß, du bereust das?“ Albin lacht: „Manchmal ja!“ Irgendwann schlafen sie ein. Je älter sie werden, desto öfter neigen sie zum Dösen. Vielleicht ist auch ein wenig Faulheit dabei.

Albin erwacht aus seinem Schlaf. Mittlerweile ist der nächste Tag angebrochen. Doch die Sonne ist noch nicht aufgegangen. Albin steht auf und geht einige Schritte. Der morgendliche Dunst schwebt durch den Wald. Die Luft ist kühl und feucht. Ein wunderbares Gefühl, wenn sie um die Nase weht. Albins Kinder schlafen seelenruhig. Auch seine Wolfsdame will er nicht wecken. Er läuft noch ein paar Schritte und kommt zu Leopras Baum. Sie liegt auf einem dicken Ast und scheint ebenfalls zu schlafen. Also läuft Albin weiter. Doch Leopras Ohren zucken. Ihre Sinne haben auch im Alter nicht nachgelassen. Sie sind so gut wie eh und je. Leopra streckt sich und schaut Albin hinterher. Dieser marschiert dem Dunst entgegen und schaut in den Wald hinein. „Kannst du mich hören? Ich weiß, dass du mich hören kannst. Seit vielen Jahren warte ich nun schon auf deine Wiederkehr. Ich hoffe doch, du lässt mich nicht bis zu meinem Tode warten. Das wäre wirklich zu lange. Du warst mir stets ein guter Freund. Manchmal habe ich mich nicht richtig verhalten. Ich habe deine Leistungen als Rudelführer nicht immer honoriert. Das habe ich natürlich nicht zugegeben. Doch jeder Zweifel, den ich jemals gehabt habe, war unberechtigt! Bevor es zu spät ist, wollte ich, dass du es weißt. Ich hoffe, dir geht es gut, wo auch immer du stecken magst. Solltest du eines Tages hierher kommen und mich nicht mehr auffinden, dann stelle dich meinen Kindern vor. Es würde mir viel bedeuten. Du weißt ja, wie Kinder sind. Helden sind für sie etwas Magisches. Und du bist ein Held! Auch wenn du es wahrscheinlich nicht sehr gerne hören willst. Aber was du geleistet hast, hätte nicht jeder Wolf geschafft. Du bist einzigartig. Das warst du schon immer und wirst es auch immer bleiben, mein Freund. Kein anderer Wolf hätte sein Rudel in dieser Form soweit bringen können. Nicht einmal Samuni. Es gibt Sachen, in denen kann er dir nicht das Wasser reichen. Aber erzähle ihm das bloß nicht." Albin lacht vor sich hin. „Ach, du weißt ja, dass ich kein Wolf großer Worte bin. Ich wünschte nur, ich könnte dich noch ein letztes Mal sehen. Dir noch ein letztes Mal in die Augen schauen und dir Danke sagen. Danke für alles, was du für uns und vor allem für mich getan hast. Es bedeutet mir wirklich sehr viel. Das kannst du mir glauben. Leb wohl, mein Freund. Wir sehen uns irgendwann wieder!" Albin dreht sich um und schaut zu dem Ast. Leopra liegt immer noch dort und hat die Augen geschlossen. Also geht Albin zu seinem Schlafplatz zurück. Leopra öffnet die Augen und lächelt.

Die Suche der Juniblume

Martin Schmidt

Die Regenwolken waren längst weitergezogen und dennoch tröpfelte es unaufhörlich auf sie nieder. Juni schaute auf und sah, wie das Wasser von den tiefgrünen Nadeln perlte, als wollte der Wald sie mit dem Regen herausfordern. Dann glitt Sonnenlicht in Streifen durch die dunklen Baumkronen und lockte sie mit dem Versprechen nach Wärme. Sie wusste es besser. Es gab keine Wärme in diesen Nadelwäldern.
Juni schaute wieder zu Boden und strich mit den Fingerspitzen über den grauen Lehm. Die Spuren der Rentiere, die sie verfolgt hatte, waren kaum noch auszumachen.
Doch ohne Beute konnte sie unmöglich ins Lager zurückkehren. Zumindest nicht so kurz vor dem Ritus Botagesh, der aus ihr eine erwachsene Frau und ein vollwertiges Mitglied des Stammes machen sollte. Sie wollte doch nicht alle enttäuschen!
Es war nur verständlich, dass der Klan erwartete, dass sie ihrer Aufgabe als Jägerin nachkam. Selbst jetzt, wo sie bereits bis auf die Haut durchnässt war und die beständige Kälte ihre Finger lähmte.

Eigentlich war es nicht einmal schwierig, die großen Tiere in eine der Fallen zu treiben. Sie hatte sie erst gestern mit ihrer Stammesschwester Kulia errichtet. Die Gruben waren nur eine Elle tief, mit Steinen gesichert und unter Nadeln verborgen. Ein Rentier, das dort hinein rannte, brach sich die Vorderläufe und stürzte dann meist in die im Boden verankerten Speere dahinter. Kleinere Tiere umgingen die Falle und lösten die Grube nicht aus. Es war perfekt.

Juni blickte auf, als ein Strahl Sonnenlicht ihre Wange streichelte. Wärme und Geborgenheit.
Sie genoss den Augenblick, ehe sie sich aufrichtete. Dieses Gefühl war in letzter Zeit selten geworden.
Je näher sie dem Botageshritus kam, desto mehr fehlte ihr eine Familie, die sie vorbereitete.
Kulia wurde damals von ihrer Mutter unterrichtet. So war in zwei Jahren aus dem kichernden Mädchen, das ihr scheues Lächeln hinter dichten, schwarzen Haarsträhnen versteckte, eine unverwöhnte, junge Frau geworden. Kulia trug ihr Haar inzwischen als Zopf, konnte wie ihre Brüder Fallen aufstellen, oder machte während der Wanderung lebenswichtige Heilkräuter ausfindig. Kräuter, die sie ihrer Mutter, der Heilerin Shana, brachte. Kulia hatte ihren Platz gefunden und so ging es auch all den anderen Stammesmitgliedern.
Nur sie musste als Waise alles durch ihre Freunde lernen und allein herausfinden, welche Tätigkeit am besten zu ihr passte. Was dazu führte, dass sie vieles ausprobierte und nichts besonders gut beherrschte. Schließlich hatte sie den Pfad des Jägers für sich entdeckt und damit das Wandern durch den Regen und das Spurensuchen im Schlamm mitgewählt. Aber seit einigen Monaten brannte in ihr diese Idee! Sie wollte das Leben jenseits sicherer Stammesgrenzen kennen lernen und die Welt außerhalb erblicken. Welche Alternativen gab es da schon? Kriegerinnen waren im Stamm selten und wurden hart geprüft. Und nicht jede Herausforderung dort draußen ließe sich im Kampf lösen. Als Heilerin konnte sie sich nun wirklich nicht vorstellen und alles andere war im Wald wenig zu gebrauchen.
Nein, der Weg des Jägers war der Richtige.
Wer den Stamm ernähren konnte, konnte auch in der Wildnis überleben. Das war ein einfacher Schluss, aber einleuchtend. Juni erschrak kurz, als ihr bewusst wurde, dass sich ihre Gedanken wieder darum drehten, den Stamm zu verlassen.

Vielleicht lag es an ihren Namen, Juniblume. Sie wollte den Ort, woher sie stammte, unbedingt kennen lernen. Sie wusste nichts über ihre Eltern. Nur, dass ihre Mutter verletzt gewesen war, als der Stamm sie beide im Wald fand. So schwer verletzt, dass sie nach einigen Wochen starb. Ihre Mutter hatte ihr nichts hinterlassen, außer ihrem Namen. Ein Name, der ihr von einem weit entfernten Ort erzählte, an dem die so genannte Juniblume ganze Felder füllen soll.

Ganz in ihrer Nähe knackte Gehölz. Sie warf den Blick nach links, als dort etwas im Unterholz raschelte. Instinktiv wich sie zurück. Was konnte das sein? Jemand näherte sich und wollte entweder, dass sie ihn wahrnahm, oder war einfach nur achtlos. Ihr Blick suchte die Umgebung ab und sie fand einige junge Fichten, dicht genug, um sich zu verbergen.
Kaum war sie hinter ihrer Deckung verschwunden, tauchten drei Männer aus dem Unterholz auf.
Wie Juni selbst trugen sie schwarzbraune, lederne Tunikas und einen Speer, allerdings einen kurzen, den sie auch werfen konnten.
Sie gehörten zu ihrem Stamm, den roten Jägern. Sie wollte sich gerade zeigen, als sie aus einer Ahnung heraus doch lieber auf der Lauer blieb.
„Bei dem Wetter finden wir sie nicht, Kadonis. Ihr ahnt ihre Spur doch nur noch", behauptete der junge Yelin. Juni hätte ihn auf freier Fläche auch aus zweihundert Schritten Entfernung erkannt. Es gab nur ein Stammesmitglied mit rotem Haar. Sie mochte Yelin, denn er war ein Freund. Umso seltsamer war sein jetzt ernstes Gesicht, das nicht zum Frohmut passte, der sonst sein Wesen ausmachte.
„Nein, sie war hier", hielt Kadonis dagegen.
Juni schluckte, als ihr klar wurde, dass die Gruppe sie suchte.
Was wollte der Kampfmeister des Stammes und Ausbilder der Krieger von ihr? Kadonis war ein wahrer Hüne. Ein Kopf

größer als Yelin und bestimmt doppelt so alt wie sie selbst. Von der Stirn ausgehend glitten drei Narben über seine rechte Wange und erinnerten stets an den Sieg, den er einst gegen den Bären Weißfell errungen hatte.
„Es hat keinen Sinn, dass sie hier länger herumstolpert", erzählte er weiter. „Morgen Nacht ist Botagesh! Und ich möchte sie mir noch einmal anschauen und abwägen, ob ich sie wirklich zu mir nehme."

Juni hob die Brauen. Das war doch nicht sein Ernst? Sie erschauderte bei dem Gedanken, dass er sie berührte. Kadonis wollte sie zur Frau nehmen? Mit welchem Recht? Sie kannten sich doch gar nicht gut. Er war außerdem alt genug, um ihr Vater sein zu können! Da gab es nichts zum Anschauen und Abwägen. Die Antwort lautete nein!
Der dritte Mann, Jiek, erhob das Wort.
„Loorken erhebt vielleicht ebenfalls Anspruch auf sie, Kampfmeister. Ihr habt bereits eine Frau, er aber nicht." Juni verschluckte sich fast. Was sollte denn das werden? Niemand hatte ihr erzählt, dass ein Mann Anspruch auf sie erheben durfte! Jetzt waren es schon zwei? Das war so nicht üblich. Warum taten sie ihr das an?
„Bei Botagesh geht es um mehr, als um die Zuordnung der Frauen", mischte sich Yelin ärgerlich ein. „Es ist falsch, dass ihr ihren Waisenstatus benutzt, um das Botagesh in diese Richtung zu lenken."
Kadonis schwieg dazu und prüfte, von den Worten ungerührt, den Lehm mit den Fingerspitzen.
„Der Wolf der Taiga wird sich ihren Wunsch anhören", fuhr Yelin eindringlich fort. „Ihr wisst nicht, was dann geschieht."
Richtig, dachte Juni. Sie hatte sich auf den Botageshritus gefreut und lange nachgedacht, welchen Wunsch sie dort dem Wolf der Taiga stellen konnte. Einen Wunsch, der ihr Leben verändern konnte.

„Ihr glaubt doch nicht wirklich an die Legende, oder?“, spottete Jiek und lachte dann. „Mir ist kein Wolf bei meinem Botagesh begegnet!“
„In den Liedern der Legende liegt immer Wahrheit!“, hielt Yelin ernst dagegen.
„Und da hat er Recht“, bekräftigte Kadonis langsam. „Ich beispielsweise bin dem Wolf der Taiga begegnet und er hat mich bei der Jagd nach dem Bären Weißfell unterstützt. Durch seine Führung wurde ich zum besten Krieger des Stammes.“
‘Und zum arrogantesten ergrauten Mann, der noch kämpfen kann’, fügte Juni in Gedanken hinzu.
„Eure Verletzungen hätten euch fast getötet!“, erwiderte der Jiek rasch.
Kadonis schmunzelte. „Der Wolf der Taiga nimmt für die Erfüllung der Wünsche einen Preis. Weißfell kämpfte, wie ich es von einem Bären erwartet hatte.“ Schließlich erhob sich Kadonis und Juni bemerkte die fragenden Gesichter der anderen. Sie alle wollten wissen, ob er die Spur aufgenommen hatte.
„Yelin?“, begann Kadonis. „Bleibe eine kleine Weile hier. Juni scheint hier in der Nähe zu sein. Ich bin sicher, dass sie bald vorbei kommen wird.“
Der Genannte blickte sich kurz um, als ob er den Grund für diese Annahme suchte. Juni erstarrte und hörte plötzlich ihr Herz bis zum Hals schlagen. Yelin schaute auch in ihre Richtung, doch entdeckte er sie nicht. Den Geistern sei Dank!
„Warum sollte sie das?“
„Vertraue mir“, sagte Kadonis schlicht. „Bringe sie ins Lager, sobald du sie findest. Spätestens zur Dämmerung kehren auch wir zurück. Verstanden?“
Yelin nickte.
„Warum warten wir dann nicht alle hier?“, warf Jiek ein.
„Weil wir auch auf der Jagd nach Rentieren sind und unsere Beute verlieren, wenn wir warten und Löcher in das Unterholz

starren! Folge mir!“, rief Kadonis und nur wenige Augenblicke später waren die beiden Jäger verschwunden. Nur Yelin blieb mit einem nachdenklichen Ausdruck im Gesicht zurück. Er hob die Achseln und suchte sich einen gestürzten Baumstamm in der Nähe.

Juni kannte Yelin. Sein spielerisches Wesen sorgte dafür, dass er sich schnell eine Beschäftigung suchte. Es fiel ihm schwer, still zu verweilen oder gar zu lauern. Yelin war kein raubtierhafter Wolf, der sich im Schatten der Nacht an etwas heranpirschte, sondern eher wie ein verspielter Fuchs, der auch mal gesehen werden wollte.

Yelin händelte an seinem Hüftbeutel. Er trug dort eine Holzflöte, auf der er gerne spielte, bevor er die alten Lieder sang.

Es dauerte nur einen Moment, dann tauchte Yelin die Umgebung in eine ruhige Melodie.

Juni hörte versonnen zu, dann erhob sie sich aus ihrer Deckung.

Ohne bemerkt zu werden, näherte sie sich Yelin, der seine Augen geschlossen hielt. Ein Sonnenstrahl erhellte sein Haar und lies es flammend orange glänzen.

Sie musste ehrlich zugeben, dass sie auf sein schönes Haar ein wenig neidisch war. Ihr Haar war einfach nur langweilig schwarz und wellte sich leicht. Vor allem nach einem Regen hatten ihre Strähnen ein widerspenstiges Eigenleben und wollten ihr immer ins Gesicht rutschen. Yelin kannte solche Probleme sicher nicht. Juni verweilte einen Augenblick, bis Yelin zufällig die Augen öffnete.

Er erschrak.

„Oh! Da bist du ja.“

„Ja“, erwiderte Juni leise. „Dein Spiel ist kaum zu überhören.“

Yelin schmunzelte nun. „Es gefällt dir? Es gehört zum Lied der Herbstwinde.“

„Ja. Ich erinnere mich.“ Natürlich erinnerte sie sich, denn es war für sie ein ganz besonderes Lied.

Es gab keine weitere Melodie, die den einsamen Fall von Blättern imitierte.
Es war eine Liederlegende, die erklärte, warum ihr Stamm immer nördlich der Laubwälder reiste. Sie erzählte vom Herbst- und Winterwind, die aus der legendären Schlucht von Korkash befreit wurden. Sie erklärte die Aufgabe des Waldes, der die Winde mit den Blättern wieder einzufangen versuchte und bei dieser geduldigen Aufgabe nicht innehielt, bis die Bäume kahl und der Wind mit Blättern zugedeckt, sich wieder zur Ruhe legte. Korkashs gefährliche Winde mieden jenen Nadelwald, wo der Wolf der Taiga lebte und so blieb ihr Stamm stets außer Gefahr. Es waren Strophen voller Wehmut, die stets mit ein bisschen Hoffnung endeten. Es war ihre Lieblingsgeschichte gewesen, die sie immer aus der alten Brosia herausgelockt hatte. Nun lebte die alte Frau nicht mehr und Yelin hatte seit einem Jahr ihre Stelle eingenommen. Jeden Abend versammelten sich einige der Stammesmitglieder um sein Feuer und lauschten seinem Gesang und seinen Worten. Yelin war kein Jäger und nur ein magerer Kämpfer. Er war die Stimme der Vergangenheit und überlieferte die Legenden. Er kannte, obwohl er nur wenig älter war als sie selbst, die Rituale, die Geheimnisse und Geschichten von weither. Und das war bewundernswert. Seltsamerweise wurde er von vielen Kriegern nicht sonderlich geschätzt, obwohl seine Aufgabe wichtig war. Zumindest für sie. War er doch einer der wenigen, die vom Leben außerhalb des Stammes erzählen konnten.
„Ich soll dich zum Lager zurückbringen“, meinte Yelin dann nachdenklich. „Aber mich wundert, dass Kadonis wusste, dass du hier vorbei kommen würdest.“

Plötzlich war alles wieder da. Mit dem Namen Kadonis erwachte die Furcht vor dem nächsten Tag. „Erwähne ihn nicht!“, brauste Juni auf. Sie berührte Yelins Schulter und wies mit der zweiten Hand zur Seite. „Ich war die ganze Zeit hier

drüben. Ihr habt mich vielleicht nicht bemerkt, doch ich habe jedes verdammte Wort verstanden!“
Yelin folgte ihrem Deut und runzelte die Stirn.
„Was ... wirklich? Gleich dort drüben?“
Juni nickte. „Ihr hattet euch über Loorken unterhalten und dass Kadonis mich noch mal vor Botagesh sehen wollte. Was hat es damit auf sich?“
Yelin strich sich durch sein rotes Haar, ehe er langsam auf eine Weise sprach, als wäre ihm das unangenehm: „Das wirst du schon bald herausfinden.“
Juni musste den Drang niederkämpfen, ihn zu schlagen, und auch ihre Tränen zurückhalten. Sie wusste, dass er es nicht böse meinte. Aber er musste ihr doch helfen! „Verdammt, Yelin. Du bist mein Freund! Du musst es mir erzählen!“
Yelin suchte mit den Augen unstet etwas im Unterholz. „Nun ... wie erzähle ich dir nur davon? Du weißt schon, dass du ... nach Botagesh auch einen Mann haben darfst?“
Juni nickte. „Ja. Immerhin bin ich dann volljährig.“
„Aber du hast keine Familie, mit der du reden kannst und die zusammen mit dir wählt, Juni. Deshalb dürfen Ansprüche auf dich gestellt werden.“
„Wer hat das festgelegt? Warum weiß ich davon nichts?“
„Weil es nicht der Kern vom Botagesh ist, Juni. Ich selbst war überrascht, dass gleich zwei Männer Anspruch auf dich erheben wollen und das so früh! Denke nur an Kulia! Ihr Ritus war vor zwei Jahren gewesen und erst in diesem Sommer sprach ihre Familie mit Nevaln.“
Juni nickte ermattet. „Wie schön für Kulia. Und ich? Was soll jetzt mit mir passieren?“
Yelin tippte nachdenklich mit dem Finger an seine Lippen. Dann flog ein Schatten über seine Miene. „Ich glaube, du wirst morgen einen weisen Wunsch an den Wolf der Taiga richten und das Botagesh durchstehen. Sobald du zurückkehrst, dann werden ... wird Loorken oder Kadonis bei dir sein.“

Loorken. Ähnlich wie sie war er als Waise aufgewachsen. Juni rief sich sein Gesicht ins Gedächtnis. Sein Haar war viel heller als das der anderen im Stamm und er war groß. Ähnlich wie Kadonis war er ein begnadeter Jäger, doch eher der unsichtbare Kundschafter als der Krieger in der Schlacht.
Seit sie ein Kind war, flammte zwischen ihm und ihr das Feuer der Rivalität. In seinen blauen Augen hatte sie immer den Winter gesehen und stets hatte er ihr bewiesen, dass er der Stärkere war.

Aber Loorken konnte nie genießen und verweilen. Sie hatte ihn noch nie lächeln sehen oder gar Lachen gehört. Er schien von einer inneren Flamme beseelt, die von ihm höchste Leistungen abverlangte und seine Freude verbrannte.
Und gerade er wollte sie zur Frau nehmen? Das ergab keinen Sinn! Sie wollte ihn nicht! Sie wollte in Ruhe gelassen werden und selbst entscheiden, mit wem sie zusammen lebte. Warum gab es sonst diese schönen Lieder, die von Liebe, Achtung und ehrlicher Zuneigung sprachen?
„Warum Loorken?“, fragte Juni leise. „Warum Kadonis? Warum wählen die beiden mich?“
Yelin schreckte auf und schüttelte offenbar einen Gedanken ab. „Vielleicht mögen sie deine rehbraunen Augen oder deine lustigen Locken? Ehrlich gesagt, ich weiß es nicht“, gestand er leise. „Keiner der beiden passt zu dir.“
„So? Wer passt denn zu mir?“, fragte sie leise und ertappte sich dabei, wie sie eine gelockte Haarsträhne prüfte. Durch den Regen hatte sich ihr Haar wieder gewellt. Das konnte unmöglich jemand schön finden!
Yelin rieb sich kurz den Nacken und hob dann ratlos die Achseln. „Wer zu dir passt? Was weiß ich schon. Die beiden jedenfalls nicht.“
„Aber wir müssen etwas dagegen tun! Oder willst du, dass ich Kadonis zweite Frau werde?“

Yelin verzog das Gesicht, als hätte er etwas Verdorbenes gegessen. „Nein, natürlich nicht! Ich redete ja schon auf ihn ein, doch es interessiert ihn nicht."
„Dann muss ich fliehen!"
Yelin überlegte einen Moment sichtlich und schüttelte dann den Kopf. „Loorken würde dich aufspüren und dann wärst du mit ihm ganz allein. Er ist ein Jäger und draußen schützt dich niemand. Nein, aber es gibt eine andere Möglichkeit. Die, dass du statt morgen bereits heute Abend deinen Botageshritus ausführst."
„Wozu? Und wäre das denn möglich?", fragte Juni überrascht.
Yelin rieb sich die Hände. Offenbar war er froh, dass sie diesen Gedanken ernst nahm.
„Kadonis und Loorken nutzen für ihren Anspruch die Tatsache, dass ein Krieger das Botageshritual behüten muss. Normalerweise wählt die Familie diesen Krieger. Da du Waise bist und der Stamm deine Familie darstellt, wollen Kadonis und Loorken dieser Krieger sein. Dieser Krieger hält jeden von dir fern, solange du das Botagesh ausführst. Mit einer Ausnahme. Er lässt den Gefährten zu dir, falls du mit deiner Familie bereits einen Mann gewählt hast. Kadonis und Loorken wollen der Krieger und Gefährte in einer Person sein."
Juni wurde übel bei den Gedanken. Vielleicht stritten die beiden Männer sogar noch um sie. Wie lange wusste das der Stamm bereits? Redeten ihre Brüder und Schwestern hinter ihrem Rücken darüber?

Yelin musste den Ausdruck in ihrem Gesicht gesehen haben, denn er berührte ihren Unterarm beruhigend.
„Jedenfalls", fuhr Yelin leise fort, „können wir vielleicht einen anderen Krieger finden, der deine Situation nicht ausnutzt und bereit ist, diese verrückte Idee mit uns auszuführen. Nach Brauch wären wir dann vollzählig. Es gäbe natürlich keine Festlichkeit, kein Stammesgelage. Keine Gesänge ..."

“... und keine unerwünschten Männer“, stellte Juni gedehnt fest. „Was für ein Krieger muss das sein?“
„Ein erprobter Krieger. Jemand, der stolz, stark und stur genug ist, sich gegen alle durchzusetzen.“
„Tekia!“, rief Juni. Tekia war eine ganz eigentümliche Kriegerin. Bissig und harsch wie eine ungezähmte Wölfin. Wenn es jemanden im Stamm gab, die weniger Freunde hatte als sie, dann war es Tekia. Früher hatte sie Tekia einmal nachgeeifert, da sie so eine selbstbewusste Frau war. Doch es hatte nur zur einer lockeren Freundschaft geführt. „Würdest du sie darum bitten? Es ist immerhin einer der wichtigsten Abende in meinem Leben!“
Yelin blickte sie mit einer Mischung aus Bestürzung und Überraschung an.
„Du meinst das ernst? Du willst Tekia dabei haben?“
Juni nickte.
„Und du willst das Ritual wirklich allein mit uns wirken?“
Juni nickte erneut.
„Wie verrückt!“
„Von solchen Taten handeln doch deine Lieder, Rotschopf! Wolltest du nicht immer selbst Teil einer Geschichte werden?“
Yelin strich sich eine rote Strähne aus dem Gesicht und lachte dann. „Also gut. Das überzeugt. Am besten, wir schleichen uns vor der Dämmerung davon. Gehen wir zum Lager!“

Stiller Dunst lag über dem Stammeslager, als sie zurückkehrten. Hinter dem dichten Tiefgrün der Nadelbäume tauchten auch schon die ersten Botkazelte auf. Juni berührte das dunkle Rentierleder beim Vorübergehen und verschwendete einen kurzen Gedanken an ihre erfolglose Treibjagd. Es würde noch härter werden. Denn je weiter sie nach Norden kamen, desto mehr lichteten sich der Wald und die Jagdgebiete.
Dann erblickte sie das große Gemeinschaftsfeuer im Zentrum des Lagers und sah, wie jemand einen Scheit hineinwarf.

Es gab immer jemanden, der die Glut mit neuem Holz näherte, denn das Feuer blieb erhalten, solange der Stamm rastete.
Das war auch wichtig, um Raubtiere fern zu halten. Es verschlang zwar Unmengen an Holz, doch die alten Wälder waren zum Glück ergiebig.
„Dort drüben ist Tekia!“, rief Yelin. „Ich rede mit ihr! Wir sehen uns später.“
So war Juni im nächsten Augenblick allein.
Sie steuerte das Feuer an und blickte sich flüchtig um. Die meisten Stammesmitglieder waren bereits vor der Kälte in ihre Botkabehausungen geflohen. Nur wenige saßen noch draußen und unterhielten sich leise. Keiner von ihnen ahnte, was sie heute Abend vorhatte. Als sie das Feuer erreichte, merkte sie erst, wie sehr sie fror. So verweilte sie vor den Flammen und versuchte mit den Handflächen etwas Wärme einzufangen. Erst dabei spürte sie, wie durchnässt ihre Lederrüstung wirklich war. Rote Striemen hatten sich dort gebildet, wo feuchtes Leder auf ihrer Haut rieb.
Aber sie war nicht allein. Neben sich registrierte sie plötzlich eine Bewegung.
„Juni? Du bist zurück.“ Es war Shana, Kulias Mutter und Heilerin des Stammes. Sie war eine bemerkenswert aufmerksame Frau. Ihre Stimme klang immer ruhig, egal ob sie lobte oder tadelte. „Du solltest dich trocknen, bevor du uns noch krank wirst“, erklärte sie sanft und strich Juni über die Schulter. Die Lederfransen von Shanas Tunikaärmel kitzelten ihr dabei über den Arm. „Ich verlor meine Beute aus den Augen“, erklärte Juni dann leise. „Die Geister der Jagd waren nicht auf meiner Seite.“
Shana drückte sie kurz. „Du machst deine Aufgaben gut. Sei unbesorgt. Wir dachten uns schon, dass diese Rentierjagd herausfordernd wird. Deshalb ist Kadonis mit zwei Jägern aufgebrochen, um dich zu unterstützen. Bist du ihnen begegnet?“

Juni schüttelte den Kopf und versuchte die plötzliche Unruhe in ihr zu bekämpfen. „Ich traf nur Yelin. Kadonis gehört zu den besten Jägern. Warum sollte gerade er mir helfen wollen?"
Sie musste es fragen. Sie musste herausfinden, ob der Stamm sie bereits auf diese Weise verraten hatte. Ob Shana wusste, dass sie an einen Mann ohne ihr Wissen vergeben wurde.
Shana wandte ihren Blick ab. Sie nahm wie in Gedanken einen Holzscheit und warf ihn in die Flammen, ehe sie erklärte: „Nur noch wenige Wochen und Schnee wird unser Begleiter sein. Wir müssen unsere Vorräte füllen, wann immer sich die Gelegenheit dazu ergibt."
„Ist das der einzige Grund, warum Loorken mich sucht?", bohrte Juni dann nach.
„Nein", gestand Shana leise. Sie suchte dann plötzlich ihren Blick. „Jemand hat dir davon erzählt." Das war keine Frage. Sie forschte wortlos nach dem Namen. Doch noch bevor Juni irgendwas verraten konnte, bemerkte sie weitere Bewegungen aus den Augenwinkeln.
Juni und Shana blickten den Neuankömmlingen entgegen.
„Yelin. Tekia?", fragte die Heilerin ein wenig verwundert. „Schön, dass auch ihr euch dem Feuer zuwendet. Warum seid ihr so rituell gerüstet?"

Yelin lächelte so vage, als hätte er als einziger etwas Witziges entdeckt. Er schaute abwechselnd zwischen Shana und ihr hin und her. Tekias gebräuntes Gesicht neben ihm blieb dagegen ernst. Sie trug eine vollständige Kampfrüstung aus schwarzbraunen, doppelt genähten Lederplättchen samt Proviantbeuteln an der Hüfte. Außerdem hielt sie einen Langspeer locker in der Hand. Ihr langes schwarzes Haar war zu einem Zopf geflochten, der bis über ihren Rücken reichte. Tekia vollzog mit der Hand den rituellen Gruß.
„Ich bin bereit, Juni. Es ehrt mich, dass du mich gewählt hast. Wir können aufbrechen, sobald du bereit bist."

Juni neigte dankend ihren Kopf und wandte sich der Kriegerin zu. Mit Tekias rituellen Gruß hatte ihr Botagesh begonnen. Sie spürte den verwunderten Blick von Shana im Nacken. „Was habt ihr drei vor?“, erkundigte sich die Heilerin. Juni biss sich auf die Lippen. Sie musste die Worte ritualgetreu sprechen, damit sie Gültigkeit behielten. Selbst wenn dadurch Shana und durch sie vielleicht bald jedes Stammesmitglied wusste, was sie vorhatten. Sie hatten keine Wahl, sie mussten sich an den Brauch halten.
„Ich habe mein Leben auf diesen Abend gewartet“, begann sie mit einer Kraft in der Stimme, die sie selbst erstaunte. „Was auch immer der Wolf der Taiga für mich bereit hält. Wir mögen es heute herausfinden.“
Yelin und Tekia neigten ihren Kopf.
„Dann komm' in unsere Mitte und wir werden dich führen.“
Das letzte, dass Juni sah, ehe ihr die Augen verbunden wurden, war ein leichtes Kopfschütteln von Shana und ein besorgter Blick ihrer dunklen Augen.
„Das ist nicht klug, junge Juniblume“, hörte sie die Heilerin noch sagen.

Sie wanderten zügig und mehr als eine Ahnung von Licht und Schatten blieb ihr unter der Augenbinde nicht. So konnte Juni sich allerdings viel besser auf ihre Sinne konzentrieren. Sie schmeckte den kalten Wind, der ihr in die Lungen kniff und lauschte den geheimnisvollen Rufen der Nachtvögel. Später stieg ihr der Geruch von feuchten Nadeln und Harz, der nach dem Regenschauer fast betäubend schwer in der Luft lag, in die Nase. Ja, dass war der Geruch ihrer Heimat. Wenn sie die Lage richtig einschätzte, ging Tekia voran, denn Yelins Arm wies Juni die Richtung.
„Die Lichtung der einsamen Felsen ist gar nicht mehr weit entfernt, Juni. Solange wir niemandem aus dem Stamm begegnen, dürfen wir reden. Du solltest jetzt noch einmal über

den Wunsch nachdenken, den du an den Wolf der Taiga richten kannst. Bestimmt hast du schon etwas im Sinn gehabt, nicht wahr?“
Natürlich hatte sie bereits eine Vorstellung. Nur einmal im Leben wurde sie erwachsen und nur einmal im Leben durfte sie sich im Botageshritus etwas wünschen. Sie glaubte an die Legende, auch wenn sie noch nie ein Botagesh miterlebt hatte. Nur erwachsene Stammesmitglieder nahmen aktiv am Ritus teil. Yelin war bei Kulia bereits dabei gewesen und hatte damals ein wenig davon erzählt. Genug, dass sie diesen Ritus ernst nahm und bereits über die Möglichkeiten des Wunsches nachdachte. Jetzt waren da nur Kadonis und Loorken, die sich in ihr Leben mischen wollten.
„Was hast du dir gewünscht?“, wandte sie sich leise an Yelin.
„Das kann ich dir noch nicht erzählen. Unser Klan ist klein, es würde sich herumsprechen.“
Juni rempelte spielerisch Yelins Seite an. „Ist das schlimm? Ich kenne dich. Du weißt längst, was die anderen sich wünschten, nicht wahr?“
„Natürlich“, sagte Yelin leise. „Ich sammle Geschichten, du erinnerst dich?“
„Warum erzählst du mir dann nicht mehr?“
Yelin schwieg einen Augenblick und Tekia antwortete stattdessen. „Wenn du dir etwas wünschst, merke dir, dass du einen Preis zahlen musst. Immer.“
„Du meinst, so wie Kadonis im Kampf die Verletzung erlitt, um ein großer Krieger zu werden?“
Tekia gab einen Laut von sich, der irgendwo zwischen Häme und Lachen lag. „Kadonis“, sagte sie so abfällig, als wäre es ein schmutziges Wort. „Hat sich verletzt, weil er zu selbstgefällig war. Nein, sein Preis liegt höher. Du weißt doch, dass ihm seine Frau keine Söhne schenkt. Er gibt ihr zwar die Schuld, doch vielleicht liegt es ja auch an ihm?“
„Genau“, mischte sich Yelin wieder ein.

„Kulia hatte die Geschichte jedenfalls sehr beeindruckt. Sie wünschte sich als Erstgeborenen einen Sohn von kräftiger Gesundheit“.
„Wirklich?“, fragte Juni überrascht. „Warum wünscht sie sich solche Dinge?“
„Sie ist erwachsen“, sagte Yelin lachend.
„Wie du muss sie ihre Zukunft planen.“
Juni strauchelte über eine Wurzel, dann erst sprach sie weiter.
„Was hast du dir gewünscht, Tekia?“
Die Kriegerin schwieg eine Weile, ehe sie meinte. „Die Sinne eines Wolfes.“
„Und?“, wollte Juni wissen. „Hat er den Wunsch gewährt?“
Tekia hielt für einen Atemzug inne. „Ja, und sie sagten mir gerade eben, dass dort vorne jemand auf uns wartet.“

Juni schluckte die Überraschung herunter. Vor allem, als sie hörte, wie etwas Unterholz knackte und sich dieser Jemand näherte.
„Zwei hübsche Frauen mit dem Sänger ganz allein im Wald“, stellte eine kühle Stimme fest, die zu Loorken gehörte. „Wo soll es denn hingehen?“
Juni fühlte sich plötzlich beklemmend hilflos. Wie hatte er sie so schnell aufgespürt?
Yelin musste antworten. Er war der Wortführer des Botagesh, da er die alten Geschichten kannte und den Platz des Ritualmeisters eingenommen hatte.
„Reisender. Wir sind im Botageshritus gebunden. Niemand darf uns jetzt unterbrechen.“

Am leisen Knistern der Nadeln am Boden hörte Juni, dass Loorken die kleine Gruppe umkreiste. „Hörte schon davon, dass ihr das Lager so überraschend verlassen habt. Ganz schön ungezogen, Juni, sich einfach davonzustehlen, während sich das ganze Stammeslager auf den Ritus und das Fest vorbereitet

hat.“ Plötzliche Scham stieg in ihr auf. Sie hatte sicher den Klan enttäuscht. Was sollte sie ihren Stammesbrüdern und Schwestern erzählen, wenn sie zurückkehrte? Dass sie Furcht vor den zwei Männern hatte? Ja, verdammt. Es war die Wahrheit! Vor allem Loorken machte ihr Angst. Was sollte sie dagegen tun? Juni schwieg, wie es der Ritus verlangte.
Eine kühle Hand berührte ihre Wange. „So still“, sprach Loorkens Stimme ganz aus der Nähe. „Hat es dir die Sprache verschlagen?“
Juni zuckte erschrocken zurück und jemand fegte Loorkens Hand davon - wahrscheinlich Yelin.
„Stört nicht den Ritus! Oder die Kriegerin wird eingreifen!“
„So? Bist du selbst nicht stark genug, um selbst um Juni zu kämpfen?“
„Fordert uns nicht heraus! Das Botagesh wird beschützt!“
„Niemand wird euch diesen Ritus anerkennen“, widersprach Loorken eisig. „Es ist vorbei, Yelin. Das Ritual wird morgen stattfinden und dann erst wird meine Juni erwachsen. Jetzt nimm ihr diese lächerliche Binde ab. Ich bringe euch zurück ins Lager.“
Wieder fühlte sie Loorkens Hand und sie wich blind vor ihm zurück. Da bekam sie plötzlich einen Stoß in die Seite. Mit einem Schmerzensschrei strauchelte sie über Geäst und lag im nächsten Augenblick rücklings im weichen Moos.
„Gestolpert?“, hörte sie Loorkens Stimme über sich. „Lass mich dir helfen ...“
Panik stieg in ihr auf.
„Tekia!“, rief Yelin. „Halt ihn von Juni fern!“
Füße bewegten sich neben ihr und das Geräusch von bewegtem Leder erklang. Dann hörte Juni das dumpfes Krachen von Holz, das an Holz schlug.
„Das ist nicht dein Ernst“, zischte Loorken. An seiner Stimme erkannte Juni, dass er sich zur Seite wandte. „Frauen sollten nicht kämpfen!“

Abermals erklang Holz gegen Holz. Mehrere Stöße und Schläge wurden pariert. Eine Welle von Schuld ergriff von ihr Besitz. Tekia kämpfte ihretwegen! Juni richtete sich auf und Yelin stützte sie.
Dann unterbrach etwas den Kampf und Loorken fluchte. „Du Katak! Das hat ein Nachspiel!“
Abermals erklang das Geräusch von sausender Luft. Speere, die ins Leere stachen. Doch niemand parierte. Niemand wurde getroffen.
„Kein Wunder, dass kein Mann dich will, Tekia. Du kleidest dich und kämpfst wie einer“, presste Loorken hervor.
„Und du redest zu viel“, erwiderte Tekia gelassen und kühl. „Wie die alte Brosia. Und die ist tot.“
„Höre auf, die Kriegerin zu mimen, Tekia! Gib Juni frei!“
„Das ist sie und ich werde dich töten, wenn du ihrem Ritus im Wege stehst.“ Tekias Stimme klang entschlossen. So entschlossen, dass Juni eine Gänsehaut bekam. Tekia war bereit, Loorken wirklich zu töten! Auch er kam offenbar zu diesem Schluss, denn seine Stimme schien weiter entfernt, als er das nächste Mal sprach. „Wie ihr wollt! Wir werden uns später wiedersehen, zu einem Zeitpunkt, der euch nicht passen wird! Das verspreche ich.“
Unterholz knackte, als Loorken davonpreschte.
Dann war es wieder still.
Nachtwind glitt kühl über Junis Haut als hätte sich ein Schleier auf sie niedergelegt.
Jemand berührte Juni an der Schulter. „Komm“, sagte Yelin. „Denke nicht an ihn. Wir sind fast am Ziel und der Abend gehört dir.“
Juni nickte und schüttelte gleichzeitig den Kopf. „Er war bereit, uns zu bekämpfen!“
„Loorken kann sehr besitzergeifend sein“, erklärte Yelin leise. „Und jetzt hat er dich verloren.“
„Das stimmt. Und deshalb wird es nicht vergessen.“

Obwohl sie angeblich fast am Ziel waren, dauerte es noch eine gefühlte Ewigkeit bis ihre Reise ein Ende nahm. Yelin zog ihr die Augenbinde ab.
Die plötzlichen Eindrücke verwirrten ihre Sinne. Da sie zur Dämmerungszeit aufgebrochen waren, hatte ein kleiner Teil von ihr angenommen, dass die Sonne noch da wäre, wenn sie die Augenbinde los wurde. Aber sie war schon versunken. Die einzige Lichtquelle stammte von Tekia. Sie stand zwei Schritte abseits und hielt eine Fackel in den Händen, deren flackerndes Licht nur bis zu den ersten Baumriesen reichte. Knorrige Wurzeln und tiefhängende Zweige mit dichten Nadeln warfen diffuse Schatten auf dem Boden.
Tekia schenkte Juni einen bedeutungsvollen Blick, als wollte sie ihr wortlos etwas mitteilen, doch dann schob sich Yelins flammend roter Haarschopf in ihr Gesichtsfeld.
„Komm, Juni", sagte er gewichtig. „Es wird Zeit, dass ich dich vorbereite."
Er hielt eine kleine, hölzerne Schatulle in der Hand und öffnete sie. Sie enthielt eine ölige, schwarze Masse, die einen herben Geruch nach Harz verströmte.
„Botagesh", begann er langsam, „steht für eine neue Zeit. Nach den alten Liedern beschreibt er den Übergang zum Erwachsensein. Du darfst eine Berufung, einen Mann und deine Zukunft wählen. Außerdem kannst du einen Wunsch an den Wolf der Taiga richten ... an den Schutzpatron der roten Jäger unseres Klans."
Yelins Zeigefinger tauchte in die schwarze Masse der Schatulle. „Nach dem Recht der Wölfe bist du ein Teil von Botagesh. Daher zeichne ich dich mit den alten Symbolen, die für die vier Grundsätze eines erwachsenen Lebens stehen."
Juni blickte in die grünen Augen von Yelin, der mit seinem Finger zuerst über ihre Stirn und dann ihre Wangen strich. Es kitzelte und fühlte sich angenehm an. „Aufmerksamkeit, Gelassenheit, Leidenschaft und Demut", erklärte Yelin mit

ernster Stimme, „sind der Schlüssel zum Erfolg eines jeden Zieles. Weißt du, warum Tekia den Kampf gegen Loorken gewann?“
Was sollte sie darauf antworten? „Weil sie einfach besser war?“, bot sie ratlos an.
Yelin schmunzelte. „Weil sie aufmerksam und voller Leidenschaft kämpft. Weil sie gelassen ist, wenn sie einen Streich verpatzt und demütig genug ist, um nicht jeden auf die Nase zu binden, wie gut sie kämpfen kann.“
Juni nickte. Yelin zog seine Hand zurück und wies zur Seite. Es war schon seltsam, dass er auf eine Weise mit ihr sprach, als wäre er ein wirklicher Ritualmeister. Aber Yelin wusste genug über die alten Legenden, um diese Aufgabe erfüllen zu können. „Gehe nun auf die Lichtung, Juni. Wir sehen später weiter.“

Die Lichtung der einsamen Felsen lag wenige Schritte hinter den nächsten Tannen. Zum Glück, denn als sie Tekias Fackelschein verließ, war der Weg durch die Finsternis beängstigend. Ein kurzer Blick über die Schulter zeigte ihr, dass die beiden ein kleines Lagerfeuer errichteten.
Dann erblickte sie endlich die Lichtung vor sich. Von den scharfkantigen Felsen vor ihr hatte sie nur aus den alten Liedern gehört. Sie waren in einem Halbkreis angeordnet und mannsgroß. Im Mondschein schimmerten sie weißlich wie in der Legende, die von ihnen erzählte. Die Urwöfin Nalice, die Mutter aller Wölfe des Waldes und Gefährtin des Wolfs der Taiga, war hier vor vielen Jahrhunderten gestorben. Ihre Zähne waren stumme Zeitzeugen ihrer damaligen Gewalt.
Juni trat zwischen die Felsen und berührte einen der Steine mit den Fingerspitzen. Er fühlte sich wie ein glattpolierter Feuerstein an.
Kühl blies ihr eine Briese entgegen, als würden die Felsen langsam ein- und ausatmen. Dieser Ort kam ihr alt und fremd vor. Fremdartig genug, um Unbehagen zu wecken.

Mit einem Mal fröstelte Juni.
Es war an der Zeit, ihren Wunsch vorzutragen.
Jeder Wunsch kam ihr plötzlich so unbedeutend klein vor. Wenn das hier wirklich die Ruhestätte der Gefährtin des Wolfs der Taiga war, dann war dies ein Ort der Trauer und vielleicht der Einkehr. Einen Wunsch an diesem Ort zu äußern, schien ihr fast wie eine Beleidigung und trotzdem verlangte es die Tradition.
Zwischen den Steinen sackte Juni auf die Knie.
Lange hatte sie auf diesen Moment gewartet. Juni atmete tief ein und verschwendete kurz einen Gedanken an die beiden Männer, die Anspruch auf sie erhoben. Natürlich war es möglich, Hilfe gegen sie zu erbitten. Doch jetzt, wo sie ihren Ritus vorgezogen hatte, war es möglicherweise nicht mehr nötig. Außerdem fand sie sicher eine bessere Wahl für ihren kostbaren Wunsch.
Nein, hier zwischen den alten Steinen wartete der Wolf der Taiga auf Worte, die aus ihrem Herzen sprachen. Ja. In all den Jahren gab es einen Wunsch, der in ihr brannte. Plötzlich wusste sie, wie sie es formulieren wollte.
„Ich bin Juni, eine rote Jägerin. Ich bin Waise und kenne meinen Ursprung nicht. Ich bin hier, weil der Botageshritus aus mir ein erwachsenes Klanmitglied machen soll."
Ein leises Säuseln mischte sich in das beständige Rauschen des Windes. Es klang für sie fast so, als würden unendlich alte Worte zwischen den Felsen geflüstert werden. Aber das war, nein konnte, nur Einbildung von ihr sein.
„Ich soll einen Wunsch für meine Zukunft äußern", erzählte Juni leise weiter. „Aber ich ... ich denke anders. Ich möchte die, nein meine Vergangenheit verstehen. Du musst wissen, Wolf der Taiga, mein Name, Juni, beschreibt die Juniblume. Aber sie wächst nicht in diesen Wäldern und ich weiß nicht einmal, wie sie aussieht. Weißt du, meine Mutter kam aus einem anderen Klan. Ich glaube nicht, dass ich ihn finden kann.

Aber ich möchte der Heimat meiner Eltern auf die Spur kommen. Ich möchte die Juniblume selbst erblicken. Ich möchte sie riechen, pflücken und verstehen, warum mich meine Mutter vor ihrem Tod nach ihr benannte."
Dann schwieg Juni und schloss ihre Augen.
Sie lauschte dem Wind und schob all die Aufregung langsam von sich. Sie konzentrierte sich allein auf die Kraft, die ihr Haar bewegte und mit unsichtbaren Fingern an ihren Ärmeln zog.

Dann plötzlich änderte sich etwas. Eine Spannung griff ihr in den Nacken und breitete sich kitzelnd über ihren Rücken aus. Sie wusste plötzlich, dass sie nicht mehr allein war.
Sie fühlte sich beobachtet. Es war, als ob jemand sie wissen lassen wollte, dass sie eingeschätzt und bewertet wurde.
Als sie die Augen öffnete, erschrak sie nicht einmal, als dort ein Wolf vor ihr stand. Ein weißer Wolf, dessen Fell in Mondschein glitzerte. Doch das Seltsamste an diesem Wolf waren seine Augen. Vollständig silbern wie der Polarstern am Nachthimmel. Als Juni sich in diesen Augen verlor, hörte sie eine Stimme, als spräche sie direkt hinter ihrer Stirn. *„Von all den Möglichkeiten wählst du den Anblick einer Juniblume?"*
Juni nickte nur und spürte, wie die Präsenz einfach nur erstaunt, vielleicht auch überrascht wirkte.
„Warum?"
„Weil ich wissen möchte, wie sie aussieht, wenn ich schon nach ihr benannt bin."
Juni erschrak über den Klang ihrer eigenen Stimme. Sie wirkte so allein an diesen Ort und so fehl in der Nacht. Außerdem schien sie zittrig.
Juni beobachtete, dass der Wolf langsam näher trottete. Sie kniete noch immer. Als er sie umrundete, spürte sie seine Präsenz wie die Gewissheit einer Feuerstelle oder eines Abgrundes.

„Die Juniblume. Einige halten sie für ein 'hübsches' Gewächs. Das könnte auch bei dir so sein, denn Mütter benennen ihre Kinder immer gerne nach schönen Erinnerungen. Darauf kamst du sicher schon allein. Reicht das nicht?"
Juni strich sich nervös eine Strähne aus dem Gesicht. Was sollte das? Warum irritierte er sie? Juni schüttelte ihren Kopf.
„Ich möchte sie sehen, sie berühren und verstehen! Außerdem will ich mehr über die Welt in Erfahrung bringen, die zu ihr gehört."
Der Wolf schwieg einen Augenblick.
„Deine Mutter hat gewusst, dass du dir dies eines Tages wünschen würdest. Aber ich hätte nicht geglaubt, dass dies deine Wahl zu Botagesh wäre."
„Was? Du kanntest meine Mutter? Meinen Vater?"
Der Wolf knurrte leise und Juni zuckte wie unter einem Schlag zusammen.
„Du bist ein schwaches Geschöpf und dir wäre ein Wunsch in einer anderen Sparte viel nützlicher, Kind."
Sie hatte ihn beleidigt? War der Wolf der Taiga nun enttäuscht?
„Du brauchst Hilfe. Vor allem auf der Reise, die jetzt vor dir liegt."
„Was heißt das?", fragte sie ein wenig verunsichert.
Der Wolf wandte den Blick zu ihr und seine silbernen Augen ließen sie erschaudern. *„Das heißt, dass ich dich führen werde. Doch bevor du aufbrechen kannst, solltest du besser deine Gefährten retten."*
Juni schreckte alarmiert auf.
„Du meinst, jetzt?"
Der Wolf stand einfach nur da und seine Augen erinnerten an weiß glühende Kohlen.
Juni wandte sich ab. Zuerst ging sie nur zögerlich, dann, als sie den schwachen Lichtschein vom Feuer ihrer Kameraden ausmachte, begann sie zu rennen.

Der orange Lichtschimmer musste durch den halben Wald zu sehen sein!
Juni näherte sich die letzten zehn Schritte nur vorsichtig. Eine Ahnung ließ ihre Bewegungen langsam und weich werden. Lauernd wie ein Raubtier glitt sie durch die Nacht und mied instinktiv die verräterisch knackenden Zweige. Sie hatte das Lagerfeuer fast erreicht. Yelins Gesang hing in der Luft. Seine Melodie verströmte Ruhe und Melancholie. Vielleicht war es der Klang von Yelins Stimme, der sie so vorsichtig werden ließ. Denn sie hatte Yelin nur mit fröhlicher Stimmung im Sinn.
Noch zwei Schritte Unterholz, wo Juni noch immer die Sicht verwehrt war, aber sie bereits deutlich den Text verstand.
„Silbern glitt im Abendlicht,
ein Stern gar rasch von dannen,
Wolfsjunge drängen sich dicht an dicht,
zwischen verschneiten Tannen,
Wo bist du, Jäger, wo bist du hin?
Kann ich dich gar nicht fangen?
Weiß, wo deine Liebsten sind,
zwischen den dichten Tannen ...“

„Singe etwas anderes“, erklang eine raue Stimme. „Etwas Frohes. Du weißt, dass wir dir nichts tun, Yelin.“
Juni erstarrte in ihrer Bewegung, denn sie erkannte die Stimme. Es war Kadonis und sein Hiersein bedeutete Gefahr.
Vorsichtig schob Juni einige Zweige beiseite und erhaschte damit einen Blick auf die Lichtung.
Yelin und Tekia knieten am Feuer mit dem Blick zu den Flammen. Direkt hinter den beiden standen zwei Männer, die ihren Speer locker zur Halsregion der beiden gerichtet hielten.
Auf der anderen Seite des Lagerfeuers fand sie Kadonis. Seine Miene wirkte verschlossen und nachdenklich „Wie lange ist sie schon fort? Sollte sie nicht bald zurückkehren?“ Er hatte Recht.

Der Botageshritus verlangte, dass sie nach dem rituellen Wunschäußern zum Ritualmeister und zum Krieger zurückkehrte. Normalerweise lagerte dann auch der Rest des Stammes in der Nähe. Eine fröhliche Zeit, in der man zwischen den alten Tannen verweilte - und Freunde und Verwandte kamen, um einen für das neue Leben zu beschenken. Dann endete der Botageshritus - es sei denn, der Wolf griff ein und verlangte eine Reise.

Kadonis wusste also, dass sie hierherkommen musste.

Die Furcht durchfuhr sie wie mit glühenden Eisen. Sie tauchte zwischen die Zweige in den Schatten zurück und durchdachte ihre Lage.

Kadonis war nicht nur ein brillanter Fährtenleser, sondern auch der beste Krieger. Er suchte sie und er würde sie finden. Natürlich, wie sollte es auch anders kommen?

Nur warum hatte er nicht gewartet, bis sie von allein ins Lager zurückkehrte?

„Weil er ahnt, dass du eine Reise vor dir hast“, erklang die Stimme direkt hinter ihrer Stirn.

Juni musste alle Kraft aufbringen, um nicht vor Schreck aufzuschreien. Sie atmete einige Male tief durch. „Was mache ich jetzt?“, fragte sie dann geräuschlos in den Wind.

„Nimm deinen Speer und tritt ohne Furcht vor ihn. Weise mit der Spitze auf ihn. Sorge dafür, dass der Mond in deinem Rücken liegt. Vergiss die Umgebung und blicke still auf ihn. Schweige, wenn du gefragt wirst und fliehe, wenn es an der Zeit ist.“

Das klang verrückt.

Aber es fühlte sich richtig an. Es fühlte sich richtig an, etwas zu tun, das Kadonis unmöglich erwartete. Etwas, mit dem er nicht rechnete. Widerstand.

Juni packte ihren Speer fester. Ihr Magen fühlte sich flau an. Dieses Gefühl, das wortlos Fragen stellte wie: Bin ich wirklich bereit dafür?

Bin ich mir sicher? Habe ich mir das auch gut überlegt?
Juni schob die Gedanken beiseite und besann sich auf die Worte des Taigawolfes.
Als sie auf die Lichtung trat, verstummte Yelins leiser Gesang. In seinen grünen Augen schimmerte Sorge. Ehrliche Sorge.
Tekia spannte sich unwillkürlich an, sodass einer der Krieger eine Drohung zischte. Auf ihrem Gesicht zeigte sich ein rötlicher Schatten. Eine Prellung. Sie hatte gekämpft, ehe sie überwältigt wurde und Juni allein war schuld daran. Sie verdrängte diesen Gedanken.
Kadonis erhob sich vom Feuer und wandte langsam den Kopf und dann seinen Körper in ihre Richtung. Er war so groß und eigentlich unbesiegbar. Verdammt!
„Meine schöne Juni“, sagte er leise. „Es freut mich, dass du endlich gekommen bist.“

Sie schwieg, wie es der Taigawolf empfohlen hatte und suchte mit einem kurzen Seitenblick den Stand des Mondes. Sie umkreiste Kadonis langsam und hielt erst inne, als ihr der Mond im Rücken lag. Dann hob sie den Speer. Ganz ruhig, gar langsam wies sie mit der Spitze auf ihn. Ob er bemerkte, dass ihre Hand den Schaft schmerzhaft fest umklammerte? Sie hatte verdammte Angst vor seiner Nähe. Allein schon die Vorstellung, was er von ihr wollte ...
„Jetzt bist du erwachsen ... komm doch her und lege den Speer beiseite“, riet ihr Kadonis nachdrücklich. „Lege den Speer beiseite und dir wird nichts geschehen.“
Wortlos verharrte Juni und Kadonis näherte sich langsam. „Du willst doch deine Waffe nicht gegen einen Stammesbruder einsetzen?“
Dann kam ein sachter Wind auf. Eine Brise, die jedoch rasch an Kraft gewann. Die dicht benadelten Zweige der Bäume neigten sich leicht und es rauschte unheilvoll, wie ein nahender Sturm, der die Ruhe vor einem Gewitter unterbrach. Sie fühlte

den Wind im Rücken und Kadonis musste den Blick von ihr wenden, als Staub und kleine Nadeln ihm entgegenwirbelten.
Dann plötzlich gab es ein fremdartig zischendes Geräusch. Alle blickten entsetzt auf das Feuer, das erst bläulich schimmerte und dann unter knisternden Funken erlosch. Dunkelheit ergriff die Lichtung.
„Was ist das für eine Hexerei?!", fluchte Kadonis und dann ging alles ganz schnell.
Im Zwielicht des Mondes erkannte Juni, wie Tekia plötzlich aufsprang und den Speer des ersten Kriegers hinter sich packte. Im nächsten Augenblick sackte er mit einem erstickten Schrei zu Boden, als Tekia das stumpfe Holzende in seinen Magen stieß. Sie drehte den Speer aus den Händen des Stürzenden und entwaffnete den zweiten Krieger mit einem weiteren geschickten Stoß. Juni wich vor dem Kampf zurück.
„Lauft!", rief Tekia und Yelin sprang im selben Atemzug auf die Füße. Er packte sie am Arm und zog sie mit sich, während Tekia inzwischen mit Kadonis focht.
„Lass mich, Tekia! Kommt Jäger, die beiden ... die beiden dürfen nicht entkommen!", brüllte der Hüne irgendwo hinter ihr.

Hoffentlich waren sie bereits außer Sicht. Sie spurteten unter engem Nadelwerk entlang. Yelin orientierte sich offenbar an den wenigen, erhellten Flecken, dort, wo das Mondlicht die Gräser silbern färbte. „Nicht zurückfallen, Juni!", rief er. Er hatte gut reden! Es war finster und immer wieder tauchten Äste auf, über die sie steigen musste. Aber wenigstens hielt er noch immer ihren Arm. Irgendwie, so seltsam es klang, versprach seine Berührung eine tröstende Sicherheit.
„Wohin fliehen wir?", fragte sie ihn hastig.
Yelin antwortete nicht, wechselte aber plötzlich die Richtung nach rechts.
Sie stürzten in die Dunkelheit zwischen den Nadelbäumen und

einen Augenblick später peitschte ein Ast Junis Gesicht. Heißer Schmerz betäubte sie für einen Augenblick.
„Schnell“, drängte Yelin. „Wir müssen sie abhängen!“
Sie nickte und blinzelte ihre Tränen davon.
Völlig unvorhersehbar tauchten weitere Äste aus der Dunkelheit auf, doch diesmal schützte sie ihr Gesicht mit der freien Hand. Wie konnte Yelin hier einen Weg erkennen?
Dann verlangsamte er seinen Lauf und führte Juni wachsam über einen kleinen Hügel. „Komm. Wir sind gleich da.“ Sie spürte Feuchtigkeit in der Luft und hörte ein leises Plätschern. Dann erkannte sie einen kleinen Bachlauf. Über dessen Wasser konnte Juni einen Blick zu den Sternen erhaschen. Sie gingen noch ein Stück und als Yelin ihren Arm freigab, sackte sie in die Knie. Sie hörte noch immer ihr eigenes Herz rasen. Was auch immer sie heute getan hatte, die Sterne allein wussten, wie es ihr Leben ändern würde.
„Hier sind wir vom Wind geschützt und müssen nicht dursten“, erklärte Yelin mit gesenkter Stimme. „Wir werden hier auf den Morgen warten.“

Er strich mit dem Fuß Nadeln beiseite. Dann sah er Juni lange an. Obwohl sie seinen Ausdruck in der Dunkelheit nicht erkannte, spürte sie doch, dass er etwas auf dem Herzen hatte. Er berührte ihren Arm. „Ich würde dir gerne etwas zur Ruhe spielen, aber ich wage es nicht, wo ich doch nicht weiß, ob unsere Verfolger nahen.“
„Das ist schon in Ordnung.“ Juni musste nun leise lachen. Wie konnte er jetzt daran denken, ihr ein Lied vorzuspielen? Das war eine seiner liebenswerten Eigenschaften. Jetzt, wo sie gerade vor Ereignissen geflohen waren, die sie sich gar nicht vorzustellen wagte, trotzdem an die kleinen Dinge zu denken, die ihr Freude machten. Aber sie waren nicht alle entkommen.
„Tekia“, schoss es aus ihr hervor. „Was wird aus ihr?“
„Sie wird uns finden, sei unbesorgt.“

„Bist du sicher?“, forschte Juni und fühlte wieder diese lähmende Sorge.
„Ja“, bekräftigte Yelin und gab ihren Arm dabei frei. „Sie hatte den Überfall vorhergesehen. Kurz bevor Kadonis und seine Männer aus dem Dickicht sprangen, flüsterte sie mir Anweisungen zu ... wo wir uns finden können, falls wir getrennt werden.“ Dabei wies er bedeutungsvoll um sich.
„Aber ob sie ihnen auch entkommen ist?“, fragte Juni nachdenklich.
„Ich weiß es nicht. Woher denn auch?“ Yelins plötzlicher Stimmungswechsel irritierte sie. Er machte sich Sorgen. Ob er an ihrem Tun zweifelte? Es gab kein Zurück, auch nicht für ihn. Was immer ihn auch bewog, ihr zu helfen, es war hoffentlich stark genug, dies bis zum Ende durchzustehen. Er hockte sich neben sie auf den Boden und wiederholte leise: „Aber wenn sie entkommen ist, wird sie uns finden.“ Juni betete dafür, dass dies so war.

Sie setzten sich schließlich Rücken an Rücken nieder und warteten. Juni konnte Yelins Atem hören, der so gleichmäßig ging, dass sie nicht mehr sicher war, ob er nicht bereits schlief. Das beständige Plätschern versprach ihr eine Ahnung von Frieden und sobald sie sich auf das Geräusch konzentrierte, fühlte sie eine angenehme Müdigkeit. Einfach nur ein bisschen dösen. Ja, das kam ihr plötzlich unglaublich verlockend vor. Aber es war töricht zu schlafen! Sie wurden verfolgt oder würden es zumindest werden, sobald die Dämmerung das neue Tageslicht ankündigte.
Ob es gut war zu warten? Sie wusste es nicht. Aber wenn Tekia sie dadurch finden konnte, war es das Risiko wert. Juni schloss die Augen, aber wollte sich auf keinem Fall der Müdigkeit hingeben.
„Schläfst du?“, fragte Yelin plötzlich unvermittelt.
„Nein“, erwiderte sie nach einigen langen Atemzügen.

„Erzählst du mir, was beim Botageshritus passiert ist? Hast du dem Wolf der Taiga deinen Wunsch mitgeteilt?“
Juni lächelte. Was er wohl davon halten würde, dass sie den Ursprung ihres Namens suchte?
„Warum willst du das wissen?“, wich sie ihm deshalb aus.
„Nun. Wir haben uns auf gar sonderbare Weise vom Stamm getrennt. Bald suchen unsere Brüder und Schwestern nach uns. Ich würde gerne wissen, wohin wir gehen.“

Juni ahnte seine Gedanken. Wahrscheinlich wurde ihm jetzt erst die Tragweite ihres Handelns klar. Sie hatten gegen den Kampfmeister ihres Klans gekämpft, Loorken und zwei andere Krieger verletzt. Der Klan würde vom Stammesführer eine entsprechende Reaktion erwarten. Eine lautlose Stimme in ihren Gedanken wisperte, dass sie das nicht erleben wollte. Die Furcht war wieder da. Als eisige Hand griff sie nach ihrem Herzen und umklammerte es. Nun blieb ihr keine Wahl mehr. Sie hatte vorgehabt, den Stamm zu verlassen. Der Anspruch der Männer zu Botagesh hatte diesen Entschluss nur beschleunigt. Aber sie wollte niemandem ihrer Freunde schaden. Es war ihre alleinige Angelegenheit.
„Bereust du, dass du mitgekommen bist?“, wollte sie daher wissen.
„Nein, Juni. Das nicht. Es wird sicher aufregend, wenn wir auf uns allein gestellt der Wildnis begegnen. Ich hätte nur gerne gewusst, ob wir unter den Augen des Wolfs der Taiga reisen. Er ist unser Schutzpatron. Wenn dieses Erlebnis von ihm gewollt ist, dann könnte ich etwas ruhiger schlafen.“
„Ja, wir handelten, wie er es vorhergesehen hatte. Ich muss für die Erfüllung meines Wunsches reisen.“
„Nun“, begann Yelin gedehnt. „Was hattest du dir noch mal gewünscht?“
Juni schmunzelte. Natürlich musste er es versuchen. „Es ist ein Geheimnis und es gehört mir“, sagte sie amüsiert.

„Och. Zwei Menschen können ein Geheimnis bis an ihr Lebensende teilen.“
„So? Auch wenn dieser zweite Mensch Geschichten überliefert?“
„Ha! Eine Geschichte gewinnt an Wert, wenn mehr Leute von ihr wissen. Und du kannst ja darauf achten, dass ich die deine nicht versehentlich erzähle.“
„Dazu müsste ich ja ständig bei dir sein.“
Yelin schwieg einen Augenblick.
Einen Moment zu lange, als ob er tatsächlich diesen Gedanken abwog. „Eine interessante Idee und vielleicht ein bisschen beunruhigend.“
„So? Beunruhige ich dich?“
Yelin lachte leise und sie fühlte seine Regung im Rücken, als er sich entspannt etwas streckte. „Nur wenn der Mond in deinem Rücken liegt, dein Speer in meine Richtung weist und dann ein Sturm aufzieht. Für einen Moment hatte ich geglaubt, du wärst die Verkörperung einer Rachegöttin. Wie hast du das eigentlich gemacht?“
Sie wusste nicht, was sie ihm darauf erwidern, was sie ihm sagen sollte. 'Der Taigawolf hat mir geholfen?' Das klang irgendwie zu vermessen, um wahr zu sein. Aber die Wahrheit konnte sie ihm auch nicht erzählen. Nicht jetzt, jedenfalls.
„Vielleicht war es Zufall“, erwiderte sie leichthin.
„Vielleicht“, stimmte Yelin zu. „Aber wie würden die alten Lieder sagen: Es gibt keinen Zufall.“
Dann schwiegen sie und schon bald war Juni sicher, dass Yelin schlief.
Sie erhob sich vorsichtig, drehte sich und fing sofort Yelins nachsackenden Körper auf, um ihn vorsichtig zu Boden gleiten zu lassen.
Er murmelte im Schlaf, doch lag dann ruhig da. Schon seltsam. War es nicht seine Aufgabe über ihren Schlaf zu wachen? Sie strich ihm eine rote Strähne aus dem Gesicht, um ihn besser

anzuschauen. Sein Gesichtsausdruck wirkte zufrieden. Obwohl sie so viele Geschichten und Lieder von ihm kannte, wusste sie nichts über seine Motivation. Was ihn bewegte und warum. Ja, warum hatte er sie eigentlich begleitet? Er hatte ihre Reise auch zur seinen gemacht. Oder verfolgte er ein Ziel, das sie nicht kannte?

Von einer plötzlichen Unruhe ergriffen, schaute sie auf und starrte in die Finsternis. Im Zwielicht des Bachufers machte sie den Umriss eines Wolfes aus. Gerade einmal in zehn Schritt Entfernung stand er aufrecht da, den Blick in ihre Richtung gewandt. Er beobachtete sie. Aus unerklärlichen Gründen nahm sie seine Augen wahr, als würden sie von innen heraus leuchten. Silberne Augen, die sie beunruhigten.

„Es ist wird Zeit“, hörte sie plötzlich seine ruhige und doch fordernde Stimme in ihren Gedanken. *„Zeit, dass wir uns unterhalten.“*

„Was soll ich tun?“, fragte sie so leise, dass die Worte kaum zum Wolf getragen werden konnten. *„Folge mir zum Wasser. Jetzt.“*

Als sie sich aufrichtete, wandte sich der Wolf ab und trabte gemächlich in Richtung Ufer. Die Finsternis verschluckte seine Silhouette sofort und nur das silberne Augenpaar, das einen Augenblick später in halber Entfernung zum Fluss auftauchte, verriet seine Anwesenheit.

Juni vergewisserte sich mit einem Seitenblick, dass Yelin schlief und folgte dem Wolf.

Am Bachufer traf sie ihn wieder.

Es war ein seltsamer Anblick, denn am Bach stieg Nebel auf. Es war, als hätte jemand weiter oben einen riesigen Kübel heißes Wasser über die gefrorene Erde geschüttet, das nun geheimnisvoll dampfend seinen Weg in die Tiefe suchte. In diesem grauen Dunst stand der Wolf und der Nebelschleier verwischte seine Konturen.

Trotzdem war er real. Allein schon seine klaren Augen erinnerten sie daran.
„Was geschieht jetzt?“, forschte sie leise nach.
„Jetzt? Jetzt ist es ruhig. Aber ich werde dir einen Weg weisen. Eine Richtung, in die du alleine gehen musst.“
„Alleine? Du meinst, ich soll meine Gefährten zurücklassen?“
„Als ob du das könntest.“
Kam es ihr nur so vor, oder wirkte der Wolf der Taiga von ihrer Antwort enttäuscht?
„Nein, davon war nicht die Rede. Du denkst zu begrenzt. Mir geht es nur um Entschiedenheit. Eine Entscheidung fällst du immer allein. Nicht, dass du am Ende mir die Verantwortung gibst, wenn dich die Konsequenzen gefangen nehmen.“
Plötzlich hatte sie Herzklopfen. Was wollte der Wolf der Taiga ihr nur sagen?
„Dass diese Reise alles verändert und ihr Ausgang von dir abhängt.“
Juni fuhr wie unter einem Schlag zusammen. Hatte er etwa ihre Gedanken gelesen? Der Taigawolf regte sich nicht. Still und schweigsam schien er sie nur zu beobachten.
„Wohin soll ich mich jetzt wenden?“, rief sie verunsichert.
„Folge dem Bach, solange du kannst. Dann wende dich gen Süden, in Richtung Wärme.“
„Werden sie uns nicht finden?“
„Sie? Das hängt davon ab, wann du aufbrichst, aber wisse, dass ‘sie’ nicht deine Sorge sein sollten.“
Wieder ein Rätsel mehr, das ihr der Wolf aufgab.
„Was meinst du?“

Der Wolf spitzte die Ohren und leckte sich über das Maul. Ohne Vorankündigung trabte er plötzlich tiefer in den Dunst und war nach zwei Atemzügen hinter den grauen Nebelschlieren verschwunden.
Juni folgte ihm zwei Schritte.

„Warte!“, rief sie ihm noch nach, ehe sie hinter sich etwas Knacken hörte.
Sie drehte sich und blickte in das überrascht wirkende Gesicht von Tekia. In ihrer Miene las sie ein Wechselspiel aus Erleichterung und Wachsamkeit.
„Juni? Bist du allein?“
„Tekia!“, sprudelte es aus ihr heraus und ihre ganze angestaute Anspannung löste sich in Freude auf. Sie fiel der Kriegerin in die Arme und murmelte nur ein leises. „Du bist unversehrt! Ich bin so froh.“
Tekias Körper gab ihr eine Ahnung von Geborgenheit.
Doch sie spürte auch, wie nervös sie war und dass ihr Leib leicht zitterte. Sie musste bis eben gerannt sein. Tekia löste die kurze Umarmung. „Ist Yelin bei dir?“, fragte sie mit gedämpfter Stimme. „Wir sollten nicht bis zum Tag warten.“
Juni wies zur linken Seite. „Yelin schläft dort drüben. Ich weiß bereits, welchen Weg wir nehmen.“
„Sehr gut! Wecken wir ihn und ziehen rasch weiter!“

Yelin war zu Anfang irritiert, aber auch erleichtert gewesen, Tekia zu sehen. Die Kriegerin war noch als einzige von ihnen bewaffnet und sie führte die Gruppe den Flusslauf hinauf, so wie es Juni vorgeschlagen hatte. Viele hundert Schritte waren sie durch den Strom gewatet. Erst auf den handtellergroßen Steinen, die aus dem Nass herausschauten, später durch das Wasser selbst, bis ihre Füße vor der Eiseskälte brannten und schließlich taub wurden. Ihre Stiefel hielten zwar das Wasser zurück, aber nicht die Kälte.
Später, als das erste Morgenlicht zaghaft durch das Geäst der Nadelbäume schimmerte, saßen sie mit zitternden Leibern vor einem kleinen Feuer und rieben sich die Füße. So hatte sie sich die Reise nicht vorgestellt. Die Kälte war so greifbar, so unüberwindlich. Wie wollten sie auf diese Weise Tage, wenn nicht sogar Wochen überleben?

„Warum durch den Fluss, Tekia?“, fragte Yelin irgendwann leise. „Das könnte uns umbringen!“
„Sie werden unsere Spuren finden. Aber nur bis zum Fluss. Woher sollen sie schon wissen, dass wir durch den Fluss gewatet sind? Und selbst wenn sie es irgendwann ahnen, dass wir talwärts oder aufwärts gingen, müssen sie erst herausfinden wohin. So haben wir möglicherweise genug Vorsprung! Vielleicht sogar groß genug, dass sie die Verfolgung abbrechen.“
„Du könntest Recht haben“, räumte Yelin ein. „Woher hast du diese Technik?“
Tekias Blick verlor sich für einen Moment in der Ferne, ehe sie den Kopf schüttelte. „Nicht so wichtig.“
„Geschichten sind immer wichtig!“, widersprach er sofort.
„So? Aber es gibt wichtigere Geschichten, als die von Tekia, der Jägerin, die erst zur Gejagten und dann zur Kriegerin wurde.“
Yelin rieb sich das Kinn und wandte seinen Blick zum Glühen des Sonnenaufgangs. Juni konnte sehen, wie er die Stirn in Falten legte und grübelte. Was wohl in ihm vorging? Wahrscheinlich fielen ihm hundert Möglichkeiten ein, wie Tekia dies gemeint haben könnte. „Das heißt, du wurdest nicht freiwillig zur Kriegerin?“
„Doch“, erwiderte sie ernst. „Es war meine Entscheidung zu kämpfen, statt zu weichen. So wie Juni entschied zu reisen, statt zu bleiben.“ Juni beobachtete, wie Yelin seine Aufmerksamkeit auf sie richtete. Wie er den Kopf drehte, hinüberschaute und sie nachdenklich fixierte. Sein Blick berührte etwas in ihr. Verlegen senkte sie den Kopf.
„Aber sie tat nichts dazu. Ihr wurde eine Wahl aufgezwungen. Sie zweifelt noch an ihrer Entschiedenheit.“
„Ich vermute, dass sie weiß, was sie will“, merkte Tekia nachdenklich an.
Juni strich mit dem Fuß einige Nadeln beiseite.

„He. Ich sitze direkt neben euch“, murrte sie und fühlte den Keim Ärger in sich gedeihen. Sie konnten doch nicht so über sie reden! „Und wie Tekia sagte, weiß ich genau, was ich will!“
„Und das wäre?“, fragte Yelin arglos. Juni erwischte sich, wie sie den Blick hob und Yelin kurz beobachtete. Sein Haar leuchtete in der Morgensonne wie ein roter Luchs. Er lächelte wie jemand, der vor einer Grube saß und voller Vorfreude die Tiere nahen hörte. Moment mal! Er wollte an den Wunsch heran, den sie dem Wolf der Taiga gestellt hatte. Beinahe hätte sie unbewusst davon erzählt! Sie neigte den Kopf zur Seite und musste dann auch lächeln. „Was ich will? Ich will, das wir bald aufbrechen ... damit wir am Abend noch etwas jagen können.“
„Jagen?“ Yelin wirkte für einen Moment irritiert.
„Sie hat Recht. Wir haben kaum Vorräte“, half ihm Tekia auf die Sprünge. „Wenn wir genug Abstand zwischen uns und unseren Verfolgern haben, können wir am Ende des Tages auch etwas erlegen.“
Yelin wirkte für einen Atemzug enttäuscht. Aber er lächelte rasch wieder und meinte: „Na, dann? Wo entlang?“
Gleichzeitig erhoben sie sich, während Juni zum Fluss wies. „Weiter aufwärts.“
Damit brachen sie ihr Lager ab und machten sich auf den Weg.

Zur Mittagszeit schoben sich einige blaugraue Wolken über den Himmel und kurz darauf rieselten weiße Flocken auf sie nieder. Es dauerte nicht lange, dann markierten weiße Schneeflecken die Lichtungen zwischen den dicken Fichten. Juni nahm dies nur am Rande wahr. Wichtig war, ausdauernd zu bleiben und das Flussufer im Auge zu behalten.
„Wir sollten die Richtung wechseln“, sagte Yelin nach einer Weile. „Wir kommen sonst in eine verbotene Region.“
„Umso besser“, meinte Juni leise. „Dort hinein werden sie uns vielleicht nicht folgen!“

„So einfach ist das nicht.“ Yelin griff nach Junis Unterarm und brachte sie zum Halten. „Es ist selbst für Jäger gefährlich. Das Fleisch der Tiere ist nicht genießbar. Beeren von den Büschen verursachen Krämpfe und böse Träume. Wirklich, Juni. Wir sollten die Richtung wechseln!“
Sie schüttelte seinen Arm ab. „Wir sind vorsichtig, Yelin! Und wir sollen dem Bach folgen, solange wir können. Noch unterbricht nichts unserem Weg.“
„Vielleicht ist das hier die Grenze, Juni.“
„Dies hier ist nur eine Grenze in deinem Kopf“, versicherte Tekia amüsiert. „Halten wir uns einfach unter den Bäumen und an Junis Worten. Wachsamkeit wird uns beschützen.“ Juni beruhigten die Worte von Tekia - sie wirkten so zuversichtlich. Yelin schien Bedenken zu haben, doch Tekia war die Kriegerin. Wer sollte Gefahren besser einschätzen als sie?
„Nun gut. Wir werden sehen“, warf Yelin noch ein, ehe sie weitergingen. Juni sah kurz zurück. Der feuchte Morast klebte an Junis Stiefeln und hinterließ sichtbare Spuren.
„Was erzählt man sich denn über diese Wälder?“
„Der Wind von Korkash hat diese Ebene berührt. Der Wolf der Taiga und seine Gefährtin haben ihn vor vielen, vielen Generationen von hier vertrieben. Doch seine Auswirkung ist noch immer spürbar. Wir werden es sehen, Juni. Schon bald.“
Sie folgten dem Weg und langsam lichteten sich die Baumkronen, als wäre der Wald von einer unsichtbaren Krankheit befallen. Die Stämme der Bäume wurden schmaler und hin und wieder waren sie kaum mehr als nackte Skelette, die ihre knorrigen Arme anklagend zum Himmel reckten. Juni fragte sich, welche Macht ihnen die Nadeln stahl.
Dieser Wald war still.
So still, dass Juni fröstelte.
Der Schneefall endete, als sie den See erreichten.
Den fremdartigsten See, den Juni je in ihren Leben erblickt hatte.

Sein Wasser hatte die Farbe von tiefdunklem Grün, das in starkem Kontrast zum kreidefarbenen Ufer stand. Weißer Sand, fein wie Staub, bildete einen breiten Streifen und verlor sich unter den Bäumen, wurde eins mit den wenigen Nadeln und dem Unterholz, das es hier gab. Selbst die Stämme und Äste der Fichten, die dem See am nächsten standen, hatten kreidefarbene Flecken, als würde helles Moos über sie wuchern. Juni fror und fühlte sich an diesem Ort verloren.
Vielleicht lag es an der Stille.
Sie sah sich um und lauschte. Nichts war zu hören, nichts unterbrach die absolute Stille dieses Ortes.
„Das gefällt mir nicht“, sagte Tekia irgendwann. „Dieser Ort ist wie tot!“
„Und ich kenne keine Geschichten über ihn“, fügte Yelin nachdenklich an. Er hockte sich hin und strich mit den Fingern durch den feinen Sand. „Als wäre niemand übrig, der sie erzählen könnte.“ Als er ein wenig im Sand grub, legte er einige bleiche Knochenreste frei. Juni konnte sie nicht direkt zuordnen, doch das blanke Entsetzten in Yelins Gesicht ließ sie zusammenfahren. „Das waren mal Menschen!“, flüsterte er.
Juni musste den plötzlichen Drang, einfach davonzulaufen, niederkämpfen. Ruhig, sagte sie zu sich, als sich Tekia plötzlich an sie wandte. In ihrem harten Gesicht lag ein wachsamer Ausdruck. „Unser Bachlauf beginnt an diesem See. Weiter geht es nicht. Wohin jetzt, Juni?“, fragte sie forschend. „Wir sollten hier nicht verweilen!“
Juni konnte ihr nur von ganzem Herzen zustimmen. Dieser See löste in ihr starkes Unbehagen aus. Allein durch seine Präsenz und der Abwesenheit jedes Lebens wurde etwas in ihrer Seele angestoßen, das sie erschaudern ließ.
„Nach Süden!“, antworte sie rasch. „Wenn wir dem Fluss nicht mehr folgen können, gehen wir nach Süden!“
Als sie sich abwandten, glitt eine Brise durch die kahlen Zweige der Bäume und erweckte sie zum Leben. Träumte sie?

Die Zweige und der Wind schienen leise miteinander zu flüstern, tauschten Worte, als ob sie einen Plan schmiedeten. Dann erhaschte Juni im Sand eine Bewegung. „Fort von hier!“, schrie sie, doch die anderen verharrten erstaunt. Der Wind wurde stärker und wirbelte den staubfeinen Sand spiralförmig um die Seemitte. Wie Nebel hing er plötzlich in der Luft.
„Zum Wald!“, rief sie gegen den Wind an und atmete dabei etwas von dem Staub ein. Wie glühende Asche brannte er in ihrer Kehle. Sie hustete und spürte, wie eine Hitzewallung durch ihre Glieder glitt. Leib und Beine gehorchten nicht länger.
„Juni!“, schrie Yelin und packte ihre Hand. Sie wollte ihn festhalten, doch ihre Finger waren wie die einer Fremden. Sie gehorchten nicht. Panik überschwemmte ihren Geist, ohne dass sie sich wehren konnte. Die Sicht verschwamm unter einem schlierigen Perlmuttschimmer. Im letzten Augenblick sah sie, dass Tekia und Yelin ebenfalls hustend zu Boden gingen. Da war noch eine Bewegung am Waldrand. Dann nichts mehr.

Eine Stimme drängte sich in ihre Gedanken. Sie wiederholte sich im Klang und Wort, wurde jedoch stetig eindringlicher.
„Erwache, Juni! Es ist nicht viel Zeit.“
Zeit? Wer sprach da von Zeit? Und warum eigentlich? Zeit wofür? *„Erwache jetzt.“* Sie fühlte die Nähe der Präsenz wie die Wärme eines Lagerfeuers.
Dann schaute sie in das tiefe Schwarzblau des Winterhimmels.
Ihr Blick flog zur Seite und sie entdeckte den Wolf der Taiga. Er stand direkt an ihrer Seite. Offenbar waren sie noch immer am See, denn im Licht des Vollmondes sah sie die kahlen Bäume im Hintergrund wie bleiche, weiße Knochen leuchten. Sie beide waren allein.
„Wo sind die anderen?“, fragte sie mit steigender Unruhe und erschrak, als sie ihre eigene Stimme hörte. Sie klang ohne Hall und Tiefe, so als spräche sie die Dinge nur im Gedanken aus.

„Höre mir genau zu!“

Die Unruhe in ihr gewann aber Oberhand. „Was ist passiert? Wo sind ...“

Die Augen des Wolfes blitzten zornig auf. Er knurrte ein Kehliges: *„Schweig! Und lausche mir.“*

Juni war vor Schreck wie gelähmt. So hatte sie ihn noch gar nicht gekannt.

Der Blick des Wolfes bohrte sich in ihren und sie konnte den Kopf nicht abwenden. Der Gedanke beunruhigte sie weiter.

„Du und die anderen wurden fortgebracht. Dir bleibt nicht viel Zeit.“

„Aber ... wie meinst du das?“ Immerhin stand sie doch hier auf dem weißen Seeufer vor dem Taigawolf. Oder nicht?

„Der Sand des Seelensees trennt das Bewusstsein vom Körper. Ich weckte deine Seele aus ihrem Schlaf. Doch du bist körperlos.“

Juni starrte den Wolf ungläubig an, versuchte im nächsten Augenblick auf ihre Hände zu schauen.

Ihr Sichtwinkel glitt tatsächlich hinab, doch sie sah den Boden, als ob sie sich vorbeugte. Sie sah sich nicht und sie hatte auch kein Gefühl für Finger und Hände. Sie konnte ihr Dasein spüren, doch irgendwie auch nicht. Es war ... beängstigend.

„Verzweifle nicht“, sagte der Wolf der Taiga langsam. *„Noch können wir deinen Körper einholen.“*

„Warum hast du mich hierher gelockt?“, hauchte Juni ungläubig. „Du musst gewusst haben, dass so etwas passiert!“

„Du lebst schon seit einigen Jahren in diesen Gefilden. Und wolltest mehr über die Geheimnisse der Welt lernen. Dieser Ort ist wichtig. Er gehört zu den Liedern, die euer Volk um mich singt. Ihr erzählt, dass meine Gefährtin Nalice, verwundet im Kampf gegen die Winde von Korkash, ihre Wunden in diesem See wusch und den Geist des Sees bat, sie hinter Zweigen zu verstecken.“

Juni konnte sich an diese Geschichte nur dunkel erinnern.

Das lag wahrscheinlich an dem traurigen Hintergrund. Sie hatte als junges Mädchen lieber die schönen und lehrsamen Lieder gemocht. Der Untergang der Urwölfin Nalice gehörte nicht dazu. Warum wollte der Taigawolf, dass sie sich mit ihr beschäftigte?

„Stimmt diese Geschichte?“

„Schon möglich.“

„Wie geht sie denn weiter?“

„Nalice‘ Blut war vergiftet. Ein Gift, geschaffen, um eine Göttin zu Fall zu bringen. Es vermischte sich mit dem Wasser des Sees und verdarb den hilfsbereiten Geist in ihm. Schau dir den Ort an, Juni. Fühlst du nicht seine Falschheit? Du wirst die Spuren erkennen. Nalice starb nicht, weil man ihr körperlich überlegen war. Sie starb, weil Korkash ihre Seele vom Körper trennte. Obwohl nur wenig von dem Gift geblieben ist, spürst du seine Auswirkungen noch heute.“

„Warum erzählst du mir das?“

„Weil uns eine Grenze trennt. So wie ich jetzt mit dir rede, konnte ich mit Nalice noch lange über ihren Tod hinaus sprechen. Irgendwann lernte sie, Einfluss auf die Welt auszuüben. Doch die Grenze blieb ohne Körper unüberwindbar.“

„Und jetzt?“

„Du hast einen Körper. Du musst nun die abgespaltenen Seelen deiner Begleiter einsammeln und sie zurück zu ihren Körper bringen.“

„Sie sind auch wach wie ich?“, fragte Juni leise und überlegte, ob es in ihrer Lage so etwas wie ‘leise’ überhaupt gab.

„Nein. Sie schlafen. Meine Kraft hat nur für dich gereicht.“

Juni nickte. Zumindest tat sie so als ob. „Was soll ich tun?“

Der Wolf bewegte die Ohren und trottete langsam zum Seeufer. Seine Pfoten hinterließen kleine, weiße Spuren im Sand. Sie folgte ihm, bis sie an seiner Seite war.

„Sie sind im See. Der verdorbene Geist versucht seit jeher, sich durch die Seelen Lebender zu regenerieren. Aber das Gift hat

eine Göttin niedergestreckt. Es ist sehr stark und wirkt noch immer. Sein Plan wird scheitern.“

„Das heißt, ich gehe zum Geist und entreiße ihm die Seelen? Wie soll das funktionieren?“ Juni zweifelte. Was der Taigawolf da erzählte und verlangte, war so fremdartig, dass sie es irgendwie gar nicht richtig fassen konnte. Sie fühlte sich verloren. Wie ein Kind, das am Rande einer Klippe stand, in die Tiefe starrte und den Wind spürte, der am Gewand riss. Ein Kind, das zum ersten Mal verstand, dass der Tod nur einen Fußbreit von ihm entfernt lag. Der Moment, wo ein Kind zu weinen anfing und hoffte, dass die Mutter oder der Vater kam, es tröstete, streichelte und in den Arm nahm.

Doch sie hatte niemanden. Niemand, der kam, wenn sie weinte.

„Lass dir von einem Jäger sagen: Niemand kommt.“

Juni schreckte auf und drängte den Gedanken mühsam fort. „Und wie sollen wir vorgehen?“

„Du kannst in deiner Gestalt einfach in den See eindringen. Du wirst den Geist erkennen und du wirst die Seelen deiner Begleiter erkennen. Berühre sie, dann halten sie sich an dir fest. Kehre dann zu mir zurück. Wir werden dann eure Körper suchen.“

„Wo sind unsere ... Körper eigentlich?“

Verfolger eures Stammes haben sie gefunden. Noch sind die Jäger mit euch in der Nähe und wissen nicht, was euch fehlt. Wenn wir uns eilen, erreichen wir sie, ehe sie euch fortbringen.

Juni atmete tief durch. Zumindest gedanklich.

„Dann kümmern wir uns erst einmal um den See, ja?“

„So ist es.“

„Noch etwas, das ich wissen sollte?“

„Widerstehe dem Geist.“ Damit wandte sich der Wolf ab und trottete lautlos am Ufer entlang. Sofern sie es für ein Tier sagen konnte, wirkte er niedergeschlagen. Er trottete kraftlos wie ein ausgehungerter Jäger, der gezwungen war, die Nacht tatenlos zu überdauern.

Aber sie musste bei ihrer eigenen Aufgabe bleiben. Juni bewegte sich auf den See zu, auf die blauschwarze Scheibe Wasser, die regungslos und unbewegt auf sie wartete. Der Mond spiegelte sich darin. Er sah aus wie ein milchig-weißes Auge, das mit seinem fahlen Licht über sie wachte.
Juni näherte sich der Wasseroberfläche, ohne dass sich diese kräuselte oder auf andere Weise Notiz von ihr nahm. Es war verrückt! Sie glitt über die Wasseroberfläche dahin, als hätte sie sich in einen winzigen Wasserläufer verwandelt. Sie roch die Feuchtigkeit, oder zumindest nahm sie sie wahr. Sie spürte auf irgendeine vertraute Weise auch den Wind, der sehr sanft über den See strich, immer wieder wie ein Liebhaber, der seine Partnerin nicht wecken wollte.
Juni wandte sich um und blickte zum Wolf der Taiga. Er stand still da und trotz der Entfernung fühlte sie den stetig wachsamen Blick auf sich ruhen.
„Spiele nicht“, mahnte er sie. *„Dieser Ort schadet mir. Deshalb eile dich.“*
Pflichtbewusst drang sie unter die Wasseroberfläche.
Sofort veränderte sich ihre Welt. Ihre Umgebung waberte bläulich und schimmerte wie vom Mond erhellter Nebel. Sie sah die Wasseroberfläche als eine glitzernde Decke über sich, und unter sich erkannte sie nur eine unbestimmte Schwärze. Blaugrüne Ranken suchten dort ihren Weg aus der Tiefe an die Oberfläche und waren in einer wiederkehrenden Eigenbewegung gefangen. Nur die wenigsten reichten bis zum Licht und endeten knapp eine Handbreite unter ihr. In der Tiefe schienen noch mehr von diesen grünen Spitzen zu lauern.
Juni war überrascht über den Detailreichtum, den sie wahrnehmen konnte. Ihr Blick verschwamm nicht, wie sie es erwartet hätte. Natürlich nicht, sie hatte ja auch keine ‘wirklichen’ Augen. Warum konnte sie dann eigentlich sehen?
Sie sank tiefer in Richtung Seegrund und erhaschte in der Finsternis ein fahles Glühen. Es verbarg sich jenseits der

Schlingpflanzen wie der Mond hinter Baumwipfeln. Ein mulmiges Gefühl kroch ihr über die Seele. Näherte sie sich dem Licht wirklich? Sie war sich dessen nicht sicher, da die Quelle nicht eindeutig auszumachen war. Es wurde einfach heller wie an einem Morgen, bevor es zu dämmern beginnt. Als sie schließlich den Seegrund erreichte, war das fahle Licht allgegenwärtig. Es erhellte den bleigrauen Seeboden, der mit vielen, bunten Sprenkeln durchsetzt war. Rote, blaue und einige schneeweiße Steine gaben ihm Farbe. Die Wasserpflanzen wuchsen offenbar willkürlich um sie herum aus dem Sand. Mit ihrem fleischigen Stängel und den kleinen Blättern sahen sie wie bizarre Bäume aus, die sich in den 'Himmel' streckten und deren Enden nicht mehr zu sehen waren. Ihre unheimliche Eigenbewegung schien das einzige Leben an diesem Ort zu sein. Sie fand keine Fische, keine Schnecken, keine kleinen, durchsichtigen was-immer-du-auch-bist Dinge, die sie so oft an Tümpeln und Seen beobachtet hatte.

Nein, dieser Ort war tot. Aber etwas in ihm lebte.

Juni glitt in die Richtung, in der sie die Lichtquelle vermutete. Ob es der Geist des Sees war? Wenn, dann erschien er ihr fast wie ein scheues Irrlicht, das stets durch das Gewirr der Pflanzen sichtbar und doch unnahbar blieb. Juni glitt an den Schlingpflanzen vorüber und nach einigen Momenten erreichte sie eine Art Lichtung. Im Zentrum saß auf einem baumstumpfgroßen, blauen Fels Yelin. Ihr Herz machte einen kleinen Sprung, als sie ihn erkannte. Denn er war es eindeutig auf eine befremdliche Weise. Sein Körper schien durchsichtig und schimmerte bläulich, als wäre er von einer magischen Korona umgeben.

Er hatte ein Bein gemütlich über das andere geschlagen und spielte mit seiner Flöte eine geisterhafte Melodie, die ungehört in der 'Luft' blieb.

Der Wolf hatte ihr gesagt, sie würde die Seelen ihrer Begleiter erkennen. War dies also die Seele ihres Freundes?

Juni glitt zaghaft näher und erschrak, als Yelin den Blick hob. *„Du bist es!"*, meinte er erfreut mit einer Stimme, die direkt in ihren Gedanken entstand. *„Wir träumen wieder, oder?"*
„Schon möglich", wich Juni seiner Frage aus. Sie wusste es zwar besser, doch wie sollte sie ihm erklären, was hier gerade passierte? Sie war sich jedenfalls sicher, dass dies alles hier kein einfacher Traum war. „Hast du Tekia gesehen?"
„Tekia?", auf seiner Stirn entstanden kurz Falten und er legte seine Flöte beiseite.
„Ja, sie fühlte sich hier beobachtet. Sie ist dort drüben das unsichtbare Etwas jagen, während ich auf dich warte." Dann lachte er. *„Sie ist bisher nie in meinen Träumen aufgetaucht. Nur du. Weißt du noch von dem Spaziergang letztens?"*
Die Art, wie er sie anlächelte, brachte sie in Verlegenheit. Während sie sich langsam Yelin näherte, ging sie in Gedanken durch, was zu tun war. Hatte der Taigawolf nicht erklärt, dass sie die Seele berühren sollte, um sie mit sich zu nehmen? Nur wie, so ganz ohne Körper?
„Du siehst nachdenklich aus", meinte Yelin nun und richtete sich auf. *„Diesen Ausdruck hast du oft im Gesicht, wenn ich dich beobachte."*
„Du beobachtest mich?"
„Sicher", bestätigte Yelin ohne zu überlegen. *„Du gefällst mir. Und was einem gefällt, darf man doch anschauen?"*

Schüchtern senkte sie ihren Blick. Sie war sich nicht sicher, ob Yelin das im Wachzustand auch so formuliert hätte und doch berührte es ihr Herz. Denn wenn sie hier mit seiner Seele sprach - jenes glühende Element, das fast jeder Mensch in sich verbarg, dann war es wahrscheinlich eine sehr ehrliche Aussage. Sie drängte den Gedanken zurück. Ihre Aufgabe musste erfüllt werden!
„Komm mit mir!", forderte sie ihn auf.
„Gehen wir Tekia suchen!"

„Sicher. Du weißt doch, ich würde dir selbst bis hinter den Horizont folgen.“
Yelins schimmernde Gestalt stand nun direkt vor ihr. Sie konnte seine Präsenz wie Wärme fühlen und dann streckte er die Hände nach ihr aus, berührte sie und löste sich wabernd auf.
Er war weg und auf eine ungewöhnliche Weise wusste sie dennoch von seinem Dasein.
Juni blickte sich um. Die Lichtung schien nun leer zu sein.
„Gehen wir weiter“, sagte sie zu sich und wandte sich in die Richtung, die ihr Yelin gewiesen hatte.
Sie ‘durchschritt’ einen kleinen Wald aus zähen Bündeln Wasserpflanzen. Glitt über den Seeboden dahin, als würde sie schweben. Diese Form hatte eigentümliche Vorteile. Juni erhöhte hin und wieder ihre Position, um etwas Übersicht zu gewinnen, bis sie tatsächlich irgendwann die Gestalt Tekias ausmachte.
Sie stand in mittlerer Entfernung auf einer weiteren Lichtung, einen schimmernden Jagdspeer im Anschlag und schlich lauernd über den bleigrauen Sand. Es gab hier nichts. Keinen Feind, keine Beute und trotzdem schien die Kriegerin etwas zu verfolgen.
Juni näherte sich ihr.
Tekia bemerkte sie nicht. Dann sprang die Kriegerin plötzlich zurück und begann ihre Suche von vorn. Sie benutzte dieselben Gesten, als wäre sie in einer Erinnerung. Eine Erinnerung, die sie immer und immer wieder durchlebte.
„Tekia?“, fragte sie daher vorsichtig und die Kriegerin fuhr herum. „Juni?! Yelin? Wo kommt ihr denn beide her? Aber gut, dass ihr vorsichtig seid! Unser Verfolger muss hier ganz in der Nähe sein.“
„Was verfolgt uns denn?“
Tekias Blick schoss wachsam umher, ehe ihr Blick erneut zu Juni herumschwenkte. „Ist es dir nicht aufgefallen?

Es scheint beinahe, als würde es uns belustigt beobachten ...“
„Wie kommst du darauf?“
„Meine Sinne funktionieren nicht so, wie ich es gewohnt bin. Ich fühle mich, als ob ich ständig im Kreis liefe, obwohl der Wald jedes Mal anders aussieht. Ob der Jäger uns täuschen kann? Hältst du das für möglich, Juni?“
Juni glitt näher. „Vergiss ihn! Lass uns lieber weiterziehen und keine Zeit verlieren!“
Tekia nickte knapp. „Gut! Verschwinden wir, bevor ...“
Zu mehr kam sie nicht. Das allgegenwärtige Licht pulsierte kurz auf, flackerte und dann verdichtete sich das Licht zu einer strahlenden Kugel hinter Tekia. Ein kopfgroßer Ball aus flüssigem Feuer, der im Wasser brodelte und Blasen schlug.
„In Deckung!“, schrie Tekia und schleuderte ihren geisterhaften Speer. Er löste sich noch im Flug in wabernde Wolkenfäden auf.
Juni schrie auf, als sich die Kugel näherte und sie plötzlich die ausgestrahlte Hitze spürte, die in Wellen ihrem Dasein entgegen brannte.
„Geh!“, forderte das Licht durch die Hitze. „Geh, denn du bist anders, Beute! Geh, oder bleibe für immer!“
Juni wich zur Seite aus, doch das Licht korrigierte seine Position sofort und schob sich zwischen sie und Tekia.
„Bist du der Geist des Sees?“, fragte Juni gehetzt und weiter zurückweichend. Das Licht gleißte kurz auf und der Blitz brannte sich in ihren Geist. Sie keuchte, sie keuchte tatsächlich, bemerkte sie erschrocken. Sie blickte an sich hinab und erkannte ihren Körper als eine Art Schemen. Was passierte nur mit ihr? Wollte der Geist ihre Seele so binden, wie er es mit ihren Kameraden gemacht hatte?
„Leiste keinen Widerstand“, hallte es in ihren Gedanken. „Es ist nicht deine Wahl.“
Im gleichen Augenblick verschwamm die Wasserwelt des Sees.

Sie sah Bäume. Die hohen, knorrigen Nadelbäume, die so vertraut auf sie wirkten.
War da nicht auch der wohlige Geruch eines Lagerfeuers? Wärme, Geborgenheit und Frieden. Alles, was ihr wichtig war, schien plötzlich so greifbar nahe.

Aber es war nicht richtig. „Auftrieb!“, dachte sie angestrengt. Vielleicht würde ihr die Konzentration auf ihre Seelengestalt helfen. Aber es passierte nichts. Hatte sie nur geträumt? War sie dem Wolf der Taiga und dem Geist des Sees gar nicht wirklich begegnet? „Auftrieb!“, wiederholte sie still - immer wieder - als wollte sie sich an die flüchtige Erinnerung klammern. Ähnlich wie ein schöner Traum, der kurz nach dem Aufwachen kaum noch verständlich war, englitten ihr immer mehr Details.
„Juni? Was machst du hier?“, fragte Yelins vertraute Stimme.
Sie drehte sich auf den Fersen und blickte ihn an. Er sah etwas anders aus, als sie ihn in Erinnerung hatte. Das Licht, das in seinen roten Haaren spielte, schien auf eine falsche Weise zu spiegeln. Als wäre es Dämmerlicht, obwohl die Sonne im Zenit über ihnen stand.
„Juni? Hast du wieder geträumt?“, fragte Yelin langsam und griff mit der Rechten nach ihrer Hand. Sie fühlte die Wärme seiner Finger und hörte seinen Atem. Sie hatte wohl wirklich nur geträumt. Schlecht geträumt, wenn sie ehrlich war.
„Ich glaube schon.“
„Ich hoffe, nicht so schlimm wie letztens. Deine Mutter möchte dich sprechen.“
Juni verkrampfte. Das war unmöglich! „Meine Mutter? Bist du sicher?“
In Yelins Augen trat ein kurzer Augenblick der Sorge und er berührte Junis Haar mit der freien Hand in einer vertrauten Geste. „Du bist ja ganz durcheinander!“
„Ja! Nein ... ich meine, Mutter ist dort hinten?“

„Aber ja, Juni, meine Beshlana. Warum sollte sie auch nicht dort sein?“ Juni spürte plötzlich den Drang aufzuspringen und zu ihrer Mutter zu eilen. Doch sie erstarrte noch bei dem Gedanken, denn etwas war falsch.
Yelin hatte sie Beshlana genannt. Beshlana - die Bezeichnung des sanften Frühlingswindes, der die Schneeschmelze begleitete, war ein sehr intimes Kosewort zwischen Liebenden. Sie konnte sich nicht erinnern! Weder, dass sie Yelin so nahe stand, noch an die Tatsache, dass ihre Mutter existierte.
Und da gab es doch noch ihren Traum mit dem Taigawolf. Erinnerungsfetzen blitzten auf.
„Schau, nun haben wir zu lange getrödelt ... und sie kommt her.“

Eine Gestalt zeichnete sich zwischen den Bäumen ab. Sie war eindeutig weiblich und trug einen Umhang, der sich um ihren Körper schmiegte und sie verschleierte. Sie war noch nicht zu erkennen. Aus unerklärlichen Gründen wuchs in Junis Herzen Angst. Sie ‘konnte’ ihrer Mutter nicht begegnen! Erst im Tode ... im Tode.
„Lass uns gehen, Yelin!“, sagte sie rasch, doch er hielt sie fest. Die Berührung schien locker, doch seine Hand bewegte sich keinen Fingerbreit. Als wäre er zu lebendem Granit erstarrt. Sie zerrte an seiner Hand. „Was ist los?“, fragte er sanft und im gleichen Moment schimmerte das Licht der Sonne orangefarben.
„Ich muss weg, lass mich los! Bitte!“
„Juni! Beruhige dich. Es ist nur deine Mutter ... leiste einfach keinen Widerstand. Es ist nicht deine Wahl.“
„Diese Welt ist nicht real! Du bist nicht real!“, schrie sie nun.
Yelin ließ ihre Hand frei und in seinem Gesicht lag ein verwirrter Ausdruck. „Was erzählst du da?“
Der Knall war nicht sonderlich laut, doch mit einem Mal stand die Welt um Juni in Flammen.

Kochende Hitze strich über ihre Haut und sie schrie erschrocken auf.
„Leiste keinen Widerstand ...“, drang die Stimme aus der Hitze und plötzlich erinnerte sich Juni.
‘Auftrieb’, kam ihr die Erinnerung, wie ein Blitz.
Und diesmal funktionierte es.
Sie begann tatsächlich zu schweben. Bäume krachten funkenstiebend ineinander, doch sie wich ihnen nach oben aus.
Und so ging der gefährliche Moment vorüber.
Die Wasserwelt umfing sie wieder und allein die Kugel glühte vor ihr.
„Warum hast du dir das angetan? Ich bot dir das Leben, doch nun wähltest du den Tod!“
Juni glitt seitwärts und erhaschte einen Moment Tekias Schemen, der abseits entlang schlich und offenbar wieder in ihrer Erinnerung gefangen war. War ihre Gestalt eigentlich an Geschwindigkeit gebunden? Sie war so gewohnt, im Schritttempo dahinzugleiten, dass sie noch gar nicht auf den Gedanken gekommen war, einfach schneller zu sein.
Sie rief sich einen schlanken Fisch vor Augen. Einen schmalen silbernen, wie die in den kleinen Waldbächen. Rasch und zielsicher zischte sie plötzlich durch das Wasser und berührte Tekia, ehe der Kriegerin auch nur ein Laut über die Lippen kam.
„Das wären dann zwei“, sagte sie wie zu sich.
Ein infernales Kreischen erklang und im nächsten Augenblick bewegten sich die Schatten.
Eine Wellenbewegung glitt durch die Wasserpflanzen und ehe Juni einen klaren Gedanken fassen konnte, fauchten die Köpfe der Pflanzen zu ihr hinab, als wären sie Tentakel einer gigantischen Bestie.
Und vielleicht war es auch so.
Mit dumpfen Schlägen hämmerten die Tentakelpflanzen auf sie ein.

Einen lebendigen Leib hätten sie mühelos in Fetzen gerissen, doch durch ihre Gestalt glitten sie einfach hindurch. Die Pflanzen wühlten den schwebefeinen Staub des Seebodens meterhoch in die 'Luft'. Innerhalb eines Augenblicks war die Welt voll des grauen Staubs und undurchdringlich düster.
'Auftrieb' kam es ihr wieder in den Sinn, und so schoss sie hinauf. Höher - immer höher, bis sie den Mond erhaschte und schließlich durch die Wasserdecke brach. Pure Erleichterung durchströmte sie. Sie hatte es tatsächlich geschafft, dem Geist die Seelen ihrer Freunde zu entreißen!

Orientierend drehte sie einen Kreis über dem See und sah in der Blauschwärze des Wassers einen orange schimmernden Punkt, wie ein widernatürliches Feuer, das viele Meter unter dem Wasser brannte. Sie sollte gehen, bevor der Geist sich noch an etwas erinnerte, das ihr schaden könnte. Juni sah kein weiteres Mal hin, sondern wandte sich zum Taigawolf am Ufer. Er wirkte wie ein riesiger, schneeweißer Koloss. Schwerelos wie ein Adler glitt sie zu ihm hin.
Als sie an seiner Seite innehielt, hob er den Kopf und leckte sich über das Maul.

„Du hast dir Zeit gelassen. Die Nacht, die dich schützt, hält nicht mehr lange an. Folge mir."

Ohne ihr eine Verschnaufpause zu gönnen, streckte er sich über seine ganze Länge. Dann spannte er seinen muskulösen Körper und sprang mit einem einzigen Satz ins dichte Gestrüpp.
Juni folgte ihm mühelos. Jetzt, wo sie das Geheimnis der Geschwindigkeit verstand, überwand sie die Distanz ohne Probleme.

„Gewöhne dich nicht zu schnell daran. Noch bist du am Leben, Juni", mahnte sie der Wolf.

„Was hat das mit der Nacht auf sich?“, fragte sie ihn auf dieselbe, stille Weise.

„Ich erinnere mich nur noch dunkel an das Sonnenlicht. Aber es macht müde und träge. Als Jäger möchtest du dich zusammenrollen und auf die Nacht warten. In deiner Form ist das noch viel intensiver. Du verlierst den Kontakt zu deiner Erinnerung und kehrst nie wieder zurück.“

„Das heißt, ich sterbe bald?“ Sie empfand keine Furcht, eher Bedauern, als sie das fragte.
„Ja und nein. Ähnlich wie deine Begleiter, Juni, bleibst du ein Gefangener einer Erinnerung. Aber da ich dich nicht zwingen kann, zu deinem Körper zurückzukehren, wärst du für mich und für alle die anderen Geschöpfe der Welt wie tot. Ja, so gesehen, stirbst du, wenn wir uns nicht eilen. Doch dein Stamm lagert ganz nahe.“

Tatsächlich. Ein schwacher Flammenschein färbte die Umgebung weiter vorne in ein nervös flackerndes Orange. Zwei Personen hockten am Feuer und unterhielten sich leise. Juni sah kurz zurück, als der Taigawolf stehen blieb. Seine Augen funkelten wie weit entfernte Sterne. Sie blickte ihn direkt an. *„Was soll ich tun?“*
„Suche die Körper. Sobald du nahe genug bist, werden die Seelen zu ihnen zurückkehren. Setze deine Reise gen Wärme fort, wenn du kannst. Ich werde dort eine Weile warten.“
„Ich danke dir“, erwiderte Juni leise. Sie wusste nicht, wie sie ihre Dankbarkeit sonst ausdrücken sollte, als in diesen schlichten Worten. Aber der Taigawolf wollte gar keinen Dank. Er reckte stumm den Kopf und trottete dann seitlich ins Dickicht. Jetzt, wo sie allein zurückblieb, fielen ihr die Fragen ein, die sie ihm gerne gestellt hätte. Vielleicht einen Hinweis mehr? Eine Idee, mit der sie arbeiten konnte?

Juni näherte sich den beiden Personen und prüfte das Lager mit ihrem Blick. Es gab vier Rastmatten am Feuer auf der einen Seite und auf der anderen, eine Trage, mit der sie normalerweise Holz zum Klan brachten. Dort waren ihre Körper aufgebahrt. Juni glitt näher und ganz unerwartet reagierte das Feuer auf ihre Anwesenheit. Es knisterte lauter, als ob ihm plötzlich Nahrung fehlte - oder eine unsichtbare Kraft die Flammen niederdrückte.
„Mir gefällt es hier nicht, Reisender. Wir sind noch zu nahe am See", sagte der Jäger, den sie als Peerk kannte. Ein älterer, nervöser Bursche, der äußerst zielgenau seinen Speer werfen konnte. Jetzt warf er ein weiteres Holzscheit in die Glut.
Doch wer war der Fremde? Er trug einen braunen Kapuzenumhang, wie er in ihrem Stamm nicht üblich war, und dazu eine dickte Tunika aus Stoff. Ein Seil gürtete ihn, doch bis auf einige Beutel und seinen Stab schien er unbewaffnet.
„Du machst dir starke Sorgen um deine Stammesfreunde, nicht wahr?", forschte der Fremde mit ruhiger Stimme nach.
Peerk blickte den Fremden nachdenklich an. „Der See hat sie betäubt. Sie haben viel von dem Staub eingeatmet. Ich bin mir nicht sicher, ob sie jemals wieder erwachen. Eine solche Strafe haben sie nicht verdient."
„Strafe? Dann wart ihr gar nicht zur Rettung hier, sondern zur Jagd?", wollte der Fremde wissen.
„Ja, aber Ihr müsst verstehen, warum. Juni ist mit diesen beiden aufgebrochen, um den Botageshritus allein auszuführen. Das ist ein sehr wichtiges Ritual zur Selbstfindung. Normalerweise ist der ganze Stamm daran beteiligt." Juni ärgerte sich über Peerks Worte. Immerhin verschleierte er den Grund, warum sie ihr Ritual allein ausführen wollte!
„Juni, sagtest du, ist ihr Name? Juni, nach der Juniblume?"
„Ja, das stimmt. Warum?"
„Der Name klingt nach einem südlichen Normadenklan. Einige Wochen Reise entfernt."

Oh? Das war nun wirklich interessant!
„Dann gibt es die Juniblume wirklich?“, wollte Peerk wissen. In seinen blauen Augen schimmerte Neugier.
„Natürlich. Sie kann ganze Felder füllen. Wie kam das Mädchen zu diesen Namen?“
Peerk hob die Schultern. „Sie ist eine Waise. Man sagt, unsere Jäger hätten die verletzte Mutter und ihr Kind im Wald gefunden und zum Stamm gebracht. Doch die Mutter überlebte nicht.“
Ja, ihre ganze Geschichte in wenigen Worten zusammen gefasst. Peerk enttäuschte sie und am liebsten würde sie ihn ...
Als das Feuer abermals bedrohlich knackte, gewann Juni etwas Abstand. Die Unterhaltung wühlte sie auf. Aber sie durfte ihre Aufgabe nicht vergessen. Die Körper! Sollte sie jetzt zu ihnen gehen? Nein, sie brauchte noch mehr Wissen über ihre Umgebung, ehe sie ‘aufwachte’.
Es war nur ein Jäger ihres Stammes zu sehen, aber es gab vier Rastplätze. Wo waren die anderen drei?
Juni spähte ins Unterholz und entdeckte eine schemenhafte Bewegung. Dort hinten schien noch ein Feuer zu brennen. Ein ganz kleines mit geringer Leuchtkraft. Sie glitt in die Richtung. Leises Kichern war zu hören.
Da entdeckte sie eine kleine, schwarzhaarige Frau in enger Umarmung mit einem Krieger. Zumindest musste er einer sein, bei all den Muskeln seines entblößten Oberkörpers. Juni verharrte erschrocken, dann verlegen, als sie hörte, was er ihr ins Ohr flüsterte. Es waren Kulia und Nevaln. Sie wirkten vertraut miteinander. Verdammt! Warum beteiligte sich ihre Freundin an ihrer Verfolgung? Als das kleine Feuer in der Steinmulde zischend bläulich wurde und dann unter weißem Qualm erlosch, erinnerte sie sich an ihre Form und wandte sich ab. „Liebster?“, hörte sie noch die erschrockene Kulia hinter sich zischen. „Da war Junis Gesicht im Dunst! Sie hat uns beobachtet!“

Juni schauderte und gewann rasch Distanz.
War das wahr? Konnte ihre Seelengestalt im Dunst sichtbar werden?
Wenn das stimmte, dann hatte sie eine Ablenkung. Vielleicht war es Zeit für ein bisschen Dramatik, um ihr Zeit nach dem Erwachen zu geben.
Juni steuerte das zentrale Lagerfeuer an.
Sie glitt näher zu den zwei Männern und lauschte, wie das Feuer bedrohlich knisterte. Sie glitt direkt durch die Flammen und im selben Augenblick erloschen sie, als hätte jemand einen Kübel unsichtbares Wasser darauf entleert. Zischend quoll dicker, weißer Rauch aus der Glut und umspielte ihre geisterhafte Präsenz. Die zwei Männer sprangen fassungslos auf und blickten sie entgeistert an.
„Juni?“, fragte Peerk verstört. „Bist du das? Was hat das zu bedeuten?“
Sie wies zu den drei Körpern auf den Matten und bewegte sich auf sie zu. Ein plötzlicher Sog entstand in ihrer Mitte. Hoffentlich funktionierte das auch. Nicht, dass sie plötzlich in Yelins Körper erwachte. Beunruhigt beobachtete sie die geisterhaften Nebelschlieren, die wie dünne, blaue Fäden von ihr aus zu den drei Körpern waberten. Dann riss sie eine unbekannte Kraft zur linken Seite und mit unerwarteter Intensität raste purer Schmerz durch ihre Glieder. Dunkelheit umfing sie.

Und sie erwachte mit heftiger Atmung.
Neben sich fühlte sie eine Bewegung und ein leises Seufzen.
„Wo ... bin ich?“, hörte sie Yelins irritierte Stimme.
„Wo immer du bist, ich scheine auch dort zu sein“, rumorte Tekia im Hintergrund.
Es waren offenbar nur Augenblicke vergangen, denn Peerk und der Fremde näherten sich ihnen. Peerk senkte seinen Speer mit der Spitze in ihre Richtung. Der Fremde dagegen hielt sich im Hintergrund.

„Bleibt ganz ruhig. Wir haben euch vom Seelensee gerettet“, begann Peerk langsam. „Ihr wart bewusstlos.“
Tekia richtete sich auf, dann Yelin. Er bot Juni die Hand und sie ergriff selbige, um aufzustehen.
Yelin neigte den Kopf. „Dann danken wir euch, Freund. Wir sind noch immer im Botageshritus gebunden und werden sofort aufbrechen.“
Peerk näherte sich einen Schritt und leckte sich nervös über die Lippen. „Tut mir leid. Der Stamm wird den Ritus nicht anerkennen. Ihr werdet mit uns zurückkehren. So wird es verlangt.“
Yelin warf einen Blick zu Juni. Eine stumme Frage lag ihm auf den Lippen. Zurück - oder nicht?
Aber sie konnte nicht zurück!
Alles wäre umsonst gewesen, wenn sie jetzt aufgab und Reue zeigte. Und wenn sie ehrlich war, ‘wollte’ sie auch nicht zurück. Nicht zu den Männern, die sich im Stamm um sie stritten. Nicht zum Stamm, der sie stets erinnerte, dass sie eine Waise war.
„Nein, es gibt kein Zurück!“, zischte sie. „Der Stamm mag den Ritus nicht anerkennen, aber der Wolf der Taiga hat ihn erhört. Wenn schon nicht mir, dann zollt wenigstens ihm Respekt! Er führt meine Reise durch diese Wälder und der Klan sollte sich seinem Willen fügen!“
„Worte, Kind. Nur Worte. Eure Reise führt zurück zum Stamm“, widersprach Peerk gewählt langsam. „Kulia? Nevaln? Wo bleibt ihr!“, rief er dann in die Dunkelheit.
„Du kannst nicht auf uns drei gemeinsam achten“, meinte Juni leise. „Der Wolf der Taiga beschützt unseren Weg in den Süden. Lasst uns gehen!“
„Nein!“, fluchte Peerk. „Ich kann nicht, verdammt! Der Jagdführer würde das nie zulassen. Ihr müsst bleiben!“
Nun trat Tekia vor und sofort zuckte Peerks Speerspitze in ihre Richtung. „Ihr habt Juni gehört. Lasst uns gehen, und gebt mir

davor noch einen Speer. Als Kriegerin sollte ich bewaffnet sein."
„Was?", schnappte Peerk überrascht. „Nein! Ich habe keinen Speer für dich!"
„Macht nichts", sagte Tekia gefährlich leise. „Ich nehme einfach deinen!"
Und ehe sich Peerk versah, sprang sie aus dem Stand auf ihn zu. Sein Stich führte ins Leere, und Tekia packte die Waffe mit beiden Händen. Sie drehte Peerk die Waffe aus der Hand und brachte ihn mit einem schmerzhaften Kniestoß zu Fall. „Verflucht!", keuchte er und Juni starrte erschrocken auf den Fleck, wo er eben noch gestanden hatte.
„Zeige die Richtung, Juni!", rief Tekia und riss sie aus ihren Gedanken. Sie wies sofort südlich.
„Was wollt ihr dort?", fragte der Fremde, der sich vorsichtig zu Peerk gehockt hatte. „Was hofft ihr, dort zu finden?"
„Schutz, Sicherheit und die Juniblume. Wer weiß?", rief sie ihm zu und wandte sich um. Gemeinsam stürmten sie auf das südliche Dickicht zu.
Sie rannten noch gar nicht lange, als etwas durch die Luft surrte. Kurz darauf bohrte sich zitternd ein Jagdspeer gut drei Schritte vor ihnen in den Boden. Tekia sog zischend die Luft ein, und sie hielten inne. Dieser Speer gehörte zu ihrem Stamm. Doch wer hatte ihn geworfen?
Langsam zeichnete sich eine Silhouette ab. Ein großer Mann in einer Felltunika trat aus dem Unterholz der Bäume. Nadeln und Flechten hatten sich in den Fransen seiner Pelzkleidung verfangen, die er sicherlich absichtlich so nachlässig behandelte. Wer nicht gesehen werden wollte, wurde ein Teil der Natur, die ihn umgab. Welcher Kundschafter hatte dieses Prinzip perfektioniert? Es gab nur einen. Einer, der sie zur Frau nehmen wollte. Loorken. Der blonde Hüne trat langsam näher und Juni konnte die eisblauen Augen erkennen, die zuallererst sie und dann erst Tekia und zuletzt Yelin fixierten. Sie konnte

allerdings nicht den Blick von dem gut zwei Schritt langen Jagdspeer wenden, den er völlig unzeremoniell auf sie richtete. Loorken hatte sie gefunden. Er war also Anführer der Jägergruppe.
„Eure Reise endet nun. Ich denke, Juni, du kommst mit mir. Was ihr beiden anderen anstellt, ist mir gleich."
Er schwieg bedächtig und starrte sie aus eisblauen Augen an. Sein Gesicht wirkte wie aus einem Gletscher gemeißelt - kühl, klar und völlig ohne Emotion.
Warum sie? Was wollte er von ihr? Wie hatte er sie überhaupt gefunden?
Juni trat ein, zwei Schritte auf Loorken zu und wies unbestimmt hinter sich. „Falls es dir noch nicht aufgefallen ist, Loorken, wir sind zu dritt und du bist ganz allein!"
Sie gewann Loorkens Gesicht keinerlei Regung ab. Er näherte sich stattdessen selbst um einen Schritt und sprach nun mit leiser, bedrohlicher Stimme. „Berauschend, nicht wahr? Eine Arena im Antlitz der Gefahr."
„Das ist kein Spiel, Loorken! Und wenn, dann eines, wo jeder etwas verlieren wird!"
„Ich hielt euch schon für verloren, als wir eure reglosen Körper fanden. Ich dachte, das Salz des Seelensees hätte euren Geist verdorrt, aber der Wanderheiler meinte, ihr würdet noch leben. Ganz offenbar hatte er Recht, denn ihr seid wieder bei wachem Verstand. Aber ich werde euch nicht gehen lassen. Nur wenn du mit mir kommst, verspreche ich, dass deinen Freunden nichts geschehen wird."
„Wir werden sie nicht ziehen lassen!", mischte sich Yelin nun ein und wies mit der Hand deutlich auf Loorken. „Und schon gar nicht mit euch!"
Irgendwo im Hintergrund wurden Rufe laut.
Ihnen blieb nicht mehr viel Zeit.
„Und wenn du einen Kampf willst, bekommst du ihn!", fügte Tekia drohend hinzu. „Das schwöre ich dir!"

„Warum glaubt ihr nur, dass ihr gewinnen werdet?“, fragte Loorken leichthin. Er war sich seiner Sache so sicher, woher nahm er nur diese Zuversicht?
„Der Wolf der Taiga ist auf unserer Seite!“, antwortete sie an der Stelle der anderen. „Wir folgen seinem Pfad und du stehst einfach nur zufällig im Weg.“
Loorkens Aufmerksamkeit schnellte zu ihr zurück. „Zufällig? Ich bin hier, weil ich hier sein wollte.“
„Dann wolltest du auch den Kampf!“, gellte Tekias Stimme durch die Nacht. Sie schnellte mit dem Speer vor und stach gezielt zweimal zu. Loorken reagierte augenblicklich. Obwohl er seinen Speer aufrecht in der rechten Hand hielt, beschleunigte er das längere Stabende mit der freien Hand, sodass sich der Speer elegant in einer spiralförmigen Acht um sein Handgelenk drehte und er so die Stiche mit dem Holz blockierte.
„Das Leben ist immer lebensgefährlich“, erklärte er leise, zog dann den Speer kurz zurück, um die Spitze im nächsten Augenblick gen Tekias Halsregion fliegen zu lassen.
Sie wich seitlich aus und konterte, indem sie den Speer in einem exakten Halbbogen zu seinem Kopf führte, als wäre er eine riesige Schlagwaffe.
Loorken duckte sich und das Holz sauste über seinen Kopf hinweg. Tekia sprang einen Schritt zurück, um ihren Abstand zu korrigieren.
Juni sah kurz in den Hintergrund. Die Schemen bewegten sich.
„Dort hinten ist Kulia! Mit Nevaln und Peerk!“, rief sie Yelin zu.
„Dann sollte ich mich wohl eilen, nicht wahr?“, bemerkte Loorken gleichmütig und preschte mit dem Speer vor. Seine Stiche kamen hart und schnell. Jeder einzelne von ihnen hätte Tekia sicher getötet, wäre sie nicht geschickt von links nach rechts ausgewichen. Sie blockte nur hin und wieder, um etwas Unruhe in Loorkens Angriffsmuster zu bringen.

Es schien, als würde sie seine Taktik studieren.
Aber dafür hatten sie keine Zeit! Sie mussten Loorken kampfunfähig machen und das, bevor die Stammesjäger heran waren.
„Yelin! Komm!“, rief Juni.
Sie beide hatten keine Waffen, doch er begegnete Junis Augenkontakt und nickte nur stumm, als verstünde er.
In einer beiläufigen Bewegung klaubten sie beide Äste, Erde und Steine auf. Sie flankierten Loorken links und rechts, der seine Aufmerksamkeit hauptsächlich Tekia zuteil werden ließ.
Yelin nickte kurz. Gleichzeitig sprang sie mit ihm vor, um Loorken zu bewerfen. Selbst Tekia folgte mit einem Konterangriff - nur einen Atemzug später.
Doch Loorken war viel zu schnell.
Obwohl ihn die Fuhre Schmutz mitten ins Gesicht traf, war er seiner Sinne Herr genug, um Tekias Attacke zu parieren. Im gleichem Moment sprang er seitwärts gen Yelin und rammte ihm das stumpfe Speerende in die Magengrube, ehe seine Aufmerksamkeit allein auf sie fiel.
„Jetzt reicht es aber“, zischte er und war mit einem Satz bei ihr.
Juni nahm es wie in Trance wahr.
Noch während Yelin keuchend in die Knie ging, überwand Loorken die drei Schritte und baute sich in seiner ganzen entsetzlichen Größe vor ihr auf. Ein Augenblick später griff er ihr mit harter Hand ins Haar und führte schmerzhaft ihren Kopf in den Nacken. Eisblaue Augen starrten in die ihren.
„Und damit gehörst du für immer mir.“
„Warum ich?“, keuchte sie.
„Ich bin der Jäger. Du bist die Beute.“

Tekia war es, die den Alptraum beendete. Mit einem hohen Schrei war sie plötzlich auf der linken Seite und warf sich mit ihrem ganzen Körper gegen Loorken. Zu dritt stürzten sie in den Morast, und als Loorken sie endlich losließ, trat sie mit

beiden Füßen unbestimmt nach ihm - bis sie sich aufrappeln konnte.
Schwarze Lederrüstungen tauchten auf. Speere wurden in ihre Richtung gewandt. Juni las erschrocken die grimmige Entschlossenheit in den Gesichtern ihrer ehemaligen Stammesfreunde.
„Komm!“, rief Yelin, der plötzlich an Junis Seite auftauchte und sie vom Trance löste. „In den Wald!“

Er packte sie am Arm und sie folgte, während sich die Betäubung langsam von ihrem Geist löste. „Tekia? Was ist mit ihr?“ Obwohl sie in wilder Panik rannten, musste sie einfach kurz über die Schulter starren und beobachten, wie sich der Kreis der roten Jäger um die beiden Kämpfenden schloss. Sie würden Tekia zurück ins Lager bringen! Verdammt!
Doch zwei der Jäger lösten sich aus dem Pulk und stürmten ihnen nach.
Was glaubte sie eigentlich, wer sie war? Woher nahm Yelin die Kraft? Der Wald war zwar zum Greifen nahe - ja, er war schon beinahe zu fühlen, doch sie konnte den Jägern gar nicht entkommen.
Niemals.
Als sie zwischen die Bäume eintauchten, waren Peerk und Nevaln an sie heran. Links und rechts von ihnen erschien einer der dunklen Schemen. „Juni! Was ist das?“
Ihr Blick schnellte nach vorn, wo ein silbern schimmerndes Augenpaar im Dickicht vor ihnen wartete.
„Warte ... da ist ein Wolf“, rief Nevaln zu Peerk. Die roten Jäger verlangsamten ihren Lauf.
„Weiter! Weiter auf ihn zu!“, schrie sie, als auch Yelin im Lauf zu zögern begann. Der Leib des Wolfes wurde deutlich sichtbar. Weiß schimmerndes Fell, ein starrer Blick der sich bis auf den Grund der Seelenquelle bohren wollte. „Weiter, nicht innehalten!“, rief sie wieder. Sie drehte sich nicht mehr um.

Yelin griff nach ihrer Hand, als sie nahe am Wolf der Taiga vorbeiliefen. Der riesige Wolf regte sich erst, als sie ihn passierten, setzte sich dann einfach lautlos in Bewegung und trabte an ihrer Flanke. Er musste sich nicht einmal beeilen, um mit ihr und Yelin Schritt zu halten.
„Bei den Schluchten von Korkash“, murmelte Yelin ehrfurchtsvoll vor sich hin. „Ich kann es kaum glauben!“
Juni antworte nicht, und sie rannten einfach weiter blind durch das Dickicht. Sie tauchten tiefer und tiefer in die Finsternis des Waldes. Diese Dunkelheit schien ihr nicht natürlich. Nahm der Taigawolf Einfluss auf die Welt? Dieser Wald wirkte unsagbar fremd auf sie. Es sollte eigentlich nicht so dunkel sein. Die Stämme erweckten den Eindruck, als würden sie ein Dach aus Finsternis tragen und dabei weitere Schwärze absondern.
„Juni?“, fragte Yelin gedämpft.
„Was passiert hier? Sag doch etwas!“
„Lauf weiter. Einfach weiter“, raunte sie ihm zu und drückte still seine Hand.

Der Wolf der Taiga schimmerte beinahe von innen heraus. Er beschleunigte und rannte nun etwas voraus. Er war das Leuchtfeuer, an dem sie sich orientierten. Das letzte Fünkchen Licht in der absoluten Leere.
„Was tust du?“, fragte sie den Wolf in Gedanken.
„Dich ans Ziel bringen.“
„Wie meinst du das?“
„Du bist bald am richtigen Ort. Dann wirst du alles verstehen.“
„Warum hilfst du mir?“
„Weil du den Preis gezahlt hast.“
„Welchen Preis?“
„Jeder Wunsch. Sei es Erfahrung, sei es Geschick, Wissen, Einblick ... kostet euch Lebenskraft. Damit meine ich die Zeit, die ihr braucht, um eure eigenen Ziele aus eigener Kraft zu

erreichen. Es ist immer ein Preis fällig, den ihr bereitwillig zahlt. Eure Zeit, eure Lebenskraft.
Indem ihr einen Wunsch an mich richtet, spart ihr etwas Zeit, die ihr mir schenkt. Ihr schenkt mir Leben und ich gönne den nächsten eures Volkes weitere Wünsche. Ein ewiger Tauschhandel mit dem roten Jägerstamm, wie es am Anfang der Dunkelheit ausgemacht wurde.“
„Von welcher Dunkelheit sprichst du?“
„Ihr seht sie um euch. Meine Welt dämmert. Auch ich wurde vergiftet ... wie einst meine Gefährtin.
Ich fand diesen Weg, am Leben zu bleiben und trotzdem zu helfen. Du wirst schon sehen ...“
Yelin hob plötzlich die Hand und wies vor sich. „Sieh nur! Licht!“
Tatsächlich lichtete sich der Wald mit jedem Schritt.
Wie an einem frühen Morgen, wenn man unter den Fellen hervorkriecht und ins Sonnenlicht blinzelt.
Breite warme Strahlen blitzten ihr durch das Blätterdach entgegen und gleich darauf erblickten sie vor sich das Feld. Sie hatten den Waldrand erreicht und vor sich sah Juni das Wunder.
Ein reines Meer aus sonniger Farbe. Große braune Blütenscheiben, umsäumt von leuchtend gelben Blättern. Die Blumen ie nickten mit ihren schweren Köpfen unter jeder Brise zur Sonne. Der Wind ließ sie gerne wippen.
So eine Pflanze hatte Juni noch nie gesehen. Nach ihr war sie benannt.
„Was gibt es hier?“, fragte sie halblaut, ehe sie bemerkte, dass der Wolf der Taiga zurückgeblieben war. Sie sah kurz zu ihm. Er stand auf der Grenze zwischen Licht und Schatten. Sein weißes Fell glänzte, während seine Augen still auf ihr ruhten.
„Die Antwort.“
„Dann ist das ... die Juniblume? Die Pflanze meiner Eltern?“, flüsterte sie ehrfurchtsvoll und sah zurück zum Feld. Ihre

Mutter musste solch gelbe Felder gekannt haben. Es war so anders hier, so ungewohnt ohne die uralten Nadelbäume, die sonst ihre Heimat ausmachten. Sie schaute kurz zu Yelin. Sein rotes Haar wehte leicht im Wind. Erst jetzt bemerkte sie, dass sie noch immer seine Hand hielt. Sie ließ ihn frei und fragte leise: „Was denkst du?“
„In den alten Liedern wird die Juniblume auch Sonnenblume genannt. Sie wächst allerdings nicht so weit gen Kälte, wo wir leben.“
Sie näherten sich dem Feld und gingen einige Schritte durch die Blumen, welche die Größe kleiner Kinder hatten. Der Wind verdichtete sich kurz und brachte eine Ahnung von Wärme mit sich.
„Die Jahreszeit stimmt nicht“, sagte Yelin nach einigen Atemzügen.
„Sieh nur“, er wies zum Horizont. „Die Sonne steht, als wäre es Sommer. Wo genau sind wir eigentlich?“
Juni blickte abermals über die Schulter, doch der Taigawolf war fort.
Stattdessen hörte sie leise Stimmen, als ob sich jemand näherte.
„Runter“, zischte Yelin und Juni gehorchte. Zeitgleich duckten sie sich ins Feld und beobachteten zwischen den Lücken die Waldkante.
Die Blumen hatten raue Blätter und einen fleischigen, dicken Stängel. Womöglich wurden sie wirklich nicht gesehen.
Ein Mann in brauner Tunika und dunklem Kapuzenumhang wurde sichtbar. Neben ihm lief eine Frau, die ebenfalls eine braune Kutte trug. Schwarzes Haar umspielte ihr sonnengebräuntes Gesicht und sie nutzte einen Speer als Wanderstab.
„Sieht sie nicht aus wie Tekia?“, wandte sie sich an Yelin.
„Das kann gar nicht möglich sein“, gab er leise zu bedenken.
„Beobachten wir sie einfach.“
Die beiden Wanderer verließen den Schatten der Bäume. Sie liefen langsam an der Feldkante entlang. Hin und wieder wies

der Mann zu ihnen hinüber, als würde er über die Sonnenblumen sprechen.
Als die Sonne das Gesicht der Frau erhellte, war sich Juni ganz sicher. Es war Tekia, auch wenn die Ruhe in ihrem Gesicht unerwartet friedlich wirkte. Dann begegneten sich ihre Blicke. Durch die Stängel der gelben Pflanzen hindurch hatte Tekia sie plötzlich entdeckt. Sie hielt inne.Verwunderung lag auf ihren Zügen.
Juni lachte und stand im selben Atemzug auf.
„Warte!“, zischte Yelin, doch sie dachte gar nicht daran, Tekia einfach ziehen zu lassen. Tekia hielt inne und konnte den Blick nicht abwenden, als ob es ihr völlig absurd erschien, dass Juni so ganz plötzlich aus dem Sonnenblumenfeld auftauchte.
„Ihr ... seid ihr es wirklich?“, fragte sie ungläubig.
„Juni!“, rief sie dann und breitete ihre Hände aus.
Sie fielen sich in die Arme. Lachten, ehe Juni sich Zeit nahm, Tekia aufmerksam zu mustern. „Wie kommst du hier her? Hat dich Loorken ziehen lassen?“
Erst jetzt bemerkte sie die minimalen Unterschiede in Tekias Miene. Ihr Gesicht war eine Spur erwachsener. Die Fältchen ein Hauch deutlicher. Ganz eindeutig war Zeit vergangen und zwar mehr als ein paar Stunden. Was war passiert, als sie die Finsternis durchquert hatten? War das überhaupt möglich?
„Das Gleiche sollte ich dich fragen. Das Letzte, was wir hörten, war, dass ein großer, weißer Wolf euch in den Wald führte. Nevaln und Peerk folgten euch noch eine Weile, doch eure Spuren endeten plötzlich.“
„Das war vor zwei Jahren“, meinte der fremde Begleiter Tekias. „Auch ich bin dort gewesen, wenn ihr euch erinnert?“
Yelin berührte ihre Schulter. „Pass auf, Juni. Irgendetwas stimmt hier nicht. Wir haben den Wald gerade erst durchquert, das können die beiden unmöglich sein!“
Zwei Jahre? Ja, das war unbeschreiblich seltsam. Wie konnte nur so viel Zeit vergehen?

Aber sie hatte seit dem Botageshritus so viele fremdartige Dinge erlebt, dass sie selbst eine Reise durch die Zeit für möglich hielt.
„Ihr, Fremder! Wie war doch gleich Euer Name?“, wollte Yelin wissen.
„Ich hatte dich diplomatischer in Erinnerung, Yelin“, meinte Tekia nachdenklich.
„Ihr erzählt doch, dass zwei Jahre vergangen sind. Meine Güte! Zwei Jahre!“
„Beruhige dich. Ich bin Tamarian, ein Wanderheiler. Ich versorge die kleinen Leiden der hiesigen Nomadenklans. Tekia begleitet mich seit einer Weile und macht meine Reisen dadurch viel sicherer.“
Plötzlich packte Tekia Junis Schulter. „Juni? Yelin hat Recht. Wo seid ihr all die Zeit gewesen? Ich habe euch überall gesucht. Ich fand vieles, sogar den Klan deiner Familie! Aber nicht dich.“
Eine unerwartete Aufregung schwemmte ihre Verwirrung hinfort.
„Was? Meine Familie? Meinen Klan? Bist du sicher?“
Tekia nickte und wies unbestimmt hinter sich. „Sie erinnern sich an deine Mutter. Du hast zwei Schwestern und einen Bruder, Juni. Wir fragten auch nach dir, doch eure Spuren erloschen in jener Nacht, in der ihr verschwunden seid.“
Juni und Yelin wechselten kurz die Blicke.
„Wie ist es dem Klan ergangen?“, fragte Yelin skeptisch.
„Sie suchten euch noch mehrere Wochen. Loorken war wie besessen von der Idee, euch wiederzufinden. Doch es gab keine Spuren, keine Geschichten von jemandem, der euch gesehen hatte. Als der Winter uns heimsuchte, gab er schließlich auf. Der Stamm erkannte deinen Botageshritus an. Weil Peerk und Nevaln den Wolf gesehen haben und glaubten, dass er etwas mit eurem Verschwinden zu tun hatte.“
Juni lächelte.

„Vielleicht stimmt das sogar. Und du? Wie kommst du dazu, den Stamm zu verlassen?“
Tekia blickte kurz zu Tamarian und hob dann ratlos die Schultern. „Ich brauchte eine neue Aufgabe. Jemanden, den ich beschützen wollte. Außerdem war ich mir sicher, dass du irgendwo dort draußen lebst, Juni. In unseren letzten gemeinsamen Momenten hast du Juniblumen und den Süden erwähnt.“
„Terrain, das ich häufig durchstreife“, fügte Tamarian hinzu.
„Deshalb schloss ich mich ihm an. Wir reisen seit einem Jahr miteinander.“
Yelin rieb sich den Nacken. „Ich glaube, ich muss mich erst einmal daran gewöhnen. Jedenfalls heißt das, dass wir sicher sind und niemand uns verfolgt?“
„So ist es“, erwiderte Tekia ruhig.
„Und wohin führt eure Reise?“, wollte Juni da wissen.
„Wir können deinen ‘wirklichen’ Klan besuchen“, bot Tekia mit nachdenklicher Miene an. Sie nickte dann. „Kommt! Ihr wollt doch sicher keine weitere Zeit verlieren, oder?“
Zeit verlieren ... nein, das wollte sie nicht. Aber ein neues Leben gewinnen, dafür lohnte es sich vielleicht, Zeit zu investieren.
„Dann weise uns den Weg!“
Zwei Jahre? Worauf wartete sie eigentlich? Die Zeit konnte sie sich nicht aufhalten. Sie sollte heute beginnen, sie zu schätzen und zu nutzen.
Wie in Gedanken griff sie wieder nach Yelins Hand und drückte sie. Es amüsierte sie, als sie seinen überraschten und auch fragenden Blick bemerkte.
„Nun schaue nicht so. Zeit können wir auch gemeinsam nutzen, wusstest du das?“
Er musste lächeln und die Art, wie er es tat, war ein wenig zu deutlich. „So? Und was hast du da so gedacht?“
Juni neigte den Kopf zur Seite und strich sich durch das Haar.

Nun, ganz so leicht sollte er es doch nicht haben.
„Wie wäre es, wenn du mir eine Geschichte erzählst?“, fragte sie ihn dann gedehnt.
„Ah! Natürlich ... eine Geschichte“, erwiderte er gespielt resigniert und dann mussten sie plötzlich beide lachen. „Wie wäre es, wenn du mir erzählst, was du dir eigentlich vom Wolf der Taiga gewünscht hast?“
„Das ist immer noch ein Geheimnis!“
„Nun, nach zwei Jahren kannst du es doch verraten, nicht wahr? Es gibt nicht mal einen Stamm, der darüber hinter verborgener Hand rätseln könnte!“
Juni nickte nachdenklich und pflückte im Vorbeigehen eine der Juniblumen. Sie zeigte sie Yelin und meinte. „Und ich habe immer gedacht, sie wären blau.“
„Blau?“, echote Yelin verwundert.
„Warum sollte eine Juniblume blau sein?“
„Die Sonne ist ein gelber Flecken, umgeben von blauem Himmel. Ich dachte, die Juniblume hätte eine gelbe Blütenscheibe, umgeben von blauen Blütenblättern.“
Yelin rieb sich das Kinn.
„Und was hat das mit deinem Wunsch zu tun?“
„Ich wollte die Juniblume erblicken.“
„Das ist alles?“, fragte Yelin überrascht.
„Das ist alles“, gab Juni leise zu. „Bist du jetzt enttäuscht?“
„Nur erstaunt. Aber so funktionieren die Lieder. Die kleinen Dinge werden in ihnen geschätzt und groß.“
Juni nahm nur in den Augenwinkeln etwas Glitzerndes wahr. Weißes Fell, ein bewegter Fleck, ein Schemen, der nur kurz für sie aufflackerte und nicht wirklich sichtbar war.
Ein Freund und Wächter, ein Führer und Mentor.
Der Wolf der Taiga.

Silbermond

Angela Zeiler

Für meine Schwester

Zaghaft blinzelte die Sonne an diesem Morgen durch das dichte Nadeldach. Wie ein unendliches Meer breitete sich der boreale Wald der russischen Taiga aus. Unterbrochen wurde das gewaltige Heer der Bäume durch Seen und die breiten Wassermassen der mächtigen Flüsse. Unaufhaltsam rauschten sie nach Norden, um sich mit dem arktischen Nordpolarmeer zu vereinigen. Auf einzelnen Lichtungen gelangten die Sonnenstrahlen auf den mit kleinen Sträuchern, Kräutern und Moosen bewachsenen Boden.
Obwohl es schon Mitte Mai war, reichte die Wärme kaum aus, um den Frost aus dem Erdreich zu vertreiben. Der eisige Würgegriff des sibirischen Winters löste sich nur sehr langsam und kehrte immer innerhalb von zwei bis vier Monaten zurück. Das Leben hatte sich an diesen Rhythmus angepasst. Es trotzte Schnee und Eis in der langen und dunklen Kälteperiode, um schließlich an den wenigen warmen Tagen zu explodieren. Überall kamen neue Triebe und Sprösslinge zum Vorschein. Die Tiere erholten sich von den winterlichen Strapazen und kümmerten sich fürsorglich um ihren Nachwuchs.
Diese Idylle wurde plötzlich durch ein überraschtes Jaulen unterbrochen. Auf einer versteckten Lichtung schoss eine junge Wölfin aus einem Erdloch und blieb in sicherer Entfernung zum Eingang stehen. Sie hatte weißes Fell, das nur auf Kopf, Rücken und Schwanz einige hellgraue Haare zeigte. Im Schnee gab es keine bessere Tarnung, aber im satten Grün des Sommers leuchtete sie regelrecht. Ihre gelben Augen blickten hilfesuchend zu einem großen Rüden, der gemütlich in der Sonne lag.

„Sie hat mich angeknurrt und nach mir geschnappt. Ich wollte die Kleinen nur mal ansehen, Vater. Was ist denn mit Mutter los?“, fragte sie verwirrt. Leise lachend erhob sich der Wolf. Schattenrücken machte seinem Namen alle Ehre. Er war das genaue Gegenteil seiner Tochter. Dichtes schwarzes Fell überzog seinen gesamten Körper und hellte sich nur am Bauch und an den Beinen etwas auf. Gelb-grüne Augen blitzten intelligent aus seinem dunklen Gesicht. „Mach dir nichts daraus, Sternenglanz. Ich durfte euch erst drei Tage nach der Geburt sehen. Sie meint es nicht böse. Sie will nur ihre Ruhe haben.“
Zwei weitere Wölfe traten auf die Lichtung. Jeder hielt einen toten Hasen im Maul. Stolz zeigten sie die Beute ihrem Vater, der anerkennend nickte. Ihre Schwester schaute nur nachdenklich zum Erdloch und ignorierte die Jäger vollkommen. „He, Sternenglanz, träumst du jetzt schon am Tag? Wir haben Futter besorgt.“, unterbrach Sturmgrau ihre Gedan-ken. Er war fast so groß wie Schattenrücken und sein ganzer Körper wurde von einem grau-schwarzem Fell bedeckt. Seine gelben Augen leuchteten wie Bernstein.
Als die Wölfin ihn immer noch nicht beachtete, setzte er mit einem kurzem Knurren zum Sprung an. Seine kräftigen Beine katapultierten ihn regelrecht durch die Luft. Gerade als er seine Schwester von den Pfoten reißen wollte, duckte sie sich unter ihm hindurch. Völlig überrumpelt fand Sturmgrau auf dem unebenen Untergrund keinen Halt und überschlug sich mehrmals. Benommen wollte er sich wieder aufrichten, als er etwas Schweres auf seiner Brust spürte.

Grollend ragte Sternenglanz über ihm auf: „Es fällt dir vielleicht schwer, das zu glauben, aber es dreht sich nicht immer alles nur um dich, Bruderherz! Also lass mich in Ruhe und geh mir mit deinen Machogehabe nicht auf die Nerven. Ist alles so weit bei dir angekommen? Schön!“

Ohne ihren Bruder eines weiteren Blickes zu würdigen, schritt sie mit erhobenem Haupt auf die andere Seite der Lichtung. Sturmgrau blinzelte ein paar Mal, bevor er sich wieder fing und ihr hinterher rief: „Dann fang dir dein Fressen doch selber. Von meinem Hasen bekommst du jedenfalls nichts ab.“ Schwankend kam er auf die Beine, schnappte sich seine Beute und begann demonstrativ daran herumzukauen.

Schattenrücken trat langsam auf ihn zu und fragte: „Gibst du wenigstens *mir* etwas ab?“ Sturmgrau wollte zu einer patzigen Antwort ansetzen, als er den warnenden Unterton in der Stimme seines Vaters hörte, der soviel wie 'Du kannst es zwar Sternenglanz verweigern, aber mir nicht!' bedeutete. Langsam rückte der junge Rüde von dem Hasen ab und beobachtete, wie er in zwei ungleiche Teile zerbissen wurde. Seufzend machte er sich über das kleinere Stück her.

Mondgesang hatte die Szene mit ruhigem Interesse verfolgt. Er war kleiner und schmaler als sein Bruder. Dunkles braungraues Fell bedeckte die Oberseite seines Körpers, während es an seinem Bauch und seinen Beinen beige wurde. Seine Augen waren genauso gelb-grün wie die seines Vaters. Er unterdrückte ein Lachen, um Sturmgrau nicht noch unnötig zu reizen, und schlenderte langsam mit seinem Teil der Beute zu Sternenglanz.

Er mochte seine Schwester und wusste, dass man sie nicht unterschätzen durfte. Fast vorsichtig näherte er sich ihr von der Seite. Wäre er in ihrem Rücken aufgetaucht, hätte sie ihn in ihrer jetzigen Stimmung mit höchster Wahrscheinlichkeit angegriffen. So stellte er sicher, dass sie ihn erkannte und ihm früh genug zeigen konnte, ob sie seine Gegenwart wünschte oder nicht. Als sie weder knurrte noch nach ihm schnappte, legte er den Hasen ab und setzte sich neben sie.

„Du kannst was von mir haben.“, meinte er nach einer Weile.

„Ich hab keinen Hunger.“, kam die leise Antwort.

Mondgesang lachte kurz auf.

„Das hast du vor ein paar Wochen auch gesagt und dann musste ich mich beeilen, dass ich noch was abbekomme."
Die beiden grinsten sich an. „Selbst Schuld, kleiner Bruder. Du wolltest schließlich nicht aufhören, zu nerven. Außerdem war an dem Hasen kaum was dran gewesen."
„Hmm, heißt das, dass ich von dem hier mehr bekomme, weil mehr dran ist?", fragte Mondgesang unschuldig.
„Keine Ahnung. Probier es doch einfach.", erwiderte Sternenglanz vergnügt.
Einige Sekunden später schnappten die zwei Wölfe nach der Beute und balgten sich spielerisch darum. Es dauerte nicht lange, bis auch dieser Hase in zwei ungefähr gleich große Teile zerriss und sie es sich schmecken ließen.
Von all dem bekam Schneefell in ihrer Höhle nichts mit. Nachdem sie ihre Tochter verjagt hatte, widmete sie sich wieder voller Hingabe ihrem Nachwuchs. Ihr weißes Fell leuchtete in der Höhle, da es das wenige Licht noch zu reflektieren schien. Vier junge Welpen lagen an ihrem Bauch. Die Kleinen waren blind und taub und somit vollkommen auf die Wärme und den Schutz ihrer Mutter angewiesen.
Zärtlich leckte sie über das zarte und weiche Fell eines ihrer Schützlinge. Bald würden auch diese Wölfe in eine gefährliche Welt hinaus tapsen. Alle würden es wahrscheinlich nicht über den Winter schaffen. Dieses Wissen versetzte ihr immer wieder einen Stich, aber das war der Lauf der Natur. Von diesen Dingen wussten die kleinen Fellknäuel natürlich nichts. Sie würden es lernen, aber erst später. Jetzt waren sie noch sicher. Dafür sorgte ihre Mutter.
Drei Wochen später war der große Tag für die vier Welpen gekommen. Die Sonne stand schon tief hinter den Bäumen und die Lichtung wurde in ein sanftes Dämmerlicht getaucht. Unbeholfen und unter den wachsamen Augen von Schneefell setzten sie eine Pfote vor die andere, um die überschaubare Höhle gegen eine riesige, aufregende und fremde Welt

einzutauschen. Am Ausgang blinzelten die Kleinen aufgrund der ungewohnten Helligkeit. Aber ihre Augen gewöhnten sich schnell daran und zum ersten Mal in ihrem Leben sahen und rochen sie die Mitglieder des Rudels.
Verschüchtert und ein wenig ängstlich drängten sie sich an ihre Mutter. Bei all den neuen Eindrücken war sie das Bekannte und die Sicherheit. Schneefell lachte leise und stupste ihren Nachwuchs behutsam mit ihrer Schnauze an. „Ihr wolltet doch unbedingt nach draußen und eure Familie kennenlernen. Also geht hin. Sie tun euch nichts."
Als die Kleinen keine Anstalten machten, dem Rat ihrer Mutter zu folgen, erhob sich Schattenrücken und trat vorsichtig näher. Schnüffelnd begrüßte er sie und stellte zufrieden fest, dass die Scheu langsam wich. „Diesmal sind es zwei Mädchen und zwei Jungen. In welcher Reihenfolge wurde sie geboren?", fragte er seine Gefährtin.
Nacheinander zeigte Schneefell auf die einzelnen Welpen und zählte auf: „Das sind Erste, Zweiter und Dritte. Ich dachte schon, dass es diesmal nur so wenig geworden wären, aber dann kam noch Vierter."
Sorge blitzte in Schattenrückens Augen auf. Nachzügler hatten es schwer und waren oft anfälliger. Um den kalten und gefährlichen Winter zu überstehen, brauchte man vor allem Kraft und Ausdauer. Schnell schob er diesen Gedanken beiseite. Die Chancen von Vierter standen nicht schlechter oder besser als die der anderen, wenn die Sonne die kalte Jahreszeit lange genug fern hielt.
„Was ist ein Mädchen?", fragte Erste und schaute erwartungsvoll zu ihrem Vater.
Überrascht blinzelte er, bevor er meinte: „Ähm ... Du bist ein Mädchen."
„Bin ich auch ein Mädchen?", wollte nun Zweiter wissen.
„Nein, du bist ein Junge.", erklärte Schattenrücken.
Verwirrt sahen sich die Welpen an: „Warum?"

„Weil es nun mal so ist.“, kam die nicht so überzeugende Antwort.
Schneefell unterdrückte nur mit Mühe ein Lachen. Sie wusste nicht, wer unbeholfener aussah, die Kleinen oder ihr Gefährte. Mit ruhiger Stimme begann sie das große Geheimnis der Geschlechter zu enträtseln: „Wir sind alle Wölfe und das macht uns gleich. Aber es gibt auch Unterschiede und das nennt man das Geschlecht. Mädchen gehören zum weiblichen Geschlecht und Jungs zum männlichen. Wenn ihr älter seid, werdet ihr euch einen Gefährten vom jeweils anderen Geschlecht suchen und mit ihm oder ihr eine Familie gründen. So entstehen neue Generationen von Wölfen.“
Während die Welpen das eben Gehörte mit konzentrierten Mienen verarbeiteten, warf ihr Schattenrücken einen dankbaren Blick zu.
„Außerdem sind die Männchen den Weibchen körperlich überlegen und viel schlauer.“, ergänzte Sturmgrau selbstsicher.
„Ach ja? Wo hast du denn deine Überlegenheit versteckt? So weit ich mich erinnern kann, hab ich dich fast immer besiegt. Es sei denn, ich hab dich mit Absicht gewinnen lassen.“, neckte Sternenglanz ihren Bruder.
Bevor er etwas erwidern konnte, mischte sich Schneefell ein: „Das sind eure großen Geschwister, von denen ich euch erzählt habe: Sturmgrau, Sternenglanz und Mondgesang. Sie werden mit euch spielen und euch alles zeigen, was ihr können müsst.“
Die anfängliche Scheu der Kleinen war nun gänzlich verschwunden und mit leuchtenden Augen stürmten sie auf die drei Einjährigen zu. Erste lief sofort zu Sturmgrau und bettelte: „Können wir jagen spielen? Bitte, bitte, bitte.“ Dabei sprang sie schon um ihn herum und versuchte nach seinem Schwanz zu schlagen. Der schüttelte nur lachend den Kopf, ließ der kleinen Wölfin aber ihren Willen. Die beiden Jüngsten tollten zusammen mit Sternenglanz über die Lichtung. Während Dritte jedoch das Spiel übermütig genoss, musste Vierter öfter

ausruhen und zu Atem kommen. Zweiter tapste zielstrebig auf Mondgesang zu, der ausgestreckt auf dem Boden lag. Der Welpe turnte eine Weile auf seinem Bruder herum, bevor er sich ebenfalls hinlegte.
„Warum habt ihr so tolle Namen und wir nicht?“, fragte Zweiter neugierig.
„Namen sind kostbar und müssen mit Sorgfalt ausgewählt werden. Sie spiegeln einen Teil der Persönlichkeit wieder oder sie enthalten ein besonderes äußerliches Merkmal. Bei euch muss sich beides erst noch entwickeln.“
Mit ernster Miene hörte Zweiter zu und meinte: „Mama hat uns erzählt, dass unser Fell sich noch verändert. Bekommen wir unsere Namen, wenn es fertig ist?“
„Ja, so könnte man es ausdrücken.“, sagte Mondgesang leise.
Zweiter mochte diesen Laut. Er klang warm und freundlich.
„Was bedeutet deiner?“, bohrte der Kleine weiter.
„Keiner von uns kann so lange und ausdauernd heulen wie ich. Es gab Nächte, da hat mir nur noch der Mond Gesellschaft geleistet.“, erklärte Mondgesang.
Verwirrung zeichnete sich auf dem winzigen Gesicht ab: „Was ist ein Mond?“

Erneut hörte er das angenehme Lachen. „Dir gehen wohl nie die Fragen aus? Also es gibt nicht einen Mond, sondern nur den Mond. Die Sonne scheint am Tag. Wenn sie untergeht, wird es dunkel und die Nacht beginnt. Dann geht der Mond auf. Er hat vier verschiedene Gesichter. In einigen Nächten steht er als helle Scheibe über dem Wald und taucht alles in sanftes Licht. Es brennt nicht so wie das der Sonne, sondern ist kälter. Dann nimmt er ab, bis er verschwindet. In diesen Nächten kannst du oft nur auf deinen Geruchssinn und dein Gehör vertrauen. Aber er bleibt nie lange verschwunden. Von Nacht zu Nacht sieht man mehr von ihm, bis er wieder vollständig am Himmel steht.“

Erstaunt hörte Zweiter zu und starrte seinen Bruder mit weit aufgerissenen Augen an: „Kommt er heute Nacht auch?"
„Natürlich. Möchtest du ihn sehen?", fragte der größere Wolf amüsiert.
Eifrig nickte Zweiter und sprang aufgeregt hin und her. „Oh ja. Bitte. Kannst du auch singen? Ich möchte dich so gerne mal hören. Kannst du mir beibringen, wie man singt?", sprudelte es aus ihm heraus.
Mondgesang konnte sich ein Grinsen nicht verkneifen, als er seinen Bruder so voller Eifer sah: „Na gut. Wenn du nicht zu müde bist, werden wir heute Nacht singen."
Ausgelassen tobte Zweiter um ihn herum und versicherte: „Ich werde bestimmt nicht schlafen."
Vier Stunden später sah Zweiter zum ersten Mal in seinem Leben den Mond am Himmel aufsteigen. Er befand sich gerade in der zunehmenden Phase und stand als breite Sichel über den Bäumen. Ehrfürchtig schaute der Kleine nach oben und brachte kein Wort heraus. Schließlich legte Mondgesang den Kopf in den Nacken und ließ ein langgezogenes Heulen aus seiner Kehle aufsteigen.
Wie das Licht des Mondes breitete es sich im Wald aus, eine uralte Weise, die schon von tausenden Wölfen vorher gesungen wurde. In dieser Nacht lernte der kleine Welpe viel über die Gesänge der Wildnis. Sein Bruder sang für ihn ein Lied nach dem anderen. Er hörte auch dann nicht auf, als Zweiter sich neben ihn einrollte und einschlief.
In den nächsten Tagen lernten die jungen Wölfe viel Neues. Sie spielten mit ihren Geschwistern und erprobten in Balgereien ihre Kräfte. Besonders Erste schlich sich immer wieder an und benutzte alles als potenzielle Beute. Dabei war es ihr egal, ob es sich um die Schwänze der erwachsenen Tiere oder um Vierter handelte. In ihrem Verhalten ähnelte sie bald Sturmgrau, der sich als ihr persönlicher Lehrer sah. Die Kleine ahmte begierig alle Tricks und Kniffe nach, die er ihr zeigte.

Sternenglanz lachte immer wieder stumm in sich hinein, wenn ihr Bruder seine Lektionen erteilte. Für ihn ging es vor allem um körperliche Kraft, während sie auf Schnelligkeit und List vertraute. Die weiße Wölfin unterrichtete deshalb die anderen drei Welpen in ihren eigenen Methoden. Bald entstand ein stummer Wettbewerb, wessen Technik die bessere war.
Erste suchte sich meistens Vierter aus, um ihre Überlegenheit zu demonstrieren. Der Kleine gab sich Mühe, aber meistens besiegte sie ihn ohne Schwierigkeiten. Dann suchte er Schutz bei seiner Mutter und ließ sich von ihr trösten. Zweiter war dankbar für Sternenglanz‘ Unterweisungen, aber er verbrachte seine Zeit doch lieber mit Mondgesang. Manchmal glaubte er, dass sein Bruder auf jede seiner Fragen eine Antwort wüsste. Er interessierte sich für alles um ihn herum und hörte aufmerksam zu, wenn es ihm erklärt wurde.
Etwa eine Woche, seit Sternenglanz und Sturmgrau versuchten, sich zu übertreffen, lag Zweiter neben Mondgesang auf der Wiese. Er beobachtete aufmerksam, wie Erste eine weitere Stunde von dem Einjährigen erhielt. „Die Bewegungen sind viel zu plump. Damit wird sie nie eine große Jägerin.“
Mondgesang lachte leise. „Plump? Hast du das Wort nur bei Sternenglanz aufgeschnappt oder weißt du auch, was es bedeutet?“
„Naja, also es bedeutet ... plump ist ... ist eben plump.“
Wieder erklang das leichte Lachen. „Du solltest nur Wörter benutzen, die du auch kennst, kleiner Bruder. Plump heißt schwerfällig.“
Als er den fragenden Blick bemerkte, fuhr er fort: „Ihre Bewegungen sind vielleicht noch etwas tapsig, aber das ist normal. Sie lernt noch, genau wie du.“
„Aber Sternenglanz sagt, dass man mit Schnelligkeit viel weiter kommt.“, beharrte der Kleine.
„Man muss schnell sein, wenn man die Beute einholen will. Wenn man das geschafft hat, braucht man aber auch Kraft. Es

nützt nichts, wenn du um ein Reh herum tänzeln kannst, ohne es durch einen kraftvollen Angriff zu Fall zu bringen. Man braucht beides für eine erfolgreiche Jagd."

Der Welpe hörte konzentriert zu. Für eine Weile lagen sie stumm nebeneinander, bis Zweiter seinen Gedankengang beendet hatte. „Ich soll also von Sternenglanz und von Sturmgrau lernen? Aber Erste würde sofort angreifen, wenn ich zu ihnen gehe ... und ich kann noch nicht immer schnell genug ausweichen."

Missmutig legte er den Kopf auf die Pfoten und suchte einen Ausweg aus seinem Dilemma. Dabei starrte er unentwegt auf die andere Seite der Lichtung, wo Sturmgrau gerade zu einem Sprung ansetzte. Das wiederholte er solange, bis Erste es zu seiner Zufriedenheit nachmachte. Langsam stand der Kleine auf und versuchte die gleiche Haltung einzunehmen.

Mondgesang schaute ihm amüsiert zu und stupste seine Schnauze gegen den Rücken seines Bruders. „Mehr nach unten. Und die Spannung in den Beinen halten. Dann deinen Körper langsam nach vorne bringen ... und springen."

Es sah unbeholfen aus, aber nachdem es Zweiter ein paarmal probiert hatte, klappte es immer besser. Glücklich strahlte er seinen Bruder an, als sie ein kurzes Jaulen hörten. Erste und Vierter rollten wie ein einziges Fellknäuel über die Lichtung. Es dauerte nicht lange, da lag der Kleinere besiegt unter ihr. Triumphierend stolzierte sie davon. Der jüngste Wolf setzte sich schniefend auf und trottete langsam zu Schneefell, die ihm liebevoll über den Kopf leckte.

Der Sommer verging schnell und überließ dem Herbst ohne großen Kampf das jahreszeitliche Feld. Die Natur nutzte die letzten wärmenden Sonnenstrahlen so gut wie möglich. Die Pflanzen steckten ihre Kräfte in Früchte und Samen. Die Tiere bereiteten sich auf den nahenden Winter vor, indem sie alles fraßen, was sie ergattern konnten. Nur wer sich genügend

Reserven anlegte, konnte den Schnee und die Kälte ohne großes Hungern überstehen.
Auch Schattenrücken und sein Rudel durchzogen den Wald auf der Suche nach Beute. Meistens ließen sie die Welpen unter der Aufsicht eines erwachsenen Wolfs zurück, um gemeinsam auch größeres Wild jagen zu können. Die Rolle des Aufpassers wechselte zwischen den Einjährigen, sehr zum Leidwesen von Sturmgrau. Er passte zwar gerne auf Erste auf, aber die vier Kleinen zusammen waren ihm einfach nur zu anstrengend. Es ärgerte ihn besonders, als eine Jagd auf einen Elch ohne ihn erfolgreich verlief. Es handelte sich dabei um ein Jungtier, das durch seine Unerfahrenheit den Wölfen zum Opfer gefallen war.
Mit leuchtenden Augen ließen sich die Welpen alles genau von Sternenglanz erzählen. Das Rudel hatte das Tier erst umzingelt und dann mit gezielten Bissen an Flanken und Hinterteil zu Fall gebracht. Dabei mussten sie die ganze Zeit auf das gefährliche Geweih und die harten Hufe aufpassen. Sie schmückte vor allem die Stelle aus, an der Mondgesang den Elch durch einen Biss in die Kehle getötet hatte. Sturmgrau rollte sich nur schmollend ein und versuchte seine Schwester und ihre feinen Sticheleien weitestgehend zu ignorieren. Es frustrierte ihn, dass sein Bruder der Held der Stunde für die Kleinen war.
Zweiter setzte sich mit bewunderndem Gesichtsausdruck neben Mondgesang und leckte leicht über dessen Mundwinkel. Er musste auch nicht lange warten, bis der Einjährige einige vorverdaute Fleischreste hervorwürgte. Gierig machte sich der Welpe darüber her, als er plötzlich Vierter bemerkte. Der jüngste Wolf war von Erste bei Schneefell vertrieben worden. Da sie bei Sturmgrau nichts erbetteln konnte, holte sie sich bei ihrer Mutter ihre Portion. Vorsichtig und schüchtern näherte er sich nun seinen beiden Geschwistern. Mondgesang lächelte ihm aufmunternd zu. „Hunger? Dann komm. Ich hab auch was

für dich.“ Glücklich tapste Vierter näher und machte sich gierig über ein paar Brocken her.
Ein wenig misstrauisch beobachtete Zweiter die Szene, aber Mondgesang beruhigte ihn: „Kein Grund, eifersüchtig zu sein. Das Wichtigste ist die Familie. Nur im Rudel sind wir stark genug. Nur so können wir auch große Beute erlegen.“ Liebevoll leckte er beiden Welpen über das Fell. Vierter ließ es verdutzt geschehen, während Zweiter über Mondgesangs Worte nachdachte. Er musste sich eingestehen, dass sein Bruder wie immer Recht hatte. Gähnend kuschelte er sich an den braunen Wolf und blinzelte zu Vierter herüber. „Wenn du willst, kannst du hier schlafen. Dann ist es nicht so kalt.“ Er musste nicht lange warten, bis er spürte, wie sich ein kleiner Körper an ihn drückte. Zufrieden schlief er ein.
Von diesem Moment an verbrachten die beiden Welpen die meiste Zeit gemeinsam. Sie ließen sich von Mondgesang Geschichten erzählen oder sie übten spielerisch das Anschleichen und Jagen. Zweiter gewöhnte es sich an, immer ein wachsames Auge auf seinen kleinen Bruder zu haben, da dieser oft zu unaufmerksam war. Er verteidigte ihn gegen Erste, die daraufhin ein paar spöttische Bemerkungen machte. Diese erzielten jedoch nicht die gewünschte Wirkung und so ließ sie es bald wieder bleiben.
Die jungen Wölfe waren nun schon groß genug, um ihre nähere Umgebung eigenständiger zu erkunden. Dabei lernten sie sich so lautlos wie möglich durch den Wald zu bewegen. Sie prägten sich die unterschiedlichsten Gerüche ein und versuchten ihr Glück bei der Jagd auf Insekten oder Nagern. Natürlich behielten die Älteren sie wachsam im Auge, um sofort einschreiten zu können, wenn Gefahr drohte. Besonders Schneefell schaute sich immer wieder besorgt um und schien erst ruhiger zu sein, wenn die Kleinen müde und erschöpft in der Sicherheit des Rudels schliefen. Die Welpen merkten von der Unruhe ihrer Mutter nichts und genossen ihre Streifzüge.

Es wurde kälter und bald bedeckte der erste Schnee das Land. Amüsiert beobachtete Mondgesang seine beiden Brüder, die sich verwundert umschauten.
„Was ist das?“, flüsterte Zweiter erstaunt und setzte vorsichtig eine Pfote vor die andere.
Sternenglanz grinste zufrieden. „Das ist Schnee. Ich freu mich schon die ganze Zeit darauf. Mein Fell ist nun die beste Tarnung überhaupt.“ Sie warf Sturmgrau einen herausfordernden Blick zu.
Der große dunkelgraue Wolf hob sich deutlich von der weißen Landschaft ab. Leise murmelte er: „Wer `s braucht. Ich komm bei jedem Wetter klar.“
„Aber was genau ist Schnee?“, wollte Vierter nun ein wenig ängstlich wissen.
Mondgesang strich ihm beruhigend über das Fell. „Wenn es kalt wird, fällt kein Regen mehr. Die Tropfen kommen dann als Schneeflocken.“
„Du brauchst keine Angst zu haben. Es ist vollkommen natürlich. Manchmal hilft es uns sogar bei der Jagd. Wenn wir Elche oder Rehe über das Eis verfolgen, verlieren sie schneller das Gleichgewicht als wir.“, fügte Schneefell sanft hinzu.
Bald darauf tobten die Welpen vergnügt umher. Von ihrer Angst war keine Spur mehr zu erkennen. Ausgelassen sprangen sie durch die dichte Schneeschicht, immer auf der Suche nach Stellen, in denen sie ihre Pfotenabdrücke hinterlassen konnten. Es entwickelte sich schnell zu einer Art Wettbewerb zwischen den Kleinen. Dieses Spiel wurde ihnen auch Tage später nicht langweilig. In regelmäßigen Abständen schneite es und so gab es ausreichend neue, unberührte Flächen. Diese wurden dann ausgiebig durchwühlt. Ihr Vater musste öfter eingreifen, wenn sich die jungen Wölfe zu weit vom Rudel entfernten. Doch es dauerte meistens nicht lange, bis die vier wieder durch den Schnee tobten.
„Erste! Dritte! Kommt her! Wir müssen etwas besprechen.“

Schattenrücken seufzte kopfschüttelnd, als seine Töchter in ihrem Spiel inne hielten. Immerhin hatten sie den Anstand, ein bisschen schuldbewusst zu schauen.
Nachdem sich alle um den Leitwolf versammelt hatten, begann er: „Wir werden heute gemeinsam auf die Jagd gehen. In der Nähe gibt es Elche. Wenn wir uns geschickt anstellen, können wir ein unvorsichtiges Jungtier reißen."
Mit leuchtenden Augen sprang Erste auf. „Unsere erste große Jagd. Das ist toll."
Schattenrücken sah sie ernst an. „Ihr seid erst ein halbes Jahr alt. Für euch ist es zu gefährlich. Ihr bleibt bei Mondgesang, während wir anderen jagen. Ihr habt weder die Erfahrung noch die Ruhe, die man für so eine Aktion braucht."
Enttäuschung machte sich auf den Gesichtern der Jungwölfe breit.
„Wir sind bestimmt keine Belastung ..."
„Wir können helfen ..."
„Wir machen genau, was du sagst ..."
In den unterschiedlichen Zwischenrufen hörte man deutlich ihre Empörung und ihren Eifer.
Nun mischte sich jedoch Schneefell ein. „Euer Vater hat Recht. Ihr seid noch nicht bereit für so eine Jagd. Elche sind gefährlich. Das ist keins eurer Spiele."
Niedergeschlagen ließen sie ihre Köpfe hängen. Nur Erste blickte trotzig von einem zum anderen. Ihre Eltern wechselten einen kurzen Blick. Liebevoll strich die weiße Wölfin ihrer Tochter über das Fell. „Ich weiß, wie sehr du dich beweisen willst, aber warte noch damit. Du musst noch so viel lernen. Bleib bei Mondgesang. Bald wirst du auch mit auf die Jagd dürfen."
„Versprochen?"
„Ja, versprochen. Sei artig und warte, bis wir zurück sind, Erste. Das gilt auch für euch. Ihr bleibt hier und macht eurem Bruder keine Schwierigkeiten."

Nachdem jeder zustimmend genickt hatte, setzten sich die erwachsenen Wölfe in Bewegung und verschwanden lautlos im Wald. Schneefell und Sternenglanz hoben sich schon nach kurzer Zeit nicht mehr von ihrer Umgebung ab. Schattenrücken und Sturmgrau verschmolzen schließlich auch mit den umliegenden Bäumen. Sehnsüchtig schaute Erste ihnen hinterher, bis sie von Mondgesang einen leichten Schubs erhielt.
„Sei nicht traurig. Du kannst dich schneller beweisen, als du glaubst."
Grummelnd schaute sie ihn an: „Du hast gut reden. Dich behandeln sie nicht wie einen Welpen."
Für einige Zeit hing jeder seinen eigenen Gedanken hinterher. Plötzlich fragte Dritte: „Warum sind Elche so gefährlich? Sie sind doch nur Pflanzenfresser?"
Mondgesang sah ernst in die Runde. Seine Geschwister sahen wissbegierig zu ihm auf. „Sie sind sehr viel größer als wir. Deswegen jagen wir nur die kleineren Jungtiere. Am gefährlichsten sind ihre Hufe und das Geweih. Wenn ein ausgewachsener Elchhirsch einen Wolf mit voller Wucht erwischt, kann das böse für denjenigen enden. Knochenbrüche oder größere Fleischwunden sind ein Todesurteil. Das Rudel kann es sich nicht erlauben, einen verletzten Wolf zu versorgen. Er hält die anderen nur auf. Meistens wird der Betroffene zum Sterben zurückgelassen. Es ist ein langsamer Tod."
Betroffen schauten die Kleinen zu ihrem Bruder auf. Sie mussten das Gehörte erst einmal verdauen. Sie waren in dem Glauben aufgewachsen, dass sie als Fleischfresser eine Bedrohung für andere Tiere darstellten und nicht umgekehrt. Mondgesang ließ sie in Ruhe nachdenken und beobachtete den Wald. Er wusste genau,, wie sie sich fühlten. Vor etwa einem Jahr wollten Sturmgrau, Sternenglanz und er sich ebenfalls beweisen. Damals hatte ihn die Entscheidung seines Vaters enttäuscht, aber heute konnte er sie verstehen. Elche durfte

man nicht unterschätzen und in diesem Alter neigten junge Wölfe schnell zur Selbstüberschätzung. Er wurde jäh von Vierter aus seinen Gedanken gerissen. „Wo ist Erste?“
Alarmiert sah sich Mondgesang um. Sein Bruder hatte Recht, Erste fehlte. Pfotenabdrücke zeigte deutlich die Richtung, in die sie verschwunden war. Ohne zu überlegen, sprintete der braune Wolf seiner Schwester hinterher. Er musste sie einholen, bevor sie eine Dummheit beging. Besorgt schauten sich die drei zurück gebliebenen Wölfe an. Sollten sie hinterher oder hier warten?
Sie wurden immer unruhiger, bis es Zweiter nicht mehr aushielt. „Kommt! Wir helfen sie suchen. Vater wird wütend, wenn er sie bei der Jagd erwischt.“ Während er sich einen Weg durch die Bäume bahnte, machte er sich vor allem Sorgen um Mondgesang. Seine Schwester konnte eine Standpauke ruhig vertragen, aber ihr Bruder war für sie verantwortlich und würde so auch einiges zu hören bekommen.
Vor ihnen lichtete sich langsam der Wald. Sie kamen an einem flachen Abhang zum Stehen und beobachtete die Szene unter ihnen. Das Rudel jagte gerade ein Jungtier, das sich zu weit von seiner Mutter entfernt hatte. Sturmgrau und Schattenrücken trieben das vor Angst schreiende Tier in Richtung der weiblichen Wölfe. Die hellen Tiere hoben sich kaum von ihrer Umgebung ab und so merkte der kleine Elch nicht, dass er genau in eine Falle lief. Sie warteten geduldig und sprangen dann aus ihrer Deckung hervor. Völlig überrascht stolperte die Beute über seine eigenen Beine und ein kräftiger Biss von Sternenglanz durchtrennte seine Kehle.
Erste hatte heimlich einen Bogen geschlagen und versteckte sich in einem Gebüsch vor den anderen. Sie verfolgte mit leuchtenden Augen die Jagd und jaulte begeistert auf, als ihre Schwester mit einem gezielten Sprung den Elch tötete. Ohne zu überlegen, verließ sie ihren Schlupfwinkel und rannte zum Rudel.

Erstaunt und ärgerlich blickte Schattenrücken zu seiner Tochter, als sie plötzlich ein lang gezogenes Brüllen hörten. Die Elchkuh stürmte mit einer unglaublichen Geschwindigkeit auf die Wölfe zu. Erste befand sich genau in ihrem Weg und duckte sich geschockt in den Schnee.
In diesem Moment flog ein brauner Schatten durch die Luft und verbiss sich im Nacken des großen Tieres. Wild um sich schlagend versuchte es das Raubtier von seinem Rücken zu schleudern. Dabei traf einer der harten Hufe Erste, die wie eine Puppe davon geschleudert wurde. Während Schneefell sofort zu ihrer Tochter hastete, halfen die restlichen Mitglieder des Rudels Mondgesang, der sich aus purer Verzweiflung so sehr festhielt, wie er nur konnte. Sturmgrau setzte zu einem gezielten Sprung auf die Flanke an und brachte die rasende Elchkuh zu Fall. Schattenrücken nutzte die günstige Gelegenheit und zerbiss die Kehle. Blutend schlug das sterbende Tier um sich, aber die Jäger hatten sich längst in Sicherheit gebracht.
Völlig verblüfft starrten die drei jüngsten Wölfe auf die Geschehnisse unter ihnen. Alles hatte nicht länger als zwei Minuten gedauert. Als ihre Mutter ein schauriges Heulen ausstieß, schüttelten sie sich kurz und rutschten unsicher den Hang hinab. Sie würdigten die Beute mit keinem Blick, sondern hielten ohne zu zögern auf den weißen Wolf zu.
Schneefell hob immer wieder ihren Kopf in den Nacken und entließ einen schmerzerfüllten Ruf nach dem anderen in die kühle Luft. Bestürzt schauten sie auf Erste herab, die mit eingeschlagenem Schädel im aufgewühlten Schnee lag. Ihr Blut färbte den Untergrund rot. Nach und nach versammelte sich das Rudel um die Unglücksstelle und bald konnte man einen achtstimmigen Trauerchor weit über den Wald hören.
Obwohl die Wölfe an diesem Tag sehr gute Beute gemacht hatten, überschattete der Tod von Erste den Erfolg. Vor allem Mondgesang zog sich zurück und gab sich selbst die Schuld an dem Unglück. Erst als Schattenrücken ein ernstes Wort mit ihm

redete, fing er sich wieder. Zweiter und Vierter kuschelten sich eng an ihn. Sie hofften, ihm damit zu zeigen, dass sie ihn nicht für die Ereignisse verantwortlich machten. Ihr Bruder nahm ihren Trost dankbar an und strich den beiden zärtlich über das Fell.

Während die anderen Mitglieder des Rudels in einer Entfernung saßen und sich ausruhten, hockte Schneefell in sich zusammengesunken und unbeweglich neben ihrer toten Tochter. Sie starrte gedankenverloren vor sich hin und ignorierte alles um sich herum. Als die Sonne schließlich hinter den Bäumen verschwand, erhob sie sich. Sie schritt langsam und bedächtig zu Schattenrücken und schmiegte sich an seinen Hals. Nach wenigen Sekunden lösten sie sich wieder voneinander. Schneefell nickte ihrem Gefährten kurz zu.

Der schwarze Wolf wandte sich nun zu den anderen: „Kommt! Jeder frisst, so viel wie er kann. Das restliche Fleisch lagern wir an geeigneten Stellen. Danach müssen wir weiter."

Irritiert hob Zweiter den Kopf. „Aber was wird aus Erste? Wir können sie doch nicht einfach so liegen lassen."

Bedrückt erwiderte Sternenglanz den Blick ihres Bruders. „Wir können nichts mehr tun. Sie hatte Glück, dass sie sofort tot war und sich nicht noch lange quälen musste."

Nun mischte sich auch Sturmgrau ein: „Es war ihre eigene Dummheit und die wurde bestraft."

Hilflos schaute der Kleine zwischen den erwachsenen Wölfen hin und her. Zum Schluss blieb sein Blick an Mondgesang hängen. „Aber was ist mit dem Lied?"

„Das haben wir doch schon gesungen, kleiner Bruder."

Zweiter schüttelte energisch den Kopf. „Nein, das war nur der Trauergesang. Du hast mir doch erzählt, dass man für einen toten Wolf sein ganz eigenes Lied singt."

Man merkte, dass den älteren Tieren diese Diskussion immer unangenehmer wurde, während die Jungen aufmerksam einen

nach dem anderen musterten. Sie spürten, dass an diesem Thema mehr dran war, als man ihnen sagte.
Mondgesang atmete seufzend ein und aus. „Kannst du dich noch daran erinnern, was ich dir über unsere Namen erzählt habe?“

Als Antwort erhielt er ein kurzes Nicken.
„Weil Namen für uns so kostbar sind, bekommen nur Wölfe einen, die den ersten Winter überleben. Wenn man ohne einen Namen stirbt, bekommt man kein Lied.“
Entsetzt schauten die Welpen den braunen Wolf an. „Heißt das, sie wird einfach vergessen?“, fragte Dritte leise.
Schneefell stupste ihre Tochter beruhigend mit der Schnauze an. „Wir werden uns an sie erinnern. Erst wenn keiner mehr von uns lebt, wird auch sie endgültig sterben.“
„Aber wir können doch trotzdem von ihr erzählen ... auch ohne Lied.“, beharrte Zweiter.
„Natürlich. Ihr könnt euren eigenen Familien von ihr erzählen, aber kein fremdes Rudel wird jemals von ihr erfahren. Dafür braucht man nun einmal ein Lied.“, erklärte Mondgesang.
Bekümmert hingen die Kleinen ihren Gedanken nach, als sich Schattenrücken bemerkbar machte: „Nun kommt endlich. Wir müssen jetzt weiter. Es hilft uns nichts, wenn wir hier bleiben.“
Die Wölfe machten sich mit großen Bissen über die Elche her. Dann liefen sie in verschiedene Richtungen, um es an einigen Lagerstellen wieder zu erbrechen. Es handelte sich um einen Vorrat für schlechte Zeiten. Die Jungen blieben zusammen mit Schneefell in der Nähe der Beutetiere und verarbeiteten das soeben Gehörte. Besonders Zweiter machten diese Neuigkeiten zu schaffen. Er passte einen günstigen Moment ab, in dem er mit seiner Mutter allein war.
„Kann ich dich mal was fragen, Mama?“
Wehmütig lächelte sie ihn an. „Mondgesang hat recht. Dir gehen nie die Fragen aus. Was möchtest du denn wissen?“

Unsicher schaute der Welpe sie an. „Passiert es oft, dass Wölfe ohne einen Namen sterben?“
Traurig schüttelte sie ihren Kopf. „Du hast ein Talent für schwierige Fragen. Es wäre besser, wenn ich dir nichts dazu sagen würde.“
„Ich bin kein unbeholfenes Fellknäuel mehr. Du musst mich nicht vor unangenehmen Wahrheiten schützen.“, erwiderte Zweiter vorwurfsvoll.
Seufzend schaute sie hinunter zu ihm und meinte leise: „Deine Geschwister und du, ihr seid mein vierter Wurf. In meinem ersten Jahr hatten wir fünf Welpen, von denen zwei überlebten. Im zweiten Jahr kamen drei von sechs über den Winter. Sturmgrau, Sternenglanz und Mondgesang hatten auch noch drei Geschwister. Die Überlebenschancen stehen nicht gut in unserer Welt. Nur die Stärksten und Klügsten kommen durch.“
Zweiter schluckte ein paar Mal trocken. Er hatte nicht mit so vielen Verlusten gerechnet. Plötzlich kam ihm ein schrecklicher Gedanke. „Stirbt immer mindestens die Hälfte von einem Wurf oder gibt es auch Jahre, in denen mehr überleben?“

Als Schneefell nicht antwortete und seinem Blick auswich, lief es ihm kalt den Rücken herunter. Erschüttert sah er sich nach den beiden anderen Kleinen um. Wer von ihnen würde den Winter nicht überleben? Würde es vielleicht sogar ihn selber treffen?
Plötzlich spürte er, wie seine Mutter ihm liebevoll über die Schnauze leckte. „Mach dir nicht so viele Gedanken. Es passiert, was passieren muss. Keiner kann daran etwas ändern.“
„Ich dachte immer, dass Wölfe sich vor nichts fürchten müssen. Papa und Mondgesang ... ihr seid alle so schnell und stark und klug.“
„Genau das hat Erste auch gedacht und das war auch ihr Fehler. Du darfst dich niemals selbst überschätzen. Respekt vor

dem Leben und dem Wald sind wichtig. Wir sind alle voneinander abhängig, vergiss das nie.“
Den ganzen Tag über lief das Rudel in einer langen Reihe durch den verschneiten Wald. Zweiter nutzte die Gelegenheit und dachte gründlich nach. Er beschloss, dass es ihm nichts brachte, wenn er sich immerzu fragte, was die Zukunft für ihn und seine Geschwister bereit hielt. Er würde sich, so gut es ging, darauf vorbereiten, aber mehr konnte er nicht tun. Als die Wölfe endlich wieder rasteten, legte sich Zweiter zu Mondgesang und Vierter. Er kuschelte sich eng an seine Brüder und fasste den Entschluss, jeden Augenblick zu genießen, den er mit ihnen verbringen konnte.
Das Wetter wurde immer kälter und ungemütlicher. Es fegten eisige Winde über das Land. Sie hüllten alles in eine tiefe Schneedecke. Die Jungen tobten nun nicht mehr vergnügt durch den Wald. Zum einen dämpfte der Tod von Erste ihren Spieltrieb. Zum anderen waren sie froh, wenn sie sich nicht durch den Schnee kämpfen mussten, sondern die Pfotenabdrücke der Erwachsenen nutzen konnten.
Das Rudel machte weniger Beute und griff häufiger auf ihre Nahrungslager zurück. In diesen Tagen wurden die Kleinen immer öfter in die Jagd nach Kleintieren einbezogen. Jeder leistete nun seinen Teil, damit keiner Hunger litt. Während Zweiter und Dritte schon bald die ersten Erfolge verzeichneten, tat sich Vierter schwer. Seine Jagdversuche schlugen meistens fehl. Er bettelte oft bei Schneefell und Mondgesang, die ihm jedes Mal etwas abgaben. Sie übten mit ihm das Anschleichen, wann immer sie Zeit fanden. Doch bald bemerkten sie, dass der Kleine schneller ermüdete und dann kam auch noch ein starker Husten dazu.
In einer stürmischen Nacht lagerte das Rudel in einer geschützten Nische. Die Wölfe lagen dicht beieinander, um sich gegenseitig zu wärmen. Dabei bildeten die erwachsenen Tiere einen Ring um die Jungen. Zweiter kuschelte sich gerade

enger an Vierter heran, als er feststellte, dass der jüngste Wolf geradezu glühte und sein Atem stoßweise kam.
Er wechselte einen besorgten Blick mit Mondgesang, der nur traurig seinen Kopf schüttelte. Das Gespräch mit seiner Mutter fiel ihm wieder ein. Nun verstand er auch besser, warum Namen erst so spät vergeben wurden. Die Schwächsten hatten kaum eine Chance, den ersten Winter zu überstehen. Wie viele Welpen fielen einer Krankheit zum Opfer, so wie Vierter? Es musste hart für seine Eltern sein, bei jedem Wurf aufs Neue zu hoffen, dass der größte Teil überlebte. Niedergeschlagen schmiegte er sich enger an den fiebernden Körper.
Kurz nach Sonnenaufgang wachte Zweiter auf. Ihm war ungewöhnlich kalt, obwohl sein großer Bruder dicht bei ihm lag. Verwundert blinzelte er, bis er feststellte, dass Vierter nicht mehr warm, sondern vollkommen ausgekühlt war. Alarmiert wollte er Mondgesang wecken, aber der schaute ihn schon mit bedrücktem Gesichtsausdruck an.
„Es ist zu spät. Du konntest ihm zu keiner Zeit wirklich helfen. Wir ahnten es seit seiner Geburt, dass er es nicht schaffen würde."
Schockiert starrte Zweiter ihn an. „Woher konntet ihr das wissen? Es ging ihm doch bis vor kurzem noch gut."
Diesmal war es Sturmgrau, der antwortete: „Er war ein Nachzügler. Er kam als letzter und war am schwächsten. Bei euren Spielen zog er immer den Kürzeren. Die Wahrscheinlichkeit, dass er den Winter überstanden hätte, war nicht sehr hoch."
Diesmal diskutierte Zweiter nicht, als der Abmarschbefehl kam. Er schaute sich noch ein paar Mal um, aber Vierter verschwand bald hinter den Bäumen. Das Rudel bahnte sich unter der Führung von Schattenrücken einen Weg durch den Wald. An einigen Stellen markierte der Alpharüde bestimmte Felsen und Stämme. Außerdem hob er öfter den Kopf in den Nacken und heulte auf.

Zweiter beobachtete alles erstaunt. Schließlich hielt er es nicht mehr aus und schloss zu Mondgesang auf. „Was macht Papa da?“

Der braune Wolf lächelte zu ihm herunter. „Das hier ist die Grenze zu unserem Territorium. Ohne regelmäßige Markierungen würden andere Wölfe in diesen Teil des Waldes kommen und jagen. Der Winter ist hart und oft gibt es gerade genug Nahrung für uns. Wir können uns keine Eindringlinge erlauben. Wir werden jetzt viel laufen, viel mehr als früher. Da ward ihr noch zu klein, aber nun können wir auf euch keine Rücksicht mehr nehmen. Sonst verlieren wir noch Gebiete an Fremde.“
„Warum helfen wir Papa dann nicht? So würde es doch viel schneller gehen.“
Mondgesang lachte leise auf. „Nur Schattenrücken kann unser Gebiet markieren. Es muss immer der gleiche Duft sein. Außerdem sind wir noch nicht geschlechtsreif.“
Fragend schaute Zweiter auf: „Was ist geschlechtsreif?“
„Wir können noch keine Welpen zeugen. Das ist auch der Grund, warum wir noch im Rudel geduldet werden. Sobald sich das ändert, müssen wir gehen. Dann gründen wir irgendwo unser eigenes Rudel.“
Für einen kurzen Moment fiel der Kleine zurück, aber er fing sich schnell und schloss wieder zu Mondgesang auf. „Du gehst weg? Wann?“
Beruhigend strich der braune Wolf seinen Bruder über den Kopf. „Das dauert noch bis zum Frühjahr, wenn wir zwei Jahre alt sind.“
„Bleibt ihr wenigstens, bis Dritte und ich unsere Namen kriegen?“
„Das werden wir sehen. Mein älterer Bruder ging, bevor wir unsere Namen bekamen. Meine beiden Schwestern blieben noch bis zur Zeremonie.“

Als er den enttäuschten Blick des Kleinen sah, lächelte er amüsiert: „Mal gucken, was sich machen lässt. Vielleicht haben wir ja Glück."
Nachdenklich reihte sich Zweiter erneut hinter Mondgesang ein. Er hoffte inständig, dass jener noch blieb, bis er seinen Namen kannte.
Als sie wieder rasteten, überraschte ihn Dritte. Seine Schwester rollte sich neben ihm ein. Verwundert musterte er sie. Etwas kleinlaut meinte sie: „Wenn du mich nicht hier haben willst, kann ich auch zu Sternenglanz gehen."
Er schüttelte nur den Kopf. „Bleib ruhig, dann ist es nicht so kalt."
Eigentlich genoss Zweiter ihre Nähe. Er vermisste Vierter und die kleine Wölfin gab ihm ein gutes Gefühl. In den nächsten Monaten verbrachten die letzten beiden Jungen viel Zeit zusammen. Sie wuchsen schnell und wurden immer geschickter bei der Jagd. Bald nahmen sie es an Kraft und Schnelligkeit mit den erwachsenen Tieren auf. Besonders die junge Wölfin entwickelte sich zu einer ausdauernden Läuferin.
Auch das Fell der Kleinen veränderte sich. Das von Dritte hellte sich nur an Bauch und Beinen auf. Ansonsten blieb es dunkelgrau. Damit sah sie wie eine Kopie von Sturmgrau aus. Zweiter war vom Körperbau Mondgesang ähnlich. Sein Fell bekam an Rücken und Kopf eine silbergraue Färbung, während sein Bauch und seine Beine fast weiß wurden. Er hob sich ebenso wie seine Mutter und seine Schwester kaum vom Schnee ab.
Bei der ersten Jagd mit den beiden Jüngsten auf einige Rehe gelang es dem Rudel, zwei Tiere zu reißen. Zufrieden genossen sie das Lob der älteren Wölfe. Sie fühlten sich endlich nicht mehr als die Kleinen, auf die man aufpassen musste, sondern als vollwertige Mitglieder.
Da Zweiter wusste, dass seine Zeit mit Mondgesang begrenzt war, wich er ihm kaum von der Seite. Er wollte alles wissen,

was er nicht verstand, und sein Bruder erklärte es ihm bereitwillig und geduldig. Er brachte ihm auch viele Lieder bei und gemeinsam sangen sie in klaren Mondnächten. Dritte hörte meistens ebenfalls zu und manchmal gesellte sich sogar Sternenglanz zu der kleinen Gruppe.
Die beiden Weibchen hatten jedoch nicht die Ausdauer, wenn es um das Heulen ging, und deshalb blieben die Brüder dann fast immer unter sich. Einige Nächte verbrachte sogar Sturmgrau zusammen mit ihnen. Zu dritt probierten sie ein paar der schwierigeren Gesänge und Zweiter erstaunte es, wie gut sie harmonierten.
So verging der Winter und es wurde wieder wärmer. Der Schnee taute zwar nur sehr langsam, aber es gab zumindest keine eisigen Stürme mehr. Zweiters Unruhe wuchs mit jedem Tag, der verging. Er wartete voller Ungeduld, dass er endlich seinen Namen erfuhr. Schattenrücken reagierte anfangs amüsiert auf sein Drängen, wurde aber zusehends verärgerter. Schließlich knurrte er: „Hör endlich auf zu nerven. Du bekommst deinen Namen, aber erst, wenn es an der Zeit ist."
Nach diesem Rüffel getraute sich der helle Wolf nicht mehr zu fragen. Als Mondgesang ihn auch noch kopfschüttelnd angrinste, verzog er sich schmollend hinter einen Baum. Er rollte sich ein und döste vor sich hin. Plötzlich hörte er ein kurzes Aufjaulen und das tiefe Knurren seines Vaters. Neugierig kam er aus seinem Versteck und sah, wie Sturmgrau mit eingezogenem Schwanz zwischen den Bäumen verschwand.

Verdattert lief er zurück zu dem braunen Wolf. „Was hat sich Sturmgrau denn jetzt schon wieder geleistet?"Mondgesang schaute ihn ernst an, und mit einem Mal dämmerte es Zweiter. „Er ist weg, nicht wahr? Papa hat ihn vertrieben, weil er geschlechtsreif wurde." Er achtete gar nicht auf die Antwort, sondern schaute seinem ältesten Bruder traurig nach.

„Ich werde ihn irgendwie vermissen, auch wenn wir uns eigentlich nicht so gut verstanden haben."
Er versuchte verzweifelt den Gedanken, der sich hartnäckig in seinem Kopf in den Vordergrund drängte, zu ignorieren. Konzentriert starrte er in den Wald und fragte so beiläufig wie möglich: „Heißt das, dass es bei dir auch bald soweit ist?"
Er fühlte die kühle Schnauze des anderen, spürte das Nicken.
„Vater geht mir schon aus dem Weg. Er versucht mich nicht zu beachten. Sein Geruch wird immer stärker. In ein paar Tagen wird er mich auch angreifen und vertreiben."
„Was ist mit Sternenglanz?"
„Bei ihr ist es noch nicht so schlimm, aber es fängt an."
Niedergeschlagen legte sich Zweiter neben Mondgesang. Die beiden kuschelten sich eng aneinander, als ob sie damit den Abschied hinauszögern könnten.
Schließlich döste der silberne Wolf ein. Seine Träume waren wirr und unruhig. Er erwachte, als ihn jemand energisch anstupste. „Zweiter! Zweiter, wach auf! Du bist im halben Wald zu hören. Das Gejaule ist echt übel." Dritte blickte besorgt auf ihren Bruder herab.

Verschlafen reckte er sich und sah sich um. „Tschuldigung. Hab ich euch geweckt? ... Wo ist Mondgesang?"
Die junge Wölfin wich seinem Blick aus. Hektisch schaute er in alle Richtungen, aber er entdeckte nur seine Eltern und seine Schwestern. Die Müdigkeit war mit einem Mal wie weggeblasen. Verärgert und verletzt knurrte er: „Er ist weg. Aber wir haben uns nicht einmal verabschiedet. Er sagte, erst in ein paar Tagen. Warum ist er einfach so gegangen? In welche Richtung ist er? Nun sag schon!" Dritte antwortete nicht und stolperte einige Schritte zurück.
Plötzlich stand Schattenrücken zwischen ihnen. „Du wirst ihn nicht mehr einholen. Er ging, kurz nachdem du eingeschlafen warst. Es ist besser so. Kurz und schmerzlos."

„Wegen dir ist er jetzt weg. Er hat doch gar nichts getan. Er hätte doch hier bleiben können!“, schrie er seinen Vater an. Er wusste zwar, dass er dem dunklen Rüden damit unrecht tat, aber das war ihm in dem Moment egal. Er fühlte sich verraten und Schattenrücken bot sich als das perfekte Ziel für seine hilflose Wut an.
Dieser lies den Ausbruch seines Sohnes mit stoischer Gelassenheit über sich ergehen. Zweiter jaulte kurz auf und rollte sich zu einem Ball zusammen. Er spürte, wie sich ein warmer Körper an ihn schmiegte. Es interessierte ihn nicht, wer ihn tröstete. Er wollte einfach nur, dass Mondgesang wieder kam. Wen sollte er jetzt fragen, wenn er etwas nicht verstand? Mit wem würde er jetzt singen?
Zu seiner Überraschung hörte er, wie ihm Schattenrücken leise ins Ohr murmelte: „Er konnte nicht hier bleiben. Wenn zwei geschlechtsreife männliche Wölfe zusammen leben müssen, kämpfen sie automatisch miteinander. Es ist unsere Natur. Nur wenn wir so extrem auf fremde Gerüche reagieren, können wir unser Gebiet und unsere Familie verteidigen. Mondgesang wusste das und deshalb ging er freiwillig. Er wollte dir nicht weh tun, aber so ist das Gesetz bei uns.“
„Aber nun wird er nie meinen Namen erfahren.“, gab Zweiter kleinlaut zurück.
„Vielleicht erfährt er ihn eines Tages. Du kannst nie wissen, was passiert.“
Der Silberwolf schaute verstohlen zu seinem Vater auf. „Meinst du wirklich? Ich weiß doch gar nicht, wo er ist?“
„Als ich mich von meiner Familie trennte, wanderte ich viele Monate einsam umher, bis ich deine Mutter fand. Wir gründeten hier unser Rudel. Kurz bevor unser erster Wurf zur Welt kam, durchquerte ein fremder Wolf unser Gebiet. Ich wollte ihn vertreiben, als ich erkannte, dass es einer meiner älteren Brüder war. Er floh sofort wieder. Ich glaube nicht, dass er mich erkannte. Es war ein großer Zufall und meistens

begegnen sich Geschwister nie mehr. Aber du solltest die Hoffnung nicht aufgeben."
Zweiter lauschte erstaunt. Er schämte sich nun für das Verhalten gegenüber seinem Vater. Bis jetzt war er entweder zu Mondgesang oder zu seiner Mutter mit seinen Problemen gegangen. In Schattenrücken hatte er nur den unnahbaren Leitwolf gesehen, aber nie einen Ratgeber. Nachdenklich starrte er vor sich hin und murmelte schließlich ein leises „Danke". Er merkte kaum, wie er wieder alleine im Schnee lag. Obwohl das Rudel schon längst unterwegs sein wollte, ließen ihm die anderen genug Zeit, um Mondgesangs Verschwinden ausreichend zu verarbeiten. Er erinnerte sich, dass sich Schneefell auch angemessen von Erste verabschieden durfte. Nach einer Weile atmete er tief durch und stand langsam auf. Er schritt bedächtig zu seinem Vater und nickte ihm zu. Schattenrücken strich ihm kurz über das Fell und bald darauf waren die Wölfe zwischen den Bäumen verschwunden.
Er dauerte nicht mehr lange und der Schnee schmolz endgültig. Die Sonnenstrahlen schienen stärker und die Natur erwachte zu neuem Leben. Zweiter und Dritte genossen ihren ersten Frühling. Sie schlichen im Wald auf der Suche nach Beute umher. Sie hatten sich zu geschickten Jägern entwickelt und kamen von ihren Streifzügen fast immer erfolgreich zurück.
In der nächsten Vollmondnacht führte Schattenrücken sein Rudel zu einer Lichtung. Nur wenige Wolken bedeckten den Himmel. Wie eine silberne Scheibe stand der Mond über den Bäumen und tauchte alles in ein gespenstisches Licht. Auf dem frischen Gras reckten schon ein paar Pflanzen ihre geschlossenen Blüten in die kühle Luft. Der Wind rauschte leise in den umliegenden Nadelhölzern. Es klang wie die ferne Brandung eines Meeres.
Die kleinen Tiere, die sich in der näheren Umgebung tummelten, versteckten sich hastig in ihren Löchern und Nestern. Aber die Wölfe waren in dieser Nacht nicht auf Beutezug. Feierlich

schritten sie hinter Schattenrücken auf die Lichtung. Schneefell und Sternenglanz zwinkerten sich verschwörerisch zu, während die Kleinen ehrfürchtig den Schluss bildeten. Sie ahnten, was gleich passieren würde, und warteten gespannt.
Ihre Neugierde wurde auf eine harte Probe gestellt. Stumm und unbeweglich saßen sie auf dem weichen Untergrund. Sie schauten zu den Sternen und dem Mond hinauf, als ob sie von ihm eine Antwort erwarteten. Zweiter und Dritte wurden immer aufgeregter, bis sich ihr Vater endlich entschloss, sie nicht länger auf die Folter zu spannen.
Mit ruhiger und tiefer Stimme begann er zu erzählen: „Seit uralten Zeiten muss sich jeder Wolf in seinem ersten Winter beweisen. Nur wenn er die eisige Jahreszeit gesund übersteht und sich als Jäger selber ernähren kann, hat er sich das Recht verdient, einen Namen zu tragen. Ihr, meine Kinder, habt euer erstes Lebensjahr fast vollendet und ihr habt euch mehr als einmal auf der Jagd bewiesen. Ihr seid stark und schnell geworden. In der heutigen Nacht erhaltet ihr eure Namen. Tragt sie mit Würde und macht ihnen alle Ehre."
Nach diesen einleitenden Sätzen machte er eine kurze Pause und sah seine Jüngsten mit väterlichem Stolz an. Die Einjährigen wechselten einen freudigen Blick und konnten kaum still sitzen bleiben. Lächelnd erhob sich Schattenrücken und ging langsam zu seinem Sohn.
„Du warst in diesem Wurf mein Zweitgeborener. Bis zum heutigen Tag hat man dich Zweiter genannt. Dein Fell ist silbergrau und von Anfang an hat dich der Mond fasziniert. Außerdem wollen wir dir noch eine Erinnerung an deinen Bruder Mondgesang geben. Aus diesen Gründen sollst du von diesem Moment an Silbermond heißen."
Mit leuchtenden Augen wiederholte der helle Wolf leise seinen neuen Namen. Am liebsten wäre er wie ein kleiner Welpe über das Gras getobt. Sein Vater nickte ihm einmal kurz zu und wandte sich nun Dritte zu.

„Du warst in diesem Wurf meine Drittgeborene. Bis zum heutigen Tag hat man dich Dritte genannt. Du bist unsere schnellste Jägerin. Du fliegst über das Land und durch den Wald, als ob der Wind dich tragen würde. Aus diesen Gründen sollst du von diesem Moment an Windpfote heißen."
Die Augen der jungen Wölfin leuchteten vor Freude auf. Schattenrücken nickte auch ihr kurz zu. Abschließend meinte er: „Ihr beiden seid nun keine Welpen mehr, sondern vollwertige Mitglieder unseres Rudels." Dann hob er seinen Kopf in den Nacken und heulte laut und ausdauernd auf. Nach wenigen Augenblicken stimmten vier weitere Stimmen in den Gesang mit ein.
Zwei Tage, nach denen die beiden Jüngsten ihre Namen erhalten hatten, verschwand auch Sternenglanz im Wald und kehrte nicht zurück. Silbermond überraschte es, dass sein Vater ihn und seine Schwester mehr und mehr in die Entscheidungen des Rudels mit einbezog. Sie berieten sich, in welcher Richtung es gute Beute geben könnte und welche Jagdstrategie am geeignetsten wäre.
Die letztendliche Entscheidung lag zwar immer noch bei Schattenrücken, aber er hörte sich oft alle Argumente an. Der junge Rüde lernte dabei, dass ein Leitwolf nicht nur auf die Bewegungen der Herden Rücksicht nehmen musste. Er durfte auch die einzelnen Grenzen in seinem Territorium nicht vernachlässigen. Sie liefen viel, was vor allem Windpfote genoss.

Je weiter der Frühling ins Land zog, desto liebevoller kümmerte sich der dunkle Wolf um seine Gefährtin. Das Rudel fand auf einer kleinen Lichtung eine geschützte Nische, in der sich schon andere Tiere einen Bau ins Erdreich gewühlt hatten. Schneefell fing sofort an, diese Höhle zu erweitern. Verwundert sahen die Kinder ihrer Mutter zu. Schattenrücken grinste amüsiert und legte sich in die Sonne.

Nach einer Weile näherte sich Silbermond unsicher seinem Vater. „Warum gräbt Mutter ein Loch? Müssen wir nicht langsam weiter?“
„Du kannst gerne versuchen, deine Mutter von hier weg zu bringen. Du wirst es nur nicht schaffen. Wenn sie so buddelt, würde sie sich eher ihre Zähne ausbeißen, als aufzubrechen.“, meinte der Leitwolf lachend.
In diesem Moment kam die weiße Wölfin wieder zum Vorschein. Erde klebte in ihrem hellen Fell und sie schüttelte sich kräftig. „Ich gehe jetzt nirgends hin. Die Kleinen werden bald kommen. Wenn ihr Langeweile habt, könnt ihr gerne auf die Jagd gehen. Am liebsten hätte ich einen Hasen. Mit diesen Worten drehte sie sich um und verschwand erneut in ihrer Höhle.
Windpfote jaulte freudig auf, als sie verstand, was ihre Mutter gerade gesagt hatte. Sie sauste wie ein geölter Blitz durch die Bäume, um einige der Tierchen zu fangen. Ihr Bruder war etwas schwerer von Begriff und guckte vollkommen verdattert von der Höhle zu seinem Vater und zurück. „Welche Kleinen?“, brachte er hervor.
Schattenrücken lachte noch lauter auf. „Deine Mutter ist schwanger. Das wird ihr fünfter Wurf.“
„Du meinst, sie bekommt Junge?“ Silbermond ließ sich neben dem dunklen Wolf auf den Boden plumpsen.
Kopfschüttelnd grinste sein Vater ihn an. „Irgendwie nimmt der weibliche Teil unseres Nachwuchses diese Nachricht immer bedeutend schneller und besser auf, als der männliche. Es liegt wohl wirklich am Geschlecht.“
Mühsam richtete sich der Einjährige auf und trottete davon. Er hoffte, dass ihn die Jagd ein wenig ablenken würde, aber er war viel zu unkonzentriert, um zu jagen. Während Windpfote mit zwei Hasen zurück kam, hatte er keinen Erfolg.
Die Tage vergingen und Silbermond unternahm größere Streifzüge, um sich die Langeweile zu vertreiben.

Er bewunderte seinen Vater, der die Warterei gelassen ertrug. Als einige fiepsige Stimmchen aus dem Bau ertönten, sprangen die beiden Einjährigen erfreut auf, aber Schattenrücken schüttelte den Kopf.
„Ich würde nicht versuchen, die Kleinen jetzt schon zu sehen. Eure Mutter vertreibt jeden, der sich in die Höhle hineinwagt.“
„Aber wir gehören doch zur Familie. Wir wollen den Kleinen doch nichts tun.“, erwiderte Windpfote.
Der dunkle Wolf lächelte seiner Tochter zu: „So hat Sternenglanz letztes Jahr auch argumentiert. Sie war schneller wieder aus der Höhle, als ihr lieb war. Sie konnte es gar nicht verstehen, dass Schneefell sie angeknurrt hatte.“
„Aber wann können wir sie denn nun sehen?“ Der jungen Wölfin war ihre Enttäuschung nur zu gut anzusehen.
„In ein paar Tagen dürft ihr sicher mal einen Blick hineinwerfen.
Enttäuscht lief Windpfote in den Wald, um sich abzulenken. Sie freute sich auf ihre neuen Geschwister. Es nervte sie, dass sie warten musste, obwohl die Keinen schon längst auf der Welt waren.
Silbermond sprintete hinterher. Er hoffte seine Schwester noch einzuholen, damit sie gemeinsam jagen konnten. Er heulte einmal kurz auf und stellte erleichtert fest, dass Windpfote an einem umgestürzten Baum auf ihn wartete.
„Wollen wir diesmal zusammen jagen? Vielleicht erwischen wir etwas Größeres als Hasen.“
Die graue Wölfin nickte. „Dann müssen wir aber noch ein ganzes Stück weiter weg. Hier in der Nähe gibt es kaum größeres Wild.“
„Das macht dir doch bestimmt nichts aus, Schwesterherz.“
Sie grinsten sich an. „Ich wollte ja nur Rücksicht auf dich nehmen, großer Bruder. Nicht, dass du mir unterwegs schlapp machst und ich dich dann zurücktragen muss“, neckte sie ihn.
„Ich glaube, ich kann mich zusammenreißen.“

Und bevor Windpfote noch etwas erwidern konnte, lief er weiter.
Sie verfielen in einen angenehmen Dauerlauf. Sie kamen schnell voran, aber überforderten ihre Kräfte auch nicht. Nach einer Stunde fanden die beiden eine vielversprechende Spur. Es handelte sich um eine Herde Rehe. Sie holten sie in einem dünner bewachsenen Teil des Waldes ein. Die Tiere genossen das frische Gras und die jungen Triebe. Mit einem Blick verständigten sich die Geschwister. Sie achteten darauf, dass der Wind immer von vorne kam, um nicht auf sich aufmerksam zu machen. Dann schlichen sie vorsichtig näher.
Eine junge Ricke hatte sich ein wenig von der Herde entfernt. Sie nickten sich kurz zu und bewegten sich zielsicher auf ihre Beute zu. Dabei behielten sie den Hirsch im Auge, der sich nervös umschaute. Als die beiden Jäger nur noch wenige Meter von ihrem Opfer entfernt waren, sprinteten sie los. Panisch stoben die Rehe in alle Richtungen davon. Mit einem weiten Satz landete Silbermond auf dem Rücken des fliehenden Tieres und brachte es zu Fall. Sofort war Windpfote zur Stelle und zerbiss mit ihren kräftigen Kiefern die Kehle.
Als sie wieder bei ihren Eltern ankamen, zeigten sie Schattenrücken voller Stolz ihre Beute. Gemeinsam verdrückten sie das frische Fleisch. „Will Mutter gar nichts fressen?“, fragte der helle Wolf nach einer Weile.

Sein Vater schüttelte mit dem Kopf. „In den ersten drei Tagen nach der Geburt frisst sie nie. Sie sorgt sich nur um die Kleinen und vergisst alles andere um sich herum. Wenn der Hunger zu groß wird, kommt sie schon nach oben.“
In den nächsten Tagen verbrachten die Geschwister viel Zeit miteinander. Sie lenkten sich gegenseitig ab, gingen auf die Jagd oder fragten Schattenrücken über alles Mögliche aus. Der Leitwolf gab ihnen bereitwillig Auskunft. Silbermond fragte sich, warum er ihn früher immer als unnahbar betrachtet hatte.

Als er seinen Vater darauf ansprach, blitzte es amüsiert in dessen gelben Augen auf.
„Welpen genießen bei uns so etwas wie Narrenfreiheit. Es ist mir lieber, wenn die Kleinen ihre Grenzen an ihren Geschwistern austesten als an mir. So kann ich meine Autorität wahren, bin aber trotzdem nicht der Spielverderber. Sobald sie dann größer sind, akzeptieren sie meine Führung ohne Widerspruch. Dann kann ich die Zügel auch mal ein bisschen lockerer lassen.“
Seine Tochter schaute ihn verwundert an, als sie seine Erklärung hörte. Plötzlich lachte sie laut auf und kugelte sich im Gras hin und her. Verständnislos tauschten die Männchen einige Blicke. Die junge Wölfin beruhigte sich nach einigen Augenblicken. „Weißt du eigentlich, dass ich einen Riesenschiss vor dir hatte und ich hatte gar keinen Grund dazu. Sternenglanz hat auch oft versucht, mich zu beruhigen, aber ich wollte einfach nicht auf sie hören. Dabei war alles nur Show von dir.“
Nun wirkte ihr Lachen auch auf Silbermond ansteckend. „Bei mir war es nicht ganz so schlimm, aber ab und zu hab ich mich bei Mondgesang auch vor dir versteckt.“
„Dann funktioniert mein Plan ja besser, als ich dachte. Verratet das bloß den neuen Welpen nicht.“, sagte ihr Vater und zwinkerte ihnen zu.
„Sie würden uns sowieso nicht glauben. Wir haben es schließlich auch nicht gemacht.“, beruhigte ihn seine Tochter.
So verging die Zeit. Schneefell verließ am vierten Tag nach der Geburt einmal kurz ihre Höhle, um etwas zu fressen. Sie verschwand jedoch schnell wieder, als sie eines der Jungen kläglich fiepen hörte. Windpfote durfte die Welpen eine Woche später sehen. Sie war vollkommen begeistert von den kleinen Fellbündeln und schwärmte den beiden Männchen noch Stunden später von ihnen vor. Silbermond verstand die Aufregung nicht. Schattenrücken zuckte mit den Schultern und

flüsterte leise „Weibchen“. Der Einjährige grinste seinen Vater verschwörerisch an, während seine Schwester von all dem nichts mitbekam.
Es dauerte nun keine zwei Wochen mehr, bis die Kleinen endlich nach draußen durften. Silbermond konnte sich noch genau an seinen ersten Ausflug aus der Sicherheit der Höhle in eine neue, fremde Welt erinnern. Damals wusste er nicht, dass Erste und Vierter das große Abenteuer nicht überleben würden. Wie viele würden von diesem Wurf sterben? Er schüttelte sich, um die düsteren Gedanken zu vertreiben.
In diesem Moment erschien seine Mutter mit den Welpen. Schüchtern tapsten sie hinter Schneefell in das grelle Sonnenlicht. Fünf dunkelgraue Fellknäuel schauten sich mit großen Augen um. Schattenrücken ging gemächlich zu seinem Nachwuchs, der sich instinktiv hinter der weißen Wölfin versteckte. Er lächelte seiner Gefährtin zu und schien diese Reaktion zu kennen.
Behutsam stupste sie die Jungen an und schob sie vorsichtig in Richtung der wartenden Familienmitglieder. „Sie beißen nicht. Ihr könnt ruhig hingehen.“
Die Welpen wechselten einige unsichere Blicke, bis sich der Mutigste zögerlich nach vorne bewegte. Als er vor Schattenrücken stand, nuschelte er verlegen: „Bist du unser Papa?“
„Ja, der bin ich. Und wer bist du?“
„Mama nennt mich Erster.“ Neugierig geworden, musterte der Kleine seinen Vater von oben bis unten. „Du bist ja gar nicht so groß.“

Der Leitwolf verkniff sich mit Mühe ein Lachen. „Wie groß soll ich deiner Meinung nach sein?“
„Ich weiß nicht. Größer halt. Zweiter hat gesagt, du hast uns nicht besucht, weil du viel zu groß für die Höhle bist.“
Silbermond trat neben den dunklen Wolf. „Vater hat viel zu tun. Er muss schließlich das Rudel führen.“

„Außerdem habt ihr Ruhe gebraucht. Er wusste, dass Mutter sich gut um euch kümmert. Deshalb wollte er nicht stören.“, fuhr Windpfote fort.
Die Kleinen schauten sprachlos zu den Einjährigen auf. Bis jetzt hatten sie sich nur auf Schattenrücken konzentriert und ihre beiden älteren Geschwister nicht beachtet. Es verwirrte sie, dass plötzlich drei große Wölfe vor ihnen standen, die sie nicht kannten. Hilfesuchend richteten sich fünf Augenpaare auf Schneefell.
Sie schlug mit sanfter Stimme vor: „Wie wäre es, wenn ihr euch erst mal vorstellt.“
Zögernd wechselten die Welpen wieder einige Blicke, als ob sie stumm ausdiskutieren, wer den Anfang machen sollte. Erster entspannte sich, da er diese schwierige Hürde schon gemeistert hatte. Schließlich tapste eines der kleinen Fellbündel vor und murmelte leise: „Ich bin Dritte.“ Sobald sie die Worte hervor gebracht hatte, versteckte sie sich wieder zwischen ihren Geschwistern.
Nach und nach meldeten sich die anderen Jungen mit piepsigen Stimmchen.
„Ich bin Zweiter.“
„Vierte.“
„Und ich bin Fünfte.“
Silbermond erinnerte sich, wie schüchtern er und die anderen aus seinem Wurf am Anfang gewesen waren. Das hatte sich natürlich schnell gelegt, nachdem sie mit den Älteren gespielt hatten. Mit einem Mal wusste er, wie er das Eis brechen konnte.
Vorsichtig, um die Kleinen nicht noch mehr zu erschrecken, beugte er sich nach unten. Er musterte die Welpen eingehend und meinte dann zu seiner Schwester: „Hmm ... glaubst du, sie sind kräftig genug? Wir brauchen schließlich nur die Besten.“
Windpfote zwinkerte ihm verstehend zu. „Ich weiß nicht. Für meinen Geschmack sind sie ziemlich klein und ängstlich.“

„Schade. Dann müssen wir uns wohl oder übel alleine auf die Suche machen.“ Der hellgraue Wolf richtete sich auf und drehte sich um.
Erster fragte neugierig: „Was sucht ihr denn? Wir können euch bestimmt helfen.“
„Hier in der Gegend treibt sich eine sehr große Maus herum. Sie ärgert uns schon seit Tagen und hat einfach keinen Respekt vor uns. Deshalb brauchen wir eine mutige Truppe, um unseren guten Ruf zu verteidigen.“, erklärte Silbermond ernst wie möglich.
Die Welpen lauschten gebannt. Von ihrer anfänglichen Ängstlichkeit war nichts mehr zu sehen. Aufgeregt stürzten sie zu den beiden Einjährigen und plapperten vergnügt durcheinander. Erst ein energisches Aufheulen ihres Bruders brachte sie zur Ruhe.
„Ich denke, einen Versuch ist es wert. Windpfote wird euch einweisen und ihr werdet auf sie hören. Wenn nicht, ist die Mission in ernsthafter Gefahr. Ich werde in der Zwischenzeit das Gelände auskundschaften und nach dem lästigen Nager Ausschau halten.“
Die Kleinen setzen sich sofort erwartungsvoll zu ihrer großen Schwester, die nur mit Mühe nicht laut loslachte. Der Silberwolf zwinkerte ihr kurz zu und lief in Richtung Bäume. Er musste so schnell wie möglich eine Maus finden.
Schnüffelnd suchte er den Waldboden ab. Er fand zum Glück nach einigen Minuten eine vielversprechende Spur.
Lautlos schlich er sich näher und entdeckte eine große Maus auf einem umgestürzten Baumstamm. Seine Beute hatte ihn noch nicht bemerkt und huschte flink über das moosige Holz. Sie spürte die drohende Gefahr nicht und widmete sich einer morschen Stelle nach der anderen. Vorsichtig kroch Silbermond durch das Unterholz und ließ die Maus nicht aus den Augen. Sie knapperte gerade an einem dicken Ast und saß regelrecht auf einem Präsentierteller.

Diese Chance ließ er sich nicht entgehen und sprang. Er überbrückte mit Leichtigkeit die restliche Entfernung und landete genau auf dem possierlichen Nager. Mit seiner rechten Vorderpfote klemmte er den Schwanz seines Opfers ein. Panisch versuchte sie zu fliehen, aber er nahm sie behutsam zwischen seine starken Kiefern. Er übte genug Druck aus, um ein Entkommen unmöglich zu machen, aber seine scharfen Zähne verletzten das Tierchen auch nicht.
Zufrieden kehrte er zur Lichtung zurück. Je näher er seinem Ziel kam, desto behutsamer schlich er durch die niedrigen Büsche. Er warf einen kurzen Blick zu seiner Familie. Beinahe hätte er die Maus wieder fallen gelassen, als er Windpfote und die Welpen sah. Sie zeigte ihnen gerade, wie man am besten absprang. Fünf kleine Hinterteile reckten sich erwartungsvoll in die Höhe.
Drei von seinen Geschwistern verloren sofort die Balance und plumpsten unbeholfen über das Gras. Die anderen zwei hielten ihre Körperspannung zwar etwas länger, aber schließlich kugelten auch sie über die Wiese. Schattenrücken und Schneefell beobachteten die Szene amüsiert.
Als die dunkle Wölfin die Rasselbande wieder beisammen hatte, ließ Silbermond die Maus vorsichtig los und jagte sie mit viel Lärm zu seinen Geschwistern. Die Welpen erschreckten sich zuerst, aber als sie erkannten, dass ihr großer Moment gekommen war, liefen sie dem verängstigten Tierchen begeistert hinterher. Dabei behinderten sie sich meistens gegenseitig, aber sie hatten trotzdem viel Spaß.
Die Einjährigen achteten darauf, dass die Beute nicht zu schnell von der Lichtung verschwand und das Vergnügen der Jungen schon zu Ende ging. Nach ein paar Minuten hatten sie jedoch Erbarmen mit dem Nager und ließen ihn entkommen.
„Haben wir alles richtig gemacht?“, wollte Dritte enthusiastisch wissen.
Grinsend sahen sich die beiden Großen an.

Windpfote antwortete lachend: „Diese Maus hat jetzt bestimmt genug Respekt vor uns. Das reicht für zwei Leben."
Die Welpen tobten ausgelassen um ihre Geschwister herum.
„Das war toll."
„Sind wir jetzt richtige Jäger?"
„Können wir das noch mal machen?"
Die fünf überschlugen sich fast vor Begeisterung.
Schließlich schlenderte Schneefell zu ihren Kindern und unterbrach das fröhliche Treiben. „Vielleicht haben die erfolgreichen Jäger Hunger?"
Sofort war die Aufregung vergessen und der ganze Wurf folgte ihr eilig. Schmatzend ließen sie sich die Milch schmecken und dösten dann satt vor sich hin. Die begehrtesten Plätze am Bauch der weißen Wölfin waren schnell vergeben. Eines der Fellbündel versuchte vergeblich, sich noch zwischen die anderen zu drängen.
Dritte wollte gerade niedergeschlagen aufgeben, als ihr Silbermond einfiel. Suchend schaute sie sich um. Er lag gemütlich in der Sonne neben Schattenrücken. Freudig tapste sie zu ihrem Bruder und fragte: „Kann ich bei dir schlafen? Bei Mama ist so wenig Platz." Lächelnd nickte er ihr zu. Sofort kuschelte sie sich an sein weiches Fell und schlief augenblicklich ein.
Windpfote grinste ihn frech an. „Ich geh dann mal alleine jagen. Du bist ja schwer beschäftigt."
Es überraschte die Einjährigen, als sich der Leitwolf erhob. „Ich komme mit. Der Auslauf tut mir gut. Schneefell und Silbermond passen so lange auf die Kleinen auf."
Bevor seine Tochter irgendeine Bemerkung machen konnte, lief er mit ein paar kräftigen Sprüngen in den Wald. Sie schaute verdutzt zu den Bäumen, zwischen denen ihr Vater verschwunden war. Sie schüttelte sich und sprintete dem dunklen Wolf hinterher. „Vater, warte auf mich!"
Für eine Weile hörte man nur die Geräusche der Taiga.

Schneefell leckte ab und zu zärtlich über die vier Welpen, die tief und fest schliefen. Silbermond betrachtete interessiert seine winzige Schwester. Er konnte kaum glauben, dass er auch mal so ein zerbrechliches Fellknäuel gewesen war. Sein erster Sommer schien ihm nun unglaublich weit weg. Er hatte viel im letzten Jahr gelernt, leider nicht nur schöne Dinge.
„Die Idee mit der Maus war sehr gut. Du hast sie alle fünf an einem einzigen Nachmittag für dich gewonnen.“, unterbrach seine Mutter seine Gedanken.
Silbermond lachte leise auf. „Wie es scheint, habe ich schon einen ganz besonderen Fan. Ich hoffe, ich mache auch in Zukunft alles richtig.“
„Das weiß man vorher nie. Vertraue einfach deinen Instinkten. Der Rest kommt von ganz alleine.“, beruhigte ihn Schneefell.
Der Kreislauf des Lebens begann erneut. Die Welpen wuchsen rasch und bettelten bald um Fleisch bei den erwachsenen Tieren. Sie spielten miteinander und balgten sich. Dabei lernten sie, wie man sich richtig anschlich und jagte. Die Einjährigen passten abwechselnd auf, wenn die anderen Mitglieder des Rudels Nahrung beschafften. Die aufgeweckte Rasselbande hielt sie ordentlich auf Trab. Meistens atmeten sie erleichtert auf, wenn sich die Kleinen müde und erschöpft einrollten und schliefen.
„Wir waren nie so anstrengend.“, meinte Windpfote geschafft. Sie hatte während der heutigen Jagd den Aufpasser gespielt. „Wenn man endlich an einer Ecke halbwegs Ruhe hat, geht`s an einer anderen los.“
Ihre Eltern lachten. „Warte ab, bis du deinen ersten eigenen Wurf hast. Der wird der Stressigste.“, erklärte Schattenrücken.
„Mach ihr keine Angst.“, warf Schneefell ein. „Seit Generationen überleben Wölfe ihren ersten Wurf. Da sind die beiden keine Ausnahme.“
„So schlimm sind sie doch gar nicht.“ Silbermond blickte zärtlich auf Dritte herab.

Seine Schwester wollte nur noch bei ihm schlafen. Sie erinnerte ihn mit ihrer nie endenden Neugierde oft an sich selbst. Er beantwortete alle ihre Fragen mit viel Geduld. Sie übernahm auch seine Liebe für die alten Lieder. Genauso wie Mondgesang sie ihm beigebracht hatte, unterwies er sie in den Gesängen ihrer Vergangenheit. In diesen Momenten war er seinem großen Bruder so nah wie schon lange nicht mehr.
Die warmen Tage erreichten ihren Höhepunkt. Die jungen Wölfe wuchsen schnell und lernten begierig. Silbermond fiel auf, dass der Zusammenhalt bei ihnen anders war Die Kleinen balgten sich auch untereinander, aber es herrschte nicht diese energische Rivalität, die er in seiner Kindheit erlebt hatte. Ihre Raufereien behielten den spielerischen Charakter und sie halfen sich gegenseitig. Wehmütig dachte er an Vierter. Er vermisste ihn nicht so sehr wie Mondgesang, aber er fragte sich, wie sich sein Bruder wohl entwickelt hätte.
Plötzlich riss ihn Viertes besorgte Stimme aus seinen Gedanken: „Silbermond, wir können Dritte und Zweiter nicht finden.“ Erster und Fünfte standen dicht hinter ihrer Schwester. Nervös schauten sie zu ihm auf.
Der Einjährige sah sich kurz um. „Ihr bleibt hier.“, forderte er sie auf. Beruhigend lächelte er ihnen zu. „Keine Sorge. Ich finde die Ausreißer schon. Ihr geht in der Zwischenzeit zu Windpfote. Sie kann euch noch ein paar ihrer Jagdtricks zeigen.“
Erleichtert nickten die Welpen und stürmten zu der dunklen Wölfin.

Konzentriert schnupperte Silbermond. Er hatte Schwierigkeiten, die richtige Fährte zu finden, da die Kleinen fast immer in Bewegung waren und wild durcheinander sprangen. Schließlich entdeckte er den frischen Geruch seiner Geschwister. Er folgte der Spur durch das Unterholz. Ärgerlich schüttelte er den Kopf. Die beiden hatten sich viel zu weit vom

Rudel entfernt. Auf dem Rückweg würde er ihnen eine gehörige Standpauke halten.
In diesem Moment hörte er Zweiter rufen: „Dritte, komm her! Hier drüben sind noch mehr."
Er lief los und endlich kamen die jungen Wölfe in Sicht. Die Welpen hatten auf ihrem Streifzug die ersten Blaubeeren gefunden und futterten sich gerade durch den schmackhaften Nachtisch. Dabei hatten sie völlig ihre Umgebung und die Zeit vergessen. Sie bemerkten gar nicht, dass sie nicht mehr alleine waren. Fröhlich tapste Dritte zu ihrem Bruder, der mitten auf einer lichten Stelle, umringt von den niedrigen Sträuchern, stand. Der wartete nicht lange und knapperte vorsichtig die reifen Beeren ab.
Kopfschüttelnd ging Silbermond auf seine Geschwister zu, als plötzlich ein dunkler Schatten vom Himmel stürzte und Zweiter unter sich begrub. Der scharfe Schnabel sauste nach unten und der kleine Wolf jaulte ein letztes Mal auf. Dritte hielt entsetzt an und starrte zwischen dem Raubvogel und seiner Beute hin und her. Die gelben Augen erwiderten gelassen ihren Blick, als er den Einjährigen zwischen den Sträuchern sah. Er schlug ein paar Mal mit den Flügeln und gewann langsam an Höhe. In seinen Klauen hielt er das dunkle Fellbündel.
Innerhalb weniger Augenblicke war der Uhu im Wald verschwunden und nichts erinnerte mehr an das grausige Ereignis.
Silbermond lief zu seiner Schwester. Behutsam stupste er sie an, doch sie reagierte kaum. Bestürzt blickte sie nach oben und flüsterte: „Was war das gerade? Was ist mit Zweiter passiert?"
„Ich bring dich jetzt erst mal zurück zum Rudel. Ich erklär es dir später, wenn es dir besser geht."

Vorsichtig nahm der silberne Wolf die Kleine zwischen die Zähne und trug sie zurück. Sie ließ es teilnahmslos geschehen. Langsam bahnte er sich seinen Weg durch den Wald. Fieberhaft dachte er darüber nach, wie er seinen Eltern den Tod

seines Bruders beibringen sollte. Er erreichte die anderen Familienmitglieder viel zu schnell für seinen Geschmack.
Als Windpfote ihn sah, kam sie ihm gemächlich entgegen. „Hast du die Ausreißer endlich gefunden. Ich dachte schon, ich müsste auch nach euch suchen. ... Wo ist Zweiter? Sag bloß, du hast nur Dritte gefunden?“
Bevor Silbermond antworten konnte, flüsterte der kleine Welpe: „Er ist weg. Einfach davon geflogen.“
„Was soll das heißen, er ist geflogen?“ Seine Eltern kamen alarmiert näher und Schneefell warf ihrem Sohn einen durchdringenden Blick zu.
Er setzte Dritte behutsam ab. „Ein Uhu. Ich hab die beiden bei den Beeren gefunden. Aber bevor ich sie ganz erreicht hatte, kam ein Uhu und hat Zweiter ...“
Seine Mutter jaulte kurz auf, als sie begriff. Sie beugte sich zu dem Welpen, der zitternd zwischen den erwachsenen Tieren saß. „Mein Baby. Musstest du das alles mit ansehen? Hab keine Angst. Jetzt wird alles wieder gut. Du bist in Sicherheit.“
Die Kleine reagierte nicht auf die zärtlichen Worte, erst als die weiße Wölfin sie hoch hob, zappelte sie. „Ich möchte bei Silbermond bleiben. Lass mich runter. Bitte.“
Schattenrücken stupste seine Gefährtin leicht an. „Komm. Wir müssen den anderen erklären, was passiert ist. Sie dürfen nicht alleine im Wald herumstreunen. Dafür sind sie noch zu jung. Silbermond kümmert sich um Dritte.“

Niedergeschlagen nickte sie und folgte dem schwarzen Wolf zu den drei Welpen, die beunruhigt in der Nähe warteten. Sie spürten, dass etwas nicht stimmte, und hielten instinktiv Abstand. Windpfote nickte ihrem Bruder zu und verschwand im Wald. Er vermutete, dass sie sich ablenken wollte. Er wäre ihr nur zu gerne gefolgt, doch da spürte er den bebenden Körper von Dritte an seinen Vorderbeinen.
Sie schaute verängstigt zu ihm auf.

„Zweiter kommt nicht wieder, oder? Der Vogel hat das mit ihm gemacht, was wir mit den Hasen machen.“
Beklommen nickte Silbermond. Er wünschte sich, dass seine Schwester die grausame Seite der Natur nicht auf so intensive Weise erleben musste, aber es ließ sich nicht mehr ändern.
„Es war meine Idee, nach den Beeren zu suchen. Wenn ich nicht gewesen wäre ...“
„Rede dir nicht ein, dass es deine Schuld ist, Dritte.“, unterbrach sie der helle Wolf ärgerlich. Erschrocken wich sie zurück. Es tat ihm sofort leid, dass er sie so angefahren hatte. Seufzend legte er sich hin und meinte leise: „Entschuldige bitte. Du hast keine Schuld an seinem Tod. Das ist der Lauf der Natur. Niemand ist sicher vor dem Tod und bei manchen kommt er früher als bei anderen. Du hattest Glück und solltest dankbar dafür sein.“
Schniefend kuschelte sich die Kleine an das weiche Fell ihres Bruders. Tröstend murmelte er beruhigende Worte. Sie hörte kaum zu, aber es half schon, dass er bei ihr blieb. In der Nacht wachte Dritte ein paar Mal, von Albträumen geplagt, auf. Silbermond beruhigte sie dann und half ihr wieder einzuschlafen.
Am nächsten Morgen fragte er besorgt: „Geht es jetzt einigermaßen? Ich denke, Vater möchte weiter. Aber wenn du noch etwas Zeit brauchst, können wir bestimmt auch noch bleiben.“
Die junge Wölfin schaute ernst zu ihrem Bruder auf. „Ist schon in Ordnung. Wir können weiter, wenn Papa möchte.“
Er stand auf und streckte sich ausgiebig. „Na, dann komm. Wir sagen den anderen Bescheid, dass sie nicht mehr auf uns warten müssen.“
Er ging einige Schritte, als Dritte rief: „Silbermond? Ich wollte nur ... Ich meine, wegen gestern und heute Nacht ... Danke, dass du da warst.“

Traurig lächelte er sie an: „Gern geschehen."
Langsam trotteten sie zu dem Rest des Rudels. Dabei beobachtete der Einjährige seine Schwester. Der Tod von Zweiter hatte ihre Kindheit beendet, so wie der Tod von Erste die seine. In ihrem Blick lag nun eine Ernsthaftigkeit, die die unbeschwerte Fröhlichkeit vertrieb. Als er in die Augen der anderen drei Welpen sah, erkannte er auch dort diese Entwicklung. Über Nacht waren sie erwachsener geworden.
Sie wussten nun, dass das Leben nicht nur schöne und leichte Seiten für sie bereit hielt. Stumm marschierte die Gruppe durch den Wald. Die Jungen blieben dabei das erste Mal diszipliniert in der Reihe. Vor ein paar Tagen hätte Silbermond diese seltene Gelegenheit der Ruhe zu schätzen gewusst. Nun wünschte er sich sehnlichst das sorgenfreie Treiben zurück.
Die Wochen vergingen und die gedrückte Stimmung ebbte langsam ab. Die Welpen fanden mehr und mehr zu ihrer alten Heiterkeit zurück. Sobald das Rudel jedoch eine freie Fläche überquerte, liefen sie stets in der Nähe der erwachsenen Tiere. Vor allem Dritte drängte sich dicht an Silbermond. Das Bild des herabstürzenden Vogels hatte sich tief in ihr Gedächtnis eingebrannt. Ihr Bruder konnte sie aber beruhigen, je größer sie wurde. Bald war sie aus dem Beuteschema der Greifvögel herausgewachsen. Von da erschreckte sie sich nicht mehr vor jedem Schatten am Himmel.
Der Herbst und er Winter kamen in diesem Jahr früher als erwartet. Das Wetter verschlechterte sich zusehends und es wehte ein eisiger Wind. Den jungen Wölfen fiel es schwer, sich gegen diese Witterungen zu behaupten. Besonders Vierte und Fünfte kämpften mit hartnäckigem Husten. Auf den langen Wanderungen brauchten sie öfter Pausen und ihr Atem rasselte in den Lungen.
Schneefell kümmerte sich aufopferungsvoll um ihre Jungen, aber gegen die Krankheit hatten sie kaum eine Chance. Silbermond und Windpfote übernahmen in dieser Zeit die

Ausbildung von Erster und Dritte. Damit lenkten sie die beiden von dem Schicksal ihrer Schwestern ab und bereiteten sie weiterhin auf ihr zukünftiges Leben vor. Die jüngsten Welpen wurden unterdessen immer schwächer.
Als der erste Schnee fiel, rafften sie sich ein wenig auf und erkundeten neugierig und behutsam die weiße Pracht. Es handelte sich jedoch nur um das letzte Aufbäumen. Nach drei weiteren Tagen verstarb erst Vierte und Fünfte folgte ihr kurz darauf. Ihr Tod erschütterte die anderen beiden Welpen. Allerdings war er nicht so unvorbereitet gekommen wie bei Zweiter. Niedergeschlagen trotteten sie hinter den Erwachsenen durch den Wald.

Je länger der Winter andauerte, desto mehr patrouillierte das Rudel an den Grenzen ihres Gebietes. Schattenrücken wollte nicht riskieren, dass fremde Wölfe hier jagten. Das Wild war durch das eisige Wetter schon dezimiert genug. Sie brauchten nicht noch zusätzliche Konkurrenz. Es zeigte sich, dass seine Sorge durchaus Berechtigung fand. Zweimal vertrieben sie einsame Wanderer. Es kam nie zum Kampf, da die Übermacht ihrer Familie ausreichend abschreckte.
Nachdenklich stand Silbermond neben seinem Vater und beobachtete, wie die Vertriebenen mit eingekniffenen Schwänzen zwischen den Bäumen verschwanden. Er wusste, dass auch er die Sicherheit seiner Heimat bald aufgeben musste. Er erinnerte sich gut daran, wie Schattenrücken Sturmgrau angeknurrt und bedroht hatte. Mondgesang hingegen war freiwillig gegangen.
Mit großer Mühe verdrängte er den Gedanken. Noch duldete sein Vater seine Gegenwart. Er benötigte seine Hilfe bei den Patrouillen und auf der Jagd nach größerem Wild. Dritte ahnte nichts von seinen Überlegungen. Sie schaute mit erwartungsvollen Augen zu ihm auf. Es versetzte ihm einen Stich, dass er sie verlassen musste, bevor der Schnee taute.

Es schmerzte ihn, wenn er an Mondgesangs heimlichen Aufbruch dachte. Er beschloss, sich richtig von Dritte zu verabschieden, wenn seine Zeit kam. Er würde sich nicht einfach davonschleichen, aber er würde auch nicht so lange warten, bis Schattenrücken ihn verjagte. An den letzten Erinnerungen an seinen Vater sollte kein schaler Beigeschmack haften. Zufrieden atmete er tief durch. Es erleichterte ihn, dass er endlich eine Entscheidung getroffen hatte.

Schneefell lächelte ihren Sohn traurig an. Bei der nächsten Rast legte sie sich zu ihm. Sie sagte kein Wort, aber Silbermond spürte, dass sie sich im Stillen von ihm verabschiedete. Dritte schaute ihre Mutter irritiert an. Die Müdigkeit siegte jedoch über ihre Neugierde. Sie kuschelte sich dicht an ihren Bruder und schlief sofort erschöpft ein.

Es vergingen ein paar Tage, in denen das Rudel seiner monotonen Routine folgte. Der Winter zerrte an ihren Kräften. Aber nicht nur die Wölfe kämpften gegen das raue Wetter. Sie fanden einen verletzten Elch. Sein Bein trug sein Gewicht nicht mehr und er konnte nicht aufstehen. Der helle Wolf erinnerte sich an Erstes Schicksal. Sie hatte diese großen Tiere unterschätzt und teuer dafür bezahlt. Hier handelte es sich um ein ausgewachsenes Männchen und nicht um ein unerfahrenes Jungtier. Der Bulle wurde durch seine Verletzung sogar noch gefährlicher, da er nichts mehr zu verlieren hatte. Das mächtige Geweih zeigte drohend in ihre Richtung. Sie durften jetzt auf keinen Fall leichtsinnig werden.

Vorsichtig näherten sich ihm Schattenrücken, Silbermond und Windpfote. Der Alpharüde nickte seinem Sohn kurz zu. Behutsam rückte der Silberwolf auf ihre Beute zu. Brüllend versuchte der Elch aufzustehen und gleichzeitig nach seinem Angreifer zu schlagen. Geschickt wich er aus. In diesem Moment griff sein Vater von hinten an. Das verletzte Tier wälzte sich mühsam auf die andere Seite. Sofort zog sich Schattenrücken zurück. Nun war Windpfote an der Reihe.

Abwechselnd attackierten die drei ihre Beute, doch sobald sie mit den Hufen oder dem Geweih konfrontiert wurden, hielten sie Abstand. Nach einigen Minuten wurden die Bewegungen des Pflanzenfressers schwerfälliger. Die körperliche Anstrengung, die Schmerzen und nicht zuletzt die Angst brauchten seine Kräfte auf.
Schließlich gelang es Silbermond, sich in die Flanke zu verbeißen. Der Elch schlug in blinder Panik um sich, aber er war bereits zu schwach. Die beiden anderen Wölfe sprangen geschickt vor. Während Schattenrücken seine Zähne in die mächtige Schulter schlug, gelang es Windpfote, das erschöpfte Tier mit einem einzigen kräftigen Biss zu töten.
Das restliche Rudel hatte die Szene aus sicherer Entfernung beobachtet. Als keine Gefahr mehr von dem Bullen ausging, stürmten die beiden Kleinen begeistert heran. Mit leuchtenden Augen schaute Dritte zwischen ihrem Bruder und der Beute hin und her.
„Das war toll. Einmal hätte er dich fast mit seinem Huf getroffen. Und wie du ihn dann endlich erwischt hast. Und dann Windpfotes Sprung. Wenn ich groß bin, möchte ich auch so eine gute Jägerin werden. Das war unglaublich."
Lachend unterbrach er ihren Redefluss: „Große Jäger müssen bei Kräften bleiben. Wenn du weiter so viel redest, haben wir alles aufgefressen und du gehst leer aus."
Hungrig machten sich die Wölfe über ihr Opfer her. Sie hatten seit langer Zeit keine so reichhaltige Mahlzeit mehr genossen. Dritte nagte glücklich an einem Knochen, als sich Silbermond neben sie setzte. Schmunzelnd blickte er auf seine kleine Schwester herab, die voller Elan kaute und schmatzte.
Liebevoll stupste er sie an und sagte: „Ich muss mal mit dir reden."
Besorgnis spiegelte sich in ihrem jungen Gesicht. „Hab ich was angestellt?"
Lächelnd schüttelte er den Kopf.

„Nein, du hast nichts gemacht.“ Dann wurde er wieder ernst. „Ich wollte dir nur sagen, dass ich bald weggehen werde.“
„Warum musst du weg? Wohin gehst du denn?“ Erschrocken sprang Dritte auf.
Zärtlich strich er ihr übers Fell. „Ich erklär es dir, wenn du ruhig bist.“
Angespannt legte sich die Kleine hin und schaute ihn ernst an. „Also? Warum musst du weg?“
„Ich bin bald zu alt, um noch bei euch zu bleiben. Ich kann bald mein eigenes Rudel gründen. Vater sieht dann einen Konkurrenten in mir und würde mich nicht mehr dulden. Er würde ...“
Dritte unterbrach ihn trotzig: „Papa würde dir nie etwas tun. Du hilfst ihm doch bei der Jagd und passt auf uns auf.“
Traurig seufzte der Silberwolf: „Ich habe es bei meinem älteren Bruder erlebt, Dritte. Vater hat ihn mit Gewalt vertrieben. Möchtest du, dass er mit mir das Gleiche macht?“
Die Kleine sah betroffen nach unten und schüttelte stumm den Kopf.
Tröstend schmiegte er sich an sie. „Ich weiß, dass es schwer für dich ist. Aber ich möchte Vater in guter Erinnerung behalten, deshalb gehe ich freiwillig.“
Niedergeschlagen kuschelte sie sich noch enger an sein weiches Fell. Silbermond ließ seiner Schwester genug Zeit, um alles zu verdauen.
Schließlich meinte sie mit einem schiefen Grinsen: „Aber bevor du gehst, musst du mir noch alle Lieder beibringen, die du kennst.“ Sie wartete gar nicht erst eine Antwort ab, sondern machte sich wieder über ihren Knochen her.
„Abgemacht. Aber du darfst dabei nicht immer einschlafen.“, antwortete er verschmitzt.
Mit zusammengekniffenen Augen fixierte die Kleine den hellen Wolf, der ihren Blick unschuldig erwiderte. Ohne Vorwarnung sprang sie auf und verbiss sich in seinem Nackenfell.

Bald kugelten die beiden lachend durch den Schnee.
Der Elch reichte für drei Tage. Sie ließen nur die größten Knochen, das Fell, die Hufe, das Geweih und Teile des Darms übrig. Sie legten auch einige Vorratslager an. Das Rudel wanderte die Grenzen seines Gebietes ab. Schattenrücken markierte oft auffällige Stämme oder Steine. Sobald in der Ferne ein Heulen erklang, stimmte er sofort mit ein. Jeder sollte wissen, wer dieses Revier für sich beanspruchte.
Wenn sie erschöpft rasteten, behielt der schwarze Leitwolf die Umgebung im Auge. Unruhig lauschte er auf jedes Geräusch und hob häufig die Schnauze in den Wind. Er wusste, dass das knappe Nahrungsangebot viele einsame Wölfe zu verzweifelten Taten hinriss. Er wollte nicht riskieren, dass sich einer dieser Wanderer seiner Familie zu sehr näherte.
In einer der folgenden Nächte war Schattenrücken besonders unruhig. Das Rudel lief wie gewöhnlich hintereinander durch den Wald. Am Himmel zeigten sich nur vereinzelte Wolken und das Licht des Mondes warf viele Schatten. Silbermond bildete zusammen mit Schneefell den Abschluss.
Aufmerksam spähte er zwischen die dichten Reihen der Bäume. Die Nervosität des schwarzen Rüden hatte sich auf ihn übertragen und so konzentrierte er sich mit all seinen Sinnen. Plötzlich hielt die Gruppe an und Schattenrücken rief seinen Sohn nach vorne. Lautlos gesellte er sich zu seinem Vater und gemeinsam stellten sie sich schützend vor die restlichen Familienmitglieder.
Angespannt und aufgeregt bemerkte der helle Wolf eine Bewegung. Er rechnete erst mit einem einzigen Streuner, als sich ein ganzes Rudel vorsichtig näherte. Silbermond erkannte im Mondlicht das dominante Elternpaar. Hinter ihnen stand ihr Nachwuchs, zwei Welpen und ein dunkler Wolf aus dem Wurf davor.
In diesem Moment drehte sich der Wind und wehte die fremden Gerüche genau in seine Nase. Zuerst handelte es sich

um ein einziges Durcheinander der verschiedenen Tiere, aber nach ein paar Sekunden konnte er verschiedene Akzente unterscheiden. Ein Duft erregte dabei sein besonderes Interesse.
Neugierig betrachtete er das junge Weibchen. Sie war schlank und drahtig. Sie verschwand fast völlig in den Schatten durch ihr schwarzes Fell. Ihre gelb-grünen Augen blitzten intelligent zu ihnen herüber. Sie sah wie eine kleinere Kopie von Schattenrücken aus.
Schlagartig richtete sich sein Vater knurrend zu seiner vollen Größe auf. Der andere Leitwolf tat es ihm gleich. Für einen kurzen Augenblick glaubte der helle Wolf, dass sich die beiden aufeinander stürzen würden, um zu kämpfen. Doch nichts dergleichen geschah. Ohne sich aus den Augen zu lassen, markierten die Rüden ihr Gebiet und zogen sich anschließend langsam zurück.
Immer noch wachsam gab Schattenrücken seiner Familie das Zeichen, sich wieder auf ihren Weg zu begeben. Silbermond warf der fremden Wölfin einen letzten Blick zu. Sie verschwand mit ihren Geschwistern zwischen den Bäumen. Ihre Eltern folgten ihnen und ließen nur ihre Spuren im Schnee zurück.
Zögernd drehte er sich um und merkte, dass sein Vater ihn eingehend musterte. „Komm, die anderen warten und ich möchte heute Nacht noch einige weitere Markierungen auffrischen."
Der Silberwolf nickte geistesabwesend und ohne eine entsprechende Anweisung abzuwarten, nahm er die letzte Position in der langen Reihe ein. Obwohl er versuchte, sich auf seine Umgebung zu konzentrieren, drifteten seine Gedanken immer wieder zu dem fremden Weibchen ab. Es verwirrte ihn und er wusste nicht einmal, warum.
Nachdem das Rudel noch einige Stunden durch den Wald gewandert war, rasteten sie endlich. Dritte schlief sofort

erschöpft an seiner Seite ein. Als sich Windpfote zu ihnen gesellte, schaute er überrascht auf.
„Was war vorhin los?“, fragte sie Umschweife.
„Nicht viel. Vater und der andere Leitwolf haben sich nur angeknurrt und dann ihr Revier markiert.“, erklärte er verwundert.
„Das meine ich nicht. Warum kommt Vater so plötzlich auf die Idee, dass du uns wegen einem Weibchen verlässt? Er hat es eben zu Mutter gesagt.“
Geschockt sah der helle Wolf zu seinen Eltern, die leise miteinander diskutierten.
„Also? Was ist jetzt?“ Windpfote stupste ungeduldig mit der Schnauze in seine Flanke.
„Ich weiß nicht genau. Da war zwar ein Weibchen im fremden Rudel, aber deswegen geh ich nicht gleich ... Es ist doch noch viel zu früh. Was wird denn aus Dritte, wenn ich jetzt einfach gehe?“, stammelte er.

Nachdenklich fixierte die dunkle Wölfin ihren Bruder. „Das Ganze kommt für dich ziemlich überraschend, oder?“
„Na, geplant hab ich das alles bestimmt nicht.“ Silbermonds Verwirrung schlug langsam in Wut um. Warum nervte ihn seine Schwester? Warum behauptete sein Vater, dass er bald gehen würde? Er hatte kein Recht, ihn einfach zu vertreiben. Er gehörte zum Rudel. Er war kein kleiner Welpe mehr, den man herumschubste. Vielleicht hatte sein Vater einfach Angst vor ihm. Er war ihm schon lange ebenbürtig, wenn nicht sogar überlegen. Wütend starrte er zu Schattenrücken herüber und ein tiefes Grollen drang aus seiner Kehle.
Windpfote beobachtete stumm und alarmiert, wie sich Silbermonds Verhalten änderte. Diese Seite kannte sie nicht von ihm und es machte ihr Angst. Als sie sein bedrohliches Knurren hörte, hielt sie es nicht mehr aus. „Was ist denn los mit dir? Krieg dich wieder ein.“

Für einen kurzen Moment blitzte etwas Gefährliches in seinen Augen auf. Sie wich erschrocken zurück und flüsterte: „Hör auf mit dem Mist. So hast du dich doch noch nie benommen."
Plötzlich bewegte sich Dritte unruhig im Schlaf. Die Stimmung des hellen Wolfes schlug augenblicklich um. Er schaute verwundert auf seine kleine Schwester herab, so als ob er erst jetzt registrierte, dass sie neben ihm lag. Jegliche Aggressionen fielen von ihm ab und er beugte sich herunter, um ihr mit der Schnauze über das weiche Fell zu streichen.
„Was sollte das gerade?", wollte Windpfote wissen.
„Ich weiß auch nicht, aber ich war plötzlich so wütend ... auf Vater und auch auf dich. Tut mir leid, wenn ich dich erschreckt habe.", erwiderte er leise. Je länger er darüber nachdachte, desto mehr schämte er sich. Wie war er nur auf die Idee gekommen, dass er ein besserer Anführer sein konnte als Schattenrücken.
Kleinlaut fuhr er fort: „Vielleicht geht es los ... ich meine, die ganze Sache mit dem Geschlechtsreif-werden. Fühlst du dich anders als bisher?"

Windpfote kniff misstrauisch die Augen zusammen. Sie traute dem Frieden nicht und achtete auf kleinste Anzeichen von Wut bei ihrem Bruder. Er schaute sie jedoch nur traurig von unten an und wartete auf ihre Antwort. Seufzend schüttelte sie den Kopf. „Bei mir ist alles wie immer. Du hast mir echt Angst gemacht, als du so geknurrt hast ... voll unheimlich. Du hast Glück, dass Vater nichts bemerkt hat."
Silbermond warf einen Blick zu seinen Eltern. Die beiden unterhielten sich leise, während Erster, an Schneefell gekuschelt, schlief. Er wollte sich gar nicht vorstellen, was passiert wäre, wenn Dritte ihn nicht wieder zur Vernunft gebracht hätte. Im Moment fühlte er sich völlig normal, aber man konnte nie wissen, wann es erneut passieren würde. Er befürchtete, dass Schattenrücken Recht hatte und er das Rudel

bald verließ. Wenn es nicht aus eigenem Antrieb geschah, dann würde sein Vater ihn bestimmt vertreiben.
Windpfote spürte, welch schweren Gedanken ihr Bruder nachhing. Ohne ein weiteres Wort zu sagen, schmiegte sie sich an seine Seite. Dankbar nahm er ihren Trost an. Gleichzeitig wusste er, dass ihm nur noch eine begrenzte Zeit zur Verfügung stand, die er mit seiner Familie verbringen konnte. Er nahm sich vor, sie so gut es ging, zu nutzen.
In den nächsten Tagen ging Silbermond dem Leitwolf sorgfältig aus dem Weg. Er fühlte sich unwohl in seiner Nähe. Sein Vater ignorierte ihn meistens. Er verstand, was in seinem Sohn vorging und wollte die ganze Situation nicht noch schlimmer machen. Also trafen die beiden eine stumme Übereinkunft, sich gegenseitig zu meiden.
Dritte spürte die Spannung zwischen den erwachsenen Männchen. Niedergeschlagen wich sie nicht mehr von der Seite ihres Bruders. Er hielt sein Versprechen und brachte seinen jüngeren Geschwistern bei jeder Rast die alten Lieder bei. Die Kleinen hörten aufmerksam zu und prägten sie sich ein. Erster hatte zwar nie so eine starke Bindung zu dem hellen Wolf aufgebaut wie seine Schwester, aber er würde ihn trotzdem vermissen.
Silbermond fiel es bald immer schwerer, seinem inneren Drang zu widerstehen. Er nahm Schattenrückens beißenden Geruch so intensiv wahr, dass er manchmal kaum atmen konnte. Er unterdrückte seine Aggressionen, so gut es ging, aber es wurde von Tag zu Tag anstrengender. In der langen Marschreihe lief er meistens hinten, während der Alpharüde die vorderste Position beanspruchte.
Das Wetter wurde etwas wärmer und das Laufen strapazierte die Tiere nicht so sehr wie vor ein paar Wochen. Sie brauchten weniger Pausen und legten weitere Strecken zurück. Die Jungen konnten problemlos mit der vorgegebenen Geschwindigkeit mithalten. Ab und zu verlangsamte der dunkle Wolf sein

Tempo. Dann schnüffelte er konzentriert und markierte einige Stellen. Die Zweijährigen verließen um diese Zeit ihre Familien. Seine Anspannung wuchs dementsprechend.
Er trieb das Rudel stärker an. Am liebsten wollte er überall gleichzeitig sein. Die anderen Familienmitglieder folgten ihm, ohne sich zu beschweren. Silbermond reagierte ebenfalls auf die Eindringlinge, da sie auch für ihn potenzielle Rivalen darstellten. Wie sein Vater roch er an jeder Fährte.
Die Sonne verschwand gerade hinter den Bäumen, als Schattenrücken eine neue Spur fand. Er drückte seine Schnauze kurz in den Schnee und lief dann sofort weiter. Der helle Wolf beobachtete verwundert das Verhalten seines Vaters. Neugierig untersuchte er die Stelle und wusste sofort die Antwort. Es handelte sich um eine Wölfin. Sie stellte keine Gefahr für das Rudel dar.
Tief einatmend zog er den fremden Geruch ein. Er kannte diesen Duft. Er war deutlich intensiver, als er ihn in Erinnerung hatte, aber es handelte sich eindeutig um das schwarze Weibchen aus dem fremden Rudel. Er witterte jedoch nur ihre Fährte und nicht die der ganzen Familie. Sie zog alleine umher.
In der Zwischenzeit bemerkten die anderen, dass Silbermond ihnen nicht mehr folgte. Wartend sahen sie zu, wie er immer hektischer am Schnee roch.
„Es ist soweit, oder?“, flüsterte Dritte. Sie erlebte ihren Bruder das erste Mal so aufgeregt.
Schneefell strich ihr tröstend über den Kopf. Bevor ihre Mutter es verhindern konnte, lief die Kleine ein paar Schritte zurück. „Auf Wiedersehen, Silbermond. Pass auf dich auf. Ich werde dich vermissen.“
Die laute Stimme seiner Schwester ließ den jungen Rüden ruckartig aufschauen. Sein Blick wanderte von einem zum anderen und in jedem Gesicht erkannte er das Gleiche. Der stumme Abschied dauerte nicht lange. Windpfote nickte zu ihm herüber, bevor sie zusammen mit Schneefell und Erster

zwischen den Bäumen verschwand. Dritte jaulte kurz auf und folgte ihnen schließlich, ohne sich ein weiteres Mal umzusehen.
Schattenrücken stand wie eine Statue im Schnee und musterte seinen Sohn. Als er sich langsam umdrehte, hielt es Silbermond nicht mehr aus. Die ganze Zeit hatte er nur geschockt beobachtet, wie sich seine bekannte Welt nach und nach auflöste. Er wusste nicht, wie er das alles alleine schaffen sollte. Angst kroch in ihm hoch. Er sprang verzweifelt nach vorne. „Vater, warte! Ich ..."
Der schwarze Wolf drehte sich blitzschnell um und fixierte ihn mit kalten Augen. „Verschwinde!", knurrte er.
Fassungslos starrte Silbermond ihn an. Er fühlte sich wie ein kleiner Welpe, der die Sicherheit der Geburtshöhle verlässt und dabei nicht auf die Hilfe seiner Familie vertrauen kann. Er schüttelte panisch den Kopf.
Langsam wich die Kälte aus Schattenrückens Blick und er lächelte traurig. „Geh, mein Sohn. Viel Glück. Ich weiß, dass du es schaffst. Verdiene dir dein eigenes Lied und mach mich stolz." Mit diesen Worten folgte er dem Rudel und verschwand im Wald.
Silbermond wusste nicht, wie lange er die Bäume vor ihm anstarrte. Er konnte nicht glauben, was gerade passiert war. Sie würden bestimmt jeden Augenblick zurückkommen und ihn wieder aufnehmen. Sie konnten ihn nicht einfach so alleine lassen. Aber nichts dergleichen geschah. Er spielte mit dem Gedanken, einfach hinterher zu rennen, aber er wusste instinktiv, dass er für seinen Vater nun ein Rivale war. Er würde ihn nicht mehr dulden und fortjagen.
Verzweifelt ließ er die Schultern hängen. Seine Schnauze hing dicht über dem Erdboden. Um seiner Panik Herr zu werden, atmete er tief ein und aus. Der Geruch der Wölfin stieg ihm mit aller Macht in die Nase. Langsam begann er wieder im Schnee zu wühlen. Er konzentrierte sich nur auf diesen Duft. Es lenkte

ihn von seinen unliebsamen Gedanken ab. Er beschloss, es Schritt für Schritt anzugehen.
Als erstes würde er das schwarze Weibchen suchen. Schnüffelnd setzte er sich in Bewegung. Die Spur war noch frisch und leicht zu verfolgen. Je länger er lief, desto mehr nahm die Intensität des Geruches zu. Sie bewegte sich vorsichtig durch das unbekannte Gebiet und achtete sorgfältig darauf, dem dominanten Rudel nicht zu begegnen.
Da er wusste, dass sich sein Vater in der entgegengesetzten Richtung aufhielt, musste er nicht solche Vorsichtsmaßnahmen treffen. Er rannte durch die weiße Winterlandschaft und holte immer weiter auf. Erst als er das Gebiet seiner Familie verließ, bewegte er sich genauso behutsam. Er hob prüfend seine Nase in den Wind, um rechtzeitig auf andere Wölfe aufmerksam zu werden. Nichtsdestotrotz verringerte sich der Abstand zwischen ihm und dem Weibchen.
Er verfolgte sie die ganze Nacht hindurch und genehmigte sich erst weit nach Sonnenaufgang eine kurze Rast. Er fand jedoch nicht die gewünschte Ruhe. Kaum machte er es sich unter einem Baum gemütlich, als seine Gedanken zu seiner Familie wanderten. Er fragte sich, wo sie sich gerade aufhielten und wie es ihnen ging. An wen würde sich Dritte nun kuscheln, wenn sie schlief? Windpfote oder Schneefell? Oder würde sie alleine schlafen? Es schmerzte ihn, darüber nachzudenken, und so suchte er bald wieder die schwarze Wölfin.
Er wusste, dass sie sich ganz in seiner Nähe befand. Er verlangsamte sein Tempo ein wenig. Er wollte sie nicht erschrecken, wenn er so plötzlich bei ihr auftauchte. Außerdem hatte er keine Ahnung, wie er sich verhalten sollte, wenn er sie erst einmal fand. Er hoffte auf eine spontane Eingebung.
Leise schlich er sich durch das schneebedeckte Unterholz. Aufmerksam sah er sich um. Sie musste hier irgendwo sein. Ihr Geruch hing deutlich in der Luft. Ein weiterer Duft mischte sich dazu, Hasen. Sein Magen meldete sich heftig. Er hatte seit

über einem Tag nichts mehr gegessen. Vorsichtig arbeitete er sich weiter nach vorne, bis er seine Beute nicht weit entfernt bemerkte. Er konzentrierte sich so sehr auf das kleine Tier, dass er fast die dunkle Gestalt übersah. Sie versteckte sich keine zehn Meter neben ihm in einem Gebüsch. Sie verschmolz regelrecht mit den Schatten und beobachtete gespannt die Szene vor ihr.
Sie setzte gerade zum Sprung an, als sich der Wind drehte. Der Hase witterte die Jäger und lief hakenschlagend davon. Doch so schnell gaben sie nicht auf. Mit einem kräftigen Sprung brachen die beiden gleichzeitig aus ihrem Versteck hervor. Ihre Beute sah sich auf einmal mit zwei Gegnern konfrontiert. Panisch wechselte sie immer wieder die Richtung, um die Wölfe so zu verwirren. Dem Hasen gelang es, knapp durch die Beine des Weibchens zu entwischen, nur um genau in Silbermonds offenes Maul zu rennen. Mit einem kräftigen Biss tötete er sein Opfer.
Zufrieden schaute er zu der schwarzen Wölfin, die ihn wütend anfunkelte. Verlegen schluckte er ein paar Mal trocken: „Ähm ... Hallo.“
Ohne ein Wort zu sagen, drehte sie sich um und stapfte davon. So hatte er es sich nicht vorgestellt. Er schnappte sich den Hasen und folgte ihr. „Farte mal .. fir könn`n unf den Hafen teil`n.“
Als sie ihn weiterhin ignorierte, versperrte er ihr kurzerhand den Weg. Behutsam legte er das kleine Tier vor sie auf den Boden. „Wenn du willst, kannst du ihn haben. Ich bin Silbermond und wer bist du?“
Verärgert musterte sie ihn und knurrte: „Lass mich in Ruhe.“
„Deine Eltern waren ganz schön fies, wenn sie dir so einen Namen verpasst haben.“, versuchte er zu scherzen.
Die dunkle Wölfin bleckte drohend ihre Zähne. Als das nicht die gewünschte Wirkung zeigte, hob sie stolz den Kopf und marschierte an ihm vorbei.

„Was ist denn jetzt mit dem Hasen? Hast du keinen Hunger?“
„Ich brauche deine Almosen nicht. Ich kann gut für mich selber sorgen.“
Verwirrt sah er ihr hinterher. „Es ist ein Geschenk, kein Almosen.“
Ruckartig drehte sie sich um und fauchte ihn an: „Dann beschenk jemand anderen und lass mich endlich in Ruhe.“
Seufzend beobachtete Silbermond wie sie langsam davon ging. Er fasste eine Entscheidung, nahm den Hasen wieder in sein Maul und folgte ihr in sicherem Abstand.
Bei der nächsten Rast versuchte er ihr den Hasen noch einmal anzubieten. Sie drehte ihm demonstrativ den Rücken zu und ignorierte ihn vollkommen. Kopfschüttelnd machte er sich über die Beute her. Sein Magen beschwerte sich schon eine ganze Weile. Wenn sie nicht wollte, konnte er sie schließlich auch nicht zwingen. Nachdem sein größter Hunger gestillt war, streckte er sich ausgiebig und döste vor sich hin.
„Warum rennst du mir eigentlich die ganze Zeit hinterher?“
Verwundert schaute er zu der dunklen Wölfin. „Du redest ja auf einmal mit mir.“
Augenrollend meinte sie: „Krieg ich jetzt eine Antwort, oder was?“
Verlegen starrte er auf den Schnee vor ihm. „Naja ... also ... du riechst gut.“
„Ich rieche gut? Und deshalb verfolgst du mich?“ Überrascht musterte sie ihn. Dann legte sie den Kopf auf ihre Pfoten und murmelte: „Na, Klasse. Ich hab ein nerviges Anhängsel, weil ich so gut rieche.“
Zaghaft rutsche Silbermond etwas dichter heran. „Verrätst du mir jetzt, wie du heißt?“, fragte er zögernd.
Ohne ihn eines Blickes zu würdigen, knurrte sie: „Nein. Das geht dich nichts an.“
Frustriert atmete er tief aus. Warum blieb er nur bei ihr? Er hatte nicht gelogen, als er ihr sagte, dass sie gut roch. Immerhin

war ihr Duft der Grund, warum er seine Familie verlassen hatte. Aber musste er sich deswegen anmeckern lassen? Es gab sicherlich jede Menge anderer Weibchen, die ihn freundlicher behandelten. Was also hielt ihn zurück? Warum ging er nicht einfach?
Stumm beobachtete er sie eine Weile. Sie hob sich deutlich vom Untergrund ab. Ihr tiefschwarzes Fell schimmerte im Sonnenlicht. Sie war eine ausdauernde Läuferin und hervorragende Jägerin. Er machte sich in dieser Hinsicht nichts vor. Es handelte sich um puren Zufall, dass der Hase in sein Maul gesprungen war. Wenn sie ihre Jagdstrategien besser absprechen würden, wären sie bestimmt ein hervorragendes Team. Sie faszinierte ihn und er mochte sie, auch wenn er im Moment noch nicht genau wusste, warum eigentlich.
Er döste eine Zeit lang vor sich hin, bis die junge Wölfin aufstand und sich streckte.
„Geht`s weiter?“, fragte er gut gelaunt.
Sie fixierte ihn mit einem genervten Blick. „Kannst du nicht jemand anderen belästigen?“
„Nein, ich gehöre ganz dir.“ Er schenkte ihr ein strahlendes Lächeln.
„Oh, was hab ich doch heute wieder für ein Glück.“ Ihre Stimme triefte geradezu vor Sarkasmus.
Ohne sich umzudrehen, stapfte sie durch den Schnee. Silbermond grinste vor sich hin und folgte ihr. Dabei achtete er auf einen gewissen Sicherheitsabstand. Er wollte nicht riskieren, dass sie sich zu sehr von ihm bedroht fühlte und ihn am Ende vielleicht noch angriff.
Seine Sorge war unbegründet. Das Weibchen beachtete ihn den Rest des Tages und die ganze Nacht hindurch nicht mehr. Sie lief ohne Pause durch die winterliche Landschaft. Silbermond heftete sich geduldig an ihre Fersen. Er wunderte sich, dass sie so lange ohne Nahrung auskam. Sie hatten seit ihrer gemeinsamen Jagd keine Beute erlegt. Ihre letzte Mahlzeit musste

schon eine Weile zurückliegen. Er versuchte sie ein paar Mal darauf anzusprechen, aber sie zeigte ihm nur die kalte Schulter. Am nächsten Morgen reckte die Wölfin plötzlich ihre Nase in den Wind. Ihr Begleiter tat es ihr gleich und roch den verlockenden Duft von frischem Fleisch. Misstrauisch prüfte er, ob sich andere Raubtiere in der Nähe befanden. Er wollte auf keinen Fall mit dem ansässigen Rudel in Kontakt kommen. Doch so sehr er sich auch anstrengte, er entdeckte keinen verräterischen Geruch.

Das schwarze Weibchen kam zu demselben Schluss. Sie schwenkte zielstrebig von ihrem geplanten Weg ab und lief eilig in Richtung Futter davon. Besorgt folgte er ihr. Sie musste großen Hunger haben, wenn sie sich so unvorsichtig durch den Wald bewegte. Ihm gefiel die ganze Situation nicht. Das Fleisch war definitiv kein Aas, dafür duftete es zu frisch. Aber es fehlte jede Spur von anderen Jägern.

Als sie schließlich auf eine kleine Lichtung gelangten, verstärkte sich Silbermonds ungutes Gefühl. Ein merkwürdiges Gebilde stand mitten auf der freien Fläche. Die einzelnen Teile sahen aus wie ebenmäßige und gleichlange Äste und sie strahlten Kälte aus. Sie rochen auch nicht nach Holz, sondern wie eine Mischung aus Stein und Blut. Dazwischen hing das saftige Stück Fleisch, das sie hierher gelockt hatte.

Der Leckerbissen wurde fast vollständig von den kalten Stangen umschlossen. Man erreichte es nur von einer Seite aus. Es erinnerte den hellen Wolf an eine Höhle mit sehr vielen Löchern. Prüfend zog er noch einmal die Luft ein und entdeckte einen fremden Geruch. Suchend schaute er sich um, aber er fand nichts Auffälliges.

Während er misstrauisch den Wald im Auge behielt, versuchte die Wölfin an das Fleisch zu kommen. Ihr Hunger ließ sie alle Vorsicht vergessen. Sie stand schon zur Hälfte in dem seltsamen Apparat.

Silbermond warnte sie: „Komm wieder raus. Du weißt doch gar nicht, ob es gefährlich ist. Es könnte eine Falle sein. Riechst du das denn nicht?“
Sie lachte hart auf: „Natürlich, der Geruch hat mich doch erst hierher geführt. Ich werde bestimmt nicht einfach so zusehen, wie du dir wieder meine Beute unter den Nagel reißt.“
„Ich wollte dir etwas von dem Hasen abgeben, aber du hast dich ja geweigert.“, verteidigte er sich kleinlaut.
Wütend blitzte sie ihn an. „Wie überaus nobel von dir. Du gibst dem armen, schwachen Weibchen was von deiner Beute ab. Sie kann sich ansonsten ja nicht selbst ernähren.“
Ihr Sarkasmus traf ihn unvorbereitet. Verwirrt schüttelte er den Kopf. Bevor er etwas erwidern konnte, erreichte sie das Fleisch und zerrte kräftig daran.
In diesem Moment ratterte krachend eine weitere Wand aus kalten Ästen nach unten und verschloss die Öffnung. Panisch jaulte die junge Wölfin auf. Sie drehte sich hektisch um ihre eigene Achse, aber sie saß fest. Silbermond erholte sich schnell von seinem Schrecken. Er versuchte ihr zu helfen und begann wild im Schnee zu wühlen. Doch die Falle war zu stabil und schloss sämtliche Seiten ab.
Alarmiert streckte er die Schnauze in den Wind. Der fremde Geruch wurde stärker. Wer immer dieses Ding aufgebaut hatte, näherte sich. Knurrend stellte er sich schützend vor das gefangene Weibchen. Das Unterholz knackte laut. Die unbekannten Wesen gaben sich nicht einmal die Mühe, sich lautlos zu bewegen. Sie wähnten sich in Sicherheit und ahnten nicht, dass er sich noch in Freiheit befand. Diesen Fehler würden sie bereuen. Er konzentrierte sich. Es handelte sich um eine Gruppe von drei oder vier merkwürdigen Wesen. Geduckt wartete er ab, bereit zum Sprung.
Die Wölfin atmete stoßweise. Sie bemerkte die Fremden ebenfalls. „Verschwinde! Du kannst mir sowieso nicht helfen. Bring wenigstens dich in Sicherheit.“ Obwohl sie versuchte

ihre Stimme fest klingen zu lassen, hörte er deutlich die Panik heraus.
Silbermond schüttelte nur den Kopf und fixierte mit starrem Blick das kahle Dickicht. Er entdeckte keine Minute später die erste Gestalt. Sie ging nur auf den beiden Hinterbeinen. Eigenartiges Fell bedeckte den Körper. Große, dunkle Augen dominierten das eingefallene und versteckte Gesicht. In den Vorderpfoten hielt sie einen schlanken Gegenstand. Sie bewegte sich vollkommen ungelenk durch den Wald und machte so viel Lärm wie eine Herde Wild auf der Flucht. Weiter hinten kamen noch drei andere, ähnlich aussehende Kreaturen.
Als sie feststellten, dass nur eines der beiden Opfer in dem Käfig steckte, verlangsamten sie ihre Schritte. Der erste hob den seltsamen Gegenstand und zielte damit sorgfältig auf den hellen Rüden. Silbermond knurrte zur Warnung und als sich die Fremden nicht zurückzogen, sprang er mit einem kräftigen Satz nach vorne.
Ein lauter Knall dröhnte in seinen Ohren und ein kurzer Schmerz brannte in seiner rechten Schulter. Er wurde aus seiner Flugbahn gerissen und landete unbeholfen im Schnee. Aus seinem Fell ragte ein kleines und dünnes Ding heraus. Instinktiv schnappte er danach und versuchte es heraus zu ziehen.
Langsam breitete sich ein Kribbeln in seinem Körper aus. Er spürte sein rechtes Bein nicht mehr und es knickte unter seinem Gewicht ein. Ungebremst fiel er auf den weichen Untergrund. Seine Sicht verschwamm zu undeutlichen Schemen. Die junge Wölfin schrie verzweifelt seinen Namen. Dann ertönte erneut dieser merkwürdige Knall, den er diesmal nur gedämpft hörte. Eine seltsame Benommenheit breitete sich in ihm aus. Das schwarze Weibchen jaulte erschrocken auf und kurz darauf lag sie ausgestreckt im Schnee. Mühsam versuchte er sich noch einmal aufzurappeln.

Seine Muskeln gehorchten ihm nicht und er hob nur schwerfällig den Kopf.
Plötzlich beugte sich eines der Wesen über ihn. Instinktiv wollte er zuschnappen, aber eine der Vorderpfoten schloss sich mit sanfter Gewalt um sein Maul. Die andere Pranke strich ihm vorsichtig über das Fell. Das Wesen stieß fremdartige, leise Töne aus, ganz so als ob es ihn beruhigen wollte. Aus den Augenwinkel nahm er wahr, wie zwei der Fremden die Falle öffneten und die Wölfin behutsam herausholten.
Das Atmen fiel ihm immer schwerer. Müdigkeit zerrte an seinen Augen. Die gleichmäßigen Streicheleinheiten taten ihr Übriges. Verzweifelt bemühte er sich wach zu bleiben. Er musste wissen, was mit ihnen geschah, aber er driftete unaufhaltsam in die Dunkelheit hinüber.

Als er wieder zu sich kam, fühlte sich sein Körper wie Blei an. Er konnte keinen klaren Gedanken fassen. Er zwang sich die Augen zu öffnen. Verzerrt nahm er die grotesken Gestalten wahr, die sich über das Weibchen beugten. Er jaulte kurz auf. Vielleicht hörte sie ihn. Er konnte ihr nicht wirklich helfen, aber sie sollte wenigstens wissen, dass er sich in der Nähe befand. Besorgt beobachtete er die Fremden. Zwei von ihnen hantierten an der Wölfin herum und schauten auf merkwürdige Gegenstände. Sie stießen ab und zu abgehackte und unverständliche Laute aus. Ein Dritter bewegte dann ein kleines, schmales Ding über etwas Größeres und Flacheres.
In dem Moment sah er aus den Augenwinkeln etwas auf sich zukommen. Er erkannte das gleiche Wesen, das sich vorhin um ihn gekümmert hatte, am Geruch. Es wiederholte die beruhigenden Töne und fuhr ihm zärtlich über den Rücken. Plötzlich fühlte er wie sich etwas Spitzes in seine Seite bohrte. Es tat kaum weh, sondern erinnerte ihn an Tannennadeln. Die Taubheit breitete sich wieder aus und zog ihn zurück in die Dunkelheit.

Als er das nächste Mal allmählich zu sich kam, lag er im Schnee. Er spürte, wie sein Körper die unnatürliche Starre nach und nach abschüttelte. Benommen blinzelte er. Dabei bemerkte er die schwarze Wölfin, die sich dicht an ihn kuschelte. Erleichtert stellte er fest, dass sie gleichmäßig atmete.
Nach ein paar Minuten arbeiteten seine Sinne mit der gewohnten Schärfe. Aufmerksam inspizierte er seine nähere Umgebung. Sie befanden sich nicht mehr auf der Lichtung, auf der man sie gefangen hatte. Angespannt streckte er seine Schnauze in die Luft. Der Duft des Weibchens überlagerte sofort die meisten Gerüche. Er versuchte ihn so gut wie möglich zu ignorieren und sich auf die unterschwelligen Aromen zu konzentrieren. Er entdeckte keine frischen Spuren der Fremden.
Beruhigt drängte er sich enger an die Wölfin. Sie mussten wieder zu Kräften kommen und das erreichten sie schneller, wenn ihre Körper nicht zusätzlich gegen die Kälte kämpften. Das Fell schützte sie zwar bis zu einem gewissen Grad vor der Auskühlung, aber er wollte dennoch kein Risiko eingehen. Außerdem genoss er ihre Nähe. Sie schlief noch zwei weitere Stunden durch. Die Strapazen der letzten Tage forderten ihren Tribut. Silbermond passte währenddessen auf. Er achtete besonders auf Anzeichen von anderen Wölfen und auf die merkwürdigen Wesen. Zum Glück blieb alles ruhig.
Schließlich rührte sich das Weibchen neben ihm. Verschlafen öffnete sie die Augen und blickte sich verwundert um. „Was ist passiert?“, murmelte sie.
Der helle Rüde strich ihr sanft über das Nackenfell. „Keine Ahnung. Wir sind auf jeden Fall alleine. Aber ich glaube, dass uns die Fremden nicht verletzen wollten. Sie wollten wohl nur mehr über uns erfahren und nachdem sie zufrieden waren, haben sie uns wieder freigelassen. Es war aber ziemlich unhöflich, uns so zu behandeln. Sie hätten doch einfach fragen können, wenn sie neugierig sind.“

Verlegen unterbrach er seine Überlegungen, als er ihren Blick bemerkte: „Geht es dir so weit gut?“
Erschrocken starrte sie ihn an. „Du lebst. Aber du bist zusammengebrochen. Ich dachte, du wärst tot ... und nur wegen mir.“ Sie jaulte kurz auf und vergrub ihren Kopf an seinem Hals. „Du hast mich so erschreckt, du Idiot. Mach das nie wieder.“, schluchzte sie.
Silbermond rutschte noch dichter an sie heran. „Schon gut. Es ist alles in Ordnung.“ Ihr Ausbruch traf ihn vollkommen unerwartet, aber er zeigte ihm, dass er ihr nicht so egal war, wie sie ihm weismachen wollte.
Während sie sich langsam beruhigte, fragte er sie vorsichtig: „Tust du mir einen Gefallen?“
Sie schaute nicht auf, sondern nuschelte undeutlich in sein Fell: „Was denn?“
„Verrätst du mir jetzt, wie du heißt?“
„Du gibst wohl nie auf, oder?“ Sie seufzte theatralisch auf, aber er konnte das Lächeln in ihrer Stimme hören.
Er grinste vergnügt. „Keine Chance. Immerhin renn ich dir schon seit Tagen hinterher und ich hab dich verteidigt.“ Ihn überraschte ihre verspielte Art, aber er ließ sich gerne davon anstecken.

Herausfordernd schaute sie ihn an. „Selbst schuld. Ich hab dich nicht darum gebeten, wie du sehr genau weißt.“, neckte sie ihn.
Zärtlich stupste er sie an. „Bitte.“
Sie ließ ihn noch eine Weile zappeln, bis sie schließlich nachgab. „Nachtfell.“
„Ein schöner Name.“ Plötzlich kam ihm eine Idee. „Hast du etwas dagegen, wenn ich ein Lied über uns mache?“
Skeptisch musterte sie ihn. „Ein Lied? Über uns? Kannst du das denn überhaupt?“
„Es wird mein erstes Lied, aber ich glaub schon, dass ich es hinkriege.“

Langsam schloss er die Augen und atmete ein paar Mal tief durch. Dann hob er den Kopf in Nacken. Mondgesang hatte ihm beigebracht, wie man Erlebnisse in Gesängen verarbeitete. Der Anfang klang noch etwas unsicher. Doch die einzelnen Passagen fügten sich bald zu einem großen Ganzen zusammen. Es überraschte ihn selbst, dass es so leicht ging.
Als er geendet hatte, spürte er den Blick von Nachtfell. In ihrem Gesicht spiegelten sich Interesse und Bewunderung. Er lächelte ihr zu und genoss es sichtlich, dass ihr sein Lied gefiel.
„Klang doch gar nicht mal so schlecht, oder?“, fragte er unschuldig.
Ihre Augen leuchteten und es sprudelte aus ihr heraus: „Das war fantastisch. Kannst du noch mehr Lieder?“
„Natürlich. Mein Bruder hat mir alle beigebracht, die er kannte. Und er kannte viele.“
„Oh, bitte, bringst du sie mir bei? Ich wollte schon immer singen. Aber mein Vater meinte nur, dass wäre nichts für mich.“
„Gerne. Heißt das, ich darf bei dir bleiben?“, fragte er mit klopfenden Herzen.
Sie nickte verlegen: „Wenn du willst.“
Silbermond lachte leise auf: „Schon vergessen, dass ich dir seit Tagen wie ein anhänglicher Welpe nachrenne?“
Plötzlich durchschnitt ein aggressives Heulen die Luft. Alarmiert sahen sich die beiden Wölfe an und sprangen auf. Gehetzt jagten sie durch den Wald. Es bestand kein Zweifel, dass dem ansässigen Rudel ihre Anwesenheit nicht gefiel. Sie mussten so schnell wie möglich aus diesem Gebiet verschwinden.
Sie liefen etwa drei Stunden durch die Winterlandschaft, bis Nachtfell erschöpft in sich zusammensackte. Besorgt strich ihr der helle Wolf über das Fell.
„Tut mir leid, aber ich kann nicht mehr.“, murmelte sie undeutlich.

Ihr Atem rasselte in ihren Lungen und sie zitterte von der körperlichen Anstrengung. „Ich glaub, wir sind hier erst einmal sicher. Ruh dich aus. Ich werde jagen. Wenn du was gegessen hast, geht's dir gleich wieder besser."
Sie nickte müde und schloss seufzend die Augen.
Es gefiel ihm nicht, sie so schutzlos und geschwächt zurückzulassen, aber sie brauchten dringend Nahrung. Geschickt bahnte er sich einen Weg durch das dichte Unterholz. Von Zeit zu Zeit hob er prüfend die Nase in die Luft. Er musste zum Glück nicht lange suchen, bis er Beute witterte. Lautlos bewegte er sich vorwärts und achtete immer darauf, dass der Wind nicht von hinten kam. Er brauchte jetzt dringend einen Jagderfolg und durfte sich keine Fehler erlauben.
Nach ein paar Minuten kam endlich ein Rudel Rehe in Sicht. Konzentriert beobachtete er sie eine Weile. Es handelte sich insgesamt um sechs Tiere. Alle waren vom harten Winter gezeichnet. Sie scharrten im dichten Schnee nach verborgenen Pflanzen. Ihre Suche nach Futter lenkte sie so sehr ab, dass sie die Gefahr, die nur einige Meter entfernt lauerte, nicht bemerkten.
Silbermond widerstand dem Drang, sofort aus seinem Versteck zu springen und die Gruppe anzugreifen. Er benötigte erst noch mehr Informationen, um sich für das ideale Opfer zu entscheiden. Er beobachtete die Rehe eingehend. Erfreut stellte er fest, dass eines der Tiere das linke Hinterbein nachzog. Er hatte sich entschieden. Nun musste er nur noch den geeigneten Augenblick abwarten. Die scheuen Pflanzenfresser ahnten in der Zwischenzeit nichts von alledem. Sie konzentrierten sich völlig auf den Schnee unter ihnen.
Silbermond kroch Zentimeter um Zentimeter dichter an das Rudel heran. Dabei ließ er das hinkende Reh nicht aus den Augen. Jetzt kam es vor allem darauf an, dass sie ihn nicht zu früh sahen. Als die Entfernung nur noch wenige Meter betrug, spannte er seinen gesamten Körper an. Mit einem gewaltigen

Satz sprang er aus dem Dickicht. Silbermond ignorierte die anderen Rehe völlig und preschte auf sein Opfer zu.
Bevor das ausgewählte Tier wusste, was geschah, brachte er es geschickt zu Fall und zerbiss mit seinen starken Kiefern die Kehle. Die restliche Gruppe verschwand nach den ersten Schrecksekunden unbehelligt im Wald. Schwer atmend blieb er liegen. Dieser kurze Sprint hatte mehr an seinen Kräften gezerrt, als er gedacht hatte. Stolz blickte er zu seiner Beute. Damit würden sie ihre angegriffenen Reserven wieder auffüllen können.
Eilig lief er zurück zu Nachtfell. Sie lag noch genau dort, wo sie zusammengebrochen war und schlief tief und fest. Sie atmete bedeutend ruhiger. Erleichtert legte er das Reh ab und stupste seinen Kopf behutsam in ihre Seite. Murrend und verschlafen blinzelte sie zu ihm auf.
Silbermond meinte lächelnd: „Ich hab ein Reh erwischt. Viel ist zwar nicht dran, aber für den Anfang reicht es."
Gierig stürzten sich die beiden Wölfe auf die Beute. Der helle Rüde hielt sich jedoch weitestgehend zurück und überließ seiner Gefährtin die besten Stücke. Nachdem ihr größter Hunger gestillt war, kuschelten sie sich dicht aneinander. Sie wollten noch etwas ausruhen, bevor sie weiter wanderten. Sie brauchten dringend die Erholung und schliefen augenblicklich ein.
Nach ein paar Stunden öffnete Silbermond langsam seine Augen. Die Sonne stand tief hinter den Bäumen. Liebevoll betrachtete er das schwarze Weibchen, seine Gefährtin. Jetzt brauchten sie nur ein geeignetes Gebiet zu finden, in dem sie sich niederlassen konnten. Dann würden sie ihr eigenes Rudel gründen.
Sie musste seinen intensiven Blick gespürt haben, denn sie bewegte sich unruhig im Schlaf. Ruckartig schlug sie die Augen auf und fuhr mit dem Kopf nach oben. Besorgt strich er ihr über die Schnauze. „Hast du schlecht geträumt?"

„Geht schon. Ich wach öfter einfach so auf. Nichts Besonderes“, meinte sie zittrig.
Er betrachtete sie skeptisch, aber er wollte sie auch nicht unter Druck setzten. „Na gut. Wenn du reden willst, musst du es nur sagen.“
Irritiert schaute sie zu ihm hinauf. „Du bist ganz anders als die anderen Rüden.“
„Öhm ... ist das gut oder schlecht?“, fragte er verunsichert.
„Definitiv gut“, erklärte sie lächelnd. Dann wurde sie schlagartig wieder ernst. „Mein Vater sagte immer, ich soll froh sein, wenn mich überhaupt irgendein Rüde nimmt. Ich konnte ihm nie was recht machen.“
„Blödsinn. Ich kann mir keine bessere Gefährtin als dich vorstellen. Du bist ausdauernd und eine hervorragende Jägerin und ...“, verteidigte er sie energisch. Erst als er merkte, wie sehr er sich in Rage redete, schwieg er verlegen.
Sie grinste ihn dankbar an. „Ist doch jetzt egal, was mein Vater denkt. Ich werd ihn sowieso nie wieder sehen.“
„Warum war dein Vater denn so?“
Seufzend legte sie ihren Kopf auf die Vorderpfoten: „Ich gehöre zum ersten Wurf meiner Eltern ... insgesamt waren wir zu viert, meine drei Brüder und ich. Vater war unglaublich stolz, dass er gleich so viele männliche Nachkommen hatte. Du weißt schon ... Stammhalter der Familie und das alles. Naja, auf jeden Fall war es für ihn ein ziemlich schwerer Schlag, dass alle drei den Winter nicht überlebten. Es frustrierte ihn und das ließ er an mir aus. Der Alpharüde hat das Sagen, weil er stärker und klüger ist. Diesen Spruch habe ich mindestens dreimal am Tag gehört.“
„Dein Vater ist ein größerer Idiot, als ich dachte. Meine Schwestern würden ihm ganz schön den Kopf waschen, wenn er sie so behandeln würde. Er erinnert mich ein bisschen an meinen Bruder Sturmgrau. Aber er wurde von Sternenglanz immer auf den Boden der Tatsachen zurückgeholt.

Sie hat ihn meistens spielend besiegt.“, lachte er.
„War das dein Bruder, der dir die ganzen Lieder beigebracht hat?“, fragte sie neugierig.
„Wer? Sturmgrau? Nein. Das war Mondgesang. Er war ein großartiger Sänger, der beste in unserem Rudel. Ich hoffe, ich werde auch mal so gut.“
„Und du bringst mir wirklich bei, wie man singt?“, vergewisserte sie sich unsicher.
„Klar. Ich hab schon Dritte und Erster unterrichtet, da schaff ich das bei dir auch.“ Zärtlich leckte er ihr über die Schnauze.
Sie seufzte leise auf. „Ich wünschte, ich wäre in deinem Rudel aufgewachsen.“
„Ich nicht. Dann wären wir nämlich Geschwister und könnten jetzt nicht zusammen sein.“, murmelte er.
Lächelnd kuschelte sie sich dichter an ihn ran. „Auch wahr.“
Die beiden dösten noch eine Weile vor sich hin, bis sie sich wieder auf den Weg machten.
Das Wetter verbesserte sich zusehends. Der Winter zog sich langsam zurück. Die dicke Schneedecke wurde von Tag für Tag dünner und an manchen Stellen verschwand sie komplett. Die beiden Wölfe spürten häufig den Drang, sich irgendwo dauerhaft niederzulassen. Sie wollten nicht umherirren und ständig flüchten.

In einer klaren Vollmondnacht streiften sie eilig durch den Wald. Sie hatten am Nachmittag geschlafen und wollten nun die Dunkelheit nutzen, um unbemerkt zu wandern. Silbermonds Fell leuchtete im sanften Licht des Mondes, während Nachtfell sich nicht von ihrer Umgebung unterschied.
Plötzlich hörten sie ein langgezogenes Heulen. Erschrocken hob die schwarze Wölfin ihre Nase in den Wind. „Sie sind ganz in der Nähe. Wir müssen hier weg“, flüsterte sie. Sie warf einen Blick zu ihrem Gefährten, der aufgeregt lauschte.
„Silbermond, was ist denn los? Komm schon.“, drängte sie ihn.

Wie in Trance drehte er sich zu ihr und murmelte: „Ich kenne diese Stimme. Das ist mein Bruder.“ Ein Lächeln breitete sich auf seinem Gesicht aus. „Das ist Mondgesang.“ Glücklich sprang er nach vorne, als sie ihm den Weg versperrte.
Eindringlich redete sie auf ihn ein: „Warte, du weißt doch gar nicht, ob es wirklich dein Bruder ist. Und selbst wenn, du bist jetzt eine Gefahr für ihn und sein neues Rudel. Er wird dich hier nicht dulden und gegen dich kämpfen. Willst du das?“
Traurig schaute er sie an und schüttelte den Kopf. „Wir werden nicht kämpfen. Ich möchte ihn nur einmal sehen ... und ihm meinen Namen sagen.“
„Deinen Namen? Warum?“, fragte sie irritiert.
Er atmete tief ein, bevor er erklärte: „Er hat mir alles beigebracht, was ich weiß und kann. Wir waren uns sehr nah. Als er gegangen ist, hab ich geschlafen. Ich hab mich nie richtig von ihm verabschiedet. Er wollte eigentlich warten, bis ich meinen Namen habe, aber er ist früher gegangen. Bitte ... ich weiß, dass wir nicht gegeneinander kämpfen. Er würde so etwas nie tun.“
Sie stöhnte kurz auf. „Bist du sicher, dass es dein Bruder ist? Wenn du dich irrst ...“
„Ich bin mir absolut sicher.“
Ein Ast knackte und sie schaute sich alarmiert um. „Jetzt ist es sowieso zu spät.“, murmelte sie resigniert.
Ein schlanker brauner Wolf kam knurrend zwischen zwei Bäumen hervor. Seine Augen blitzten kampfbereit zu seinem Konkurrenten herüber. Hinter ihm erkannten sie eine graue Wölfin, die alles wachsam beobachtete. Nachtfell drängte sich unsicher an ihren Gefährten. Sie hoffte, dass er Recht hatte, denn ein Kampf zwischen Rüden konnte eine gefährliche Sache sein.
Silbermond stand wie eine Statue da. Sobald er den anderen gesehen hatte, wusste er, dass es sich um Mondgesang handelte. Er hatte nicht gehofft, ihn noch einmal in seinem

Leben zu treffen. Behutsam ging er einen Schritt nach vorne. „Hallo, Mondgesang", flüsterte er heiser.
Verwirrt kniff der braune Wolf die Augen zusammen. Seine aggressive Haltung entspannte sich ein wenig, während er sein Gegenüber genau musterte.
Der helle Wolf nutzte seine Chance. „Wir wollen keinen Ärger. Wenn du willst, verschwinden wir sofort wieder ... aber ich musste dich einfach sehen. Als du verschwunden bist, da ... Ich meine, du warst nicht bei der Zeremonie und du kennst meinen Namen nicht ..."

Ein kehliges Jaulen unterbrach ihn. Unsicher betrachtete er den Rüden. Der Geruch war fremd und sogar unangenehm. Er biss regelrecht in der Nase. Hatte er sich doch geirrt? Sollte es so sein, dann hatte er Nachtfell in große Gefahr gebracht. Er verlagerte sein Gewicht so, dass er sie mit einer schnellen Drehung schützen konnte. Seine Anspannung wuchs von Sekunde zu Sekunde.
Der braune Wolf ließ das Paar nicht aus den Augen. Schließlich seufzte er tief und begann leise zu lachen. In diesem Augenblick strömte eine Welle der Erleichterung durch Silbermonds Körper. Er hatte sich nicht geirrt. Dieses Lachen überzeugte ihn endgültig.
Kopfschüttelnd schritt Mondgesang zu den beiden herüber: „Du hast dich nicht verändert, kleiner Bruder. Nur du kannst in das Gebiet eines fremden Wolfes gehen, in der Hoffnung, dass ich es bin." Dann wurde er schlagartig ernst. „Du kannst nicht hierbleiben. Wir würden uns gegenseitig an die Kehle gehen, wenn du es doch tust."
„Ich weiß. ... Ich heiße nun Silbermond ... in Gedenken an dich und weil ich so helles Fell habe."
Eine Zeit lang schauten sich die Brüder stumm an, bis Mondgesang erneut leise lachte. „Ein passender Name. Ich fühle mich geschmeichelt. Ich habe auch dein Lied gehört. Es

ist dir gut gelungen. ... Und wer ist die junge Schönheit an deiner Seite?“
„Das ist Nachtfell. Sie ist meine Gefährtin.“ Stolz blickte er zu der dunklen Wölfin. Die plötzliche Aufmerksam machte sie verlegen. Sie hatte noch nie gehört, dass sich zwei Rüden, so vollkommen frei von Aggressionen unterhalten konnten. Sie traute dem Frieden nicht und wollte so schnell wie möglichweiter ziehen.
„Hör zu, Bruderherz. Wenn du nach Westen gehst, erreichst du das Gebiet eines alten Wolfes. Er hat im letzten Winter seine Gefährtin verloren, aber er verteidigt sein Gebiet weiterhin. Er ist trotz seines Alters noch stark. Viele Anfänger haben eine ganz schöne Tracht Prügel eingesteckt. Wenn du ihn herausforderst und gewinnst, übernimmst du ein erstklassiges Jagdgebiet. Aber pass auf und unterschätze ihn nicht.“, erklärte Mondgesang ernst.
„Dann wären wir Nachbarn, oder?“ Silbermonds Augen leuchteten bei dem Gedanken auf.
Sofort schnappte der Ältere nach ihm, sodass der helle Wolf erschrocken zurückwich. „Lass dich nicht ablenken. Solche Kämpfe sind kein Kinderspiel. Er ist aggressiv. Ich bin ihm einmal begegnet und hatte ziemliches Glück.“
Er drehte sich und zeigte den beiden eine frische Narbe an seinem Hinterbein. „Es sieht schlimmer aus, als es ist.“, beruhigte er seinen Bruder, der entsetzt auf die alte Verletzung starrte. „Sie ist zum Glück gut verheilt und ich kann alles normal belasten. Wenn du ihn herausforderst, dreh ihm nie den Rücken zu. Und sei auch auf der Hut, wenn er sich ergibt. Er hält sich nicht an die Regeln. Das wurde den meisten Herausforderer zum Verhängnis.“
Misstrauisch schaute Nachtfell zu dem braunen Wolf. „Woher weißt du das alles und warum erzählst du es uns? Was hast du davon, wenn Silbermond ein gutes Jagdrevier bekommt? Immerhin hast du ihn gerade bedroht.“

„Nachtfell, hör auf. Er wird schon seine Gründe dafür haben“, unterbrach sie ihr Gefährte kühl.
„Lass sie ruhig. Sie hat ja Recht.“, mischte sich Mondgesang ein. „Wenn du es wissen willst, Brudergefährtin - ich kann mit Silbermond nicht mehr so zusammen sein, wie ich es früher getan habe. Die Zeiten sind leider für immer vorbei. Aber das ändert nichts daran, dass er mir viel bedeutet.
Ich hätte lieber ihn als Nachbarn, als dieses angriffslustige und verlogene Ungeheuer. Ich kenne seine Methoden aus erster Hand. Was meinst du wohl, wie ich diese Narbe bekommen habe? Silbermonds Chancen, ihn zu besiegen, stehen nicht schlecht, aber er muss sich darauf konzentrieren. Deshalb habe ich nach ihm geschnappt. Er muss sich der Situation voll bewusst sein.“
Nachtfell hielt dem intensiven Blick des braunen Wolfes nicht lange stand. Beschämt starrte sie auf den Schnee und wusste nicht, was sie antworten sollte.
„Ihr geht jetzt am besten. Du bist zwar mein Bruder, aber du stinkst. Das ist der Nachteil, wenn man geschlechtsreif ist. Sämtliche fremden Männchen riechen zum Abgewöhnen.“
Mondgesang nickte den beiden ein letztes Mal zu, bevor er wieder zu der grauen Wölfin ging.
Sie hatte alles aus sicherer Entfernung beobachtet. Man konnte nicht erkennen, ob sie das Verhalten ihres Gefährten merkwürdig fand. Sie wartete geduldig und blieb ruhig zwischen den Bäumen stehen. Der braune Rüde trottete schließlich gemächlich mit ihr davon. „Viel Glück, kleiner Bruder. Ich werde sicher bald erfahren, wie es ausgegangen ist.“
„Danke, Mondgesang. Ich werde dich nicht enttäuschen!“, rief ihm Silbermond hinterher.
Dann waren die beiden jungen Wölfe wieder alleine. Ohne ein weiteres Wort zu verlieren, wandte er sich nach Westen. Nachtfell folgte ihm stumm.
Sie liefen mehrere Stunden durch den mondhellen Wald.

Bei ihrer nächsten Rast hielt die schwarze Wölfin das Schweigen nicht mehr aus. „Bist du mir böse, weil ich deinem Bruder misstraut habe?“
Nachdenklich schaute er sie an. „Am Anfang ein bisschen, aber jetzt nicht mehr.“, gestand er ihr.
„Tut mir leid. ... Es muss toll sein, sich so gut mit seiner Familie zu verstehen.“
Er nickte lächelnd: „Ja, das ist es. Du wirst es hoffentlich auch bald erleben.“
Sie ruhten sich noch ein wenig aus, bevor sie sich wieder auf den Weg machten.
Nach einem weiteren Tag erreichten sie endlich die Grenze von Mondgesangs Gebiet. Silbermond roch intensiv an den Markierungen. Er konnte deutlich die seines Bruders von denen seines Konkurrenten unterscheiden. Sie folgten den Spuren, bis sie endlich eine frische Fährte fanden. Der alte Rüde musste sich ganz in der Nähe befinden.
Der helle Wolf konzentrierte sich vollkommen auf seine Umgebung. Er spürte, dass sie nicht alleine waren. Knurrend stellte er sich schützend vor Nachtfell. „Sollte irgendetwas schief gehen, dann renn, so schnell du kannst.“
„Ich werde dich nicht im Stich lassen. Das kannst du gleich wieder vergessen.“, erwiderte sie mit einem herausfordernden Blick.
„Ich will nur nicht, dass dir etwas passiert.“ Ein flehender Unterton lag in seiner Stimme, aber seine Gefährtin schüttelte den Kopf.
„Stures Biest“, fluchte er leise, aber dann stahl sich ein Lächeln in seine Augen. „Na schön, aber halt dich im Hintergrund. Ich kann nicht kämpfen, wenn ich mir Sorgen um dich mache.“ Sie schmiegte sich an seine Seite und nickte.
Silbermond hob den Kopf in den Nacken und heulte seine Herausforderung in den Wald hinein. Sie mussten nicht lange warten, bis die Antwort kam. Ein langgezogenes Jaulen zeigte,

dass sein Gegner auf dem Weg zu ihnen war. Fünf Minuten später knackten mehrere Äste und ein großer Körper schob sich zwischen die Bäumen hindurch.
Der alte Wolf überragte Silbermond um einige Zentimeter. Sein struppiges und dunkles Fell gab ihm ein verwildertes Aussehen. Eine lange Narbe zog sich vom rechten Ohr über die Schnauze. Seine ganze Erscheinung zeigte, dass er schon viele Kämpfe hinter sich gebracht hatte.
Er warf dem hellen Rüden einen abschätzigen Blick zu, bis er Nachtfell bemerkte. Er lachte höhnisch auf: „Weiß deine Mami, dass du hier bist, Kleiner? Oder willst du mir das Schnuckelchen hinter dir bringen? Ich brauche endlich eine neue Gefährtin."
Knurrend bleckte Silbermond die Zähne. „Du lässt sie in Ruhe, oder du kriegst es mit mir zu tun."
„Ach, wie süß. Der Welpe verteidigt seine Angebetete. Du willst also wirklich kämpfen? Schade, ich dachte, es würde ein interessanter Kampf und keine Kindergartenveranstaltung. Hätte ich gewusst, dass du nur eine halbe Portion bist, hätte ich mir den Weg gespart."
Der helle Wolf wurde immer wütender. Er war kurz davor, seinem Gegner an die Kehle zu springen, als seine Gefährtin ihren Kopf an seiner Seite rieb. Ärgerlich drehte er sich zu ihr. „Was ist?"
Sie erwiderte seinen Blick gelassen und flüsterte: „Er will dich provozieren, damit du Fehler machst."
Schlagartig beruhigte er sich. Sie hatte Recht und beinahe wäre er auf einen der ältesten Tricks hereingefallen. Er atmete tief durch und konzentrierte sich wieder auf seinen Gegner. Dieses Spiel konnten auch zwei spielen. „Bist du endlich fertig? Ich hab heute noch was anders vor, als mich mit einem altersschwachen Großmaul zu prügeln."
Er lächelte leicht vor sich hin, als er sah, wie das überhebliche Grinsen seines Gegenübers verschwand.

„Ich werd dir ein Großmaul zeigen, Kleiner. Wenn ich mit dir fertig bin, kannst du deine Knochen einzeln einsammeln.“ Zornig ging er in Kampfstellung.
Silbermond wurde sofort ernst. Er spannte jeden Muskel an und konzentrierte sich völlig auf seinen Konkurrenten. Alles andere verbannte er aus seinen Gedanken. Nur dieser Kampf zählte jetzt. Er musste nicht lange warten, bis sich der Alte mit einem gewaltigen Sprung nach vorne katapultierte. Geschickt wich er aus und nutzte den Schwung des anderen aus, indem er ihm mit einer schnellen Drehung die Vorderbeine in die Seite rammte.
Der große Wolf rollte einige Meter weit durch den Schnee. Wütend schüttelte er sich und griff augenblicklich wieder an. Die nächsten vier Attacken parierte Silbermond auf ähnliche Weise. Sein Gegner setzte auf seine Kraft, während er sich seine Schnelligkeit zu Nutze machte. Bald waren die Angriffe nicht mehr so gezielt wie am Anfang und er konnte ihnen leichter entgehen.
Als der Alte das nächste Mal auf ihn zusprang, duckte er sich nur unter dem schwerfälligen Körper hindurch. Bevor der andere reagieren konnte, drehte er sich und stürzte sich auf die ungeschützte Flanke. Silbermond grub seine Zähne tief in das Fleisch knapp neben der Schulter und warf seinen Konkurrenten einfach um. Der jaulte schmerzerfüllt auf.
In den nächsten Momente glichen die beiden Tiere einem einzigen großen Fellbündel, das sich durch den weißen Untergrund wühlte. Der junge Wolf hatte sich festgebissen. Die strampelnden Beine seines Gegners wehrte er geschickt mit seinen eigenen ab. Nach ein paar Minuten heulte der Unterlegene gequält auf und signalisierte damit, dass er aufgab. Wachsam ließ der Silberwolf von ihm ab.
Schwer atmend lag der Alte im Schnee, bis er sich mühsam aufrappelte. „Du hast verloren. Ich übernehme dein Gebiet. Verschwinde von hier.“, forderte ihn Silbermond auf.

Leise knurrend umrundete der Besiegte ihn und machte sich in Richtung Grenze davon. Doch plötzlich stieß er sich noch einmal ab und schnappte nach der rechten Seite. Der helle Wolf hatte die Warnung seines Bruders nicht vergessen und reagierte blitzschnell. Er warf sich auf den Rücken und katapultierte seinen Angreifer mit seinen Beinen durch die Luft. Der jaulte erschrocken auf und landete mit einem knackenden Geräusch an einem Baumstamm. Durch die Wucht des Aufpralls rieselte der Schnee von den Ästen und begrub das Tier teilweise unter sich.
Silbermond rollte sich sofort wieder auf die Pfoten und erwartete angespannt die nächste Attacke. Misstrauisch blickte er zu dem Baum und näherte sich ihm behutsam. Als er nur noch ein paar Schritte entfernt war, bemerkte er das Blut, das den Schnee dunkel verfärbte. Der Alte atmete flach.
An seinem Kopf klaffte eine breite Wunde. Betroffen beobachtete Silbermond wie die Atmung schwächer wurde.
Schließlich erlosch das Leben in den gelben Augen.
Entsetzt starrte der helle Wolf auf den leblosen Körper. Erst als Nachtfell ihm liebevoll über die Schnauze leckte, konnte er den Blick abwenden. „Du hast gewonnen.“, sagte sie ruhig.
„Ich weiß ... ich wünschte nur, es wäre nicht so gekommen ... ich meine, dass er ... tot ist.“, murmelte er.
„Er hätte gehen können, aber er brach die Regel. Du musst dir keine Vorwürfe machen.“ Tröstend schmiegte sie sich an ihn.
Eine Weile standen die beiden eng aneinander gedrängt. Plötzlich löste sich Silbermond von ihr und schritt langsam zu den Markierungen. Nachtfell lächelte ihm zu, als er seinen Duft verteilte und so dieses Gebiet für sich beanspruchte. Dann hob er den Kopf in den Nacken und ließ ein triumphales Heulen aus seiner Kehle aufsteigen. Immer wieder verkündete er seinen Sieg und warnte gleichzeitig seine Artgenossen.
Ein zweites Jaulen erklang in der Nacht. Mondgesang war der erste, der das Anrecht seines Bruders anerkannte. Als er fertig

war, gesellte sich Nachtfell zu ihm. „Was machen wir jetzt?“, fragte sie interessiert.
Er schaute sie liebevoll an: „Naja, erstmal werden wir ziemlich viel laufen müssen. Die Markierungen setzen sich schließlich nicht von alleine. Und dann möchte ich gerne eine Theorie meiner Eltern überprüfen.“
Bei diesen Worten grinste er sie verschmitzt an. „Verrätst du mir auch, welche?“, wollte sie neugierig wissen.
„Sie meinten, dass der erste Wurf der anstrengendste ist.“
Für einen Augenblick schaute sie ihn sprachlos an. Dann schüttelte sie lachend den Kopf. „Ich denke, das werden wir schon rauskriegen. Aber ich möchte mindestens drei Töchter im ersten Wurf.“

SILVERMOON
WOLF DER TAIGA II
PiB